The Lincoln Lawyer

Vol. 01

MICKEY
HALLER
SERIES

MICHAEL CONNELLY

The Lincoln Lawyer

링컨 차를 타는 변호사

마이클 코넬리 지음 | 조영학 옮김

RHK
알에이치코리아

Media Review

"코넬리가 《링컨 차를 타는 변호사》에서 소개하는 부패한 변호사 미키 할러는 세상의 미스터리 작가라면 누구나 탐낼 만한 대박 캐릭터이다. 무고한 남자를 변호해야 한다는 불안감으로 넘쳐나던 할러가 코넬리식 캐릭터로 재탄생하는 과정은 참으로 흥미롭다." _뉴욕 타임스

"베테랑 베스트셀러 작가 코넬리가 허영과 허세로 가득한 법정 스릴러의 세계로 발을 내디뎠다. 검찰뿐 아니라 의뢰인과도 싸워야 하는 변호사의 팽팽한 줄다리기. 심장을 옥죄는 반전과 흥미로 가득하다." _퍼블리셔스 위클리

"코넬리는 타락한 변호사들이 어떤 식으로 장사를 하는지 놀랍도록 정확하게 파악하고 있다. 《링컨 차를 타는 변호사》는 왜 마이클 코넬리가 현대 크라임 픽션 작가 중에서 최고의 자리에 속하는지 증명해준다." _엔터테인먼트 위클리

"마이클 코넬리는 형사법 변호사의 세계를 완전히 이해하고 있다. 최고의 베스트셀러 작가다운 그의 장점들이 이 작품에 충분히 녹아들어 있다. 활기찬 리듬, 교묘한 반전, 화려한 필체, 페이지마다 묻어나오는 작가의 힘과 분위기가 참으로 놀랍다." _스콧 터로(작가)

"변호사 미키 할러의 난국에 얽혀들다 보면 밤새도록 책을 놓지 못하는 자신을 발견할 수 있을 것이다. 이것이 바로 이 책의 가장 큰 문제다." _로스앤젤레스 타임스

"탄탄한 플롯과 놀라운 속도감, 손에서 떼어놓을 수 없는 재미로 존 그리샴에서 스콧 터로까지 법정 스릴러의 베테랑들을 무릎 꿇게 만드는 작품. 미키 할러의 화려한 법정 쇼와 은밀한 음모는 소름 끼칠 정도로 정교하고 탄탄하다." _아마존닷컴

"대담하고 짜릿하며 이따금 유쾌함까지 가져다주는 소설. 마이클 코넬리는 처음으로 시도한 법정 스릴러로 첫 타석 홈런을 터뜨렸다." _시카고 트리뷴

"선과 악 사이에 위치한 주인공, 그리고 주인공을 노련하게 컨트롤해나가는 작가. 힘 있고 화려한 문체와 탄탄한 구조의 이 작품은 코넬리 최고의 열광팬들뿐 아니라 그의 작품을 새로 접하는 독자들까지 충분히 만족시킨다." _라이터 & 리뷰어

"마이클 코넬리의 세계적 베스트셀러 해리 보슈 시리즈의 팬들은《링컨 차를 타는 변호사》에 코넬리의 모든 장점이 녹아 있을 뿐 아니라 더욱 더 진화했다는 사실에 만장일치로 합의할 것이다." _아마존 UK

"전직 기자 출신 마이클 코넬리가 묘사하는 법정 스릴러는 무척이나 설득력 넘친다. 사립탐정, 경찰, 그리고 평생의 연을 이어온 의뢰인들과의 녹록지 않은 관계 또한 매우 흥미롭다." _크라임스프리 매거진

"《링컨 차를 타는 변호사》는 복잡한 플롯, 발전된 캐릭터, 속도, 강렬함 등 모든 미덕을 갖췄다. 그 어떤 스릴러 소설도 따라잡기 어려운 작품이다." _반스 앤 노블

"정교하면서도 군더더기 없는 스토리텔링으로 독자를 사로잡는다. 작품이 끝난 후에도 남는 도덕적 질문이 긴 여운을 준다." _커리어 메일

Contents

1부

사전 중재

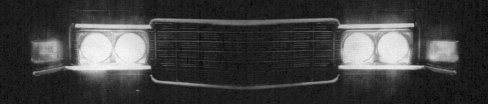

순진한 사람만큼 무서운 의뢰인은 없다.
—변호사 마이클 할러, 로스앤젤레스, 1962

3월 7일 월요일

　모하비의 늦겨울 아침 공기는 로스앤젤레스 카운티만큼이나 깨끗하고 신선하다. 바람에서는 심지어 희망의 냄새까지도 묻어나는데 그런 바람이 불어올 때면 난 기꺼이 사무실 문을 열어둔다. 이런 내 일상에 대해 아는 사람들이 몇 있다. 페르난도 발렌수엘라도 그중 하나이다. 물론 야구 투수 페르난도가 아닌 보증인 페르난도 말이다. 그가 전화를 건 것은 아침 9시 캘린더 콜(공판 스케줄을 위해 법원이 변호사들을 불러들이는 일―옮긴이)을 위해 랭커스터에 들어가고 있을 때였다. 페르난도도 내 휴대폰을 통해 바람소리를 들은 모양이었다.

　"믹, 오늘 아침도 북향인가?"

　"가는 중이야. 뭔가 건진 게 있나 보지?" 나는 그의 목소리를 잘 듣기 위해 자동차 창문부터 닫았다.

　"그래, 하나 건졌어. 아무래도 대어 같은데 문제는 11시쯤에 무대에 등장할 것 같다는 거야. 어때, 시간 안에 올 수 있겠어?"

　반 누이스 대로에 있는 페르난도의 사무실은, 두 개의 법원과 반 누이스 교도소가 있는 관청 지구에서 불과 한 블록밖에 안 되는 곳에 있다. 그는 건물 지붕에 빨간 네온으로 전화번호를 새겨놓아 교도소 3층의 중범죄수들이 언제든지 볼 수 있도록 해두었고, 교도소 안에도 감방 두 개마다 붙어 있는 공중전화 벽에 빠짐없이 번호를 휘갈겨놓았다.

그 친구의 전화번호는 내 크리스마스 목록에도 올라 있다. 연말이면 나는 목록에 적힌 사람들 모두에게 땅콩 한 통씩을 보낸다. 플랜터스 홀리데이 믹스 깡통에는 리본과 나비넥타이까지 매달려 있지만 그 안에 땅콩은 없다. 그건 크리스마스 목록에 올라 있는 수많은 보석보증인들을 위한 배려이자 현찰이다. 그 바람에 봄이 한창 무르익을 때까지 나는 땅콩을 타파웨어에 담아 놓고 질리도록 먹는다. 두 번째 이혼 이후로는 저녁 식사로 땅콩만 먹었던 적도 많았다.

페르난도의 질문에 답하기 전에 나는 먼저 캘린더 콜부터 따져보았다. 의뢰인은 헤럴드 케이시. 심리가 알파벳순으로 진행된다면 반 누이스의 11시 심리(배심 없이 행하는 모든 공식적 절차. 판사는 피고의 출석하에 당해 사건의 소송절차가 가능한지 그 여부를 판단한다 ─ 옮긴이)에 맞출 수 있을 것이다. 그건 문제가 아니다. 하지만 파월 판사는 임기가 거의 끝나 은퇴를 준비하는 중이다. 요컨대, 사설변호사 출신과 마찬가지로 재선의 압박이 없어졌고, 때문에 지금은 툭 하면 법정 스케줄을 꼬아버리기로 유명하다. 물론 자신의 자유를 증명하거나, 12년 동안 정치적으로 신세를 진 사람들을 챙길 때뿐이지만, 그럴 때면 그는 일정을 알파벳순으로 짜거나 역 알파벳 또는 파일 번호순으로 완전히 뒤집어버렸다. 결국 끝나봐야 일정을 안다는 뜻이다. 변호사들은 한 시간 이상 법정에서 발만 동동 굴러야겠지만 판사는 오히려 그런 걸 즐기는 눈치였다.

"11시? 가능할 것 같아. 어떤 사건이지?" 솔직히 자신은 없었다.

"엄청난 대박이야. 비벌리힐스. 가족변호사가 먼저 치고 들어왔다고,

믹, 이건 진짜야. 엄마 쪽 변호사가 오늘 들어와서 말리부 부동산을 처리한대. 돈을 마련하려고 말이야. 가격 협상은 아예 안중에도 없어. 달아날 가능성에 대해서도 관심이 없는 것 같고."

"입건 이유는?"

나는 목소리를 낮추었다. 물에서 돈 냄새만 나도 흥분하는 나이지만, 그래도 페르난도는 크리스마스 때마다 충분히 구워삶아뒀던 터였다. 내가 그를 특별히 생각하고 보수도 후하게 쳐준다는 건 페르난도도 잘 알고 있다.

"경찰이 내건 건은 가중폭행, 과도한 신체 상해, 그리고 강간 미수야. 그게 제일 크지. 내가 알기론 아직 기소까진 안 갔어."

경찰은 고발을 남발하는 경향이 있다. 문제는 검사장의 기소로 법정에 올라갈 때이다. 내가 늘 하는 말이지만 사건이란 들어갈 때는 사자 같고 나올 때는 어린 양 같다. 강간 미수나 가중폭행 같은 사건은 얼마든지 단순폭행으로 둔갑할 수 있다는 뜻이다. 그 정도로는 놀랄 일도 아니고 대박과도 거리가 멀다. 그래도 그 의뢰인을 물어 형사고발 기준으로 수임료 협상을 할 수 있다면, 나중에 검사장이 기소 수준을 낮추더라도 모양새는 유지할 수 있을 것이다.

"더 자세한 건 없어?"

"어젯밤에 입건됐어. 바 픽업(술집 등에서 여자를 꾀는 행위 – 옮긴이)이 틀어진 모양이더라고. 가족변호사는 여자가 돈을 노리고 한 거래. 형사가 끝나면 으레 민사가 달라붙잖아. 아무튼 난 모르겠어. 여자는 흠씬 두들겨 맞은 모양이더군."

"가족변호사가 누구지?"

"잠깐만. 그치 명함이 어딘가 있을 거야."

페르난도가 명함을 찾는 동안 나는 창밖을 내다보았다. 랭커스터 법원까지는 2분, 캘린더 콜까지는 12분이 걸릴 것이다. 그리고 그 사이에 최소한 3분의 여유가 있어야 했다. 의뢰인에게 나쁜 소식을 알려줘야 하기 때문이었다.

"오케이, 찾았어. 이름은 세실 C. 돕스, 변호사. 센추리 시티. 내가 뭐랬어, 돈 냄새가 난다고 했잖아."

페르난도의 말이 옳았다. 하지만 돈 냄새를 풍기는 것은 센추리 시티가 아니라 그의 이름이었다. 세실 돕스. 그의 명성을 알고 있었다. 그의 고객 명단에 벨에어나 홈비힐스에 살고 있지 않은 사람은 한두 명도 안 될 것이다. 이른바 별님이 하늘에서 내려와 어린 예수를 돌볼 것 같은 낙원에 사는 고객들인 것이다.

"의뢰인의 이름은 뭐지?" 내가 물었다.

"루이스 로스 룰레일 거야."

나는 이름을 반복하고는 관용지에 적어 넣었다.

"난 룰레인 줄 알았는데, 자넨 루-레이라고 발음하는군그래. 아무튼 올 거지?"

세실 돕스의 이름을 메모지에 적은 다음, 대답 대신 질문부터 던졌다.

"왜 나지? 그쪽에서 요청한 거야? 아니면 자네야?"

이런 경우에는 특히 조심해야 했다. 보험인을 매수해 의뢰인을 조달하는 형사법 변호사를 잡으면 돕스는 당장에라도 캘리포니아 변협으로 달려갈 위인이다. 솔직히 말해서 사건 자체가 페르난도가 엮은 것이 아니라 처음부터 법원의 함정수사가 아닌가 하고 의심하던 참이었다. 나는 법원의 구미에 맞는 변호사는 못 되었다. 그들은 전에도 나를 노린 적이 있었다. 그것도 여러 번.

"따로 변호사가 있는지 룰레한테 물어봤어. 형사사건 말이야. 없다고 하더군. 그래서 자네 얘길 한 거야. 어, 강요한 건 아니고 그냥 잘한다고만 했어. 정말로 양반처럼 굴었다고."

"돕스가 등장하기 전이야, 후야?"

"전이야. 롤레가 아침에 감옥에서 전화했어. 3층에 갇히는 바람에 간판을 본 모양이야. 돕스는 그다음에 등장했고 돕스한테도 자네가 들어와 있다고 하고 자네 이력도 쳤어. 뭐, 의외로 쌈박하던데? 그 친구도 11시에 올 거니까 거기서 직접 보라고."

나는 한참 동안 아무 말도 하지 않았다. 페르난도의 말이 어디까지 사실인지 확신이 서지 않았다. 돕스 같은 친구들에게 사람이 없을 리가 없었다. 이 건이 그의 전공분야가 아니라 해도 로펌에도 분명 형사 전문가가 있고, 최소한 대기 발령자라도 뽑아낼 수 있을 터이다. 하지만 페르난도의 이야기는 달랐다. 그는 롤레가 빈손으로 그에게 왔다는 것이다. 요컨대 내가 아는 것보다 모르는 게 더 많다는 뜻이다.

"어이, 믹, 갑자기 꿀 먹은 벙어리가 된 거야?" 페르난도가 재촉했다.

나는 결정을 내렸다. 그건 나를 지저스 메넨데즈에게로 다시 돌아가게 만들 결정이었고 어느 모로 보나 후회스러운 결정이었다. 하지만 어쨌든 그 순간 결정은 내려졌다. 여느 때와 마찬가지로 필요와 습관이 만들어낸 결정이었다.

"갈게. 11시에 보기로 하지."

전화를 끊으려고 할 때 페르난도의 목소리가 들려왔다.

"이봐, 믹, 내 생각도 좀 해줄 거지, 그렇지? 그러니까, 이게 대박이라면 말이야."

페르난도가 보상에 대한 확답을 요구한 것도 그때가 처음이었다. 그리고 그의 요구 때문에 나는 더욱 불안해졌다. 나는 그와 변협(변협이 도청이라도 하고 있다면) 모두를 만족시킬 대답을 조심스럽게 내놓았다.

"걱정 말게, 발. 자넨 내 크리스마스 목록에 있잖나."

페르난도가 다른 말을 하기 전에 전화를 끊고 운전사에게 법원 직원 전용 출구에 내려달라고 했다. 그곳이 금속 탐지기 대기줄이 더 짧을 것이다. 변호사들, 특히 단골 변호사들이 공판에 늦지 않기 위해 개구멍을 타는 것쯤은 경비원들도 눈감아주었다.

나는 루이스 로스 룰레 사건, 그리고 그에게서 비롯될·돈과 위험에 대해 생각하며 창문을 내렸다. 깨끗하고 신선한 아침 공기를 맞고 싶었다. 여전히 희망의 맛이 느껴지는 바람.

02 일의 법칙

내가 들어갔을 때 2A 법정은 변호사들로 그득했다. 모두들 자기 진영에 앉아 타협을 하거나 친분을 나누느라 분주했다. 법원 정리가 자리에 앉아 있는 것으로 보아 판사가 곧 입장할 모양이었다. 회의가 정시에 시작될 것이라는 뜻이다.

로스앤젤레스 카운티의 정리들은 교도소 업무에 배정된 보안관들이었다. 나는 정리에게 다가갔다. 정리의 자리는 피고석 난간 바로 옆에 붙어 있었는데, 그건 방청객들이 변호사, 피고, 법원 직원들의 전용공간을 침범하지 않고, 질문할 수 있도록 하기 위한 배려였다. 나는 그의 앞에 놓인 클립보드에서 일정표를 체크한 다음, 그의 유니폼 명찰을 보았다. R. 로드리게즈.

"로베르토, 거기 내 친구도 있나? 헤럴드 케이시?"

정리는 손가락으로 콜 시트의 리스트를 훑다가 금방 멈췄다. 운이 좋다는 뜻이다.

"예, 헤럴드 케이시. 두 번째군요."

"오늘은 알파벳순이군. 좋아. 잠깐만 들어가서 그를 볼 시간이 있을까?"

"아뇨, 지금 첫 번째 그룹이 들어온다고 연락 왔습니다. 판사님도 나오셨고요. 기껏해야 펜에서 1, 2분 정도일 겁니다."

"고맙네."

게이트 쪽으로 가려는데, 그가 등 뒤에다 대고 말했다.

"레이날도입니다. 로베르토가 아니라."

"그래, 그래. 그건 사과하겠네, 레이날도."

"법원 정리들이라는 게 다 똑같이 생겨먹은 탓이죠, 뭐."

농담인지 비아냥거림인지 도무지 알 수 없는 말투였다. 나는 대답 대신 슬쩍 미소만 지어 보이곤 얼른 게이트를 빠져나갔다. 그리고 아는 변호사 둘과 모르는 변호사 둘에게 고개인사를 했다. 한 변호사가 나를 붙잡고 판사하고 얼마나 노닥거릴 셈인지 물었다. 그는 자기 의뢰인의 시간에 맞춰 돌아올 생각인데, 시간 계산이 쉽지 않다는 것이다. 나는 금방 끝날 것이라고 말해주었다.

캘린더 콜이 진행되는 동안에는 구금 중인 피고들이 4인 단위의 그룹으로 호송되어 나무와 유리로 만든 칸막이 안에 대기하게 된다. 이른바 펜이라는 공간인데, 그곳에서 심리가 시작되기 전 피고와 변호사의 접견이 이루어진다.

나는 보안관이 안쪽의 문을 열자마자 펜 옆으로 다가갔다. 일정표상의 첫 피고 넷이 앞쪽으로 다가왔다. 그중 마지막이 헤럴드였다. 나는 옆벽에 바짝 붙어 그에게 가까이 오라고 손짓했다. 이 정도 거리면 최소한의 비밀 유지는 가능할 것이다.

헤럴드는 키도 덩치도 컸다. 그러니까 로드세인트 폭주족 클럽이나, 몸짱 클럽 같은 곳에서 좋아할 그런 타입인 것이다. 물론 랭커스터 교도소에 갇혀 있는 동안 내 말대로 머리도 깎고 면도도 해서 훨씬 그럴듯해 보이긴 했으나, 양팔과 칼라 위로 삐죽 삐져나온 문신은 여전히 문제로 남

18

아 있다. 뭐, 그거야 어쩔 수 없는 노릇이다. 문신이 판결에 미치는 영향에 대해서는 잘 모르겠지만 아무튼 좋은 쪽이라는 생각은 들지 않았다. 더욱이 해골 문신이 있다면 더 이상 말할 필요도 없으리라. 판사들이 꽁지머리를 싫어한다는 정도는 알고 있다. 그게 피고이든 변호사이든 말이다.

헤럴드(클럽에서는 '꼴통'으로 불린다)는 마리화나 등의 경작, 소지, 유포 혐의와 무기 관련 범죄 따위로 기소되었다. 어느 날 새벽, 보안관들이 그가 생활하고 일하는 농장을 기습해 헛간과 비닐하우스 단지를 찾아냈다. 이른바 실내 재배시설로 개조된 곳이었다. 2천 그루 이상의 다 자란 식물들과, 다양한 용량의 플라스틱 가방에 포장된 3.5킬로그램가량의 마리화나가 압수되었다. 그 밖에도 쾌락을 배가하기 위해 마리화나 위에 뿌리는 크리스털 메시(메탐페타민의 일종, 히로뽕-옮긴이) 350그램 정도와, 소형 무기들(후에 밝혀졌지만 모두 훔친 물건들이었다)도 모두 빼앗겼다.

꼴통 헤럴드는 완전히 끝장난 셈이었다. 주정부도 그를 단단히 별렀다. 실제로 헤럴드는 포장용 테이블에서 불과 1.5미터 떨어진 헛간 소파에서 잠든 채 발견되었는데, 문제는 이미 마약 건으로 두 번이나 실형을 받은 데다 최근까지 가석방 상태라는 사실이었다. 캘리포니아 주에서 삼진은 아웃이다. 최소한 10년 징역에 가석방은 아예 물 건너갔다고 봐야 할 것이다.

하지만 헤럴드는 특별한 경우에 속했다. 그는 지금 재판을 기대하고 있고 잘만 하면 판결까지 갈 생각이다. 아니, 더 나아가 전에는 신속한 재판의 권리를 포기했는데, 체포 후 3개월이 채 되지 않은 지금 오히려 우리는 한시라도 빨리 공판이 열리기를 기대하는 판이었다. 그도 유일한 희망이 항소에 달려 있음을 알기 때문에 몸이 달아 있었으니, 그래도 변호사를 잘 둔 덕에 희망은 있었다. 이런 암담한 사건에서 나 같은 유능한 변호사가 아니면 누가 그런 오아시스 같은 선물을 줄 수 있겠는가? 게다가 난 그 선물로부터 궁극적으로 헤럴드의 무죄 석방까지를 노릴 공판 전략을 마련할 참이었다. 무모하고도 지루하기 짝이 없는 항소를 기다려야 하겠지만, 그래도 그것이 유일한 희망이라는 사실은 그도 알고 나도 알고 있었다.

검찰 측은 헤럴드가 마리화나의 재배자이며 가공에 판매까지 손을 댔다고 가정하고 증거까지 확보하고 있다. 정황과 증거에 있어서 그들은 백 번 옳았다. 하지만 그럼에도 불구하고 검찰 측은 증명에 어려움을 겪었고 사건은 위태롭게 진행되었다. 이유는? 경찰이 증거를 편법으로 얻어냈기 때문이었다. 나는 그 약점을 까발리고 증명하고 기록하여 고등법원을 납득시키기로 작전을 세웠다. 증거를 중시하지 않는 사전심리에서 오튼 파월 판사를 설득할 수는 없겠지만 말이다.

헤럴드 케이시를 기소하는 근거는 12월 중순의 어느 화요일부터 시작됐다. 헤럴드는 랭커스터의 홈데포(인테리어 유통업체-옮긴이)에서 수경재배에 필요한 다양한 밝기의 전구 세 개를 포함해 이런저런 물건들을 구매하고 있었다. 그때 계산대 바로 뒤에 한 남자가 서 있었는데 비번을 이용해 실외용 크리스마스 조명을 사러 온 보안관이었다. 보안관은 헤럴드의 팔에 있는 문신 일부(로드세인트들의 대표적인 상징인 해골과 후광이 선명하게 새겨져 있었다)를 알아보고 대충 상황을 짐작했다. 결국 빤한 답이었다. 그 보안관은 투철한 사명감으로 페어블로섬의 농장까지 몰래 쫓아가, 그곳에서 알아낸 사실을 보안관의 마약팀에 알렸고 마약팀은 열상카메라를 실은 사설 헬리콥터를 농장에 급파했다. 헛간과 비닐하우스에서 새빨간 열꽃들이 찍혀 나왔고, 보안관은 헤럴드가 수경용 조명들을 구입했다고 판사에게 보고했다. 그리고 그다음 날 소파에서 늘어지게 잠을 자던 케이시가 수색영장을 소지한 보안관들에게 체포되었다.

나는 수색 자체가 헤럴드의 사생활을 침해했다는 이유를 들어 증거 모두를 파기할 것을 주장했다. 일상적인 구매행위를 근거로 사생활을 침해하는 것은 부당하며, 항공촬영을 포함해 모든 수색행위가 국가에 의한 지나친 사유권 침해로 봐야 한다는 것이 내 작전의 요지였다.

파월 판사는 내 주장을 무시하고 사건을 재판 또는 유죄인정 합의 처리로 넘겼다. 하지만 그러는 동안 헤럴드의 항소를 뒷받침해줄 증거들이 마구 쏟아져 들어왔다. 열상카메라의 이미지 초점을 분석해본 결과, 헤럴드의 집을 촬영할 때 헬리콥터가 지상에서 60미터도 채 떨어지지 않았다는 사실도 알아냈다. 연방 대법원은 공공 영공이 아닌 사유 재산을 항공 감시할 경우 개인의 사생활을 침해해서는 안 된다고 선언한 바 있었다. 나는 내 수사관 라울 레빈을 시켜 연방 항공관리국을 조사했다. 헤럴드의 농장은 분명 항로에 해당하는 구역이 아니었다. 게다가 농장을 관통하는 공공 영공은 최소 고도가 330미터는 되어야 했다. 그건 명백한 사유권 침해였다.

내 임무는 사건을 재판으로 끌고 가 보안관들과 파일럿들로부터 고도와 관련된 증언을 끌어내는 것이다. 만일 그들이 진실을 말하면 우리가 이긴다. 그리고 그들이 거짓말을 해도 이기는 게임이다. 공개 법정에서 검사 측 직원들을 엿 먹이고 싶은 생각은 없지만 그래도 그들이 거짓말을 하는 편이 훨씬 유리하다. 단 한 명의 배심원이라도 경찰이 거짓 증언을 한다고 판단하는 날에는 재판은 그 자리에서 끝날 수도 있다. 무죄판결까지 갈 필요도 없고 검사 측은 그 자리에서 무죄판결에 따른 재심권까지 포기해야 할 판인 것이다.

어느 쪽이든 나는 승리를 확신했다. 우리는 재판을 관철하기로 했으며 나를 말릴 방법은 단 하나뿐이었다. 오늘 판사가 개회를 선언하기 전에, 헤럴드에게 그 점부터 짚고 넘어갈 참이었다.

"헤럴드. 지금은 캘린더 콜이야. 판사에게 재판에 응하겠다고 말할 생각이다. 검사 측은 했다고 하니까 오늘 우리만 확인하면 되는 거야."

"그래서요?"

"문제가 하나 있어. 여기까지 오면 수임료를 지불하겠다고 약속했는데 지금껏 난 한 푼도 받은 게 없잖아."

"걱정하지 말아요. 돈은 있으니까."

"그래서 걱정하는 거야. 자넨 돈이 있지만 난 없으니까 말이야."

"조금만 기다려주세요. 어제 애들한테 말했으니까 지금쯤 오고 있을 거예요."

"그 얘긴 그때도 했잖아. 헤럴드, 난 자선사업가가 아니야. 이번에 고용한 전문사진사도 자선사업가가 아니라고. 자네가 준 계약금은 옛날에 바닥났단 말이다. 돈 줄 생각이 없으면 새 변호사를 부르는 게 좋을 거야. 국선변호사로 하든지."

"국선은 싫어요. 나한테 필요한 건 당신이라고요."

"이봐, 나도 먹고 써야 일하지. 옐로페이지에 퍼붓는 돈이 일주일에 얼만지나 알아? 어디 한번 말해보지그래?"

헤럴드는 대답하지 않았다.

"무려 천 달러야. 거기 광고비만 천 달러란 말이야. 게다가 먹어야 하고 융자도 갚아야 하고 아이도 키우고 차에 기름도 넣어야 해. 그런데 뭐? 약속만 믿고 일하라고? 이봐, 헤럴드. 내가 돈에 살고 돈에 죽는 속물이라는 거 몰라서 그래?"

헤럴드는 알아먹는 것 같았다.

"다 알아봤어. 자넨 날 떼어내지 못해. 지금은 판사도 허락 안 할 거라고."

갑자기 법정의 소음이 가라앉더니 판사가 집무실에서 나와 자기 자리로 향하는 모습이 보였다. 정리가 장내 질서를 명했다. 드디어 쇼가 시작된 것이다. 나는 한참 동안 헤럴드를 노려보다가 뒤로 물러섰다. 법이 돌아가는 꼬락서니에 대해 놈이 아는 상식이라고는 기껏해야 유치장에서 주워들은 아마추어 수준이다. 보통 사람들보다야 많이 알지는 몰라도 그렇다고 내 말을 씹을 수준이 될 수는 없었다.

"피고 측 마이클 할러입니다." 내가 말했다.

검사도 그의 참석을 알렸다. 빅터 드브리스라는 이름의 젊은 남자였는데, 이 사건이 재판으로 들어가면 어떤 일이 일어날지 까맣게 모르는 멍청한 작자였다. 오튼 파월은 최후의 협상이 가능한지에 대해 물었다. 일상적인 질문이었다. 물론 판사가 싫어하는 대답은, 타협의 가능성이 없고 따라서 재판이 불가피하다는 것이다.

하지만 파월은 드브리스와 내게서 동시에 나쁜 대답을 들어야 했다. 그는 그 주의 후반에 심리가 가능한지 물었다. 드브리스는 가능하다고 했고 나는 불가능하다고 했다.

"재판장님. 가능하다면 전 이 건을 다음 주로 미루고자 합니다."

"연기하려는 이유가 뭡니까, 할러 변호인. 검사 측도 가능하다고 했고 나도 이 사건을 빨리 처리하고 싶습니다."

"저도 마찬가지입니다, 재판장님. 하지만 사건에 중요한 증인의 위치를 아직 파악하지 못했습니다. 꼭 필요한 증인입니다. 일주일 말미면 충분하니 부디 선처 바랍니다."

예상대로 드브리스는 공판 연기에 반대했다.

"재판장님, 검사 측은 증인의 실종에 대해 들은 바 없습니다. 변호인은 석 달 전부터 증인들을 확보해왔습니다. 신속한 재판을 요구한 당사자가 이제 와서 연기를 주장하는 건 단순한 전략적 꼼수로 보이며 이 재판이 그에게…."

"마지막 판단은 판사에게 맡겨주시겠소, 드브리스 검사? 할러 변호인,

일주일이면 문제를 해결할 수 있겠습니까?"

판사가 물었다.

"그렇습니다, 재판장님."

"좋소, 그럼 다음 주 월요일에 헤럴드 씨를 보기로 하죠. 더 이상의 연기는 없습니다, 아시겠죠?"

"예, 재판장님. 감사합니다."

서기가 다음 사건을 알렸고 나는 피고석에서 물러났다. 보안관이 내 의뢰인을 펜에서 빼내는 것이 보였다. 나를 돌아보는 헤럴드의 두 눈엔 분노와 당혹감이 반반씩 섞여 있었다. 나는 레이날도 로드리게즈에게 의뢰인과 좀 더 얘기를 나누고 싶다고 부탁했다. 그건 대부분의 상근 변호사들에게 주어진 전문적 배려에 속했다. 로드리게즈는 책상 뒤의 문을 열고 나를 들어가게 해주었다. 나도 이번에는 그의 이름을 정확히 불러 감사를 표했다.

헤럴드는 다른 피고들과 함께 대기실 안에 있었다. 삼면에 벤치가 늘어서 있는 곳이다. 일찍 끝난 피고에게 엿 같은 일이 바로 이거다. 심리가 모두 끝날 때까지 이 돼지우리 안에서 하릴없이 기다려야 하니 말이다. 헤럴드가 허겁지겁 창살 앞까지 달려 나왔다.

"도대체 무슨 증인이 필요하다는 거요?" 그가 물었다.

"땡전 씨 말야. 사건 변론에 미스터 땡전이 없으면 안 되지."

헤럴드의 얼굴이 일그러졌다. 나는 이쯤 해서 말뚝을 박아두어야겠다고 생각했다.

"이봐, 헤럴드. 사건을 재판까지 끌고 가고 싶어한 건 자네야. 그러니까 그동안의 비용은 자네가 책임져야지. 나도 소 잃고 외양간 고치고 싶은 생각은 없어. 자네가 놀고 싶어한 거니까 자네가 책임지란 말이야."

나는 고개를 끄덕이고 문 쪽으로 돌아서려다가 마음을 바꾸어 이렇게 덧붙였다.

"저 안의 판사가 호구라고 생각하지 마. 검사는 햇병아리라 자기 봉급이 어디에서 나오는지 개의치 않을지 몰라도 오른 파월은 안 그래. 그 친구, 판사가 되기 전엔 변호사로 묵을 대로 묵은 빠삭이거든. 말인즉슨, 미스터 땡전같이 예쁜 증인을 추적하는 것이 어떤 의미인 줄도 알고, 변호사 수임료를 떼어먹는 피고를 어떻게 엿 먹여야 하는지도 알고 있다 이거야. 나도 그 친구한테 귀띔까지 해두었어. 수틀리면 사건에서 손 떼겠다고 말이야. 물론 내가 원하는 건 다음 주 월요일에도 이 자리에 서는 거야. 증인을 찾았으니 재판을 속개해도 좋다고 말하고 싶다고. 무슨 말인지 알겠어?"

헤럴드는 아무 말도 하지 않고 유치장 끝의 벤치에 걸어가 앉았다. 이윽고 나를 보지도 않은 채 말했다.

"곧바로 전화하겠소." 그가 말했다.

"그래, 잘 생각한 거야, 헤럴드. 보안관에게 전화할 데가 있다고 말해두지. 전화를 걸고 느긋하게 기다리라고. 그럼 우린 다음 주에 만나 사건을 멋들어지게 풀어갈 수 있을 테니까."

나는 빠른 걸음으로 문을 나섰다. 유치장 안에 들어가는 일은 늘 언짢았다. 철망이 너무 가늘어서일까? 형사법 변호사와 범죄자 변호사 사이의 구분선. 가끔은 철망 어느 쪽에 내가 서 있는지조차 모호할 때가 있다. 철망 안쪽에 있지 않은 것이 내게는 늘 천운에 불과했다.

03 로드세인트

법정 복도로 빠져나온 나는 운전사에게 나가는 중이라고 전화했다. 음성메시지를 확인해보니 로나 테일러와 페르난도로부터 메시지가 와 있었다. 우선 차에 올라탄 다음 답신을 해주기로 했다.

운전사 얼 브리그스는 현관 바로 앞에 링컨을 대놓았다. 그는 차에서 나오지도 않고 문을 열어주지도 않았다. 그의 임무는 코카인 판매 사건을 집행유예로 풀려나게 해준 데에 대한 대가로 차를 운전해주는 것뿐이다. 물론 빚을 다 갚을 때까지만이다. 나는 시간당 20달러의 보수를 주고 그 중 2분의 1을 수임료 명목으로 회수했다. 마약 거래보다는 더 안전하고 합법적인 벌이인 데다 그의 본업이 운전사이기도 했다. 얼은 앞으로 바르게 살고 싶다고 말했고 나도 그를 믿고 싶었다.

타운카 안쪽에서 쿵쿵거리는 힙합 사운드가 들렸다. 내가 다가가 문고리를 잡자 얼이 소리를 죽였다. 나는 뒷좌석으로 들어가 반 누이스로 가자고 했다.

"듣고 있던 게 누구야?" 내가 물었다.

"어, 스리 식스 마피아요."

26

"더러운 남부?"

"예, 맞아요."

지난 몇 년간 랩과 힙합에서 묻어나는 지방색 등의 미묘한 차이에 익숙해져 있었다. 대부분의 의뢰인들이 그런 음악을 즐겨 들었고 또 그런 음악을 통해 생활양식을 배웠기 때문이다.

나는 보일스턴 사건 카세트테이프가 가득 들어 있는 구두 박스에서 아무 거나 하나 집어 들었다. 그리고 업무일지에서 테이프 번호와 시간을 확인한 다음 테이프를 앞좌석의 얼에게 넘겼다. 그는 테이프를 카스테레오에 집어넣었다. 배경음악 정도로 볼륨을 낮춰 달라고 부탁할 필요도 없었다. 얼은 벌써 석 달째 나와 지냈고 그 정도는 알고 있었다.

로저 보일스턴은 몇 안 되는 법원 지명 의뢰인이다. 마약 거래와 관련된 다양한 혐의를 받고 있으며 마약단속국은 전화 도청으로 그를 체포한 다음 코카인 6킬로그램을 압수했다. 다양한 경로를 통해 뿌릴 마약이었다. 테이프는 모두 50여 시간의 통화기록이었으며 종류도 다양했다. 로저는 언제 어떤 일이 일어날지에 대해 수많은 사람들과 대화를 시도했기 때문에 검찰 입장에서 보면 사건은 거의 슬램덩크 수준이었다. 로저는 어차피 오랫동안 갇혀 있을 운명이었다. 내가 할 일이라고는 그의 협조를 빌미로 조금이나마 감형을 거래하는 것밖에는 없었다. 사실 그런 건 아무래도 좋았다. 중요한 것은 테이프였고 내가 사건을 맡은 것도 그 때문이었다. 연방정부는 피고를 변호하라는 명목으로 테이프 청취를 권했다. 그건 선고가 끝날 때까지 로저와 정부로부터 최소 50시간의 수임료를 뜯어낼 수 있음을 뜻했다. 차에 오를 때마다 테이프를 틀어놓는 건 그 때문이다. 행여 진실만을 말하겠다고 선서를 한다 해도, 하늘을 우러러 한 점 부끄럼 없이 테이프를 청취했다고 진술하고, FBI한테도 정당하게 돈을 타내고 싶었다.

나는 먼저 로나에게 전화했다. 로나는 사건담당 매니저이다. 옐로페이지의 반면 광고와, 카운티 남쪽과 동쪽의 범죄 다발지역을 관통하는 36개 버스노선 좌석에 붙어 있는 전화번호는 곧바로 웨스트 할리우드의 킹스로드 콘도에 있는 로나의 사무실 겸 임시 숙소로 연결된다. 캘리포니아 변협과 법원 서기들이 갖고 있는 전화번호 역시 그 번호이다.

로나는 이른바 첫 번째 관문인 셈이다. 나와 만나고 싶으면 먼저 로나부터 통과해야 한다. 내 휴대폰 번호를 아는 사람은 몇 되지 않으므로 로나는 내 수문장이라고 할 수 있다. 터프하고 스마트하며 아름답기까지 한 수문장. 하지만 최근에는 한 달에 한두 번 정도 그 마지막 특성을 확인해 주어야 했다. 로나를 식사에 데려가 수표에 사인할 때 말이다. 그는 경리직원이기도 했다.

"변호사 사무실입니다." 로나가 전화를 받았다.

"미안, 아까는 법정에 있었어. 무슨 일이지?" 나는 전화를 씹은 것부터 사과했다.

"페르난도와는 통화했죠?"

"그래. 지금 반 누이스로 가는 중이야. 11시에 만나기로 했지."

"확인해달라고 전화했어요. 목소리가 초조하던데요?"

"이 사건이 황금알이라고 생각하고 있어. 자기한테도 한몫 떼어달라는 거지. 걱정하지 말라고 전화할 생각이야."

"루이스 로스 룰레라는 이름으로 몇 가지 조사를 해봤어요. 신용도는 우수해요. 타임스 데이터베이스에도 몇 가지 기록이 나왔는데 모두 부동산 거래더군요. 그 사람, 비벌리힐스의 부동산 회사에 근무하고 있어요. 윈저 주택 부동산이라는 곳인데 아무래도 포켓 리스팅(판매자와 에이전트만이 내용을 아는 비밀 거래의 일종 - 옮긴이)을 전문으로 하는 모양이에요. 그러니까 나란히 앉아 계약서에 사인하는 그런 부동산은 아닌 거죠."

"잘했어. 그 밖에는?"

"그 건에 대해서는 없어요. 나머지는 일상적인 전화 상담 정도죠."

그건 버스 좌석과 옐로페이지에 적힌 번호로 걸려온 건들을 처리했다는 뜻이다. 변호사를 사려는 사람들이 내 레이더 안으로 들어오려면 먼저 지불 능력이 충분하다는 사실을 로나에게 납득시켜야 했다. 그러니까 응급실 데스크의 간호사와도 같았다. 의사를 만나려면 보험에 가입되어 있다는 사실부터 확인해주어야 하는 법이다. 로나의 전화 상담에 대해서는, 음주운전 수준의 경범죄와 관련된 표준 근무에 5천 달러의 표준 임금을 지불하고 있고, 그 밖에도 중범죄 수임료의 일부를 수당으로 지급하고 있다. 로나는 모든 잠재 고객을 실제 고객처럼 다루었으며, 기소 유형에 따라 어느 수준의 수임료가 책정되어야 하는지를 잘 알고 있었다. 들어가고 싶지 않으면 죄를 짓지 말라는 말이 있다. 로나는 내게 이런 식으로 말한다. "돈이 없으면 죄를 짓지 마라." 로나는 의뢰인들에게 신용카드를 받고 나를 만날 수 있는 허가증을 내어준다.

"내가 아는 사람도 있어?" 내가 물었다.

"쌍둥이 빌딩의 글로리아 데이튼이 전화했어요."

내 입에서 저절로 신음소리가 새어나왔다. 쌍둥이 빌딩은 다운타운에 있는 카운티 주교도소이며, 두 개의 건물에 남녀를 따로 수용하는 것으로 유명하다. 그리고 글로리아 데이튼은 가끔 내 도움을 요구하는 고급 창녀이다. 그 여자를 처음 변호한 건 벌써 10년 전이었다. 그때는 젊고 생기가 넘치는 데다 마약도 하지 않았지만 이제는 대표적인 프로보노(소외계층에 대한 무료 법률서비스-옮긴이) 고객에 지나지 않았다. 글로리아한테는 한 번도 돈을 받아본 적이 없었다. 게다가 지금은 한시라도 빨리 세상을 뜨는 게 여러모로 도움이 된다고 설득하는 편에 가깝다.

"언제 들어간 거래?"

"어젯밤. 아니, 오늘 새벽이네요. 첫 출두는 점심시간 다음요."

"반 누이스 때문에 시간에 맞출지 모르겠는데?"

"이번엔 더 복잡해요. 기본 죄목에 코카인 소지까지 달라붙은걸요."

글로리아는 인터넷으로만 호객행위를 했다. '글로리 데이즈' 같은 몇몇 웹사이트를 통해 수입을 얻었기 때문에 거리를 방황하거나 술집을 기웃거릴 일은 없었다. 데이튼이 잡혔다면, 그건 매춘 담당 경관이 그녀의 체크시스템을 간파해 덫을 놓았음을 뜻했다. 그리고 코카인을 소지하고 손님을 만났다면 그건 그 여자가 갈 데까지 갔거나 아니면 경찰의 함정이라는 뜻이리라.

"알았어. 다시 전화하면 그곳에서 만나자고 하고, 정 어려우면 다른 사람이라도 보낸다고 전해줘. 그리고 법원에 전화해서 심리 일정을 맞춰 봐."

"알았어요. 하지만, 미키, 이번엔 마지막이라고 말할 거예요?"

"모르겠어. 어쩌면 오늘 할 수도 있고. 다른 건?"

"그거면 오늘 하루 충분할 것 같은데요?"

"하긴, 그렇겠군."

나는 그 주의 남은 일정에 대해 물어본 다음, 접이식 테이블에 노트북을 켜놓고 로나와 별도로 내 스케줄을 체크했다. 매일 오전 두 건의 심리가 있고 목요일에는 하루짜리 재판이 있었다. 모두 남부 지역의 마약 건이고 빤한 사건들이다. 나는 마지막으로 반 누이스 일이 끝나면 룰레 건의 파이가 얼마나 큰지 전화로 알려주겠다고 말해주었다.

"룰레가 포켓 리스팅을 한다는 게 믿음직한 정보겠지?"

"예. 그의 이름이 붙은 거래는 모두 일곱 단위 숫자고 두 건은 여덟까지 갔어요. 홈비힐스나 벨에어 같은 동네예요."

나는 룰레의 지위가 신문지상의 이목을 끌지도 모른다는 생각을 하며 고개를 끄덕였다.

"그럼 스틱스에게 알려줘." 내가 말했다.

"진담이에요?"

"그래. 거기에서도 뭔가 얻을 수 있을 거야."

"그럴게요."

"다시 전화하지."

전화를 끊을 때쯤 얼은 앤틸로프 밸리 고속도로로 돌아와 남쪽을 향해 달리고 있었다. 시간을 많이 절약한 덕분에 반 누이스의 첫 심리까지는 여유가 있었다. 나는 페르난도에게 전화를 걸었다.

"아주 좋아. 기다리고 있네." 페르난도가 말했다.

그때 차창 밖으로 오토바이 두 대가 지나가는 것이 보였다. 두 사람 모두 등에 해골과 후광이 새겨진 검은 가죽 조끼를 입고 있었다.

"다른 건?" 내가 물었다.

"있어. 아무래도 말해야 할 것 같은데… 그 친구 첫 출두가 언제인지 알기 위해 법원을 쑤셔봤지. 그랬더니 사건이 매기 맥피어스에게 배당되었더라고. 자네한테 독이 될지 아닐지 판단이 서지 않아서 말이야."

매기 맥피어스 또는 마가렛 맥퍼슨은 반 누이스 법원에 배정된 검사 중에서도 가장 터프하고 가장 까다로운 인물로 통했다. 게다가 매기는 내 첫 번째 아내이기도 했다.

"나한테는 아무 문제 없어. 문제가 있다면 오히려 그쪽이겠지."

피고에게는 변호인을 선택할 권리가 있다. 그리고 변호사와 검찰의 이해가 충돌한다면 물러나야 하는 것은 검찰 쪽이다. 매기는 과거 대형사건을 빼앗긴 게 내 탓이라고 생각하고 있지만 그건 나도 어쩔 수 없는 일이었다. 이미 과거지사가 되었지만, 그 사건으로 우리는 결국 갈 길을 달리해야 했다. 그때의 자격 정지 요구서는 아직도 내 노트북에 담겨 있다. 필요하다면 피고의 이름을 바꿔서 프린트해버리면 그만이다. 난 그대로 나갈 것이고 손을 뺀다면 그건 매기여야 했다.

오토바이 두 대가 우리 앞으로 지나가고 있었다. 뒤를 돌아보니 할리가 세 대 더 보였다.

"그게 무슨 뜻인지는 알아?" 내가 물었다.

"아니, 뭐지?"

"매기는 절대 보석에 동의하지 않아. 항상 반여성 범죄를 다루는 여자니까."

"젠장, 그럼 곤란하지. 이봐, 난 이 건으로 한 밑천 건질 생각이란 말이야."

"나도 몰라. 그 친구한테 가족과 세실 돕스가 있다고 했지? 거기에서 뭔가 끄집어낼 수 있을 거야. 두고 보자고."

"제기랄."

페르난도는 아마 노다지가 날아가는 장면을 보고 있을 것이다.

"거기서 보세."

나는 전화를 끊고 얼을 건너다보았다.

"언제부터 에스코트가 시작된 거야?" 내가 물었다.

"막 따라붙었어요. 어떻게 할까요?"

"일단 두고 보지. 우선 놈들이…."

굳이 말을 끝낼 필요도 없었다. 뒤쪽의 오토바이 하나가 옆으로 따라붙더니 다음 출구에서 빠지라는 수신호를 보냈다. 바스케즈 록스 카운티 파크로 나가는 길이었고, 또 그 친구도 안면이 있는 자였다. 테디 보겔. 과거 의뢰인이자 최고위급·초중량급 로드세인트였다. 160킬로그램의 체구 덕분에 마치 막냇동생의 자전거를 타고 나온 스모선수처럼 보이는 자였다.

"시키는 대로 해, 얼. 무슨 속셈인지 보자고." 내가 말했다.

우리는 삐뚤빼뚤한 암벽 옆에 있는 주차장에 차를 세웠다. 100년 전 그곳에 숨어들었던 범죄자의 이름을 따서 공원 이름을 지었다고 전해지는 곳이다. 두 사람이 벼랑 꼭대기에 앉아 피크닉을 즐기고 있었다. 저런 위험한 지역에서 저런 위험한 자세로 샌드위치를 먹으면 음식 맛이 제대로 날까?

나는 차 쪽으로 걸어오는 테디를 보며 창문을 내렸다. 나머지 세인트넷도 엔진을 껐으나 오토바이에서 내리지는 않았다. 테디는 창문 안으로 고개를 디밀고 돼지 허벅지 같은 팔뚝을 창턱에 기댔다. 차가 10센티미터는 기우는 느낌이었다.

"변호사 나리, 요즘 재미 좋소?" 테디가 물었다.

"그럭저럭, 테디. 자넨 어떤가?"

폭주족들이 이 테디 베어를 뭐라고 부르는지 알고 있었지만 그 별명을 내밀 수는 없었다.

"꽁지머리는 어떻게 된 거유?"

"시비 거는 놈들이 많아서 잘라버렸어."

"판사들 말입니까? 그치들도 엔간히 핫바지들이더라고요."

"용건이 뭐야, 테드?"

"꼴통한테서 전화가 와서요. 랭커스터에 있다면서, 남쪽으로 가면 당신을 따라잡을 수 있다고 하더군요. 당신이 돈 뜯어내려고 재판을 주무르고 있다고 하던데, 그 거짓말이 정말이유?"

하지만 테디의 톤은 일상적인 대화를 하는 듯했다. 목소리에도 말에도 위협은 없었고 나도 협박받는 느낌은 없었다. 2년 전 납치와 가중폭력 건을 치안방해죄 정도로 녹다운시켜준 적이 있었다. 당시 그는 반 누이스 세풀베다에서 로드세인트 소유의 스트립클럽을 운영하고 있었다. 그가 체포된 것은 잘나가는 댄서 하나가 거리 맞은편의 경쟁클럽으로 갔다는 사실을 알고 난 바로 직후였다. 그는 무대에서 여자를 끌어내 자기 클럽으로 다시 데려갔다. 여자가 벌거벗은 채였기 때문에 지나가던 운전사가 그 장면을 목격하고 경찰에 전화를 걸었던 것이다. 형량을 낮추는 것은 내 노하우 중 하나이고 테디도 그 사실을 알고 있었다. 그러니까 내게 약점이 달린 셈이다.

"제대로 이해하고 있군그래. 나도 먹고 살아야 하잖아? 쓰고 싶다면 돈을 내야지."

"5천 달러를 준 게 12월이에요." 테디가 말했다.

"벌써 옛날에 다 써버렸어. 이봐, 테드, 변호사 반 이상이 사건을 말아먹는 치들이야. 나한테 왔으니까 그나마 돈과 시간을 절약하는 거라고. 알면서 왜 그래? 연료를 채워줘야 나도 기운이 나지 않겠어?"

"5천 더 주면 됩니까?"

"아니. 1만이야. 지난주에 꼴통한테도 그리 말했어. 그건 사흘짜리 재판이고 뉴욕 코닥에서 전문가를 끌어들여야 한다고. 보수도 보수지만 그 친구 일등석 비행기와 샤토 마몽 호텔 아니면 꿈쩍도 안 한단 말이야. 어쩌면 술집에 데려가 잘 빠진 여배우를 붙여줘야 할지도 몰라. 거긴 제일 싼 방이 얼만지나 알아? 자그마치 4백이야, 4백."

"농담합니까? 옐로페이지에 적어놓은 슬로건은 어디 똥구멍으로 처먹은 거요? '합리적 가격에 최고의 변호.' 지금 1만 달러가 합리적인 가격이라고 하는 거요?"

"나도 그 표어를 좋아했지. 의뢰인들이 개떼처럼 달려들거든. 하지만 캘리포니아 변협이 싫어하는 바람에 없애버린 지 오래야. 1만은 적정가이고 당연히 합리적이야, 테드. 지불 의사가 없다면 내일 서류를 넘겨주겠어. 난 손을 떼고. 그럼 네 친구는 국선변호사와 놀게 되겠지. 있는 건 다 넘겨주겠지만 국선변호사가 사진전문가를 모셔올지는 나도 장담 못한다고."

테디가 불편한 듯 몸을 씰룩거렸다. 차가 무게를 이기지 못하고 들썩거렸다.

"우린 당신이 필요해. 헤럴드는 중요한 인물이요. 그가 나와야 일이 된단 말이요."

그가 상의 안쪽에 손을 넣었다. 손이 어찌나 두터운지 아예 관절이 함몰된 것처럼 보였다. 두툼한 봉투를 꺼내 차 안으로 밀어 넣었다.

"전부 현찰인가?"

"그래요. 현찰에 무슨 문제 있소?"

"아니, 없어. 다만 영수증을 지불해야 한다는 거지. 국세청 신고사항이니까. 1만 맞지?"

"예, 그래요."

나는 옆자리에 있는 판지 파일박스를 열었다. 영수철은 진행 중인 사건 파일 뒤에 있었다. 나는 영수증을 써주었다. 변호사 면허가 취소되는 경우는 거의 회계상 위법 때문이고, 그것도 대부분 의뢰인의 수임료를 누락하거나 전유한 경우이다. 나는 기록과 영수증을 꼼꼼히 챙기는 편이었다. 그런 식으로 물러나고 싶지는 않았다.

"용케 다 구했네? 내가 5천으로 감해주면 자넨 어떻게 할 텐가?" 나는 영수증을 쓰면서 물었다.

테디는 미소를 지어 보였다. 아래쪽 앞니 하나가 없는 걸 보아 클럽에서 주먹다짐이 있었던 모양이다. 그가 반대쪽 상의를 두들겼다.

"여기 5천짜리 봉투가 더 있수다, 변호사 나리. 당신을 모르는 것도 아니니까."

"이런, 유감이로군. 말 한마디에 5천을 날려버린 꼴이라니."

나는 영수증 복사지를 떼어내 창밖으로 내밀었다.

"헤럴드가 수령인이야. 그 친구가 의뢰인이니까."

"상관없어요."

그는 영수증을 받은 다음 몸을 일으켜 세웠다. 돼지 허벅지가 떨어져 나가니 차가 간신히 균형을 잡았다. 문득 그 돈이 어디서 났는지 묻고 싶었다. 로드세인트의 수많은 범죄 소굴 중 어디에서 그 돈을 벌어들였는지, 이 돈을 지불하기 위해 또 얼마나 많은 댄서들이 얼마나 오랫동안 홀딱춤을 추어야 했는지 알고 싶었다. 하지만 그럴 수가 없었다. 차라리 모르는 게 속 편하리라. 나는 테디가 쓰레기통만큼이나 굵은 허벅지를 할리 데이비슨에 얹기 위해 버둥거리는 모습을 지켜보다가 얼에게 고속도로로 돌아가자고 했다. 반 누이스에 도착하면 새 의뢰인을 만나기 전에 은행부터 들러야겠다.

자동차가 움직이는 동안 봉투에서 돈을 꺼내 세어보았다. 20, 50, 100 달러짜리 지폐들이고 액수도 맞았다. 이제 연료 공급이 끝났으니 헤럴드와 신나게 달리는 일만 남았다. 재판에 들어가면 애송이 검사에게도 따끔한 교훈을 내릴 생각이다. 나는 이길 수밖에 없다. 재판에서는 몰라도 항소심에서는 자신 있다. 헤럴드야 어차피 로드세인트 일원으로 돌아가겠지만 그거야 내 알 바 아니다. 의뢰인에게 영수증을 떼어주면서 그에게 죄가 있는지 없는지 고려한 것도 아니지 않는가.

"할러 씨?" 잠시 후 얼이 불렀다.

"왜?"

"뉴욕에서 온다고 한 전문가 말입니다. 그 사람도 공항에서 데려와야 하나요?"

나는 고개를 저었다.

"오는 사람 없어, 얼. 세계 최고의 카메라맨과 사진사는 모두 여기 할리우드에 있다네."

그제야 얼은 고개를 끄덕이고 백미러를 통해 잠시 내 눈을 쳐다보다가 다시 도로를 향해 고개를 돌렸다.

"그렇군요." 그가 중얼거리며 고개를 끄덕였다.

그리고 나는 내 자신에게 고개를 끄덕여보였다. 내가 해온 일이나 말에 꿀릴 것은 없다. 이건 내 직업이고 이 일은 이런 식으로 움직여야 한다. 개업한 지 15년, 이제는 아주 단순한 개념으로 정리할 수 있다. 법이란, 사람과 생명과 돈을 닥치는 대로 삼켜버리는 거대한 괴물이다. 나는 괴물을 다루고 질병을 고쳐주는 전문가이며, 그에 상응하는 대가를 받아내는 것뿐이다.

지키고 품어야 할 법 따위는 더 이상 존재하지 않는다. 당사자주의, 억제와 균형, 정의의 추구 같은 로스쿨 개념은, 다른 세계에서 건너온 조각상처럼 부식되어버린 지 오래였다. 법은 진실과 아무 상관이 없다. 그곳엔 오직 타협과 개량과 조작만이 있을 뿐이다. 마찬가지로 나도 무죄냐 유죄냐를 다루는 것이 아니다. 세상에 유죄 아닌 자가 어디 있단 말인가? 그런 건 아무래도 좋다. 사건이란 싸구려 하청으로 지어진 건물과 같다. 귀퉁이를 잘라먹고 철근을 빼먹고 거짓말로 그 표면을 색칠해버린 빌딩. 따라서 내 일은 날림공사의 페인트를 벗겨 균열을 드러내 보이는 것이다. 균열마다 손가락을 밀어 넣어 더 넓혀놓아야 하고, 균열을 있는 대로 키워 건물을 무너뜨리고, 그게 여의치 않으면 그 안에서 의뢰인이라도 빼내면 된다.

사람들은 나를 나쁜 놈이라고 욕하지만 그건 사실과 다르다. 나는 다만 교활한 천사일 뿐이다. 나는 진짜 로드세인트이다. 그들은 나를 원하고 필요로 한다. 시스템이 나를 원하고 범죄자들도 나를 원한다. 나는 윤활유이다. 기어를 부드럽게 만들어 시스템이 제대로 돌아가도록 지켜야 하는 윤활유이다.

하지만 이제 룰레 사건으로 인해 그 모든 것이 바뀌어버린다. 내가 바꾸고 룰레가 바뀌고, 결국 지저스 메넨데즈까지 바뀌게 되리라.

04 첫 번째 출두

　루이스 로스 룰레는 일곱 명의 다른 사람들과 함께 유치창 안에 있었다. 모두 반 누이스 교도소에서 법원까지의 반 블록 거리를 버스로 호송되어온 피고인들이었다. 백인은 둘뿐이고 그들은 벤치 하나를 골라 나란히 앉아 있었다. 나머지 흑인 여섯은 다른 쪽을 차지했다. 마치 다윈의 분리설을 보는 듯했다. 모두 이방인이지만 끼리끼리 유유상종하는 것이다.

　루이스가 비벌리힐스 부자라는 이유만으로 나는 두 명의 백인 쪽에 걸었다. 그를 찾아내는 것은 어렵지 않았다. 하나는 비쩍 마른 데다 눈에 잔뜩 백태가 낀 것이 이미 구제 불능의 마약중독자가 분명했다. 또 다른 자는 자동차 헤드라이트에 걸린 여리디여린 사슴처럼 보였다. 나는 그를 골랐다.

　"룰레 씨?" 나는 일부러 페르난도가 가르쳐준 식으로 그의 이름을 발음했다.

　사슴이 고개를 끄덕였다. 나는 조용히 얘기하기 위해 그를 창살 쪽으로 불러냈다.

　"내 이름은 마이클 할러요. 다들 미키라고 부르지. 오늘 첫 출두에 당신을 대변하기로 했소."

우리가 있는 곳은 기소인부절차(공소가 제기된 뒤 심리에 앞서 피고인에게 공소 사실을 고지하는 소송절차—옮긴이)가 예정된 법정의 뒤쪽 대기실이었다. 개회 전 변호사들이 자유롭게 의뢰인과 상담할 수 있도록 만든 공간이다. 대기실 밖의 바닥에는 1미터 길이의 파란 선이 그려져 있는데, 의뢰인으로부터 그 거리를 유지하라는 표시였다.

루이스가 창살을 붙잡았다. 다른 죄수들과 마찬가지로 그의 발목과 팔목, 배에도 사슬이 감겨 있었다. 사슬은 법정 안으로 들어갈 때에야 풀릴 것이다. 30대 초반의 나이. 최소 180센티미터에 80킬로그램은 훌쩍 넘은 듯했지만 그럼에도 불구하고 어딘가 가냘퍼 보였다. 갇혀 있기 때문에 그런 걸까? 눈은 남색에 가까웠지만 그 속에 박힌 두려움과 불안감은 혼자 보기 아까울 정도로 격렬했다. 내 의뢰인들은 대개 전과자였기 때문에 하나같이 약탈자의 눈을 하고 있었다. 물론 교도소에서 만들어진 눈빛들이다.

하지만 루이스는 달랐다. 그는 정말로 희생양처럼 보였다. 두려워하고 있었고 자신의 나약한 모습을 누가 보든 신경 쓸 여력도 없는 듯했다.

"이건 함정이에요. 제발 여기서 나가게 해줘요. 여자를 잘못 고른 것뿐입니다. 그게 다예요. 여자가 함정에 빠뜨려서…."

그의 목소리는 다급하고 절실했다. 나는 얼른 두 손을 들어 그의 입을 막았다.

"여기서 말할 땐 조심해야 하네. 아니, 이곳에서 빠져나올 때까지는 절대 아무 말도 해선 안 돼. 얘기는 그다음에 하자고."

그는 주위를 둘러보았다. 내 말을 이해하지 못한 것이다.

"누구든 들을 수 있네. 누구든 자네 말을 퍼뜨릴 수 있어. 자네가 한 마디도 하지 않았다 해도 말일세. 최고의 선택은 절대 합죽이가 되는 거야,

알겠나? 입도 벙긋하지 않는 거라고.”

그는 그제야 고개를 끄덕였다. 나는 그에게 철망 옆의 벤치에 앉으라고 손짓했다. 창살 밖에도 벤치가 있었다. 나는 그 자리에 앉았다.

“내가 온 이유는 단지 자네를 만나기 위해서야. 사건 얘기는 여기서 나간 다음에 하기로 하세. 자네 가족변호사인 돕스 씨하고도 얘기가 되었네. 난 저 안에 들어가면 보석금을 내겠다고 말할 거야. 제대로 알고 있는 거 맞지?”

나는 가죽으로 된 몽블랑 폴더를 열고 관용지에 메모할 준비를 했다. 루이스가 상체를 숙이고는 고개를 끄덕여보였다.

“좋아. 자네 신상부터 얘기해보지. 나이는 몇이고 결혼은 했는지, 그리고 회사에서는 어떤 직책인지 등등 말이야.”

“예, 서른둘이에요. 평생 이곳에서 살았죠. 대학도 여기에서 다녔습니다. UCLA. 독신이고 아이도 없습니다. 직장은….”

“이혼했나?”

“아니요. 결혼한 적이 없습니다. 직장은 가문 대대로 내려온 일이죠. 윈저 주택부동산. 이름은 어머니의 두 번째 남편 이름을 딴 건데 말 그대로 부동산입니다. 부동산을 파는 거죠.”

나는 메모를 해나가며 조용히 물었다. 일부러 고개를 들지도 않았다.

“지난해 수입은 얼마지?”

대답이 없기에 나는 그제야 고개를 들었다.

“그런 것까지 알아야 하나요?” 그가 되물었다.

“오늘 해지기 전에 자네를 빼내기 위해서야. 그러기 위해선 이 사회에서 자네가 어느 위치에 있는지 정확히 알아야 하네. 자네 경제적 지위까지 포함해서….”

“정확히 얼마나 벌었는지는 모릅니다. 대개 회사에서 관리하니까요.”

"세금도 안 냈나?"

루이스는 어깨 너머로 다른 사람들을 보고 나서 조심스럽게 속삭였다.

"그건 냈죠. 내 수입에 대해 모두 25만 달러를 냈어요."

"그러니까 회사의 배당금까지 합하면 수입은 더 많겠군."

"예, 그럴 겁니다."

루이스의 백인 동료가 그의 옆으로 다가왔다. 그도 안절부절못하는 것 같았다. 특히 두 손을 가만 두지 못했는데, 엉덩이에서 주머니로 미끄러 뜨리는가 하면 굳게 맞잡기도 했다.

"이봐요, 나도 변호사가 필요해요. 명함 가진 거 있소?"

"자네 줄 건 없네, 친구. 자네 변호사는 안에서 알아서 챙겨줄 거야."

나는 루이스를 돌아보았다. 마약쟁이가 떠나기를 기다렸지만 놈은 꿈 쩍도 하지 않았다. 나는 다시 그를 보았다.

"이봐, 이건 비밀대화야. 그러니 저쪽으로 가주시지."

마약쟁이는 두 손으로 무슨 동작인가를 취하더니 비척비척 구석자리 로 돌아갔다. 나는 다시 루이스를 보았다.

"자선단체는 어떤가?" 내가 물었다.

"무슨 뜻이죠?" 루이스가 되물었다.

"자선단체와 연관이 없냐고? 어디든 기부하는 데 말일세."

"예, 그건 회사 몫이에요. 소망의 집에도 하고 할리우드의 가출청소년 보호단체에도 돈을 내요. 아마 '재단법인 쉼터'인가 뭔가 그럴 거예요."

"오케이, 좋아."

"날 빼낼 수 있는 거죠?"

"노력해보지. 지금 자넨 가중범죄로 고발된 상태야. 여기로 오는 도중 에 확인해봤네. 검사 쪽에서야 보석에 반대하겠지만 너무 걱정 말라고. 어떻게 해볼 테니까."

나는 노트에 집중했다.

"보석이 안 된다고요?" 그가 경악한 목소리로 외쳤다.

유치장 사람들이 모두 그를 돌아보았다. 그건 모두의 공통된 악몽이었다. 보석 불허.

"진정하라고. 내 말은 그럴 수도 있다는 거야. 그렇다는 게 아니라. 그전에 체포된 적이 언제지?"

나는 항상 이 질문을 느닷없이 던져놓는다. 그 순간 그들의 눈을 보면, 후에 법정에서 나를 엿 먹일지 않을지를 대충 감 잡을 수 있기 때문이다.

"아뇨. 한 번도 체포 같은 거 당해본 적 없어요. 이번 일도….."

"됐네. 그 얘기는 여기서 하지 않기로 했잖나."

그가 끄덕였다. 나는 시계를 보았다. 곧 시작할 판인데 아직 매기 맥피어스와 얘기조차 하지 못했다.

"일단 여기까지 하지. 몇 분 후에 안에서 다시 만날 거야. 그때 여기서 빠져나가기 위해 필요한 게 뭔지를 알게 될 걸세. 그리고 일단 저기 들어가면 내 허락 없이는 아무 말도 하지 말도록. 판사가 안부 인사를 건네도 내 허락을 받아야 해, 알겠나?"

"무죄라고 말해도 안 되나요?"

"안 돼. 자네한테 그런 거 물을 사람도 없고. 오늘 하는 일이라고는 고발 내용을 읽어주고 보석에 대해 설명하고 기소인부절차 일정을 잡는 것뿐이야. '무죄'를 주장하는 건 그때 일이지. 그러니 오늘은 입도 벙긋 말라고. 울거나 화를 내서도 안 돼. 알겠나?"

그가 인상을 찌푸리며 고개를 끄덕였다.

"루이스, 자네 괜찮은 건가?"

그는 힘없이 고개를 끄덕였다.

"알겠지만, 이런 식의 첫 출두와 보석 심사에 대해 2천5백 달러를 받네.

그게 문제가 되나?"

그는 고개를 저어 아니라고 답했다. 그가 말을 하지 않아 다행이었다. 의뢰인들은 대개 말이 너무 많았고, 그놈의 주둥이 때문에 곧바로 구속되는 경우도 허다했다.

"좋아. 나머지 얘기는 나가서 하지."

나는 가죽폴더를 접었다. 그리고 그가 내 모습에 감명받았기를 기대하며 자리에서 일어섰다.

"마지막으로 하나 묻지. 왜 나를 골랐지? 허다한 게 변호사인데, 왜 하필 나였나?"

아무 의미도 없는 질문이지만 페르난도의 말을 시험해보고 싶었다.

"몰라요. 신문 같은 데서 이름을 본 적이 있어요." 그가 말했다.

"내 기사를 읽은 이유가 뭔가?"

"당신이 기존의 증거를 모두 파기해버린 사건 기사였어요. 마약 건이었던 것 같은데. 아무튼 그 후로 다른 증거가 나타나지 않아 당신이 승소했다고 쓰여 있더군요."

"헨드릭스 사건?"

최근 신문에 실린 사건은 그것뿐이었다. 헨드릭스 역시 로드세인트 소속이었는데, 보안관은 그의 배달지역을 추적하기 위해 할리에 위성추적장치를 달았다. 공공도로에서야 문제 될 게 없었지만, 그가 밤에 오토바이를 부엌에 세워두는 통에 결과적으로 불법 침입이 되고 만 셈이었다. 사건은 예비심리(중범죄 기소의 초기단계로 검사가 소송을 정당화할 충분한 증거를 입증해야 한다-옮긴이)에서 기각되었고 결국 〈타임스〉의 이목을 끌었다.

"그 사람 이름은 몰라요. 내가 기억하는 건 당신 이름이죠. 그것도 성뿐이지만요. 오늘 보험보증에 전화해 할러라는 이름을 주고 수배해달라고 부탁했어요. 우리 변호사에게도 전화해달라고 했고. 그런데, 왜요?"

"아무것도 아닐세. 그냥 궁금해서. 아무튼 전화는 고맙네. 법정에서 보자고."

나는 룰레의 말과, 페르난도가 판돈을 부풀리기 위해 조미료를 친 뻥의 차이를 곱씹으며 법정 안으로 들어갔다. 매기는 검사 측 테이블 끝에 앉아 있었다. 매기 말고도 다섯 명의 검사가 더 있었다. 테이블은 넓은 L자형이어서 검사들이 얼마든지 판사석을 마주 볼 수 있게 되어 있었다. 법정에 배정된 검사는 매일매일 쏟아져 들어오는 일상적인 출두와 기소인 부심사를 처리했지만, 특별사건일 경우에는 이웃 법원 건물 2층의 지방 검사실에서 거물들이 불려나왔다. 물론 TV 카메라들도 출동했다.

정리의 데스크 옆에서 한 남자가 삼각대 위에 비디오카메라를 설치하고 있었다. 카메라와 옷에 방송국 표시가 없는 걸 봐서 사건 냄새를 맡고 달려온 프리랜서가 분명했다. 심리과정을 찍어서 30초짜리 뉴스거리가 필요한 지방 방송국 편집장에게 팔아넘기려는 것이다. 루이스의 일정을 체크할 때 정리에게서 판사가 촬영을 허가했다는 말을 들었다.

나는 뒤로 돌아가 전처의 귀에 조그맣게 속삭였다. 매기는 파일 안에 든 사진들을 보고 있는 중이었다. 가는 회색줄무늬의 남색 정장 차림이었고 새까만 머리는 회색 리본으로 묶어두었다. 난 그런 식으로 묶은 매기의 머리카락을 좋아했다.

"룰레 사건을 맡은 게 당신이었소?"

매기가 올려다보았지만 그땐 아직 내 목소리를 알아차리지 못한 상태였다. 의례적인 미소를 지으려다가, 나라는 걸 알고는 이내 인상을 구겼고, 곧바로 파일을 탁 하고 닫아버렸다. 내가 과거시제로 물은 이유를 정확히 이해한 것이다.

"아무 말도 하지 마."

"미안. 저 친구 헨드릭스 건이 마음에 들었나 봐. 그것 때문에 전화했다더군.”

“빌어먹을. 난 진심으로 이 사건을 원했어, 할러. 날 엿 먹인 게 벌써 두 번째야.”

“아무래도 이 도시가 우리 둘에겐 너무 비좁은 모양이야.” 나는 짐짓 캐그니(초창기 할리우드를 이끈 미국 영화배우−옮긴이) 흉내를 내보았다.

매기가 끙 하고 신음을 내뱉었다.

“좋아. 심리만 끝나면 조용히 물러날게. 그것마저 못하게 하지는 않겠지?”

“어쩌면. 보석 불가 입장을 고집할 건가?”

“물론. 하지만 검사가 바뀐다고 달라질 건 없어. 2층에서 요리해준 명령이니까.”

나는 고개를 끄덕였다. 그건 검사장이 보석 불허를 요구했다는 뜻이다.

“그 친구 사회사업 경력도 있는 데다 초범이야.”

나는 매기의 눈치를 살폈다. 체포된 적이 없다는 루이스의 말을 확인할 틈이 없어서였다. 의뢰인들이 거의 발악적으로 전력을 숨기려는 것을 보면 기가 막힐 정도였다. 그래봐야 금방 들통 나고 말 텐데 말이다.

하지만 매기도 루이스의 전과에 대해서는 모르는 모양이었다. 그의 말이 사실이라는 뜻이다. 정말로 순하디순한 순둥이 고객을 만난 것일까? 생전 처음으로?

“과거에 뭘 했는지는 중요하지 않아. 중요한 건 어젯밤이니까.”

매기는 파일을 열더니 재빨리 필요한 사진을 뽑아냈다.

“당신의 그 잘난 사회사업가가 어젯밤에 어떤 짓을 했는지 봐. 정말이야. 저놈이 천사였다고 해도 상관없어. 다시는 그런 짓을 하지 못하게 만들어줄 작정이야.”

사진은 8×10으로 클로즈업한 여자의 얼굴이었다. 오른쪽 눈 주위의 멍이 어찌나 큰지 눈이 없는 것 같았고 코는 부러져 가운데가 주저앉았다. 양쪽 코를 틀어막은 솜은 피가 흠뻑 젖어 있었다. 오른쪽 이마의 길게 찢어진 상처를 나비 모양으로 꿰맨 자국이 아홉 바늘이나 되었으며 찢어진 아랫입술은 주먹만 하게 부풀어 오른 채였다. 여자는 카메라를 보고 있었는데, 성한 한쪽 눈만 보아도 두려움과 고통과 굴욕감이 저절로 묻어나는 것만 같았다.

"그 친구 짓이 확실해?"

나는 의례적으로 물었다. 그렇게 물어야 할 시점이었다.

"그래, 분명해. 그자 짓이야. 여자 집에서 잡혔을 때 온통 여자 피를 뒤집어쓰고 있었으니까. 좋아, 인정은 하지. 아무튼 적절한 질문이었어."

"당신은 냉소적일 때가 더 매력적인 거 알아? 어쨌든, 조서 꾸민 건 있겠지? 있으면 복사 한 장 떠줬으면 좋겠는데."

"사건을 인계받을 검사에게 받을 수 있을 거야. 선처는 없어, 할러. 이번만은 안 돼."

나는 매기가 더 도발하고 더 분노할 것을 기대했다. 있는 대로 쏴댈 수도 있었겠지만 불행히도 매기가 가진 것은 그게 전부였다. 그 사건에 대해 더 이상의 것을 뽑아내기는 글렀다는 뜻이다. 나는 포기하고 주제를 바꿨다.

"그래, 애는 어때?"

"잔뜩 겁에 질린 데다 엄청나게 고통스러워해. 뭘 묻고 그래?"

나를 바라보는 매기가 이제야 알겠다는 표정을 지었다.

"피해자에 대해 물은 게 아니었군, 그렇지?"

대답하지 않았다. 매기한테 거짓말을 하고 싶지는 않았다.

"당신 딸 얘기라면 잘 지내. 당신이 보내준 선물도 잘 받았고. 하지만 그런 것보단 아빠가 좀 더 자주 찾아와주기를 바라고 있지."

그건 총만 들이대는 게 아니라 아예 난사해버리는 격이었다. 그래도 할 말은 없었다. 나는 언제나 사건만 쫓아다니는 로봇이며 그런 신세는 주말에도 마찬가지였다. 마음 한구석에선 사건이 아니라 딸아이를 쫓아다녀야 한다고 생각하지만, 그럴 수 있는 시간은 점점 멀어져 가기만 했다.

"그래야지. 당장 실천할게. 이번 주말엔 어때?" 내가 물었다.

"좋아. 오늘밤에 말해줄까?"

"음, 내일까지만 기다려줘. 좀 더 확실하게 하고 싶으니까."

매기는 그럼 그렇지, 라고 말하는 듯 고개를 끄덕였다. 전에도 늘 이런 식이었다.

"알았어. 그럼 내일 알려줘."

이번만큼은 매기의 냉소가 별로 매력적이지 않았다.

"아이가 필요한 게 뭐지?"

어떻게든 열세를 만회하고 싶었다.

"지금 말했잖아. 아빠를 더 자주 보는 거라고."

"알았어, 약속하지. 그렇게 할게."

매기는 대답하지 않았다.

"정말이야, 매기. 내일 분명히 전화한다니까."

매기는 나를 노려보았다. 나를 태워버리기라도 할 것 같은 눈빛이었지만 사실 이것도 늘 겪는 일이었다. 말로만 아빠 노릇을 하는 인간이라는 뜻이다. 나를 구해준 것은 개회 선언이었다. 판사가 집무실에서 나와 판사석으로 이어진 계단을 성큼성큼 올라갔다. 정리도 좌중에게 조용하라고 일렀다. 나는 매기에게 아무 말도 하지 않고 검사석을 떠나 피고석 옆의 의자 하나를 골라 앉았다.

판사는 개회 전에 논의해야 할 문제가 있는지 서기에게 물었다. 서기가 없다고 하자 판사는 첫 번째 그룹의 입장을 명했다. 랭커스터의 법정과 마찬가지로 이곳에도 구류 중인 피고들을 위한 대기 공간이 있었다. 나는 자리에서 일어나 유리 입구로 나가 문으로 나오는 루이스에게 가까이 오라고 손짓했다.

"자네가 처음이야. 판사에게 부탁해서 순번을 앞으로 해달라고 했네. 자네를 한시라도 빨리 빼내주고 싶거든."

물론 거짓말이었다. 판사에게 부탁한 적도 없고 판사가 특혜를 줄 리도 만무했다. 루이스의 순서가 앞인 것은 순전히 방송 카메라 때문이었다. 그러니까 카메라맨이 용무를 마치고 다른 볼일을 보도록 하기 위한 배려였다. 게다가 텔레비전 카메라가 있으면 변호사, 피고, 판사까지 아무래도 법정의 분위기가 자유롭지 못할 수밖에 없었다.

"왜 카메라가 있는 거죠? 나 때문인가요?"

루이스의 목소리는 거의 패닉 상태에 가까웠다.

"그래. 자네 사건 때문이야. 누군가 찔렀나 봐. 방송에 나가고 싶지 않으면 내 뒤에 꼭 붙어 있으라고."

루이스는 내가 카메라를 막을 수 있도록 내 쪽으로 옮겨 앉았다. 카메라맨이 기사와 필름을 지방 방송국 뉴스 프로그램에 팔 가능성은 훨씬 줄어든 셈이다. 좋은 일이다. 하지만 뉴스를 판다면 난 뉴스의 초점이 되어 세간의 이목을 끌 수 있을 것이다. 그 역시 구미가 당기는 일이었다.

루이스 사건이 호출되고 서기가 역시 잘못된 발음으로 그를 호명했다. 매기는 검사 측 대표로 참석했음을 알렸고 나도 참석을 알렸다. 그녀는 매기 맥피어스(피어스는 격렬하다는 뜻-옮긴이) 특유의 수법을 총동원해 사건을 기소했다. 루이스는 매기에 의해 살인미수에 강간미수 용의자가 되었다. 그렇게 함으로써 보석 불허 방침을 주장하기가 훨씬 수월해지기도 했다.

판사는 루이스에게 헌법상의 권리를 설명하고 기소인부심의를 3월

21일로 정했다. 나는 루이스를 대변해 보석불허 주장에 이의를 제기했다. 바야흐로 나와 매기 사이의 핑퐁 릴레이가 시작된 것이다. 물론 판사가 심판이 될 것이다. 판사도 우리 결혼식에 참석했기 때문에 한때 두 사람이 법적 부부였다는 사실 정도는 알고 있었다. 매기는 피해자에게 가해진 잔혹행위에 초점을 맞추었고, 나는 반대로 루이스의 사회적 입지와 자선단체에의 기부 노력 등을 부각시켰다. 그리고 관람석의 세실 돕스를 지목해 루이스의 선행에 대해 더 자세히 설명하게 할 수도 있음을 알렸다. 돕스는 그러니까 내 히든카드인 셈이었다. 법조계에서의 그의 위치가 어떤 식으로든 판사에게도 영향이 미칠 거라는 계산이었다. 결국 판사란 유권자들과 선거 기부인들의 지명으로 판사석에 앉게 되는 존재가 아니겠는가.

"재판장님, 중요한 것은 검사 측도 피고에게 도주 위험이 있거나 사회적 위험 인물이라고 주장할 수 없다는 사실입니다. 룰레 씨는 이 사회에 잘 적응하고 있었고, 또 앞으로도 작금의 부당한 기소에 맞서는 것 외에 어떠한 유해 행위도 없을 것입니다."

나는 이렇게 끝을 맺었다. '부당한 기소'라는 말은 일부러 흘렸는데, 그 화살은 허공을 부유하다가 예상대로 '부당한 기소'의 당사자인 여성에게 가서 꽂혔다.

"재판장님, 모든 것을 양보한다 해도, 결코 잊지 말아야 할 사실은 피해자가 야만적인 행위에 의해…."

판사는 매기의 말을 끊었다.

"맥퍼슨 검사, 그만하면 핑퐁 게임은 충분히 봤다고 생각됩니다. 룰레 씨의 신분뿐만 아니라 피해자의 고통에 대해서도 잘 알겠습니다. 오늘 소송도 밀려 있고요. 내 결정은 1백만 달러의 보석입니다. 그리고 룰레 씨가 매주 법원에 출두하도록 감독하겠습니다. 만일 한 번이라도 어기는 즉시 그의 자유는 박탈될 것입니다."

나는 재빨리 관중석을 돌아보았다. 페르난도 옆에 세실 돕스가 앉아 있었다. 돕스는 마른 체형에 민머리였다. 탈모증을 감추기 위해 아예 머리를 밀어버린 것이다. 하지만 페르난도의 말만큼 말라 보이지는 않았다. 내가 그쪽을 본 이유는, 판사의 보석 명령을 수락할 것인지, 아니면 보석금 인하 협상을 시작할 것인지에 대한 지시를 기다리기 위해서였다. 판사의 선물이 이따금 더 많은 것을(이 경우에는 더 적은 금액을) 요구하는 발판이 되기도 하는 법이니 말이다.

하지만 돕스는 자리에서 일어나 그대로 법정 밖으로 나가버렸다. 페르난도는 남아 있었다. 나는 그 의미를 그 정도면 충분하며 1백만 달러 정도는 룰레 가족이 알아서 할 거라는 뜻으로 이해하기로 했다. 나는 판사를 향해 돌아섰다.

"감사합니다, 재판장님."

서기는 곧바로 다음 사건을 호명했다. 나는 사건 파일을 정리하고 있는 매기를 바라보았다. 매기에게 아무런 가치가 없게 된 파일이었다. 매기는 일어나 피고석을 지나 법정 가운데로 내려왔는데, 아무하고도 얘기하지 않았다. 심지어 내 쪽을 쳐다보지도 않았다.

"할러 변호사님?"

나는 의뢰인을 돌아보았다. 보안관이 그를 대기실로 끌어내기 위해 다가오고 있었다. 이제 그는 버스를 타고 반 블록 떨어진 교도소로 돌아갈 것이다. 그리고 돕스와 페르난도가 얼마나 신속하게 움직이느냐에 달려 있기는 하지만, 늦어도 오늘 늦은 오후쯤에는 풀려날 것이다.

"돕스 씨하고 상의해서 되도록 빨리 나오게 하겠네. 그다음에 느긋하게 앉아 사건 얘기를 나누자고."

"감사합니다. 정말 고맙습니다." 루이스가 끌려 나가며 말했다.

"내 말 명심하게. 아무한테도 말하면 안 돼. 누구한테도 말이야."

"예, 알겠습니다."

그가 떠나고 난 피고석 쪽으로 돌아갔다. 페르난도가 환한 웃음을 지으며 기다리고 있었다. 루이스의 보석금은 그가 다뤄본 최고의 금액이었다. 즉, 그가 언게 될 콩고물도 최고액이 되리라는 뜻이었다. 내가 게이트를 빠져나가자 그가 내 팔을 때렸다.

"내가 뭐라고 했어. 대박이라고 했잖아?"

"두고 보자고, 페르난도."

내가 말했다.

"아직은 몰라."

05 거래

변호사들의 수임료 징수에는 두 가지 방법이 있다. 수임료 A는 일정한 서비스에 대해 변호사가 받고 싶은 만큼 받는 것이다. 그리고 B유형은 고객이 주는 대로 받는 것을 말하고, 그건 의뢰인이 제공할 수 있는 게 그뿐이기 때문이다. 대박 의뢰인이란 재판까지 가기를 원하는 데다, 수임료 A 원칙에 따라 지불할 능력이 있는 의뢰인을 일컫는다. 첫 출두에서 기소인부절차에서 예비심사까지, 그리고 재판에서 항소까지, 대박 고객은 수천까지는 아니더라도 수백 시간의 유료서비스를 요구하게 되고, 결국 2~3년 동안은 돈줄이 끊이지 않게 된다. 내 사냥 경험에 비추어보면, 그런 먹잇감은 이 정글에서도 가장 희귀하고 가장 값비싼 짐승에 속했다.

그러다가 페르난도가 돈 냄새를 맡은 것이다. 루이스는 보면 볼수록 대박 고객으로 보였다. 내게도 물론 단비와도 같은 기회였다. 대박사건 아니라 대박 비슷한 일을 한 것도 벌써 거의 2년 전이었다. 이른바 여섯 자리 이상의 수입을 올릴 수 있는 사건들이다. 그 이후로 잔뜩 기대를 불러일으킨 사건들은 많았지만 실제로 거기까지 가본 경우는 없었다.

돕스는 복도에서 나를 기다리고 있었다. 그는 유리벽 앞에 서 있었는데 그 아래로 도시의 센터플라자가 보였다. 나는 재빨리 그에게 다가갔다. 페르난도보다 몇 초 정도 앞선 거리였지만 그 순간을 이용해 돕스와 은밀한 얘기를 나누고 싶었다.

"미안해요. 더 이상 앉아 있을 수가 없었소. 그애가 돼지우리에 갇힌 것을 보는 것이 괴로워서 말이오." 내가 다가가자 돕스가 먼저 입을 열었다.

"그애?"

"루이스. 난 25년간 그 집 변호사였소. 그래서 아직 어린아이 같기만 하다오."

"빼낼 수 있겠습니까?"

"그건 어렵지 않을 거요. 루이스의 모친이 어떤 식으로 처리할 생각인지 전화로 알아보리다. 재산을 처분하든지 아니면 보험을 끼고 갈지."

1백만 달러의 보석금을 치르기 위해 재산을 처분한다는 건, 저당 잡히지 않은 재산가치가 최소한 1백만 달러가 넘는다는 뜻이었다. 더욱이 법원은 재산의 실 가격을 요구할 것이고 그럴 경우 산정에만 며칠이 소요된다. 루이스가 그만큼 유치장에서 썩어야 한다는 뜻이기도 하다. 반면에 10퍼센트의 프리미엄만 각오한다면 페르난도의 보험 증권은 언제든지 구매가 가능하다. 문제는 그 10퍼센트를 돌려받지 못한다는 데 있었다. 그건 페르난도가 감당해야 하는 위험과 수고의 대가였다. 그가 법정에서 만면에 희색을 띤 이유도 그 때문이었다. 1백만 달러의 보석금에 대한 보험료를 지불한 후에도 9만 달러 가까운 수익을 올리게 되는 것이다. 루이스의 처리 때문에 안달복달하는 것도 무리는 아니었다.

"제안 하나 해도 되겠습니까?" 내가 물었다.

"그럽시다."

"아까 갇혀 있을 때 보니 무척 괴로워하는 것 같더군요. 저라면 가능한 빨리 빼내주겠습니다. 그렇게 하려면 페르난도와 보험거래를 해야 하겠죠. 10만 달러야 날리겠지만 적어도 그 친구는 안전할 겁니다. 무슨 말인지 아실 겁니다."

돕스는 글라스 윈도 쪽으로 몸을 돌려 난간에 몸을 기댔다. 마침 점심시간이라 아래쪽에는 관공서 사람들이 꾸역꾸역 밀려들고 있었다.

"무슨 말인지야 알지."

"다른 이유를 말씀드리자면, 이런 사건은 종종 쥐새끼들이 설치는 경향이 있습니다."

"그건 무슨 뜻이오?"

"무엇이든 알고 있다고 떠벌이는 수감자들이죠. 특히 방송이나 신문을 탄 사건들이 그렇습니다. 놈들은 뉴스에서 정보를 빼내 루이스한테서 들은 것처럼 떠벌릴 겁니다."

"그건 불법이오. 허용될 수도 없는."

"예, 압니다. 하지만 흔한 일이죠. 오래 들어가 있을수록 벌레가 꼬일 가능성도 클 겁니다."

"보험 쪽으로 가자고 설득하리다. 전화는 했는데 지금 회의 중이라더군. 곧 전화가 올 거요. 그럼 곧바로 이쪽으로 움직이는 걸로 하지."

그의 말은 심리 내내 나를 괴롭혔던 묘한 기분을 자극했다.

"아들이 유치장에 있는데 회의를 하고 있다는 말입니까? 그렇지 않아도 그가 깨끗하고 정당하다면 왜 어머니가 법정에 나타나지 않았을까 하는 생각에 마음이 걸렸습니다만."

돕스는 마치 뭐 이런 놈이 다 있어 하는 표정으로 나를 바라보았다.

"윈저 부인은 바쁘고 영향력 있는 분이오. 아들이 지금 심각한 곤경에 빠졌다고 보고했다면 당장에라도 전화를 걸어오셨을 거요."

"윈저 부인?"

"루이스의 부친과 이혼하고 곧바로 재혼했소. 그것도 오래전 일이지."

나는 고개를 끄덕였다. 그리고 돕스와 상의할 문제가 있다는 사실을 떠올렸지만 그렇다고 페르난도의 면전에서 꺼낼 수는 없었다.

"루이스가 반 누이스 교도소로 돌아갈 시간부터 체크해보지. 그래야 데리고 나오지 않겠어?" 나는 페르난도에게 말했다.

"벌써 체크했어. 점심 먹고 첫차로 돌아갈 거래." 페르난도가 말했다.

"그래? 아무튼 다시 확인해봐. 난 그동안 돕스 씨와 일을 마무리 짓고 있을 테니까."

페르난도는 다시 확인할 필요가 없다고 하려다가 문득 내 말뜻을 깨달은 모양이었다.

"알았네. 확인해보지." 그가 말했다.

그가 떠난 다음에도 난 한참 동안 돕스를 살폈다. 50대 후반의 나이. 무척 공손한 태도였는데 아마도 30년 동안 부자들을 돌보면서 밴 습관일 것이다. 그 사이에 그도 부자가 되었지만 그렇다고 습성까지 바꾸지는 못한 모양이다.

"함께 일하게 된다면, 아무래도 부를 호칭이 있을 것 같군요. 세실? 돕스 씨?"

"세실이 좋겠소."

"예, 첫 번째 질문입니다, 세실. 이제부터 한 식구가 된 겁니까? 제가 이 일을 맡은 건가요?"

"어차피 이 사건을 당신한테 맡기라고 한 것도 룰레 씨요. 솔직히 나라면 당신이 영순위는 아니었을 거요. 아니, 아예 고려조차 되지 않았겠지. 들어본 적도 없으니까. 아무튼 룰레 씨가 선택한 사람이니 나로서도 불만은 없소. 게다가 법정 안에서의 조치 역시 무척 적절했다고 생각하오. 검사의 태도가 빡빡해서 솔직히 불안했는데."

조금 전의 '그애'는 이제 '룰레 씨'로 바뀌어 있었다. 도무지 그자의 어떤 점이 돕스의 입지를 흔들어놓는 것인지 궁금했다.

"예, 보통 매기 맥피어스라고 부르는 검사인데 상당히 강성입니다."

"내 생각에도 조금 극단적인 듯싶었소. 이 일에서 손 떼게 할 방법은 없겠소? 그러니까 좀 더… 합리적인 사람으로."

"잘 모르겠군요. 검사를 들어내려 하는 건 오히려 독이 될 수도 있습니다. 하지만 굳이 필요하다면 가능은 합니다."

"가능하다니 안심이 되는군. 왜 당신 이름을 한 번도 듣지 못했는지 이유를 모르겠소."

"그럴 수도 있지요. 그럼 어떻게… 지금 수임료 문제를 처리하시겠습니까?"

"원하신다면."

나는 복도를 둘러보았다. 엿들을 만한 거리에는 아무도 없었다. 나는 이 사건에 대해 끝까지 A타입으로 갈 생각이었다.

"오늘 건에 대해서는 2천 5백을 받기로 했고 그건 루이스도 동의했습니다. 이제부터 시간으로 계산한다면 전 시간당 3백을 받고 재판으로 가면 5백이 됩니다. 재판기간 중에는 다른 일을 할 수 없으니까요. 정액제라면 지금부터 예심까지 6만 달러가 들 겁니다. 만일 유죄인정 정도로 끝이 난다면 그 위에 1만 2천이 추가됩니다. 재판으로 갈 경우에는 재판 결정 당일에 대해 6만 달러, 배심원을 선정하기 시작하면서 다시 2만 5천이 추가될 겁니다. 사건이 일주일 이상 갈 것 같지는 않지만 만일 그렇게 될 경우 추가로 주당 2만 5천이 필요합니다. 항소에 대해서는 그때 가서 다시 얘기하기로 하죠."

나는 돕스의 표정을 살피기 위해 잠시 기다렸다. 그에게서는 아무 표정도 읽을 수가 없었다. 나는 계속하기로 했다.

"의뢰비로 3만, 조사비용으로 1만이 오늘 내로 지급되었으면 합니다.

이 건으로 시간 낭비할 생각은 없습니다. 뉴스가 냄새를 맡고 경찰이 관련자를 신문하기 전에 먼저 우리 쪽 수사관을 내보내 선수를 칠 필요가 있습니다."

돕스가 천천히 고개를 끄덕였다.

"그게 당신의 일상적인 비용인 거요?"

"그 정도 지불하실 가치는 있을 겁니다. 그 집안에서는 얼마나 받습니까, 세실?"

나는 그가 이런 사소한 문제로 발을 빼지는 않을 거라고 확신했다.

"그건 나와 고객 간의 문제요. 걱정할 필요 없소. 윈저 부인과 그 문제도 함께 상의해보리다."

"감사합니다. 오늘 당장 수사관을 내보내야만 한다는 점을 기억해주십시오."

나는 정장코트 오른쪽 주머니에서 명함을 꺼내 그에게 건넸다. 오른쪽 주머니의 명함은 내 휴대폰 번호가 적힌 것이고 왼쪽 명함은 로나에게 이어지도록 되어 있다.

"다운타운에서 심리가 하나 더 있습니다. 그가 나오면 전화하세요. 가능한 한 빨리 회의를 해야 하니까요. 오후 늦게부터는 저도 시간이 있습니다."

"알겠소. 우리가 당신한테 가야 하오?" 돕스가 명함을 집어넣으며 말했다. 그는 아예 명함을 보지도 않았다.

"아니, 제가 찾아가겠습니다. 센추리 시티의 부자 양반들은 도대체 어떻게 사는지 보고 싶거든요."

돕스가 사람 좋은 미소를 지었다.

"당신 옷을 보니 힘없는 변호사는 옷도 잘 입어서는 안 된다는 통설을 충실히 따르는 것 같군요. 당신을 좋아하는 배심원이 아니라 질투하지 않는 배심원을 골라야 한다는 뜻이겠지. 마이클, 센추리 시티의 변호사도 고객보다 화려한 사무실을 가질 수는 없다오. 내 사무실도 별로 잘난 것 없으니 기대해봐야 별 볼 일 없을 거요."

나는 고개를 끄덕여 동의를 표했지만 기분이 상한 것은 어쩔 수 없었다. 그래 봬도 난 최고급 옷을 입고 있었다. 월요일에는 언제나 그랬고 오늘이 바로 월요일이다.

"그렇게 말씀하시니 맘이 놓이는군요." 내가 말했다.

법정의 문이 열리고 카메라맨이 밖으로 나왔다. 카메라와 삼각대도 끌려나오고 있었다. 돕스가 그를 보더니 순간 긴장했다.

"기자 놈들. 어떻게 따돌릴 수는 없겠소? 윈저 부인도…."

"잠깐만요."

나는 카메라맨을 불렀다. 그가 다가오자 난 손부터 내밀었다. 그는 내 손을 잡기 위해 삼각대를 땅에 내려놓았다.

"마이클 할러요. 당신이 의뢰인의 출두를 촬영하는 걸 보았소."

내 공식 이름을 꺼낸 것은 일종의 암호였다.

"로버트 길렌입니다. 다들 스틱스라고 부르죠." 카메라맨이 말했다.

그는 별명을 설명하듯 삼각대를 가리켰다. 그도 정식 이름으로 내 암호에 답했다. 요컨대, 내가 작전 중이라는 사실을 이해했다는 뜻이었다.

"프리랜서입니까? 아니면 소속사의 지시입니까?" 내가 물었다.

"오늘은 프리랜서입니다."

"사건에 대해서는 어떻게 알았죠?"

그는 대답하기 싫다는 듯 그냥 어깻짓만 했다.

"정보죠. 경찰한테서."

나는 고개를 끄덕였다. 로버트는 내 장난에 제대로 장단을 맞춰주고 있었다.

"방송국에 팔면 얼마나 받게 됩니까?"

"상황에 따라 다릅니다. 독점인 경우는 7백에서 5천 정도. 비독점인 경우는 5백."

비독점이란, 테이프를 구입하는 뉴스 디렉터가 그 필름이 다른 경쟁사에도 팔려 나갈 것임을 아는 경우를 뜻했다. 로버트는 실제의 가격을 뻥튀기해서 불렀다. 멋진 수였다. 법정에서 촬영하는 기자들 얘기를 귀담아들은 것이다.

"거래 하나 합시다. 지금 당장 독점 가격으로 우리한테 넘기는 겁니다."

로버트는 완벽했다. 그는 거래에 윤리적인 문제가 있을 수도 있다는 식으로 머뭇거리기까지 했다.

"좋소, 단위를 하나 올리기로 하죠." 내가 말했다.

"알았습니다. 그렇게 하죠."

로버트가 카메라를 바닥에 내려놓고 테이프를 꺼내는 동안 나는 주머니에서 현찰뭉치를 꺼냈다. 오는 길에 테디에게 받은 현찰 중에서 1천2백을 떼놓고 있었다. 나는 돕스를 돌아보았다.

"이 정도의 지출은 가능한 거죠?"

"물론이오." 그는 환하게 웃고 있었다.

나는 테이프와 현찰을 교환하고 로버트에게 감사인사를 했다. 그는 돈을 주머니에 꾸겨 넣고 엘리베이터 쪽으로 떠났다. 모르긴 몰라도 하늘을 날 듯한 기분일 것이다.

"놀랍군. 어쨌든 방송만은 막아야 하오. 가문의 명예가 말 그대로 날아갈 수도 있으니까. 사실 윈저 부인이 오지 않은 이유 중 하나도 그 때문일 거요. 사람들이 알아볼까 봐 불안해서."

"일이 거기까지 간다면 그때 가서 해결책을 찾아야 할 겁니다. 그때까지는 최선을 다해 레이더망을 피해보죠."

"고맙소."

휴대폰에서 클래식 음악이 흘러나왔다. 바흐인지 베토벤인지, 아니면 이름도 없는 싸구려 작곡가인지 나로서는 알 도리가 없었다. 돕스가 재킷 속에서 기계를 빼내 번호부터 살폈다.

"원저 부인이군."

"그럼, 전 이쯤에서 퇴장하겠습니다."

나는 밖으로 나가며 돕스의 말소리를 들었다.

"메리, 다 잘됐습니다. 지금은 나오게 하는 데 주력하고 있지만 아무래도 약간의 돈이 들어갈 것 같습니다…."

엘리베이터가 올라오는 것을 기다리며, 나는 앞으로 다루게 될 의뢰인과 그의 가족이 말하는 '약간의 돈'이란 게 지금껏 듣도 보도 못한 액수라는 생각을 해보았다. 내 옷에 대해 돕스가 한 말도 곱씹어보았다. 솔직히 벽장에 걸린 옷 중에서 가장 싼 것도 6백 달러짜리였다. 때문에 난 어떤 옷을 입든지 으쓱했고 자신감도 있었다. 나를 모욕하고자 한 말이었을까? 아니면 다른 의도가 있었던 걸까? 어쩌면 초기단계에서 자신의 영향력을 각인시키려는 계략일 수도 있겠지. 나는 돕스에게 등을 내보이지 말아야겠다고 생각했다. 가깝게 두기는 해야겠지만 그렇다고 속태까지 다 내보일 필요는 없으리라.

06 합리적 의혹

　　다운타운으로 가는 길은 카후엔가 패스에서부터 병목에 걸렸다. 나는 차 안에서 전화를 만지작거리며 시간을 때웠다. 아버지 역할에 대해 매기와 나눈 얘기가 못내 마음에 걸렸다. 전처의 말이 옳다는 생각에 더욱 마음이 아팠던 것이다. 오랫동안 나는 아버지 역할보다는 변호사 역할을 중시하며 지냈다. 이제는 바뀌어야 할 때가 온 건지도 모르겠다. 여유를 갖기 위해서는 돈과 시간이 필요하겠지만 이제 그 두 조건 모두를 루이스 룰레에게서 받을 수 있을 것이다.

　　나는 먼저 수사관 라울 레빈에게 전화를 걸었다. 루이스와의 조우에 대해 미리 준비를 시키기 위해서였다. 그에게 사건을 미리 살펴보고 뭐가 나오는지 지켜보라고 주문했다. LA 경찰을 조기 은퇴한 레빈에게는 여전히 도움 되는 친구들이 많이 있었다. 아마도 그 역시 크리스마스 목록을 꾸미고 있을 것이다. 나는 너무 많은 시간을 할애하지는 말라는 말도 덧붙였다. 법원 복도에서 세실 돕스와 적지 않은 얘기를 했지만, 아직 정식으로 계약을 맺은 것은 아니었다. 최초의 수임료를 챙길 때까지는 섣불리 김칫국부터 마실 생각은 없었다.

그다음엔 몇 가지 사건을 체크하고 다시 로나를 불렀다. 로나의 집으로 편지가 배달되는 시간은 늘 정오 직전이지만 특별히 신경 써야 할 수표나 출두명령서 같은 게 날아오면 로나가 먼저 전화했다.

"글로리아 데이튼의 기소인부심의 일정은 체크했어?"

"아무래도 내일까지는 병원에 갇혀 있을 것 같은데요."

나는 신음을 흘렸다. 범인을 체포하면 48시간 내에 기소해 판사 앞에 내놓아야 한다. 치료 문제로 첫 출두를 미루는 것은 글로리아 드레이튼에게 마약 문제가 있음을 뜻했다. 체포되었을 때 글로리아가 코카인을 소지한 것도 그래서였을 것이다. 지난 7개월 동안 만나거나 통화를 해본 적은 없지만 빠른 속도로 추락하고 있었던 것이 분명했다. 마약을 통제하느냐 마약에 통제당하느냐의 싸움에서 지고 만 것이다.

"누가 기소했는지는 알아냈어?" 내가 물었다.

"레슬리 페어."

나는 다시 끙 하고 신음소리를 흘렸다.

"죽이는군. 아무튼 좋아. 지금 내려가서 대책을 살펴보기로 하지. 하지만 루이스 룰레의 일이 확정되기까지는 아무것도 맡을 수 없어."

레슬리 페어는, 피고에게 판단 유보나 유예의 혜택을 주는 것을 사형수를 가석방시키는 것만큼이나 터무니없는 짓이라고 생각하는, 전혀 공정하지 않은 검사이다.

"믹, 언제나 되어야 이 여자를 제대로 알 거예요?"

"알다니? 뭘 말야?" 나는 되물었지만 로나의 말뜻을 모르는 바는 아니었다.

"그 여자를 다룰 때마다 당신 평판까지 곤두박질치고 있잖아요. 그 여잔 정신 못 차려요. 게다가 푼돈도 안 되는 거고. 좋아요, 돈은 그렇다 쳐요. 하지만 당신, 그 여자 절대 못 바꿔요."

로나가 푼돈이라고 표현한 것은, 글로리아의 사건이 복잡한 데다 시간까지 엄청 잡아먹을 것이라는 뜻이었다. 마약범죄는 호객에 매춘까지 걸고 들어가기 때문이다.

"하지만 변호사협회의 규정이야. 모든 변호사는 프로보노 일을 해야 한다고. 로나, 당신도 알다시피…."

"도무지 내 말은 들으려고도 하지 않는군요. 우리가 이혼한 것도 그 때문이라고요." 로나가 버럭 화를 내며 말을 끊었다.

나는 두 눈을 감았다. 끝내주는 날이군. 두 전처에게서 합동으로 욕을 먹다니.

"도대체 그 여자가 뭐가 그렇게 대단해요? 기본 수임료조차 못 달라는 이유가 뭐냔 말이에요?" 로나가 물었다.

"이봐 로나, 그 여자하고는 아무 관계 없어. 그러니 다른 얘기를 하면 안 될까?"

아버지의 변호사 사무실에서 나온, 낡은 경제학 책들을 공부하던 시절 얘기는 로나에게도 하지 않았다. 아버지가 소위 밤의 여자들한테 약점이 있다는 사실을 알게 된 것은 그때였다. 아버지도 수많은 여자들을 변호했지만 돈을 받은 적은 거의 없었다. 어쩌면 가문의 전통을 잇고 있는지도 모르겠다.

"좋아요. 루이스는 어떻게 됐죠?"

"일을 따냈냐고 묻는 거야? 그런 것 같아. 페르난도가 아마 그 친구를 빼내고 있을 거야. 우린 그다음에 만나기로 했어. 라울한테는 냄새를 맡아두라고 지시했고."

"수표는 받았어요?"

"아직은."

"빨리 받아요, 믹."

"노력 중이야."

"사건은 어때 보여요?"

"사진을 봤는데 심각했어. 라울이 뭔가 알아내면 그다음엔 자세히 알게 되겠지."

"루이스 룰레는요?"

로나의 말뜻은 뻔했다. 쓸 만한 의뢰인인가? 배심원들이 좋아할 상인가, 아닌가? 의뢰인의 인상이 판결을 가르는 수도 왕왕 일어난다.

"숲 속에서 길 잃은 아기처럼 보였어."

"처녀예요?"

"벽돌집에 갇혀본 적은 처음이야."

"어, 그가 한 거래요?"

로나는 언제나 이런 식의 부적절한 질문을 던졌다. 사실 피고가 범행을 저질렀느냐 아니냐는 사건의 전술에 비추어 별 의미가 없었다. 중요한 것은 증거이고 증인이었으며, 그리고 그것들을 어떻게 중화해낼 것이냐의 문제였다. 내 직업은 증거를 묻어버리고 그 위에 회색 물감을 타는 것이다. 회색이야말로 합리적 의혹(이성을 가진 사람이면 당연히 품을 의혹. 검찰이 이 같은 의혹을 입증하지 못하면 피고는 무죄 평결을 받게 된다-옮긴이)의 색깔이기 때문이다.

하지만 로나에게는 의뢰인이 했느냐 안 했느냐가 항상 중요한 문제인 모양이었다.

"그건 아무도 몰라, 로나. 게다가 질문도 틀렸어. 문제는 그자한테 돈이 있느냐 없느냐라고. 대답은, 그런 것 같다야."

"알았어요. 도움이 필요하면 다시…, 오, 하나 더 있어요."

"응?"

"스틱스가 전화했어요. 다음에 만날 때 4백 달러를 갚겠다고 하더군요."

"그래, 그래야지."

"오늘, 당신 아주 잘하고 있나 봐요."

"적어도 우는소리 할 정도는 아니야."

우리는 부드러운 분위기로 작별 인사를 했다. 글로리아에 대한 불만은 더 이상 나오지 않았다. 눈먼 돈들이 들어오고 고액 의뢰인이 걸려들고 있다는 사실에 로나도 무료 사건 몇 건 정도는 눈감아줄 수 있다고 생각한 모양이었다. 하지만 만약에 그 대상이 창녀가 아니라 마약딜러였다면 로나도 그런 식으로 짜증을 내지는 않았을 것이다. 로나와 나는 짧지만 달콤한 결혼생활을 보냈고 너무 서둘렀다는 사실도 일찍 깨달아야 했다. 두 사람 모두 이혼의 여파에서 헤어나오지 못하고 있었던 터였다. 우리는 결혼생활을 끝내고 친구로 남기로 했고 그 후 로나는 내 사업파트너가 되었다. 이젠 더 이상 직원도 아니었다. 나는 이런 관계에 대해 가끔 불안하게 느끼는데, 그건 로나가 아내처럼 굴거나 고객의 선택에 관여하고, 또 누구에게 얼마나 청구하고 안 하고의 문제에 대해 간섭하기 시작할 때뿐이었다.

아무튼 나는 로나를 잘 처리했다는 생각을 하며 반 누이스 지방검사실에 전화를 걸었다. 마가렛 맥퍼슨은 마침 책상에서 식사를 하고 있었다.

"오늘 아침 일에 대해 사과하고 싶어서 전화했어. 당신이 이 사건을 원한 건 알고 있지만."

"뭐, 나보다 당신한테 더 필요할 것 같은데. 세실 돕스가 뒤를 봐주는 걸 보니 꽤나 돈이 되는 손님인 모양이지?"

마가렛은 돕스를 마치 뒷간 화장지 말하듯 씹었다. 검사들은 보수 좋은 가족변호사들을 부자와 명사들의 똥걸레 정도로 여겼다.

"그래, 그런 치들이 필요해. 똥걸레든 돈줄이든. 돈을 만져본 지도 꽤 오래되었으니까 말이야."

"하지만 그렇게 행복해할 필요는 없어. 사건이 테드 민튼에게 넘어갔으니까." 마가렛이 전화기에 대고 속삭였다.

"처음 듣는데?"

"스미손의 젊은 행동대원이야. 다운타운에서 막 공수해왔지. 그곳에선 간단한 불법점유만 다뤄본 초짜인데 여기 오기 전까진 법정 안에 들어가본 적도 없대."

존 스미손은 반 누이스를 맡고 있는 야심만만한 차장검사이지만, 사실 정치가에 더 가까운 인물이었다. 경험 많은 검사들을 누르고 차장검사로 조기 진급한 것도 그 정치적 기질을 적절히 활용한 덕분이었다. 그리고 매기도 그에게 추월당한 사람 중 하나였다. 일단 타석에 들어서자 그는 주변을 젊은 검사들로 채워 나갔다. 물론 기회를 주었다는 이유만으로 물불을 가리지 않고 충성을 다할 인물들이었다.

"법원에 가본 적도 없다고?"

재판을 겪어본 적도 없는 초짜 검사가 어떻게 내 행복을 망칠 수 있단 말인가? 이런 생각을 하고 있을 때 매기가 덧붙였다.

"몇 번 해본 적은 있지만 뒤에서 베이비시터가 돌봐줬어. 그러니까 루이스 룰레가 최초의 솔로 데뷔인 셈이지. 스미손은 그에게 슬램덩크를 기대하고 있어."

나는 마가렛이 앉아 있는 칸막이를 그려보았다. 아마도 가까운 곳에 내 새로운 적이 앉아 있을 것이다.

"잘 모르겠어, 매기. 초짜라면서 내가 왜 불행할 거라고 말하는지."

"스미손이 골라낸 애들은 모두 똑같은 틀로 찍어낸 인형들이야. 건방진 개자식들이라고. 자기들은 결코 실수하지 않는다고 생각하는 부류들. 게다가 한술 더 떠서…."

마가렛은 목소리를 한층 더 높였다.

"…페어플레이라는 것도 없어. 마이클, 조심해, 민튼의 별명이 바로 뒤통수야. 우습게 보지 않는 게 좋을걸."

"어, 미리 알려줘서 고마워."

하지만 마가렛의 말은 아직 끝나지 않았다.

"그 초짜들은 우리하고 신체구조 자체가 달라, 마이클. 소명의식이나 정의 따위는 나 몰라라 하고 오로지 승률과 타율에만 신경 쓴단 말이야. 어떻게든 점수를 내서 어디든 올라갈 때까지 올라가 보자는 식이라니까. 말 그대로 짝퉁 스미손들이라고."

소명이라. 결국 우리 결혼을 망가뜨린 것도 마가렛의 소명의식이었다. 지적 수준에서라면, 적지에서 일하는 남자와 결혼하는 것은 매기에게도 하등 문제 될 게 없었다. 하지만 현실적으로 우리의 직업 문제와 맞닥뜨릴 때 솔직히 8년 동안의 힘겨운 결혼생활도 거의 기적에 가까웠다고 할 수 있었다. 자기, 오늘은 어땠어? 응, 난 오늘 아이스픽으로 룸메이트를 죽인 작자를 7년짜리로 타협 봤어. 자기는? 오, 이런, 나는 도벽 때문에 카스테레오를 훔친 개자식에게 5년을 먹였는데…. 이건 처음부터 말이 안 됐다. 4년이 되었을 때 딸애가 태어났다. 그리고 4년을 더 버틴 건 순전히 전처의 참을성 덕분이었다.

하지만 그 점에 대해서는 하나도 아쉽지 않다. 나는 딸아이를 사랑한다. 내 인생에서 정말로 소중하고, 정말로 마음에 드는 게 있다면, 그건 딸애가 될 것이다. 그런데도 내가 딸이 아니라 사건만 쫓아다니는 이유는, 솔직히 말해서 내게 아버지 자격이 없다고 생각하기 때문이다. 아이 엄마는 영웅이다. 나쁜 사람들을 감옥에 집어넣으니까. 하지만 내 일에 대해서는 어떻게 설명할 수 있단 말인가? 스스로도 자긍심을 잃은 지 오래인데 말이다.

"이봐요, 마이클. 듣고 있어?"

"그래, 매기. 듣고 있어. 지금 뭘 먹고 있는 거야?"

"아래층에서 사온 동양식 샐러드. 특별한 건 없어. 지금 어디야?"

"다운타운으로 가는 중이야. 이봐, 헤일리에게는 토요일에 가겠다고 전해줘. 이번엔 계획을 세워서 아주 특별한 날을 만들어주고 싶으니까."

"정말이야? 애한테 괜한 기대 주지 말고."

나는 가슴이 뭉클해졌다. 딸이 나를 만나는 시간을 기대한다고? 사실 매기는 헤일리에게 한 번도 내 흉을 본 적이 없었다. 매기는 그런 속물은 못 되었다. 그 점에 대해서는 나도 항상 고마워했다.

"그래, 약속하리다." 내가 대답했다.

"좋아, 그렇게 말할게. 언제 올 건지나 알려줘. 아니면 데려다줄 수도 있고."

"오케이."

나는 잠시 머뭇거렸다. 좀 더 얘기하고 싶었지만 더 이상 밑천이 없었다. 결국 안녕이라는 말을 끝으로 전화를 접고 말았다. 몇 분 후 차는 교통지옥에서 탈출했다. 창밖을 보니 사고는 없는 듯했다. 펑크 난 차도 없고 갓길에 순찰차도 보이지 않았다. 도대체 정체를 만든 원인이 될 만한 게 하나도 없었다. 로스앤젤레스의 고속도로란 결혼만큼이나 이해하기가 어려웠다. 부드럽게 흘러가다가도 아무런 이유 없이 삐걱거리고 멈춰 서니 말이다.

우리 집은 변호사 가문이다. 아버지, 이복형, 남녀 조카까지. 아버지는 케이블 방송도, 법원 TV도 없던 시절에 이름을 날린 변호사였다. 미키 코헨에서 맨슨 자매까지 그의 고객들은 항상 헤드라인을 장식했으며, 아버지는 그들과 함께 거의 30년 동안 LA 형사법을 말아먹었다. 나는 아버지의 인생에 불청객 같은 존재이자, 연기력보다는 라틴풍의 외모로 유명해진 B급 여배우와의 재혼에 따른 부산물에 지나지 않았다. 내가 가무잡잡

한 아일랜드산 외모를 갖게 된 것도 그 때문이었다. 내가 태어났을 때 아버지는 너무 늙었고, 내가 그를 제대로 알기도 전에 세상을 떠났다. 법의 사명감에 대해서 배울 시간 따위는 없었다. 그가 내게 남긴 것은 이름뿐이었다. 미키 할러, 법의 전설. 그리고 그 이름은 아직도 쓸모가 많았다.

하지만 이복형(아버지의 전처 소생) 말에 의하면 아버지가 법과 형사법 변호사의 일에 대해 자주 말해주었다고 한다. 아버지는 수임료만 있다면 악마라도 변호하겠다고 말하는 사람이었다. 그가 거절한 대형 사건과 고객은 단 하나, 시르한 시르한(로버트[바비] 케네디의 암살자—옮긴이)뿐이었다. 어떠한 범죄자든 최고의 변호를 받을 권리가 있다는 신념을 버린 것은 아니지만, 아무리 그래도 바비 케네디의 살인자를 변호할 수는 없었다고 형에게 말했다고 한다. 그만큼 바비를 좋아했다는 뜻이다.

나는 커가는 동안 아버지와 아버지의 사건에 대한 것은 닥치는 대로 읽었다. 그가 변호석에서 보여준 기술과 용기와 전략은 기가 막혔다. 때문에 난 그의 이름을 달고 다니는 것이 자랑스러웠다. 하지만 지금은 법이 달라졌다. 더 모호해졌고 이상은 관념으로 전락해버렸으며, 결국 관념은 선택사양에 지나지 않았다.

휴대폰이 울렸다. 나는 대답하기 전에 번호부터 확인했다.

"무슨 일인가, 페르난도?"

"지금 빼낼 거야. 교도소에서 퇴소절차를 진행 중이야."

"세실이 보험을 결정한 거야?"

"딩동댕!"

그의 목소리가 생선처럼 파닥거렸다.

"너무 들뜨지 말라고. 그 친구가 달아나지 않을 거라고 확신해?"

"확신 같은 건 필요 없어. 그 친구한테 전자발찌를 채울 거니까. 그자를 날리면 난 집을 날리게 된다고."

운 좋게 떨어진 1백만 달러짜리 기쁨이란 게 실제로는 고작 초조와 불안이 만들어낸 에너지에 불과하다는 뜻이리라. 결국 일이 끝날 때까지 페르난도는 외줄을 타는 심정으로 지내야 한다. 그래서 법원의 명령과 상관없이 페르난도는 루이스의 발에 기꺼이 전자추적장치를 달고 말 것이다. 인생을 걸 생각이 없다면 말이다.

"세실은 어디 있지?"

"내 사무실에서 기다리고 있어. 루이스가 나오자마자 데려가기로 했네. 오래 걸리지 않아야 할 텐데."

"메이지도 거기 있나?"

"그래."

"좋아, 내가 전화해보지."

나는 통화를 마치고 리버티 보험증권의 단축번호를 눌렀다. 페르난도의 회계 겸 비서가 전화를 받았다.

"메이지, 믹이야. 돕스 씨 좀 바꿔주겠어?"

"물론이에요, 믹."

몇 초 후 돕스가 전화를 받았다. 그는 뭔가가 마음에 들지 않는지 목소리부터 신통치 않았다.

"세실 돕스입니다."

"미키 할러입니다. 잘 되어가나 궁금해서요."

"이런, 고객에 대한 의무까지 팽개치고 여기 앉아 1년 묵은 잡지나 들추고 있소. 설마 그걸 묻는 건 아니겠지?"

"휴대폰도 없으십니까? 다들 그걸로 일을 보던데."

"있소. 하지만 그건 해결책이 아냐. 내 고객들은 휴대폰 세대가 아니니까. 그 사람들은 직접 봐야 입이라도 벙긋 한단 말이오."

"그렇군요. 좋은 소식은, 그 친구가 곧 풀려날 거라고 들었습니다."

"그 친구?"

"루이스 말입니다. 페르난도 얘기로는 한 시간도 안 걸릴 거라더군요. 지금은 저도 의뢰인 면담이 있지만, 아까 말씀드렸듯이 오후부터는 시간을 뺄 수 있습니다. 함께 사건을 훑어보시겠습니까? 아니면 제가 맡아서 처리하는 쪽을 원하시나요?"

"아니, 윈저 부인은 내가 꼼꼼히 챙기기를 원하오. 어쩌면 당사자가 직접 참여할 수도 있고."

"윈저 부인과 인사하는 거야 상관없습니다만, 사건에 대한 논의는 변호팀으로 움직이게 될 겁니다. 세실은 낄 수 있어도 부인은 아닙니다. 괜찮겠죠?"

"그렇게 합시다. 그럼 내 방에서 4시로 하지. 루이스도 데려가겠소."

"거기서 뵙죠."

"우리 회사에 괜찮은 수사관이 있소. 그 친구도 부를 생각이오."

"그럴 필요는 없습니다, 세실. 우리 쪽에서 벌써 현장에 투입되어 있으니까요. 그럼 4시에 뵙겠습니다."

나는 돕스가 어느 조사원을 쓸지에 대해 시비를 걸기 전에 전화를 끊어버렸다. 돕스에게 조사, 준비, 전략 수립 등의 주도권을 넘길 수는 없었다. 감독은 상관없지만 루이스의 변호사는 바로 나다. 그자가 아니라.

라울 레빈에게 다시 전화를 걸었다. 그는 체포기록 사본을 얻기 위해 LA 경찰 반 누이스 지국으로 가는 중이라고 했다.

"식은 죽 먹기라는 건가?" 내가 물었다.

"아니, 식은 죽 먹기는 아니지. 그 리포트를 얻기 위해 나도 20년은 공들인 셈이니까."

나는 이해했다. 레빈의 끈은, 시간과 경험의 결실이고 신뢰와 호의로 빚어진 선물이었다. 그건 그의 훈장과도 같았다. 따라서 그가 일당으로 5백

72

달러를 요구한다고 해서 결코 과하다고 할 수는 없었다. 나는 4시에 미팅이 있다고 말했고 그는 오겠다고 대답했다. 그리고 사건을 보는 경찰 당국의 시각을 선물하겠다는 말도 덧붙였다.

전화를 끊을 때쯤 링컨도 멈춰 섰다. 쌍둥이 건물 교도소 앞이었다. 세운 지 10년도 채 안 된 건물이지만 스모그 때문에 모래색 담이 벌써 황량한 잿빛으로 더럽혀져 있었다. 그곳은 너무나도 슬프고도 끔찍한 공간이었다. 그리고 난 그 안에서 너무나 많은 시간을 허비했다. 나는 차에서 내려 건물 안으로 들어갔다.

07 재판 전 중재

    교도소 안에는 변호사 전용 통로가 있어서 길게 늘어선 방문객들을 그냥 지나칠 수 있었다. 출입구를 지키는 교도관에게 방문 목적을 밝히자 그는 아무 말 없이 컴퓨터 자판을 두드렸다. 치료 중이라 면회가 불가능하다는 따위의 말은 없었다. 그는 방문객 통행증을 인쇄해 명찰 클립 안에 집어넣은 후 교도소 용무가 끝날 때까지 표찰을 차고 있을 것을 지시하며 내게 건넸다. 그리고 저쪽에서 잠시만 기다리면 변호사 담당 호위자가 올 거라고 했다.

    "몇 분만 기다리세요." 그가 말했다.

    교도소 안에서는 휴대폰이 터지지 않는다는 사실쯤은 과거의 경험으로 알고 있다. 그렇다고 전화를 걸기 위해 밖으로 나가면 호위자를 놓치게 된다. 그렇게 되면 처음부터 면회 절차를 다시 밟아야 하기 때문에 나는 조용히 앉아 면회 온 사람들의 표정이나 보기로 했다. 대부분은 평소의 표정과 크게 다르지 않았다. 그들 모두 이곳에서의 요령을 나만큼은 알고 있는 것이다.

    20분쯤 지나자 정복 차림의 덩치 큰 여자가 대기실로 들어와 내 이름을 불렀다. 덩치 때문에 보안관 사무실에 취직할 수 없었을 거라는 생각이 들 정도로 뚱뚱했다. 적어도 표준체중보다 50킬로그램은 더 나가 보였고 걷는 것도 상당히 부담스러워 보였다. 행여 교도소에서 폭동이 일어난다 해도 여자를 탈출로에 세워놓으면 죄수들도 어쩔 도리가 없을 것이다.

"너무 오래 걸려서 미안합니다. 여자가 아직 있는지 확인하느라고요."

교도관이 문 위의 카메라를 향해 이상 없다고 손짓하자 자물쇠가 딸깍 하고 풀렸다. 그가 버거운 몸을 이끌고 안으로 들어갔다.

"그 여잔 병원에서 치료 중입니다." 교도관이 말했다.

"치료요?"

마약 환자의 '재활' 프로그램이 이런 곳에도 있는 줄은 꿈에도 몰랐다.

"예, 다쳤거든요. 난투를 벌이다 조금 깨졌습니다. 자세한 건 직접 들으세요."

나도 더는 알고 싶지 않았다. 의료 문제가 마약 투여나 중독 때문이 아니라는 것만으로도 충분했다. 적어도 직접적인 원인은 아니었다.

교도관이 데려간 곳은 접견실이었다. 그전에도 각양각색의 의뢰인들과 만났던 곳이다. 의뢰인들은 대개 남자들인 탓에 내 편에서 특별히 차별을 두는 경우는 없었다. 하지만 감옥에 들어간 여자를 변호하는 것은 솔직히 끔찍했다. 창녀에서 살인자까지 내가 변호한 여죄수들은 왠지 불쌍하다는 생각부터 들었다. 열이면 아홉, 그들의 죄 뒤에는 언제나 남자들이 있었다. 그들을 이용하고, 학대하고, 버리고, 구타하는 남자들. 그렇다고 그들의 죄에 대해 면죄부를 주거나 그들이 억울한 징계를 받고 있다고 말하자는 건 아니다. 남자들에게 전혀 꿇릴 것 없는 여성 약탈자들도 물론 있다. 하지만 그렇다 해도, 이곳의 여자들은 맞은편 타워의 남자들과는 질적으로 달라 보였다. 남자들은 음모와 힘으로 버텨낼 수 있지만 여자들이 감옥에 들어갈 때쯤에는 완전히 껍데기만 남는다.

면회실은 부스를 일렬로 늘어놓은 공간이다. 변호사들은 바깥쪽에 앉아 안쪽의 피고들과 면담을 하도록 되어 있는데 그 사이에 45센티미터 크기의 깨끗한 유리가 가로막혀 있었다. 교도관 한 사람이 유리 안쪽의 방 끝에 앉아 있기는 하지만, 그렇다고 엿듣거나 감시하는 것 같지는 않았다. 의뢰인에게 전달할 서류 같은 게 있을 경우엔 먼저 그 교도관에게 보이고 동의를 구해야 한다.

　여교도관은 나를 부스까지 안내한 다음 돌아갔다. 그리고 10분 정도를 더 기다리자 교도관이 글로리아 데이튼을 데리고 다시 유리 안쪽에 나타났다. 언뜻 보아도 데이튼의 왼쪽 눈이 크게 부풀어 올랐고 앞이마에는 조그맣게 꿰맨 상처도 보였다. 데이튼은 칠흑 같은 머리칼에 올리브색 피부를 지녔다. 한때는 무척이나 미인이었다. 적어도 7년인가 8년 전쯤 그녀를 처음 변호할 때는 그랬다. 그건 데이튼이 매춘부이고 낯선 사람에게 자신의 미를 파는 것을 최선이자 유일한 생계수단으로 여기고 있다는 사실조차 믿기지 않는 그런 종류의 아름다움이었다. 하지만 이제는 바라보는 것조차 괴로웠다. 주름살이 깊어지기 시작하면서 돌팔이 의사도 무수히 찾아다녔지만, 너무 많은 것을 겪고 만 저 두 눈을 그 누가 돌이킬 수 있단 말인가?

　"미키 맨틀. 당신이 날 책임지는 건가요?"

　글로리아는 어린 소녀의 목소리로 말했다. 단골들이 저 목소리에 반응을 보인 모양인데 내게는 그냥 이상하게만 들렸다. 입을 꽉 다물고 내는 소리 같아서였다. 게다가 대리석만큼이나 딱딱한 저 눈매라니.

　글로리아는 항상 나를 미키 맨틀(과거 뉴욕 양키스의 간판 타자—옮긴이)이라고 불렀다. 물론 미키 맨틀이 죽은 후에 태어난 그녀가 그 위대한 선수와 그의 시합에 대해서 제대로 알 리가 없으므로 그건 단순한 별명에 지나지 않았다. 그게 아니면 아예 미키 마우스라고 불렀을지도 모를 일인데, 그것만큼은 정말로 사양하고 싶다.

"노력은 해보겠어, 글로리아. 얼굴은 어떻게 된 거지? 대체 어쩌다 다친 거야?"

글로리아는 신경 끄라는 투로 손을 내저었다.

"같이 사는 년들 중에 티꼬운 년이 몇 있거든요."

"뭐가?"

"그냥 여자들 싸움이라니까요."

"거기에서도 약 한 거야?"

글로리아는 화난 표정을 짓다가 이내 입을 삐쭉 내밀었다.

"아니, 안 했어요."

나는 글로리아를 살펴보았다. 말짱해 보이기는 했다. 어쩌면 싸움의 원인도 마약이 아닌 다른 것일 수도 있다.

"여기서 나가게 해줘요, 미키." 글로리아는 원래의 목소리로 애원했다.

"당신을 원망하는 건 아니지만 나도 여기가 싫어. 나가고 싶은 건 마찬가지라고."

나는 마지막 말을 후회했다. 그건 그의 심정을 고려하지 않은 잔인한 독설이었다. 하지만 내 말을 들은 당사자는 전혀 개의치 않는 것 같았다.

"그 재판 전 중재 뭐라는 데 넣어줄 수 있잖아요. 거기 들어가니까 괜찮던데."

우습게도 마약쟁이들은 취하는 것과 맨 정신인 걸 똑같이 괜찮아졌다고 말하는 경향이 있다.

"문제가 있어, 글로리아. 알겠지만, 지난번에도 재판 전 중재 프로그램에 들어갔지만 결국 소용이 없었지. 이번엔 나도 모르겠어. 판사와 검사들도 할 일이 많은 사람들이야. 먹혀들지 않는 사람을 다시 보낼 이유가 없잖아."

"무슨 말이에요? 먹혀들었어요. 나도 끝까지 버텼다고요."

"그건 맞아. 하지만 프로그램이 끝난 다음 당신은 곧바로 옛날로 돌아 갔고 그래서 여기 온 거야. 그 사람들은 그런 걸 실패라고 부른단 말이야, 글로리아. 솔직히 말하지. 이번에는 아무래도 프로그램으로 빼내기 힘들 거야. 저쪽에서 빡빡하게 나올지도 모르니까 각오해두는 게 좋겠어."

글로리아는 고개를 떨어뜨렸다.

"그럴 수 없어요." 글로리아가 작은 목소리로 말했다.

"이봐, 교도소에도 프로그램은 있어. 거기서도 새 출발은 얼마든지 가 능하다고."

글로리아는 고개를 저었다. 무척이나 낙심한 모양이었다.

"오랜 습관이라 쉽지는 않겠지만 계속 이럴 수만은 없잖아? 나라면 이 곳, 아니 아예 LA를 떠나겠어. 그러니까 어디든 가서 새롭게 살아보는 게 어때?"

글로리아가 화난 눈빛으로 흘겨보았다.

"새롭게 사는 게 뭐죠? 이봐요. 내가 뭘 할 수 있겠어요? 결혼하고 애 낳고 화단이라도 가꿀까요?"

거기에 대해서는 나도 해답이 없었다. 물론 그도 마찬가지였다.

"때가 되면 그 문제도 상의해보자고. 지금은 사건만 해도 벅차니까. 우 선 무슨 일이 있었는지부터 말해봐."

"늘 있는 일이죠, 뭐. 신원도 확인했지만 전혀 이상한 낌새가 없었어요. 근데 짭새더라고요. 그래서 이렇게 된 거죠."

"당신이 다가갔나?"

글로리아는 고개를 끄덕였다.

"몬드리안 호텔. 그 사람 스위트룸에 있었어요. 그건 의미가 다르거든 요. 경찰들은 예산 때문에 스위트룸 같은 건 안 써요."

"일할 때 코크 하는 건 어리석다고 했잖아. 코크를 가져오라고 하면 그 잔 분명히 경찰이란 말이야."

"그 정도는 나도 알아요. 그 작자가 요구한 것도 아니고. 나한테 그게 있다는 걸 잊은 것뿐이에요, 예? 그 새끼 바로 전 남자한테 받은 게 있었거든요. 그런데 내가 어쩌겠어요? 차에 두었다간 호텔보이가 날름 먹어버릴 텐데."

"그걸 준 자는 누구야?"

"산타모니카의 트래블로지에서 만났어요. 해준 대가로 준 거예요. 돈 대신에. 그리고 헤어진 다음에 메시지를 확인했더니 몬드리안에서 호출이 와 있더라고요. 그래서 약속을 정하고 곧바로 찾아갔죠. 지갑에 그게 있는 건 까맣게 잊고 말이에요."

나는 고개를 끄덕이고 상체를 굽혔다. 사건에서 빛줄기를 본 것이다. 일말의 가능성.

"트래블로지의 남자. 그게 누구지?"

"몰라요. 사이트에서 내 광고를 봤다고 했으니까."

글로리아 데이튼은 웹사이트에 사진과 전화번호와 이메일 주소를 올려놓고 손님을 받았다.

"어디서 왔다고 했어?"

"아뇨. 멕시코나 쿠바 같았어요. 힘든지 땀을 엄청 흘리더라고요."

"그자가 코크를 줄 때 더 있는 것 같던가?"

"예, 약간요. 다시 전화해주기를 바랬지만… 내가 그 새끼가 원했던 타입은 아닌 것 같더라고요."

글로리아가 활동하는지 보기 위해 LA달링닷컴에 접속했을 때, 올려놓은 사진은 5년 전 사진 그대로였고 마치 십 대처럼 보였다. 글로리아가 호텔 문을 열었을 때 남자가 실망하지 않으면 오히려 더 이상할 것이다.

"얼마나 가지고 있었는데?"

"몰라요. 그 새끼한테 없으면 나한테 줄 리가 없었을 테니까 그렇다는 거지."

정곡이었다. 이제 빛줄기가 점점 더 밝아지고 있었다.

"신분을 확인했다고 했지?"

"당근이죠."

"뭐지? 운전면허?"

"아뇨, 여권. 면허증이 없다고 했어요."

"이름은?"

"헥터 뭐랬는데⋯."

"이봐, 글로리아, 헥터 다음엔? 생각 좀 해⋯."

"헥터 아무개 모야. 세 개짜리 이름이었어요. 모야가 분명해요. 왜냐하면 그가 코크를 내놨을 때 내가 '모야, 헥터, 요것밖에 안 줘?'라고 했거든요."

"오케이, 좋았어."

"그걸로 도와줄 수 있겠어요?"

"어쩌면. 그자가 누구냐에 달렸어. 만일 그자가 값어치가 된다면⋯."

"난 나가고 싶어요."

"그래, 잘 들어, 글로리아. 이제 검사를 만나러 가야 해. 그쪽에서 어떤 생각을 하고 있고 또 내가 해줄 수 있는 일이 뭔지 알아봐야 하니까. 그쪽에서는 2천5백 달러의 보석금을 걸었어."

"뭐요?"

"마약 때문에 평소보다 높은 거야. 보석금으로 2천5백 달러 낼 돈은 없겠지?"

글로리아는 고개를 저었다. 안면근육도 잔뜩 일그러져 있었다. 나는 그녀가 무슨 말을 할지 짐작할 수 있었다.

"빌려줄 수 있어요, 미키? 틀림없이 갚겠다고…."

"그럴 수 없어, 글로리아. 그건 규칙이고 어기면 곤란하게 돼. 당신은 오늘 밤 여기 있어야 해. 내일 기소인부심의 법정에 데려갈 거야."

"싫어." 글로리아의 말은 거의 신음에 가까웠다.

"물론 힘들겠지만 이겨내야 해. 그리고 내일 법정에 올 때는 맨 정신으로 있으라고. 아니면 보석금을 낮추려는 계획이 물거품이 되어버리니까 말이야. 그러니 여기에서 거래되는 쓰레기는 거들떠보지 말아, 알았지?"

글로리아는 두 팔을 고개 위로 올렸다. 마치 자기 몸이 산산조각이라도 날까 봐 붙들어 매려는 동작처럼 보였다. 두 주먹은 굳게 쥔 채였다. 두려운 게야. 저 여자에겐 무척 긴 밤이 되겠군.

"내일은 날 빼내줘야 해요."

"노력해볼게."

나는 감시 부스의 교도관에게 손짓을 했다. 이제 떠날 시간이다.

"하나만 더. 트래블로지 남자가 묵었던 방이 몇 호실인지 기억나?"

글로리아는 잠시 생각해보다가 입을 열었다.

"예, 물론이에요. 333이니까."

"오케이, 좋았어. 어떻게든 해보자고."

내가 일어섰을 때에도 글로리아는 그대로 앉아 있었다. 에스코트 교도관이 돌아와, 먼저 글로리아를 감방에 데려다주고 올 테니 기다리라고 했다. 거의 2시였다. 먹지도 못한 데다가 두통까지 일었다. 검사실의 레슬리 페어와 만나 글로리아 얘기를 하고 센추리 시티에 가서 루이스, 돕스와 사건 회의를 할 시간까지 겨우 두 시간뿐이었다.

"에스코트해줄 사람은 따로 없소? 법원에 갈 일이 있는데 말이오." 내가 말했다.

"죄송합니다, 선생님. 이게 규칙이거든요."

"이런, 아무튼 서둘러줘요."

"항상 그러는 걸요."

15분 후, 나는 교도관에게 불평해봐야 입 닥치고 있을 때보다 훨씬 더 오래 기다리게 될 뿐이라는 사실을 뼈저리게 절감하고 있었다. 그러니까 식은 수프를 돌려보내면 결국 알싸한 가래 맛이 첨가되어 돌아오는 것과 같은 이치이다. 어리석은 놈 같으니.

서둘러 형사재판소 건물로 가는 도중에 라울에게 전화를 걸었다. 그는 글렌데일의 자기 서재에 돌아와 있었다. 루이스의 수사와 체포 관련 기록을 점검 중이라고 했다. 나는 일을 잠시 미루고 몇 군데에 전화부터 해달라고 부탁했다. 우선 어제 산타모니카의 트래블로지 호텔 333호실에 투숙한 남자에 대해 알고 싶었다. 게다가 라울에겐 헥터 모야라는 이름을 검색할 자원과 방법이 있었다. 내가 알고 싶은 것은 놈이 누구이고 뭐 하는 작자냐가 아니라 놈에게서 뭘 얻어낼 수 있느냐였다.

얼은 형사재판소 앞에 멈춰 섰다. 일을 보는 동안 얼에게 필립스로 달려가 로스트비프 샌드위치 2인분을 사오라고 시켰다. 물론 하나는 얼의 몫이었다. 내 몫은 센추리 시티로 가는 길에 먹을 생각이었다. 나는 시트 너머로 20달러를 건네주고 밖으로 나갔다.

법원 로비는 여느 때처럼 북적거렸다. 엘리베이터를 기다리면서 서류 가방에서 타이레놀을 꺼내 입에 털어 넣었다. 그 약이 공복에서 비롯된 편두통을 날려주기만을 바랐다. 9층까지 올라가는 데 10분, 그리고 레슬리와 알현할 영광을 얻는 데 다시 15분이 걸렸다. 하지만 그건 전화위복이었다. 면담을 허락받기 직전에 라울의 전화를 받았기 때문이었다. 레슬리에게 일찍 불려갔다면 나는 텅 빈 총으로 적과 맞서는 꼴이 되었을 것이다.

라울은 트래블로지 333호실의 남자가 길버트 가르시아라는 이름으로 체크인을 했다고 말해주었다. 모텔은 신분증도 요구하지 않았다. 그가 일주일치를 미리 냈고 거기다 전화요금으로 50달러까지 예치했기 때문이다. 게다가 라울은 또 내가 준 이름으로 거슬러 올라가 헥터 아란드 모야라는 이름을 얻어냈다. 콜롬비아 출신의 지명 수배자인데, 연방 대배심이 마약배포죄로 기소하자 재빨리 샌디에이고로 달아난 터였다. 그건 매우 쓸 만한 정보였다. 나는 그 정보를 검사에게 들이대기로 마음을 정했다.

나는 빈 책상의 의자를 끌어다가 자리에 앉자마자 곧바로 본론으로 들어갔다. 귀찮은 인사치레 따위는 무시해버렸다. 딱히 할 말도 없었지만 배도 고팠고 시간도 촉박했다.

"오늘 아침 글로리아 데이튼을 기소하셨죠? 제가 맡은 여잡니다. 어떻게 했으면 좋은지 알고 싶어서 왔죠." 내가 말했다.

"어, 유죄 인정을 한다면 프론테라에서 최소 1년, 최고 3년까지는 가능합니다."

레슬리는 사무적으로 말하면서도 미소를 잃지 않았는데, 그래서인지 너무 느물거린다는 생각이 들었다.

"우린 재판 전 중재 프로그램을 생각하고 있습니다만."

"그 여잔 이미 그 사과를 뱉어버린 걸로 알고 있는데요. 불가능합니다."

"이런, 도대체 코크를 얼마나 갖고 있었다고 그러십니까? 2그램 정도요?"

"양과 상관없이 불법은 불법이에요. 글로리아 데이튼에게는 재활과 갱생의 기회가 여러 번 있었지만 이제 그나마 다 떨어진 모양이더군요."

레슬리는 책상 위에 놓인 파일을 열어 첫 페이지를 노려보았다.

"지난 5년간 9회 체포. 마약만으로도 이번이 세 번째인데 교도소에서 사흘 이상을 지낸 적은 한 번도 없네요. 교정 프로그램은 잊으세요. 가끔

고생을 해야 하고 지금이 적기니까요. 그건 논의 대상이 못 돼요. 아까 말했듯이, 유죄 인정을 하세요. 그럼 1년 이상 3년은 가능하니까. 그렇지 않으면 평결로 넘겨서 판사의 아량을 기다려야 할 겁니다. 난 최대 형량을 때릴 거고요."

나는 고개를 끄덕였다. 레슬리 페어의 전형적인 패턴이었다. 1~3년형이라면 교도소에서 적어도 9개월은 썩어야 한다는 뜻이다. 글로리아도 그 정도는 각오하고 있을 것이고 최악의 경우 그럴 수밖에 없을 것이다. 하지만 나한테는 아직 써먹을 카드가 남아 있었다.

"글로리아 데이튼에게 거래할 게 있다면요?"

검사는 무슨 농담이냐는 듯 코웃음을 쳤다.

"예를 들면?"

"거물 딜러가 사업을 하는 호텔 방 번호."

"너무 막연하군요."

모호한 건 사실이지만 레슬리의 목소리에서 호기심을 엿볼 수 있었다. 자고로 거래를 싫어하는 검사는 없는 법이다.

"마약팀에 전화해서 검색창에 헥터 아란드 모야라는 이름을 쳐보라고 하세요. 콜롬비아 출신이죠. 난 기다릴 수 있습니다."

레슬리는 망설였다. 아무래도 형사법 변호사에게 농락당하는 기분인 모양이었다. 특히 다른 검사가 듣고 있는데 말이다. 하지만 레슬리는 이미 미끼를 문 뒤였다.

레슬리는 데스크로 돌아가 전화를 걸었다. 그러고는 누군가에게 모야의 배경을 체크해보라고 지시했고 잠시 기다렸다가 다시 전화에 귀를 기울였다. 마침내 레슬리는 고맙다고 말한 다음, 전화를 끊고는 잠시 뜸을 들였다가 나를 보았다.

"좋아요. 원하는 게 뭐죠?"

"중재 프로그램. 성공적으로 마쳤을 경우 불기소처분. 그자에 대한 증언도 안 되고 전과기록도 없애야 해요. 그냥 놈이 묵고 있는 호텔 방을 신고하고 나머지는 당신들이 알아서 하는 겁니다."

"놈들도 반발할 겁니다. 증언은 불가피해요. 그자한테서 받은 2그램을 우리 무기로 써야 하니까 증언을 안 할 수는 없어요."

"아니, 안 됩니다. 방금 누구하고 얘기했는지는 몰라도 놈한테 전과가 있다고 했을 겁니다. 그것만으로도 충분히 잡을 수 있어요."

레슬리는 턱을 앞뒤로 흔들며 먹이의 맛을 가늠해보고 더 먹을지 말지를 고민하는 중이었다. 나는 고민이 무엇인지를 깨달았다. 미끼의 질이 문제가 아니라 미끼가 연방사건용이라는 게 문제였다. 요컨대 놈을 잡자마자 FBI가 채갈 것이고, 그렇다면 검사 레슬리 페어의 영광은 날아가게 된다. 언젠가 미연방 검찰청으로 수직 상승할 계획이 있다면 얘기가 다르지만 말이다.

"이 일로 연방정부도 검사님께 고마워할 겁니다. 그자는 악당입니다. 그리고 놈이 체크아웃 하기라도 하면 잡을 기회도 날아가는 겁니다." 나는 레슬리의 양심에 호소하기로 했다.

레슬리 페어는 나를 벌레 보듯 쳐다보았다.

"그런 식으로 갖고 놀지 말아요, 할러."

"미안합니다."

레슬리는 다시 생각에 몰두했고 난 다시 찔러보았다.

"일단 위치만 먼저 확보하면 상품이야 언제든 내놓을 수 있지 않겠습니까?"

"좀 조용히 해줄래요? 생각 좀 하게?"

나는 졌다는 투로 두 손을 들어 보이곤 입을 닫았다.

레슬리가 마침내 입을 열었다.

"좋아요. 대장하고 얘기해보죠. 번호를 알려주면 전화해줄게요. 하지만 하나만큼은 분명히 해요. 우리가 받아들인다고 해도 데이튼이 갈 수 있는 곳은 수감식 프로그램뿐이에요. 카운티-USC 같은 데 말이에요. 그런 여자한테 재택교육 기회를 낭비할 순 없어요."

나는 잠시 생각해보다가 고개를 끄덕였다. 카운티-USC는 부상자, 병자, 중독자들을 취급하는 교도소 겸 병원이다. 레슬리 페어가 제의한 조건은 글로리아가 마약 치료를 받고 완치가 되면 풀려나는 방식의 프로그램이었다. 고발은 없고 후에 추가 징역살이도 없다.

"그 정도면 만족합니다." 내가 말했다.

시계를 보았다. 갈 시간이다.

"제안은 내일 첫 출두까지만 유효합니다. 그 후에는 마약단속국에 전화해서 직접 거래가 가능한지 알아볼 겁니다. 그럼 여러분의 손아귀에서 빠져나가게 되겠죠."

레슬리가 노려보았다. 내가 연방하고 직거래한다면 그들이 자신을 깔아뭉갤 것임을 알고 있다는 뜻이었다. 머리 대 머리. 연방은 항상 검사들을 지나가는 똥개 취급했다. 나는 자리에서 일어나 레슬리의 책상에 명함을 내려놓았다.

"뒤통수칠 생각 말아요, 할러. 일이 삼천리로 빠지는 날엔 당신 의뢰인한테 그대로 갚아줄 테니까."

나는 대답하지 않고 의자를 원래 있었던 자리에 가져다 놓았다. 그제야 레슬리는 협박을 철회하고 2선으로 물러섰다.

"이 일을 모두가 행복한 선에서 해결할 수 있을 겁니다."

사무실 문을 나서면서 레슬리를 돌아보며 말했다.

"헥터 모야는 빼고겠죠."

내가 말했다.

08 의혹

돕스와 델가도 변호사 사무실은 센추리 시티의 마천루격인 쌍둥이 빌딩 29층에 있었다. 시간에 늦은 건 아니었는데도 다른 사람들은 이미 회의실에 모여 있었다. 회의실에는 번쩍거리는 긴 테이블이 놓여 있고, 한쪽 유리벽을 통해, 산타모니카 너머 임대 섬들이 점점이 박혀 있는 태평양이 훤하게 열려 있었다. 마침 날이 맑아서 세상 끝에 있는 카탈리나와 애나카파 섬까지도 볼 수 있었다. 막 저물기 시작한 해가 바로 눈높이까지 내려와 있는 터라, 이글거리는 햇살을 막기 위해 사무실엔 차양이 드리워져 있었고, 그 바람에 마치 선글라스를 쓰고 있는 기분이었다.

선글라스를 쓴 것은 내 의뢰인도 마찬가지였다. 루이스는 검은 테 레이밴을 쓰고 테이블 상석에 앉아 있었다. 지금은 회색 수의가 아니라 야리야리한 비단 티셔츠 위에 암갈색 정장 차림이었다. 이제는 더 이상 법원 대기실의 겁먹은 꼬마가 아니라 스마트한 젊은 부동산 재벌로 돌아와 있었다.

루이스의 옆에 돕스가 앉았고, 그 옆에 우아한 부인이 앉아 있었다. 루이스의 모친이 분명했다. 모친을 배제한 모임이라는 말을 전하지 않은 모양이었다.

루이스 오른쪽의 비어 있는 의자가 아무래도 내 자리인 모양이었다. 그 옆에 수사관 라울이 앉아 있고 그 앞에는 파일이 놓여 있었다.

돕스가 메리 앨리스 윈저를 소개해주었다. 메리 윈저는 내 손을 단단히 움켜쥐고 악수를 했다. 자리에 앉자, 돕스는 윈저 부인이 변호 비용을 책임질 것이며 내가 언급한 조건에도 기본적으로 동의한다는 말을 전했다. 그는 테이블 너머로 봉투 하나를 내밀었다. 봉투 안을 보니 6만 달러의 수표에 내 이름이 적혀 있었다. 내가 요청한 착수금이기는 하지만 사실 그 반 정도만 기대하고 있던 터였다. 이보다 많은 돈을 받은 적은 있지만 한 장짜리 수표로서는 가장 큰 액수였다.

수표는 메리 윈저의 계좌에서 인출되었는데, 비벌리힐스에서도 알아주는 알짜은행이었다. 나는 봉투를 접어 다시 테이블 너머로 돌려보냈다.

그리고 윈저 부인을 보며 말했다.

"수표는 루이스 씨 명의여야 합니다. 부인께서 아드님께 주시고 그 돈을 다시 돌려주는 건 상관없지만, 아무튼 지불인은 루이스 씨여야 합니다. 죄송하지만, 의뢰인이 루이스 씨라는 점을 처음부터 분명히 하고 싶습니다."

솔직히 그 말은 그날 아침의 행태와도 어울리지 않았다. 이미 뚱땡이 로드세인트한테서 돈을 받지 않았던가? 하지만 이건 주도권 싸움이었다. 메리 윈저와 세실 돕스를 힐끗 보는 순간, 나는 이 사건의 책임자가 나이고 이기고 지는 것까지 모두가 내 책임임을 분명히 해야겠다고 결심했다.

설마 무슨 일이야 있겠냐는 생각이었는데 의외로 메리 윈저의 얼굴이 딱딱하게 굳었다. 이유는 몰라도 루이스의 모친은 왠지 낡은 괘종시계를 떠올리게 했다. 평평한 사각의 얼굴.

"어머니. 괜찮아요. 제가 수표를 써주죠. 어머니가 돈을 줄 때까지 그 정도는 마련할 수 있어요."

메리 윈저는 나와 아들을 번갈아보다가 다시 나를 보았다.

"그래, 알았다." 마침내 메리 윈저가 대답했다.

"윈저 부인. 아드님에 대한 부인의 지원은 중요합니다. 단순히 재정적인 면만 말씀드리는 것이 아닙니다. 만일 불기소판정을 얻어내지 못하고 재판을 준비해야 한다면, 부인께서 아드님을 믿고 있다는 사실을 대중에게 보여주셔야 할 수도 있습니다."

"당연한 소리. 세상이 무너진다 해도 아들을 포기하진 않아요. 이런 말 같지도 않은 고발은 당장 취소해야 한다고요. 그리고 그 여자… 그년은 우리한테 단돈 한 푼도 뜯어내지 못할 거예요."

"고마워요, 엄마." 루이스가 말했다.

"예, 감사합니다. 언제 어디서 부인이 필요하게 될지 결정되면 돕스 씨를 통해 알려드리겠습니다. 부인께서 도와주신다면 아드님께도 그보다 큰 힘은 없을 겁니다."

나는 거기서 말을 끊고 기다렸다. 메리 윈저는 이내 자신이 물러나야 할 때임을 알아차렸다.

"하지만 지금은 필요하지 않다는 소리군, 맞나요?"

"그렇습니다. 지금은 사건에 대해 논의해야 합니다. 루이스가 자신의 변호 팀과 일을 처리하는 것이 최선입니다. 변호사-의뢰인의 권리가 다른 사람까지 보호해주지는 못하니까요. 잘못하면 아들에게 불리한 증언을 하게 될 수도 있다는 뜻입니다."

"하지만 내가 떠나면 루이스가 어떻게 집에 돌아오지?"

"저한테 운전사가 있습니다. 제가 책임지죠."

메리 윈저는 돕스를 바라보았다. 그가 나를 눌러주기를 바라는 것이다. 돕스가 미소 짓고는 자리에서 일어나 의자를 빼낼 준비를 했다. 결국 메리 윈저도 포기하고 자리에서 일어났다.

"할 수 없군. 루이스, 이따 저녁에 보자꾸나."

돕스는 회의실 문밖까지 메리 윈저를 배웅해주었다. 복도에서 두 사람이 대화하는 모습이 보였지만 무슨 말을 하는지는 들리지 않았다. 이윽고 메리 윈저는 떠났고 돕스가 돌아와 문을 닫았다.

나는 루이스에게 몇 가지 사전지식을 일러주었다. 2주 후에 기소인부 절차 심의가 있고 항변 기회가 주어질 것이며 우리는 신속한 재판의 권리를 철회하지 않을 것임을 검사 쪽에 통고해주어야 한다는 등의 얘기였다.

"우리가 취해야 할 최초의 선택이지. 이 사건을 장기전으로 끌고 갈 것인지, 아니면 검찰을 압박하기 위해서라도 신속하게 밀어붙일 것인지를 선택해야 하네." 내가 말했다.

"옵션은?" 돕스가 물었다.

나는 그를 보고 다시 루이스를 보았다.

"솔직히 말씀드리죠. 의뢰인이 구속 상태가 아닌 경우엔 지구전을 선호하는 편입니다. 중요한 건 의뢰인의 자유니까요. 철퇴가 떨어지기 전에 자유라도 실컷 누리자는 거죠."

"그건 유죄의 경우 아닙니까?" 루이스가 따졌다.

"약점도 있습니다. 검찰의 기소장이 빈약할 경우, 지구전은 오히려 보강수사의 기회를 제공하는 셈이 되죠. 아시다시피 이 경우 유일한 지렛대는 시간입니다. 만일 신속한 재판을 강행할 경우, 검찰의 준비가 부족하다면 아무래도 다급해질 수밖에 없죠."

"난 기소 내용하고 아무 상관 없어요. 시간을 낭비하고 싶지도 않고. 어서 이 개떡 같은 일에서 벗어나고 싶을 뿐입니다." 루이스가 말했다.

"우리가 권리를 철회하지 않는다면 이론적으로 검찰은 기소인부절차 후 60일 이내에 자네를 재판에 송부해야 하네. 하지만 현실적으로는 예심이라는 게 있기 때문에 뒤로 밀릴 수밖에 없어. 예심에서는 판사가 증거 자료를 청취하고 그 증거만으로 공판구성이 가능한지를 결정하게 되네. 일종의 엿장수 맘대로 게임이지. 판사는 자네에게 재판에 대해 설명하고 기소 내용의 진위 여부를 물을 걸세. 물론 시계는 다시 60일에 맞추어지 게 되네."

"세상에, 그러다가 끝이 없겠네요." 루이스가 투덜댔다.

"예심을 거부할 권리는 있지만 그래봐야 저쪽의 힘을 키워줄 뿐이야. 이 사건은 젊은 검사에게 배정되었네. 중범죄에는 아주 초짜 검사야. 어 쩌면 그 점을 노려야 할지도 모르겠군."

"잠깐만. 예심을 통해 검사 측 증거가 뭔지 알 수도 있지 않겠소?"

"실제로는 아닙니다. 옛날하곤 달라졌죠. 사법부는 오래전부터 업무 효 율성을 위해 노력해왔습니다. 예심이 말 그대로 엿장수 맘대로 식으로 된 것도 결국 전문증거 배제법칙(hearsay rules, 직접 증인의 증언 이외의 주장이나 진술을 증거로 인정할 수 없다는 내용의 증거법 − 옮긴이)을 완화했기 때문이니 까요. 지금은 대개 사건 담당 경찰을 증인석에 세워놓고 아무 얘기나 주 절대게 합니다. 물론 변호 팀에서는 그자 외에 어떤 증인도 볼 수 없게 되 죠. 제 생각엔 최선의 전략이라면 검찰이 다 불지 않을 거면 차라리 입을 닥치도록 밀어붙이는 겁니다. 기소인부절차심부터 60일을 모두 쓰게 하 는 거죠."

"그게 좋겠어요. 그리고 가능한 한 빨리 그 일을 논의하고 싶군요." 루 이스였다.

나는 고개를 끄덕였다. 그는 마치 무죄판결이 따놓은 당상이라도 된다 는 듯 떠들어댔다.

"재판까지 가지 않을 수도 있잖소? 그들이 기소에 충분한 증거를…."

"검사는 포기하지 않을 겁니다. 대개 경찰이 과도한 고발을 해오면 검

찰이 잘라내는 식이지만 이 경우는 패턴부터 다릅니다. 오히려 검찰이 뺑
튀기 기소를 했거든요. 그건 두 가지 의미입니다. 하나는 자신 있다는 뜻
이고 다른 하나는 협상을 높은 데에서 시작하겠다는 거죠."

"형량거래 말인가요?" 루이스가 물었다.

"그래, 일반적으로는 재량판단이라고 하네."

"그건 안 돼요. 형량거래는 없어요. 하지도 않은 일로 감방 들어가고 싶
은 생각은 없으니까."

"반드시 감옥에 간다는 뜻은 아닐세. 자넨 전과도 없으니까⋯."

"내가 자유롭게 다닌다고 해도 마찬가지예요. 하지도 않은 일로 유죄
를 인정하기 싫다는 말입니다. 그게 문제가 된다면 지금 당장 팀을 해체
하세요."

나는 루이스를 바라보았다. 의뢰인들은 거의 예외 없이 무죄를 주장한
다. 첫 번째 사건일 경우는 더욱 그렇다. 하지만 루이스의 목소리에는 열
정과 진솔함이 담겨 있었고 그런 느낌은 참으로 오랜만이었다. 거짓말은
말끝을 얼버무리고 시선을 피하지만 루이스의 두 눈은 자석처럼 내 시선
에서 물러설 줄을 몰랐다.

"게다가 민사소송도 고려해야 하오. 유죄인정은 여자에게⋯."

"잘 알겠습니다. 아무튼 너무 앞서가고 있는 것 같네요. 전 다만 이 일
이 어떤 식으로 진행되어 가는지에 대해 알려주고 싶었을 뿐입니다. 최소
한 2주 동안은 어떤 행동을 취하거나 힘든 결정을 내려야 할 일은 없을
겁니다. 그러니까 지금은 기소인부심의를 어떻게 요리해야 할지 알기만
하면 됩니다."

나는 다시 돕스의 말을 끊고 말했다.

"루이스도 UCLA에서 1년간 법학 과정을 들었소. 상황에 대한 기본적인
지식은 가지고 있을 거요." 돕스가 다시 말했다.

루이스도 고개를 끄덕였다.

"잘됐군요. 그럼 바로 시작해볼까요? 루이스, 자네부터 시작하겠네. 모친께서 저녁 식사를 같이 하자고 하셨으니까. 집에서 살고 있나? 그러니까 어머님 댁에서?"

"나는 별관에서 지냅니다. 어머니는 본관이고요."

"집 안에 다른 사람도 살고 있나?"

"하녀가 있습니다. 본관이죠."

"자녀는 없겠고. 남자친구나 여자친구는?"

"없습니다."

"그리고 모친의 회사에서 일한다고 했지?"

"운영한다고 해야겠죠. 어머니는 더 이상 관여하지 않으시니까."

"토요일 밤엔 어디 있었나?"

"토요… 어젯밤 말입니까?"

"아니, 토요일 밤일세. 거기서부터 시작하자고."

"토요일 밤에는 아무것도 안 했습니다. 집에서 텔레비전을 봤죠."

"혼자서?"

"그렇습니다."

"어떤 프로그램이었지?"

"DVD였어요. 코폴라의 '도청'이라는 옛 영화입니다."

"그러니까 자네와 같이 있거나 본 사람은 없다는 건가? 그냥 영화를 보다가 잠자리에 든 거고?"

"그런 셈이죠."

"그런 셈이라, 좋아. 이제 토요일 아침으로 가보자고. 어제 낮에는 무슨 일을 했나?"

"리비에라에서 골프를 쳤어요. 언제나처럼 포섬(네 사람이 두 패로 나눠서

하는 경기 – 옮긴이)이었죠. 10시에 시작해서 4시에 끝났고 집으로 돌아와 샤워, 그리고 옷을 갈아입은 다음 어머니 집에서 식사를 했습니다. 뭘 먹었는지도 말해야 하나요?"

"아니, 필요 없을 것 같군. 하지만 나중에 함께 골프 친 사람들의 이름이 필요할지도 모르지. 식사 후에는 뭘 했지?"

"어머니한테는 방으로 돌아가겠다고 하곤 밖으로 나갔습니다."

나는 그때 라울이 주머니에서 작은 공책을 꺼내 기록하기 시작했다는 사실을 깨달았다.

"어떤 차를 몰지?"

"두 대가 있습니다. 고객용으로는 2004년식 레인지로버를 쓰고 개인용으로는 2001년식 카레라를 몰고 있죠."

"그러면 어젯밤엔 포르쉐를 몰았겠군."

"맞습니다."

"어디에 갔나?"

"언덕을 넘어 밸리로 갔죠."

그는 마치 비벌리힐스 청년이 산페르난도 밸리의 노동자 마을로 넘어가는 것이 위험한 모험이라도 된다는 듯이 말했다.

"어디로 간 거지?" 내가 다시 물었다.

"벤추라 거리. 내츠 노스에서 한잔한 다음 모건스로 내려가 거기에서도 한잔했습니다."

"그 술집들은 모두 픽업바(여성을 헌팅하기 위해 찾는 술집 – 옮긴이)일세. 그건 알고 있나?"

"예, 그래서 간 겁니다."

루이스는 담담한 어조로 대답했고, 나도 그가 솔직하게 말하고 있음을 인정했다.

"누군가를 찾은 거로군. 당연히 여자겠지? 특별히 염두에 두거나 아는 여자가 있었나?"

"특별히 염두에 둔 여잔 없었습니다. 그냥 화끈하게 섹스할 대상을 물색 중이었으니까요."

"내츠 노스에서는 어떤 일이 있었지?"

"일은요. 너무 재미없어서 금세 나온걸요. 심지어 술도 남겼어요."

"그곳엔 자주 가나? 바텐더가 자넬 알아볼 만큼?"

"예, 다들 알고 있습니다. 어젯밤엔 폴라가 근무 중이었죠."

"오케이. 그러니까 잘 풀리지 않아 술집을 떠났다. 그러곤 모건스로 간 거군? 왜 모건스였지?"

"거기도 잘 가는 곳이에요."

"거기 사람들도 자넬 알고?"

"당연하죠. 팁을 잘 줬으니까. 어젯밤엔 드니즈와 제니스가 바를 보고 있었어요. 모두 날 알고 있고요."

나는 라울을 돌아보았다.

"라울, 피해자 이름이 뭐였지?"

라울은 경찰 보고서 파일을 열어보았지만 대답은 자료를 보기도 전에 나왔다.

"레지나 캄포. 친구들은 레기라 부름. 스물여섯. 경찰한테는 자신이 여배우이고 전화판매원으로 근무한다고 했어."

"곧 은퇴할 생각이라고도 했소." 세실이 말했다.

나는 그의 말을 무시했다.

"루이스, 전에도 레기 캄포를 알고 있었나?"

루이스가 어깻짓을 했다.

"어느 정도는요. 바 근처에서 가끔 봤으니까요. 하지만 동석한 적은 없습니다. 말도 해본 적이 없고요."

"시도해본 적은?"

"아뇨. 가까이 갈 수도 없었던 걸요. 그 여자 옆엔 항상 누가 있었어요. 둘이든 셋이든. 난 떼거리 속에 끼고 싶은 생각이 없습니다. 혼자 있는 여자를 선호하는 쪽이죠."

"어젯밤에 특별한 일은 없었나?"

"어젯밤엔 그 여자가 나한테 왔어요. 그게 특별한 거겠죠."

"그 얘기 좀 해보게."

"별로요. 난 모건스 바에서 어슬렁거리고 있었어요. 그러니까 가능성을 탐색하는 거죠. 그 여자는 반대쪽에 다른 남자와 함께 있었어요. 이미 임자가 있다고 생각했기 때문에 아예 내 레이더에 걸리지도 않았죠."

"으흠, 그래서?"

"어, 잠시 후, 함께 있던 남자가 일어났어요. 화장실에 가거나 담배를 피우러 밖에 나간 거겠죠. 그리고 남자가 떠나자마자 여자가 일어나 슬그머니 다가오더니 관심 있냐고 묻더군요. 나는 함께 있던 남자는 어떻게 할 거냐고 물었고, 여자는 그런 걱정은 하지 말라고 했어요. 남자는 10시면 떠날 거고 그다음부터는 자유라면서요. 그리고 주소를 적어주고는 10시 후에 찾아오라고 했죠. 난 가겠다고 약속했습니다."

"주소를 쓴 종이는 뭐였나?"

"냅킨이요. 하지만 다음 질문에 대한 대답은 아니오예요. 지금은 없어요. 주소를 외운 다음 던져버렸으니까. 전 부동산 업자입니다. 주소 외우는 건 일도 아니에요."

"대충 몇 시였지?"

"모릅니다."

"그러니까, 여자는 10시쯤에 오라고 했네. 그럼 그때까지 얼마나 기다려야 하는지 알기 위해서라도 시계를 확인해보는 게 좀 더 자연스럽지 않았나?"

"8시에서 9시 사이라고 생각했어요. 그리고 남자가 돌아오자마자 두 사람은 떠났고요."

"자네가 술집을 떠난 시간은?"

"몇 분 더 있다가 바로 나왔습니다. 그 여자 집에 가기 전에 한 군데 더 들를 생각이었으니까요."

"거기가 어딘가?"

"램프라이더. 여자 집이 타자나에 있다고 했는데 가는 길에 있는 술집입니다."

"이유는?"

"어, 아까도 말했지만 난 가능성을 탐색 중이었어요. 더 좋은 먹이가 있을 수도 있고, 또 기다릴 시간을 줄일 수도 있으니까요. 게다가…."

"게다가?"

그는 잠시 생각에 빠진 듯 보였다.

"시간도 때우고?"

그가 고개를 끄덕였다.

"좋아, 그래, 램프라이터에서는 누구와 얘기했지? 아니, 그보다 거기가 정확히 어딘가?"

그곳은 지금까지 나온 장소 중 내가 모르는 유일한 곳이었다.

"화이트오크 근처예요. 하지만 거기서는 아무하고도 말하지 않았고, 관심을 끄는 여자도 없었죠."

"그곳 바텐더들도 자넬 알고 있나?"

"아니, 아닙니다. 자주 가는 곳은 아니에요."

"그러니까 대개는 술집 세 군데를 돌기 전에 상대를 물색했다는 얘기로군."

"아뇨, 두 번째에도 안 되면 포기를 했죠."

나는 고개를 끄덕인 다음 잠시 말미를 두었다. 피해자 집에서의 상황을 묻기 전에 빠뜨린 게 없는지 되새겨보기 위해서였다.

"램프라이터에서는 얼마나 있었지?"

"한 시간 정도. 어쩌면 조금 안 되었을 수도 있고요."

"바에서? 술은 얼마나 마셨나?"

"예. 바에서. 두 잔 마셨어요."

"그러니까, 레기 캄포의 집에 가기 전에 모두 얼마나 마신 거지?"

"다 해서 넉 잔 정도죠. 두 시간이나 두 시간 반 동안에요. 모건스에서의 한 잔은 마시지도 않고 그냥 나왔으니까요."

"술의 종류는?"

"마티니. 그레이 구스."

"술집에서 술을 마실 때도 신용카드로 결제합니까?" 라울이었다. 인터뷰 도중 처음으로 질문을 던진 것이다.

"아뇨, 밖에서는 현찰로 합니다." 루이스가 대답했다.

나는 라울을 보며 다른 질문이 있는지 기다렸다. 그는 현찰에 대해 많은 것을 알고 있는 사람이기 때문에 그가 마음껏 질문하기를 원했다. 하지만 라울은 나를 보고는 고개를 끄덕였다. 끝났다는 뜻이다.

"오케이. 레기의 집에 갔을 때는 몇 시였나?"

"10시 12분 전이었습니다. 일찍 문을 두드릴 생각이 없었기 때문에 시계를 확인했죠."

"그래서 어떻게 했지?"

"주차장에서 기다렸습니다. 10시라고 했으니까요."

"모건스에 있던 남자가 떠나는 건 봤나?"

"예, 봤어요. 그걸 확인한 다음에 올라간 겁니다."

"그 남자는 어떤 차를 몰았나요?" 이번에도 라울이었다.

"노란색 코르벳. 90년대 버전인데 자세한 연도는 모릅니다."

라울이 끄덕였다. 질문이 끝난 것이다. 단지 루이스보다 먼저 캄포의 집에 있던 남자에 대해 대략적인 선을 긋고 싶었던 것이다. 내가 다시 질문의 흐름을 잡았다.

"그래서 그 사람이 떠나고 자네가 들어갔군. 그다음엔?"

"건물 안으로 들어갔죠. 2층 여자 방으로 올라가 노크를 하고 여자가 문을 열어줘서 안으로 들어갔습니다."

"잠깐만. 난 속기본을 원하지 않네. 올라갔다고? 어떻게? 계단으로? 엘리베이터? 어떤 거지?"

"엘리베이터."

"다른 사람도 있었나? 자넬 본 사람은?"

루이스는 고개를 저었다. 나는 계속하라는 신호를 보냈다.

"여자가 문을 조금 열어 먼저 나를 확인한 다음 들어오라고 했어요. 현관문 옆으로 복도가 있었는데 무척 좁더군요. 난 여자가 문을 닫을 수 있도록 옆으로 빠져 들어갔고 그래서 여자가 나보다 늦게 들어온 겁니다. 그래서 못 본 거예요. 그 여잔 뭔가를 들고 있다가 나를 내리쳤죠. 난 쓰러졌고요. 순간적으로 앞이 깜깜해지더군요."

나는 아무 말 없이 머릿속으로 그 장면을 그려보았다.

"그러니까 아무 일도 없었는데 다짜고짜 자네를 쓰러뜨렸다는 건가? 아무 말도 않고? 비명도 안 지르고? 그냥 뒤에서 무기를 휘둘렀다?"

"그렇죠."

"알았네, 그다음엔? 다음에 기억나는 일은 뭔가?"

"깨어났을 땐 정신이 몽롱했어요. 정신을 차렸더니 남자 둘이 나를 꼼짝 못하게 타고 앉아 있더군요. 그다음에 기억나는 건 경찰도 왔고 구급반도 있었다는 겁니다. 난 벽에 기대 앉아 있었는데 손에는 수갑이 채워져 있었죠. 의료원이 코 밑에 암모니아 같은 것을 갖다대고 있더군요. 그 바람에 완전히 정신을 차릴 수 있었습니다."

"여자 집에서 말인가?"

"예."

"레기 캄포는 어디 있었나?"

"소파요. 다른 의료원이 여자 얼굴을 치료하고 있었는데 울면서 내가 공격했다고 떠들어댔어요. 전부 거짓말이었죠. 내가 갑자기 덮치더니 때리기 시작했다는 겁니다. 자기를 겁탈하고 죽이겠다는 말까지 했다는 거예요. 세상에, 지독했죠. 그리고 나는 등 뒤의 손을 보려고 팔을 움직여 보았는데, 손이 비닐봉지 같은 걸로 묶여 있더라고요. 그제야 손에 묻은 피를 보았고 모든 것이 함정이라는 사실을 깨달은 겁니다."

"그게 무슨 뜻인가?"

"내가 한 것처럼 보이려고 여자가 손에 피를 발라놓은 거예요. 왼손에요. 하지만 난 왼손잡이가 아니에요. 누군가를 때렸다면 오른손으로 했을 겁니다."

그는 내가 이해하지 못할까 봐 오른손으로 주먹질하는 시늉까지 해보였다. 나는 자리에서 일어나 창가로 다가갔다. 이제는 태양이 더 낮은 곳에 있어서 일몰을 내려다보는 기분이었다. 루이스의 이야기가 마음에 걸렸다. 사실과 너무나 동떨어진 말로 들려 마음이 편치 않았다. 지금까지 무고한 사람을 놓치게 될까 봐 늘 불안했다. 그런 의뢰인이 너무나 희귀한 존재인 탓에, 막상 그런 자가 나타날 경우 미처 알아보지 못할까 봐 두려웠던 것이다.

"좋아, 이 문제에 대해 잠시 생각해보자고. 캄포가 자네 손에 피를 묻혀놓았네. 그런데 왼손이라고? 하지만 함정에 빠뜨리려 했다면 오른손에 피를 묻혀야 정상이 아닌가? 세상 사람들 대부분이 오른손잡이야. 그 여자가 확률이라는 걸 고려했다면 그게 정상이란 말일세."

나는 테이블로 돌아가 다른 사람들의 멍한 시선을 받았다.

"레지나 캄포가 문을 조금 열고 들어오라고 했다고 했지? 그 여자 얼굴은 봤나?"

"약간요."

"구체적으로 말해보게."

"눈입니다. 왼쪽 눈."

"그래서 여자 얼굴 오른쪽은 보지 못했다? 안으로 들어갔을 때도?"

"예, 그 여잔 문 뒤에 있었거든요."

"바로 그거야!"

라울이 갑자기 소리쳤다.

"그가 들어갔을 때 이미 상처가 있었던 거라고. 여자는 그걸 감추고 기습을 한 게지. 상처는 모두 얼굴 오른쪽에 있었으니까 왼손에 피를 묻히는 게 당연하지 않아?"

나는 그 말의 논리를 곱씹으며 고개를 끄덕였다. 말이 되는 것 같았다. 나는 다시 천천히 창문 쪽으로 걸어갔다.

"좋아. 그럴 수도 있겠지. 아무튼, 루이스, 자네는 여자를 바에서 몇 번 본 적은 있지만 동석한 적은 없다고 했네? 그럼, 서로 모르는 사이인데 왜 그런 짓을 했을까? 왜 자네를 함정에 빠뜨릴 생각을 한 거지?"

"돈."

대답은 루이스가 아니라 돕스에게서 나왔다. 나는 그를 돌아보았다. 돕스는 대답 시점이 다소 부적절하다고 생각하기는 했지만 개의치 않았다.

"의심의 여지가 없소. 여자가 원하는 건 가족의 돈이요. 아마 지금 이 순간에도 민사소송을 준비하고 있겠지. 거기에 비한다면 형사소송은 겨우 서곡에 불과할 거요. 돈. 여자가 원하는 건 그뿐이야."

나는 다시 자리에 앉아 라울을 보았다. 라울도 나를 보았다.

"오늘 법원에서 여자 사진을 봤습니다. 얼굴 반쪽이 문드러질 정도더군요. 지금 그 점을 물고 늘어져야 한다는 말씀입니까? 그걸 자기 손으로 그랬다고요? 그것도 여자가?" 내가 되물었다.

라울은 파일을 열어 사진 한 장을 꺼냈다. 법원에서 매기가 보여주었던 사진의 흑백 복사판이었다. 레기 캄포의 통통 부어오른 얼굴. 라울의 줄이 튼튼하긴 했지만 그래도 진짜 사진을 빼줄 수는 없었을 것이다. 그는 돕스와 루이스가 볼 수 있도록 사진을 테이블 위로 밀어냈다.

"증거 제시에는 진짜 사진이 나올 거야. 더 지독하고 참혹한 사진이지. 우리가 자네 이야기를 밀고 나간다면 배심원단이 그게 자해라는 점을 사야 할 걸세. 아, 물론 재판까지 갈 때의 경우겠지만."

루이스도 사진을 살펴보았다. 정말로 그가 레기 캄포를 그렇게 만든 장본인인지는 모르겠지만, 그의 표정에는 전혀 그런 기색이 드러나지 않았다. 아니, 아예 어떤 감정도 읽을 수가 없었다.

"하나 말해주지. 난 내 자신을 좋은 변호사고 배심원을 설득하는 데도 일가견이 있다고 생각하는 부류라네. 하지만 자네 이야기는 나조차도 믿기가 어려워."

09 무죄 고객

이제 라울이 등장할 차례였다. 로스트비프 샌드위치를 씹으며 센추리 시티로 들어오는 도중, 우리는 이것저것 대화를 나눴다. 휴대폰은 자동차 스피커에 연결하고 운전사에게는 아이팟 이어폰을 쓰라고 명했다. 운전을 시작한 지 일주일 되던 날 사준 것이다. 그때 라울은 내가 초기 심문을 할 수 있도록 사건의 개요를 설명해주었다. 그리고 이제 라울 자신이 회의실을 장악하고 사건을 뒤집을 차례가 된 것이다. 그는 경찰기록과 증거를 이용해서 루이스의 각본을 갈가리 찢어발기고 검사에게 어떤 무기가 있는지 확실하게 보여줄 것이다. 적어도 초반 단계에서만이라도 나는 라울이 그렇게 해주기를 원했다. 만일 변호팀에 좋은 사람·나쁜 사람 역할이 있다면 나는 루이스가 좋아하고 믿는 사람이어야 했다.

라울은 끄나풀을 통해 얻은 경찰보고서 외에도 자신이 직접 작성한 노트를 갖고 있었다. 보고서는 변호사에게 열람 자격이 있고 또 개시절차(소송 당사자가 상대방으로부터 적절한 정보를 얻어낼 수 있는 일련의 절차—옮긴이)를 통해 얻게 될 자료들이지만, 법원 루트를 통해 얻으려면 몇 주는 족히 걸릴 것이다. 그는 자료에서 눈을 떼지도 않고 심문을 시작했다.

"어젯밤 10시 11분, LA경찰국 통신팀은 화이트오크 거리 17-60, 연립주택 212호의 레지나 캄포로부터 911 긴급전화를 받습니다. 누군가 집 안에 들어와 레지나 캄포를 폭행했다는 신고였죠. 순찰대원들이 지시를 받고 현장에 도착한 시간은 10시 17분. 평소보다 빨리 도착한 것을 보면 사고가 별로 없는 밤이었던 모양입니다. 아무튼 순찰대원들은 주차장에서 캄포 양을 만났습니다. 캄포는 폭행 후에 아파트를 탈출했다고 진술했고 에드워드 터너와 로널드 앳킨스라는 이웃이 침입자를 잡고 있다고 말했습니다. 산토스 경관이 아파트에 들어가, 후에 룰레 씨로 확인된 용의자가 바닥에 누운 채 터너와 앳킨스의 제어를 받고 있는 광경을 확인했습니다."

"나를 깔고 앉았던 개새끼들이에요." 루이스가 말했다.

루이스의 얼굴에 순간적인 노기가 떠올랐다. 하지만 라울은 개의치 않고 계속해서 설명해나갔다.

"경관들이 용의자를 호송했습니다. 앳킨스는⋯."

"잠깐만, 그가 발견된 곳이 정확히 어디지? 어느 방이야?"

"여긴 나와 있지 않아."

나는 루이스를 보았다.

"거실이었어요. 현관에서 가까운 곳이죠. 깊이 들어갈 사이도 없었으니까."

라울은 그 말을 기록하고 나서 다시 설명을 시작했다.

"앳킨스가 접이식 나이프를 제출하면서 침입자 옆에 떨어져 있던 거라고 증언했습니다. 나이프는 펼쳐진 채였습니다. 경찰은 용의자에게 수갑을 채웠고 여자와 룰레 씨의 치료를 위해 의료반을 불렀습니다. 여자는 이마에 자상과 가벼운 뇌진탕이 있었기 때문에 치료와 증거용 사진촬영을 위해 홀리크로스 메디컬 센터로 긴급 후송되었습니다. 그리고 룰레 씨는 곧바로 반 누이스 구치소에 수감되었죠. 여자의 집은 범죄 현장으로 봉쇄되고 사건은 밸리 경찰서 형사과의 마틴 부커 형사에게 배정되었습니다."

라울은 레지나 캄포의 사진을 몇 장 더 테이블에 늘어놓았다. 정면사진과 측면사진이 있고, 목 주변의 타박상을 클로즈업한 사진 두 장과, 턱 밑에 조그만 구멍이 파인 사진도 있었다. 복사 품질이 좋지 않아 자세히 연구할 만한 가치는 없었으나 특이한 점은 부상이 모두 얼굴 오른쪽에 집중되어 있다는 것이었다. 적어도 그 점에 대해서만큼은 루이스의 말은 거짓이 아니었다. 캄포는 누군가의 왼손에 의해 지속적인 구타를 당했거나… 아니면 자기 오른손에 당한 것이다.

"사진은 모두 병원에서 촬영한 겁니다. 부커 형사의 면담도 그곳에서 이루어졌죠. 여자의 주장을 요약하자면 이렇습니다. 캄포가 돌아온 시간은 일요일 밤 8시 30분. 혼자였고 10시경에 누군가 문을 두드리는 소리를 들었습니다. 물론 룰레 씨였죠. 캄포 양도 아는 사람이라 문을 열어주었다더군요. 그리고 문을 열자마자 남자는 캄포를 폭행했고 실내로 끌고 들어가 문을 걸어 잠갔죠. 여자는 반항을 했지만 그 후 최소한 두 번의 공격을 더 받고 바닥에 쓰러졌습니다."

"그런 말도 안 되는 소리를!" 루이스가 외쳤다.

그는 두 주먹으로 테이블을 치면서 자리에서 일어섰다. 의자가 뒤쪽으로 굴러가 윈도에 큰 소리를 내며 부딪쳤다.

"이런, 조심해! 유리가 깨지는 날엔 끝장이라고. 우린 추락하는 비행기 승객처럼 저 아래로 빨려나가고 말 거야."

하지만 돕스의 썰렁한 농담에 웃는 사람은 아무도 없었다.

내가 조용히 말했다.

"루이스, 자리에 앉게. 이건 경찰보고서일 뿐이야. 그 이상도 그 이하도 아니라네. 반드시 사실이어야 할 필요도 없어. 그냥 사실이라고 믿는 누군가의 견해일 뿐이라고. 지금은 사건을 대충 훑어보고 우리의 적이 누구인지를 보자는 거야."

루이스는 아무 저항 없이 다시 의자를 가져다 앉았다. 나는 라울에게 고갯짓으로 계속하라는 신호를 보냈다. 루이스가 더는 유치장의 나약한 먹잇감이 아니라는 사실만큼은 분명해진 셈이었다.

"레지나 캄포는 침입자가 하얀 천으로 손을 감싸고 있었다고 진술했습니다."

나는 테이블 너머로 루이스의 두 손을 보았다. 관절이나 손가락에 붓거나 찢어진 자국은 보이지 않았다. 주먹을 감쌌으니 당연히 그런 바보 같은 상처가 있을 리 없었다.

"그 천은 증거로 확보되어 있나?" 내가 물었다.

"그래. 기록에는 피 묻은 테이블 냅킨으로 되어 있어. 피와 헝겊은 현재 분석 중이고."

나는 고개를 끄덕이고 루이스를 보았다.

"경찰이 자네 손을 살피거나 사진을 찍어갔나?"

"형사가 손을 조사하기는 했지만 사진을 찍는 사람은 없었어요."

나는 끄덕이고 라울에게 계속하라고 말했다.

"침입자는 여자를 바닥에 눕히고 한 손으로 목을 끌어안았습니다. 그러고는 지금부터 강간할 것이며 그동안 여자가 살아 있든 죽어 있든 상관없다고 말했답니다. 용의자가 목을 조르고 있었기 때문에 여자는 아무 말도 할 수 없었고, 그가 풀어준 다음엔 뭐든지 협력하겠다고 말했다더군요."

라울은 다른 사진을 테이블 위에 올려놓았다. 검은 손잡이가 달린 접이식 나이프였는데 끝이 무척이나 날카로워 보였다. 피해자의 목에 난 상처의 주범이 분명했다.

루이스는 사진을 끌어당겨 자세히 살펴보다가 고개를 저었다.

"이건 내 칼이 아닙니다." 그가 말했다.

나는 대답하지 않았고 라울도 계속해 나갔다.

"용의자는 여자를 일으켜 세운 후 침실로 안내하라고 했습니다. 피해자 뒤쪽에서 나이프 끝을 캄포의 왼쪽 목에 댄 채였죠. 그런데 침실로 향하는 짧은 복도에 들어서는 순간 여자가 돌아서서 커다란 화분 쪽으로 침입자를 밀었고, 그가 화분에 걸려 비틀거리는 틈을 타 현관을 향해 내달립니다. 하지만 공격자가 정신을 차릴 경우, 현관에 다다르기도 전에 잡힐 수 있겠다는 생각에 우선 부엌 조리대로 달려가 보드카 병을 집어 듭니다. 그리고 침입자가 현관으로 향하는 것을 보고 블라인드에서 빠져나와 그의 뒤통수를 때립니다. 그는 바닥에 쓰러지죠. 레지나 캄포는 남자를 타고 넘어가 현관문의 걸쇠를 풀고 터너와 앳킨스가 함께 쓰는 1층 집으로 달려가 경찰에 신고를 합니다. 그동안 터너와 앳킨스는 캄포의 집으로 가 바닥에 쓰러져 있는 침입자를 발견했으며, 의식을 회복하려 하자 제압한 다음 경찰이 도착할 때까지 지키고 있었죠."

"미치겠군. 멍하니 앉아서 저런 개소리나 듣고 있어야 하다니. 도무지 나한테 어떻게 이런 일이 생긴 거죠? 난 분명히 안 했어요! 무슨 악몽을 꾸는 기분이란 말입니다. 그년은 거짓말쟁이예요. 그년이….

"만일 거짓말이라면 이건 내 평생 가장 쉬운 사건이 될 걸세. 그 여자를 갈기갈기 찢어서 내장을 바다에 던져버리자고. 하지만 그러기 위해서라도 여자가 어떤 얘기를 토해냈는지부터 알아야만 하네. 앉아서 듣고 있기가 힘들면 재판에 들어갈 때까지 기다려야 하는데, 그렇게 되면 그건 몇 분이 아니라 며칠이 걸릴 거야. 그러니 진정하라고, 루이스. 중요한 건 자네한테도 기회가 있다는 거야. 변호란 늘 기회를 노리는 게임이니까."

돕스가 루이스의 팔을 다독여주었다. 마치 아버지다운 모습이었으나 루이스는 그의 손을 밀쳐냈다.

"그년을 찢어 죽인다고 하셨죠? 무슨 수를 써도 좋아요. 제발 그렇게 해주세요."

"그래서 여기 온 거야. 그렇게 하겠다고 약속하지. 우선 내 파트너에게 몇 가지 물어보고 오늘은 여기서 끝내기로 하세."

나는 루이스가 다른 할 말이 있는지 기다렸다. 그는 아무 말도 하지 않았다. 그저 의자 뒤로 기대어 두 손을 굳게 쥐고 있을 뿐이었다.

"다 끝난 건가, 라울?" 내가 물었다.

"우선은. 아직 리포트를 다 확보하지는 못했어. 내일 아침에는 911 녹취록을 얻어내야 하고 또 다른 자료들도 올 걸세."

"좋아. 강간 증거수집 키트는 어떤가?"

"하나도 없어. 부커의 보고서에는 여자가 거부했다고 하더군. 거기까지 가지 않았다면서."

"강간 증거수집 키트가 뭡니까?" 루이스가 물었다.

"강간 피해자의 신체에서 체액, 머리카락, 조직들을 수거하는 과정 같은 건데, 병원에서 담당해요." 라울이 대답했다.

"강간 같은 건 없었어요. 난 손도 못….."

"알고 있네. 그것 때문에 물은 게 아냐. 기소장의 약점을 찾자는 거지. 여자는 강간당하지 않았다면서도 계속 성범죄를 주장하고 있어. 아니, 피해자가 성추행을 부인하는 경우에도 경찰이 강간 증거수집 키트를 확보하는 것이 관례로 되어 있네. 강간 피해자가 창피해서 거짓말을 하거나, 또는 남편이나 친척들의 죄를 축소하기 위해 부인하는 경우도 있으니까 말이야. 그건 기본적인 절차야. 때문에 여자가 검사를 회피했다는 사실은 우리에게 중요한 무기가 될 수도 있는 거라네."

"자기 몸 안에 있는 첫 남자의 DNA를 노출하고 싶지 않은 거겠군." 돕스였다.

"그럴 수도 있죠. 이유는 얼마든지 가능하지만 중요한 건 약점이냐 아니냐입니다. 그래, 계속해보자고, 라울. 루이스가 말한 남자에 대한 언급은 없던가?"

"그래, 없어. 파일에는 언급조차 없네."

"현장에서 찾아낸 건 뭐가 있나?"

"아직 보고서를 받지는 못했지만 그다지 중요한 단서는 없다는 말을 들었어."

"그래, 놀랄 일도 아니지. 나이프는 어때?"

"나이프에 피와 지문이 있었다는데 아직 그 건에 대한 기록은 없네. 하지만 어차피 주인을 역추적하는 일은 불가능할 거야. 낚시점이나 등산용품점에 가면 얼마든지 있는 종류니까."

"분명히 말씀드리지만 그건 내 칼이 아닙니다." 루이스가 끼어들었다.

"지문도 분명 경찰에게 그 칼을 제시한 사람의 것이겠군." 내가 말했다.

"앳킨스." 라울의 대답이었다.

"그래, 앳킨스."

그리고 나는 루이스를 돌아보았다.

"하지만 자네 지문이 나온다 해도 이상할 것 하나 없네. 자네가 의식을 잃은 동안 무슨 일이 있었는지 어떻게 알겠나. 자네 손에 피를 묻혔다면 당연히 칼에도 지문을 묻혔다고 봐야 할 거야."

루이스는 고개를 끄덕거리는 것으로 동의를 표했다. 그리고 무슨 말인가를 덧붙이려 했으나 나는 기회를 주지 않았다.

"그날 저녁 모건스에 갔었다는 진술을 캄포가 했나?" 나는 라울에게 물었다.

그가 고개를 저었다.

"아니. 피해자 인터뷰는 응급실에서 이루어졌기 때문에 비공식이야. 기초 심문 수준이라 그날 저녁 행적까지 파헤치지도 않았고. 여자는 남자도 언급하지 않았고 모건스 얘기도 없었네. 8시 30분 후에 집에 돌아왔다고만 했지. 경찰도 10시에 어떤 일이 있었는가에 대해서만 물었어. 사건 전의 행적에 대해서는 추가심문에서 드러나게 될 걸세."

"오케이. 그 공식심문이 언제든 간에 조서를 확보해보라고."

"문제없어. 하기만 하면야 그 정도는 식은 죽 먹기지."

"그리고 현장비디오가 나오면 그것도 가져다줘. 여자의 정확한 위치를 보고 싶으니까."

라울이 끄덕였다. 그는 내가 의뢰인과 돕스 앞에서 쇼를 하고 있다는 사실을 알고 있었다. 이제부터 시작될 싸움에 대해 내가 완전히 장악하고 있음을 보여줄 필요가 있어서였다. 이런 얘기를 한 적은 없지만 라울은 이미 자기 역할을 알고 있었고 또 어떤 일을 해야 할지도 잘 알고 있었다.

"오케이, 다른 건 없나? 세실, 더 하실 말씀 있으십니까?" 내가 물었다.

돕스는 갑작스런 질문에 깜짝 놀란 표정을 지었지만 곧바로 고개를 저었다.

"아니, 아니, 없소. 이 정도로 만족해요. 수확도 많았고."

그가 무슨 뜻으로 '수확'이라는 단어를 썼는지 궁금했지만 묻지 않았다.

"그래서 변호사님 생각은 어떻습니까?" 루이스가 물었다.

나는 대답하기 전에 그를 바라보며 한참 뜸을 들였다.

"아직은 검사 쪽의 자신감이 대단할 거야. 우선 자네를 여자 집에서 체포했네. 그리고 나이프와 여자의 부상 정도도 크게 불리하게 작용해. 자네 손에 묻은 피도 십중팔구 캄포의 피일 테니까. 사진의 위력도 대단하지만 무엇보다 위험한 건 여자의 진술이야. 아직 보지도 못하고 얘기해본 적도 없는 지금으로서는 여자의 파괴력이 어느 정도일지 상상이 안 가는 구면.”

나는 다시 말을 멈춘 다음 아까보다 훨씬 더 길게 침묵을 짜냈다.

“하지만 그들에게도 없는 게 있어. 침입의 증거, 용의자의 DNA, 동기도 없고 동일 범죄의 전과기록이 있는 용의자도 없어. 자네가 그 집에 들어갈 합법적인 이유는 얼마든지 있으니까. 게다가….”

나는 루이스와 돕스를 보고 다시 창밖을 보았다. 애나카파 뒤로 태양이 떨어지며 하늘을 진홍과 보라로 물들이고 있었다. 내 사무실에서는 감히 상상도 할 수 없는 장관이었다.

“게다가 뭐죠?” 루이스가 물었다. 초조해 견딜 수가 없는 모양이었다.

“우리에겐 라울이 있네. 이 친구가 그 의문의 피해자에 대해 뭐든 알아낼 수 있을 거야. 왜 혼자 있었다고 거짓말을 했는지도 알아내고. 우선 여자의 정체와 신비의 사나이에 대해 알아본 다음, 어떻게 유리하게 끌어들일 것인지 점검해봐야지.”

“변호사님은 뭘 하실 겁니까?”

“난 검사하고 놀아야 해. 꼬리표를 하나 달아줄 생각일세. 먼저 그 친구가 어디로 가는지 알아내 우리가 움직일 방향을 결정해야지. 검사와 만나 자네가 유죄를 인정할 수 있는 수준으로 떨어뜨릴 만한 방법을 찾아볼걸세. 하지만 그건 양보가 없으면 불가능해. 자넨….”

“말했잖습니까? 난 절대로….”

“무슨 말을 했는지 아니까 내 말부터 들으라고. 자네가 무항변인정(no-contest plea, 자기 죄를 무조건 인정한다는 점에서는 유죄인정과 같은 양형결과를 가져올 수 있으나, 민사소송에서 책임 존재의 증거로 쓰일 수 없다—옮긴이)을 이용해 ‘유죄’라는 단어를 쓰지 않을 수는 있겠지만, 어느 경우든 검찰에서 이 사건을 완전히 포기할 가능성은 없어. 어느 정도의 처분은 각오해야 한다는 뜻이지. 감옥생활을 피한다 해도 사회봉사 처분 정도는 피치 못할 수도 있을 걸세. 아무튼, 말한 대로 그게 첫 번째 수업이고 물론 앞으로도 더 있을 거야. 난 변호사로서 자네가 어떤 선택을 할 수 있는지 확인시켜 줄 의무가 있네. 자네가 원하지 않는 선택이라는 건 이해하지만 나로서는 그런 조항들에 대해 교육시킬 의무가 있는 거라고, 알겠나?"

"예, 알았어요. 좋아요."

"물론, 알다시피 어떠한 양보이든 민사소송의 가능성은 피할 수 없고, 레지나 캄포가 자네한테 슬램덩크를 먹일 수도 있어. 그렇게 되면 형사사건이 끝나자마자 내 수임료보다 훨씬 많은 비용을 날리게 되겠지."

루이스는 고개를 저었다. 유죄협상은 물 건너갔다는 뜻이겠다.

"내 선택에 대해서는 이해하고 그게 변호사님의 의무라는 것도 알겠습니다. 하지만 잘못도 없이 그년한테 돈을 뜯길 생각은 없습니다. 마찬가지 이유로 유죄협상도 없고 무항변인정도 없습니다. 재판에 간다면 이길 수는 있는 거죠?"

나는 잠시 그의 시선을 마주 보다가 이렇게 대답했다.

"지금부터 그때까지 어떤 일이 있을지는 아무도 모르네. 당연히 자신할 수 있는 일도 없겠지. 하지만 지금의 상황만을 본다면, 그래, 이 사건은 우리가 이길 거야. 그건 자신할 수 있네."

나는 루이스에게 고개를 끄덕여주었다. 그의 눈에 불꽃이 반짝이는 것 같았다. 희망을 본 것이다.

"세 번째 조건이 있소." 돕스가 말했다.

나는 그를 돌아보았다. 도대체 이 대박 기계에 어떤 렌치를 밀어넣으려는 걸까?

"그게 뭡니까?"

"이 사건에 대해 우리도 심층조사를 하겠소. 우리 직원들에게 레빈 씨를 돕게 할 수도 있을 거요. 가능한 모든 방법을 동원해 신뢰 수준의 이론과 증거를 확보해서 검찰에 제출하는 거요. 물론 재판에 가기 전에 사건 자체를 날려버리는 게 목적이지. 햇병아리 검사가 실패와 패배를 깨닫고 기소 자체를 포기하게 만들겠소. 안 그러면 검사로서의 앞날에 지장이 적지 않을 거라고 압박하는 게지. 그리고 그자가 속해 있는 사무실 우두머리가 정치적 압력에 취약하다고 들었소. 우리는 그 점도 이용할 수 있을 거요."

테이블 밑으로 세실 돕스 놈의 정강이를 후려갈기고 싶었다. 그의 계획대로 한다면 내 대박 수임료는 절반 이상 깎여나가고 나머지 돈도 그를 포함한 수사관들의 주머니로 흘러들어가고 말 것이다. 무엇보다도 열받는 건 그 계획이 평생 형사소송이라고는 해본 적도 없는 날라리 변호사한테서 나왔다는 사실이다.

내가 조용히 입을 열었다.

"좋은 생각이긴 하지만 위험부담이 큽니다. 본때를 보여주겠다는 식으로 사건을 성급하게 물 밖으로 끌어낸다면 그건 저들에게 이렇게 하고 이렇게 하지 말라는 지침서를 제공하는 것과 다를 바 없습니다. 그렇게 하고 싶지는 않습니다."

루이스는 고개를 끄덕여 동의를 표했고 돕스도 다소 후퇴하는 기색이었다. 나는 이쯤에서 그만 두기로 했다. 그 문제는 돕스와 따로 얘기하는 편이 나을 것이다.

"뉴스 매체는 어떻게 하죠?" 영악한 라울. 적절할 때 알아서 주제를 바꿔주는군.

"그렇소. 비서 말로는 신문사와 TV 방송국 각각 두 곳에서 메시지가 와 있다더군." 돕스의 대답이었다. 그도 나만큼이나 주제를 바꾸고 싶었던 걸까?

"모르긴 몰라도 제 사무실도 마찬가지일 겁니다." 내가 대답했다.

내가 말하지 않은 게 있다면, 돕스에게 온 메시지가 바로 내 지시에 따라 로나 테일러가 보냈다는 사실이다. 사건은 아직 매체의 관심을 끌지 못했다. 기껏 첫 출두에 나타난 프리랜서 비디오기자가 전부였다. 하지만 나는 돕스와 루이스와 그의 모친에게 그들이 언제든 신문지면을 가득 덮을 수 있다고 믿게 하고 싶었다.

"사건이 알려지는 건 원치 않소. 아무래도 최악의 추문으로 다뤄질 테니까."

아무래도 돕스의 전공은 너무나 뻔한 얘기를 들추는 데 있는 모양이다.

"모든 매체는 나를 통해야 합니다. 그쪽은 제가 어떻게 해보죠. 아직은 무시하는 게 최선입니다."

"하지만 루이스도 변호할 건 해야 하지 않겠소?" 돕스가 말했다.

"아뇨. 그럴 필요 없습니다. 당사자가 나서는 순간 사건은 기정사실이 되고 마니까요. 사건에 생명을 제공하는 셈이죠. 정보는 산소입니다. 그게 없으면 뉴스는 죽어버리죠. 제 말은 뉴스를 죽여버리자는 겁니다. 최소한 불가피할 때까지는 미리 나설 필요가 없습니다. 그리고 그럴 경우가 온다 해도, 루이스의 대변자는 한 사람이어야 합니다. 저죠."

돕스는 마지못해 고개를 끄덕였다. 나는 손가락으로 루이스를 가리키며 말했다.

"어떤 일이 있어도 기자와 접촉해선 안 되네. 기소내용을 부인하고 싶다면 먼저 그들을 나한테 보내라고, 알겠나?"

"알았습니다."

"좋아."

나는 첫 미팅으로 이 정도면 충분하다고 판단하고 자리에서 일어났다.

"루이스, 집에 데려다주지."

하지만 돕스는 의뢰인과의 연줄을 쉽사리 포기할 생각이 없는 듯했다.

"아니, 저녁 식사엔 나도 초대받았소. 나하고 같이 가면 될 거요." 돕스가 말했다.

나는 고개를 끄덕였다. 형사법 변호사란 저녁 식사 초대와는 무관한 피조물들이다.

"알겠습니다. 하지만 저희도 갈 겁니다. 라울이 루이스의 집을 봐야 할 이유도 있고, 아까 루이스가 말한 수표도 받아야 하니까요."

행여 돈을 잊은 모양이라고 생각했다면 나를 몰라도 한참 모르는 셈이다. 돕스는 루이스를 향해 고개를 끄덕였고 내게도 고갯짓을 해보였다.

"그래, 그것도 괜찮겠군. 그럼 그곳에서 만납시다." 돕스가 말했다.

15분 후 나는 라울과 함께 링컨 뒷좌석에 앉아 있었다. 돕스와 루이스가 탄 은색 메르세데스를 쫓는 중이었다. 로나에게 연락해보니 글로리아 데이튼의 검사, 레슬리 페어로부터 메시지가 와 있다고 했다. 거래가 성립되었다는 내용이었다.

"그래, 도대체 속셈이 뭐야?" 내가 전화를 끊자 라울이 물어왔다.

"이 사건엔 엄청난 돈이 걸려 있다는 게 내 판단이야. 그리고 지금 그 첫 번째 돈다발을 거두러 가는 거고. 자넬 끌어들여서 미안하지만 그렇다고 돈 때문에 쫓아가겠다고 할 순 없잖아."

라울이 고개를 끄덕였지만 말은 하지 않았다. 잠시 후 내가 다시 입을 열었다.

"어떻게 될지는 나도 몰라. 사건이 너무나 순식간에 끝이 났어. 강간도 없고 DNA도 없으니까. 덕분에 비빌 언덕이 생긴 셈이지."

"왠지 지저스 메넨데즈 얘기 같군. DNA 없다는 것만 빼면. 그 친구 기억하지?"

"물론. 하지만 기억하고 싶진 않아."

항소의 가능성도 없이 장구한 세월을 감옥에서 썩고 있는 고객을 돌이

키고 싶은 생각은 없다. 매 사건 아무리 최선을 다 해도 손을 쓸 여지가 없는 경우는 있는 법이다. 지저스 메넨데즈도 그중 하나였다.

"여기 할애할 시간은 좀 있는 거지?" 나는 다시 본론으로 돌아가기로 했다.

"몇 가지 자잘한 게 있지만 어떻게 꾸려낼 순 있을 거야."

"밤에도 일해야 할 거야. 술집들도 뒤져야 하니까. 자네가 그 친구하고 여자에 대해 뭐든지 꿰고 있어야 하네. 아직까지는 아주 단순해 보이니까, 여자도 잡고 돈도 잡을 수 있을 거야."

라울이 고개를 끄덕였다. 그의 무릎에는 가방이 놓여 있었다.

"그 안에 카메라도 있나?"

"항상."

"도착하면 루이스의 사진을 몇 장 찍어. 술집에다가 머그샷(범인이 체포된 후 신원확인용으로 찍는 상반신 사진—옮긴이)을 들이댈 수는 없잖아. 그랬다간 죽도 밥도 안 될 거야. 제대로 찍힌 여자 사진은 구할 수 있을까?"

"운전면허증 사진이 있어. 최근 거야."

"좋아. 그거면 되겠지. 그날 밤 여자가 접근하는 것을 본 증인만 찾아낸다면 그야말로 땡 잡은 거라고."

"나도 거기서부터 시작할 생각이야. 일주일만 줘. 인정심문 전에는 돌아올게."

나는 고개를 끄덕였다. 그리고 잠시 침묵에 잠겼다. 차는 비벌리힐스의 평지를 관통해, 진짜 돈이 숨어 있는 마을로 접어들고 있었다.

"내가 무슨 생각 하는지 말해줄까? 돈 같은 건 차치하고 어쩌면 그의 말이 사실일지도 몰라. 거짓말로 보기에는 너무나 결함이 많잖아."

라울이 낮게 휘파람을 불었다.

"기어이 무고한 의뢰인을 만난 건가?"

"나한텐 최초의 사건으로 기록되겠지. 오늘 아침에만 알았어도 수수료를 더 청구했을 텐데 말이야. 무고한 의뢰인에게는 더 많이 청구해야 해. 변호하기가 정말로 지랄 맞거든."

"그건 또 웬 궤변이야?"

나는 무죄 고객과 그 위험요소들에 대해 잠시 생각해보았다.

"아버지가 무죄 고객에 대해 뭐라고 말했는지 알아?"

"자네 아버진 자네가 여섯 살 때 돌아가셨어."

"사실은 다섯 살이야. 난 장례식에도 못 갔지."

"그런데 다섯 살배기 꼬맹이에게 무죄 고객에 대해 강의를 하셨다는 건가?"

"아냐. 그가 세상을 뜨고 한참 후에 책에서 읽은 거야. 변호사에게 가장 끔찍한 의뢰인은 무고한 사람이라고 했어. 까딱 잘못해서 그가 감옥에 갈 경우 평생 괴로워해야 한다는 것이 이유였지."

"아버지가 그렇게 말씀하셨다고?"

"대충 그런 뜻이었네. 무고한 고객에게는 중간이 없다는 거야. 타협도, 협상도, 중도도 없어. 오직 한 번의 판결뿐이지. 점수판에 '무죄'라고 적어놓기라도 해야 할 거야. 무죄 말고 다른 선택은 없으니까 말이야."

라울이 심각한 표정으로 고개를 끄덕였다.

"요컨대 아버지는 끝내주는 변호사였고 무고한 의뢰인도 원치 않으셨어. 나도 마찬가지고."

10 법의 이면

3월 17일 목요일

처음 옐로페이지에 낸 광고 문구는 "어떤 소송이든 어디든 달려가겠습니다"였다. 하지만 몇 년 후 난 그 문구를 바꿔버렸다. 사실 변호사협회가 아니라 내 마음에 들지 않았다. 난 좀 더 전문적이고 싶었다.

로스앤젤레스 카운티는 사막에서 태평양까지 수천 평방킬로미터에 달하는 주름진 담요이다. 그곳에는 수천만 명의 인구가 코딱지만 한 공간을 차지하기 위해 싸우고 그 때문에 상당수의 사람들이 생계형 범죄행위와 인연을 맺고 있다. 가장 최근의 범죄율을 보면 매년 이곳 카운티에서만 거의 10만 건에 달하는 폭력사건이 보고되었다. 지난해에는 14만 건의 중범죄가 기록되었고 마약, 성범죄와 관련된 고급 경범죄도 5만 건이나 있었다. 거기에 음주운전을 더하면 잠재적 고객만으로 로즈볼 스타디움(9만 4천 명 수용 규모 - 옮긴이) 두 개를 채우고도 남을 판이었다. 하지만 중요한 것은 3등석 손님은 필요 없다는 사실이다. 적어도 50야드 좌석에 앉을 능력 정도는 되는, 돈 있는 고객이어야 했다.

범인이 잡히면 그들은 전국에 버거킹처럼 퍼져 있는 40개의 법원으로 흘러들어가 서비스를 받게 된다. 요컨대 그들을 도마 위에 올려놓는 서비스 말이다. 이 거대한 대리석의 콜로세움은 법의 사자들이 사냥하고 배를 채우는 놀이터이다. 물론 똑똑한 사자들이 먹을거리가 많은 장소를 가장 빨리 간파한다. 돈 많은 의뢰인들이 한가로이 풀을 뜯어먹고 있는 초원이다. 사냥은 결국 속고 속이는 게임이다. 게다가 각 법원의 고객 수준이 반드시 주변 환경의 사회경제학적 구조를 반영하지도 않는다. 콤프턴, 다우니, 로스앤젤레스 동부의 법원들도 얼마든지 돈 있는 고객들을 제공해준다. 대개가 마약 거래로 고발당한 의뢰인들이기는 했지만, 그들의 돈이나 비벌리힐스의 증권브로커 돈이나 녹색인 것만은 분명하다.

17일 아침 나는 다리우스 맥긴리의 선고공판을 위해 콤프턴에 나가 있었다. 의뢰인의 전과가 많으면 의뢰도 많은 법. 나를 찾는 의뢰인의 대부분이 그랬고 그런 점에서는 다리우스도 마찬가지였다. 처음 만난 이후로 그는 여섯 번이나 체포되었다. 모두 크랙코카인이 문제였다. 이번에는 닉커슨 가든스에서였는데, 일종의 공영 주택단지인 그곳은 보통 닉커슨 가든스로 불렸다. 하지만 그 이름이 단지의 정식명칭을 줄여 부른 것인지, 아니면 이 광활한 슬럼단지와 마약시장이 만들어졌을 때 재임 중이던 대통령에 대한 예우 차원인지 아는 사람은 없는 듯했다. 다리우스는 크랙 12개가 담긴 풍선을 직거래하다가 잠복 중인 마약반 형사에게 체포되었다. 하지만 이미 두 달 전에 동일범죄로 체포된 후 보석으로 풀려나와 있는 데다 네 건의 마약 관련 전과까지 있었다.

다리우스에게는 모든 것이 불리했다. 이제 겨우 23살의 약관이었지만 사회체제에 대해 너무나 많은 시비를 걸어온 그였다. 그를 향한 사회의 인내심도 바닥에 다다른 터라 바야흐로 철퇴가 내려질 참이었다. 과거에는 집행유예나 카운티 교도소 정도의 가벼운 처분을 받아왔지만, 이번엔 검찰에서도 연방 교도소 수준으로 빗장을 걸어놓은 참이었다. 협상도 불가능했다. 검사는 두 건의 미해결 사건을 재판으로 가져가 기어이 유죄를 끌어낼 작정이었고 그것도 두 자리 숫자의 징역형을 노리고 있었다.

선택은 어렵지만 뻔했다. 검사는 모든 카드를 다 가지고 복역기한으로 그를 주물러댔다. 사실 재판은 아무 의미도 없었으며 다리우스도 그 점은 알고 있었다. 3백 달러어치의 코카인을 경찰에게 팔려고 한 것만으로 최소 3년은 썩어야 할 것이다.

남부의 젊은 남자 의뢰인들이 다들 그렇듯이 다리우스도 감옥생활은 충분히 예상하고 있었다. 언젠가는 들어갈 것이라고 생각하면서 성장했기 때문이다. 문제는 언제 얼마나 오랫동안이며 그 기간을 견딜 수 있느냐의 여부뿐이었다. 다리우스가 투팍 샤커(Tupac Amaru Shakur, 흔히 2pac으로 불리는 미국의 랩퍼－옮긴이)의 삶과 죽음, 그리고 그의 랩뮤직이 표방하는 인생 철학을 숭배하고 있다는 사실을 알고 있었다. 그 종교시인의 운율은 다리우스가 고향이라고 부르는 황폐한 거리의 희망과 절망을 노래했다. 투팍은 자신의 격렬한 죽음을 거의 정확히 예고했는데, 불행히도 남부 LA는 그와 똑같은 비전을 지닌 젊은이들로 북적거렸다.

다리우스도 그중 하나였다. 그는 내게 투팍 CD의 기다란 악절들을 암송해주었고 게토뮤직의 뜻을 설명하려 했다. 솔직히 말해서 그건 의미 있는 배움이었다. 왜냐하면 그는 천국과 지옥의 영역이자 모든 갱스터들의 운명인 '서그 맨션'(Thug Mansion, 생자와 망자의 극적인 조우를 그린 투팍의 히트곡－옮긴이)의 신도이기 때문이다. 감옥이란 다리우스에게 서그 맨션으로 가는 통과의례일 뿐이었고 그는 여행을 떠날 준비가 되어 있었다.

"나는 죽어서 더 강해지고 현명해질 겁니다. 그런 다음에 돌아올게요." 그가 내게 이렇게 말했다.

그는 나에게 거래를 부탁했다. 그는 우편환으로 5천 달러를 보냈다(물론 어떻게 구했는지는 묻지 않았다). 그래서 나는 검사에게 건너갔다. 나는 두 개의 미결소송을 하나로 묶었고 다리우스도 유죄인정에 동의했다. 그의 부탁은, 다만 가까운 교도소에 배정해달라는 것뿐이었다. 모친과 세 아이가 면회 때문에 너무 먼 거리를 여행하지 않았으면 좋겠다는 것이 그 이유였다.

법정이 열리고 대니얼 플린 판사가 에메랄드그린 법복 차림으로 집무실에서 나왔다. 그의 특별한 복장은 변호사와 직원들로부터 적지 않은 미소를 자아냈다. 그가 녹색의 법복을 입는 경우는 단 두 번뿐이었고 그 사실을 모르는 사람은 없었다. 요컨대 성 패트릭 데이(아일랜드에 복음을 전파한 성 패트릭의 기일 – 옮긴이), 그리고 노트르담 파이팅 아이리시가 남부 캘리포니아 트로이얀을 깨부수기 전날 밤이 그때이다. 그는 또한 콤프턴 법원의 '대니보이'로도 유명했다. 예를 들어, 사람들은 '대니보이는 멋대가리 없는 아일랜드 곰탱이'라는 식으로 그를 지칭했다.

정리가 개회를 선언하고 나는 앞으로 나가 출두선언을 했다. 다리우스가 왼쪽 문으로 나와 내 옆에 섰다. 오렌지색 점프 수트 차림에 팔목은 체인으로 허리에 묶여 있었다. 그의 몰락을 구경하기 위해 온 사람은 하나도 없었다. 법정엔 오직 나뿐이었다.

"잘 지냈습니까, 맥긴리 씨? 오늘이 무슨 날인지 알아요?" 플린이 아일랜드 사투리로 물었다.

나는 눈을 내리깔았고 다리우스는 이렇게 중얼거렸다.

"제 선고 날이요."

"그것도 맞지만, 오늘이 성 패트릭 데이라는 사실을 물은 거요, 맥긴리 씨. 아일랜드의 축제일이죠."

다리우스는 살짝 고개를 돌려 나를 보았다. 뒷골목에서는 빠꿈이일지 몰라도 실생활에서는 그 역시 곰탱이인지라 앞으로 어떤 일이 벌어질지 전혀 모르고 있었다. 하지만 그 질문은 선고의 일부인 데다 백인에 대한 경멸을 표출한 투정이기도 했다. 나는 판사가 생뚱맞은 인종주의자로 변신 중이라고 말해줄까 하다가, 그냥 고개만 조금 숙여 그의 귀에다 속삭였다.

"그냥 고분고분 대답해. 미친놈이니까."

"당신 이름이 어디에서 비롯되었는지 아시오, 맥긴리 씨?" 판사가 다시 물었다.

"모릅니다."

"알고 싶소?"

"별로요. 내가 알기론 노예상인 모양인데 그런 개자식을 내가 왜 알아야 하죠?"

"잠깐만 실례하겠습니다, 재판장님." 내가 재빨리 끼어들었다.

나는 다시 다리우스의 귀에 속삭였다.

"다리우스, 진정해. 말 함부로 하지 말라고."

"저 인간이 먼저 깔보잖아요." 그가 으르렁댔다. 이젠 목소리까지 높아졌다.

"아직 판결도 안 내렸어. 지금 거래를 날리자는 거야?"

다리우스가 한 걸음 물러나 다시 판사를 바라보았다.

"말 함부로 해서 미안해요. 내가 길거리 출신이어서요."

"그런 것 같군요. 아무튼 자기 역사에 대해 그런 식으로 느끼는 건 불행이오. 하지만 자기 이름에 대해 개의치 않는다면 나도 그만 두겠소. 어서 판결을 받고 교도소에 가는 게 속 편할 테니까."

판사는 마지막 문장을 신이 나 죽겠다는 듯 내뱉었다. 다리우스를 마치 세상에서 가장 행복한 땅, 디즈니랜드에라도 보내는 듯한 투였다.

그 후 선고공판은 빠르게 진행되었다. 수사기록 낭독도 이미 알려진 것 말고는 별다를 게 없었다. 다리우스는 열한 살 이후로 단 한 번 취직을 했고 가족 갱단에서 자랐으며, 운전면허증을 따지는 못했지만 그럼에도 BMW를 몰았다. 결혼을 해본 적이 없어도 아이가 셋이나 되는 것과 똑같은 이치였다. 이런 내용들은 카운티 전역의 법정마다 하루에도 열두 번은 반복되는 똑같은 얘기에 똑같은 사이클이었다. 다리우스는 오직 법정에서만 주류 미국의 관심을 받는 분위기에서 성장했다. 그는 미국이라는 기계를 먹이기 위한 마초였으며 법은 배고픈 미국을 위해 다리우스를 접시에 담아 올렸다. 판사는 합의에 따라 그를 3년 이상 5년 이하의 징역형에 처한 다음, 유죄협상에 따른 기본적인 법조항들을 읽어주었다. 그리고 거의 농담조로(비록 법원 직원들만 그에 응했지만) 특유의 아일랜드식 진부한 설교를 이어나갔다. 이윽고 재판이 끝났다.

다리우스는 크랙코카인의 형식으로 죽음과 파괴를 전파했다. 아니, 어쩌면 또 다른 폭력이나 드러나지 않은 범죄를 저질렀을 수도 있다. 하지만 그럼에도 난 그가 불쌍하다는 생각을 했다. 그는 처음부터 아무 기회도 제공받지 못한 수많은 낙오자 중 하나였다. 그가 아는 건 오직 길거리 생활뿐이었다. 아버지가 누군지도 몰랐고, 마약 거래를 배우기 위해 6학년 때 학교를 그만두었다. 마약 밀매장에서 돈은 정확하게 세지만 그렇다고 당좌거래를 터본 적은 없으며, 로스앤젤레스를 떠나기는커녕 카운티 해변에도 가보지 못했다. 그런 그가 이제 창살이 달린 버스를 타고 생애 첫 여행을 떠나려 하고 있다.

다리우스가 절차를 위해 교도소로 호송되기 전, 난 대기실로 찾아가 그와 악수를 나누고(허리의 사슬 때문에 움직임이 자연스럽지는 않았다) 행운을 빌어주었다. 의뢰인에게 악수를 청해보기는 처음이었다.

"걱정 말아요. 돌아올 테니." 그가 말했다.

그리고 난 그의 말을 믿었다. 어떤 점에서 다리우스는 루이스의 한탕 거래와 맞먹는 대박 의뢰인이라고 할 수 있었다. 세월이 흐르면 다리우스 역시 소위 '연금 고객'이 될 것이다. 그가 자투리 인생으로 살아가는 한 나한테는 끊임없이 제공되는 선물일 수밖에 없기 때문이다.

다리우스의 파일을 서류가방에 넣고 문을 나서려 할 때 정리가 다음 사건을 호출했다. 라울이 혼잡한 복도에서 기다리고 있었다. 루이스 사건에 대한 조사 결과를 검토하기 위해 약속을 해둔 터였지만, 내가 스케줄이 바쁜 관계로 그가 직접 콤프턴으로 찾아온 것이다.

"좋은 아침." 라울이 과장된 아일랜드 억양으로 말했다.

"그래, 자네도 봤군."

"머리를 빼꼼 집어넣고. 그 친구 인종주의자 맞지?"

"그래, 그래도 끄떡없어. 법체계를 카운티 지역 단위로 묶은 후부터 저 친구 이름이 빠지지 않고 명단에 오르긴 했지만 그걸로 끝이야. 콤프턴 주민들이 아무리 몰아내려 해도 강서지구 놈들이 끝까지 지켜주거든. 지랄 맞은 일이지."

"그런 인간이 어떻게 판사가 된 거야?"

"이런, 법대 학위를 받고 높은 양반한테 손바닥 좀 잘 비벼봐. 자네도 판사가 될 수 있으니까. 저 친구를 지명한 건 주지사였어. 제일 힘든 게 첫 신임투표에서 이기는 건데, 그걸 해낸 거야. 이봐, 플린의 신데렐라 이야기 들어보지 못했지?"

"아니."

"맘에 들 거야. 6년 전쯤, 플린이 주지사 지명을 받았어. 시스템 통합이 있기 전이야. 당시엔 판사들도 지역 주민의 투표에 의해 선출되었는데, 당시의 LA 카운티 부장판사가 신임장을 점검하다가 특별한 인간 하나를 찾아냈기 때문이지. 그러니까 정치 쪽 인맥은 짱짱한데, 사법적 재능이나 경험은 완전히 꽝인 그런 친구 말이야. 플린은 원래 법률고문역이라 법원과는 인연이 없었어. 당연히 사건을 맡을 수도 없었지. 부장판사가 놈을 이쪽 콤프턴 형사재판소로 끌어올린 것도, 판사에 지명되고 1년 후 신임 투표를 받아야 한다는 규정을 맹신했기 때문이었어. 플린이 개판을 쳐서 화가 난 시민들한테 쫓겨날 거라고 믿었던 거야. 요컨대 딱 1년만 쓰고 버릴 심산이었던 게지."

"용도 폐기로군."

"그래. 그런데 문제는 일이 꼬였다는 거야. 그해 투표가 있던 첫날 첫 시간에 프레드리카 브라운이 법원사무국으로 들어가 플린의 상대 러너로 출마하겠다는 서류를 제출하게 돼. 자네, 다운타운 프레디 브라운 알지?"

"개인적으로는 몰라. 듣기는 했지만."

"누구나 마찬가지야. 아무튼 훌륭한 변호사인 동시에, 흑인이고, 여자 이며, 이곳 사회에서는 인기가 높은 인사야. 아마 플린 정도는 5 대 1 이상으로 박살을 냈을 거라고."

"그런데 플린이 아직 자리를 차지하고 있다?"

"이제 그 얘기를 할 참이야. 프레디가 투표에 나서자 다른 사람들은 아예 나서지를 않았어. 그럴 필요가 없었거든. 프레디라면 당선은 따놓은 당상이니까. 하긴 왜 보수까지 깎아먹으면서 판사가 되려고 했는지는 수수께끼이긴 했지. 당시만 해도 변호사 수임료가 아마 5백만 대는 족히 되었을걸?"

"그래서 어떻게 되었는데?"

"어떻게 되었는고 하니, 두 달 후, 접수가 끝나기 직전에 프레디가 다시 사무국을 찾았어. 그리고 기권을 한 거야."

라울이 고개를 끄덕였다.

"덕분에 경쟁 없이 선거를 치렀고 플린이 자리를 유지한 거군." 그가 말했다.

"맞았어. 그리고 통합이 이루어졌고 그를 쫓아낼 방법은 영원히 없어진 거야."

라울은 화난 표정을 지어 보였다.

"좆같은 얘기로군. 연놈들이 작당을 해서 선거판을 개판으로 만들어놓은 거잖아."

"작당했다는 걸 증명할 수 있다면야. 프레디는 돈을 받은 적도 없고, 플린의 자리를 지켜주는 모의에 끼어든 적도 없다고 주장하고 있어. 그냥 마음이 변해서 기권했다는 거야. 판사 봉급으로는 도저히 생활이 불가능하다고 생각했기 때문이라면서. 하지만 이것 하나는 분명해. 플린의 재판에서만큼은 그 여자가 기막힌 기량을 보여주더라 이거야."

"그걸 그치들은 정의의 제도라고 부르는 거고."

"맞아, 그렇게 부르지."

"그래, 자넨 블레이크에 대해서는 어떻게 생각하나?"

그 얘기가 나올 줄 알았다. 요즘엔 다들 그 얘기만 하니까 말이다. 탤런트 겸 영화배우인 로버트 블레이크는 어제 아내의 살인혐의로 반 누이스 대법원에 고발당했다. 지방검찰과 LA경찰은 과거 언론을 떠들썩하게 만든 대형사건에서 진 적이 있기 때문에 사건은 당연히 최우선의 논쟁거리가 될 수밖에 없었다. 하지만 사법계와 관계없는 사람들의 생각과 현실은 많이 달랐다. 문제는 블레이크가 했느냐 안 했느냐가 아니라, 그를 기소할 증거가 충분히 확보되었느냐의 여부였다. 두 개는 서로 다른 문제였지만 판결에 뒤따르게 될 여론 때문에 그 둘을 뭉뚱그리고 만 것이다.

"어떻게 생각하냐고? 증거에 초점을 맞춘 법원의 의견을 존중하지. 증거가 없으면 사건도 없어. 그런데도 검찰은 항상 상식으로 재판을 뒤집을 수 있다고 생각한단 말이야. 그러니까 '그가 아니면 누구겠느냐?' 하는 식이라고. 미친 새끼들이지. 만일 누군가를 기소해서 평생 콩밥을 먹이고 싶다면 먼저 증거부터 들이대야지. 판사가 알아서 해주겠지 하면서 요령

피울 생각 말고."

"진짜 변호사처럼 말하는군그래."

"이런, 이보라고, 이래 봬도 변호사로 먹고사는 사람이야. 그 정도 말발은 있어야 한단 말이야. 아무튼 블레이크는 그만두자고. 화도 나고 그 얘기 듣는 것도 신물이 나니까. 어쨌든 아까 전화로 좋은 소식 있다고 했잖나?"

"있어. 하지만 어디 다른 데로 가는 게 좋을 텐데."

시계를 보았다. 다운타운의 형사재판소에 캘린더 콜이 있어서 11시까지는 그곳에서 몸을 뺄 수가 없었다. 게다가 그건 어제 빼먹은 콜이었다. 그다음에는 다시 반 누이스로 올라와 테드 민튼과 첫 미팅을 해야 했다. 매기로부터 루이스 건을 넘겨받은 검사이다.

"다른 곳에 갈 시간은 없고, 차에서 커피나 한잔 하지. 자료는 갖고 온 거야?"

라울은 대답 대신 손가락 관절로 서류가방을 가볍게 두드렸다.

"운전사는 어쩌고?"

"그 친구 걱정은 안 해도 돼."

"좋아, 그럼, 그렇게라도 하지."

11 새로운 증거

링컨에 올라탄 후 나는 얼에게 한 바퀴 돌며 스타벅스를 찾아보자고 했다. 커피가 필요했다.

"스타벅스는 여기 없어요." 얼의 대답이었다.

나는 얼이 그 지역 출신임을 알고 있었고, 카운티뿐 아니라 세계 어느 곳이든 1.5킬로미터 반경 안에 스타벅스가 있다는 사실도 알고 있었다. 하지만 그렇다고 따지고 싶지는 않았다. 뭐든 커피만 마실 수 있다면 되니까.

"알았네. 아무튼 커피 파는 데나 찾아봐. 라울을 다시 법원에 내려줘야 하니까 멀리 가지는 말고."

"알겠습니다."

"그리고, 얼. 지금부터 사건 얘기를 해야 하니까 잠시 이어폰 좀 쓰고 있으라고, 알았지?"

얼은 아이팟 볼륨을 키우고 이어폰을 쓴 다음 아카시아 지역의 자바 커피점을 향해 출발했다. 이어폰에서 작은 힙합 음악소리가 들리는 것을 확인한 라울이, 운전석 뒤쪽의 접이식 테이블에 서류가방을 올려놓았다.

"그래, 도대체 선물이 뭐야? 오늘 검사를 만나야 하는데 그 친구보다 에이스카드가 더 많았으면 좋겠군. 월요일에 기소인부절차심이 있어."

"글쎄, 에이스카드 몇 장은 될 거야."

그는 가방의 물건들을 훑어본 다음 보고를 시작했다.

"오케이. 자네 의뢰인부터 보고, 그다음에 레기 캄포를 체크하지. 그 친구는 아주 깨끗해. 주차위반하고 속도위반 말고는 아무것도 없더라고. 기가 막힌 모범시민이야. 딱지 뗀 걸 안 내고 있다가 나중에 연체료가 뻥튀기된 건 있더군."

"그 얘기를 좀 더 해봐."

"지난 4년간 두 번 주차 딱지를 뗐고 두 번 속도위반을 했어. 그런데 둘 다 갚지 않고 있다가 압류영장까지 들어갔는데 결국 돕스가 개입해 돈으로 무마시켜준 거야."

"세실 돕스가 쓸 데가 있다니 내가 다 기쁘군. 그런데 돈을 지불했다는 게 딱지 값이지? 판사는 아니고?"

"뭐?"

"첫 미팅에서 루이스한테 수순에 대해 일러줄 때 말이야. 그때 놈이 UCLA 법대에 1년을 다녔고 그래서 시스템을 알고 있다는 얘기가 나왔어. 그래서 확인해봤지. 이봐, 내가 하는 일의 절반은 누가 거짓말을 하는지, 아니면 누가 더 잘 하는지 알아내는 거라고. 그래도 요즘에는 컴퓨터가 있기 때문에 그렇게 어려운 일도 아니야."

"그래, 그 정도는 알겠네. 법대는 무슨 말이야? 그게 거짓말이라는 거야?"

"그런 것 같아. 학생처에 확인해봤는데 UCLA 법대에 등록한 적도 없어."

나는 그 문제에 대해서도 생각해보았다. UCLA 법대를 들먹인 건 돕스였고 루이스는 그저 고개를 끄덕였을 뿐이다. 그런데 묻지도 않았는데 나왔다는 점에서 보면, 그건 참으로 이상한 거짓말이 아닐 수 없었다. 물론 저의를 의심할 수밖에 없다는 뜻이다. 나 때문인 걸까? 루이스를 나와 같은 레벨로 봐주기를 바라서 한 얘기일까?

"그런 식으로 거짓말을 한다면….." 나는 중얼거리듯 뇌까렸다.

"좋아. 하지만 이건 알아야 하네. 그건 지금까지 나온 자료 중에서 유일하게 부정적인 거야. 법대에 대해서는 모르겠네만 그의 이야기가 모두 거짓말은 아니라고 봐. 최소한 내가 확인한 부분은 그래." 라울이 대답했다.

"말해봐."

"그날 밤 행적을 추적해봤어. 내츠 노스, 모건스, 그리고 램프라이터의 목격자들을 뒤졌는데, 딩동, 딩동, 딩동… 모든 게 그 친구 말대로였어. 마티니 몇 잔까지 말이야. 전부 넉 잔이고 그중 한 잔은 손도 안 댄 채 남겨두었더군."

"그렇게 잘 기억해? 한 잔을 남겼다는 것까지?"

난 완벽한 기억을 신뢰하지 않는다. 불가능하기 때문이다. 증인의 기억에서 약점을 끄집어내는 것이 내 직업이자 노하우가 아닌가. 누군가 지나치게 많은 것을 기억하고 있다면 난 무턱대고 긴장부터 한다. 특히 피고 쪽이라면 더더욱.

"아니, 바텐더의 기억만 얘기하는 게 아냐. 이걸 보면 자네도 좋아할 거야. 물론 그거 구하는 데 천 달러 이상 썼다는 걸 알면 더 좋아하겠지만 말이야."

그는 서류가방에서 패드가 붙은 케이스를 하나 꺼냈다. 케이스에는 작은 DVD플레이어가 들어 있었다. 전에 비행기에서 보고 차에도 하나 설치할 생각을 하던 참이었다. 운전사도 기다리는 동안 지루하지 않고 가끔 이런 사건에 이용할 수도 있으니 할 만한 투자라는 생각이 들었다.

라울이 DVD를 장착하기 시작했는데, 그가 플레이하기 전에 차가 멈춰 섰다. 눈을 들어보니 센트럴 빈이라는 카페 앞이었다.

"커피부터 한잔 하고 보기로 하지." 내가 말했다.

얼에게 커피 마시겠냐고 물었지만 그는 사양했다. 라울과 나는 차에서 내려 안으로 들어갔다. 커피 주문을 기다리는 줄이 있어, 라울은 대기 시간을 이용해 차에서 보려 했던 DVD에 대해 설명해주었다.

"모건스의 제니스라는 바텐더와 얘기하려 했더니 먼저 매니저한테 허락부터 받으라는 거야. 그래서 사무실로 찾아갔는데, 매니저란 자가 불쑥 제니스한테 묻고 싶은 게 뭐냐고 되묻더라고. 별 희한한 놈도 다 있다고 생각했지. 도대체 그걸 알아서 어쩌자는 거야? 내가 난감해하고 있는데 그 친구가 먼저 설명을 해주더군. 작년에 바에 문제가 있었대, 누군가 현금등록기에 손을 댔는데, 그 주에만도 12명의 바텐더가 교대로 일했기 때문에, 도대체 누가 도둑놈인지 알 수가 없었다는 거야."

"카메라를 달았군."

"맞아. 몰래카메라. 결국 도둑을 잡아 쫓아내버렸고. 하지만 그게 너무 맘에 들어서 그대로 놔둔 거야. 타이머가 있어서 테이프 하나에 나흘 밤이 녹음된다더군. 문제가 있거나 이상한 점이 있으면 항상 체크해본다고 했네. 손익 계산을 주 단위로 하기 때문에 두 개의 테이프를 돌려가며 녹화를 뜨고 그래서 항상 일주일분의 필름을 갖고 있다더군."

"문제의 밤도 테이프에 담겨 있다는 뜻이군."

"그래, 맞아."

"그리고, 그 대가로 천 달러를 요구했고."

"그것도 맞아."

"경찰은 테이프에 대해 모르나?"

"아직 술집에 오지도 않았어. 오로지 레기의 진술에만 매달리고 있는 셈이지."

나는 고개를 끄덕였다. 특별한 일도 아니었다. 경찰이 수사할 일들은 끝도 없는 데다가 어느 것 하나 허투루 다룰 수 없는 것들이다. 아무튼 이미 만반의 준비를 갖추고 있기도 했다. 증인이 있고 현장에서 체포한 용의자도 있으며, 그에게서 피해자의 혈흔과 무기까지 확보했으니 솔직히 무리할 필요가 없으리라.

"하지만 우리의 관심은 스탠드 바이지, 현금등록기는 아니잖아." 내가 말했다.

"알아. 하지만 현금등록기는 바 뒤의 벽에 붙어 있고 카메라는 그 위쪽 천정의 연기감지기 안에 설치되어 있다고. 뒷벽은 거울이고. 말 그대로 거울을 통해 홀 전체가 다 보이더라고. 비록 뒤집어진 영상이지만 말이야. 아무튼 난 더 나은 영상을 얻기 위해 테이프를 디스크로 변환했네. 거기에 확대하고 초점까지 조절했지."

우리 차례가 되었다. 나는 커피에 크림과 설탕을 추가했고 라울은 생수 한 병을 주문했다. 우리는 천천히 자동차로 돌아왔다. 얼에게는 DVD를 볼 때까지 운전하지 말라고 지시했다. 움직이는 차 안에서 책을 읽는 것은 가능했지만 카운티 남부의 덜컹거리는 도로를 달리며 작은 모니터를 보면 언제나 욕지기가 났다.

라울이 DVD를 작동시키고는 화면에 따라 설명을 덧붙였다.

작은 스크린에 모건스의 직사각형 바를 내려다보는 화면이 나타났다. 두 명의 바텐더가 왔다 갔다 하고 있었다. 둘 다 여자였고 검은색 진 차림에 흰색 셔츠를 동여매 탱탱한 뱃살이 드러나 보였다. 그리고 둘 다 코를 뚫었고 벨트라인 뒤쪽으로 문신 자국이 기어 나오려 했다. 라울의 말대로 카메라는 뒷벽과 현금등록기를 향해 앵글이 잡혔지만 등록기 뒤쪽의 벽을 덮은 거울은 바의 손님들을 일렬로 비춰주고 있었다. 루이스는 프레임의 사점지역에 혼자 있었다. 좌측 하단 모퉁이에 프레임 카운터가 돌아가고 있었고, 우측 가장자리에는 시간과 날짜가 박혀 나왔다. 시간은 3월 6일 오후 8시 11분을 가리켰다.

"저기 루이스가 있고 저기 있는 게 레기 캄포야." 루이스가 그들을 하나씩 가리켰다.

그는 플레이어의 버튼을 조작해 영상을 정지시킨 다음 위치를 조절해 오른쪽 가장자리가 중앙에 오게 했다. 바 오른쪽 바로 옆에 여자와 남자가 나란히 앉아 있는 것이 보였다. 라울이 그들에게 줌을 먹였다.

"확실해?" 내가 물었다.

지금까지 내가 본 여자는 깨지고 퉁퉁 부어 있는 모습뿐이었다.

"그래, 그 여자야. 그리고 저 사람이 우리의 미스터 X지."

"오케이."

"자, 보라고."

그는 다시 LCD를 기본 화면으로 잡고 필름을 작동시키고 스위치를 이용해 빠른 모드로 움직였다.

"루이스는 마티니를 마시고 바텐더와 잡담을 하네. 하지만 한 시간 동안은 아무 일도 일어나지 않아."

그는 프레임 넘버를 기록해놓은 페이지를 확인하면서 이미지를 정상 속도로 전환시켰고, 다시 화면 이동을 통해 캄포와 미스터 X를 스크린 중앙으로 끌어당겼다. 시간은 8시 43분으로 넘어가 있었다.

미스터 X가 담뱃갑과 라이터를 들고 의자에서 미끄러지더니 카메라 오른쪽 화면 밖으로 빠져나갔다.

"현관 쪽으로 가는 거야. 그쪽에 흡연실이 있어." 라울이 말했다.

레기 캄포도 미스터 X가 나가는 것을 지켜보다가 의자에서 내려와 바 앞쪽을 따라 걷기 시작했다. 손님들 바로 뒤쪽이었다. 그리고 루이스 옆을 지나가던 여자가 왼쪽 손가락으로 그의 양어깨를 훑는 것처럼 보였다.

마치 줄을 긋는 것 같았다. 그가 돌아보았다.

"지금 막 유혹을 시작한 거야. 화장실로 가는 중에 말이야." 라울이 말했다.

"루이스 말과는 다른데? 그 친구는 여자가 다가와서 그한테…."

"서두르지 말라고. 먼저 화장실부터 다녀와야 하니까." 라울이 내 말을 끊었다.

나는 루이스를 좀 더 지켜본 후 시계를 체크했다. 아직은 괜찮지만 형사재판소의 캘린더 콜에 늦지 않도록 신경 써야 했다. 전날 결석하는 바람에 판사의 성질을 머리끝까지 긁어놓은 터였다.

"저기 돌아온다." 라울이 말했다.

나는 스크린에 얼굴을 바짝 들이대고 레기 캄포가 돌아오는 것을 지켜보았다. 캄포는 아예 루이스와 오른쪽 남자 사이를 비집고 들어갔다. 몸을 세로로 돌려 들어갔기 때문에 두 가슴이 루이스의 오른팔에 눌렸다. 그건 누가 보더라도 도발이었다. 그리고 캄포가 뭔가를 말하려 하자 루이스가 캄포의 입술 가까이에 귀를 갖다 댔다. 잠시 후 그가 끄덕였고, 캄포는 구겨진 칵테일 냅킨을 그의 손에 건네주었다. 그들은 다시 짧은 대화를 나누다가 레기 캄포가 루이스 룰레의 뺨에 입을 맞추고 다시 바에서 떨어져 나갔다. 자기 자리로 돌아가는 것이다.

"자기 멋져, 미시." 미시는 내가 라울에게 붙여준 별명이다. 전에 유대와 멕시코 태생의 미시매시라는 요리를 소개해준 다음부터였다.

"이거 경찰한테 없는 거 맞지?" 내가 덧붙였다.

"지난주에 내가 확보할 때에는 분명히 없었고, 테이프는 지금 내 손에 있어. 그러니까 당근 없겠지. 테이프는 하나뿐이니까."

개시절차 규칙에 따르면, 루이스의 기소인부절차가 끝난 후에 자료를 검찰에게 넘기도록 되어 있다. 하지만 거기에도 모종의 플레이는 있었다.

증거를 재판에서 사용할 결정을 내리기 전까지는 어떤 것도 넘겨줄 필요가 없는 것이다. 물론 그로 인해 상당량의 여유와 시간을 확보할 수 있음은 말할 필요도 없다.

DVD의 내용은 너무나 중요했고 당연히 재판에 사용할 것이다. 그 자체만으로도 충분히 합리적 의혹거리가 될 수 있다. DVD는 피해자와 가해자 사이에 일정량의 안면이 있음을 보여주고 있지만 검찰의 기소에는 전혀 포함되지 않았다. 더 큰 문제도 있다. DVD는 피해자의 행동 자체가 향후의 결과를 유발하는 데 부분적으로는 책임이 있음을 명시하고 있었다. 물론 그렇다고 그 결과가 허용된다거나 범죄요건이 될 수 없다는 뜻은 아니지만, 배심원들은 범죄의 인과관계와 관련자들의 인적관계에 관심을 가질 수밖에 없다. 비디오는 흑백 프리즘을 통해 본 범죄를 회색지대로 옮겨놓았다. 그리고 형사법 변호사로서 내가 살고 있는 곳이 바로 회색지대이다.

그 DVD의 문제점은 좋아도 너무 좋아 도를 지나칠 가능성도 있다는 데 있다. 아무튼 증거는 가해자를 모른다는 피해자의 진술을 정면으로 반박하고 있다. 테이프는 캄포를 고발하고 그녀의 거짓말을 벗겨내었다. 거짓말 하나면 사건 전체가 뒤집어질 수 있는 판에, 이거야말로 소위 '살아 있는 증거' 수준이었다. 재판에 가기도 전에 사건을 증발시켜 의뢰인을 자유의 몸으로 만들어줄 만큼 엄청난 증거인 것이다.

그리고 그와 함께 거액의 대박 수임료도 날아가 버리리라.

라울은 화면을 다시 빨리 돌리기 시작했다.

"이제, 이것 좀 봐. 여자하고 미스터 X는 9시에 헤어져. 그런데 저 친구 일어나는 모습 좀 보라고." 그가 말했다.

라울은 프레임을 움직여 레지나와 미스터 X에게 초점을 맞추었다. 필름의 시계가 8시 59분을 가리키고 있는 시점에 이르자 라울이 화면을 느린 동작으로 되감기 시작했다.

나는 신경을 곤두세웠다. 남자가 마지막 잔을 마시기 위해 고개를 뒤로 젖혔다. 그리고 잔을 비운 다음 의자를 빠져나와 캄포를 도왔고 마침내 카메라의 오른쪽 프레임 밖으로 걸어 나갔다.

"뭐야? 내가 놓친 게 뭐지?" 내가 물었다.

라울은 미스터 X가 잔을 비우는 시점으로 화면을 되돌린 다음, 손으로 화면을 가리켰다. 고개를 젖힌 자세였는데 그는 균형을 잡기 위해 왼손을 펴서 바 위에 올려놓고 있었다.

"저 친구 오른손으로 마셔. 그리고 왼쪽 손목에 손목시계 보이지? 말인즉슨 오른손잡이가 분명하다는 거야, 안 그래?"

"그래, 그런데? 그게 무슨 의미냐고? 피해자의 부상은 모두 왼쪽에서 가격한 거잖나?"

"내 말을 잘 생각해봐."

난 생각했다. 그리고 잠시 후 그 뜻을 깨달았다.

"거울. 모든 게 거꾸로야. 그러니까 당연히 왼손잡이인 거고."

라울은 고개를 끄덕이고는 왼손으로 가격하는 흉내를 내보였다.

"이 정도면 사건을 뿌리째 흔들 수도 있겠는데?" 내가 말했다. 하지만 그게 좋은 일만은 아닌 것이 문제이다.

"할렐루야! 축하하네, 친구." 라울이 다시 아일랜드 억양으로 말했다. 내가 황금마차에서 떨어질 위기에 놓였다는 사실은 전혀 모르는 모양이었다.

나는 뜨거운 커피를 쭉 들이켠 다음 비디오의 전략을 구상해보았다. 재판에 제출하지 않을 도리는 없었다. 경찰도 결국 보강수사를 통해 이 사실을 알게 될 텐데, 마냥 끌어안고 있다면 결국 내 면전에서 폭발하고 말 것이다.

"아직 어떻게 활용해야 할지 모르겠어. 아무튼 루이스와 그 친구 모친 과 세실 돕스가 무척이나 행복해할 것 같군." 내가 말했다.

"감사의 표시는 제발 금전으로 하라고 전해주게."

"당근 그래야지. 테이프에 다른 내용은 없나?"

라울이 테이프를 앞으로 돌렸다.

"별로. 롤레는 냅킨을 읽고 주소를 암기해. 그리고 20분 정도 알짱거리 다가 떠나지. 새로 시킨 잔은 손도 안 대고 말이야."

그가 정상으로 돌려놓은 화면은 루이스가 막 떠나려는 시점이었다. 루 이스는 새로 시킨 마티니를 조금 홀짝이다가 바에 내려놓았고, 자리에서 일어날 때에는 레기 캄포가 준 냅킨을 집어 손으로 구겨서 바닥에 떨어뜨 렸다. 술은 그대로 남겨둔 채였다.

라울은 DVD를 플라스틱 커버에 집어넣고 플레이어를 껐다. 그리고 플 레이어의 스위치도 끄고 가방에 챙겨 넣을 준비를 했다.

"자네한테 보여줄 수 있는 영상은 이게 다야."

나는 상체를 숙여 얼의 어깨를 두드렸다. 그가 한쪽 귀에서 이어폰을 빼내며 돌아보았다.

"법원으로 돌아가자. 이어폰은 계속 끼고 있어." 내가 말했다.

얼은 시키는 대로 했다.

"그 밖에는?" 내가 라울에게 물었다.

"레기 캄포가 있어. 그 여잔 백설공주가 아니었어."

"찾아낸 게 있는 거야?"

"찾아낸 게 아니라 생각한 거야. 테이프에서 여자 봤잖아. 한 남자가 떠 나자 곧바로 다른 남자에게 밀서를 전달한 거야. 그뿐이 아니야. 몇 가지 조사해봤는데, 현재는 비공식 오디션 말고는 활동이 없지만 그래도 본질 적으로 배우라고. 알겠어?"

라울은 전문가가 찍은 모음사진 한 장을 내밀었다. 배역감독 등에게 보내는 그런 종류의 사진이었는데, 다양한 포즈와 표정의 레기 캄포가 배열되어 있었다. 상처와 멍이 없는 사진을 클로즈업으로 본 것은 그때가 처음이었다. 캄포는 매우 매력적인 여자였다. 그런데 이유는 몰라도 어디선가 본 듯하다는 느낌을 지울 수가 없었다. 어쩌면 텔레비전 쇼나 광고일지도 모른다는 생각에 사진을 뒤집어 크레디트를 보았다. 모두 본 적이 없는 쇼이거나 모르는 광고들뿐이었다.

"경찰기록에는 현재 톱세일 텔레마케팅 직원으로 되어 있어. 마리나에 있는 회사인데 심야 TV에서 광고하는 온갖 쓰레기들을 전화로 팔고 있지. 운동기구 같은 것 말이야. 주간 근무이고 원하는 시간에 일할 수 있어. 문제는 여자가 지난 5개월 동안 단 하루도 일한 적이 없다는 거야."

"그래서, 말하려는 요지가 뭐야? 여자가 몸을 팔고 있다?"

"지난 사흘 밤 내내 캄포를 지켜봤어. 그래서…."

"내내 뭐라고?"

나는 그를 보았다. 형사법 변호사를 위해 일하는 비밀 수사관이 중범죄의 피해자 꼬리를 밟고 있다면 그건 엄청난 대가를 뜻했으며, 그걸 지불해야 할 사람은 당연히 나였다. 검사들이 피해자에 대한 학대와 협박을 주장하는 순간 나는 세풀베다 패스를 지나는 산타아나 바람(미국 캘리포니아 주에서 부는 국지풍—옮긴이)보다 빠른 속도로 모욕죄를 뒤집어쓸 수밖에 없다. 형사 피해자로서의 캄포는 신성불가침의 존재이다. 내 차지가 되는 것은 증인석에 설 때뿐이다.

"걱정 마, 걱정 마. 그냥 멀리서 구경하는 정도였으니까. 미행도 아니라고. 게다가 건진 것도 있고. 상처나 멍 같은 건 안 보이더군. 사람들이 많이 찾아오는 바람에 화장을 두껍게 깔았는지도 모르지. 손님은 모두 남자였고 야밤에 시간 간격을 두고 따로따로 등장했어. 매일 밤 자신의 댄스

카드(댄스 파트너의 순서를 적어놓은 카드－옮긴이)에 최소한 두 명씩은 끼워 넣은 것 같더라고."

"모두 바에서 픽업한 건가?"

"아냐, 밖엔 나가지도 않았어. 단골일 거야. 다들 여자 집이 어딘지 정확히 알고 있었거든. 자동차 번호를 몇 개 적어놨네. 필요하다면 찾아가서 몇 가지 물어볼 수도 있겠지. 적외선 비디오도 몇 찍었는데 아직 디스크로 변환하지는 못했네."

"아냐, 아직 그 친구들 방문은 미루자고. 여자한테 말이 들어갈 수도 있으니까. 여자 주변 문제는 신중하게 다뤄야 해. 호객을 하든 말든 우리가 신경 쓸 바는 아니니까."

나는 커피를 좀 더 마시면서 이 일을 어떻게 처리해야 할지 생각했다.

"기록은 어때? 전과는 없던가?"

"그래, 깨끗해. 여자한테는 첫 게임인 것 같아. 알다시피 배우가 되고 싶어하는 여자야. 험하고 힘든 길이라고. 여기저기서 이런저런 친구들에게 조금씩 손도 벌렸겠지. 그러다 직업이 되고 프로가 되었을 거고."

"그런 내용들은 전에 받은 보고서에는 없었나?"

"없었어. 자네한테 말한 대로 경찰의 보강수사는 거의 없었네. 적어도 지금까지는 그래."

"프로로 전향할 정도라면 루이스 같은 애송이 하나 엮는 건 일도 아니겠군. 좋은 차를 몰고, 좋은 옷을 입고…. 그 친구 시계 봤어?"

"그래, 롤렉스. 그게 진품이라면 손목에만 1만 달러를 차고 있는 셈이야. 바 반대쪽이라도 그 정도는 충분히 알아봤을 거야. 그를 지목한 것도 그 때문인지 모르고."

우리는 법원에 도착했다. 나는 그곳에서 다시 다운타운으로 가야 했다. 나는 라울에게 어디에 주차해두었는지를 묻고 얼에게 그쪽으로 가자고 지시했다.

"다 좋아. 하지만 그건 루이스가 UCLA 이상의 거짓말을 했다는 뜻이야."

"그래. 여자가 돈 받고 몸을 판다는 걸 알고 있었어. 그런데 자네한텐 아무 얘기도 하지 않았지."

"좋아. 만나서 그 얘기부터 따져봐야겠군."

우리는 아카시아의 유료 주차장 밖에 차를 세웠다. 라울은 가방에서 파일 하나를 꺼내 건네주었다. 외피에 종이 한 장을 끼우고 그 주변을 고무줄로 감싼 파일이었는데, 그건 8일간의 조사에 대한 6천 달러짜리 명세서였다. 30분간 들은 얘기의 가치에 비추어본다면 그건 껌 값이었다.

"지금까지 한 얘기가 다 들어 있어. 모건스의 필름을 디스크로 뜬 것까지 포함해서." 라울이 말했다.

나는 망설이다가 파일을 받았다. 그것을 받는다는 건 곧 개시절차의 책임을 떠맡는다는 뜻이 된다. 서류를 라울에게 맡겨둔다면, 후에 검사 쪽과 증거 제출 시비를 벌일 때 어느 정도 몸을 빼낼 구석을 얻을 수 있을 터이다.

나는 명세서를 손가락으로 두들겼다.

"로나에게 전화해서 수표를 보내도록 하지." 내가 말했다.

"로나는 어때? 못 본 지 꽤 됐는데."

우리가 결혼했을 때 로나는 가끔 법원까지 따라와 구경했고, 운전사가 없을 때면 직접 운전대를 잡기도 했다. 라울이 로나를 본 것은 주로 그 당시였다.

"잘 지내. 로나가 어디 가겠어?"

라울은 자동차 문을 살짝 열었지만 내리지는 않았다.

"레기를 좀 더 따라붙을까?"

그게 문제였다. 무슨 일을 하려는지 알고 있는 이상, 자칫 일이 잘못되었을 경우 빼도 박도 못하고 말 것이다. 나는 망설였으나 결국 고개를 끄덕이고 말았다.

"너무 바짝 들이대지 말고 남한테 맡기지도 마. 믿는 건 자네뿐이니까."

"걱정 말게, 내가 다룰 테니까. 다른 건?"

"그 왼손잡이 사나이 미스터 X가 누군지 알아내야 해. 이 사건에 개입된 건지, 그저 고객 중 하나에 지나지 않는지 말이야."

라울이 고개를 끄덕이고는 다시 왼손 펀치를 날렸다.

"알았네."

그는 선글라스를 쓰고는 차문 밖으로 몸을 빼낸 다음 다시 몸을 돌려 서류가방과 아직 따지 않은 생수병을 집어 들었다. 그리고 조용히 안녕을 고하며 문을 닫았다. 나는 그가 자기 차로 걸어가는 모습을 지켜보았다. 지금까지 들은 얘기만으로도 나는 기뻐서 날뛸 기분이어야 했다. 모든 것을 뒤집어버릴 수 있을 정도의 낭보가 분명했다. 그럼에도 여전히 마음이 편치 않았다. 아직 잡히지 않은 무언가가 있다는 생각 때문이었다.

얼은 음악을 끄고 지시를 기다리고 있었다.

"다운타운으로 데려다 줘, 얼." 내가 말했다.

"알았어요. 형사재판소죠?" 그가 대답했다.

"그래. 그런데 지금 듣고 있는 게 누구야? 나도 듣고 싶은데."

"스눕. 이 친구들은 볼륨을 왕창 키우고 들어야 해요."

나는 고갯짓을 했다. LA의 아이들. 살인죄로 기소된 후 무죄로 석방된 형사 피의자. 이 거리의 영감(靈感)을 드러내기 위해 이보다 더 멋진 스토리는 없을 것이다.

"얼? 7번, 10번 도로를 타자고. 아무래도 늦겠어."

12 형량 거래

샘 스케일스는 할리우드 사기꾼이다. 인터넷으로 사업을 하는데, 주로 신용카드 관련 자료들을 채집해 지하금융조직에 돈 받고 파는 일이다. 처음 우리가 일을 한 것도 6백 개의 카드번호와 관련 개인정보(카드 유효기간, 주소, 사회보장번호, 그리고 카드소유자들의 비밀번호 등)를 잠복 중인 보안관에게 팔려다 잡혔을 때였다.

샘이 카드번호와 정보를 얻은 방법은 이렇다. 먼저 트림슬림6이라는 다이어트 제품을 판매하는 인터넷 회사의 고객 리스트를 빼내 5천 명의 고객에게 이메일을 보냈다. 리스트는 프리랜서 해커를 통해 빼냈고 컴퓨터는 킨코의 유료 컴퓨터를 사용했으며 이메일도 임시로 개통한 주소를 사용했다. 메일 발송은 물론 대량 이메일 발송기를 이용했다. 그는 자신을 FDA의 법률고문으로 소개하고 트림슬림6 제품에 대한 FDA의 리콜 명령에 따라 제품의 구입가 전액이 카드로 환불될 것이라고 설명한 다음, FDA의 실험 결과 제품이 다이어트에 비효율적임이 밝혀졌으며 제조사 역시 고발을 피하기 위해 전 제품의 환불에 동의했다고 덧붙였다. 그리고 마지막으로 환불 확인 절차에 대한 안내문을 추가했다. 환불을 위해 신용카드, 유효기간, 그 밖의 확인 자료들이 필요하다는 등의 내용이었다.

메시지를 받은 5천 명의 고객 중 미끼에 걸린 사람은 모두 6백 명이었다. 샘은 그 자료를 가지고 지하세계와 인터넷 접촉을 시도해 직거래를 성사시켰다. 카드번호와 핵심정보에 대한 대가로 현찰 1만 달러. 그건 며칠 안에 그 번호가 플라스틱 용지에 찍혀 사용될 것임을 뜻했다. 실로 수백만 달러의 손해를 가져올 사기극이다.

하지만 사기극은 실패로 끝났다. 웨스트 할리우드 커피숍에서 인쇄물을 건네고 두툼한 봉투를 건네받은 후 봉투와 아이스커피를 들고 가게를 나서는데 보안관이 그 앞을 막아섰다. 카드번호를 산 자가 다름 아닌 스파이였던 것이다.

샘은 나를 협상테이블에 앉혔다. 당시에는 나이도 서른여섯이었고 전과도 깨끗했다. 문제가 있다면 합법적인 직업을 가져본 적이 없다는 정황증거뿐이었다. 나는 사기에 의한 잠재적 손실보다 카드번호의 도난사건을 배정받은 검사에게 초점을 맞추는 방식으로 샘이 원하는 재량처분을 얻어낼 수 있었다. 그는 신원절도의 기소 사실을 인정하고 1년의 집행유예와 60일간의 캘리포니아 교통국 사회봉사, 그리고 4년간의 보호관찰을 얻어냈다.

그것이 첫 번째 인연이었고 벌써 3년 전의 일이었다. 샘 스케일스는 집행유예의 가벼운 징계가 제공한 기회를 살리지 못했다. 그는 다시 구치소에 갇혔고 이번에 다시 그의 사기죄 변호를 맡게 되었다. 그러나 죄질이 너무 치졸한 탓에 교도소행을 막아주는 건 처음부터 불가능해보였다.

작년 12월 28일, 샘은 위장회사를 차려 웹상에 SunamiHelp.com이라는 도메인명을 등록했다. 그리고 2년 전 인도양 쓰나미가 인도네시아, 스리랑카, 인도, 태국의 해변을 휩쓸었을 때의 참혹상과 시신의 사진들을 홈페이지에 실어놓고, 방문객들에게 쓰나미헬프에 기부해줄 것을 호소했다. 기부금은 재난을 담당하고 있는 수많은 관계당국에 보낼 것이라는 설명도 덧붙였다. 사이트는 심지어 찰스 목사라는 잘생긴 백인 남자의 사진도 실었는데, 기독교를 인도네시아에 전파하는 일을 하는 사람이었다. 그는 목사의 개인기록까지 실어놓고 방문객들의 동정심을 자극했다.

샘은 영리하지만 진짜로 영리한 것은 아니었다. 그는 사이트에 제공된 기부금을 건드릴 마음이 없었다. 그가 원한 것은 기부할 때 사용한 카드의 신상정보들뿐이었다. 체포된 후 행해진 수사에 따르면 그 사이트에 제공한 기부금은 모두 미국 적십자사로 보내져, 쓰나미의 피해자들을 구호하는 데 쓰였다고 했다.

하지만 기부를 통해 빼돌린 신용카드번호와 정보만은 전처럼 지하 금융계로 넘어갔다. 그리고 샘은 LA 경찰국 배임사기팀의 로이 분덜리히 형사가 웹사이트를 발견하면서 체포되었다. 재앙이 있는 곳에 사기꾼이 꼬인다는 진리를 터득한 형사가 쓰나미의 철자를 교묘하게 바꾼 웹사이트들을 검색한 결과였다. 그는 합법적인 사이트 몇 개를 근간으로 사이트들의 이름만 살짝 바꾼 변형태들을 찾아 나섰다. 학력 수준이 낮은 사람들을 대상으로 한 가짜 사이트가 분명 있을 거라는 생각에서였다. SunamiHelp.com은 형사가 찾아낸 몇몇 수상한 사이트 중 하나였다. 분덜리히 형사는 찾아낸 사이트 대부분을 FBI 전담팀에 보냈지만, SunamiHelp.com의 등록정보를 살피던 중 주소가 로스앤젤레스 우체국 사서함으로 되어 있다는 사실을 알아냈다. 자신의 관할이었다. 그리고 그는 수사에 착수했다. SunamiHelp.com 건을 직접 처리하기로 한 것이다.

사서함은 죽은 주소로 밝혀졌지만 분덜리히는 단념하지 않았다. 그는 미끼를 던지기로 했다. 카드 구매(이 경우엔 카드 기부)에 꼬리를 달아놓은 것이다.

20달러의 기부에 제공된 신용카드번호는 신용카드 사기팀에 의해 24시간 모니터되었고 계좌에서 인출되는 즉시 그 사실을 통고하도록 되어 있었다. 기부 사흘 후, 카드는 페어팩스 3번가, 파머스 마켓의 굼보 포트 레스토랑에서 11달러짜리 점심 값으로 사용되었다. 분덜리히는 이것이 단지 시험구매라는 사실을 알고 있었다. 사용할 때 문제가 발생한다 해도 현찰로 대치가 가능한 소액이었기 때문이다.

레스토랑에서는 무사히 통과되었다. 분덜리히와 네 명의 사기팀이 파머스 마켓으로 급파되었다. 마켓은 신구 스타일의 가게들과 레스토랑이 마구 엉켜 있는 곳이라 신용카드 사기꾼들에게는 더할 나위 없는 천국이었다. 분덜리히가 전화로 카드의 사용을 모니터링하는 동안 형사들은 마켓 이곳저곳에 배치되어 다음 지시를 기다렸다.

최초의 사용하고 두 시간 뒤에 노드스트롬에서 6백 달러짜리 가죽재킷이 가짜카드로 계산되었다. 신용카드가 거부되지는 않았지만 이미 승인을 지연하도록 조치가 된 상태였다. 형사들이 뛰어 들어가 재킷을 구매하고 있던 젊은이를 체포했다. 소위 '역추적 작전'의 출발이었다. 경찰은 마치 사다리를 오르듯 구매자 하나하나를 거슬러 올라가기 시작했다.

그들은 결국 사다리 끝에 앉아 있는 사나이, 샘 스케일스를 찾아냈다. 사건이 언론에 흘러들어갔을 때 분덜리히 형사는 그를 쓰나미 목사라고 소개했다. 왜냐하면 피해자 중 대다수가 여성들이었는데 다들 웹사이트에 실린 잘생긴 성직자를 돕는다고 생각했던 것이다. 그 별명에 샘은 크게 화를 내며 자기를 잡아넣은 형사를 독일 촌놈이라고 욕을 해댔다.

나는 10시 45분쯤 형사법원 13층 124호 법정에 도착했다. 하지만 법정에는 판사의 서기인 마리안느뿐이었다. 나는 피고석을 지나 서기에게 다가갔다.

"지금 캘린더 콜 중인가?" 내가 물었다.

"변호사님을 기다리고 있어요. 다들 모이라고 한 다음 판사님께 말씀드릴게요."

"판사, 화났지?"

마리안느가 어깻짓을 했다. 그는 절대 판사의 상태를 말하지 않았다. 하물며 변호사한테는 말할 것도 없다. 하지만 그 어깻짓만으로도 지금 판사의 상태가 어떤지 짐작하고도 남았다.

"샘 스케일스는 와 있겠지?"

"그렇겠죠. 조가 어디 있는지는 저도 몰라요."

나는 변호사석으로 가서 자리에 앉았다. 잠시 후 유치장 문이 열리고 124호 법정에 할당된 정리, 조 프레이가 밖으로 나왔다.

"내 의뢰인 아직 거기 있나?"

"못 만날 뻔했어요. 오늘도 안 오시는 줄 알았다고요. 들어가 보실래요?"

철문을 열자 곧바로 14층의 법정유치장으로 향하는 계단이 나왔다. 124호 법정 전용의 작은 대기실로 들어가는 문도 두 개 있었다. 문 하나는 유리패널로 막혀 있었는데 그곳이 변호사와 의뢰인이 면담하는 방이다. 샘은 오렌지색 수의에 팔목에 수갑이 채워진 채로 유리 안쪽 테이블에 혼자 앉아 있었다. 이번에는 보석도 불가능했다. 이번 체포로 트림슬림6의 가석방이 깨졌기 때문이다. 내가 얻어준 달콤한 꿀물이 바야흐로 수챗구멍으로 빠져나가고 있는 중이었다.

"왜 이제 왔어요?" 내가 들어가자 샘이 투덜댔다.

"아직 안 늦었어. 그래, 마음은 정한 거요?"

"어쩔 수 없잖아요?"

나는 그의 맞은편에 자리를 잡고 앉았다.

"샘, 어쩔 수 없는 경우는 없소. 물론 상황은 제대로 알고 있어야겠지. 아무래도 이번엔 된통 걸린 것 같더군. 역사상 가장 참혹한 재해지역 주민들을 도우려던 천사들을 엿 먹인 거니까. 게다가 저쪽에서는 공범자 셋이 당신에 대해 반대증언을 하기로 거래했다고 하더군. 당신 집에서 카드 번호 목록도 찾아냈다고 들었소. 말인즉슨, 세상의 종말이 아닌 다음에야, 판사와 배심원들에게 아동 성추행범 정도의 동정심도 끌어내긴 틀렸다 이거요. 어쩌면 더할 수도 있고."

"다 압니다. 하지만 나도 쓸모 있는 사회자산이라고요. 사람들을 교육 시킬 수도 있잖아요. 학교도 좋고, 컨트리클럽도 좋으니 가석방만 시켜 달라 그래요. 사람들이 세상에서 조심해야 할 게 뭔지 깨닫게 해줄 테니 까요."

"조심해야 할 건 바로 당신이야. 이번 건으로 당신은 기회를 완전히 날려버린 거요. 검사 말도 이게 마지막 제안이라고 했소. 당신이 거절하면 그쪽은 이 건을 벼랑 끝까지 몰고 갈 모양이오. 더 이상 자비를 기대할 수도 없고."

사실 내 의뢰인 대부분이 샘 스케일스와 비슷했다. 그들은 하나같이 저 문 뒤에 빛이 있을 거라고 믿었다. 그 문이 잠겨 있고 그나마 있던 작은 전구도 오래전에 타버렸다고 말해주는 것도 내 일에 속했다. 그러면 그들은 아무 짝에도 쓸모없는 돌팔이 변호사에게 원망의 화살을 쏘아대기 일 쑤였다.

"당신이 선택해요. 재판을 원한다면 재판을 하겠소. 일단 그런 식으로 노출되면 기본 10년에 남은 가석방 기간까지 보태져요. 저쪽에서 정말로 열 받으면 FBI에 넘겨질 수도 있고. 모르긴 몰라도 연방정부가 당신을 인 터스테이트 교수대에 매달지도 모르지."

"하나만 물어볼게요. 재판을 하면 이길 수는 있나요?"

하마터면 웃을 뻔했지만 다행히 일말의 동정심이 남은 모양이다.

"아니, 샘, 못 이겨. 지난 두 달 동안 그렇게 떠들었건만 도대체 내 말을 어디로 처먹은 거요? 당신은 못 이겨. 내가 여기 있는 건 그래도 당신 소원을 이루도록 노력하기 위해서란 말이요. 아까도 말했지만 재판을 원한다면 하겠소. 하지만 만일 그렇게 된다면, 당신 어머니가 나한테 또 돈을 갖다 줘야 할 거요. 오늘로 계약이 갱신되니까."

"지금까지 엄마가 얼마나 줬죠?"

"8천."

"8천이요! 이런, 세상에, 그건 엄마의 퇴직금 전부예요."

"어떻게 아들을 위해 저축해둔 돈이 하나도 없지? 내 기가 막혀서."

그가 나를 노려보았다.

"농담이요, 샘. 그냥 해본 말이야. 당신 모친 말로는 당신도 나름대로 효자라고 하더군."

"제기랄. 그 좆같은 법대 안 다닌 게 억울하군. 할러, 당신도 나하고 똑같은 사기꾼이야. 기껏 놈들이 준 종이 하나로 돌팔이 변호사 노릇 하는 거 아냐, 엉?"

이놈들은 입만 열면 변호사 돈벌이를 들먹거린다. 하루 노동의 대가를 받는 것이 무슨 죄라도 되는 듯이 말이다. 만약 로스쿨을 나온 지 1~2년짜리 초짜였다면 지금 이 자식의 말만으로 꼭지가 돌아버렸을 것이다. 하지만 이젠 이런 개소리에 이력이 날 대로 난 몸이라, 시큰둥하기만 했다.

"문제가 뭐요, 샘? 이 얘기를 처음 한 것도 아니잖아?"

그는 고개를 끄덕이고는 아무 말도 하지 않았다. 나는 그걸 검사의 제안을 받아들이는 것으로 해석했다. 주정부 형무소에서 4년 복역, 벌금 1만 달러, 그리고 5년 동안의 가석방. 물론 2년 반 정도 지나면 나오기야 하겠지만 타고난 사기꾼에게 가석방이란 오히려 맹독이 될 수도 있다. 나는 잠시 후 일어나 방을 나왔다. 문을 두드리자 정리 프레이가 나를 법정 안으로 들어가게 해주었다.

"준비되었습니다." 내가 말했다.

변호사 테이블에 앉자 조가 샘을 데리고 나와 옆에 앉혔다. 여전히 수갑을 찬 채였는데 이제는 나한테 한 마디도 하지 않으려 했다. 그리고 잠시 후 124호 법정 담당 검사, 글렌 베르나스코니가 15층의 자기 사무실에서 내려왔다. 난 그에게 재량처분을 받아들일 준비가 되었다고 말했다.

오전 11시. 주디스 샴페인 판사가 나와 자리로 향했고 조가 법정의 정숙을 명했다. 판사는 작고 매력적인 금발 여성이며 내가 변호사가 되기 전부터 판사로 재직한 검사 출신의 베테랑이었다. 그는 철두철미 구닥다리라고 불릴 만했다. 공정하기는 했지만 빡빡한 데다 법정을 마치 자기 봉토 다스리듯 했다. 심지어 자기 애완견을 데려와 같이 일할 때도 있었는데, 독일 셰퍼드의 이름이 '저스티스'(Justice, 정의)였으니, 뭐, 못할 것도 없겠다. 만일 판사가 샘 스케일스의 형량을 매길 수 있다면 그는 벼랑 끝으로 내몰리고도 남을 것이다. 샘 스케일스가 알든 모르든 그를 위해 내가 한 일이 바로 그것이다. 요컨대 벼랑에서 구해준 것이다.

"안녕하세요. 오늘은 다행히 제시간에 오셨네요, 할러 변호인."

"죄송합니다, 재판장님. 콤프턴의 플린 판사님께 계속 발이 묶여 있었습니다."

그 정도면 충분했다. 판사도 플린에 대해서는 알고 있으니 말이다. 하기야 누가 모르겠는가?

"또 성 패트릭 데이를 들먹이던가요?" 샴페인 판사가 물었다.

"예, 재판장님."

"쓰나미 목사 건에 대해 형량 거래가 있는 것으로 아는데…."

판사는 즉시 법원서기를 건너다 보았다.

"미쉘, 다시 갈게요."

그리고 변호사를 돌아보았다.

"스케일스 사건에 대해 재량처분 합의가 이루어진 것으로 아는데, 맞나요?"

"맞습니다. 우린 검찰의 제의를 받아들이기로 했습니다."

"좋아요."

베르나스코니는 피고의 유죄인정에 필요한 난해한 법률용어들을, 반쯤은 법전을 보면서 반쯤은 기억에 의존해 읽어 내려갔다. 샘은 권리를 포기하고 기소사실에 대해 유죄를 인정했다. 법정에서 그의 한 유일한 말이었다. 판사는 재량판단을 인정해 그에게 합의대로 선고를 내렸다.

"운 좋은 사람이군요, 스케일스 씨. 맘 좋은 베르나스코니 검사를 만난 걸 행운으로 생각하세요. 나라면 그렇게 안 했을 겁니다." 판사가 선고를 마치며 이렇게 덧붙였다.

"별로 운이 좋다는 생각은 안 드는군요." 샘이 투덜댔다.

조가 뒤에서 어깨를 두드리자 샘이 일어나며 나를 보았다.

"끝난 거요?" 그가 물었다.

"행운을 빌어요, 샘." 내가 말했다.

그는 철문을 통해 끌려갔다. 나는 뒤에서 문이 닫히는 것까지 지켜보았다. 이런, 그러고 보니 악수도 하지 않았군.

13 컬린의 장작 이론

　반 누이스 관청가는 정부 청사들로 둘러싸인 기다란 콘크리트 광장이다. 한쪽 끝에 자리한 LA 경찰서 반 누이스 지국을 필두로 이쪽에 두 개의 법원이 있고 반대편으로는 시립도서관과 시청 건물이 마주하고 있다. 그리고 콘크리트 건물과 유리 빌딩들 끝으로 연방 행정관청과 우체국이 서 있다. 나는 도서관 근처의 콘크리트 벤치에 앉아 루이스를 기다렸다. 기막히게 좋은 날씨였는데도 광장은 거의 텅 빈 채였다. 어제만 해도 카메라와 기자와 구경꾼들이 로버트 블레이크와 변호사들 주변을 에워쌌는데 말이다. 그들이 무죄가 아니라 무고를 노리고 있다는 말을 들었다.

　정말로 멋지고 조용한 오후였다. 이런 날 안에 갇혀 있는 것은 비극이다. 일의 대부분이 창 없는 법정이나 아니면 타운카 뒷좌석에서 이루어지는 터라, 가급적 일을 밖에서 처리하려고 노력하는 편이지만 지금은 산들바람도 신선한 공기도 머릿속에 들어오지 않았다. 화가 나 있기 때문이었다. 루이스가 나타나지 않는 데다, 샘 스케일스가 돌팔이 사기꾼 변호사라고 한 말이 가슴에 쐐기처럼 박혀 있기 때문이었다. 마침내 광장을 가로질러 오는 루이스가 눈에 띄었다. 나는 일어나서 그를 맞았다.

"도대체 어디 있었나?" 내가 다짜고짜 물었다.

"가급적 빨리 오겠다고 했잖습니까. 전화를 받았을 땐 상담 중이었단 말입니다."

"걸으면서 얘기하지."

나는 우선 연방 청사 쪽으로 방향을 잡았다. 다시 그곳으로 돌아오는 시간이 제일 길어보였기 때문이다. 25분 후에는 구법원에서 이 사건의 담당검사인 초짜 민튼과 만나기로 되어 있었다. 문득 우리의 모습이 사건을 논의하는 변호사와 의뢰인이 아니라, 무슨 황금알 택지를 노리는 변호사와 부동산업자 같다는 생각이 들었다. 나는 휴고 보스를 입었고 루이스는 녹색 터틀넥과 황갈색 정장에 작은 은장식이 달린 로퍼 차림이었다.

"펠리컨 베이에 가면 상담이고 나발이고 못 할 거다." 내가 말했다.

"그게 무슨 말이죠? 펠리컨 베이라니요?"

"성폭행범들이 사는 슈퍼맥스 교도소(통제와 보안이 철저한 교도소를 일컬음-옮긴이)를 부르는 별명 같은 거야. 그놈의 터틀넥과 로퍼를 보니 그곳에 잘 어울릴 것 같군그래."

"이봐요, 도대체 왜 그래요? 무슨 일이 있는 겁니까?"

"거짓말쟁이 의뢰인을 맡은 변호사 꼴이 한심해서 그런다. 이제 20분 후면 자네를 펠리컨 베이로 보내고 싶어하는 친구를 만나러 가야 해. 그 지옥에서 빼내려면 없는 사실까지 알아야 할 판에 기껏 알아낸 게 의뢰인의 거짓말이라니…. 그래, 그런 나보고 지금 춤이라도 추란 말인가?"

루이스는 걸음을 멈추고 나를 바라보다가 기가 막힌다는 듯 두 팔을 들어보였다.

"거짓말한 적 없습니다. 절대로요. 도대체 여자가 뭘 원하는지는 모르겠지만 적어도…."

"하나 물어보지, 루이스. 자네, UCLA에서 법학 공부를 했다고 했지, 응?

도대체 변호사-의뢰인의 상호신뢰가 뭔지 가르쳐주기는 하던가?"

"몰라요. 기억 안 납니다. 그렇게 오래 다니지도 않았는걸요."

나는 한 발짝 다가가 그를 압박했다.

"똑똑히 들어둬. 이 빌어먹을 거짓말쟁이 놈아. 넌 UCLA에서 1년 동안 공부한 적이 없어. 아니, 단 하루도 없다고."

그는 두 손을 내리면서 찰싹 하고 양쪽 엉덩이를 때렸다.

"그것 때문에 이러는 겁니까, 미키?"

"그래, 맞다. 그리고 미키라고 부르지 마. 그건 친구들이 부르는 이름이지, 뺑쟁이 의뢰인이 부르라고 만든 게 아니야."

"내가 10년 전에 로스쿨에 갔든 안 갔든 그게 사건하고 무슨 관계죠? 난 도무지…."

"네 놈이 그런 식으로 거짓말을 한다면, 언제든 거짓말은 반복될 수 있어. 그리고 거짓말이 시작되면 변호고 개뿔이고 없단 말이다."

목소리가 높았는지 근처 벤치에 앉아 있던 여자 둘이 우리를 바라보았다. 블라우스에 배심원 배지를 단 여자들이었다.

"이쪽으로 와."

나는 반대쪽으로 방향을 틀었다. 경찰서가 있는 쪽이다.

"이봐요, 거짓말한 건 엄마 때문이에요, 됐어요?" 루이스가 기죽은 목소리로 말했다.

"아니, 그 정도론 안 돼. 좀 더 확실하게 설명해봐."

"엄마하고 세실은 내가 1년간 로스쿨에 다녔다고 알고 있단 말입니다. 그리고 솔직히 이제 와서 까발리고 싶은 생각도 없고요. 그가 갑자기 말하는 바람에 그저 얼버무렸을 뿐이에요. 게다가 10년 전이고요! 도대체 그게 무슨 문제가 된다는 거죠?"

"나한테 거짓말한다는 게 문제야. 모친이나 세실한테야 아무 상관없어.

원한다면 목사와 경찰한테라도 거짓말하라고. 하지만 내가 물어볼 때는 절대로 거짓말하지 마. 나는 자네가 사실을 말했다는 것을 전제로 움직일 테니까. 그러니 제발 논의의 여지가 없는 사실만 말하고 물을 땐 뭐든 솔직하게 대답하란 말일세. 그럼, 나머지는 자네가 원하고 자네 기분이 내키는 대로 해도 개의치 않겠네."

"예, 예, 알아 모시죠."

루이스가 고개를 흔들었다.

"맹세하죠. 그 1년 동안 난 아무 일도 안 했어요. 주로 캠퍼스 근처의 숙소에 처박혀 책을 읽거나 앞으로 어떻게 살아야 할지에 대해 고민했죠. 분명한 사실은 절대 변호사는 되지 않겠다는 것이었습니다. 뭐, 오해는 마시고요."

"상관없어. 그래서 1년 동안 죽치고 앉아 생각한 것이 부자들에게 부동산을 팔면서 살겠다는 거였나?"

"아뇨. 그건 나중 일이에요."

그는 자조적인 웃음을 흘렸다.

"사실은 작가가 되고 싶었어요. 영문학을 전공했거든요. 소설을 쓰려고 했지만 능력이 없다는 걸 깨닫는 데 솔직히 얼마 걸리지도 않았어요. 결국 어머니한테 일을 구걸하게 된 셈이죠. 어머니도 그걸 원했고요."

나는 마음을 가라앉혔다. 사실 가라앉히고 자시고 할 것도 없는 것이 화를 낸 것은 거의 쇼였다. 좀 더 중요한 질문을 던지기 위해 먼저 기초공사가 필요했던 것이다. 이제 그도 준비가 되었을 것이다.

"좋아, 자네가 회개하고 고해할 생각이라면, 먼저 레기 캄포에 대해 말해보게."

"어떤 것 말입니까?"

"그 여자를 돈 주고 살 생각이었지, 안 그래?"

"도대체 무엇 때문에 그런….”

그의 값비싼 소매를 잡아채는 것으로 입을 다물게 했다. 나보다 키도 크고 덩치도 좋았지만 대화의 칼자루는 내가 쥐고 있었다. 나는 그를 밀어붙였다.

"솔직히 말하라고 했네."

"아, 알았어요. 그래요, 여자한테 돈을 줄 생각이었어요. 도대체 어떻게 안 거죠?"

"난 돌팔이 변호사가 아니야. 왜 첫날엔 그런 얘기를 하지 않았지? 그게 사건에 얼마나 큰 변수가 될지 몰라서 그래?"

"어머니 때문에요. 어머니가 알게 하고 싶지 않았어요. 아시잖아요."

"루이스, 저쪽에 앉아서 얘기하지."

나는 그를 경찰서 옆의 기다란 벤치로 데려갔다. 공간이 충분했기 때문에 누군가 엿들을 걱정은 할 필요가 없었다. 내가 벤치 가운데에 앉고 그는 오른쪽에 앉게 했다.

"사건 얘기를 할 때 모친은 방에 있지도 않았어. 로스쿨 얘기를 할 때에도 없었다고 생각하는데?"

"하지만 세실이 있죠. 그 사람, 어머니한테 뭐든 보고해요."

나는 세실 돕스를 완전히 잘라내야겠다고 생각하며 고개를 끄덕였다.

"좋아. 거기까지는 이해하지. 하지만 언제까지 말 안 하고 넘어갈 생각이었지? 아까도 말했지만 이것 때문에 모든 게 뒤집어질 수 있단 말일세."

"난 변호사가 아니에요."

"루이스, 일이 어떻게 돌아가는 건지 간단하게 말해주지. 내가 하는 일이 뭔지 아나? 난 중화제야. 검사의 증거를 묽게 만드는 역할을 하는 거지. 증거와 증언 하나하나를 끄집어내서 논점에서 제거해버리는 게 내 일이라고. 이렇게 생각해보게. 베니스의 인도에서 거리의 연기자들을 예를 들어보지. 그곳 광대들이 접시 돌리는 걸 본 적이 있나?"

"예. 오래전이긴 하지만요."

"상관없어. 광대는 막대기 하나하나에 접시를 올려놓고 빙빙 돌릴 거야. 그래야 접시가 떨어지지 않고 똑바로 설 테니까. 그들은 한꺼번에 많은 접시를 돌리는데, 때문에 접시와 막대기를 하나하나 체크하고 모든 것이 제대로 돌고 있는지 끊임없이 확인해야 해. 여기까지는 이해하지?"

"예, 이해해요."

"그래, 그걸 검찰 쪽의 증거라고 생각해봐, 루이스. 회전하는 접시 다발 말일세. 그 접시 하나하나는 바로 자네를 엿 먹일 증거가 되겠지. 바로 그 접시를 하나씩 멈추게 하고 끝내 떨어져 못쓰게 만드는 게 내 일이라네. 자네 손에 묻은 피해자의 혈흔이 파란색 접시에 담겨 있다면 그걸 찾아 부숴버려야 해. 노란 접시에 자네의 지문이 들어 있다면 그럼 그것도 박살내야 하겠지. 그걸 난 중화시킨다고 불러, 알겠나?"

"예, 알겠어요. 하지만⋯."

"이제, 그 접시 중에 아주 큰 게 하나 섞여 있다고 생각해보자고. 대형 접시야, 루이스. 만일 그놈만 떨어진다면 그걸로 모든 게 끝이 되는 거야. 다른 접시들도 모두 깨지고 결국 사건 자체가 무너져버리게 되지. 그 접시에 뭐가 담겼는지 아나, 루이스?"

그는 고개를 저었다.

"그 접시는 피해자라네. 가장 중요한 반대 증인이지. 만일 그 접시만 넘어뜨릴 수 있다면, 그러면 연극은 끝나고 관중은 흩어져버리는 거라네."

나는 잠시 기다려 그의 반응을 훔쳤다. 그는 아무 말도 하지 않았다.

"루이스, 자넨 거의 2주 동안 그 대형 접시를 깨부술 방법을 가르쳐주지 않았어. 그건 왜냐는 질문을 가능케 하는 접시였다네. 엄청난 돈을 주무르고, 롤렉스를 차고, 주차장에 포르쉐를 세워두고, 홈비힐스에 집이 있

156

는 친구가, 도대체 왜 돈 주고 살 수 있는 여자한테 칼을 들이댔을까? 그 질문만 증발시켜버릴 수 있다면 사건은 무너지는 거야, 루이스. 대답은 뻔하거든. 남자한테는 그럴 생각이 없었어. 상식적으로 말이 안 되니까. 그 결론에 도달하면 접시들은 모두 멈추는 거야. 우린 함정을 보고, 덫을 보고, 그러면 결국 피해자가 되어 모든 것을 피해자의 눈으로 볼 수 있게 되지."

나는 그를 보았다. 그가 고개를 끄덕였다.

"잘못했습니다." 그가 말했다.

"당연히 잘못한 거야. 자네가 처음부터 솔직했다면 어쩌면 사건은 벌써 2주 전에 무너졌을 테고 우린 여기 앉아 있지도 않았을 테니까."

그 순간 내 울분이 어디에 기인했었는지를 확실히 깨달을 수 있었다. 그건 루이스가 늦어서도 거짓말을 해서도 아니었고, 샘 스케일스가 나를 돌팔이 사기꾼 변호사라고 욕해서도 아니었다. 그건 대박이 깨지고 있기 때문이었다. 이제 이 사건에는 재판도 없고 여섯 단위의 수임료도 없을 것이다. 처음에 받은 계약금 정도만 챙겨도, 에고, 하느님 감사합니다 할 정도로 쪽박이 된 것이다. 오늘 테드 민튼을 만나 내가 아는 것과 가진 것을 모조리 까발려놓는 즉시 사건은 공중 분해될 것이기 때문이다.

"죄송합니다. 일을 망칠 생각은 없었어요." 루이스가 다시 징징대는 목소리로 뇌까렸다.

나는 두 발 밑을 내려다보았고 그를 바라보지도 않고 오른팔을 뻗어 그의 어깨를 끌어안았다.

"소리쳐서 미안하네, 루이스."

"이제 어떻게 할 건가요?"

"그날 밤에 대해 몇 가지 질문할 게 더 있어. 그다음엔 저 건물에 있는 검사를 만나 접시를 모두 깨뜨려버릴 거야. 거기에서 나올 때쯤이면 자네는 맘 놓고 부자들에게 집을 보여줄 수 있겠지."

"그렇게 간단히요?"

"그래, 그는 법원에 들어가 공식적으로 사건의 철회를 요청하게 될 걸세."

루이스가 놀라 입을 벌렸다.

"할러 변호사님, 도대체 어떻게 고맙다는 말씀을⋯."

"이제 미키라고 불러도 돼. 그것도 사과하지."

"괜찮습니다. 감사합니다. 제가 대답할 질문이 뭔가요?"

나는 잠시 생각에 잠겼다. 사실 테드 민튼과 만나는 데에는 더 이상 필요한 것도 없었다. 실탄도 빵빵했고 게다가 산 증거도 갖고 있었다.

"노트에 뭐라고 써 있었지?" 내가 물었다.

"무슨 노트요?"

"여자가 모건스에서 준 거."

"오, 그 여자 주소하고 '4백 달러'예요. 그 밑엔 '10시 이후에'라고 적혀 있었죠."

"그게 없어서 안타깝군. 하지만 별 상관은 없어."

나는 고개를 끄덕이고 시계를 보았다. 미팅까지는 15분이나 남았는데 루이스와의 볼일은 더 이상 없었다.

"이제 가도 돼, 루이스. 일이 끝나면 전화하지."

"정말인가요? 원하신다면 여기서 기다려도 됩니다."

"얼마나 오래 걸릴지는 나도 모르네. 모든 걸 다 까발릴 생각이니까. 어쩌면 검사도 윗대가리의 조언이 필요할 거야. 그것도 적지 않은 시간이라네."

"알겠습니다. 그럼 가보기로 하죠. 전화 주실 거죠?"

"그래, 전화하지. 월요일이나 화요일쯤 판사를 만날 텐데, 그러면 모든 게 공식적으로 끝나네."

그가 손을 내밀어 악수를 했다.

"고마워요, 믹. 최고의 변호사세요. 처음 부탁할 때부터 최고라는 걸 알고 있었죠."

그는 광장으로 가로질러 두 법원 사이에 박혀 있는 공용 주차장으로 향했다.

"그래, 난 최고야." 난 혼자서 중얼거렸다.

누군가의 인기척을 느끼고 돌아보니 한 남자가 옆에 앉아 있었다. 그가 고개를 돌려 나를 보았고 우린 동시에 서로를 알아보았다. 하워드 컬린, 반 누이스 경찰서의 살인과 형사. 지난 몇 년 동안 우린 몇몇 사건에서 부딪친 적이 있었다.

"이런, 이런, 이런. 캘리포니아 변협의 자존심이시구먼. 이젠 혼잣말까지 다 하시나?"

"어쩌면."

"소문이 퍼지면 변호사 일 하기가 뻑적지근할 텐데?"

"걱정은 붙들어 매어두시오, 형사. 그래, 요즘은 어떻소?"

컬린은 갈색 가방에서 샌드위치를 꺼내 포장을 뜯기 시작했다.

"일은 많고 점심은 건너뛰고."

그는 포장지에서 땅콩버터 샌드위치를 꺼냈다. 빵 사이에는 땅콩버터 외에도 정체 불명의 내용물이 들어 있었지만 젤리 같지는 않았다. 나는 시계를 보았다. 법원 정문의 금속 탐지기 줄에 서기에는 아직 이른 시간이었다. 하지만 컬린과 그의 끔찍한 샌드위치하고 시간을 때우자니 솔직히 그것도 자신이 없었다. 블레이크의 평결을 끄집어내 시비를 걸어볼까 하는 생각도 해보았으나 그전에 컬린이 먼저 허를 찌르고 들어왔다.

"지저스는 어떻습디까?" 형사가 물었다.

컬린은 지저스 메넨데즈 사건의 수석 형사였다. 어찌나 단단히 옭아맸던지 지저스 역시 유죄를 인정하고 선처를 바랄 수밖에 없었다. 아직 그는 감옥에 갇힌 몸이었다.

"나도 모르오. 지저스하고는 연락을 안 하니까."

"그렇군. 일단 변호가 끝나 처박아버리고 나면 당신들한테야 아무 쓸모가 없겠지. 항소가 없으면 돈도 없으니까."

나는 고개를 끄덕였다. 형사들은 변호사들이라면 무조건 색안경부터 들이댄다. 마치 자기들의 처신은 의혹이나 비난에서 1백 퍼센트 면죄된다는 식이었다. 사법시스템이 견제와 균형의 틀에 바탕을 두고 있다는 사실은 도무지 씨도 먹히지 않았다.

"피차일반 아니요? 그야말로 누워서 침 뱉기지. 바쁘시다니 나한테도 손님 좀 들겠군요."

"글쎄, 과연 그럴까? 아무튼, 진짜 궁금해서 묻는 건데, 밤에 잠은 잘 옵디까?"

"내가 궁금한 게 뭔지 아쇼? 도대체 그 샌드위치엔 뭐가 든 거요?"

그는 샌드위치를 들어 내용물을 보여주었다.

"땅콩버터와 정어리. 개자식들 잡아 족치는 데 필요한 단백질이 잔뜩 들었지. 아직 내 질문엔 대답 안 했수다."

"잠이야 잘 자지. 이유를 아오? 그건 사회에 중요한 기여를 하기 때문이라오. 당신들만큼이나 중요한 역할 말이요. 범죄 사실로 고발당하면 누구나 사회시스템을 실험할 기회를 부여받게 되고, 그 기회를 활용하고 싶을 때 나를 찾아온다오. 중요한 일이지. 그걸 이해하게 되면 잠도 잘 잘수 있는 게고."

"말이야 청산유수지. 눈을 감고서도 그 말을 믿을 수 있기를 빌겠소, 변호사 양반."

"당신은 어떻소, 형사 나리. 침대에 누운 다음에 무고한 사람들을 얼마나 처박았는지 고민해본 적은 있습니까?"

"아니. 그런 일은 있을 수도 없고 있어서도 안 되거든."

"단순해서 잠은 잘 오겠군."

"언젠가 한 친구가 이런 말을 하더군. 사람은 자고로 인생을 다 살고 나면 뒤를 돌아볼 줄 알아야 한다고. 지금껏 살아오면서 이 사회를 따뜻하게 해주는 장작이 되었는지, 아니면 반대로 그 장작을 빼앗았는지 반성하라는 말이겠지. 그래, 할러, 난 장작이요. 그래서 밤에 잠을 잘 잘 수 있지. 문제는 당신네들 아닌가? 늘 장작을 빼앗을 궁리만 하니까 말이오."

"설교 고맙소. 다음에 장작 팰 때는 꼭 명심하리다."

"설교가 맘에 안 드나 보군. 그럼, 농담 한마디 해드리지. 구더기하고 피고측 변호사의 차이가 뭔지 아쇼?"

"음, 아니, 모르겠는데?"

"둘 다 벌레인 건 맞는데, 하나는 똥벌레고 하나는 돈벌레지."

나는 과장해서 큰 소리로 웃으며 자리에서 일어났다. 가야 할 시간이었다.

"그거 다 드시고 칫솔질이나 잘 하쇼. 파트너가 괴로워할 테니까." 내가 말했다.

나는 법원을 향해 걸으며 그의 장작 이론과 샘 스케일스의 돌팔이 변호사 이론을 곱씹어보았다. 오늘은 사방에서 돌멩이가 날아드는 날이군.

"칫솔질은 잘 하리다." 컬린이 뒤에서 소리쳤다.

14 되살아난 가능성

테드 민튼은 일부러 방을 함께 쓰는 검사보가 법원 청문회에 출석하는 시간을 골랐다. 루이스 건을 좀 더 은밀히 다루기 위한 배려였다. 민튼은 대기실에까지 나와 나를 데리고 들어갔는데 서른도 되어 보이지 않았지만 근거 없는 자신감이 끈끈하게 만져졌다. 적어도 내가 열 살은 더 먹었고 재판도 백 번은 더 치렀을 터인데도 전혀 꿇리거나 조심스러운 면모를 느낄 수가 없었다. 우리 둘의 모임을 감내해야 할 불편 정도로 여기는 것처럼 보일 정도였다. 뭐, 상관없다. 흔히 있는 일이니까. 게다가 그럼으로써 나도 의지를 다질 수 있었다.

그의 작고 꽉 막힌 사무실에 들어가자 그는 파트너의 의자를 권하고 문을 닫았다. 우리는 자리에 앉아 서로를 마주보았다. 난 그에게 선수를 내주기로 했다.

"좋습니다. 먼저, 변호사님을 뵙고 싶었습니다. 이곳 벨리엔 처음이라 변협 분들을 많이 뵙지 못했거든요. 변호사님은 카운티 전 지역을 다룬다고 들었는데 한 번도 마주친 적이 없군요."

"아마 검사님께서 중범재판을 많이 다뤄보지 않은 탓이겠죠."

그는 미소를 짓고는 나한테 한 방 먹었다는 투로 고개를 끄덕였다.

"어쩌면요. 아무튼 제가 남부 캘리포니아의 로스쿨에 다닐 때 변호사님 부친과 그분 사건에 대한 책을 읽은 적이 있습니다.《변호사 할러》비슷한 제목이었던 것 같은데, 아무튼, 그분, 흥미로운 분이고 또 흥미로운 시대였죠."

나는 고개를 끄덕여주었다.

"내가 잘 알기도 전에 돌아가셨소. 물론 그분과 관련된 책은 하나도 빠뜨리지 않고 읽었지. 그것도 여러 번. 덕분에 지금 이 일을 하는 게 아닌가 하는 생각도 해보곤 합니다."

"어려우셨겠어요. 책을 통해 부친을 이해한다는 것이."

나는 어깻짓을 했다. 민튼과 내가 서로에 대해 잘 이해할 필요가 있다는 생각은 들지 않았다. 특히 지금 터뜨리려는 일과 관련되어서는 더더욱 말이다.

"뭐, 제가 걱정할 일은 아니겠지만요."

"예."

그가 마침내 두 손을 마주 치며 본론으로 들어갈 채비를 했다.

"좋습니다. 그러니까 우리가 만난 건 루이스 룰레 사건 때문이죠?"

"루레이라고 발음하더군요."

"루레이. 알겠습니다. 어디 보자, 먼저 보여드릴 게 있습니다."

그는 의자를 돌려 책상을 마주 보더니 얇은 파일을 집어서 내게 건네주었다.

"정정당당하게 하고 싶습니다. 이건 가장 최근의 정보들이죠. 물론, 심의 후에 드려도 문제야 없겠지만 굳이 숨기고 싶은 생각도 없습니다."

내 경험으로 미루어, 검사가 정정당당하게 하겠다고 할 때에는 언제나 등을 조심해야 한다. 나는 파일을 대충 훑어보았으나 실제로 읽지는 않았다. 라울이 모아준 정보가 적어도 네 배는 두꺼웠다. 민튼이 가진 것이 너무 적다는 것도 의외는 아니었다. 오히려 문제가 되는 것은 그가 양보하고 있다는 사실이었다. 대개의 검사들은 짜증날 정도로 이쪽의 자료를 요구하고 심지어 판사에게 그 문제를 따진다. 하지만 민튼은, 전부이든 일부이든, 자료를 넘겨주기까지 한 것이다. 중죄 소송에 대해 생각보다 무지하거나 아니면 뭔가 꿍꿍이가 있다는 뜻이다.

"이게 전부인가요?" 내가 말했다.

"나한테 있는 전부죠."

항상 그런 식이다. 검사에게 없으니 변호사가 내놓으라는 협박인 셈이다. 이미 검사와 결혼한 경험이 있는 나로서는, 검사가 사건 담당 수사관들에게 서류 작성을 재촉하지 않는 것이 흔한 경우라는 사실 정도는 알고 있었다. 결국 변호사에게 페어플레이를 하자고 쇼를 해보이곤 내놓는 것은 완전 꽝일 수밖에 없었다. 때문에 개시절차의 규칙을 변호사들은 종종 자백의 규칙이라고 비아냥거리곤 했다. 개시절차는 원래 양방향 도로여야 했지만 서로 별개의 도로 두 개가 되어버렸다는 의미에서 붙여진 별명이었다.

"그래서 이걸로 재판을 할 겁니까?"

나는 내용물이 사건만큼이나 허접하다고 시위라도 하듯 파일을 흔들어보였다.

"별로 걱정하지는 않습니다. 하지만 재량판단에 대해 말씀하시고 싶다면 들을 용의는 있습니다."

"아뇨, 형량 구걸은 없을 거요. 우린 그대로 갈 겁니다. 예심도 하고 곧바로 재판에도 들어갈 생각이니까요."

"신속한 재판을 포기하지 않겠다는 뜻인가요?"

"예. 그러니까 준비하든 포기하든, 월요일부터 60일이 남은 거요."

민튼은 내 말이 그저 사소한 불편이나 의외일 뿐이라는 듯 입술을 삐죽 내밀었다. 기막힌 연기였지만 적지 않은 손해를 입었다는 건 누가 봐도 뻔했다.

"어, 그러면, 그쪽 자료에 대해서도 얘기해봐야겠군요. 제게 줄 게 있던 가요?"

이미 목소리의 경쾌한 톤은 완전히 사라졌다.

"아직 모으는 중입니다. 하지만 월요일 기소인부심 때엔 준비될 겁니다. 현재로서는 이 파일에 있는 것 이상을 기대하긴 어렵겠지만요. 안 그런가요?"

"그렇겠죠."

"피해자가 창녀이고 내 의뢰인을 유혹했다는 사실은 알고 계시겠죠? 그리고 이후로도 그 일을 계속 해오고 있다는 것도?"

민튼의 입이 1센티미터 정도 벌어졌다가 곧바로 닫혔다. 또 한 방 먹은 것이지만 회복은 예상 외로 빠른 듯 보였다.

"솔직히 말씀드려서, 여자 직업은 알고 있었습니다. 하지만 변호사님이 알고 계신 건 좀 의외군요. 설마 피해자 주변을 냄새 맡고 다니시는 건 아니겠죠, 할러 변호사님?"

"미키라고 불러요. 게다가 그건 그쪽이 처한 문제의 일부분일 뿐이요. 테드, 이 사건을 좀 더 꼼꼼히 챙길 것을 권하는 바요. 중범 재판이 처음이라고 들었는데 이런 식으로 깨져서 링을 떠나고 싶지는 않을 거 아닙니까. 게다가 최근 블레이크의 실패도 있는데. 테드, 이 사건은 맹견과 같아요. 자칫하면 당신 엉덩이를 물고 늘어질 거요."

"진심인가요? 어떻게 그러죠?"

나는 그의 어깨 너머 책상에 있는 컴퓨터를 보았다.

"저 기계가 DVD도 돌리나요?"

테드 민튼도 컴퓨터를 보았다. 오래된 구형 컴퓨터였다.

"될 겁니다. 뭘 갖고 계신 겁니까?"

그에게 모건스의 감시카메라를 보여주는 건 가장 중요한 에이스를 드러내는 것과 같다. 하지만 나는 비디오를 트는 순간 월요일의 기소인부절차도 소송도 없게 될 거라고 확신했다. 내 일은 사건을 중화시켜 고객을 검찰 손에서 빼내는 것이고 이건 그중에서도 제일 확실한 방법이다.

"자료를 모두 준비하지는 못했지만 이건 갖고 있소." 내가 말했다.

나는 민튼에게 라울의 DVD를 건네주었다. 검사가 DVD를 컴퓨터에 넣었다.

"모건스의 바를 찍은 거요. 당신 부하들은 거기에 가보지도 않았지만 우리 직원들은 했지. 이건 폭력이 있던 일요일 밤의 모습이요." 나는 그가 DVD를 작동시키는 것을 보며 덧붙였다.

"조작일 수도 있지 않나요?"

"그럴 수도 있겠지만 아니오. 체크해봐도 좋소. 우리 조사원이 원본을 가지고 있으니 심리 후에 인계하도록 조치를 취해두죠."

잠시 애를 쓴 후에야 민튼은 간신히 DVD를 작동시켰다. 그는 조용히 앉아 내가 라울의 타임코드와 그 밖의 세부사항들을 지적하는 대로 지켜보았다. 미스터 X의 존재와 그가 왼손잡이라는 사실도 물론 포함되었다. 민튼은 내 지시대로 DVD를 고속 회전한 다음 레기 캄포가 의뢰인에게 다가가는 장면에서 정상속도로 전환하였다. 그는 얼굴에 잔뜩 주름을 지은 채 화면을 주시했다. 영화가 끝나자 그가 디스크를 빼내 들어 보였다.

"원본을 받을 때까지 가지고 있어도 되겠죠?"

"얼마든지."

민튼은 디스크를 케이스 안에 집어 넣은 다음 책상 위의 파일 위에 올려놓았다.

"좋아요, 그 밖에는요?"

이번엔 내 입이 벌어질 차례였다.

"무슨 뜻이요? 그 밖이라니? 그거면 충분하지 않소?"

"뭐가 충분하다는 거죠?"

"이봐요, 테드. 이런 얼빠진 줄다리기는 집어치웁시다."

"저도 그러고 싶군요."

"지금 무슨 이야기 하고 있는지는 알겠소? 저 디스크 하나면 사건이 공중 분해될 거라는 말을 하는 겁니다. 심리고 재판이고 다 잊어버리고 다음 주에 법원에 들어가 각하시킬 궁리나 하자는 거요. 내가 원하는 건 어느 쪽이든 맘이 바뀔 경우에 대비해 재심 요구까지 포기한 결정이요."

민튼은 미소를 지으며 고개를 저었다.

"그럴 순 없습니다, 미키. 이 여잔 아주 심하게 당했어요. 놈은 짐승이란 말입니다. 전 어떤 경우에도 각하할 마음이…."

"심하게 당했다고? 사건 후에도 이 여잔 이번 주 내내 손님을 받고 있었소. 당신은…."

"그걸 어떻게 아시죠?"

나는 고개를 저었다.

"이봐요. 난 지금 당신을 궁지에서 구하려는 거요. 그런데 고작 피해자 권리를 조금 침해했다는 걸 물고 늘어질 겁니까? 한 가지만 말씀드리지. 캄포는 피해자가 아니요. 이게 무슨 내용인지 모르겠소? 이 물건을 판사에게 보여준다면 당신 접시는 모두 깨지고 말아요, 테드. 사건은 끝나고 당신은 대장 스미슨에게 왜 이런 지경에 이르게 되었는지 설명해야 할 거란 말이오. 스미슨을 잘 알지는 못하지만 한 가지만은 확실하오. 그 사람 지는 걸 죽기보다 싫어한다는 것. 게다가 어제 일 때문에라도 이번 건을 아무렇지 않게 넘어갈 수는 없을 거요."

"윤락녀도 피해자가 될 수 있습니다. 아무리 프로라도요."

나는 고개를 저었다. 그래서 결국 모조리 까발리기로 결심했다.

"여자의 함정이오. 남자한테 돈이 있다는 걸 알고 덫을 놓은 거지. 고소를 해서 돈을 우려낼 속셈으로. 자해를 했거나, 그 왼손잡이 남자가 두들겨 팼을 거요. 당신의 물건을 살 판사는 세상에 아무도 없소. 손에 묻은 피? 나이프의 지문들? 그런 건 그가 쓰러진 다음에 조작된 것일 뿐이오."

민튼은 논리를 따르는 듯 고개를 끄덕였으나 끝내 내민 것은 역시 삼천포였다.

"피해자를 미행하고 협박을 시도하다니, 심히 유감이군요."

"뭐라고?"

"싸움의 규칙을 아시잖습니까? 희생자를 건드리지 마세요. 아니면 판사 앞에서 이 문제도 논하게 될 테니까."

나는 고개를 저으며 두 팔을 허공에 내던졌다.

"도대체 내 말을 듣기는 한 거요?"

"예, 다 들었습니다. 그렇다고 할 일을 포기해야겠다는 생각은 들지 않는군요. 하지만 제안 하나 하죠. 이 제안은 월요일 심리까지만 유효하고 그 후에는 어떤 판돈도 없을 겁니다. 그쪽 의뢰인은 판사와 배심원들의 선처를 기다리게 되겠죠. 덧붙여 말씀드리면, 난 60일이든 할러 변호사님이든 하나도 겁나지 않습니다. 준비를 하고 기다릴 테니까요."

나는 마치 물속에 빠진 기분이었다. 내가 한 말이 모두 기포 속에 들어가 어디론가 흘러가버리고 있었다. 이렇게 말을 알아듣지 못하다니. 그리고 나는 뭔가 놓치고 있다는 사실을 깨달았다. 무언가 치명적인 것이 있었다. 테드 민튼이 초짜인지는 몰라도 어리석은 인간은 아니다. 그런데 나라는 놈은 그가 어리석은 짓을 하고 있다는 판단 때문에, 여태껏 헛다리를 짚고 있었던 것이다. LA 카운티의 검사실은 로스쿨에서도 알짜들만

빼온 집단이다. 그가 남부 캘리포니아를 언급했는데 그곳이 초일류 변호사들을 양산해내는 로스쿨임을 모르는 사람은 없었다. 이자의 경험이 일천할지는 몰라도 법지식까지 일천한 것은 아니라는 뜻이다. 그러니까 이해를 못 하는 것은 이자가 아니라 바로 나였다.

"내가 놓치고 있는 게 있군."

"글쎄요. 거물 변호사라고 알고 있는데, 놓치실 일이야 있겠습니까?"

나는 잠시 그를 쳐다보다가 문제가 무언지를 깨달았다. 자료! 라울이 조합한 두꺼운 파일에 없는 무언가가 그의 얄팍한 자료에 들어 있는 게 분명했다. 레기 캄포가 몸을 팔고 있다는 사실에도 불구하고 기소를 가능케 할 무언가. 윤락녀도 피해자가 될 수 있습니다, 라고 말할 수 있을 만큼 이자의 손을 채워주고 있는 무언가가.

나는 모든 것을 멈추고 검사의 파일과 내가 아는 사건을 하나하나 비교해보고 싶었다. 하지만 그 앞에서 그러고 있을 수는 없지 않은가?

"좋아요. 제안이 뭐요? 그가 받아들이지는 않겠지만 제시는 해보기로 하죠."

"예, 감옥살이는 해야 해요. 그건 필수입니다. 우선 치명적 무기 사용과 성폭행 미수 정도로 다룰 생각입니다. 가이드라인을 중간 정도로 하면 대충 7년 정도가 되겠군요."

나는 고개를 끄덕였다. 치명적 무기 사용에 성폭행 미수. 7년형이면 몇 년 정도의 실형은 불가피하다. 루이스가 죄를 저질렀다는 관점에서 본다면 나쁜 제안은 아니다. 물론 죄가 없다면 어떤 제안도 무의미하다.

나는 어깻짓을 했다.

"의뢰인에게 얘기해보겠소."

"기억하세요. 심리까지만 유효합니다. 만일 받아들일 생각이라면 월요일 아침 일찍 전화해야 할 겁니다."

"알겠소."

나는 가방을 닫고 자리에서 일어섰다. 루이스는 전화를 간절히 기다리고 있을 것이다. 악몽이 끝났다는 소식을 말이다. 그런데 나는 7년짜리 거래밖에 얻어낸 것이 없었다.

나는 민튼과 악수를 하고, 전화하겠다고 말한 다음 밖으로 나섰다. 그리고 응접실로 이어진 복도에서 매기 맥퍼슨과 마주쳤다.

"헤일리가 토요일 날 무척 재미있었나 봐. 아직도 그 얘기만 해. 이번 주에도 만나러 오겠다고 했다면서?" 매기는 딸 얘기부터 꺼냈다.

"그래, 괜찮다면."

"당신 괜찮아? 혼란스러워 보이는데."

"기나긴 한 주가 될 것 같아. 내일은 캘린더가 없는 게 그나마 다행이지만. 헤일리한테는 어느 날이 좋을까? 토요일? 일요일?"

"상관없어. 당신, 루이스 건으로 테드 민튼과 만난 거야?"

"그래, 제안을 받았어."

나는 서류가방을 들어 검사의 형량 제안이 있었음을 보여주었다.

"이걸 가지고 약장사를 해야 하는데 어려울 거야. 그 친구, 죽어도 자기 짓이 아니라고 우기거든."

"다들 그렇게 말하지 않나?"

"이 친구는 달라."

"이런, 아무튼 행운을 빌어."

"고마워."

우리는 서로 반대 방향으로 가기 시작했다. 그러다가 나는 뭔가가 떠올라 다시 매기를 불렀다.

"어이, 성 패트릭 데이, 축하해."

"오."

그녀가 돌아서서 다시 내게로 왔다.

"스테이시가 헤일리를 두 시간 정도는 맡아줄 거야. 일이 끝난 다음엔 여기 사람들하고 포그린필드에 갈 생각인데 초록 맥주 한 잔 안 할래?"

포그린필드는 광장과 가까운 아일랜드 술집이다. 검사들과 변호사들이 즐겨 찾는 곳인데, 그곳에서만큼은 서로의 악감정도 시원한 흑맥주 맛에 흐물거리며 녹아내렸다.

"모르겠어. 일단은 힐스에 올라가 의뢰인을 만나야 하는데 상황 파악이 안 돼. 어쩌면 올 수도 있을 거야."

"그래, 아무튼 8시까지는 기다릴게. 스테이시도 풀어줘야 하니까."

"오케이."

우리는 다시 헤어졌다. 나는 법원 건물을 나섰다. 루이스, 컬린과 앉았던 벤치는 비어 있었다. 나는 자리에 앉아 민튼이 준 자료 파일들을 꺼내 대충 넘겨보았다. 이미 라울을 통해 복사본을 받은 것들이라 새로운 것은 없었다. 새로 첨가된 지문분석 보고서 역시 우리가 생각했던 내용을 확인해주는 정도였다. 나이프의 피 묻은 지문도 루이스의 것이 분명했다.

그런 것들이 민튼의 태도를 설명해주지는 못했다. 나는 계속 살펴보았다. 결국 해답을 찾아낸 건 무기분석 보고서에서였다. 라울에게서 받은 것과는 완전히 달라 마치 다른 사건과 다른 무기를 분석해놓은 듯했다. 나는 황급히 읽어 내려갔다. 이마에서 식은땀이 흘렀다. 한 마디로 당한 것이다. 상대 검사와의 미팅에서 당황한 것도 문제였지만 더 심각한 사실은 그의 면전에 카드를 있는 대로 까발려놓았다는 사실이었다. 민튼은 모건스의 비디오도 얻어내고, 그에 대한 대안을 마련할 충분한 시간도 얻은 셈이다.

마침내 나는 폴더를 닫고 휴대폰을 꺼냈다. 벨이 두 번 울리자 라울이 전화를 받았다.

"어떻게 됐어? 모두 보너스를 받을 수 있는 거야?"

"아직은 아냐. 루이스의 사무실이 어디에 있는지 알지?"

"그래. 비벌리힐스의 캐넌이지. 파일에 정확한 주소가 있어."

"거기로 와."

"지금?"

"30분 후면 나도 도착할 거야."

나는 더 이상 아무 말도 않고 버튼을 눌러 전화를 끈 다음 다시 얼의 단축번호를 눌렀다. 아이팟을 귀에 달고 있는 모양인지 벨이 일곱 번이나 울린 후에야 전화를 받았다.

"이리로 와. 힐스로 가야겠어."

나는 전화를 닫고 벤치에서 일어났다. 얼과 만나기로 한 법원 건물 사이의 공지로 향하는데 울화가 치밀었다. 루이스에게, 라울에게, 그리고 무엇보다 나 자신에게 화가 났다. 물론 긍정적인 면이 없는 것은 아니었다. 그 하나는 대박의 꿈이 다시 작동하기 시작했다는 사실이다. 루이스가 제안을 받아들이지 않는 한, 사건은 멀리 재판에까지 이어질 것이다. 더욱이 그가 제안을 받을 가능성은 LA에 눈이 올 확률만큼이나 적었다. 불가능하지는 않아도 실제로 일어나기 전에는 도저히 믿기 힘들 정도의 가능성인 셈이다.

15 무기분석 보고서

비벌리힐스의 부자들이 옷이나 보석 같은 데 푼돈을 쓰고 싶다면 그들은 로데오거리로 간다. 만일 집이나 콘도 등에 목돈을 쏟아 붓고 싶으면 그들은 몇 블록 걸어 캐넌 드라이브로 향할 것이다. 일류급 부동산 회사들이 잔뜩 자리를 잡고 있는 곳인데, 그들의 쇼룸 윈도와 화려한 황금빛 이젤 위에는 수백만 달러짜리 건물 사진들이 피카소나 반 고흐처럼 내걸려 있었다. 목요일 오후, 루이스가 있는 윈저 주택 부동산을 찾아낸 것도 바로 그곳이었다.

내가 도착했을 때 라울은 먼저 와서 기다리고 있었다. 말 그대로 기다린 것이다. 그는 생수병 하나를 들고 쇼룸에 갇혀 있었고 루이스는 사무실에서 전화를 걸고 있었다. 접수계원은 전체적으로 그을린 얼굴에 양쪽으로 낫처럼 생긴 금발 단발을 늘어뜨리고 있는 아가씨인데, 내가 들어가자 몇 분만 기다리면 안으로 들어갈 수 있다고 말해주었다. 나는 고개를 끄덕이고 물러났다.

"무슨 일인지 말 안 해줄 거야?" 라울이 물었다.

"해주지. 저 친구하고 안에서 함께 들어."

쇼룸 양쪽으로는 천장에서 바닥까지 철선들이 줄지어 매달려 있었다. 모두가 팔려고 내놓은 부동산 사진들과, 계보를 담은 8×10 프레임들을 매달아둔 것이다. 물론 내 능력으로는 수백 년 동안 꿈도 꾸지 못할 그런 집들이다. 나는 사진들을 구경하는 척하며 사무실로 이어진 복도를 향해 조금씩 움직였다. 사무실 앞에 다다르자 조금 열린 문틈으로 루이스의 목소리가 들렸다. 멀홀랜드 드라이브의 맨션을 거래하고 있는 소리 같은데, 루이스는 전화를 받는 중개업자에게 익명으로 처리해달라고 말하는 중이었다. 라울을 보니 그는 여전히 쇼룸 앞쪽에 머물러 있었다.

"좆같이 됐어." 나는 입 모양으로 말하고 손짓도 해보였다.

나는 복도를 따라 내려가 루이스의 호사스런 사무실 안으로 들어갔다. 먼저 책상이 보였는데, 그 위에는 서류와 두꺼운 공동중개계약 카탈로그들이 쌓여 있었다. 루이스는 책상이 아니라 오른쪽의 응접소파에 구부정한 자세로 앉아 있었다. 한 손에는 담배가, 그리고 다른 손에는 전화가 들려 있었다. 나를 보고 놀란 표정을 짓는 걸 보니 접수원이 왔다는 말도 전하지 않은 모양이었다.

곧이어 라울이 사무실 안으로 들어왔고 접수원도 그 뒤를 따랐다. 허겁지겁 쫓아오느라 그녀의 낫 모양 머리가 앞뒤로 크게 요동을 쳤다. 문득 그 낫에 코라도 베일까 봐 걱정스러웠다.

"룰레 씨, 죄송합니다. 이 사람들이 허락도 없이…."

"리사, 이만 끊을게요. 다시 전화드리죠." 루이스가 전화에 대고 말했다.

그는 유리로 된 커피 탁자 위에 수화기를 내려놓았다.

"괜찮아, 로빈. 나가봐."

그는 손등으로 로빈에게 물러나라는 신호를 했다. 그녀는 나를 블론드 낫으로 베어버릴 듯 노려보다가 방을 떠났다. 나는 문을 닫은 다음 루이스를 보았다.

"무슨 일이죠? 다 끝난 겁니까?" 그가 물었다.

"아직은 아니야." 내가 말했다.

나는 검사의 자료 파일을 가져왔는데 당연히 무기 보고서가 핵심이었다. 나는 앞으로 걸어가 커피 탁자 위에 자료를 내려놓았다.

"검사실에서 개쪽을 당하는 데는 성공했지. 사건은 여전히 유효하고 아마 재판까지 가야 할 거야."

루이스가 고개를 숙였다.

"이해가 안 가는군요. 그 애송이 검사를 발기발기 찢어놓겠다고 했잖습니까?"

"발기발기 찢어진 건 바로 나야. 이유가 뭔지 아나? 네 놈이 또 날 엿 먹였기 때문이야."

그리고 라울을 돌아보며 이렇게 말했다.

"자네도 마찬가지야."

루이스가 파일을 펼쳤다. 제일 위에 검은 손잡이와 칼날에 피가 묻은 나이프의 컬러 사진이 나왔다. 라울이 경찰에게 얻어내, 사건 첫날 돕스의 사무실 모임에서 보여준 사진과는 완전히 다른 칼이었다.

"도대체 이게 뭐야?" 라울이 사진을 내려다보며 탄성을 질렀다.

"그게 진짜 무기야. 레기 캄포의 아파트에 갈 때 루이스가 들고 있던 칼이지. 여자의 피가 묻어 있고 그의 이니셜까지 박혀 있지."

라울은 루이스의 맞은편 소파에 앉아 있었다. 나는 자리에 선 채로 두 사람의 시선을 맞받았다. 나는 라울부터 시작했다.

"오늘 검사를 담글 생각으로 그 친구 사무실에 갔어. 결국 내가 당했지. 자네 정보원이 어떤 개자식이야, 라울? 그 새끼가 넘긴 건 위조카드였어."

"잠깐, 잠깐만 기다려. 그건⋯."

"아니, 네가 기다려. 나이프의 역추적이 불가능한 네 보고서는 개소리였다고. 그건 우릴 엿 먹이기 위해 누군가 끼워놓은 거야. 그래, 제대로 먹혔지. 난 승리의 분위기에 넋을 잃은 채 모건스의 술집 비디오까지 넘겨주고 말았으니까. 젠장, 멍청하게도 그게 무슨 결정타라도 되는 줄 알고 휘둘러댔어. 그런데 세상에, 완전히 고무풍선이지 뭐야."

"문서 수발하는 친구야." 라울이 말했다.

"뭐?"

"문서 수발. 경찰서와 검사실 사이에 서류를 전달하는 친구지. 내가 이러이러한 사건에 관심이 있다고 하니까 자료 복사본을 만들어서 넘겨준 거야."

"그래, 자네가 그놈한테 엿 먹은 거야. 놈한테 전화해서 다음에 변호사가 필요하면 다른 데서 알아보라고 해. 난 아니니까."

문득 그들의 앞을 서성거리고 있음을 깨달았지만 멈추지는 않았다. 그리고 곧바로 루이스를 가리켰다.

"그리고 너. 이제 난 진짜 무기도 알았고, 그게 주문품일 뿐만 아니라 곧바로 네놈과 연결된다는 사실도 알았어. 젠장, 네놈 이니셜까지 박힌 칼이야. 나한테 또 거짓말을 했어!"

"거짓말 안 했어요. 말하려고 했다고요. 내 칼이 아니라고 했잖아요. 두 번이나 말했는데, 아무도 믿지 않았다고요."

"그럼, 어떻게든 증명했어야지. 그냥 내 칼이 아니라고 말해봐야 내가 범인이 아니라고 하는 거와 뭐가 다르지? '이봐요, 믹, 나한테 칼이 있었기 때문에 문제가 생길 수도 있어요. 하지만 이 사진은 아니에요'라고 했어야지. 도대체 무슨 생각을 한 거야? 그냥 칼이 사라져버렸다고 생각한 거야?"

"이봐요, 목소리 좀 낮춰요. 밖에 손님이 있을지도 모르니까." 루이스가 애원했다.

"상관 안 해! 네깟 놈 손님이 뭐가 중요해? 까딱 잘못하면 더 이상 손님이 필요 없게 될 수도 있는 판인데! 이 칼만으로 우리가 가진 게 갈가리 찢어발겨지는 게 안 보여? 네놈은 창녀하고 만나러 가는데 살인무기를 소지했어. 함정이 아니라 네 칼이었단 말이다. 그게 무슨 뜻이냐고? 그래, 질문 하나 잘 했다. 똑바로 들어. 그건 더 이상 함정이 없다는 뜻이니까. 네놈이 칼을 들고 갔다는 게 증명된 판에 여자가 파놓은 함정에 빠졌다고 주장하시게?"

그는 대답하지 않았지만 난 대답을 기다릴 생각도 없었다.

"네가 한 짓이야. 그래서 잡힌 거고. 놈들이 술집을 보강수사하지 않은 이유를 알겠어. 네놈 지문이 묻은 네 칼을 갖고 있는데 보강수사는 무슨, 떡을 할…."

"내가 안 했어요! 함정이라고요. 말했잖아요! 이건…."

"지금, 나한테 고함치는 거냐? 이봐, 네놈이 무슨 말을 하든 상관 안 해. 거짓말쟁이 의뢰인과 놀 생각은 없으니까. 상황 파악도 전혀 못 하는 놈의 변호사가 무슨 소송을 하고 무슨 재판을 해? 그래, 검사가 제안을 하나 하더라. 내 생각엔 그거라도 받아먹는 게 좋을 거야."

루이스는 테이블에서 담뱃갑을 집어 들고 일어났다. 그리고 하나를 꺼내 불을 붙인 다음 피우고 있던 담배 대신에 입에 물었다.

"하지 않은 일에 유죄를 인정할 생각은 없습니다." 그가 말했다. 담배 한 모금을 길게 빨아들인 후의 목소리는 너무나도 차분했다.

"7년이다. 4년은 있어야 나오게 된다. 제안은 월요일 심리 전까지만 유효하고 그 이후로는 없어. 잘 생각해보고 받을 생각이 있는지 알려줘."

"받지 않아요. 내가 한 일이 아니니까요. 당신이 재판에 갈 생각이 없다면 다른 변호사를 구해서라도 할 겁니다."

자료파일을 들고 있는 것은 라울이었다. 나는 그에게서 파일을 무례하게 낚아채고는 곧바로 무기 보고서를 읽었다.

"하지 않았다고? 좋아, 네놈 짓이 아니라면, 제발 날 좀 이해시켜주지그 래? 13센티미터짜리 날이 달린 주문형 닌자 칼을 들고 창녀 집에 간 이유 가 도대체 뭔지 말이야. 한쪽이 아니라 아예 양면에 두 번씩이나 이니셜 을 박았더군그래."

나는 보고서를 읽은 다음 라울에게 던져주었다. 보고서가 날아가 그의 가슴을 때렸다.

"항상 갖고 다니는 칼이니까요!"

루이스의 대답이 갖는 힘이 실내공기를 흔들어놓았다. 나는 앞뒤로 왔 다 갔다 하며 그를 보았다.

"항상 갖고 다녔다라." 내가 말했다. 질문은 아니었다.

"그래요. 난 부동산 업자입니다. 비싼 차를 타고 비싼 보석을 차고 다니 죠. 그리고 텅 빈 집에서 낯선 자들을 만나야 한단 말입니다."

그가 잠시 말을 멈추었다. 나는 흥분했지만 아직 희망이 있다는 사실을 알고 있었다. 라울이 상체를 기울이더니 먼저 루이스를 보고 나를 보았 다. 그도 실낱같은 빛을 본 것이다.

"그게 도대체 무슨 말이지? 부자들에게 집을 파는 것 아니었던가?" 내 가 물었다.

"전화로 집 구경을 하자는 사람들이 부자인지 아닌지 어떻게 압니까?"

나는 두 팔을 내던졌다. 혼란스러웠다.

"그래도 고객을 선택하는 기준 정도는 있을 것 아닌가?"

"물론이죠. 신용 정보를 구할 수도 있고 서류 등을 요구할 수도 있습니 다. 하지만 그래봐야 그들이 조작하면 그만이고, 또 그런 손님들은 기다 리는 걸 좋아하지도 않아요. 그들이 보고 싶다면 뭐든 보여줘야 하죠. 저 밖엔 부동산 업자투성이예요. 서두르지 않으면 죄다 뺏겨버리고 말 겁니다.”

나는 고개를 끄덕였다. 희망의 불꽃이 점점 커지고 있었다. 이걸로 뭔가 할 수도 있을 것 같았다.

“아시겠지만 살인사건들도 여러 번 있었습니다. 그런 곳에 혼자 갈 때면 위험을 각오해야 한다는 사실을 모르는 부동산 업자는 없을 겁니다. 한동안 부동산 강간범이라는 자가 돌아다닌 적도 있었죠. 빈 집에서 여자들을 공격하고 돈을 빼앗는 겁니다. 어머니도….”

그는 말을 끝내지 않았다. 나는 기다렸지만 그것으로 끝이었다.

“모친께 무슨 일이 있었던 건가?”

루이스는 망설이다가 결국 입을 열었다.

“언젠가 벨에어에서 물건을 보여주고 있을 때였어요. 어머닌 혼자였지만 별 걱정은 안 했죠. 벨에어였으니까요. 그놈이 어머니를 강간하고는 그곳에다 묶어놓았더군요. 사무실에 오시지 않아 내가 그 집에 갔어요. 그곳에서 어머닐 찾았죠.”

루이스의 눈이 아련한 기억으로 흐릿해졌다.

“언제 일이었나?” 내가 물었다.

“4년 정도 됐어요. 그 후로 어머닌 일을 그만두셨죠. 사무실에만 계시고 물건을 소개하는 일은 이제 안 하세요. 파는 건 내 일이 되었고 그래서 나이프를 갖고 다니게 된 겁니다. 이미 4년 동안 갖고 다닌 칼이고 비행기만 아니면 몸에서 뗀 적도 없어요. 그 아파트에 갈 때에도 주머니에 있었지만 까맣게 잊고 있었단 말입니다.”

나는 소파 맞은편 의자에 털썩 주저앉았다. 머리가 빠르게 돌기 시작했다. 이 그림을 어떻게 팔아먹어야 할지 궁리해야 했다. 루이스는 캄포의 함정에 빠졌고 그 함정은 그에게서 나이프가 나옴으로써 더욱 견고해졌다. 여전히 우연에 의존하는 변호였지만 가능성은 있었다.

"모친께서 경찰에 신고하셨나요? 그러니까 수사가 있었냐는 겁니다."
라울이 물었다.

루이스가 고개를 저으며 담배를 재떨이에 비벼 껐다.

"아뇨, 너무 당황스러워 하셨죠. 오히려 신문에 날까 봐 걱정하셨어요."

"다른 사람도 그 사실을 알고 있나?" 내가 물었다.

"음, 저하고… 톱스도 알 거예요. 그 밖에는 없을 것 같군요. 하지만 그걸 쏠 생각은 마세요. 어머니는…."

"모친의 허가 없이는 하지 않아. 하지만 중요할 수도 있네. 모친과 그 문제를 논의해볼 생각이야."

"안 돼요, 제발 그러지…."

"자네의 인생과 생계가 여기 달려 있어. 감옥에 들어가면 자넨 이겨내지도 못할 걸세. 어머니 걱정은 말아. 자식이 곤경에 처해 있는데 외면할 부모는 없으니까."

루이스가 고개를 숙이며 절레절레 흔들었다.

"잘 모르겠어요…."

나는 숨을 내쉬었다. 긴장을 날려버리기 위해서였다. 어쩌면 재앙을 피할 수도 있을 것 같았다.

"하나만 말해주지. 검사의 거래는 거부하겠네. 우린 재판에 가서 한 바탕 싸우게 될 걸세."

16 관계의 재편성

놀라움은 거기에서 끝나지 않았다. 나는 얼이 매일 아침 자기 차를 세워두는 통근주차장에 그를 내려준 다음 다시 링컨을 몰고 반 누이스의 포그린필드로 향했다. 그리고 그 술집에서 다시 한 방을 먹어야 했다. 포그린필드는 빅토리 대로에 있는 서부식 술집이었는데(법조인들이 이곳을 좋아하는 이유도 그 때문일 것이다), 왼쪽으로는 바가 길게 이어져 있고 오른쪽으로는 낡은 목재 부스들이 늘어서 있었다. 성 패트릭 데이에 이렇게 사람들이 많은 이유는 아무래도 아일랜드 바여서 그렇겠지만 그래도 과거보다 사람들이 훨씬 더 늘어난 것 같았다. 주당의 휴일이 목요일에 시작한데다 수많은 애주가들의 기나긴 주말이 시작되었기 때문일 것이다. 나도 금요일만큼은 캘린더를 잡지 않았다. 더욱이 성 패트릭 데이 전날은 언제나 휴일로 정했다.

내가 매기를 찾아 사람들을 밀치고 들어갈 때 뒤쪽 어딘가의 주크박스에서 '대니 보이'가 흘러 나왔다. 하지만 음악이 1980년대 초기의 펑크록 버전인 탓에, 아는 사람들에게 인사를 하거나 내 전처를 보지 못했냐고 물어볼 엄두조차 낼 수가 없었다. 사람들 사이를 비집고 들어가면서 언뜻 언뜻 들리는 대화는 모두 로버트 블레이크와 전날의 획기적인 판결에 대한 것들이었다.

나는 사람들 사이에서 로버트 길렌을 만났다. 카메라맨은 주머니에서 빳빳한 백 달러짜리 지폐 몇 장을 꺼내 내게 주었다. 2주 전 반 누이스 법정에서 카메라를 다루는 솜씨로 돕스를 감동시킨 덕분에 뜯어낸 천 달러 중의 일부였다. 이미 루이스에게 천 달러를 청구해 받았으니 이 4백은 덤인 셈이다.

"여기서 만날 줄 알았어요." 그가 내 귀에 대고 소리쳤다.

"고맙네, 스틱스. 자네 덕분에 술값이 생겼어." 내가 대답했다.

그가 웃었다. 나는 뒤쪽에서 전처를 찾아냈다.

"언제든지 불러줘요." 그가 말했다.

그가 내 어깨를 때렸고 나는 그의 옆을 지나 매기가 있는 곳을 향해 밀고 들어갔다. 매기는 맨 뒤쪽의 마지막 부스에 있었다. 부스 안에는 여자 여섯이 빽빽이 들어차 있었는데 모두 반 누이스 검사 사무실의 검사와 비서들이었다. 안면이야 있는 여자들이지만 아무래도 볼썽사나운 형국을 피할 수는 없을 듯했다. 대화를 하려면 있는 대로 고함을 질러대야 했기 때문이다. 게다가 모두가 검사 편이고 나 같은 놈은 악마와 동급으로 보는 족속들이 아니던가? 테이블에는 흑맥주 피처 두 개가 놓여 있었는데 그중 하나는 아직도 가득했다. 하지만 군중을 헤치고 바에 가서 잔을 가지고 돌아올 가능성은 제로에 가까웠다. 매기가 내 곤경을 알아채고는 자기 잔을 공유하기로 했다.

"괜찮아. 전에는 침도 교환했던 사이잖아?" 매기가 외쳤다.

나는 미소를 지어 보였다. 테이블 위의 피처 이전에도 이미 몇 순배가 돈 모양이었다. 나는 길게 한 잔을 들이켰다. 속이 뻥 뚫리는 기분이었다. 흑맥주는 언제나 마음을 안정시켜준다.

매기는 부스의 왼쪽 가운데에 앉았고, 양쪽에는 매기가 데리고 있는 젊은 여검사 둘이 앉아 있었다. 반 누이스 사무실의 젊은 여검사들이 전처 주변에 몰려들었는데, 그건 스미손이 테드 민튼 같은 젊은 검사들로 주변을 채우는 것과 같은 이치였다.

나는 부스 옆에 서서 매기에게 건배를 권했다. 내가 잔을 차지했기 때문에 대신 매기는 피처를 집어 들었다.

"건배!"

그렇다고 피처를 들이마시지는 않았다. 매기가 피처를 내려놓고 바깥쪽 여자에게 귓속말을 하자, 그 여자가 일어나 매기를 나오게 해주었다. 전처가 밖으로 나오더니 내 뺨에 키스하며 이렇게 말했다.

"이런 상황에서는 여자가 잔을 얻기가 훨씬 쉬운 법이야."

"당신 같은 미인이라면야." 내가 말했다.

매기는 특유의 시선으로 나를 노려보다가 다시 사람들을 보았다. 바까지의 거리는 2미터 정도였다. 매기가 날카로운 휘파람을 불렀다. 그 소리에 순종 아일랜드 청년 바텐더가 돌아보았다. 술통 마개를 책임지고 있는 아이인데, 심심하면 맥주 거품에 하프나 천사나 벗은 여자 따위를 그려 넣곤 했다.

"맥주잔 하나만 갖다줘." 매기가 외쳤다.

바텐더는 그의 입술을 읽었다. 그리고 마치 펄 잼 콘서트에서 십 대 소녀를 머리 위로 전달하는 것처럼 깨끗한 잔 하나가 손에 손을 거쳐 우리에게 전해졌다. 매기는 새 피처에서 술을 따른 다음 나와 잔을 마주쳤다.

"그래, 아까보단 기분이 좀 나아진 거야?"

내가 끄덕였다.

"조금."

"테드한테 당한 거군."

내가 다시 고갯짓을 했다.

"그자하고 경찰한테 당했지."

"코를리스라는 그 작자? 머리에 개똥만 든 자식이야. 다들 똑같지만."

나는 대답하지 않았다. 매기의 말뿐 아니라 코를리스라는 이름까지 알고 있는 것처럼 행동할 참이었다. 나는 천천히 잔을 들이켰다.

"이런 말 하면 안 되지만, 상관없어. 테드가 그놈을 이용할 만큼 멍청이라면 당신이 그자 대갈통을 까부순다 해도 뭐랄 사람 없으니까."

아마도 증인에 대한 얘기 같은데, 코를리스라는 이름은 자료 파일 어디에도 없었다. 그리고 매기가 신뢰하지 않는 증인이라면 그건 밀고자라는 뜻이 된다. 그것도 교도소 내 밀고자일 가능성이 컸다.

"당신이 어떻게 알지? 테드가 말해준 건가?" 나는 결국 질문을 던지고 말았다.

"아니, 내가 보낸 거야. 그자가 무슨 짓을 하든 상관 안 해. 담당 검사에게 증인을 보내는 건 내 임무고 어떻게 처리할지 결정하는 건 테드 민튼의 몫이니까."

"내 말은, 그러니까, 왜 놈이 당신한테 온 거냐고."

매기는 내게 인상을 썼다. 대답이 너무나 뻔했기 때문이었다.

"당연히 내가 첫 출두를 담당했기 때문이지. 그 인간은 펜 안에 있었고 때문에 그 사건이 아직 내 담당인 줄 알고 있던 거야."

이제 이해가 갔다. 코를리스도 그곳에 있었다. 루이스가 알파벳 순서에 따라 제일 먼저 불려나왔으니까 코를리스는 그와 함께 법정에 끌려온 죄수 둘 중 하나라는 말이다. 놈은 나와 매기가 루이스의 보석에 대해 논쟁하는 것을 들었고 그래서 매기가 사건을 맡고 있다고 생각한 것이다. 그래서 밀고 전화를 한 것이고.

"전화한 게 언제지?" 내가 물었다.

"이런, 너무 많이 말한 모양이네, 할러. 이제 그만…."

"언제 전화를 했는지만 말해줘. 심리가 있던 건 월요일이었어. 그날 늦게였나?"

사건은 신문이나 TV의 시선을 끌지 못했다. 문제는 코를리스가 검사와 거래할 만한 정보를 어디에서 얻었느냐는 것이었다. 루이스에게서 나온 것은 아니었다. 내가 입 다물라고 쐐기를 박아두었기 때문이다. 뉴스매체가 아니라면 코를리스가 아는 정보라면 기소문이 낭독되고 매기와 내가 보석 다툼을 한 법정에서 얻은 게 고작이어야 했다.

어쩌면 그 정도로도 충분했을 수 있다. 매기는 루이스의 보석을 막기 위해 레지나 캄포의 상태를 세세하게 묘사했다. 코를리스가 실내에 있었다면 루이스에게 감옥의 고백을 이끌어내는 데 필요한 정보는 충분히 얻어냈을 것이다. 거기에 루이스와의 접근성이 더해진다면 교도소 밀고자는 얼마든지 태어날 수 있다.

"알았어. 전화한 건 월요일 늦게였어." 매기가 결국 대답했다.

"그런데 머리에 똥만 들었다는 건 무슨 소리야? 전과가 있는 놈이지, 응? 그놈, 전문적인 밀고자 맞지?"

나는 미끼를 던졌고 매기는 물지 않았다. 그녀가 고개를 저었다.

"필요한 건 개시절차 때 다 알게 될 거야. 그러니 가볍게 흑맥주나 마시자고. 나도 한 시간 후면 떠나야 하니까."

나는 고개를 끄덕였지만 아직도 알아야 할 게 더 있었다.

"이러면 어떨까? 당신도 성 패트릭 데이치고는 기네스 맥주를 많이 마신 듯한데, 여기서 나가서 함께 식사를 하는 거."

"이런, 사건 얘기를 계속 캐물을 생각이군."

"아니, 그냥 우리 딸 얘기만 할 거야."

매기가 눈을 가늘게 떴다.

"뭐가 잘못됐어?" 매기가 물었다.

"아니, 그런 것 없어. 그냥 헤일리 얘기를 하고 싶다는 뜻이야."

"그래서, 뭘 사줄 생각이야?"

셔먼 오크스의 벤추라에 있는 고급 이탈리아 레스토랑 이름을 대자 매기의 눈빛이 부드러워졌다. 그곳은 기념일 때마다 찾아가 포식을 하던 식당이었다. 매기가 살고 있는 아파트와도 몇 블록밖에 떨어지지 않은 곳이다.

"한 시간 안에 식사하는 게 가능할까?" 매기가 물었다.

"지금 당장 떠나서 재빨리 주문한다면."

"기다려. 사람들한테 인사하고 나올 테니까."

"운전은 내가 하지."

내가 운전하는 건 당연했다. 매기는 걷는 것도 불안할 정도였다. 우리는 엉덩이를 마주 대고 링컨으로 갔고 난 매기부터 올라타게 했다.

반 누이스 남쪽의 벤추라 거리로 차를 몰았다. 잠시 후 매기가 다리 밑으로 손을 뻗어 CD 케이스 하나를 집어 들었다. 얼의 CD였다. 내가 법원에 들어가면 그는 이런 종류의 CD를 틀었다. 아이팟 배터리를 절약하기 위해서였다. CD는 '루다크리스(Ludacris)'라는 이름의 지저분한 남부 밴드였다.

"어쩐지 사람이 달라 보이더라. 법원을 왔다 갔다 하면서 이런 음악이나 듣는 거야?"

"아냐, 그건 얼이 듣는 거야. 요즘 내 차를 운전해주는 친구지. 루다크리스는 내 타입이 아니라고. 난 그보다 늙은 타입을 좋아해. 투팍이나 드레 같은 친구들이지."

매기가 웃었다. 내 말을 농담으로 여긴 것이다. 이윽고 자동차는 좁은 골목을 지나 레스토랑 문 앞에 섰다. 우리는 시종에게 차를 맡기고 안으로 들어갔다. 여주인이 우리를 알아보고는 마치 몇 주 전에 왔다는 듯이 우리를 맞아주었다. 어쩌면 최근에 왔을 수도 있다. 파트너가 서로 달랐겠지만 말이다.

나는 메뉴도 보지 않고 신지 시라즈 레드와인 한 병과 파스타 요리를 주문했다. 샐러드와 애피타이저는 생략하고 초고속으로 식사를 가져다 달라는 부탁도 덧붙였다. 웨이터가 떠난 후 시계를 보니 아직 45분의 여유가 있었다. 그 정도면 충분했다.

매기는 서서히 술기운이 오르는 모양이었다. 그래서 취했다는 것을 광고라도 하듯 히죽거리며 웃었다. 아름다운 취기. 매기는 아무리 취해도 추하기는커녕 더없이 부드럽기만 했다. 우리에게 아기가 생긴 것도 어쩌면 매기의 이런 모습 때문이었을 것이다.

"와인은 그만 두는 게 좋겠어. 아니면 내일 골치 꽤나 아플 거야." 내가 말했다.

"내 걱정은 말아. 마셔도 안 마셔도 내 맘대로 할 테니까."

매기가 미소 지었고 나도 미소를 지어 보였다.

"그래, 할러, 요즘 어때? 나, 정말로 묻는 거야."

"좋아. 당신은? 나도 진심으로 묻는 거야."

"아주 좋아. 이제 로나랑도 끝난 거지?"

"그래, 그냥 친구로 지내고 있어."

"그럼, 우리는?"

"모르겠군. 가끔 적이 되는 건가?"

매기가 고개를 저었다.

"같은 사건이 아니면 적이 될 일은 없어. 게다가 난 늘 당신을 지켜보고 있다고. 코를리스 같은 개자식에게 당할까 봐 말이야."

"고마워. 하지만 그자는 솔직히 데미지가 큰걸."

"교도소 쥐새끼를 이용하는 검사들은 정말 밥맛이야. 당신 의뢰인이 아무리 악독한 개자식이라도 마찬가지야."

"그 친구는 코를리스한테 무슨 얘기를 들었는지도 얘기해주지 않았어."

"그럼, 무슨 얘기를 한 거야?"

"밀고자가 있다고만 했지. 내용은 전혀 없고."

"그건 불공평해."

"누가 아니래? 그건 개시절차의 문제겠지만 우리는 월요일 기소인부심이 끝나기 전엔 판사조차 만날 수가 없다고. 결국 불평하고 싶어도 아무도 없는 거지. 테드 민튼은 그걸 알고 있어. 당신이 말한 대로 페어플레이는 아예 신경도 안 쓰는 모양이야."

매기의 두 볼이 빨개졌다. 나는 버튼을 제대로 눌렀고 매기는 화가 난 것이다. 매기에게는 페어플레이가 승리의 유일한 방법이었다. 그리고 그 때문에 좋은 검사가 될 수 있었다.

우리가 앉은 곳은 레스토랑의 뒷벽을 따라 설치된 기다란 붙박이 테이블 끝이었다. 모퉁이에 90도로 마주 앉은 것이다. 매기가 내 쪽으로 고개를 숙이다가 서두르는 바람에 그만 머리를 부딪히고 말았다. 매기가 웃으면서 다시 고개를 숙여 낮은 목소리로 말했다.

"당신 고객한테 무슨 일 때문에 들어왔냐고 물었댔어. 그랬더니 당신 고객이 '미친년한테 본때를 보여준 것 때문'이라고 했다더군. 그자 말로는 여자가 문을 열자마자 무조건 두들겨 팼다는 거야."

매기가 다시 고개를 들었는데 이번에도 너무 빨리 움직인 탓에 현기증이 나는 모양이었다.

"당신, 괜찮아?"

"응, 그런데 우리 주제 좀 바꾸자. 일 얘기는 그만하자고. 세상엔 개자식들이 너무 많아. 그런 얘기만 하면 기분만 울적해진다니까."

"그래."

그때 마침 웨이터가 와인과 식사를 함께 가져왔다. 와인은 훌륭했고 음식도 가정식만큼이나 편안했다. 우리는 조용히 먹기 시작했다. 그리고 매기가 불쑥 카운터펀치를 날렸다.

"코를리스에 대해서 몰랐지? 내가 주둥이를 놀리기 전엔?"

"테드가 뭔가를 숨기고 있다는 생각을 했어. 그래서 교도소…."

"개소리. 당신은 나를 취하게 한 다음 내가 알고 있는 걸 털어놓게 한 거야."

"어, 오늘 밤 당신을 만났을 때 이미 술에 취했던 거 아니었나?"

매기는 아무 말 없이 포크로 접시를 긁어댔다. 페스토 소스가 묻은 파스타 자락이 포크에 길게 따라 나왔다. 매기가 그 포크로 나를 가리켰다.

"그래, 그건 맞는 말이야. 좋아, 그건 그렇다 치고. 그럼 우리 딸 얘기는 뭐지?"

매기가 그 얘기를 기억해낼 줄은 몰랐다. 나는 어깻짓을 했다.

"지난주에 당신이 한 말이 옳다는 생각을 했어. 아이의 인생에 아빠가 더 많이 필요하다는 얘기 말이야."

"그래서?"

"그래서 더 많은 역할을 하고 싶어. 토요일에 극장에 데려갔을 때처럼 지켜보고도 싶고. 그날 살짝 옆으로 돌아앉아서 아이가 영화 보는 모습을 지켜봤거든. 그애의 눈을 본 거라고. 무슨 말인지 알지?"

"철들었나 보네."

"그래, 잘은 모르겠어. 어쩌면 스케줄을 짜는 것도 좋겠지. 그러니까 규칙적인 생활처럼 만드는 거야. 가끔 함께 밤을 지내도 좋고. 애가 원해야겠지만 말이야."

"지금 얘기들, 정말 진심인 거야? 새로운 모습이네."

"전에는 몰랐으니까 당연히 새롭겠지. 그애가 어렸을 땐 대화를 할 수도 없었고 또 어떻게 대해야 하는지도 난감했어. 어색했던 거겠지. 이젠 아니야. 애하고 얘기하고 싶고 같이 있고 싶다고. 아이가 배우는 것보다 내가 더 많이 배운다니까. 그것만큼은 분명해."

매기가 테이블 밑으로 내 다리에 한 손을 얹었다.

"멋져. 당신이 그렇게 말해주니까 너무 행복해. 하지만 천천히 해나가기로 해, 우리. 몇 년 동안 그애하고 자주 있지도 못했잖아? 괜히 아이 마음만 풍선처럼 만들었다가 터뜨려버리고 싶진 않아." 매기가 말했다.

"이해해. 당신이 원하는 대로 할 수 있을 거야. 난 그냥 그렇게 하고 싶다고 말하는 것뿐이야. 그건 약속할게."

매기가 미소 지었다. 믿고 싶은 것이다. 그리고 나는 매기에게 한 약속을 내 자신에게도 했다.

"고마워. 그렇게 하고 싶다는 당신 말이 너무 기뻐. 먼저 달력을 보고 날짜를 정하면서 조금씩 해나가면 될 거야."

매기가 손을 빼냈고 우리는 조용히 식사를 했다. 그리고 식사를 거의 끝낼 때쯤 그녀가 다시 나를 놀라게 만들었다.

"아무래도 오늘 밤엔 운전할 수가 없겠어." 매기가 말했다.

내가 고개를 끄덕였다.

"나도 그런 생각을 했어."

"당신은 괜찮은 것 같은데? 겨우 반 잔 정도밖에…."

"아니, 내 말은 당신이 못 할 것 같다고 생각했다는 거야. 걱정 마. 내가 태워다줄 테니까."

"고마워요."

그리고 이번에는 매기가 테이블 너머로 손을 뻗어서 내 손목을 굳게 잡았다.

"아침에도 내 차 있는 곳까지 데려다줄 거지?"

매기가 내게 부드러운 미소를 보냈다. 나도 매기를 보았다. 몇 년 전만
해도 내게 죽어버리라고 했던 여자였다. 한 번도 가까이 가본 적도, 이겨
본 적도 없는 여자. 매기에게 버림받은 후, 나는 오래가지 못할 것임을 뻔
히 알면서, 다른 여자와 무모한 관계를 시도하고 말았었다.

"물론, 데려다주고 말고." 내가 말했다.

17 죽은 여인 산 여인

3월 18일 금요일

아침에 일어났을 때 나와 전처 사이에 여덟 살짜리 딸이 누워 있었다. 벽 높이 매달린 성당 스타일의 창에서 빛이 새어 들어오고 있었다. 이곳에 살았을 때 저 창은 늘 날 괴롭혔었다. 이른 아침부터 너무나 많은 빛을 쏘아대는 것이 영 맘에 들지 않았었다. 나는 햇빛이 비스듬한 천장에 새겨놓은 패턴을 바라보며 어젯밤의 일들을 되새겨보았다. 우리는 레스토랑에서 와인 한 병을 거의 다 마셨다. 매기의 아파트에 왔을 때, 딸은 이미 자기 침대에서 밤잠을 자고 있었다.

베이비시터가 떠난 다음 매기는 와인을 한 병 더 땄다. 그 병을 다 마시자 매기는 내 손을 잡고 침실로 데려갔다. 4년간 함께 썼고 그다음 4년간은 보지도 못했던 침실이었다. 괴로운 것은 와인에 완전히 침식당한 탓에, 침실로의 귀환이 팡파르를 울릴 만한 것이었는지, 아니면 쭉정이보다 못 했는지 전혀 기억나지 않는다는 사실이었다. 게다가 무슨 말을 했는지, 어떤 공약을 남발했는지도 전혀 기억해낼 수가 없었다.

"아이한테 몹쓸 짓을 했어."

나는 고개를 돌렸다. 매기도 깨어 있었다. 그녀는 천사처럼 잠든 딸의 얼굴을 내려다보고 있었다.

"몹쓸 짓이라니?"

"애가 깨어나 당신을 본다고 생각해봐. 괜한 희망을 품거나 엉뚱한 생각을 하지 않겠어?"

"어떻게 여기서 자는 거지?"

"내가 데려왔어. 악몽을 꿨나 보더라고."

"가위에 눌리는 일이 자주 있어?"

"자기 방에서 혼자 잠들 때면 늘 그래."

"그래서 매일 이 침대에서 자는 거야?"

내 말투가 매기의 신경을 건드린 모양이었다.

"시비 걸지 마. 당신은 아이를 혼자 키운다는 게 어떤 건지 모르잖아."

"시비 거는 거 아냐. 그래, 내가 어떻게 해주기를 바라는 거지? 아이가 깨기 전에 떠나라고? 아니면 옷을 입은 다음 지금 막 온 것처럼 행동할 수도 있어. 당신을 데려다주려고 말이야."

"모르겠어. 어쨌든 옷부터 입어. 아이가 깨지 않게 조용히."

나는 침대에서 빠져나와 옷가지를 집어 들고는 복도 끝에 있는 손님용 화장실로 들어갔다. 매기의 태도가 180도로 변해 있는 탓에 너무나 혼란스러웠다. 단지 술기운이었던 건가? 아니면 내가 무슨 실수라도 했나? 나는 재빨리 옷을 입고 침실로 돌아가 안을 엿보았다.

헤일리는 여전히 자고 있었다. 베개 위로 두 팔을 뻗은 모습이 마치 날개 달린 천사처럼 보였다. 매기는 낡은 스웨터에 긴 소매 티셔츠를 걸쳐 입고 있었다. 우리가 결혼할 때부터 즐겨 입던 옷이었다. 나는 매기에게 다가갔다.

"나갔다가 돌아올게." 내가 속삭였다.

"그게 무슨 소리야? 함께 차 있는 곳으로 갈 줄 알았는데?"

"아이가 깨서 날 보는 게 싫다고 했잖아. 밖에 나가 커피 같은 거나 마시다가 한 시간쯤 후에 돌아오지. 그런 다음에 당신을 차로 데려다주고, 할리를 학교에 태워주면 될 거야. 원한다면 학교 끝나고 데려올 수도 있어. 오늘은 아무 일정도 없으니까."

"그렇게 빨리? 벌써부터 학교에 태워다 주게?"

"그앤 내 딸이야. 어젯밤에 했던 얘기 다 잊은 거야?"

매기가 턱선을 한쪽으로 밀었는데, 경험으로 미루어 그건 중화기를 쏟아 붓겠다는 뜻이었다. 난 또 뭔가를 놓치고 있는 것이다. 매기는 이미 기어를 바꾼 상태였다.

"기억해. 하지만 그냥 해본 말이라고 생각했어." 매기가 말했다.

"그게 무슨 뜻이지?"

"나한테 사건 정보를 캐내려고 접근한 거 아니었어? 아니면 침대로 끌어들이려던 것일 수도 있겠고. 아무튼, 잘 모르겠어."

나는 웃으며 고개를 저었다. 어젯밤 꾸었던 망상들이 빠른 속도로 쓸려나가고 있었다.

"침대로 이끈 건 내가 아니야."

"오, 그럼 정말로 사건 때문이겠네. 사건 정보를 얻어낼 속셈이었어."

나는 한참 동안 매기를 바라보기만 했다.

"당신하고 함께 있을 수 없다는 거군, 그렇지?"

"그런 식의 저의로는 안 돼. 당신이 형사법 변호사처럼 구는 한은."

언어의 단도를 만들어 던지는 데에는 매기를 이길 도리가 없었다. 솔직히 말해서, 우리가 결혼한 후 매기를 재판에서 만날 필요가 없게 되었을 때 난 다행이라고 생각했다. 매기로 인해 고통을 겪었던 변호사들은 심지어 내가 그 이유 때문에 그녀와 결혼한 거라고 농을 던지기도 했다. 매기와 직업적으로 마주치지 않기 위해.

"이렇게 하지. 한 시간 후에 돌아올게. 당신 차에까지 데려다주길 원한다면 준비하고, 아이도 준비시켜놓고 있어."

"괜찮아. 우린 택시 타고 갈 거야."

"태워줄게."

"아니, 택시 탈게. 그리고 목소리 좀 낮춰."

나는 딸을 건너다보았다. 부모의 말다툼에도 아이는 여전히 깊이 잠들어 있었다.

"아이는 어떻게 할까? 내일이나 일요일에 데려가도 되는 거야?"

"모르겠어. 아무튼 내일 전화해."

"좋아. 그럼 갈게."

난 침실을 나와버렸다. 건물 밖으로 나와 디킨스 쪽으로 한 블록 반 정도 걸어 내려오니 갓길에 대충 세워놓은 링컨이 보였다. 창에는 다음부터는 소화전 옆에 세우라는 경고 티켓이 꽂혀 있었다. 나는 차에 탄 다음 딱지를 뒷좌석에 던져버렸다. 딱지 문제는 다음에 올 때 처리하면 될 일이다. 티켓 때문에 루이스처럼 압류 영장까지 당하고 싶지는 않았다. 날 엿먹이고 싶어하는 경찰들이라면 얼마든지 있으니 말이다.

싸우고 나면 늘 배가 고팠다. 난 거의 쓰러질 지경이었다. 나는 벤추라로 돌아가 스튜디오 시티로 방향을 틀었다. 이른 시간이었다. 그것도 성 패트릭 데이 다음 날 아닌가. 나는 로렐 캐넌 대로에 있는 뒤파르로 향했다. 아직 손님이 차기 전이었기에 나는 뒤쪽의 부스를 독점하고 앉아 팬케이크 약간과 커피를 주문했다. 그리고 매기 맥피어스를 잊기 위해 가방에서 메모지와 루이스의 파일들을 끄집어냈다.

파일들을 조사하기 전에 먼저 라울에게 전화를 걸었다. 그는 글렌데일의 자기 집에서 자고 있었다.

"자네한테 알려줄 게 있어." 내가 말했다.

"월요일 날 하면 안 돼? 집에 돌아온 지 겨우 두 시간이야. 게다가 오늘부터 주말이란 말이야."

"안 돼, 늦어. 자넨 어제 나한테 하루를 빚진 데다가, 또 아일랜드 놈도 아니잖아. 뒷조사 하나만 해줘."

"알았어, 잠깐만 기다려."

그가 전화기를 내려놓는 소리가 들렸다. 메모를 하기 위해 펜과 종이를 찾는 중이리라.

"오케이, 읊어봐."

"코를리스라는 놈이야. 7호 법정에서 루이스 다음에 심리를 받은 자고. 첫 번째 그룹에 속해 있었기 때문에 대기유치장에 함께 있었어. 지금 루이스를 밀고하려고 하니까 아는 대로 찾아봐줘. 그 새끼 불알을 용광로에 담가버리겠어."

"이름은 몰라?"

"몰라."

"무슨 죄로 들어갔는지도 모르고?"

"아니. 그놈이 아직 그 안에 있는지도 모르고 있다네."

"대단한 정보군. 도대체 루이스가 뭐라고 했다는 거야?"

"어떤 년한테 본때를 보여줬다나 뭐라나, 대충 그런 뜻이었어."

"좋아, 그 밖에는?"

"그 새끼가 상습적인 밀고자라는 정보 이상의 것을 갖고 싶어. 과거에 또 누굴 엿 먹였는지 보라고. 분명 써먹을 건더기가 있을 거야. 주변을 깡그리 훑어봐. 검사 쪽은 그런 지저분한 일 안 하니까. 오히려 뭐가 나올까 봐 불안해서 아예 무시해버리지."

"알았어, 찾아볼게."

"건진 게 있으면 연락해."

내가 막 전화를 끊었을 때 팬케이크가 나왔다. 나는 메이플시럽을 실컷 발라 입에 구겨 넣으며 검사의 자료파일을 하나하나 살피기 시작했다.

여전히 무기 보고서 말고는 특별한 게 없었다. 컬러 사진을 제외한 모든 자료들도 라울의 파일에서 본 것들이었다.

나는 라울의 파일을 펼쳤다. 베테랑 수사관답게 그는 그물에 걸린 자료 모두를 파일에 첨부해두었다. 주차 티켓과 루이스가 모아놓은 속도위반 소환장까지, 모든 것이 복사되어 있었다. 최근 몇 년 동안 갚지 않은 것들이다. 사실 처음에는 그런 것들 때문에 짜증도 났다. 변호에 필요한 정보를 얻기 위해 너무나도 많은 쓰레기를 걷어내야 했기 때문이었다.

거의 끝낼 때쯤 웨이트리스가 커피포트를 들고 부스 옆으로 다가왔다. 커피 리필을 위한 것이었지만, 파일 옆에 놓아둔 레기 캄포의 끔찍한 컬러 사진을 보고는 움찔했다.

"아, 미안해요." 내가 사과했다.

나는 사진을 파일로 덮은 다음 그녀에게 손짓을 했다. 그녀가 머뭇거리며 다가와 커피를 따라주었다.

"일 때문이요. 놀라게 할 생각은 없었소." 내가 작은 목소리로 변명을 했다.

"여자한테 그런 짓을 한 개자식이나 꼭 잡아주세요."

나는 고개를 끄덕였다. 나를 경찰로 오인한 것이다. 24시간 동안 면도를 하지 않아서겠지?

"노력 중이요."

웨이트리스가 가고 나는 다시 파일에 집중했다. 우선 파일 밑에서 레기 캄포의 사진을 꺼내 상하지 않은 왼쪽부터 살펴보았다. 그때 문득 어떤 생각이 떠올랐다. 나는 파일로 사진을 가리고 얼굴의 성한 부분만 볼 수 있게 만들었다. 정확히 꼬집어낼 수는 없지만 또다시 너무나도 낯이 익다는 생각이 떠올랐다. 알고 있거나 안면이 있는 여자와 닮은 것이다. 하지만 그게 누구지?

그 해답을 알기 위해 난 머리를 쥐어짜기 시작했다. 커피를 홀짝거리고 손가락으로 테이블을 두드리며 생각에 생각을 거듭했지만 별 소득은 없었다. 결국 나는 다른 방법을 써보기로 했다. 캄포의 얼굴 사진 가운데를 길게 접어 한쪽으로는 훼손된 오른쪽 얼굴이, 그리고 다른 쪽으로는 깨끗한 왼쪽 얼굴이 자리 잡도록 만든 다음, 사진을 안쪽 주머니에 집어넣고 자리에서 일어섰다.

화장실에는 아무도 없었다. 나는 재빨리 세면대로 달려가 접은 사진을 꺼냈다. 그리고 세면대에 상체를 구부리고는 사진의 금을 거울에 대고 레기 캄포의 성한 얼굴 전부가 드러나도록 해보았다. 나는 사진을 한참이나 바라본 다음에야 그 얼굴이 왜 그렇게 낯익었는지 알아냈다.

"마르사 렌테리아." 나는 중얼거렸다.

갑자기 화장실 문이 활짝 열리더니 십 대 아이 둘이 밀고 들어왔다. 놈들의 손은 벌써 지퍼를 내리고 있었다. 나는 얼른 사진을 빼내 재킷 주머니에 집어넣고 문 쪽으로 돌아섰다. 내가 떠나자 뒤에서 웃음소리가 터져 나왔다. 도대체 놈들은 내가 무슨 짓을 하고 있었다고 생각한 걸까?

카페 테라스로 돌아온 나는 파일과 사진을 모아 서류가방에 밀어 넣었다. 그리고 탁자 위에 계산서와 팁보다 많은 돈을 내려놓고 서둘러 식당을 빠져나왔다. 갑자기 상한 음식을 먹은 기분이었다. 얼굴이 화끈거렸고 목덜미도 답답하기 그지없었다. 셔츠 아래에서도 심장 뛰는 소리가 귀에 거슬릴 정도였다.

15분 후, 나는 북부 할리우드의 옥스나드 거리에 있는 내 전용차고에 차를 세웠다. 넓은 차고 문 안으로 50평방미터의 넓은 공간이 내 전용으로 되어 있었다. 이곳의 주인 아들을 마약 문제로 변호를 맡은 적이 있었다. 그를 감옥에서 빼내 재판 전 중재 프로그램을 받게 해주었는데, 그는 수임료 대신 이 창고를 1년 동안 공짜로 쓰게 해주었다. 하지만 아들의 마약 문제는 끊이지 않았고, 덕분에 나는 몇 년 동안 자유롭게 차고를 쓰게 되었다.

나는 그곳에 링컨 타운카를 두 대 더 보관하고 있었다. 그리고 관 하나를 마련해 파일 박스들을 보관해두기도 했다. 지난해에 목돈이 들어오면서 나는 한꺼번에 링컨 네 대를 구입해버렸다. 계기가 10만 킬로미터에 달하는 대로, 페리 여행자들을 공항에 데려다주는 리무진 서비스에 팔아넘길 생각이었는데, 지금까지는 계획대로 되고 있었다. 지금은 두 번째 링컨이지만 머지않아 세 번째로 갈아탈 때가 올 것이다.

나는 차고 문을 나서자마자 자료실로 올라갔다. 자료실 선반에는 파일들이 연도별로 정리되어 있었다. 나는 2년 전의 파일 선반을 찾아 각 상자의 등에 적어놓은 고객의 이름을 손가락으로 훑어 내려갔다. 이윽고 지저스 메넨데즈라는 이름을 찾아냈다.

나는 상자를 내린 다음 쪼그리고 앉아 파일을 개봉하기 시작했다. 메넨데즈 사건은 금세 끝이 났었다. 검사가 협상 테이블에 앉자마자 우리는 유죄를 인정했고 그 때문에 파일도 네 개뿐이었다. 그것도 대개 경찰조사와 관련된 기록사본들뿐이다. 나는 파일을 뒤져 사진을 찾아보았다. 내가 원하는 물건은 세 번째 파일 안에 들어 있었다.

마사 렌테리아는 지저스 메넨데즈가 살인했다고 실토한 여성이다. 24세의 흑인 댄서였고 웃을 때 검은 피부와 하얀 이가 매력적이었다. 렌테리아는 파노라마 시티의 자택에서 칼에 찔린 채 죽어 있었다. 자상이 있기 전 이미 구타를 당했고 상처는 왼쪽 얼굴에만 나 있었다. 그러니까 레기 캄포와는 반대쪽이다. 나는 검시 보고서에 포함된 렌테리아의 클로즈업 얼굴 사진을 찾아 그 사진을 길게 접고는, 한 면은 훼손된 얼굴 그리고 한 면은 성한 얼굴로 나누었다.

그리고 바닥에 레기와 마사의 접은 사진 두 개를 나란히 내려놓고 접은 선을 맞추어보았다. 한 여인이 죽었고 다른 여인이 살아 있다는 점을 제외한다면 두 사람의 얼굴은 완벽하게 들어맞았다. 너무나 닮아 자매라고 해도 믿을 정도였다.

18 2년 전

지저스 메넨데즈는 현재 샌쿠엔틴에서 무기징역을 보내고 있다. 화장실 타월로 성기를 닦은 대가였다. 어떤 식으로 보든 결국 진짜 이유는 그것뿐이었다. 타월이 최고의 실수인 것이다.

나는 차고 바닥에 두 발을 뻗고 앉았다. 앞에는 지저스의 자료를 잔뜩 늘어놓은 채, 2년 전 다루었던 사건의 진실과 다시 만나고 있는 것이다. 지저스는 마사 렌테리아의 살인범으로 고발되었다. 그는 이스트 할리우드의 코브라 룸이라는 스트립 바에서 파노라마 시티까지 따라와 여자의 집에서 그녀를 살해했다. 그는 여자를 강간한 후 나이프로 50회 이상 닥치는 대로 찔러댔다. 피가 어찌나 많이 흘렀던지 침대를 뚫고 내려와 바닥에 피웅덩이가 생길 정도였다. 그리고 그 다음 날엔 바닥의 틈새를 뚫고 아래층 천장에 핏방울이 들었다. 경찰이 신고를 받은 것은 바로 그때였다.

지저스의 기소는 확고해보였지만 모두가 상황증거들뿐이었다. 그런데 그는 제 발로 경찰서에 찾아가 자해를 하기까지 했다. 살인이 있던 날 여자의 집에 갔음을 시인하고 만 것이다. 물론 내가 개입하기 전이었지만,

어쨌든 결국 그를 엮어 넣은 것은 피해자의 화장실에서 찾아낸 분홍색 타월이었다. 타월에서 그의 DNA가 검출되었고 그것만은 어쩔 도리가 없었다. 그건 파괴가 불가능한 회전 접시였다. 변호 전문가들은 이런 증거를 '빙산'이라고 부른다. 배를 침몰시키는 증거라는 뜻이다.

나는 메넨데즈 살인사건을 소위 '미끼상품'으로 생각했다. 지저스에게는 변호 과정에 필요한 시간과 노력을 감당할 만한 재력이 없었다. 하지만 이 사건은 세간의 관심을 증폭시켰고 나는 기꺼이 이 공짜광고를 위해 시간과 노력을 쏟아 붓기로 했다. 지저스가 나를 찾은 이유는 그의 형 때문이었다. 그가 체포되기 몇 개월 전에 형 페르난도를 헤로인 사건에서 구해준 것이 인연이 되었다. 사실 페르난도 사건은 성공한 케이스였다. 소지와 판매 건을 단순소지로 줄여주었고 덕분에 감옥 대신에 집행유예로 풀려났으니 말이다.

내 노력을 높이 산 형은 지저스가 마사 렌테리아의 살인범으로 체포된 그날 밤 내게 전화를 했다. 지저스가 반 누이스 경찰서를 찾아가 자수한 직후였다. 그의 얼굴 사진이 도시의 텔레비전 채널마다 박혀 나오고, 특히 스페인 채널에는 쉴 새 없이 방송되는 탓에 견딜 수가 없었던 것이다. 가족들에게는 오해를 바로잡고 돌아오겠다고 했지만 그의 말은 실현되지 못했다. 그리고 형이 내게 전화한 것이다. 나는 변호사를 만나기 전에 형사와 만나 해결될 일은 아무것도 없다고 말해주었다.

지저스의 형이 전화하기 전에, 렌테리아라는 이국 댄서가 살해되었다는 뉴스는 TV를 통해 이미 여러 번 본 터였다. 기사는 몽타주를 포함하고 있었다. 클럽에서 렌테리아를 따라간 것으로 보이는 라틴계 남자였다. 사건 용의자가 체포되기 전부터 매체가 관심을 갖는다는 건, TV 뉴스를 통해 대중의 의식 속에 각인될 절호의 기회라는 말과도 같다. 잘 하면 내 배가 순풍을 탈 수도 있을 것이다. 나는 거의 베팅 수준으로 사건을 맡기로 했다. 무료에 프로보노. 사법 시스템이 줄 수 있는 최고의 특혜였다. 사실 살인사건은 너무나도 드문 경우였기 때문에 나는 어떻게든 꿰차려고 했다. 지저스는 내가 변호한 열두 번째 살인용의자였다. 그전의 열한 명 모두 감옥에 들어가 있지만 그래도 한 명도 사형을 선고받은 적은 없었다. 나는 그 점을 평가하고 있었다.

내가 반 누이스 경찰 구치소에 찾아갔을 땐, 지저스는 이미 범죄와 관련된 진술을 해버린 후였다. 그는 하워드 컬린과 던 크래프턴 형사에게 자신이 아파트에 찾아갔다는 신문 보도는 사실이 아니며 다만 초대된 손님이었을 뿐이라고 말했다. 그날 일찍이 1천1백 달러짜리 캘리포니아 복권에 당첨이 되었고, 그래서 마사 렌테리아의 환심을 사기 위해 그 일부를 쓸 생각이었다는 것이다. 그리고 두 사람은 합의하에 섹스(그는 이 단어를 사용하지 않았다)를 즐겼고, 그가 떠날 때에는 렌테리아가 살아 있었을 뿐만 아니라 현찰 5백 달러까지 챙겼다고 했다.

컬린과 크래프턴은 지저스의 진술에 구멍을 있는 대로 뚫어놓았다. 무엇보다도 그날이든 아니든 캘리포니아에선 복권 추첨 자체가 없었다. 당첨 복권을 현찰로 바꾸었다는 인근의 미니마켓에도 지저스 아니라 지저스 할아버지한테도 당첨금을 지불한 적이 없었고, 피해자의 아파트에서 발견된 돈의 액수 또한 80달러를 넘지 않았다. 게다가 결정적으로, 검시 보고서에 따르면, 피해자의 질 내부에 가해진 상처와 폭력은 합의에 의한 섹스와는 거리가 멀었다. 검시관은 렌테리아가 야만스럽게 강간당했다는 결론을 내렸다.

아파트에서 발견된 지문은 피해자의 것뿐이었다. 깨끗하게 청소가 된 것이다. 피해자의 체내에서 발견된 정액도 없었다. 즉, 강간범이 콘돔을 사용했거나 사정을 하지 않았다는 얘기다. 하지만 적외선을 이용해 현장을 감식하던 전문가들은 화장실에 걸려 있는 분홍색 타월에서 소량의 정액을 찾아내는데 성공했다. 그 결과 최종적으로 확립된 이론은 이런 식이었다. 강간과 살인을 마친 살인자가 화장실에 들어가 콘돔을 벗겨 변기에 쓸어 내리고 가까이 있는 타월로 성기를 닦은 다음 수건걸이에 다시 걸어두었다. 그는 정리를 끝내고 손이 닿았을 법한 물건들을 모조리 닦기는 했지만, 타월에 대해서는 깜빡 하고 만 것이다.

형사들은 DNA 분석과 관련 이론에 대해 함구했다. 뉴스에도 발표하지 않았다. 컬린과 크래프턴의 비장의 카드로 남겨둔 것이다.

지저스의 거짓말과 피해자의 집에 있었다는 증언을 바탕으로 살인용의자로 체포되었고 보석도 허가되지 않았다. 형사들은 수색영장을 따냈고 지저스의 구강표본도 채집해 연구소에 보냈다. 화장실 타월에서 채집된 DNA와의 비교를 위해서였다.

여기까지가 내가 사건에 개입했을 때의 상황이었다. 그들이 단언했듯이 타이타닉은 이미 부두를 떠나 빙산을 향해 질주하고 있었던 것이다. 지저스는 형사들에게 대화를(또는 거짓말을) 시도함으로써 이미 큰 손상을 입은 터였다. DNA 비교가 진행 중이라는 사실도 몰랐던 나는 지저스에게도 쥐구멍이 있다고 생각했다. 형사와의 인터뷰를 중화시켜줄 건수를 만들 수 있을 것도 같았다. 매체에 보도될 때쯤 그의 인터뷰는 거의 완전한 고해성사 수준이었다. 지저스는 멕시코 출신이며 여덟 살 때 미국으로 건너왔다. 그의 가족은 집에서 오직 스페인어만을 사용했고, 그 역시 열네 살에 중퇴하기 전까지 스페인어를 사용하는 학교에 다녔다. 때문에 그는 초보 수준의 영어밖에 구사하지 못했고, 영어에 대한 이해 수준은 대화수준보다 훨씬 떨어졌다. 그런데도 컬린과 크래프턴은 통역자를 데려올생각도 하지 않았고, 테이프 인터뷰에 따르면 그에게 통역자가 필요한지 묻지도 않았다.

바로 이 점이 내가 뚫으려 한 균열이었다. 인터뷰는 지저스의 기소 유지를 가능케 하는 토대였다. 요컨대 대형 회전접시인 셈이고 만일 그것만 깨뜨릴 수 있다면 다른 접시들도 우르르 무너지고 말 것이다. 내 계획은 인터뷰 자체를 지저스에 대한 권리침해로 공격할 생각이었다. 컬린이 불러준 미란다 원칙은 물론, 형사의 요청에 따라 사인한 여러 가지 권리 규약들조차 이해할 수 없었을 것이기 때문이었다.

지저스의 체포 후 2주까지의 상황은 이런 식이었다. 그리고 그의 DNA가 피해자의 화장실 타월에서 채집된 DNA와 일치한다는 분석결과가 발표되었다. 일이 이렇게 되자 더 이상 인터뷰도 사인도 필요 없게 되었다. DNA는 지저스를 곧바로 성폭행 살인범으로 규정해버렸다. OJ 심슨식 변호를 시도해볼 수는 있었다. 그러니까 DNA 일치의 신뢰성을 공격하는 방법이다. 하지만 검찰은 물론 연구원들 역시 당시의 실패 이후 수년의 세월을 거치며 많은 것을 배운 터라, 그때는 배심원 하나를 내 편으로 만드는 것조차 불가능했다. DNA는 빙산이었고 배의 관성은 빙산을 선회하는 것조차 불가능하게 만들어버리고 말았다.

검찰은 기자회견을 통해 DNA 감식 결과를 발표하고 지저스에게 사형을 구형하겠다고 공언했다. 검찰은 지저스가 로스앤젤레스 강에 나이프를 던지는 장면을 목격한 증인 셋을 확보했으나 유감스럽게도 무기 회수에는 실패했다는 말도 덧붙였다. 그리고 그들의 증언을 증거로 제시했는데 증인은 모두 지저스의 룸메이트들이었다.

검사의 개시절차와 사형구형의 위협에 밀린 나는 OJ식 변호가 너무 위험하다는 결정을 내려야 했다. 나는 페르난도 메넨데즈를 통역으로 앞세워 반 누이스 감옥으로 찾아가, 검사가 흘린 거래를 받아들이는 것만이 유일한 희망이라고 말해주었다. 유죄를 인정한다면 무기징역으로 떨어뜨릴 수 있으며, 잘 하면 15년 후쯤엔 가석방으로 나올 수도 있다는 것이 요지였다. 그리고 나 역시 그것이 유일한 방법이라고 생각했다.

그건 눈물로 범벅이 된 토론이었다. 두 형제 모두 울면서 다른 방법을 찾아달라고 애원했다. 지저스는 절대로 여자를 죽이지 않았다고 했다. 거짓말을 한 이유는 형을 보호하기 위해서라는 것이었다. 페르난도가 한 달 동안 타르 헤로인을 팔아서 만든 돈으로 용돈을 주었기 때문이었다. 지저스는 돈의 출처를 밝히면 경찰이 형을 조사하고 체포할까 봐 불안했다고 말했다.

형제는 내게 사건을 재조사해볼 것을 간청했다. 그날 밤 코브라 룸에 있을 때 렌테리아에게 또 다른 구애자가 있었다고 했다. 그 여자에게 많은 돈을 준 이유도 경쟁자를 물리치고 그녀의 서비스를 받기 위해서였다는 것이다.

강에 칼을 던진 것도 인정했지만, 그 또한 무서웠기 때문이라고 했다. 칼은 파코이마에서 얻은 단순한 생업용 나이프였다. 그런데 하필 스페인 채널에서 묘사된 것과 같은 종류였고 그래서 경찰하고 담판을 짓기 전에 칼부터 처리해야겠다고 생각했다는 것이다.

나는 얘기를 다 듣고 난 후 그런 설명들은 아무 소용이 없다고 말해주었다. 문제가 된 것은 DNA뿐이었다. 지저스에게는 선택의 여지가 없었다. 15년의 징역을 살든지, 아니면 재판에 들어가 사형이나 가석방 없는 무기징역의 위험을 무릅쓰는 것뿐이었다. 나는 지저스가 아직 어리다는 사실을 물고 늘어졌다. 요컨대 40세에는 밖에 나올 것이니까 아직 인생이 남아 있다는 식의 논리였다.

교도소 미팅을 마칠 때쯤에 기어이 지저스 메넨데즈의 동의를 얻어냈다. 그 후 그를 본 것은 단 한 번뿐이었다. 그의 유죄인정 형량심의에서 옆에 서서 그가 유죄인정을 마칠 수 있도록 도와주었다. 그는 처음에 펠리컨 베이로 갔다가 다시 샌쿠엔틴으로 이감되었다. 그 후 소문으로 그의 형이 다시 걸렸다는 소식을 들었다. 이번에는 헤로인 복용이었다. 하지만 그는 내게 전화하지 않았다. 그가 다른 변호사를 선임한 이유는 물을 필요도 없었다.

나는 차고 바닥에 앉은 채로 마사 렌테리아의 검시보고서를 열었다. 내가 찾는 것은 두 가지 특이사항이었지만, 전에는 아무도 눈여겨볼 생각을 못 했을 것이다. 사건은 종결되었고 그건 죽은 파일이었으니 말이다. 빌어먹을.

첫 번째는 렌테리아가 침대에서 겪은 53회의 자상을 다룬 보고서였다. '좌측 안면자상'이라는 제목 아래 묘사된 익명의 무기는 길이 13센티미터 미만, 폭 2.5센티미터 정도의 칼날이었다. 칼날의 두께는 3밀리미터 정도로 기록되어 있었다. 보고서에는 또한 피해자의 상처 끝부분이 조금 뜯겨져 있다는 사실도 적혀 있었다. 요컨대 나올 때에도 데미지가 있도록 칼날 끝을 거칠게 만든 칼이라는 것이다. 그리고 칼날이 짧다는 것은 무기가 접이식 나이프일 수 있음을 뜻했다.

보고서에는 손잡이를 제외한 칼날의 모양만 조잡하게 그려 있었다. 눈에 익은 모양이었다. 나는 바닥 저쪽에 놓은 파일을 끌어당겨 경찰의 자료를 뒤져 칼날 사진을 끄집어냈다. 루이스의 이니셜이 새겨진 칼이다. 나는 그 칼날을 검시 보고서에 그려진 윤곽과 비교해보았다. 정확하게 들어맞지는 않았지만 그래도 너무나 흡사했다.

나는 무기분석 보고서를 꺼내 읽기 시작했다. 전날 루이스의 사무실 미팅에서 읽었던 내용이었다. 나이프는 주문형이고 검은색의 접이식 닌자 칼로 묘사되어 있었다. 칼날의 길이는 대충 13센티미터, 폭 2.5센티미터에 두께 3밀리미터로 적혀 있었다. 마사 렌테리아를 살해하는 데 사용된 익명의 칼과 똑같은 규격이었고 지저스 메넨데즈가 LA 강에 버렸다는 칼과도 같았다.

13센티미터 길이의 칼날이 특별하다는 건 아니다. 결정적인 것은 아무

것도 없지만 그래도 나는 본능적으로 뭔가 있다고 느꼈다. 그렇다고 가슴과 목을 치받고 나오는 울화로 판단을 그르치고 싶지는 않았다. 침착해야 했다. 아직 봐야 할 자료들도 있었다. 하지만 아무래도 보고서 뒤쪽에 있는 사진들은 선뜻 마음이 내키지 않았다. 마사 렌테리아의 난자당한 육신을 기록한 냉담한 사진들. 결국 그 대신 두 개의 전신사진을 담고 있는 페이지로 넘어가기로 했다. 하나는 전면이고 하나는 뒤를 찍은 사진인데, 사진 위에는 검시관이 상처를 체크하고 매긴 번호가 빼곡했다. 번호가 매겨진 건 정면사진이었다. 1에서 53까지의 숫자가 적힌 점들이 마치 섬뜩한 디자인의 다트 퍼즐처럼 보였다. 지저스가 자수하기 전, 컬린 등의 형사들이 뭔가 연관성을 찾기 위해 그려놓았을 것이다. 살인자가 자신의 이니셜이나 다른 특이한 기호를 남겨놓았을 수도 있는 법이니까 말이다.

나는 정면사진의 목을 찬찬히 살피다가 목 양쪽에서 각각 하나씩의 점을 발견했다. 둘은 1과 2의 번호가 매겨 있었다. 나는 페이지를 넘겨가며 각각의 상처에 대한 설명을 보았다.

자상 1의 설명은 이렇다. 인후 우측 하단의 외피 자창에 사망 전 히스타민 발생. 강제적 자상의 증거로 판단.

자상 2의 설명 : 인후 좌측 하단의 외피 자창에 사망 전 히스타민 발생. 강제적 자상의 증거로 판단. 2번 자창의 규격은 1번보다 1센티미터 더 큼.

이런 설명들은 자창이 마사 렌테리아가 살아 있을 때 발생하였음을 보여주고 있다. 그 상처들이 제일 먼저 기록되고 설명된 이유도 그 때문일 것이다. 검시관은 살인자가 피해자의 목에 강제로 칼을 들이대는 와중에 발생한 것으로 보고 있었다. 물론 렌테리아를 통제하기 위한 수단이었으리라.

이번에는 캄포 사건에 대한 검사측 자료를 살펴보기로 하고 우선 레기 캄포의 사진과 홀리크로스 메디컬센터의 신체검사 보고서부터 꺼냈다.

캄포의 경우에는 오른쪽에는 없고 왼쪽 목에만 작은 상처가 하나 있었다. 나는 캄포의 증언을 뒤져 목의 상처가 어떻게 발생하였는지에 대한 설명을 찾아냈다. 캄포의 말에 따르면, 범인은 그녀를 거실 바닥에서 끌어올린 다음 침대로 안내하라고 했다. 그는 오른손으로 그녀의 등을 가로지른 브라 끈을 움켜쥐었고 왼손으로는 칼끝을 그녀의 목 왼쪽에 갖다 댔다. 그리고 그가 팔을 어깨에 내려놓는다고 느낀 순간, 재빨리 몸을 돌려 범인을 커다란 마루화분 쪽으로 밀어붙이고 빠져나왔다.

이제 캄포의 목에 상처가 하나뿐인 이유가 이해되었다. 그건 마사의 경우와는 달랐다. 만일 캄포를 끌고 가 침대에 눕혀놓았다면 범인은 그녀를 올라타면서 서로 마주 보게 되었을 것이고, 때문에 칼을 그대로 왼손에 쥐고 있었다면 칼날은 목의 반대쪽을 겨냥하게 되었으리라. 결국 캄포는 목 양쪽에 강제적인 자창을 입었을 것이며 경찰은 침대에 죽어 있는 캄포를 찾아냈을 것이다.

나는 파일들을 옆으로 밀치고는, 안짱다리를 하고 앉은 채 한참 동안이나 꼼짝하지 않았다. 마음속 깊은 곳에서 누군가의 속삭임 소리가 들려왔다. 자기는 무죄라고 외치며 닭똥 같은 눈물을 흘리던 지저스의 얼굴도 떠올랐다. 제발 믿어달라고 했건만 난 그에게 유죄를 인정하라고 다그치기만 했다. 내가 제공한 것은 법적 조언 이상이었다. 그에게는 돈도 없었고, 변호도 기회도 주어지지 않았다. 아니, 돈이 없었기에 변호도 없고 기회도 박탈당한 것이었다. 그렇다. 난 그에게 선택의 여지가 없다고 했다. 유죄라는 단어를 인정한 것은 궁극적으로 그의 결정이고 그의 입이었다 해도, 지금 내 기분은 그 반대라고 말했다. 변호사의 권위를 앞세워 그의 목에 시스템의 칼을 대고 항복하라고 강요했던 것이다.

19 두 명의 의뢰인

1시쯤 나는 샌프란시스코 국제공항의 중대형 렌터카 대리점을 빠져나와 북쪽의 시내로 향하고 있었다. 새로 빌린 링컨에서는 담배 냄새가 났다. 차를 마지막으로 빌린 사람이나, 차를 청소한 직원의 소행이리라.

샌프란시스코만 오면 어디를 어떻게 가야 하는지 도무지 종잡을 수가 없다. 내가 아는 곳은 지금의 목적지뿐이다. 1년에 서너 번 정도 베이의 교도소 샌쿠엔틴에 갈 일이 있었다. 의뢰인이나 증인의 증언을 청취하기 위해서이다. 그곳까지야 물론 쉽게 찾아가지만 만일 코이트 타워나 피셔맨스 와프에 가야 한다면 그때부터는 커다란 문제에 봉착하고 말 것이다.

시내를 통과해 골든게이트를 넘어갈 때쯤 거의 2시가 다 되었다. 아직은 여유가 있었다. 변호사의 면담이 4시에 끝난다는 사실 정도는 경험으로 알고 있었다.

샌쿠엔틴은 100년도 더 넘은 터라 그 안에서 살거나 죽은 죄수들의 영혼이 어두운 벽에 조각되어 있는 것처럼 느껴졌다. 요컨대, 지금껏 방문한 교도소나 앞으로 방문하게 될 캘리포니아 교도소들의 미래를 예시해주는 그림이 바로 샌쿠엔틴인 것이다.

그들은 가방을 뒤지고 금속 탐지기를 통과하게 하고, 몸에 탐지봉을 갖다 대면서도, 곧바로 메넨데즈를 면담하게 해주지는 않았다. 닷새 전에 미리 면담 신청을 해야 한다는 규정을 어긴 탓이었다. 내가 안내된 곳은 면회실이었다. 유리벽에 난 동전 크기의 구멍들을 통해 대화를 하는 곳이다. 나는 교도관에게 사진 여섯 장을 보여주며 죄수에게 주기를 원한다고 했지만, 그는 유리를 통해 보여줘야 한다고 말했다. 나는 자리에 앉아 사진들을 치워놓았다. 그리고 잠시 후 유리 저쪽에서 지저스가 끌려나왔다.

나는 일상적인 인사를 건너뛰고 곧바로 본론으로 접어들었다.

"이봐, 지저스. 네가 어떻게 지내는지는 묻지 않겠어. 잘 알고 있으니까. 내가 온 이유는 몇 가지 질문을 하기 위해서야. 네 사건에 영향을 미칠 수 있는 일이 생겼어. 무슨 말인지 알겠지?"

"왜, 이제 질문이죠? 전엔 궁금한 거 없다고 하셨잖아요?"

내가 고개를 끄덕였다.

"네 말이 맞아. 그때 더 많은 질문을 해야 했는데 그러지 못했어. 하지만 그땐 이런 정도의 정보를 구할 수가 없었어. 어떻게 될지는 장담할 수 없지만 그래도 일을 바로 잡기 위해 노력하는 중이야."

"뭘 원하죠?"

"코브라 룸에서의 그날 밤 일에 대해 말해줘."

그가 어깻짓을 했다.

"그 여자 집에 갔어요. 하지만 죽이진 않았다고요."

"클럽부터 시작하자. 여자의 환심을 사려 했다고 했지? 그래서 여자한테 돈을 보여줬고 그 바람에 생각보다 돈을 더 썼다고 했어, 기억나나?"

"맞아요."

"또 다른 놈도 접근했다고 했었지? 그것도 기억나?"

"예. 그 남자가 불렀고 여자가 갔어요. 하지만 그냥 돌아왔죠."

"그래서 돈을 더 내야 한 거야, 맞지?"

"그래요."

"오케이. 그 사내를 기억할 수 있겠어? 사진을 보면?"

"그 삥 치던 놈이요? 기억할 것 같아요."

"오케이."

나는 서류가방을 열어 머그샷 사진들을 끄집어냈다. 모두 여섯 장. 루이스 로스 룰레의 경찰 기록용 사진과 자료실에서 모아온 다섯 장의 머그샷이었다. 나는 자리에서 일어나 하나씩 유리창에 갖다 댔다. 손가락을 다 이용하면 유리에 여섯 장 모두를 붙일 수 있을 것 같았다. 지저스도 사진을 살필 양으로 자리에서 일어났다.

그때 감독관의 성난 목소리가 들려왔다.

"당장 유리에서 물러서요. 둘 다 자리에 앉아요! 아니면 면담을 취소하겠소."

나는 고개를 저으며 속으로 욕설을 씹었다. 나는 다시 사진을 모으며 자리에 앉았다. 지저스도 자리에 앉았다.

"교도관!" 내가 큰 소리로 불렀다.

나는 지저스를 바라보며 기다렸지만 교도관은 들어오지 않았다.

"교도관!" 이번엔 더 큰 소리로 불렀다.

결국 문이 열리고 교도관이 면회실의 내 쪽으로 들어왔다.

"끝났습니까?"

"아니, 이 친구에게 이 사진들을 보여줘야 하오."

나는 사진을 들어 보였다.

"유리를 통해서 보여줘요. 어떤 것도 제공해서는 안 됩니다."

"곧바로 회수하겠소."

"그래도 마찬가지입니다. 아무것도 줄 수 없어요."

"이보쇼, 유리 쪽으로 못 오게 하면서 어떻게 보여주란 말이오?"

"내 알 바 아니죠."

나는 두 손을 들어 항복을 선언했다.

"좋아, 좋아요. 그럼 잠시만 여기 있어요."

"왜죠?"

"조금만 지켜보면 돼요. 내가 사진을 보여주고 저 친구가 신원을 확인하면 당신이 증인이 되는 거요."

"이런, 내가 왜 그런 일을 해야 하는데?"

그리고 그는 방을 나가버렸다.

"빌어먹을." 내가 으르렁거렸다.

"좋아, 지저스. 어쨌든 보여주마. 아무튼 알 만한 자가 있는지 보자고."

나는 유리 위에 사진을 하나씩 들어 보였고 지저스는 상체를 굽혔다. 내가 다섯 장의 사진을 하나씩 보여주었을 때에는, 잠시 생각해보다가 고개를 저었다. 그리고 여섯 번째 사진을 보여주자 눈에서 불꽃이 일었다. 아직도 삶의 불꽃이 남아 있다는 게 신기하기만 했다.

"그자예요. 맞아요." 그가 말했다.

나는 사진을 돌려보았다. 루이스였다.

"기억나요. 그가 분명해요."

"정말로 확신하는 거야?"

지저스가 끄덕였다.

"왜 그렇게 확신하지?"

"아니까요. 여기 앉아서 늘 그때 생각만 해요."

내가 끄덕였다.

"그 사람 누군가요?" 그가 물었다.

"당장은 말해줄 수 없어. 그냥 널 빼내기 위해 애쓰고 있다는 것만 알아다오."

"난 뭐 하면 되죠?"

"하던 대로. 얌전히 몸조심하면 돼."

"몸조심?"

"그래. 아무튼 뭔가 건지면 곧바로 알려주마. 지금 널 구하려는 중이야. 시간이 조금 걸릴 수는 있겠지."

"날 이곳으로 보낸 건 당신이에요."

"당시엔 선택의 여지가 없었어."

"어떻게 한 마디도 묻지 않았죠? 이봐요, 내 변호사였잖아요. 그런데 신경도 안 쓰고 듣지도 않았어요."

나는 자리에서 일어나 큰 소리로 교도관을 불렀고, 그다음에야 그의 질문에 답해주었다.

"변호를 위해 모든 걸 알아야 하는 건 아니야. 의뢰인들에게 유죄냐고 물어봐야 진실을 말하는 사람은 거의 없으니까. 게다가 솔직히 대답한다 해도 오히려 그 때문에 최선을 다하기가 더 어려울 수도 있어."

교도관이 문을 열고는 나를 바라보았다.

"다 끝났소."

시계를 보았다. 교통이 나쁘지만 않다면 버뱅크행 5시 기차를 탈 수도 있을 것이다. 그럼 늦어도 6시. 나는 사진을 집어넣은 다음 가방을 닫았다. 지저스는 여전히 유리 반대편의 의자에 앉아 있었다.

"유리에 손을 대는 것은 괜찮겠소?" 내가 교도관에게 물었다.

"서두르시오."

나는 카운터 위로 상체를 숙인 후 손바닥을 펴 유리에 대었다. 그건 교도소식 악수이고 지저스도 그렇게 하기를 바랐다.

하지만 자리에서 일어난 지저스는 내 손을 향해 침을 뱉었다.

"나한테 악수 청한 적 없잖아요. 나도 안 할 거예요."

나는 고개를 끄덕였다. 그가 어떤 일을 겪었는지 생각하면 무리도 아니었다.

교도관이 비릿한 웃음을 흘리더니 어서 가라고 말해주었다. 10분 후 나는 교도소 밖으로 나와 자갈밭 너머에 세워둔 차 쪽으로 향했다.

6백 킬로미터를 날아왔건만 그와의 5분은 너무나도 황량하기만 했다. 그리고 한 시간 후 나는 종합터미널로 회송되는 렌터카 트레인에 타고 있었다. 지금도 나는 그때를 내 삶과 직업 인생의 가장 우울한 순간으로 기억하고 있다. 마침내 운전에 신경 쓸 필요가 없게 되자, 머릿속은 사건에 대한 생각들로 그득했다. 아니, 이제 두 개의 사건이 된 거로군.

나는 허리를 굽히고 무릎에 팔꿈치를 받치고는 두 손으로 얼굴을 감쌌다. 가장 우려했던 일이 사실로 드러나고 만 것이다. 2년 전에 찾아온 기적이었지만 난 전혀 눈치도 채지 못했다. 지금까지도 말이다. 기적처럼 찾아온 무고한 의뢰인을 알아보지도 잡아주지도 못한 것이다. 아니, 오히려 다른 의뢰인들처럼 통째로 시스템의 밥으로 던져주고 만 꼴이었다. 이제 그의 무고는 잿빛으로 바래고 차갑게 굳어버렸으며, 대리석과 강철의 성벽 안에 갇힌 꼴이 되었다. 그리고 난 그 죄의식을 품고 남은 생을 살아야 할 것이다.

사실 대안이 있었던 것도 아니다. 그때 주사위를 던져 재판에 임했다 해도 지저스는 십중팔구 사형장에 끌려가는 신세가 되었을 것이다. 지금은 지저스 메넨데즈가 무고하다는 사실을 참새가 새라는 것만큼이나 확신하고 있다고 해서 그때의 운명을 피할 수 있는 것은 아니다. 기적처럼 무고한 의뢰인이 찾아왔고 난 알아보지 못했다. 아니, 아예 등을 돌려버렸다. 그뿐이었다.

"죽이는 날이죠?"

나는 고개를 들었다. 한 남자가 나를 지나쳐 객차 쪽으로 내려가고 있었다. 이 칸에는 우리 둘뿐이었다. 그는 나보다 열 살은 많았고 머리숱은 적었으며 더 현자처럼 보였다. 어쩌면 변호사일지도 모르지만 지금은 아무래도 상관없다.

"괜찮습니다, 조금 피곤할 뿐이에요." 내가 말했다.

나는 한 손을 들어 대화를 원치 않는다는 표시를 했다. 대개 나도 얼처럼 이어폰을 귀에 끼고 여행을 한다. 이어폰을 끈 채로 선을 그냥 재킷 주머니 안에 넣어두는 것이다. 노래를 듣지는 않지만, 덕분에 사람들이 말을 걸어오지도 않았다. 오늘 아침에는 너무 서두르는 탓에 이어폰을 챙길 여력조차 없었다. 그리고 그렇게 서둘러서 비로소 절망의 끝에 도달한 셈이다.

남자는 내 의사를 알아듣고 아무 말도 하지 않았다. 나는 다시 지저스에 대한 암담한 생각을 이어나갔다. 이것만은 분명했다. 한 의뢰인이 저지른 살인행위로 인해, 지금 다른 의뢰인이 무기징역을 살고 있다는 사실. 결국 하나를 살리려면 하나를 죽여야 한다는 뜻이겠다. 지금 내게 필요한 것은 해답이고 계획이고 증거이다. 하지만 기차 안에 앉아 있자니, 머릿속에서는 지저스의 죽은 눈빛만 떠올랐다. 그리고 그의 눈빛을 죽인 사람은 다름 아닌 나였다.

20 죄의식

버뱅크에 내리자마자 나는 휴대폰을 켰다. 계획까지는 못 되더라도 어쨌든 다음 단계를 선택했고 그건 라울과의 통화로부터 시작되었다. 전화를 하려는데 먼저 휴대폰이 부르르 떨렸다. 메시지가 온 것이다. 나는 라울을 먼저 움직이게 한 후에 메시지를 체크하기로 순서를 정했다.

라울이 전화를 받고 제일 먼저 한 말이 메시지를 받았느냐는 질문이었다.

"지금 막 비행기에서 내렸어. 받을 수가 없었네." 내가 말했다.

"비행기? 어디 갔었는데?"

"교도소에. 무슨 일이지?"

"코를리스의 최신 뉴스. 그것 때문이 아니면 지금 왜 전화한 거지?"

"오늘 밤에 뭐 할 건가?"

"그냥 집에 있을 거야. 금요일하고 토요일엔 밖에 안 나가. 개자식들의 시간이잖아. 길거리에 온통 술꾼들뿐이라고."

"이봐, 그래도 만나야겠어. 자네와 상의할 게 있네. 아무래도 문제가 생긴 것 같아."

라울은 내 목소리에서 뭔가를 느낀 모양이었다. 그는 군소리 없이 '금토에는 제발 부르지 마세요' 정책을 버렸고 우리는 워너 스튜디오 옆의 스모크 하우스에서 만나기로 했다. 이곳에서도, 그의 집에서도 멀지 않은 곳이다.

나는 공항 창구의 붉은 재킷 남자에게 티켓을 건네고, 링컨을 기다리는 동안 메시지를 확인했다.

메시지는 세 개였다. 모두 샌프란시스코행 비행기를 타고 있을 때 온 것이다. 첫 번째는 매기 맥퍼슨이었다.

"마이클, 오늘 아침 일부터 사과할게. 솔직히 말해서 어젯밤에 내가 한 얘기와 행동들로 인해 나한테 화가 나서 그랬어. 그래서는 안 되는데 또 당신한테 화풀이를 하고 말았네. 음, 내일이나 일요일에 헤일리를 데려갈 생각이면 알려줘. 아이도 좋아할 거야. 그리고 혹시 알아? 나도 가게 될 지. 어떤 쪽이든 연락해."

매기가 나를 마이클이라고 부르는 경우는 거의 없었다. 심지어 결혼했을 때도 아니었다. 매기는 성을 부르는 것을 존중의 표시로 생각했고, 그 때문에 나는 아내에게도 항상 할러여야 했다. 나란히 형사재판소의 금속 탐지기를 통과하던 그 순간부터 지금까지 말이다. 그날 매기는 검사사무실에 신입신고를 하러 가는 중이었고, 나는 음주운전을 다루기 위해 경범심리 법정으로 가고 있었다.

나는 후에 다시 듣기 위해 메시지를 저장한 다음, 다음 메시지로 넘어갔다. 라울의 메시지라고 생각했는데 지역코드가 310이었다. 루이스의 목소리가 흘러나왔다.

"저, 루이스입니다. 막 체크인했습니다. 어제 이후로 상황 변화가 있는지 궁금해서 전화드렸습니다. 드릴 말씀도 있고요."

나는 삭제 버튼을 누르고 다음 메시지로 넘어갔다. 라울이었다.

"이봐, 대장. 전화해줘. 코를리스 건에 대해 찾은 게 있어. 아무튼 이름은 드웨인 제프리 코를리스더군. 하이프(바늘을 사용하는 마약중독자-옮긴이)로 걸려 있는데, 이곳 LA에서만 밀고 건이 두 개 더 있어. 예상했던 거지? 자전거를 훔치다가 걸렸는데 멕시칸 타르(검은 빛이 나는 헤로인-옮긴이)하고 바꾸려고 했던 모양이야. 루이스를 넘긴 대가로 카운티-USC에서 90일간의 수감교육을 따냈어. 그러니까 놈을 만나려면 판사의 재가가 있어야 할 거야. 검사 놈이 아주 교묘하게 해치운 거지. 아무튼 아직 조사 중이야. 피닉스의 인터넷에서도 뭔가가 나왔는데 그게 그놈이라면 꽤 쓸모가 있겠어. 얼굴을 날려버리고도 남을 건 같은데, 아무튼 월요일까지는 확인할 수 있을 거야. 아직은 여기까지. 주말에 전화 줘. 기다리고 있을 테니."

나는 메시지를 지우고 전화를 닫았다.

"아무 말도 하지 마." 난 혼자서 중얼거렸다.

코를리스가 마약쟁이라는 걸 안 이상 다른 것은 필요 없었다. 매기가 왜 그자를 믿지 않았는지 이해가 갔다. 바늘을 사용하는 하이프들은 법망에 걸려든 쓰레기 중에서도 가장 절박하고 믿지 못할 부류였다. 그들은 한 방의 바늘이나, 메타돈 프로그램(헤로인 중독 치료에 메타돈을 치료용 마약으로 쓰는 재활프로그램-옮긴이) 입소를 위해 제 어머니까지 팔 위인들이다. 십중팔구 거짓말쟁이고 더욱이 증인석에 서는 놈들은 백이면 백 모두 그렇다.

하지만 문제는 검찰의 속셈이었다. 드웨인 코를리스라는 이름은 테드 민튼의 자료 파일에도 나와 있지 않았다. 놈을 증인으로 채택할 움직임을 취하고 있고, 보안을 위해 90일짜리 프로그램에 박아 넣었으면서도 말이다. 루이스 재판은 그 안에 모두 끝나게 될 것이다. 코를리스를 숨기겠다? 아니면 증언이 필요할 경우 언제든지 끌어낼 수 있도록 확실한 곳에 박아두려는 건가? 그는 분명 내가 코를리스를 모른다는 것을 전제로 움직이고 있다. 아니, 매기의 말실수가 아니었다면 정말로 몰랐을 것이다. 그럼에도 불구하고 그건 위험한 수였다. 판사들은 개시절차의 규칙을 그렇게 노골적으로 뭉개버린 검사를 고까워하지 않기 때문이다.

그 덕분에 변호 전략에 대해 생각할 여지가 생겼다. 만일 테드 민튼이 코를리스를 재판에 밀어넣을 정도로 어리석다 해도 개시절차를 이유로 반대하지는 않을 생각이다. 그보다는 스탠드에 올라온 마약쟁이를 판사 앞에서 양파껍질 벗기듯 하나하나 찢어발기는 게 훨씬 낫다. 물론 라울이 어디까지 얻어내느냐에 달려 있지만 말이다. 그 친구에게 드웨인 제프리 코를리스에 대해 끝까지 파고들라고 말해야겠다. 아무것도 개의치 말고.

나는 또 드웨인이 대학병원에 숨어 있는 사실에 대해서도 생각해보았다. 내가 놈과 접촉할 수 없다고 판단했다면 라울은 물론 테드도 오산한 것이다. 우연의 일치이기는 하나, 내 의뢰인 글로리아 데이튼도 마약상을 밀고한 대가로 카운트-USC의 프로그램에 들어가 있지 않은가? 카운티에 만도 그런 프로그램들이 수도 없이 많지만, 요행히 데이튼은 드웨인과 함께 집단치료 과정을 받을 것이고, 어쩌면 같이 식사를 하게 될 수도 있다. 내가 직접 접촉할 수는 없을지 몰라도 글로리아의 변호사로서 그녀를 만날 수는 있다. 그리고 데이튼이 드웨인에게 메시지를 전해주면 그만인 것이다.

링컨이 내 앞에 섰다. 나는 붉은 재킷에게 2달러를 준 다음 공항을 빠져나와 할리우드 남쪽 길을 지나 버뱅크 중심가로 들어갔다. 온갖 영화사들로 가득한 곳이다. 나는 라울보다 먼저 스모크 하우스에 도착해 마티니를 주문했다. 머리 위에 매달아놓은 TV에서는 대학 농구 토너먼트 개막전 소식이 흘러나왔다. 1라운드에서는 플로리다가 오하이오를 이겼다. 스크린 아래쪽에 '3월의 폭주'라는 헤드라인이 박혀 나와 나는 거기에 대고 건배를 했다. 진정한 3월의 폭주에 뛰어들고 있다는 사실을 실감하고 있던 터였다.

라울이 들어와 맥주를 한 잔 시켰다. 맥주는 시원했지만 아마도 어젯밤에 팔고 남은 것이리라. 다들 포그린필드로 몰려간 탓에 별 재미를 못 본 것이다.

"역시 맥주는 시원할 때 마셔야 제격이야." 라울이 낡아빠진 감탄사를 중얼거렸다.

그는 한 모금 마시고 잔을 들고 일어났다. 우린 여종업원들이 대기하고 있는 곳으로 가서 테이블을 부탁했다. 한 여자가 붉은 천이 덮인 말굽 모양의 부스로 안내해주었다. 우리는 테이블을 마주하고 앉았다. 나는 서류 가방을 옆에 내려놓았다. 칵테일 주문을 받으러 온 여종업원에게 우리는 아예 풀코스를 주문해버렸다. 샐러드, 스테이크, 포테이토, 그리고 식당의 트레이드마크인 마늘치즈빵까지.

"주말에 나가지 않기로 한 건 잘한 거야. 이 치즈빵을 먹고 사람들을 만나면 자네 입 냄새에 다 질식해 죽고 말 테니까." 내가 말했다.

"그래? 그거 재미있겠는데?"

그리고 우리는 한동안 아무 말도 하지 않았다. 보드카가 목 줄기를 타고 내려가며 어느 정도 죄의식을 씻어주었다. 샐러드가 나오면 아무래도 한 잔 더 시켜야겠다.

"그래서? 나오라고 한 건 자네야." 라울이 결국 먼저 입을 열었다.

나는 고개를 끄덕였다.

"이야기 하나 해주려고 불렀어. 세부사항까지 모두 아는 건 아니고 확실한 것도 아니지만 아무튼 내 생각대로 얘기해볼게. 그러면 자네 생각도 말해주고 어떻게 해야 할지도 얘기해줘, 알았지?"

"난 이야기를 좋아해. 그러니 어서 해봐."

나는 여종업원이 각종 샐러드와 치즈빵을 내려놓을 때까지 기다렸다가 보드카 마티니 한 잔을 더 주문했다. 반 잔이나 남아 있었지만 도중에

술이 끊기게 하고 싶지는 않았다.

"좋아, 이 일은 2년 전 지저스 메넨데즈에게서부터 시작된 거야. 그 아이 기억나지?"

"그래, 먼젓번에도 그 얘기 했잖아. DNA. 분홍색 타월에 거시기를 닦은 이유로 교도소에 갔다는 애지?"

그가 미소를 지어 보였다. 나는 종종 지저스의 사건이 갖는 의미를 그런 식의 말도 안 되는 이유로 축소하려 했다. 때로는 다른 변호사들과 포그린필드에서 술을 마시면서도 그 이야기를 우스갯거리로 쓰곤 했다. 물론 지금의 사실들을 깨닫기 전이었다.

나는 웃지 않았다.

"그래, 그리고 그건 지저스가 한 게 아니야."

"무슨 소리야? 그럼, 다른 자식이 그애 불알을 수건으로 닦아줬단 거야?" 이번엔 라울이 큰 소리로 웃었다.

"아냐, 이해를 못 하는군. 지금 난 지저스가 무죄라고 말하는 거야."

라울의 얼굴이 순식간에 굳었다. 그리고 그가 고개를 끄덕였는데 무언가 생각난 모양이었다.

"샌쿠엔틴에 있지? 오늘 거기 다녀온 거군."

나는 고개를 끄덕였다.

"처음부터 얘기해줄게. 자넨 지저스 일을 많이 안 했어. 별로 할 일도 없었기 때문이지. 저쪽에서 DNA와 자백 증언을 갖고 있고, 강에 나이프 던지는 걸 보았다는 증인이 세 명이나 있었으니까. 칼을 찾아내지는 못했지만 증인을 확보한 거야. 더욱이 모두가 룸메이트였으니 처음부터 승산 없는 싸움이었어. 솔직히 말해서, 그 건을 맡은 이유도 광고효과를 노려서였네. 기본적으로 내가 한 일이라곤 그를 유죄인정으로 끌고 가는 것뿐이었어. 그애는 유죄인정을 거부했고, 자기가 범인이 아니라고 고집부렸지만, 어차피 선택의 여지는 없었네. 검사가 사형을 구형하겠다고 을러됐으니까. 유죄인정을 받아들이지 않으면 목숨을 내놔야 할 판이었다고. 나는 생명을 구걸한다는 명목으로 그 어린아이한테 유죄인정을 강요한 거야. 내가 말일세."

나는 샐러드를 내려다보았다. 아직 손도 대지 않은 채였다. 문득 식욕이 없다는 생각이 들었다. 그저 술이나 마시며 내 죄의식이 담긴 뇌세포들을 모두 피클로 만들어버리고 싶었다.

라울은 묵묵히 내 말을 들었다. 그도 전혀 음식에 손을 대지 못했다.

"기억하지 못할 수도 있을 테니 대충 말해주지. 그 사건은 마사 렌테리아라는 여자의 살인사건이었어. 이스트 선셋의 코브라 룸이라는 곳에서 댄서로 일했지. 그 건 때문에 거기 가본 적은 없지?"

라울이 고개를 저었다.

"스테이지도 없는 데야. 중앙에 구덩이 같은 곳이 있는데, 코너가 시작되면 알라딘처럼 차려 입은 사내들이 커다란 코브라 바구니를 대나무 막대 두 개에 걸고 나와. 바구니를 내려놓으면 음악이 시작되고 뚜껑이 열리고 안에서 여자가 춤을 추며 나오지. 그리고 여자가 상체를 벗는데, 케이크 속에서 댄서가 나오는 장면을 각색한 거야."

"이봐, 그건 진짜로 할리우드 쇼야. 자네가 쇼를 못 봐서 그래."

"어쨌든. 지저스는 그 쇼를 좋아했어. 그 친구한테는 마약 딜러인 형이 준 1천1백 달러가 있었고 마사 렌테리아라는 댄서에게 푹 빠져 있었어. 자기보다 키가 작은 유일한 댄서였기 때문일 수도 있고, 스페인어로 대화가 가능한 여자라서 그랬을 수도 있겠지. 렌테리아의 공연이 끝나고 두 사람은 앉아서 얘기도 했어. 그러다가 여자가 한 바퀴 순회를 하고 돌아왔는데, 그때 클럽에 있는 다른 남자와 경쟁이 붙었다는 사실을 알게 된 거야. 하지만 그는 자기를 데려가면 5백 달러를 주겠다는 제안으로 승자가 된다네."

"그런데 그가 죽인 것은 아니다?"

"으흠. 그는 자기 차로 여자 차를 따라갔어. 그리고 그곳에 도착해 섹스를 했고 콘돔을 벗고 수건으로 성기를 닦은 다음 집으로 돌아간 거야. 이야기는 그가 떠나고 나서 시작되고."

"진짜 살인자로군."

"진짜 살인자가 문을 두드렸어. 지저스로 위장하고 뭔가를 놓고 갔다고 했을 수도 있겠지. 여자가 문을 열고… 아냐, 어쩌면 약속이 되어 있었을 수도 있겠군. 그러니까 올 줄 알고 기다렸다가 문을 열어준 거야."

"클럽의 그 친군가? 지저스와 경쟁이 붙었다던?"

나는 고개를 끄덕였다.

"그래. 그자는 들어가자마자 여자의 기를 죽이기 위해 몇 차례 주먹부터 휘둘러. 그리고 접이 나이프를 목에 대고 침실로 끌고 가지. 그래, 어디서 들은 얘기 같지? 불쌍하게도 2년 전엔 레기 캄포만큼 운이 좋지 못했어. 그는 여자를 침대에 눕히고 콘돔을 쓰고 그 위에 올라타. 이제 나이프는 다른 쪽 목에 가 있겠지? 그자는 여자를 강간하면서도 내내 그 목을 노리고 있었고 일이 끝나자마자 여자를 죽여. 나이프로 찌르고 또 찌르는 거야. 잡히기만 했다면 과잉살상 건이 되었겠지만, 놈은 일을 처리하면서도 그 썩은 머리로 온갖 계획을 짜내고 있었던 거지."

두 번째 마티니가 나왔다. 나는 종업원의 손에서 잔을 뺏다시피 해서 단숨에 반을 삼켜버렸다. 종업원이 샐러드를 다 먹은 것인지 묻기에 우리는 손을 저어 건드리지도 않은 음식을 물려버렸다.

"스테이크도 곧 나올 거예요. 그것도 그냥 쓰레기통에 처넣을까요? 괜한 시간 낭비하지 않게?"

나는 종업원을 올려다보았다. 종업원은 미소 짓고 있었으나, 나는 이야기에 잔뜩 몰두한 터라 무슨 말을 하는 건지 이해할 수가 없었다.

"아니에요. 곧 가져다 드리죠." 종업원은 그렇게 말하고는 물러났다.

나는 곧바로 이야기로 돌아갔다. 라울은 아무 말도 하지 않았다.

"여자가 죽은 후 살인자는 청소를 시작해. 천천히. 서두를 게 없거든. 여자가 어디 갈 것도 아니고 전화할 것도 아니니까 말이야. 놈은 남아 있을지 모르는 지문을 모두 처리해. 그 와중에 지저스의 지문도 처리되겠지. 지저스에게는 슬픈 일이었어. 왜냐하면 경찰에 가서 자기가 몽타주에 그려진 사람은 맞지만 마사를 죽이지는 않았다고 말했을 때, 경찰이 물끄러미 바라보며 이렇게 묻거든. '그런데 왜 장갑을 낀 채로 그 집에 갔던 거지?'"

라울이 고개를 저었다.

"이런 젠장, 그게 사실이라면…."

"걱정 마, 사실이니까. 지저스는 얼마 전 형 사건을 잘 처리해준 변호사를 불렀어. 그런데 그 변호사는 무고한 의뢰인을 알아보기는커녕 엉덩이를 걷어차 버린다네. 머릿속으로는 온통 거래만 생각하면서 말이야. 아이한테 여자를 죽였는지 묻지도 않았어. 그냥 그가 범인이려니 생각한 거야. 검사 쪽에서 수건에 묻은 DNA와 칼을 버리는 것을 본 증인들까지 다 갖고 있으니 당연할 수도 있었겠지. 변호사는 일에 착수해. 그가 얻어낼 수 있는 최선의 거래를 얻어냈고 그 점에 대해 상당히 자랑스러워했지. 지저스의 목숨을 구해주고 언젠가 가석방될 기회까지 따냈으니까 말이야. 그러곤 지저스를 찾아가 망치로 뒤통수를 까는 거야. 강제로 거래를 받게 하고 법정에서 '유죄'를 선언하게 만들어버린다고. 지저스는 교도소로 끌려가고 그래서 모두가 행복해지게 돼. 재판에 들어갈 돈을 절약했으니 정부도 행복하고, 어떤 점에선 마사 렌테리아의 가족까지 행복해진 거야. 솔직히 재판정에까지 나가 딸년의 검시 사진을 보고, 딸년이 알몸으로 춤을 추면서 남자들을 집으로 데려가는 직업여성이라는 이야기들을 듣고 싶을 리가 없잖아? 당근, 그 변호사도 행복해졌어. 최소한 그 사건 덕분에 여섯 번이나 TV에 나오고, 덕분에 사형을 면하게 해줄 고객들이 줄지어 몰려들었으니까."

나는 남은 마티니를 털어 넣고 여종업원을 찾았다. 아무래도 한 잔 더 마셔야 할 것 같았다.

"지저스는 어린 나이에 끌려갔는데, 조금 전에 만나본 그애는 벌써 스물여섯이고 마흔은 되어 보였어. 그동안 그 어린애한테 어떤 일이 있었는지 자네도 알겠지?"

나는 눈앞의 텅 빈 테이블만 내려다보았다. 문득 지글거리는 스테이크와 김이 모락모락 나는 감자가 담긴 계란 모양의 접시가 눈앞으로 치고 들어왔다. 나는 여종업원을 올려다보며 마티니 한 잔 더 가져오라고 했다. 미안하다는 말도 하지 않았다.

종업원이 떠나자 라울이 말했다.

"천천히 마셔. 이 카운티엔 자네를 감옥에 가두고 엿 먹이고 싶어하는 경찰이 한 다발은 될 거야."

"알아, 알아. 그랬다간 인생 종 치고 말겠지. 너무 마시면 운전 안 할 거야. 그리고 이 앞에 나가면 택시도 많고."

나는 식사가 도움이 될 거라는 생각에 스테이크를 잘라 한 입 물었다. 바구니 안에 든 치즈빵도 냅킨을 벗겨내고 베어 물었지만 이미 차갑게 식은 후였다. 나는 빵을 접시에 내려놓고 포크도 놓았다.

"이봐, 이 문제 때문에 골머리를 싸매고 있는 건 알겠는데, 하나가 빠졌어." 라울이 말했다.

"그래? 그게 뭐야?"

"그애의 상황. 사건은 외통수였고 어차피 그앤 사형을 각오해야 했다고. 할 일도 없어서 난 개입도 못 했잖아. 그 친구들이 자넬 붙들었고 자넨 그애 목숨을 구해준 거야. 그게 자네 일 아냐? 잘 해냈잖아. 이제 와서 실체를 잡았다고 생각하는 모양인데, 당시에 몰랐다는 사실 때문에 이제 와서 속끓일 필요 없단 말이야."

나는 손으로 그만하라는 제스처를 했다.

"그앤 무죄였어. 그걸 알았어야 했다고. 뭔가를 해야 했고. 그런데 내가 한 게 뭐지? 평소처럼 의뢰인의 호소엔 귀를 닫아버리고 내 할 일만 한 거야."

"개소리."

"아니, 개소리 아냐."

"좋아. 다시 얘기로 돌아가 보자고. 여자 집을 찾은 제2의 사나이는 누구야?"

나는 옆에 놓은 가방을 열고 손을 밀어 넣었다.

"오늘 샌쿠엔틴에 가서 지저스에게 사진 여섯 장을 보여주었어. 모두 의뢰인들의 머그샷이야. 이전 의뢰인들. 지저스는 10초도 안 돼서 한 장을 골라냈어."

나는 루이스의 머그샷을 탁자 너머로 던졌다. 사진은 거꾸로 떨어졌는데 라울은 사진을 집어 들고 한참을 바라보다가, 탁자 위에 다시 뒤집어 놓았다.

"다른 것도 보여줄게." 내가 말했다.

나는 가방 속에서 다시 마사와 캄포의 접은 사진을 꺼냈다. 그리고 주위를 둘러보고 여종업원이 오고 있지 않음을 확인한 다음 사진을 테이블 너머로 건넸다.

"퍼즐 같더군. 두 사진을 조합해서 뭐가 보이는지 확인해봐." 내가 말했다.

라울은 한쪽 얼굴을 다른 쪽에 붙이더니 이윽고 의미를 알겠다는 듯 고개를 끄덕였다. 살인자 루이스는 자신이 원하는 모델이나 얼굴을 표적으로 삼았다. 나는 마사의 검시관이 그린 무기 스케치도 보여주고, 목에 새겨진 두 개의 상처에 대한 설명도 읽어주었다

"술집에서 자네가 얻어온 비디오 알지? 거기에 찍힌 건 살인자의 작업이었어. 자네가 본 것처럼 살인자도 미스터 X가 왼손잡이라는 사실을 알았어. 레기 캄포를 공격했을 때 그는 왼손으로 가격하고 왼손으로 칼을 쥐었어. 해야 할 일을 정확히 알고 있었던 거라고. 기회를 포착하고 최대한 활용한 거지. 레기 캄포가 살아 있는 건 그야말로 천행이야."

"피해자가 더 있다고 생각하나? 제3의 범행 말일세."

"어쩌면. 자네가 그걸 캐내줘. 지난 몇 년간 나이프로 살해된 여자들을 모조리 확인하고, 피해자의 사진을 대조해서 신체적 특징이 일치하는지도 봐줘야겠어. 미제사건만 뒤져서는 안 돼. 마사 렌테리아는 종결사건에 포함되어 있으니까."

라울이 상체를 기울였다.

"이봐, 난 경찰이 아냐. 이런 자료는 경찰들이 갖고 있으니까 그냥 경찰에 넘겨. 아니면 FBI한테 가든가. 연쇄 살인범 리스트가 주르륵 딸려 나올 테니까 말이야."

"안 돼. 그자는 내 의뢰인이야."

"지저스도 마찬가지였어. 그애를 빼내야 하잖아."

"그럴 거야. 그래서 자네가 날 도와줘야 하는 거야, 미시."

우리 둘 다 내가 지금 미시라고 부르는 이유를 알고 있었다. 그건 직업적인 관계를 넘어 저변에 깔린 우정의 힘에 호소한다는 뜻이었다.

"살인청부는 어때? 깨끗하게 해결해줄 수 있을 텐데."

나는 고개를 끄덕였다. 이 친구 농담을 하자는 것이다.

"그래, 그렇겠지. 세상을 더 살기 좋은 곳으로 만들어줄 거야. 지저스를 빼내주지는 못하겠지만."

라울이 다시 상체를 내밀었다. 이건 진담이라는 뜻이다.

"되는 대로 해보겠네, 믹. 하지만 이건 올바른 방법이 아니야. 먼저 이해의 상충을 선언하고, 루이스를 버린 다음 지저스를 지옥에서 빼내는 게 정석일 것 같은데?"

"뭐로 빼내?"

"여섯 중에서 골라냈잖아. 그거면 외통수지. 루이스를 알지도 못하면서 기억만으로 알아본 거잖아."

"그걸 누가 믿어주는데? 이봐, 난 변호사야! 경찰이든 예수님이든 그게 조작이 아니라고 생각할 사람은 세상에 없어. 이건 단지 이론일 뿐이야, 라울. 자네도 알고 나도 사실이라고 믿고 있지만, 증명할 수 있는 게 하나도 없어."

"상처는 어때, 캄포 사건의 칼과 마사 렌테리아의 상처를 비교해낼 수 있지 않을까?"

나는 고개를 저었다.

"여자는 화장했어. 그들이 갖고 있는 건 검시 보고서와 사진들뿐이고, 그런 건 결정적인 단서가 못 돼. 너무 부족해. 게다가 책임을 의뢰인에게 전가하려는 놈으로 비칠 수도 있다고. 지금의 의뢰인을 배신한다면 난 모든 의뢰인을 배신하는 꼴이 돼. 그런 식으로 나가면 모든 걸 잃게 된단 말일세. 뭔가 다른 방법을 찾아내야 해."

"그건 잘못된 생각이야. 내 생각엔…."

"당분간은 모르는 척할 거야, 알겠나? 하지만 자네는 조사해줘. 모조리. 루이스 건하고는 별도로 진행해. 그걸로 개시절차를 할 생각은 없으니까. 그건 모두 지저스 메넨데즈의 파일로 해두고 청구할 때도 그 건으로 하라고, 알겠지?"

라울이 대답하기 전에 여종업원이 세 번째 마티니를 가져왔다. 나는 도로 가져가라고 했다.

"안 마시겠소. 그냥 영수증이나 줘요."

"어, 술을 다시 병에 담을 수는 없습니다." 종업원이 대답했다.

"걱정 말아요. 돈은 낼 테니까. 술은 치즈빵을 만든 친구한테 주고 청구서를 가져와요."

종업원이 자리를 떠날 때 보니, 술을 자기한테 주지 않아 화가 난다는 표정이었다. 나는 다시 라울을 보았다. 지금까지 알게 된 일들이 너무나 부담스러운 모양이었다. 그의 기분을 충분히 알 수 있었다.

"대단한 대박거리지, 응?"

"그래, 한쪽으로 이런 꿍꿍이를 하면서 어떻게 이자를 다루려고 그래? 아무래도 껄끄러울 수밖에 없을 텐데."

"루이스? 가능한 한 안 만날 생각이야. 피치 못할 경우가 아니면 안 만날 거야. 오늘도 메시지를 보냈더군. 할 말이 있다는데 아직 답신도 하지 않았어."

"왜, 자넬 고른 거지? 그러니까 왜 굳이 옛날 사건의 변호사를 택했느냔 말이야."

나는 고개를 저었다.

"모르겠어. 비행기 타고 오면서 내내 생각해봤는데, 아무래도 내가 그 사건에 의혹을 품고 어떻게든 연결을 시킬까 봐 신경이 쓰였을 거야. 내 의뢰인이 되면 변호사 윤리강령 때문에라도 어떻게 할 수 없을 거라고 생각했겠지. 그리고 돈도 있고."

"무슨 돈?"

"제 엄마 돈. 대박. 놈은 이 건으로 내게 돌아올 돈이 얼마나 많은지 알

아. 내 평생 최대의 대박이니까. 돈을 놓치지 않기 위해서라도 모르는 척할 거라고 판단했을 거야."

라울이 끄덕였다.

"그래야 할까? 응?"

그건 반쯤 보드카에 절은 농담이었지만 라울은 웃지 않았다. 나는 다시 유리 감옥 너머에 갇혀 있던 지저스의 얼굴을 떠올렸다. 사실 나조차도 웃을 수가 없었다.

"이봐, 해줄 일이 하나 더 있어. 그놈도 놓치면 안 돼. 루이스 말이야. 들키지 않고 할 수 있는 데까지 캐봐. 그자의 어미 얘기도 뒤져보고. 벨에어의 집을 팔다가 강간을 당했다고 했거든."

라울이 고개를 끄덕였다.

"염려 말게."

"하청 주지 마."

이건 우리끼리의 농담이었다. 나와 마찬가지로 라울은 1인 사업자였다. 하청 줄 사람이 있을 리가 없다.

"안 줘. 내가 직접 챙길게."

늘 이런 식으로 대답하지만 이번에는 의례적인 엄숙함과 농조가 모두 빠져 있었다. 그건 그저 습관적인 대꾸에 불과했다.

종업원이 테이블 옆으로 다가와 청구서를 내려놓았다. 이번엔 인사도 없었다. 나는 액수를 확인조차 않고 그 위에 신용카드를 얹었다. 이제는 한시라도 빨리 빠져나갈 마음뿐이었다.

"스테이크 싸 달라고 할까?" 내가 라울에게 물었다.

"괜찮아. 어차피 식욕이 다 달아났어." 라울의 대답이었다.

"집에 있는 똥개 생각은 안 해?"

"아, 그렇군. 브루노를 잊고 있었어."

그는 박스를 얻을 양으로 종업원을 찾았다.

"내 것도 가져가. 똥개 따윈 안 키우니까."

21 위험한 조우

보드카의 취기에도 불구하고 나는 로렐 캐넌의 활강코스를 충돌 한 번 없이 차를 몰고 갔다. 경찰한테 걸리지도 않았다. 내 집은 페어홈 드라이 브이며 캐넌의 남쪽 입구에 테라스처럼 걸려 있다. 건물이 모두 도로 선을 따라 세워져 있었으므로 내가 집으로 들어가는 데 문제가 있다면 어떤 개자식이 지금처럼 4륜 구동을 차고 앞에 세워놓을 때뿐이었다. 좁은 거리에서의 주차는 언제나 어려웠다. 게다가 내 차고 입구는 달콤한 주차 공간처럼 보였고, 게다가 주말 밤에는 어쩔 도리가 없었다. 누군가가 늘 파티를 벌이기 때문이다.

나는 한 블록 반쯤 집을 지나쳐서야 간신히 링컨이 들어갈 만한 공간을 찾아냈다. 집에서 멀어질수록 그놈의 4륜 구동에게 열이 받았다. 마음 같아서는 창문에 침을 뱉고 사이드미러를 박살내고, 타이어를 펑크 내고 옆문을 발로 걷어차고 싶었다. 하지만 결국 마음을 가라앉히고 노란 메모지에 간단한 글을 적는 것으로 마무리 짓기로 했다. "여긴 주차 공간이 아니오. 다음번엔 견인차를 부르겠소!" LA에서 4륜 구동을 몰고 다니는 자가 누구인지는 모르겠으나, 남의 차고 앞에 차를 세웠다는 이유로 협박한다면 내가 이 집 주인이오 하고 광고하는 것밖에 더 되겠는가.

차 앞으로 돌아가 침입자의 와이퍼에 노트를 끼워놓으려다 보니 레인지로버였다. 후드에 손을 대어보았다. 차가운 감촉이 기분 좋았다. 나는 차고 너머 창문들을 훑어봤지만 적어도 불이 켜진 창은 하나도 없었다. 나는 와이퍼에 노트를 찰싹 때려 넣고 현관과 이어진 계단을 오르기 시작했다. 나는 루이스가 문 앞의 커다란 캔버스 의자에 앉아 도시의 여명을 바라보고 있을지도 모른다는 생각을 했다. 하지만 그는 없었다.

나는 현관 모퉁이로 걸어가 도시를 내려다보았다. 이 집을 사게 만든 바로 그 풍경이었다. 집 안으로 들어가는 순간부터는 여느 집과 다를 게 하나도 없지만, 적어도 현관에서 할리우드 거리를 내려다보는 풍경만큼은 수백만 개의 꿈을 꾸는 것과 진배없었다. 이 집을 손에 넣기 위해 마지막 대박 사건의 수임료를 털어 계약금을 지불했지만 막상 이사 온 후부터는 완전히 쪽박 신세로 전락해버리고 말았다. 할 수 없이 나는 집을 담보로 돈을 빌렸고, 그 후에도 매달 돈을 갚는 데 허리가 휠 정도였다. 그 집을 되팔고 숨을 돌려야겠다는 생각도 해보았으나 그럴 때마다 현관 앞에서 내려다보는 경치가 그만 발목을 잡고 말았다. 아마도 그들이 열쇠를 가져와 집에 차압 딱지를 붙인다 해도 난 아마 저 도시를 바라보고 있을 것이다.

나도 이 집의 문제가 무엇인지 정도는 알고 있었다. 어떻게든 집을 지키겠다는 노력과 무관하게, 과연 그 집에서 사는 것이 정당하냐 하는 문제는 여전히 남아 있었다. 검사와 변호사가 이혼했다. 그런데 변호사는 백만 불짜리 경관을 자랑하는 언덕 위의 집에서 살고 있고, 검사는 딸과 함께 밸리의 방 두 개짜리 아파트에 살고 있다. 하지만 그건 억울하다. 전처도 원하는 집을 살 여력이 있고 나도 최대한 지원해줄 생각이다. 하지만 매기가 다운타운으로의 진급을 노리고 있는 한, 좋은 집으로 이사하는 건 영원히 불가능했다. 셔먼 오크스든 어디든, 주택을 구매하는 건 이곳에 정착하겠다는 오해를 불러일으킬 소지가 있기 때문이다. 전처는 반 누이스 지법의 매기 맥피어스로 남기를 원치 않았다. 존 스미손이든, 그의 젊은 똘마니들이든, 그 밑에서 눌려 지내는 것도 싫어했다. 매기에게는 야심이 있고 그 야심은 다운타운을 향하고 있었다. 최고의 재능을 자랑하는 검사들이 최고의 소송을 다루는 곳 말이다. 매기는 최고가 될수록, 꼭대기에 있는 놈들, 특히 선출직들에게 부담이 될 거라는 단순한 사실을 인정하지 않았다. 나는 전처가 절대로 다운타운에 불려가지 못할 거라고 확신했다. 그러기에는 매기는 너무 똑똑했다.

요즘엔 그나마 조금씩 자각하기 시작했는지 매기도 이따금 의외의 히스테리를 부리곤 했다. 기자 간담회에서 비아냥거린다든지, 다운타운의 조사 요청에 협조를 거부하는 식으로 말이다. 술에 취해 변호사 겸 전남편에게 해서는 안 되는 사건 정보를 흘리는 것도 그중 하나일 것이다.

안에서 전화가 울리기 시작했다. 나는 주머니에서 열쇠를 꺼낸 다음 문을 열고 안으로 들어갔다. 누가 어떤 번호를 알고 있느냐에 따라 내 주변은 피라미드와 같은 차트를 그렸다. 이를테면 전화번호부의 번호는 누구나 알고 또 알아도 상관없다. 그 위가 내 휴대폰이다. 그 번호를 알고 있는 사람들은 중요도가 높은 동료들, 수사관들, 보험인, 고객 및 법조계 인물들이다. 그리고 집에 있는 유선전화가 제일 꼭대기에 있는데 그 번호를 아는 사람은 그야말로 극소수에 불과했다. 게다가 검사 중에서는 오직 한 명뿐이었다.

나는 부엌으로 달려 들어가 벽에 걸려 있는 수화기를 집어 들었다. 메시지로 넘어가기 바로 전이었다. 전화를 건 사람이 바로 그 예외에 속하는 인물이었다. 매기 맥퍼슨.

"내 메시지 받았어?"

"휴대폰으로 와 있는 거? 왜, 무슨 일인데?"

"잘못된 거 없어. 이 번호로도 더 일찍 남긴 게 있다는 게 문제지."

"오, 미안. 하루 종일 밖에 있다가 막 들어왔어."

"어디 갔었는데."

"샌프란시스코에 갔다 왔어. 그리고 라울과 식사를 하고 지금 막 들어온 거야. 당신, 아무 일도 없는 거지?"

"그냥 궁금해서 그래. 샌프란시스코엔 무슨 일로 간 거야?"

"의뢰인."

"그러니까 그 말은 샌쿠엔틴에 갔다 왔다는 뜻인가?"

"정말 못 당하겠다니까. 매기, 당신한테 졌어. 전화를 건 게 그 때문이야?"

"당신이 내 사과를 받아들였는지 궁금해서. 내일 헤일리하고 무슨 계획이 있는 건지도 알고 싶었고."

"당근. 그리고 그다음 질문도 예스야. 사과할 필요 없어. 나도 그런 식으로 떠나 미안해하던 참이었으니까. 물론 내 딸이 아빠와 함께 지내고 싶다면야 나로서도 더 바랄 게 없지. 부두에 갈 수도 있고 영화를 봐도 좋다고 해줘. 뭐든 원하는 대로 해주겠다고."

"그앤 쇼핑몰에 가고 싶댔어."

매기는 마치 살얼음을 걷듯 조심스럽게 말했다.

"쇼핑몰? 쇼핑몰도 좋아. 데려가지 뭐. 그런데 왜 하필 거기야? 뭐 원하는 게 있는 모양이지?"

나는 문득 실내에서 이질적인 냄새를 맡았다. 연기 냄새. 오븐과 스토브는 꺼져 있었다. 유선전화인 탓에 부엌을 떠날 수는 없었지만 나는 최대한 선을 끌어당겨 식당 불을 켜보았다. 아무도 없었다. 거실 불이 옆방까지 밝혀주었는데 내가 들어올 때 지나온 방이다. 당연히 비어 있을 것이다.

"테디 베어를 직접 만드는 가게가 있대. 스타일과 목소리 패턴을 고르고 그 안에 작은 심장까지 넣을 수 있는 거야. 나도 봤는데 너무 귀엽더라고."

지금은 전화를 끊고 집을 샅샅이 뒤져보고 싶은 생각뿐이었다.

"좋아. 데려갈게. 언제가 좋지?"

"정오쯤이 좋겠어. 어쩌면 우리가 함께 점심을 할 수도 있을 거야."

"우리?"

"왜, 신경 쓰여?"

"아냐, 매기. 전혀. 내가 정오쯤에 가면 되지?"

"좋아."

"그럼, 그때 보자고."

매기가 작별인사를 하기도 전에 전화를 끊었다. 총이 있기는 했지만 지금껏 쏴본 적이 없는 소장품이고, 그것도 집 뒤쪽에 있는 침실 벽장의 박스에 들어 있었다. 나는 할 수 없이 부엌 서랍을 조용히 열어서 짧지만 날카로운 스테이크 나이프를 집어 들었다. 그러고는 거실을 지나 복도 쪽으로 이동했다. 집 뒤쪽으로 이어진 복도에는 세 개의 문이 있었다. 침실, 화장실, 그리고 서재(진정한 의미에서의 내 집무실이다)로 개조한 또 다른 침실이다.

서재의 스탠드가 켜져 있었다. 복도에 있을 땐 가려서 보이지 않았었다. 이틀 만에 집에 들어왔기 때문에 그 불을 켜놓고 나간 것인지는 기억나지 않았다. 나는 조금씩 다가갔다. 문은 열린 채였다. 어쩌면 함정일 수도 있다는 생각도 들었다. 스탠드에 정신이 팔려 있는 동안 침입자가 어두운 침실이나 화장실에서 뛰쳐나올 수도 있다.

"들어와요, 믹. 접니다."

알고 있는 목소리였다. 난 인상을 찌푸렸다. 루이스. 나는 문지방에 멈춰 섰다. 그는 데스크의 검은 가죽의자에 앉아 있었다. 그가 나를 향해 의자를 돌렸다. 두 발을 꼬고 있었는데 말려 올라간 왼쪽 바짓단 밑으로 부착된 탐지장치가 보였다. 페르난도가 채워준 것이다. 루이스가 나를 죽이려 한다면 최소한 그의 행적이 드러날 것이다. 하지만 그런 생각을 해도 마음이 편해지거나 하지는 않았다. 나는 문틀에 기댔다. 엉덩이 뒤에 칼을 감추고 있다는 사실을 자연스럽게 감추기 위해서였다.

"여기가 바로 그 위대한 법을 준비하는 곳이군요." 루이스가 물었다.

"다는 아니야. 여기서 뭐 하고 있나, 루이스."

"변호사님을 뵈러 왔죠. 전화를 안 해주시기에 우리가 아직 한 팀인지 확실히 해두고 싶었거든요."

"시내 밖에 있었어. 막 돌아왔네."

"라울과의 식사는요? 그분한테는 그렇게 말하지 않았나요?"

"그 사람은 친구야. 버뱅크 공항에서 오는 길에 식사한 걸세. 내 집은 어떻게 찾아낸 거지, 루이스?"

그는 목을 가다듬고는 미소를 지었다.

"부동산 업자잖아요, 믹. 누가 어디 사는지는 훤해요. 한때는 〈내셔널 인콰이어러〉의 정보원 일을 한 적도 있었죠. 아세요? 그러니까 명사의 집을 찾아주는 일 같은 거예요. 아무리 차명이나 익명으로 구입해도 소용없었죠. 하지만 얼마 있다가 그만뒀어요. 수입은 짭짤했지만 그러니까 그게 조금… 속된 일이잖아요. 무슨 말인지 알겠죠, 믹? 어쨌든, 전 그만뒀습니다. 그렇다고 집 찾는 실력까지 준 것은 아니지만요. 심지어 누가 저당가치를 뺑 튀겼는지, 할부금을 제때 못 내고 있는 사람이 누군지 따위도 알고 있답니다."

그는 다 알고 있다는 미소를 지으며 나를 바라보았다. 그 집이 돈 잡아먹는 하마라는 사실을 알고 있으며, 가진 돈이 없어서 매달 두 건의 저당 이자를 연체하고 있다는 것도 알고 있다는 뜻이리라. 이 집이 5천 달러짜리 담보에 잡혀 있다는 사실을 알면 페르난도조차 어이없어 할 것이다.

"어떻게 들어왔지?" 내가 물었다.

"에, 그게 웃깁니다. 신기하게도 제게 열쇠가 있거든요. 이 집을 매물로 내놓았을 때… 그러니까 18개월쯤 전이던가요? 수려한 경관 때문에 찾는 고객이 더 있을지 모른다는 생각을 했어요. 그래서 콤보박스에서 열쇠를 꺼내 집을 둘러보았죠. 뭐, 내 고객들한테는 어울리지 않겠다는 판단을 하긴 했지만요. 그들은 더 좋은 곳을 원하거든요. 아무튼 그래서 포기는 했는데, 그만 열쇠 두는 걸 깜빡했지 뭡니까? 부끄럽지만 종종 그런답니다. 아무튼 신기하죠? 그렇게 오랜 시간이 지난 후에 제 변호사가 이 집에 살고 있다니 말입니다. 그런데 별로 달라진 게 없네요. 경관도 중요하지만, 가끔 실내 업데이트도 해야 하는 것 아닙니까?"

그때 나는 이자가 지저스 사건 이후로 쭉 나를 주시해왔다는 사실을 깨달았다. 그러니까 샌쿠엔틴에 다녀온 사실도 당연히 알고 있을 것이다. 나는 렌터카 트레인에 타고 있던 남자를 떠올렸다. 죽이는 날이죠? 그자는 버뱅크로 돌아오는 비행기에도 나타났었다. 내 뒤를 쫓던 것일까? 루이스의 하수인으로? 돕스가 이 사건에 밀어 넣으려 했던 수사관인가? 이런 자문들에 대해 어느 것 하나 확신할 수 없었지만, 적어도 루이스가 내 집에서 나를 기다리고 있는 이유만은 알 수 있었다. 결국 내가 진실에 접근하고 있다는 뜻이리라.

"원하는 게 뭐야, 루이스. 날 협박하겠다는 건가?"

"아니, 아니죠. 겁먹을 사람은 저 아닙니까? 지금 등 뒤에 무기 같은 걸 들고 계시잖아요. 뭡니까, 총?"

나는 나이프를 더 단단히 쥐었지만 드러내지는 않았다.

"원하는 게 그거야?"

"제안 하나 하죠. 집 이야기는 아니고 변호 문제입니다만."

"변호는 이미 받고 있을 텐데."

그는 대답하기 전에 상체를 앞뒤로 흔들었다. 나는 얼른 책상 위를 훑어 이상한 점이 있나 살펴보았다. 딸애가 만들어준 작은 도자기 접시를 재떨이로 사용한 흔적이 보였다. 페이퍼 클립을 담아둔 것이었는데….

"수임료 문제입니다. 솔직히 사건의 난맥상에 비해 수임료가 부적절하다는 생각이 드는군요. 믹, 이러면 어떨까요? 수임료 지급 스케줄을 다시 짜는 겁니다. 물론 이미 합의된 수임료는 그대로 받으시고, 그건 재판이 시작되기 전에 전액을 지불하겠습니다. 어, 그리고 약간의 보너스를 추가할까 합니다. 만일 이 추악한 범죄에서 무죄로 나온다면 그 즉시 수임료는 더블이 될 겁니다. 법원에서 나오는 대로 변호사님 링컨에서 수표를 끊어드리죠."

"멋지군, 루이스. 하지만 캘리포니아 변협은 형사법 변호사가 결과에 기초한 보너스를 받지 못하도록 규정하고 있다네. 받을 수 없어. 고맙긴 하지만 안 돼."

"캘리포니아 변협이 여기 있는 것도 아니지 않습니까? 그리고 보너스가 아니라 정규 수임료로 계산하면 됩니다. 어차피 결국 이길 거잖습니까, 예?"

그는 나를 뚫어져라 쳐다보았는데 거의 노골적인 협박이었다.

"법정에서의 결과는 아무도 알 수 없어. 어디서든 틀어질 수 있는 법이니까. 지금까지는 긍정적이라고 할 수 있겠지만…."

루이스의 얼굴이 천천히 미소로 번지기 시작했다.

"훨씬 더 긍정적으로 만들려면 제가 어떻게 해야 하죠?"

나는 레기 캄포를 떠올렸다. 살아 있으니 분명 재판정에 나올 것이고 자신이 누구를 상대로 증언해야 하는지도 알 것이다.

"아무것도 없어. 그냥 차분히 기다리는 것밖에. 아무 생각도 하지 말고 행동도 하지 말게. 어차피 시간은 지나가고 우린 잘 해낼 테니까 말이야."

그는 대답하지 않았다. 그가 레기 캄포가 상징하는 위험성에 대해 생각하지 않기만을 빌었다.

"한 가지 신경 쓰이는 게 있긴 해." 내가 말했다.

"그래요? 그게 뭡니까?"

"세부적인 내용을 아직 몰라. 소스를 제공한 정보원도 더 이상 말해줄 수 있는 처지가 아니고. 하지만 검사 측은 교도소 밀고자까지 있는 것 같더군. 그 안에 있을 때 아무한테도 사건 얘기를 하지 않은 거지? 누구와도 말하지 말라고 했는데."

"안 했어요. 놈이 누구든 거짓말입니다."

"대개는 다 거짓말이야. 그저 확실히 해두고 싶었을 뿐이네. 내가 처리할 수 있을 거야."

"예."

"하나 더. 빈집의 습격에 대한 증언을 어머니께 부탁드려봤나? 자네가 나이프를 소지하고 다니는 보다 확실한 발판이 필요해서 그래."

루이스는 입술을 내밀었지만 대답은 하지 않았다.

"모친을 설득해주게나. 배심원을 구워삶는 데에는 그런 것들이 더 먹히니까. 동정심도 자극할 수 있고."

루이스가 고개를 끄덕였다. 희망을 본 것이다.

"모친께 부탁해보겠나?" 내가 물었다.

"그러죠. 하지만 어려울 거예요. 한 번도 그 말씀을 하지 않았으니까요. 어머닌 돕스를 제외한 누구와도 말씀 안 하세요."

"모친의 증언도 필요하지만 보강을 위해 돕스도 증언해야 해. 경찰 보고서만큼 확실하지는 않아도 그래도 효력이 있을 걸세. 루이스, 만일 모친께서 증언하신다면 배심원들에게는 최고의 약발이 될 거야. 배심원들은 나이 든 귀부인을 선호하거든."

"알겠습니다."

"그자가 어떻게 생겼는지, 나이가 어느 정도인지 같은 얘기도 안 하셨던가?"

그가 고개를 저었다.

"어머니도 모릅니다. 스키마스크에 고글까지 썼으니까요. 문을 열자마자 어머니를 덮쳤다더군요. 문 뒤에 숨어 있던 데다 무척 빠르고 무자비했다고 들었습니다."

그의 목소리가 떨려나왔다. 그건 예상치 못한 반응이었다.

"돈 많은 구매자였고 또 모친께서 만나기로 약속했다고 들은 것 같은데? 그런데 이미 집 안에 들어가 있었다는 건가?" 내가 물었다.

그는 고개를 들어 나를 보았다.

"예. 방법은 모르지만 안에서 기다리고 있었습니다. 정말 끔찍한 일이었죠."

내가 끄덕였다. 지금은 이 정도로 끝내야겠다고 생각했다. 이제 쫓아낼 때가 된 것이다.

"루이스, 제안에 대해서는 고맙네. 괜찮다면 이제 자고 싶구먼. 고된 하루였거든."

나는 칼을 들지 않은 손으로 현관으로 이어진 복도를 가리켰다. 루이스가 의자에서 일어나 내게 다가왔다. 나도 복도에서 물러나 열린 침실 안쪽으로 들어갔다. 나이프는 여전히 등 뒤에 감춘 채였다. 루이스는 별다른 시비 없이 지나쳤다.

"아, 참, 내일은 따님과 놀아주기로 하셨다면서요?" 그가 말했다.

소름이 끼쳤다. 매기와의 전화를 엿들은 것이었다. 나는 아무 말도 하지 않았다.

"따님이 있는 줄은 몰랐습니다. 멋진 일일 것 같군요."

그는 나를 돌아보며 홀 아래로 내려갔다.

"예쁜 아이더군요." 그가 덧붙인 말이었다.

나는 홀로 빠져나와서 그의 뒤를 쫓았다. 거의 무의식적인 반응이었다. 발걸음을 뗄 때마다 분노가 치솟는 듯했다. 나는 칼을 단단히 움켜쥐었다.

"내 딸이 예쁜지는 어떻게 안 거지?" 내가 물었다.

그가 멈췄고 나도 멈췄다. 그는 내 손에 든 나이프를 보고 다시 나를 보았다. 그러고는 차분한 목소리로 이렇게 대답했다.

"책상에 사진이 있었어요."

이런, 사진을 잊고 있었다니. 헤일리가 디즈니랜드의 티컵을 타고 있는 작은 액자 사진이었다.

"오." 내가 중얼거렸다.

그가 미소 지었다. 내 생각을 읽은 것이다.

"안녕히 주무세요, 믹. 내일 따님과 즐거운 시간 되시길 빌죠. 자주 만나지 못하시는 모양이던데."

그는 돌아서서 현관문을 열었으나 밖으로 나서기 전에 다시금 돌아보았다.

"좋은 변호사를 구하셔야겠어요. 양육권을 얻으시려면요." 그가 말했다.

"아냐. 딸애는 엄마랑 있는 게 더 좋아."

"안녕히 주무세요, 믹. 대화, 즐거웠습니다."

"잘 가게, 루이스."

나는 문을 닫기 위해 앞으로 나섰다.

"멋진 경치죠?" 그가 현관문 밖에서 중얼거렸다.

"그래." 나는 이렇게 대답하고 문을 잠갔다.

나는 손으로 문고리를 잡은 채, 그가 계단을 내려가 거리 저편으로 멀어지는 발소리를 들었다. 하지만 잠시 후 그가 다시 문을 두드렸다. 나는 두 눈을 감고 칼을 단단히 움켜쥔 다음 문을 열었다. 루이스가 손을 내밀었고 나는 한 걸음 뒤로 물러났다.

"열쇠입니다. 아무래도 돌려드리는 게 좋겠네요." 그가 말했다.

그가 내민 손에서 열쇠를 받아들었다.

"고맙네."

"별말씀을."

나는 문을 닫고 잠가버렸다.

22 불행의 씨앗

4월 12일 화요일

변호사라는 직업을 감안한다면 그날의 시작은 더할 나위 없이 좋았다. 출두해야 할 심리도 없었고 만나야 할 의뢰인도 없었다. 나는 늦잠을 잤고 느긋하게 신문을 읽었다. 수중에는 로스앤젤레스 야구 시즌의 홈 개막 경기 박스 티켓까지 있었다. 주간경기였는데 그 경기를 관람하는 것은 변호사들 사이에서 유서 깊은 영예로 통했다. 티켓을 보내준 사람은 라울이었다. 그는 거래 중인 변호사 다섯을 시합에 초대했다고 했다. 그들을 시합에서 만나면 내가 라울을 독점하고 있다고 투덜거릴 것이 분명했지만 난 개의치 않기로 했다.

겉으로 보기에 우리는 아주 느리게 움직였다. 그리고 그 사이에도 사법부의 시간은 꾸준히 흘러갔다. 루이스의 재판은 한 달 후에 시작하기로 결정되었다. 재판일자가 다가올수록 나는 의뢰인의 수를 조금씩 줄여나갔다. 준비하고 전략을 짤 시간이 필요했다. 아직 몇 주가 남았으나 승패는 지금까지 확보해놓은 정보의 양으로 결정될 것이다. 시간이 필요한 건 자료의 연구 때문이었다. 나는 단골손님의 의뢰만 접수했고 그것도 돈벌이가 괜찮고 선불로 지급할 때로 한정했다.

재판이란 새총과도 같다. 요점은 얼마나 준비하느냐인 것이다. 재판준비란 무기를 장착하고 고무줄을 최대한 뒤쪽으로 당겨놓는 과정이다. 일단 재판에 들어서면 고무줄을 놓아야 하고 날아간 돌멩이가 정확히 타깃을 맞추어야 한다. 최고의 타깃은 물론 면소이고 무죄이다. 하지만 그전에 적당한 돌을 고르고 최대한 당겨놓지 못하면 그건 불가능한 타깃이 되고 만다.

사실 새총을 당기는 몫은 거의 라울의 차지였다. 그는 루이스와 지저스, 두 사건의 선수들을 동시에 파헤치고 있었다. 우리는 전략과 계획을 세웠고 그 이름을 '더블 샷'이라고 부르기로 했다. 타깃 두 개를 모두 맞출 생각이었기 때문이다. 우린 고무줄을 최대한 당겨놓고 5월 재판이 시작될 때쯤엔 언제든 손을 놓을 만반의 태세를 갖출 것이다.

검찰도 우리 새총을 장착하는 데 제 역할을 다해주었다. 루이스의 기소절차가 있고 몇 주 후 검사의 자료 파일은 더 두터워졌다. 경찰 수사가 진척되면서 과학 보고서가 첨가되고 새로운 증거들도 나타났다.

사건이 있던 날 밤, 모건스에서 레기 캄포와 있었던, 왼손잡이 미스터 X의 신분도 밝혀졌다. LA 경찰은 내가 테드에게 넘겨준 비디오의 프레임 하나를 캡처해 면식이 있는 창녀들과 콜걸들에게 보여주었다. 미스터 X의 신분은 찰스 탤벗이며 창녀들에게는 유명한 단골이었다. 몇몇 사람이 그가 레제다 거리에서 편의점을 운영하고 있다고 증언해주었다.

자료 요청을 통해 전달된 조서에는 탤벗을 신문한 내용도 들어 있었다. 조서에 따르면 3월 6일 밤, 그는 10시가 지나자마자 캄포의 집을 떠나 곧바로 전술한 편의점으로 향했다고 한다. 탤벗은 상점의 주인이었으므로, 재고를 확인하고 열쇠를 꺼내 담배 저장 캐비닛을 열었다. 상점의 감시 카메라에도 오후 10시 9분부터 51분까지 그가 카운터 아래의 저장통에 담배를 채워 넣었음을 확인해주었다. 검찰은 그가 캄포의 아파트를 떠난 후, 어떤 식으로든 사건과 관련이 있을 가능성이 없다고 결론을 내렸다. 결국 고객 중 하나일 뿐이었다.

검사의 자료 어디에도 드웨인 제프리 코를리스에 대한 언급은 없었다. 그는 루이스에 대한 정보를 미끼로 검찰과 접촉한 밀고자이다. 테드 민튼이 그를 증인으로 쓰지 않기로 했거나, 아니면 비상용으로 감추고 있는 것이다. 나는 후자 쪽이라고 생각했다. 그를 수감 프로그램에 처박아둔 것이 그 이유였다. 만일 드웨인을 히든카드로 쓸 생각이 없다면 그런 수고를 할 필요조차 없었을 것이다. 그건 아무래도 좋았다. 민튼이 모르는 것은 드웨인이 바로 내 새총에 장착한 돌이라는 사실이다.

검사 보고서에는 사건 피해자에 대한 정보는 거의 없었다. 하지만 라울은 끈덕지게 레기 캄포를 추적했고, 캄포가 광고를 내건 핑크밍크닷컴(PinkMink.com)이라는 웹사이트를 찾아냈다. 그 사실이 중요한 이유는, 단지 캄포가 창녀라는 사실을 밝혀주기 때문이 아니었다. 나는 오히려 광고 카피에 더 마음이 끌렸다. 캄포는 자신이 "매우 개방적이며 거친 게임을 좋아한다"고 했고, "사디즘, 마조히즘 놀이 가능. 나를 패지 않으면 내가 때린다"고 적어놓았다. 그건 유용한 정보였다. 배심원들의 눈앞에 피해자나 증인이 어떤 색깔의 인물인지를 보여줄 수 있는 종류의 정보인데, 캄포는 피해자인 동시에 증인이었다.

라울은 또 루이스의 삶과 생활을 깊이 파고들어갔다. 루이스는 어린 시절 무척이나 가난했고 그 때문에 비벌리힐스의 주변 초등학교를 다섯 군데나 옮겨 다녀야 했다. 그 후 UCLA에 진학해 영문학 학위를 받았다. 라울이 찾아낸 동창 하나는, 루이스가 다른 학생의 강의 리포트, 시험 답안지, 심지어 90쪽짜리 졸업논문(존 판테의 삶과 작품에 관한)까지 돈으로 사들이는 식으로 학교를 마쳤다고 주장했다.

루이스의 일그러진 인생은 성인이 되면서 더욱 심해졌다. 라울이 만난 여자들 중 대다수가 루이스에게 (신체적으로, 정신적으로, 또는 둘 모두) 학대를 당했다고 증언했다. UCLA에 다녔다는 두 여자는 루이스가 프래터니티 파티(남학생들이 주최하는 파티 – 옮긴이)에서 음료에 최음용 마약을 첨가해 그들을 성적으로 희롱했다고 주장했다. 그 사실을 대학 당국에 보고하지는 않았지만 한 여성은 파티 다음 날 혈액검사를 받았으며, 케타민과 수의용 진정제의 흔적이 검출되었다고 말했다. 다행인 것은 어느 여인도 아직 검사측 수사관에게 포착되지 않았다는 점이었다.

라울은 또한 5년 전의 부동산 강간사건에 대해서도 살펴보았다. 모두 네 건이었고, 부동산 업자들은 공통적으로 실내에서 기다리고 있던 남자에게 강간당했다고 보고되어 있었다. 모두가 집을 보여주기 위해 빈집에 들어갔다가 당한 일이었다. 강간은 미제사건으로 남았지만 최초의 사건이 보고된 후 11개월이 지나자 사건은 더 이상 일어나지 않았다. 라울은 사건을 담당했던 LA 경찰 성범죄 전문가와 얘기도 해보았다. 그는 강간범이 외부인이 아니라고 확신한다고 말했다. 강간범은 집 안으로 들어갈 수단을 확보했고 여성 업자들을 혼자 오게 하는 방법도 알고 있었다는 것이다. 강간범도 부동산 업자일 것이라는 의견을 내놓았으나, 체포에 실패한 이상 그의 이론을 증명할 방법은 없었다.

강간사건에 견주어, 메리 앨리스 윈저 외에 피해자가 더 있는지의 여부는 알아내지 못했다. 윈저는 우리와 인터뷰한 후 자신의 비극에 대해 증언하는 데 동의했다. 물론 불가피할 경우에 한해서라고 못을 박기는 했다. 윈저가 제시한 피습일자는 부동산 강간범의 습격 시기와 맞아떨어졌다. 윈저는 예약 장부를 포함한 자료 둘을 제공했다. 윈저가 피습당했다는 벨에어 주택의 판매에 대해 그녀가 기록상의 업자였음을 보여주는 자료들이었다. 하지만 결국 우리에겐 윈저의 증언뿐이었다. 강간을 증명해줄 병원 기록도, 경찰 기록도 없었다.

특이할 만한 점은, 메리 윈저의 증언과 루이스의 말이 거의 세부사항까지 일치했다는 사실이었다. 루이스가 그렇게 소상히 알고 있다는 사실에 솔직히 라울과 나는 고개를 갸우뚱할 수밖에 없었다. 어머니가 비밀로 하기를 원했고 또 신고도 하지 않은 마당에, 유독 아들에게만 자신의 부끄러운 시련에 대해 그렇게 세세한 부분까지 얘기했다는 사실을 어떻게 믿으란 말인가? 그 의혹은 라울에게 하나의 이론을 제공해주었는데 그건 말 그대로 역겹고 추악하기 이를 데 없는 가설이었다.

"놈은 바로 그 자리에 있었어." 인터뷰를 마치고 우리끼리만 있을 때 라울이 한 말이었다.

"어머니의 피습을 막을 생각도 않고 보고만 있었다는 건가?"

"아니, 내 말은 그자가 바로 스키마스크와 고글을 쓴 괴물이라는 거야."

"오, 이런…." 내가 중얼거렸다.

라울은 내가 인정하지 않는다고 생각했는지 자신의 이론을 설명하기 시작했다.

"무척이나 강한 여자야. 빈손으로 회사를 세웠다고. 그것도 부동산이 거의 전쟁이다시피 한 지역에서 말이야. 그런 여자가 신고를 하지 않은 이유가 더 꺼림칙해. 놈이 잡히기를 원치 않은 거겠지. 나는 사람들을 두 부류로 봐. 눈에는 눈 종족이거나 아니면 왼뺨을 내미는 종족이지. 그 여잔 눈에는 눈 종족이야. 놈을 보호하려는 것이 아니라면 입을 다물 이유가 없단 말이야. 자기 아들이니까. 이봐, 루이스는 악마야. 언제 어떻게 악마가 되었는지는 모르겠지만, 보면 볼수록 악마가 분명해."

이런 종류의 얘기는 물론 완전한 오프 더 레코드이다. 변호를 핑계로 노출시킬 내용이 못 된다. 들춰내서도 안 되고 글로 남겨놓아서도 안 된다. 하지만 재판을 준비하고 법정 안에서 효율적인 플레이를 하기 위해서는 반드시 알고 있어야 할 정보였다.

11시 5분, 집 전화가 울렸다. 거울 앞에 서서 다저스 모자를 써보고 있을 때였다. 발신자 번호를 확인해보니 로나 테일러였다.

"휴대폰은 왜 꺼놨어요?" 로나가 물었다.

"오늘은 비번이니까. 말했잖아, 전화 안 받는다고. 미시하고 야구시합에 갈 건데 좀 일찍 만나야 할 일이 있어."

"미시가 누구죠?"

"라울 말이야. 왜 오늘까지 날 못살게 구는 거지?"

나는 가벼운 어투로 투덜거렸다.

"이 문제라면 못살게 굴어도 희죽거릴 것 같은데요. 오늘 아침 일찍 편지가 왔어요. 그것 말고도 제2법원에서 의견서도 와 있고요."

제2고등법원은 LA 카운티의 모든 사건을 검토하고 대법원으로 가기 전에 제일 먼저 상소심을 처리하는 곳이다. 하지만 로나가 패소했다는 사실을 알리기 위해 전화하지는 않았을 것이다.

"어느 사건이지?"

"로드세인트 건이요. 헤럴드 케이시. 당신이 이겼어요!"

나는 경악했다. 승소 때문이 아니라 타이밍 때문이었다. 물론 이번 상소는 빨리 처리할 생각이었다. 나는 평결이 나기도 전에 상소이유서부터 작성했고, 재판과 관련된 공문 사본을 빨리 받기 위해 급행료를 지불했으며, 평결 다음 날 상소문을 작성해 신속한 리뷰를 요청해두었다. 하지만 그러고도 앞으로 두 달은 더 지나야 결과를 들을 수 있을 거라고 생각했던 것이다.

나는 로나에게 의견서를 읽어달라고 했다. 내 얼굴은 이미 희색이 만면했다. 의견서는 말 그대로 내 이유서의 복사판이었다. 3인조 판사는 헤럴드의 농장에 대한 보안관 감시 헬리콥터의 저공비행이 사유재산 침해에 해당한다는 내 주장에 토씨 하나까지 그대로 동의했다. 법원은 하이드로의 발견을 초래했던 수색이 불법이었다는 점을 지적하며 헤럴드의 판결을 뒤집었다.

검찰은 헤럴드의 재심을 시도하겠지만 사실 재심 자체가 불가능했다. 고등법원이 농장 수색에서 확보한 증거 모두를 무효로 해버린 이상 더 이상의 증거가 남아 있을 리 없었다. 제2법원의 판결은 변호사의 완승을 뜻했고 그건 정말로 드문 일이었다.

"허, 쥐구멍에도 볕 들 날이 있다더니."

"아무튼, 그 사람은 어디 있어요?" 로나가 물었다.

"지금은 리셉션센터에 있겠지만 그들 말로는 코코런으로 이감할 거라고 했어. 일 좀 하나 해줘. 판결문을 10부 복사해 봉투에 넣어서 모두 코코런의 헤럴드 앞으로 발송해줘. 주소는 있지?"

"아니, 그러다가 달아나면 어쩌려고?"

"아직은 아냐. 그 친구, 체포된 것 때문에 가석방이 깨졌어. 항소는 거기까진 못 미쳐. 가석방 위원회에 출두해서 마약 재배에 대한 입장도 밝히고 가석방 규칙을 어긴 것이 불법수색 때문이라는 점도 증명해야 해. 그러기 전엔 못 나가. 그거 다 끝나려면 적어도 6주는 걸릴 거라고."

"6주씩이나요? 세상에 그렇게나 오래요?"

"시간이 아까우면 죄를 짓지 마셔야지."

나는 옛날 텔레비전 쇼에서 새미 데이비스가 노래하듯 말했다.

"제발, 나한텐 노래 부르지 말아줄래요, 믹?"

"미안."

"왜, 카피를 10부나 보내야 하죠? 하나가 아니고?"

"하나는 자기가 갖고 다른 아홉은 교도소에 뿌려야 하거든. 그래야 전화가 걸려올 거 아냐? 항소심에서 승리한 변호사는 교도소의 황제와도 같은 존재라고. 놈들이 개떼같이 전화할 거야. 그러면 당신은 옥석을 가려, 가족도 있고 돈도 있는 자들을 골라내야지."

"하여간 잔머리 하나는 기가 막히게 돌린다니까."

"당근이지. 다른 일은?"

"별로요. 듣고 싶어하지 않을 그런 전화들이에요. 어제 카운티에서 글로리 데이스는 만났어요?"

"글로리아 데이튼이야. 그래, 만났어. 고비는 넘긴 것처럼 보이더군. 아직 한 달 정도 더 남았어."

사실, 글로리아는 고비를 넘긴 정도가 아니었다. 그녀가 그렇게 총명하고 초롱초롱한 것은 몇 년 만에 처음이었다. 카운티-USC 메디컬센터에 간 목적은 따로 있었지만, 회복기에 있는 글로리아를 볼 수 있었던 것도 퍽 괜찮은 보너스였다.

하지만 로나는 예상대로 입방정을 떨었다.

"이번엔 얼마나 걸릴까요? '지금 감옥이에요, 미키, 도와주세요'라고 말할 때까지 말이에요."

로나는 인용부분을 말할 때에는 글로리아의 코맹맹이 소리까지 흉내 냈다. 너무나 비슷했지만 난 그 때문에 더 화가 났다. 이제는 아예 디즈니 클래식의 곡조를 박자까지 맞추며 따라했다.

"다시 만나요, 미키. 이번에도 공짜, 다음에도 공짜. 미키는 나의 천사. 미키, 미키 마우스, 당신은 공짜 변호사….."

"제발 내 앞에서 노래 부르지 말라고, 로나."

로나가 전화에 대고 깔깔 웃었다.

"찔리는 게 있나 보죠?"

나는 미소 지었지만 최대한 목소리를 낮추었다.

"좋아. 알겠어. 이제 끊을게."

"에, 잘 지내요, 미키 마우스."

"당신이 그 노래를 하루 종일 부르고, 다저스가 자이언츠한테 20 대 0으로 진다 해도, 오늘은 얼마든지 잘 지낼 수 있어. 그런 뉴스까지 들은 마당에 나쁜 일이 뭐가 있겠나?"

전화를 끊은 다음 나는 서재로 가서 테디 보겔의 휴대폰 번호를 챙겼다. 세인트의 야외사령관 격인 인물이다. 나는 판결 소식을 전한 다음, 그쪽이 빠를 테니 나 대신 꼴통한테 전해달라고 부탁했다. 로드세인트가 없는 교도소는 없다. 게다가 그들은 CIA와 FBI도 혀를 내두를 만한 통신시스템까지 갖추고 있었다. 뚱땡이는 알아서 하겠다고 말하고는, 요전에 바스케즈 록스에서 준 1만 달러가 가치 있는 투자였다는 말도 덧붙였다.

"고맙네, 테드. 다음번에 변호사가 필요할 때에도 그 말을 꼭 기억해두라고."

"물론입죠, 변호사 나리."

그가 전화를 끊고 나도 끊었다. 나는 복도 벽장에서 야구 글러브를 집어 들고 현관으로 향했다. 내 평생 최초로 구입한 글러브이다.

얼에게는 보너스와 하루 휴가를 주었기 때문에 나는 직접 다운타운의 다저스 스타디움으로 차를 몰았다. 도착할 때까지도 도로상황은 나쁘지 않았다. 주중의 주간 경기였지만 홈 개막전은 언제나 매진이었다. 야구 시즌의 시작은 다운타운의 노동자들을 수천 명씩 끌어모으는 의식과도 같다. 따분하기 짝이 없는 LA 유일의 스포츠 이벤트이기 때문이다. LA는 흰 셔츠와 타이를 매고 뻣뻣한 헛바람만 잔뜩 먹고 사는 사람들의 도시이다. 재산이 날아가고, 공든 탑이 무너지고 기회를 모두 놓치고 나서야, 혹독한 현실을 깨닫게 될 어리석은 존재들.

나는 제일 먼저 도착했다. 필드에서 세 번째 줄이고 오프시즌 중에 추가된 특별좌석이었다. 브로커에게 티켓을 사기 위해 라울이 얼마나 큰 출

혈을 일으켰을지 알 만한 대목이었다. 아마도 사업상 접대비로 계상될 것
이다.

라울도 일찍 오기로 되어 있었다. 전날 밤 전화를 걸어 은밀히 할 얘기
가 있다고 했다. 배팅 연습도 보고, 새 주인이 스타디움을 어떻게 개조했
는지도 감상하면서, 글로이아 데이튼의 방문 결과에 대해 의견도 나누고,
루이스와 관련된 최근의 수사상황 보고도 받을 참이었다.

하지만 라울은 배팅 연습에 나타나지 않았다. 다른 변호사 넷은 나타났
다. 법원에서 바로 온 탓에 그중 셋은 넥타이 차림이었다. 아무튼 은밀한
대화는 물 건너간 셈이었다.

넷은 모두 과거 보트 사건에서 함께 일했던 사람들이었다. 사실 변호사
들이 다저스 시합에 참가하는 전통이 시작된 것도 보트 사건 때문이었다.
몇 년 전 정부가 마약 유입을 막기 위해 대규모 작전을 지시한 적이 있었
다. 해안경비대는 수상한 배들을 마구잡이로 세우기 시작했고, 행여나 노
다지(그러니까 마약)라도 캐면 배와 선원들을 깡그리 체포했다. 검사들이
수도 없이 로스앤젤레스 지방법원으로 몰려들었다. 사건마다 한 다스 이
상의 피고들이 끌려나왔으며 그들에겐 당연히 변호사가 따라붙었다. 물
론 그중 대부분은 법원이 지정하고 나라가 지불하는 국선변호사들이었
다. 사건 자체가 짭짤하고 꾸준해서 우리에겐 그야말로 태평성대의 세월
이었다. 그러던 중 누군가 사건 미팅을 다저스 스타디움에서 하자는 제안
을 했고 우리는 컵스 경기의 특별관람석을 예매했다. 그때 우리가 사건에
대해 논의한 건 7이닝이 진행되던 동안 불과 몇 분에 지나지 않았다.

식전 행사가 시작된 후에도 라울은 오지 않았다. 필드에 있는 바구니들
에서 수백 마리의 비둘기가 날아올랐다. 새들은 무리를 지어 스타디움을
선회하다가 커다란 박수를 받으며 멀리 날아가 버렸다. 곧이어 B-2 스텔
스 폭격기가 등장했고 더 커다란 환호가 터져 나왔다. LA는 바로 이런 곳

이다. 조금만 긁어주면 모두가 미쳐 날뛰는 곳.

게임이 시작되었지만 라울은 나타나지 않았다. 나는 휴대폰을 꺼내 통화를 시도했다. 다들 실망스런 시즌의 재탕이 아니기를 바라는 마음이라 함성은 어느 때보다도 크고 거칠었다. 전화는 곧 메시지로 넘어갔다.

"미시, 도대체 어디 있는 거야? 기가 막힌 자린데, 지금 하나가 비어 있단 말이야. 모두 기다리고 있어."

나는 휴대폰을 끄고 다른 사람들을 보며 어깻짓을 해보였다.

"모를 일이야. 아예 전화도 받지 않네."

나는 전화기를 켜둔 채 다시 허리춤에 찼다.

자이언트가 20 대 0으로 이긴다 해도 개의치 않겠다고 한 말을 후회하기 시작한 것은 불과 1회 초가 끝나기도 전이었다. 놈들은 다저스가 시즌 첫 배트를 대보기도 전에 5 대 0으로 앞서나갔고 사람들은 초반부터 김이 빠졌다. 여기저기서 본전 생각난다는 소리가 들렸다. 심지어 스타디움의 개조와 지나친 상업주의를 힐난하는 소리도 들렸다. 동료 변호사인 로저 밀스도 스타디움 전역을 둘러보더니 나스카 레이싱카보다도 더 많은 광고 딱지가 붙어 있다고 투덜거렸다.

다저스도 만회할 기회를 물기는 했지만, 4회 초엔 자이언트가 다시 중앙 담을 넘는 3점짜리 홈런으로 제프 위버를 내쫓아버렸다. 나는 투수 교체 시간을 이용해, 헤럴드 건에 대해 제2법원에서 얼마나 신속한 결정을 끌어냈는지에 대해 자랑을 늘어놓았다. 다른 변호사들은 모두 감동한 표정을 지었지만, 댄 데일리만큼은 그렇게 빠른 항소 결과를 얻을 수 있었던 것은 판사 셋 모두 내 크리스마스 목록에 있기 때문일 거라고 비아냥거렸다. 나는 데일리에게 판사들이 말총머리 변호사들을 믿지 않는다는 소문을 듣지 못했느냐고 반격했다. 그의 말총머리는 등 가운데까지 늘어져 있었다.

휴대폰이 울린 것은 이런 여유 속에서였다. 나는 전화기를 빼내 스크린을 보지도 않고 열었다.

"라울?"

"아닙니다. 전 랭크포드 형사입니다. 글렌데일 경찰서 소속이죠. 마이클 할러 씨인가요?"

"예, 그런데요?"

"전화 받을 시간이 괜찮습니까?"

"지금은 괜찮지만 조금 후면 잘 들을 수 없을 겁니다. 지금 다저스 경기를 보는 중이니까요. 내가 다시 전화 드려도 될까요?"

"아닙니다, 그건. 혹시, 라울 아론 레이븐이라는 이름을 아십니까? 그는….."

"예, 압니다. 무슨 일이죠?"

"유감스럽지만 사망했습니다. 그의 집에서 살해당했죠."

나는 순간 고개를 떨어뜨리고 말았다. 어찌나 낮게 숙였는지 머리가 앞에 앉은 남자의 등을 때리고 말았다. 난 다시 고개를 들고는 손으로 한쪽 귀를 막고 다른 쪽 귀에 전화기를 바짝 붙여 주변의 소음을 죽였다.

"어떻게 된 겁니까?"

"우리도 모릅니다. 그래서 전화를 드린 거죠. 최근에 할러 씨 일을 하고 있던 것 같아서요. 이쪽으로 오실 수 있겠습니까? 몇 가지 알고 싶은 것도 있고 또 부탁할 일도 있습니다."

나는 숨을 내쉬고 최대한 목소리를 진정시키려 애썼다.

"지금 바로 가죠." 내가 말했다.

23 죽은 자의 메시지

　라울 레빈의 시신은, 브랜드 거리에서 몇 블록 떨어진 그의 방갈로 뒷방에 있었다. 일광욕실이나 TV 시청실로 디자인된 방 같았지만 라울은 그 공간마저 작업실로 바꿔버렸다. 나와 마찬가지로 방문자가 필요한 사업이 아니기 때문에 상업적인 공간은 필요 없는 친구였다. 그는 심지어 옐로페이지에도 이름을 올리지 않았다. 언제나 구두로 의뢰를 받고 일을 해주었는데, 야구 시합에서 만나기로 했던 다섯 변호사들이 바로 그의 기술과 성공을 증명해주는 단초였다.

　정복 경찰이 내가 올 거라고 지시를 받았다면서 잠시 거실에서 기다리라고 했다. 뒷방에 있는 형사들이 나와 만날 거라는 얘기다. 정복경찰 한 명은 복도에 서 있었는데 내가 뒷방이나 현관으로 질주할 것에 대비한 배려였다. 어느 쪽으로 가든 그를 거쳐야 했다. 나는 그곳에 앉아 죽은 친구 생각을 했다.

　스타디움에서 차를 몰고 오면서 이미 라울을 죽인 자가 누구인지 결정해버렸다. 살인자의 증거를 찾기 위해 뒷방에 갈 필요도 없었다. 라울이 루이스에게 너무 가까이 다가간 것이다. 그리고 그를 보낸 건 바로 나였다. 이제 남은 문제는 이 상황을 어떻게 처리할 것이냐에 대한 선택뿐이었다.

20분쯤 후 형사 둘이 거실로 들어섰다. 나는 자리에서 일어났고 우린 선 채로 얘기를 했다. 남자는 자신을 랭크포드라고 소개했다. 내게 전화를 건 형사였다. 그는 나이가 많은 베테랑이었다. 그의 파트너는 소벨이라는 여자였는데 살인사건을 다룬 경험은 많지 않아 보였다.

우리는 악수도 하지 않았다. 형사들은 고무장갑을 끼고 있었고 신발도 종이봉투로 감싼 채였다. 랭크포드는 껌을 씹고 있었다.

"오케이, 우리가 가진 건 이거요. 레이븐은 사무실 책상 의자에 앉아 있었소. 의자의 각도로 봐선 침입자를 마주하고 있었던 것으로 보이는데 가슴에 한 발을 맞았더군. 22구경 같긴 하지만 정확한 건 검시관들이 판단하겠지."

랭크포드는 가슴 한가운데를 손으로 두들겼다. 셔츠 밑으로 방탄조끼 소리가 둔탁하게 들렸다.

나는 라울 레빈의 이름을 교정해주었다. 아까 전화에서도 레이븐이라고 발음했는데 발음이 헤븐과 비슷해서 마음이 언짢았다.

"알았소, 레빈. 어쨌든 총에 맞은 후, 일어서려다가 그대로 마루에 쓰러진 거요. 침입자는 사무실을 샅샅이 뒤졌소. 지금은 그자가 뭘 찾았는지, 뭘 가져갔는지 알아보는 중이오."

"누가 발견했죠?" 내가 물었다.

"개가 돌아다니는 걸 본 이웃이 봤소. 살해 전이든 후든, 침입자가 개를 풀어준 모양입니다. 이웃집 여자가 개를 데려온 모양인데, 문이 열려 있는 것을 보고 들어왔다가 시체를 본 거요. 도둑을 잡을 개 같아 보이지도 않더구먼. 삽살개인가?"

"시추입니다."

개를 본 적도 있고 이름을 듣기도 했지만 갑자기 아무것도 기억나지 않았다. 렉스나 브롱코 같은, 작은 체구에 걸맞은 이름이었는데….

소벨은 질문하기 전에 노트부터 확인하는 타입이었다.

"가까운 친척을 추적할 만한 정보가 하나도 없네요? 피해자한테 가족이 있나요?"

"어머니가 동부에 계실 거요. 디트로이트 태생이니까. 친척은 거의 없는 것 같던데…."

소벨은 고개를 끄덕였다.

"피해자의 일정표를 찾아냈습니다. 지난달엔 거의 변호사님 이름뿐이던데 특별한 사건을 조사 중이셨던가요?"

내가 끄덕였다.

"두 건이었소. 하나는 부차적인 것이지만."

"이야기해주실 수 있으세요?" 소벨이 물었다.

"재판에 계류 중인 사건이 있소. 다음 달이죠. 강간과 살인미수 건이고 이 친구는 날 위해 증거를 추적 중이었소."

"이른바 경찰 자료를 개구멍으로 빼내는 중이라는 뜻이군." 랭크포드가 중얼거렸다.

전화로 보여준 공손함은 단지 나를 끌어들이기 위한 사탕발림에 지나지 않았다. 형사가 나를 대하는 태도는 이미 180도 달라져 있었다. 형사는 그 사실을 확인이라도 하는 듯이 처음 들어올 때보다 더 사납게 껌을 씹어댔다.

"혹시 게이 같은 것과 관련이 있소?"

"예? 왜 그런 말을 하죠?"

"털북숭이 개. 집 안엔 온통 남자들하고 개 사진뿐이오. 벽에, 침대 옆에, 피아노 위에."

"자세히 보시죠, 형사님. 그건 한 사람입니다. 몇 년 전에 죽은 파트너죠. 그 후로는 그 친구 혼자서 쭉 일했어요."

"에이즈로 죽은 모양이군."

나는 대답하지 않았다. 랭크포드의 매너에 짜증이 나기 시작했다. 이런 식의 바닥 훑기식 수사 방법으로는 라울의 사린과 루이스를 연결시킬 수 없을 것이다. 아무려면 어떤가. 5~6주 정도만 녀석을 묶어둘 수 있다면 그다음엔 이 친구들이 정신을 차리든 않든 상관없다. 그리고 그때쯤 내 연극도 끝날 것이다.

"이 친구, 게이 모임 같은 데도 나갔소?" 랭크포드가 물었다.

나는 어깨를 으쓱해 보였다.

"모릅니다. 하지만 이게 게이 문제라면 왜 작업실만 뒤집고 나머지는 그대로 두었겠습니까?"

랭크포드가 끄덕였다. 내 질문의 논리에 잠시 후퇴하는 듯 보였는데, 하지만 그는 곧 카운터펀치로 재반격을 시도해왔다.

"그래, 변호사 양반은 오늘 아침에 어디 계셨소?"

"뭐요?"

"그냥 일상적인 질문이오. 현장으로 보면 분명 면식범이오. 살인자를 뒷방까지 데려갔거든. 아까도 말했지만 총을 맞은 것도 책상에 앉은 자세였고 말이오. 즉, 살인자 앞에서 상당히 여유를 부렸다는 뜻이지. 우린 모든 지인들을 면담할 생각이오. 직업상 지인이든 아니면 단순한 이웃이든 말이오."

"나도 용의 선상에 있다는 겁니까?"

"아니, 다만 주변을 정리하고 수사 범위를 줄이자는 거요."

"아침 내내 집에 있었습니다. 다저스 스타디움에서 라울을 만나기로 했었죠. 정오쯤에 스타디움을 향해 출발했고 형사님 전화를 받은 것도 그곳이었습니다."

"그전에는?"

"말씀드린 대로 집에 있었습니다. 혼자였죠. 하지만 11시경에 집전화로 통화를 했어요. 최소한 지금 여기서 30분쯤 떨어진 곳입니다. 그가 죽은 게 11시 이후라면 난 깨끗한 거겠죠."

랭크포드는 미끼를 물지 않았다. 그러고 보니 사망시간을 알려주지 않았는데 아직 확인되지 않은 모양이었다.

"마지막으로 대화한 게 언제요?" 대신에 그는 이렇게 물었다.

"어젯밤 전화 통화를 했습니다."

"누가 왜 전화를 한 거지?"

"그가 전화했어요. 시합에 일찍 올 수 있느냐고 해서 그럴 수 있다고 했습니다."

"이유는?"

"그 친구는… 그러니까 배팅 연습 구경을 좋아했습니다. 구경도 하고 또 룰레 건에 대해 보고할 것도 있다고 했죠. 특별한 일은 없다지만 일주일 동안 보고를 못 받았으니까요."

"협조 고맙소." 랭크포드가 말했다. 냉소가 잔뜩 깔린 목소리였다.

"지금 내가 의뢰인들에게 절대 하지 말라고 당부하는 일을 했다는 사실을 아십니까? 난 지금 변호사의 배석도 없이 진술을 했고 내 알리바이까지 주었습니다. 나도 지금 경황이 없다는 거죠."

"고맙다고 했잖소."

소벨이 나섰다.

"더 하실 말씀은 없으신가요, 할러 씨? 레빈 씨나 그분의 수사에 대해서요."

"예, 한 가지 있소. 두 분이서 체크하리라고 믿지만 밖으로 새어나가진 않았으면 좋겠군요."

나는 뒤쪽 복도를 지키고 있는 정복 경찰을 건너다보았다. 소벨이 내 눈을 쫓더니 내가 원하는 게 무엇인지 알아차렸다.

"저, 잠깐만 밖에서 기다리실래요? 미안해요."

경찰은 화가 난 표정을 지었다. 여자한테 쫓겨나는 게 기분 나쁜 것이었다.

"그래, 무슨 얘기요?"

"정확한 날짜는 확인해봐야겠지만 아무튼 몇 주 전입니다. 3월이었고 라울 레빈은 다른 사건으로 내 일을 도와주고 있었죠. 내 의뢰인을 밀고한 마약 딜러를 조사하는 일이었어요. 라울은 여기저기 전화를 걸어 결국 그자의 신원을 알아냈는데, 들은 바로는 콜롬비아 출신이고 그쪽에 줄도 탄탄하다더군요. 혹시 그래서…."

나는 그들이 빈칸을 채우도록 내버려두었다.

"글쎄, 모르겠군. 이건 너무 깨끗해. 복수극같이 보이지 않는다는 거요. 목을 자르지도 혀를 뽑지도 않았으니까. 단 한 방. 그리고 사무실 수색. 마약 졸개들이 여기서 뭘 찾을 게 있겠소?"

나는 고개를 저었다.

"어쩌면 의뢰인의 이름이었을 수도 있겠죠. 윤리 규약상 유포해서는 안 되니까."

랭크포드는 무거운 표정으로 고개를 끄덕였다.

"의뢰인의 이름이 뭐죠?"

"그건 안 됩니다. 변호사-의뢰인 규약이죠."

"좋아, 그렇다고 칩시다. 당신 의뢰인 이름도 모르는 판에 어떻게 사건을 수사하라는 거요? 도대체 저기 쓰러져 있는 친구가 불쌍하지도 않소?"

"물론 그럴 리야 없죠. 이곳에서 정말로 가슴 아픈 사람은 나쁜일 겁니다. 하지만 그렇다고 법의 원칙과 윤리를 무너뜨릴 수는 없습니다.

"당신 의뢰인이 위험에 처할 수도 있소."

"의뢰인은 걱정 안 해도 됩니다. 구류 중이니까요."

"여자군요, 그렇죠? 그나 그녀가 아니라 계속 의뢰인이라고 하시는 걸 보니." 소벨이었다.

"지금 의뢰인 얘기하자는 게 아니지 않나요? 마약상의 이름을 알고 싶다면 그건 헥터 아란데 모야입니다. 지금 연방교도소에 있고 샌디아고의 마약단속반에서 기소했을 겁니다. 제가 말할 수 있는 건 여기까집니다."

소벨은 그 모든 것을 적었다. 이 정도면 루이스나 게이가 아닌 다른 곳을 찾을 만한 충분한 빌미를 제공한 셈이다.

"할러 씨, 전에도 레빈 씨의 사무실에 와본 적이 있으셨나요?" 소벨이 물었다.

"몇 번. 마지막은 두 달 전이었소."

"우리하고 뒷방에 잠시 가주시겠습니까? 혹시 뭔가를 보거나 없어진 걸 알아볼 수도 있으니까요."

"그 친군 아직 거기 있나요?"

"희생자 말인가요? 예, 아직 발견된 그대로입니다."

나는 고개를 끄덕였다. 라울이 살해 현장의 중심에 누워 있는 것을 볼 자신은 없었지만, 불현듯 꼭 봐야겠다는 마음이 들었다. 절대 오늘을 잊지 않을 것이다. 계획과 결심을 다지기 위해서라도 그의 죽음을 절대 에너지로 만들 생각이었다.

"알았습니다, 가죠."

"그럼 이걸 신고, 안에 들어가면 아무 것도 손대지 마시오. 아직 수사가 진행 중이니까." 랭크포드였다.

나는 라울의 소파에 앉아 그가 주머니에서 꺼내준 종이봉투를 신은 다음, 그들을 따라 복도 끝 죽음의 방으로 향했다.

라울의 시신은 처음 발견된 그대로였다. 얼굴은 오른쪽으로 돌아가 있었고 입과 두 눈은 뜬 채였다. 자세는 매우 불편해 보였는데 엉덩이 한쪽이 다른 쪽보다 높이 들려 있고 두 팔과 손이 밑에 깔려 있기 때문이었다. 뒤쪽의 의자에서 쓰러진 것이 분명해 보였다.

나는 금방 이 방에 들어온 것을 후회했다. 라울의 마지막 표정이 과거의 모든 기억들을 완전히 덮어버릴 거라는 사실을 뒤늦게 깨닫고 만 것이다. 저 두 눈을 영원히 떠올리고 싶지 않다면 결국 그를 잊을 수밖에 없을 것이다.

아버지도 마찬가지였다. 내게 남은 유일한 기억은 침대에 누워 있는 한 남자의 영상에 불과했다. 암에 침식당해 안에서부터 썩어가던 50킬로그램짜리 거물. 다른 기억들은 모두 허상에 지나지 않았다. 기껏해야 읽은 책에서 온 그림들이었으니 말이다.

방 안에는 수많은 요원들이 작업 중이었다. 현장 형사들과 의료 검시팀 사람들이다. 저들이 내 얼굴의 공포를 읽을 수도 있을까?

"왜 저 친구를 아직까지 못 덮고 있는지 아쇼? 당신이나 OJ 같은 사람들 때문이오. 소위 개시절차라고 하던가? 당신네 변호사들이 아귀처럼 달려들어 물어뜯거든. 덕분에 시신을 덮는 시트 따위는 여기서 데려갈 때나 등장한다오."

나는 아무 말 않고 그저 끄덕이기만 했다. 그의 말이 옳아서였다.

"저쪽 테이블에 특별한 게 있는지 살펴주시겠습니까?" 소벨이 물었다. 그나마 소벨은 내게 약간의 동정심 같은 것을 갖고 있는 듯 보였다.

차라리 소벨의 말이 고마웠다. 그 일을 하는 동안은 적어도 시신을 등질 수 있기 때문이다. 나는 탁자 쪽으로 다가갔다. 라울의 작업 탁자는 방 한구석에 놓여 있었고 세 개의 책상을 부채꼴처럼 모아놓은 모양이었다.

버뱅크의 이케아 가구점에서 구입했다고 했는데 장식이라곤 전혀 없이 그저 실용성만 강조된 그런 가구들이다. 모퉁이의 중앙 탁자에는 컴퓨터가 놓여 있고 키보드용의 여닫이 선반도 달려 있었다. 양쪽 탁자는 쌍둥이 작업대처럼 보였다. 아마 사건 파일들이 섞이지 않도록 분리하는 데 목적이 있는 것 같았다.

나는 컴퓨터를 보며 라울이 루이스 건을 컴퓨터 파일로 만들어놓았을지도 모르겠다는 생각을 했다. 소벨이 내 생각을 눈치채고는 말했다.

"우리한테는 컴퓨터 전문가가 없어요. 작은 부서거든요. 보안관 사무실에서 한 명 나오기는 했는데, 아무래도 하드 드라이브를 빼간 것 같네요."

소벨은 들고 있는 펜으로 PC를 세워놓은 테이블 아래 방향을 가리켰다. 그곳에는 컴퓨터의 한쪽 플라스틱 커버가 벗겨진 채로 뒤쪽에 놓여 있었다.

"아마도 건질 게 없을 거예요. 다른 책상은 어떤가요?"

나는 먼저 컴퓨터 왼쪽 책상부터 살폈다. 서류와 파일들이 어지럽게 흩어져 있었다. 색인표 몇 개를 훑어보니 모두가 아는 이름들이었다.

"의뢰인들 이름인데 다 지난 사건들이요. 이미 종결된 사건들이고."

"벽장에 있는 파일 캐비닛에서 꺼낸 것 같아요. 수사를 어지럽히기 위해 범인이 쏟아놓았을 수도 있어요. 뭘 찾고 뭘 가져갔는지 모르게 하려고 자주 쓰는 수법이에요. 저쪽은 어떤가요?"

우리는 컴퓨터 오른쪽 탁자로 넘어갔다. 상대적으로 깔끔해 보이는 책상이었다. 그 위에 일정기록부가 놓여 있었는데, 스케줄도 요약하고, 어느 시간에 어느 변호사의 작업을 하고 있는지 기록해놓은 장부였다. 캘린더 블록을 보니 지난 5주간 내 이름이 거의 모든 일정을 차지하고 있었다. 동료 변호사들의 불평대로 내게 모든 시간을 투자했던 것이다.

"모르겠소. 뭘 찾아야 하는 건지. 도움이 될 만한 게 뭔지 도통 짐작이 안 가요."

"오케이, 어차피 변호사 나리께 도움을 받을 기대도 안 했으니까." 랭크포드가 등 뒤에서 말했다.

굳이 변명을 할 생각도 없었다. 게다가 랭크포드는 시체 옆에 있었다. 나는 그를 돌아보는 대신 책상 위에 있는 명함철을 뒤집어보기 시작했다. 명함의 이름들을 훑어볼 참이었다.

"손대지 마세요!" 소벨이 본능적으로 외쳤다.

나는 얼른 손을 거둬들였다.

"미안해요. 그냥 이름들을 훑어볼 생각이었소. 결코⋯."

나는 입을 다물었다. 당혹스러웠다. 당장에라도 달아나 어딘가에서 실컷 퍼마시고 싶었다. 다저스 스타디움에서 먹었던 핫도그가 목 위로 넘어올 것만 같았다.

"이봐, 그것 좀 확인해보라고." 랭크포드의 목소리였다.

나는 무의식중에 소벨과 함께 고개를 돌렸다. 감식반원들이 라울의 시신을 뒤집고 있었다. 그는 다저스 유니폼 상의를 입고 있었는데 온통 피범벅이었다. 랭크포드가 가리킨 것은 죽은 이의 두 손이었다. 시신 밑에 깔려 보이지 않았던 손. 왼손의 가운뎃손가락 두 개가 접혀 있고 반대로 가장자리의 손가락 둘은 완전히 펴진 채였다.

"이 친구, 텍사스 롱혼스 팬인 거야, 뭐야?"

아무도 웃지 않았다.

"변호사님 생각은 어때요?" 소벨이 내게 물었다.

나는 죽은 친구의 마지막 신호를 보며 그저 고개만 저었다. 대답은 랭크포드에게서 나왔다.

"오, 알았어. 이건 표시나 암호일 거야. 악마가 이 짓을 했다고 말해주고 있는 거라고."

나는 라울이 루이스를 악마라고 부르던 모습을 떠올렸다. 그는 놈이 악마라는 증거를 갖고 있다고 했다. 나는 라울이 보낸 마지막 메시지를 이해했다. 사무실 바닥에 쓰러져 죽으면서도 내게 경고하고 싶었던 것이다.

24 겁쟁이의 선택

나는 포그린필드에 도착하자마자 흑맥주 한 잔을 시켰지만 곧바로 보드카 온더록스로 바꿨다. 세상이 덧없게만 느껴졌다. 바 위의 TV에서는 다저스의 시합이 끝나가고 있었다. 파란 유니폼이 반격을 시작해 9회 말 현재 불과 2점 차이에 만루 찬스였다. 바텐더는 스크린에서 눈을 떼지 못했지만 이미 난 개막 시즌 경기에 대해 흥미를 잃은 터였다. 9회 말 총공세도 내겐 아무 의미가 없었다.

두 번째 보드카를 털어 넣은 후 휴대폰을 꺼내 여기저기 전화를 돌리기 시작했다. 처음엔 시합을 보러 갔던 변호사 넷이었다. 내가 전화를 받았을 때 함께 경기장을 나왔지만 그들은 라울의 사망소식만 알고 집으로 돌아갔다. 나는 대충 상황을 설명한 다음 곧바로 로나에게 전화했다. 로나는 전화를 붙들고 펑펑 울었다. 엉엉 울면서 상황 설명을 듣고 있다가 결국 내가 피하고 싶었던 질문을 던졌다.

"당신 사건 때문인가요? 루이스 건 말이에요?"

나는 거짓말을 하기로 했다.

"몰라, 경찰에게 그 말도 했는데, 그자들은 라울이 게이였을 가능성에 더 관심이 많은 것 같았어."

"게이였어요?"

난 그 얘기가 효과가 있을 줄 알고 있었다.

"광고하고 다닌 적은 없어."

"당신도 알면서 나한텐 입도 뻥긋 않은 거예요?"

"할 말도 없었어. 그건 그 친구 인생이었으니까. 알리고 싶었다면 그 친구가 먼저 말하고 다녔을 거야."

"형사가 그래요? 그래서 죽은 거라고?"

"뭐라고?"

"알잖아요. 그가 게이라는 사실과 살해당한 게 무슨 관계가 있나요?"

"모르겠어. 계속 그 얘기만 묻던데, 도대체 그 인간들이 무슨 생각을 하는지 모르겠더라고. 지금은 닥치는 대로 쑤셔보다가 뭔가 나오기를 바라는 것 같아."

그리고 서로 아무 말도 없었다. 나는 TV를 보았다. 이제 막 역전 홈런이 다저스 홈구장 담을 넘었고 스타디움은 환호와 경악으로 끓어 넘쳤다. 바텐더가 쾌재를 부르더니 리모컨으로 볼륨까지 올려버렸다. 나는 시선을 돌리고 왼손으로 귀를 막았다.

"우습지 않아요?" 로나가 물었다.

"뭐가?"

"우리 일이요, 미키. 범인이 잡히면 당신한테 사건 의뢰를 맡길지도 모르잖아요."

나는 빈 잔의 얼음을 흔들어 바텐더의 시선을 끌었다. 술이 더 필요했다. 로나에게 지금 라울을 죽인 개자식 밑에서 일하고 있다는 말까지 하고 싶지는 않았다.

"로나, 진정해. 당신 지금…."

"그럴 수 있잖아요!"

"이봐, 라울은 내 동료이자 친구였어. 하지만 그렇다고 내 일에 대한 신념을 바꿀 순 없어. 그건…."

"바꿔야 할 거예요. 우리 모두요. 그래야 한다고요!"

로나는 다시 울기 시작했다. 바텐더가 마실 것을 가져다주었고 난 그대로 입 안에 털어 넣었다.

"로나, 내가 그쪽으로 갈까?"

"아니, 아무것도 필요 없어요. 뭘 원하는지도 모르겠고요. 그냥 끔찍해서 그래요."

"한 마디 해도 돼?"

"예? 물론 해도 되죠."

"지저스 메넨데즈 기억하지? 옛날에 내 의뢰인이었던."

"예, 하지만 그 아이는…."

"그앤 무죄였어. 라울은 그 일을 하고 있었고. 우리 둘이 그애를 빼내줄 생각이었거든."

"왜 나한테 그런 얘길 하는 거예요?"

"라울한테 끔찍한 일이 일어났다고 해서 포기할 수 없다는 뜻이야. 그건 중요한 일이고 꼭 해야 하니까."

그 말은 내게도 너무나 공허하게만 들렸다. 로나도 아무 말 하지 않았다. 내 자신만큼이나 당혹해하고 있는 것이다.

"알았지?"

"알았어요."

"좋아. 아직 전화할 데가 더 있어, 로나."

"장례가 결정되면 연락해줄 거죠?"

"그럴게."

나는 전화를 접고 잠시 쉬었다 가기로 했다. 로나의 마지막 질문에 대해 생각해보았다. 어쩌면 로나가 궁금해하는 장례 절차를 내가 꾸려야 할지도 모른다는 생각이 들었다. 25년 전에 라울 레빈과 의절한 디트로이트의 노모가 연단에 오르지 않는 한 말이다.

나는 거터에 잔을 밀어 넣고 바텐더에게 말했다.

"기네스 한 잔만 주고 자네도 한 잔 하게."

나는 속도를 늦춰야겠다고 생각하고는 흑맥주로 돌렸다. 적어도 주둥이로 잔을 채우는 시간이 더 길기 때문이다. 바텐더가 잔을 가져왔을 때 거품에는 그가 그린 하프가 새겨져 있었다. 천사의 하프. 나는 마시기 전에 잔을 높이 들어 보였다.

"망자의 축복을 위하여." 내가 말했다.

"망자의 축복을 위하여." 바텐더가 응대해주었다.

나는 잔을 벌컥벌컥 들이켰다. 진득한 흑맥주가 마치 배 속의 벽돌을 고정시키기 위해 쏟아 붓는 모르타르처럼 느껴졌다. 문득 울고 싶다는 생각이 들었는데, 때마침 전화가 울렸다. 나는 전화를 빼내 화면을 보지도 않은 채 여보세요, 라고 답했다. 알코올 기운에 목소리가 사포처럼 거칠었다.

"믹이에요?" 목소리가 물었다.

"예, 누구시죠?"

"루이스입니다. 지금 막 라울의 소식을 들었습니다. 어떻게 이런 일이 있을 수가…."

나는 얼른 귀에서 전화기를 떼어냈다. 그의 뱀 같은 목소리가 금방이라도 귓속에 독물을 쏟아 부을 것만 같았다. 나는 정말로 휴대폰을 뒤쪽 거울을 향해 집어던지려다가, 거울에 비친 내 모습을 보고는 그만 움찔하고 말았다. 그리고 다시 전화기를 귀에 갖다 댔다.

"이런, 니미럴, 어떻게 네놈이 감히….."

나는 갑자기 말을 끊고 큰 소리로 웃기 시작했다. 지금 내뱉은 욕이 윈저 부인의 강간사건에 대해 라울이 세운 이론과 맞아떨어진다는 생각 때문이었다. 어머니를 강간한 자식.

"이런, 지금 술 마시는 겁니까?"

"그래, 빌어먹을, 술 마신다. 네놈이 어떻게 미시의 죽음에 대해 아는 거지?"

"미시가 레빈 씨를 말하는 거라면, 지금 막 글렌데일 경찰의 전화를 받았습니다. 여형사인데 나하고 할 얘기가 있다더군요."

그 대답에 최소한 보드카 두 잔이 그대로 올라오는 것 같았다.

"소벨? 전화한 게 그 여잔가?"

"예, 그런 것 같아요. 미키한테서 내 이름을 들었다면서 지금 오겠다고 하더군요. 그냥 일상적인 질문들이라던데."

"어디로?"

"사무실이요."

잠시 생각해보았지만 랭크포트가 없다고 해도, 소벨한테 위험이 있을 것 같지는 않았다. 아무리 루이스라도 경찰을 어쩌지는 않을 것이다. 하물며 자기 사무실이 아닌가? 그보다 걱정은 소벨과 랭크포드가 벌써 루이스를 포착했다는 사실이었다. 이렇게 된 이상 라울 레빈과 지저스 메넨데즈를 위해 개인적인 복수를 할 기회는 날아간 셈이다. 루이스 놈이 지문을 남긴 걸까? 라울의 집으로 들어가는 걸 본 사람이라도 있다는 건가?

"그 밖에 다른 말도 했나?"

"예. 그의 최근 의뢰인들 모두와 면담을 하는 중이라고 했습니다. 내가 가장 최근의 사건이라더군요."

"그 사람들하고 얘기하지 마."

"정말입니까?"

"변호사 없이는 못 하겠다고 해."

"그쪽에서 의심하지 않을까요? 알리바이나 뭐 그런 것 말입니다."

"상관없어. 내 허락 없인 절대로 말하면 안 돼. 물론 난 허락하지 않을 거야."

나는 주먹을 불끈 쥐었다. 친구를 죽인 놈에게 법률 조언을 하고 있다는 사실이 역겨워 미칠 것만 같았다.

"오케이. 그럼 오는 대로 돌려보내야겠군요." 루이스가 말했다.

"오늘 아침에 자넨 어디 있었지?"

"저요? 사무실에요. 왜요?"

"다른 사람이 자넬 봤나?"

"에, 로빈이 10시에 왔어요. 그전에는 아무도 없었고요."

나는 낫 모양의 머리를 한 여자를 그려보았다. 사망시간을 모르기 때문에 루이스의 말에 어떻게 반응할지 난감했다. 그의 발목에 묶여 있을 추적 장치에 대해서는 아직 언급하고 싶지 않았다.

"소벨 형사가 떠난 다음에 다시 전화해줘. 잊지 말아. 소벨이든 파트너든, 절대로 입도 뻥긋하면 안 돼. 그 사람들, 제멋대로 거짓말을 해대니까. 다 똑같아. 그자들이 무슨 말을 하든 모두 거짓말이라고 생각하면 돼. 자네를 속여서 입을 열게 하려고 할 거야. 내가 말해도 된다고 했다면 당연히 거짓말이니까 나한테 전화해. 내가 직접 그들하고 담판 지을 테니까."

"알았어요, 믹. 그렇게 할게요. 고마워요."

그가 전화를 끊었다. 나도 전화를 끊고 바닥에 내려놓았다. 더럽고 추악한 전화기.

"고맙다고? 천만의 말씀입니다요." 내가 중얼거렸다.

나는 맥주를 4분의 1 정도 마신 다음 다시 전화를 집어 들고 페르난도

의 단축번호를 눌렀다. 그는 집에 있었다. 다저스 시합에서 막 돌아왔다
고 했다. 교통체증을 피하기 위해 조금 일찍 자리를 뜬 모양이다. 그 역시
전형적인 LA 팬이었다.

"루이스한테 아직 개줄이 묶여 있나?"

"그래, 묶여 있지."

"어떻게 작동하는 거야? 과거의 경로를 추적하는 것도 가능해? 아니면
현재 위치만 나오는 건가?"

"그건 위성추적장치야. 신호를 쏘아 보내는 거라고. 당연히 행적 추적
이 가능하지."

"그게 집에 있어? 사무실에 있어?"

"노트북이야. 이봐, 무슨 일인데."

"오늘 어디어디 다녔는지 알고 싶어서 그래."

"노트북 틀어볼게. 기다려봐."

나는 기다렸다. 기네스를 마저 마시자 바텐더가 다시 한 잔을 따라 주
었다. 페르난도가 노트북을 부팅시키는 소리가 들렸다.

"지금 어딘가, 믹?"

"포그린필드."

"무슨 일이 있는 거군."

"그래, 일이 좀 있어. 어떻게, 지금 켜진 거야?"

"에, 지금 보고 있네. 언제까지 추적하고 싶은 거지?"

"오늘 아침부터 시작해줘."

"오케이, 그러니까, 보자… 별로 간 데도 없네. 집에서 사무실로 간 것이
8시. 조금 돌아다니긴 했어. 두 블록 정도. 아마 점심식사를 한 모양이야.
그러곤 바로 사무실로 돌아와 지금까지 그곳에 있어."

나는 잠시 그의 행적에 대해 생각해보았다. 바텐더가 다시 맥주잔을 갖

다 주었다.

"이봐, 그 장치를 발에서 떼어내려면 어떻게 하지?"

"그 친구가 말인가? 못 해. 불가능해. 볼트로 조인 건데 풀려면 아주 특별한 렌치가 있어야 하거든. 그게 열쇠 역할을 하는데 나한테밖에 없어."

"확실해?"

"당근. 지금 여기 열쇠꾸러미에 걸려 있으니까."

"복사는? 제조업자를 꾈 수도 있잖아."

"그건 못 하게 되어 있어. 그래봐야 소용도 없고. 만일 발찌가 망가지거나 풀리면 시스템에 경보가 들어오게 되어 있어. 게다가 그 장치엔 소위 '질량감지기'라는 것이 붙어 있어서 발목에 채워놓은 순간 그걸로 끝이라는 거야. 링이 풀려서 감지할 질량을 놓치게 되면 컴퓨터로 신호가 들어오니까 말이야. 그런 일은 불가능해, 믹. 자네 말대로 하려면 톱이 있어야 해. 장치를 매단 채로 발목을 잘라내는 거지. 그 수밖엔 없어."

나는 새로 따른 맥주를 조금 마셨다. 이번에는 아무 장식도 그려놓지 않았다.

"배터리는 어떤가? 배터리가 닳으면 신호를 놓칠 수 있잖아."

"안 돼. 커버도 있고. 그 친구한테 충전지를 지급했고 발찌엔 소켓이 붙어 있어. 며칠마다 두 시간 정도 시간을 내서 충전해야 한다고. 그러니까 사무실 같은 데 있거나 낮잠을 잘 때 말이야. 배터리 용량이 20퍼센트 이하로 떨어지면 컴퓨터에 경보가 들어오고 그럼 난 그 친구한테 충전하라고 전화를 하게 돼. 만일 말대로 하지 않으면 15퍼센트에 다시 경보가 들어오고 10퍼센트부터는 그 친구 발에서 삐 소리가 울리기 시작하는데 벗을 방법도 없고 끌 방법도 없어. 글쎄, 별로 권할 만한 탈출방법은 못 될거야. 마지막 10퍼센트만으로도 추적할 여유가 다섯 시간은 되니까 말이야. 그 정도면 충분해. 일도 아니라고, 믹."

"그래, 알았네."

정말 대단한 과학이었다.

"무슨 일인데 그래?"

나는 라울에 대해 말해주었고 경찰이 루이스를 체크할 거라는 말도 했다. 발찌와 추적장치가 고객의 알리바이를 증명해줄 것이라는 말도 덧붙여서 말이다. 페르난도 역시 사망 소식에는 경악했다. 나만큼 라울과 가깝지는 않았지만 그래도 나만큼은 오랫동안 알고 지낸 사이였다.

"자넨 어떻게 생각하나, 믹?" 그가 물었다.

그는 루이스에 대해 묻고 있는 것이다. 루이스가 살인자이거나 배후자일 가능성을 염두에 둔 질문일 것이다. 페르난도는 내 정보와 라울의 자료만큼 많이 알지는 못했다.

"지금은 아무 생각도 안 나. 하지만 자네도 그자를 조심하게." 내가 말했다.

"그래, 자네도."

"그러지."

난 페르난도가 놓치고 있는 것이 무엇일까 생각하며 전화를 끊었다. 루이스가 발찌를 벗고 추적장치를 교란시키는 것이 정말 불가능한 걸까? 기계의 과학을 의심하지는 않지만 그래도 인간적인 측면은 모르는 법이다. 인간에게 불가능한 기계가 있을 수 있을까?

바텐더가 나를 향해 눈짓을 해보였다.

"이봐요, 혹시 자동차 열쇠 잃어버리지 않았어요?"

나는 주위를 돌아보며 그가 내게 말을 건 것이 분명한지부터 확인한 다음 고개를 저었다.

"아니." 내가 대답했다.

"확실해요? 누가 주차장에서 열쇠를 주웠다는데요? 확인해봐요."

나는 정장 재킷에서 꾸러미를 꺼내 손바닥을 펼쳐 보였다. 열쇠가 조명을 받아 반짝였다.

"보라고, 내가…."

바텐더가 느닷없이 열쇠꾸러미를 낚아채고는 미소를 지어 보였다.

"반응 속도가 늦는다는 건 취했다는 증거죠. 아무튼, 운전은 안 돼요. 지금은. 가실 때 되면 택시를 불러드리죠."

그는 바에서 한 걸음 뒤로 물러섰다. 내가 거칠게 반응할 경우에 대비한 것이겠지만 난 그냥 고개를 끄덕이고 말았다.

"내가 졌네."

그는 열쇠꾸러미를 술병이 진열된 뒤쪽 카운터에 던져 넣었다. 시계를 보니 아직 다섯 시도 채 안되었다. 알코올 기운을 타고 당혹감이 욕지기처럼 올라왔다. 결국 가장 편한 길을 택하고 만 것이다. 겁쟁이의 선택. 끔찍한 사건을 앞에 두고 기껏 술독에나 빠지다니….

"이 잔 자네가 마시게." 나는 기네스 잔을 가리키며 말했다.

나는 전화를 들고 단축번호를 눌렀다. 매기 맥퍼슨이 곧바로 전화를 받았다. 법원은 대개 4시 30분에 끝나지만 검사들은 5시나 6시까지 자리를 지키는 것이 관례이다.

"아직 끝날 시간 아닌가?"

"할러?"

"그래."

"무슨 일이야? 술 마셨어? 목소리가 이상하네."

"이봐, 이번엔 당신이 태워다줘야겠어."

"어딘데?"

"좆같은 아일랜드 들판."

"뭐라고?"

"포그린필드. 아까부터 와 있었어."

"마이클, 도대체…."

"라울이 죽었어."

"오, 하느님, 세상에…."

"살해당했어. 날 데려가 줄 거야? 너무 많이 마셨다고."

"먼저 스테이시한테 전화할게. 헤일리와 좀 더 있으라고 하고 바로 갈게. 절대 떠나면 안 돼, 응? 거기 그냥 있어."

"걱정 마. 바텐더가 못 가게 하니까."

25 LA에서 산다는 것

전화를 끊은 다음 바텐더에게 태워줄 사람을 기다리는 동안 맥주 한 잔 더 하기로 마음을 바꿨다고 말했다. 그리고 지갑에서 카드를 꺼내 바 위에 올려놓자 그는 카드부터 긁은 다음에야 기네스를 가져다주었다. 술잔을 채우고 넘치는 거품을 거둬내는 데 어찌나 늑장을 부리던지, 매기가 도착했을 때까지 맥주는 입에도 대지 못했다.

"너무 빨리 왔잖아. 당신도 한 잔 하겠어?"

"아니, 너무 일러. 그냥 집으로 가."

"오케이."

나는 의자에서 내려서며 잊지 않고 카드와 휴대폰을 챙겼다. 매기의 어깨에 팔을 두르기는 했지만 기네스와 보드카를 마신 게 아니라 하수구에 쏟아버린 듯 정신이 말짱했다.

"차는 바로 앞에 있어. 아까, 뭐, 무슨 놈의 아일랜드 들판이라고? 도대체 어디서 그런 상스런 말을 배운 거야? 아무리 취해도 그렇지."

"무슨 놈이 아니라 좆같다고 했어. 좆같잖아. 씨발, 좆같은 걸 좆같다고 하지, 그럼, 좆 안 같다고 하나?"

"정말 잘났어."

"당신은 좆같은 게 뭔지도 몰라. 변호사가 아니잖아. 검사들은 고상하니까."

"도대체 얼마나 마신 거야, 할러?"

"좆같이 마셨어, 정말이야."

"이런, 내 차에 토하면 안 돼."

"약속할게."

우리는 차를 향해 걸어갔다. 값싼 재규어 모델이었고 매기가 자기 의지대로 산 최초의 차였다. 그전에는 내가 끌고 가서 강제로 차종을 선택해버렸었다. 재그를 선택한 이유가 고전적으로 보이고 싶어서라고 했지만, 자동차를 아는 사람이라면 누구나 그 차가 겉만 번드레한 포드와 진배없다는 사실을 알고 있었다. 그렇다고 그걸 매기에게 나불댈 생각은 없었다. 그가 행복하다면 그게 무엇이든 나도 행복하다. 예외가 있다면 이혼하면 매기가 더 행복해질 거라고 생각했을 때뿐이었다. 그땐 나도 그다지 행복하지 못했다.

매기는 내가 타는 것을 도와준 다음 곧바로 출발했다.

"잠들지 마. 길 모르니까." 매기가 주차장을 빠져나가면서 말했다.

"언덕 너머 로렐 캐넌으로 가면 돼. 언덕 아래에서 바로 좌회전."

퇴근시간이라 그런지, 역방향 통근길인데도 페어홈 드라이브까지 장장 45분이나 걸렸다. 집으로 가는 길에 라울의 죽음에 대해 얘기해주었다. 매기는 로나처럼 반응하지는 않는데 그건 라울을 전혀 모르기 때문이었다. 그를 수사관으로 활용한 것은 오래되었지만 친구가 된 것은 매기와 이혼하고 나서였다. 사실 이혼 후 충격에서 벗어나지 못하고 있을 때 그가 포그린필드에서 집까지 태워준 것도 여러 날이었다.

차고의 무선열쇠가 링컨 뒷좌석에 있기 때문에 매기에게 그냥 차고 앞

공터에 세우라고 했다. 게다가 현관 키도 바텐더에게 몰수당한 열쇠 꾸러미에 매달려 있었다. 덕분에 우리는 집 뒤쪽으로 돌아가 (루이스가 돌려준) 스페어 키를 가져와야 했다. 피크닉 테이블의 재떨이 밑이었다. 우리는 뒷문으로 들어갔다. 내 사무실과 곧바로 연결된 통로인데, 오히려 다행이라는 생각이 들었다. 술에 취한 채 현관 계단을 오르는 건 정말로 밥맛이었다. 힘도 들겠지만, 그보다는 매기에게 현관의 장관을 보여주고 싶지 않아서였다. 새삼 검사로서의 삶과 좆같은 변호사 놈의 삶이 얼마나 괴리가 심한지를 느낄까 봐 두려웠다.

"아, 저기. 우리 보물이 있네."

매기의 눈을 쫓아가 보니, 책상 위에 놓아둔 딸애의 사진이었다. 예기치 않게 점수를 딴 기분이라 괜히 어깨가 우쭐해졌다.

"그래." 나는 분위기에 편승할 묘안을 궁리해보았다.

"침실은 어느 쪽이야?"

"나 데려다 주게? 오른쪽이야."

"하지만 할러, 오래는 못 있어. 스테이시한테 두 시간밖에 못 얻었거든. 도로 사정이 저래서 지금 바로 출발해도 힘들 거야."

매기가 나를 침대로 데려다 주었고 우리는 침대 위에 나란히 앉았다.

"데려다 줘서 고마워."

"착한 일을 한 복이라고 생각하라고."

"그날 밤 당신을 데려다 준 것 자체가 내겐 큰 복이었어."

나는 뺨에 닿은 매기의 손길을 느끼고 얼른 고개를 돌렸다. 매기가 키스했다. 나는 이를 그날 밤 우리가 나눈 것이 정말로 사랑이었다는 증거로 받아들였다. 그동안 기억나지 않은 탓에 너무나도 답답했던 것이다.

"기네스네." 매기가 물러서며 입맛을 다셨다.

"거기다 보드카 약간."

"좋은 조합이야. 아침에 속 깨나 뒤집어지겠는걸."

"아직 이른 시간이니까 뒤집어지는 건 오늘 밤일 거야. 이봐, 우리 댄타나에서 식사하지 않겠어? 지금쯤 크레이그도가 문을 열었을 거고. 또⋯."

"안 돼, 믹. 헤일리가 기다려요. 당신도 자야 하고."

나는 항복의 제스처를 보였다.

"알았어, 항복하지."

"아침에 전화해. 맨 정신일 때 얘기하고 싶어."

"오케이."

"옷 벗고 시트 밑에 들어가지그래?"

"아니, 괜찮아, 그냥 이러고 있을래."

나는 침대에 누워 구두를 차낸 다음 침대 가장자리로 굴러가 탁자 서랍을 열었다. 서랍에서 꺼낸 것은 타이레놀 병과 CD 한 장이었다. 드미트리우스 포크스라는 의뢰인이 준 선물인데, 거리에서는 릴 데몬으로 통하는 노워크 출신의 마약쟁이였다. 놈은 어느 날 밤인가 환영을 보았다며, 결국 젊어서 격렬한 운명을 맞게 될 거라고 말했었다. 그러고는 이 CD를 주면서 자기가 죽고 난 후 틀어보라고 했다. 드미트리우스의 예언은 맞아떨어졌다. 6개월 후 지나가는 차에서의 난사로 목숨을 잃은 것이다. 나는 그의 말대로 했다. 그는 매직펜으로 '릴 데몬의 파산 공화국'이라고 적어놓았는데, 그건 투팍의 음악에서 발라드만을 골라 편집해 구운 CD였다.

테이블 위에 있는 보스 플레이어에 CD를 넣자 '죽은 자에게 축복을(God Bless the Dead)'이라는 노래가 흘러나왔다. 죽은 동료를 위한 진혼곡이었다.

"이런 음악을 들어?" 매기가 물었다. 믿을 수 없다는 눈으로 나를 흘겨보았다.

나는 팔꿈치를 베고 누운 채 어깨를 으쓱해 보였다.

"가끔. 의뢰인들을 이해하는 데 도움이 되거든."

"감옥에 들어가야 마땅한 인간들 말하는 거야?"

"그런 친구들도 있지. 하지만 대부분은 나름대로 하고 싶은 말이 있는 치들이야. 시인도 가끔 있는데 이 친구가 그중 최고였지."

"최고? 그게 누군데? 윌셔의 자동차 박물관 밖에서 총 맞은 사람?"

"아니, 그건 비기 스몰스이고 이건 위대한 투팍 샤커야."

"당신이 이런 노래를 듣다니 정말 웃겨."

"말했잖아. 도움이 된다고."

"미안하지만, 제발, 헤일리 있는 데선 듣지 말아줘."

"걱정 마. 안 그래."

"이제 갈게."

"조금만 더 있어줘."

매기는 동의했지만 침대 끝에 앉은 폼이 너무나도 불편해 보였다. 가사를 알아들으려고 애쓰는 모양이었다. 하지만 익숙해지려면 시간이 필요한 법이다. 다음 노래는 '삶은 멈추지 않는다(Life Goes On)'라는 곡이다. 가사의 일부를 들었는지 문득 매기의 목과 어깨가 뻣뻣해졌다.

"이제 가도 되지?" 매기가 애원했다.

"매기, 제발 몇 분만 봐줘요."

나는 손을 뻗어 소리를 조금 줄였다.

"이봐, 저걸 꺼버리면 옛날처럼 노래 불러줄 수 있어?"

"오늘 밤은 안 돼, 할러."

"내가 아는 야성녀 매기는 아무도 상상 못할걸?"

매기가 살짝 미소를 지었다. 나는 잠시 그때를 떠올리며 아무 말도 하지 않았다.

"매기, 왜 내 곁에 있는 거지?"

"말했잖아. 가겠다고."

"아니, 오늘 밤 얘기가 아냐. 항상 나를 불러주고, 헤일리와 시간을 보내도록 해주고, 게다가 필요할 땐 언제나 가까이에 있었어. 오늘 밤처럼 말이야. 전남편을 좋아하는 이혼녀가 있다는 소리는 들어본 적이 없다고."

매기는 잠시 생각하다가 이렇게 대답했다.

"모르겠어요. 당신이 언젠가 좋은 남자, 좋은 아빠가 될 거라고 생각했기 때문일 거야."

나는 고개를 끄덕였다. 나 또한 매기의 말이 맞기를 바랐다.

"하나만 물어볼게. 당신은 검사 안 하면 뭐 할 거야?"

"진담으로 묻는 것 같네?"

"그래, 뭐 할 것 같아?"

"심각하게 생각해본 적은 없는데…. 지금 하는 일도 언제나 해보고 싶었던 일이었거든. 왜 내가 변화를 원하겠어?"

나는 타이레놀 병을 열어 물 없이 두 알을 털어 넣었다. 다음 노래는 '끝없는 눈물(So Many Tears)'이다. 죽은 이들을 위한 또 하나의 진혼곡. 지금 분위기에 딱이었다.

"아마도 선생이 되어 있을 거야. 초등학교. 헤일리 같은 어린 여자애들이 있는."

나는 미소 지었다.

"맥피어스 선생님, 맥피어스 선생님, 멍멍이가 내 숙제를 먹어버렸어요."

매기가 내 팔을 때렸다.

"아냐, 사실은 멋질 것 같아. 당신은 좋은 선생이 될 거야. 아이들의 보석 청구를 기각하고 유치장으로 보내지만 않는다면 말이야."

"재미있군. 그러는 당신은?"

나는 고개를 저었다.

"난 좋은 선생이 못 돼."

"내 말은 변호사가 아니면 뭘 했을 거냐고?"

"몰라. 나한테 타운카가 세 대 있어. 그걸로 리무진 서비스 사업을 하지 않을까? 사람들을 공항까지 태워다 주는 거 말이야."

이번엔 매기가 웃어주었다.

"당신을 고용하겠어."

"감사합니다, 사모님. 개시는 했네. 1달러만 줘. 벽에 테이프로 붙여두게."

농담은 결국 먹히지 않았다. 나는 똑바로 누워 양손으로 두 눈을 가렸다. 하루의 기억을 씻어내고 싶었다. 바닥에 쓰러져 있는 라울, 검은 지옥을 바라보는 그의 공허한 두 눈을 어떻게든 씻어내고 싶었다.

"내가 제일 무서워한 게 뭔지 알아?" 내가 물었다.

"뭔데?"

"무고한 의뢰인을 못 알아보는 것. 그런 자가 나타났을 때 몰라볼지도 모른다는 거였어. 유죄나 무죄 얘기가 아냐. 말 그대로 무고를 말하는 거야. 무고한 의뢰인."

매기는 아무 말도 하지 않았다.

"하지만 내가 무서워해야 할 건 따로 있었어."

"그게 뭐야?"

"악마. 악 그 자체."

"그게 무슨 말이야?"

"그러니까, 내가 변호하는 대다수의 사람들은 악하지 않아, 매기. 유죄이긴 하지만 그래도 악한 건 아니라고. 무슨 뜻인지 알지? 차이가 있어. 그 친구들의 말을 듣고 노래를 들으면, 그들이 왜 그런 선택을 해야 했는지 이해하게 돼. 그 사람들은 그저 살아가려고 한 것뿐이야. 주어진 환경 속에서 어떻게든 살아남으려는 거라고. 그중엔 처음부터 아무것도 없이 태어난 치들도 있고. 하지만 악은 달라. 근본적으로 달라. 그러니까… 모르겠군. 악은 스스로 원하는 거야…. 모르겠어. 설명할 수가 없어."

"취해서 그래."

"이제야 깨달은 거지만, 내가 무서워한 건 결국 무고한 고객이 아니라 완전히 그 양극에 있는 작자였어."

매기가 내 어깨를 문질러주었다. 마지막 노래는 'LA에서 산다는 것(to live & die in l.a)'이었다. 편집 CD 중 내가 제일 좋아하는 곡이다. 나는 조용히 허밍으로 따라 하다, 후렴이 나오자 아예 가사까지 따라 불렀다.

LA에서 살고 죽는 것,
여기는 그것을 알기 위해
반드시 찾아야 할 곳이라네
모두가 알고 싶어하는

나는 곧 노래를 멈췄고 얼굴을 덮은 두 손도 떨어뜨렸다. 옷을 입은 채 잠에 빠져버린 것이다. 세상 어느 누구보다도 사랑하는 여인이 떠나는 소리도 듣지 못했다. 나중에 만났을 때, 매기는 내가 잠들기 전 마지막으로 한 말이 "더는 견딜 수가 없어"였다고 말해주었다.

하지만 그건 노래가사가 아니었다.

26 함정

4월 13일 수요일

거의 열 시간이나 잤는데도 여전히 어두웠다. 보스의 시계는 5시 18분이었다. 나는 다시 꿈으로 돌아가고 싶었으나 이미 꿈의 문은 닫힌 후였다. 5시 30분쯤 침대에서 빠져나와 비틀거리며 샤워를 했다. 온수 탱크에서 냉수가 나올 때까지 샤워기 밑에 꼼짝 않고 서 있는 데 불과했지만 말이다. 그리고 밖으로 나오자마자 나는 또다시 법과 싸울 준비를 했다.

로니에게 전화를 걸기엔 이른 시간이었으나 일정표는 내 책상 위에도 있었다. 나는 일정을 확인하기 위해 서재로 향했다. 그때 제일 먼저 눈에 띈 것이 책상 위 벽에 붙어 있는 1달러짜리 지폐였다.

난 재빨리 머리를 굴렸다. 아드레날린이 머리끝까지 치솟아 올랐다. 누군가 침입해 경고 메시지로 남겨둔 것이라고 생각한 것이다. 그리고 마침내 기억이 났다.

"매기!" 나는 큰 소리로 외쳤다.

나는 그 돈을 그대로 두기로 했다. 저절로 미소가 떠올랐다.

서류가방에서 캘린더를 꺼내 스케줄을 체크했다. 오전 11시 산 페르난도 대법원 심의까지는 아무 일도 없었다. 멜리사 멘코프는 단골 의뢰인이고 마약 장비 소지로 기소되었다. 정말로 시간과 돈이 아까운 허섭스레기 기소였지만, 멘코프는 이미 다양한 마약 관련 범죄로 집행유예 중이었다. 이번 마약 기구 소지 건으로 유죄판결을 받는다면 집행유예까지 치고 들어와 적어도 6~9개월간은 철문 안에서 썩어야 할 판이었다.

캘린더상의 일정은 그게 전부였다. 산 페르난도 후부터는 깨끗했다. 오늘 일정을 비워놓은 나의 탁월한 통찰력에 말없는 박수를 보내주었다. 비록 그 전날 라울이 죽고, 이른 오후부터 포그린필드에 처박아 있게 될 줄 모르고 정한 스케줄이었지만, 그래도 기가 막힌 선택인 것만은 분명했다.

멘코프 사건의 심리에서 나는 주로 그의 자동차 뒷좌석에서 발견된 크랙 파이프를 무력화하는 데 초점을 맞추었다. 파이프가 발견된 곳은 중앙 콘솔 안이었는데 노스리지에서 경찰의 수색에 걸렸을 때에는 닫혀 있는 채였다. 멘코프의 말에 따르면, 수색을 허락한 적이 없음에도 불구하고 그들이 마구잡이로 차를 뒤졌다는 것이다. 내 주장은 수색 동의도 없었고 수색 동기도 모호했다는 점이었다. 멘코프가 운전 부주의로 경찰에게 제지당했다. 그렇다고 닫혀 있는 콘솔까지 수색당할 이유는 없다는 점을 물고 늘어진 것이다.

솔직히 승산이 없는 게임이었다. 하지만 멘코프의 부친이 말썽쟁이 따님을 위해 최선을 다해달라고 여분의 돈까지 얹어준 터였다. 산 페르난도 법원에서 내가 11시에 하려는 일이 바로 그것이었다. 최선.

나는 아침으로 타이레놀 두 알을 털어 넣고 계란프라이 두 개, 그리고 토스트와 커피를 곁들였다. 계란은 후추와 살사소스로 잔뜩 버무렸는데 하필 명치에 딱 걸리는 바람에 한참 동안을 물과 씨름해야 했다. 나는 식사를 하면서 〈타임스〉를 넘겨보았다. 라울의 살해 뉴스를 찾았지만 신기하게도 기사가 없었다. 처음엔 이해가 가지 않았다. 왜 글렌데일 경찰이 사건을 숨기는 거지? 그러다가 나는 〈타임스〉가 매일 아침 지역마다 몇 가지 판을 내놓는다는 사실을 떠올렸다. 나는 서쪽 지역에 살고 글렌데일은 산 페르난도 밸리를 관장했다. 밸리의 살인사건이라면 서쪽의 독자들에게 별로 중요하지 않을 거라고 〈타임스〉가 판단한 것이다. 서부에는 서부 사람들만의 살인사건이 있다는 논리겠다. 덕분에 난 라울에 대해 어떤 정보도 얻지 못했다.

아무래도 산 페르난도로 가는 도중 가판대에서 〈타임스〉 재판을 사서 체크해봐야겠다. 얼 브리그스에게 어느 가판대로 가라고 할까 생각하다가 문득 차가 없다는 사실을 깨달았다. 링컨은 (밤사이에 훔쳐가지 않았다면) 포그린필드 주차장에 있을 것이고 술집이 문을 여는 11시까지는 열쇠를 돌려받을 수도 없었다. 결국 문제가 생긴 것이다. 공용 주차장에서 얼을 만났을 때 그의 차를 본 적이 있었다. 잔뜩 치장을 하고, 낮은 차대에 급회전의 크롬 외륜을 부착한 도요타종이었다. 모르긴 몰라도 대마초 냄새가 잔뜩 절어 있을 게 뻔했다. 그 차에 탈 수는 없다. 카운티 북쪽이라면 그 차는 경찰 검문을 재촉하는 초대장과도 같았다. 게다가 얼에게 나를 태워가라고 집으로 부르는 것도 싫었다. 운전사에게까지 내가 사는 곳을 알릴 수는 없다.

내가 끌어낸 결론은 노스 할리우드의 차고까지 택시를 타고 가서 새 타운카를 꺼내는 것이다. 포그린필드의 링컨은 이미 8만 킬로미터를 넘었고, 어쩌면 새 차를 끌어내는 것이 라울로 인한 우울증에서 벗어날 묘약이 되어줄지도 모를 일이었다.

싱크대에서 프라이팬과 접시를 닦은 후, 로나에게 전화를 걸어 일정을 다시 체크해야겠다고 마음을 정했다. 나는 서재로 돌아가 집 전화를 집어들었다. 그리고 신호음이 끊기는 소리를 들었다. 적어도 하나 이상의 메시지가 와 있는 것이었다.

재생번호를 눌렀다. 전자음이 어제 오전 11시 7분 부재중 전화가 왔었음을 알려주었다. 기계가 발신자 번호를 읽어주는 순간 온몸이 얼어붙었다. 라울의 휴대폰이었다. 요컨대 내가 그의 마지막 전화를 놓쳤다는 뜻이었다.

"이봐, 나야. 지금쯤 벌써 경기장으로 갔겠지. 자네가 휴대폰도 꺼놨을 것 같아 메시지를 남기기로 했어. 이 메시지를 받지 못하면 거기에서 만나자고. 이봐, 내가 진짜 에이스를 찾아냈어. 드디어….'

그가 잠시 호흡을 고르는 동안 전화기에서 개 짖는 소리가 들려왔다.

"…지저스를 교도소에서 빼낼 티켓을 구했어. 이보라우, 이제 끊잤어."

그것이 전부였다. 그는 안녕이라는 말도 없이 언제나처럼 어정쩡한 아일랜드 억양으로 끝을 맺었다. 그놈의 썰렁한 농담에 늘 질겁했던 나였지만 지금은 그마저도 너무 소중했다. 이젠 얼마든지 들어줄 수 있건만….

나는 버튼을 눌러 메시지를 다시 들었다. 아니, 세 번을 연속 들은 후에야 메시지를 저장하고 수화기를 내려놓았다. 그리고 책상에 앉아 내가 아는 정보와 그의 메시지를 연결시켜보았다. 첫 번째 퍼즐은 전화 건 시간이었다. 내가 경기장으로 떠난 건 11시 30분이 지나서였다. 그런데 어떤 이유에서든 20여 분이나 먼저 온 라울의 전화를 놓친 것이다.

이는 로나의 전화를 기억해내면서 이해가 되었다. 11시 7분이면 로나와 전화를 할 때였다. 집 전화는 별로 쓰지 않고 번호를 아는 사람도 거의 없는 탓에 굳이 통화중 대기 시스템을 설치하지 않았다. 요컨대 라울의 마지막 전화가 자동으로 음성사서함으로 넘어갔고 나는 로나와 수다를 떠느라 까맣게 모르고 있었던 것이다.

그것으로 부재중 전화의 퍼즐은 풀렸지만 내용은 여전히 오리무중이었다.

라울은 분명 뭔가를 찾아냈다. 그는 변호사는 아니었지만 누구보다도 증거의 가치를 잘 알았고 평가할 줄도 알았다. 그러니까 그가 찾아낸 건 지저스를 교도소에서 빼내는 데 중요한 열쇠가 될 만한 것이 분명했다. 그는 티켓이라는 단어를 사용했다.

마지막 남은 부분은 개 짖는 소리였는데 그건 간단했다. 전에 라울의 집에 갔을 때에도 그랬다. 개는 문을 노크하기도 전부터 앙칼진 목소리로 짖어대기 시작했다. 전화 메시지 너머로 개소리가 들린 것과 라울이 황급히 전화를 끊은 것은 누군가 그의 집에 왔음을 뜻했다. 십중팔구 살인자일 것이다.

나는 잠시 그 문제들에 대해 생각해보았다. 아무래도 전화 시간만큼은 경찰에 알려야 할 것이다. 메시지 내용 때문에 난감한 질문들이 쏟아지겠지만 그래도 전화 시간의 가치를 외면할 수는 없었다. 나는 침실로 들어가 어제 시합에 갈 때 입었던 청바지 주머니를 뒤졌다. 뒷주머니에서 입장권 쪼가리와 라울의 집에서 받은 랭크포드와 소벨의 명함이 나왔다.

나는 소벨의 명함을 골랐다. 그냥 이름도 없이 소벨 형사라고만 적혀 있었다. 전화를 걸며 이유가 뭘까 하고 생각해보았다. 어쩌면 나처럼 다른 주머니에 다른 명함을 들고 다니는 것일 수도 있겠다. 성과 이름이 모두 박힌 명함, 그리고 이것처럼 필요한 내용들만 요약해 넣은 가짜 명함.

소벨이 바로 전화를 받았다. 나는 정보를 주기 전에 뭘 얻어낼 수 있을지 눈치부터 살피기로 했다.

"새로운 소식이 있나요?" 내가 물었다.

"많지는 않네요. 그나마 변호사님께 드릴 만한 건 더 적어요. 갖고 있는 증거를 분류했고 탄도를 계산해냈죠. 그리고…."

"벌써 부검을 한 겁니까? 너무 빠른데?" 내가 물었다.

"아뇨, 부검은 내일 있어요."

"그런데 어떻게 벌써 탄도가 나오죠?"

소벨은 대답하지 않았지만 대충 짐작할 수는 있었다.

"탄피를 찾아냈군. 자동권총에 맞은 거야. 탄피를 뱉어내니까."

"잘 맞췄어요, 할러 변호사님. 예, 카트리지를 찾아냈어요."

"재판을 수없이 겪은 덕분이요. 그리고 미키라고 불러도 돼요. 재미있
군. 그렇게 샅샅이 뒤지면서도 탄피를 회수하지는 않았다?"

"바닥을 굴러서 히터 밑에 떨어졌기 때문일 거예요. 그걸 회수하려면
스크루드라이버도 있어야 하고 시간도 엄청나게 필요했을 테니까요."

나는 고개를 끄덕였다. 그야말로 기막힌 행운이었다. 경찰이 그 행운을
잡는 바람에 고객들이 무너진 경우가 한두 번이 아니었다. 그리고 반대로
그 덕분에 당당히 걸어 나간 의뢰인들도 적지 않았다. 결국 복불복인 셈
이다.

"그래서, 파트너 양반께서 22구경이라고 하신 게 맞던가요?"

소벨은 대답하기 전에 잠시 머뭇거렸다. 나한테 사건 정보를 까발려도
괜찮은지에 대해 나름대로 고민하는 것이다. 같은 편이긴 하지만 그래도
변호사 아닌가? 그것도 형사법 변호사.

"맞았어요. 그리고 탄피 흔적으로 무기의 정체를 정확히 알아냈죠."

수년간 재판을 해오면서 탄도와 화기 전문가들을 신문한 적도 많았다.
그 덕분에 탄피의 흔적만으로 무기를 식별할 수 있다는 것 정도는 알고
있었다. 자동권총의 경우, 공이, 포미, 차개, 추출기 등의 요소들로 인해,
발사되는 몇 초 사이에 일제히 탄피에 흔적이 남게 된다. 그 네 가지 요소
를 분석하다 보면 제조사와 모델을 확인하는 정도는 어렵지 않은 일이다.

"레빈 씨께서 22구경을 소지하고 계셨지만 그건 벽장 금고 안에 들어
있었고 게다가 콜트 우즈맨도 아니더군요. 우리가 찾지 못한 건 그분의
휴대폰이에요. 휴대폰이 있었다는 건 아는데 도무지….."

"그 친구, 살해되기 바로 전에 나한테 전화했어요."

그리고 잠시 침묵.

"어제 말씀하시기론 마지막으로 통화한 게 금요일 밤이었는데요?"

"맞아요. 그래서 지금 전화한 거요. 라울이 어제 오전 11시 7분에 전화해서 메시지를 남겼더군. 오늘에서야 알았소. 어제 거기 사람들한테서 빠져나온 다음 코가 삐뚤어질 정도로 마셔댄 탓이요. 그리고 나서 곧바로 잠들었고 겨우 오늘에야 메시지를 들은 거지. 그 친구가 전화한 이유는 내가 부탁한 일 때문이었소. 항소 건이고 의뢰인은 갇혀 있는 터라 서둘 일은 아니었소. 메시지 내용이야 중요하지 않지만 어쨌든 사망시간 추정엔 큰 도움이 될 것 같아서. 그리고 또 하나, 메시지를 남기는 동안 개 짖는 소리가 들렸소. 누군가 찾아올 때마다 짖는 개인데, 내가 갈 때에도 늘 짖어댄 터라 잘 알고 있소."

다시 소벨은 약간 뜸을 들이고 나서야 대답했다.

"이해가지 않는 게 있어요, 할러 변호사님."

"뭐죠?"

"어제 정오 가까이가 되어서야 경기장으로 출발했다고 하셨는데, 레빈 씨가 메시지를 남긴 게 11시 7분이라고요? 왜 전화를 받지 않으셨죠?"

"다른 전화를 받고 있었기 때문이요. 통화 대기 장치가 없어서 그랬소. 기록을 확인해봐요. 사무실 비서 로나 테일러와 통화한 사실을 알 수 있을 테니. 라울이 전화했을 땐 비서하고 통화 중이었소. 통화대기 시스템이 없어 몰랐던 게지. 그 친구도 내가 경기장으로 떠난 줄 알고 메시지를 남긴 거고."

"예, 이해했어요. 우린 그 기록들을 서면으로 요구하게 될 거예요."

"얼마든지."

"지금 어디 계시나요?"

"집이요."

링컨 차를 타는 변호사 ㅣ THE LINCOLN LAWYER

293

나는 소벨에게 주소를 알려주었고, 그는 파트너와 함께 오겠다고 했다.

"서둘러요. 30분쯤 후엔 법원에 나가야 하니까."

"지금 당장 가죠."

나는 전화를 끊으면서 왠지 마음이 불편했다. 지난 수년간 살인자들을 변호한 것만도 10여 건이었고 당연히 강력계 형사들도 수없이 만났으나 한 번도 내 문제로 심문을 받아본 적은 없었다. 랭크포드, 그리고 이젠 소벨까지 내 대답 하나하나에 시비를 걸고 나서는 것이다. 내가 모르는 다른 정보를 갖고 있단 말인가?

나는 책상 위의 물건을 정리하고 가방을 닫았다. 그들에게 있는 대로 까발리고 싶은 생각은 추호도 없었다. 그리고 집을 돌아다니며 방마다 체크했다. 마지막 멈춘 곳은 침실이었다. 나는 침대를 정리하고 '릴 데몬의 파산공화국' CD 케이스를 나이트 테이블 서랍 안에 넣었다. 그 생각이 떠오른 것은 바로 그때였다. 나는 침대에 앉아 소벨의 말을 곰씹어보았다. 소벨이 실언을 한 것이다. 처음엔 나도 눈치채지 못했다. 라울의 22구경을 찾아냈지만 살해 무기는 아니라고 했다. 소벨은 살해 무기가 우즈맨이라고 했다.

소벨은 무의식적으로 살해 무기의 제조사와 모델을 노출하고 만 것이다. 우즈맨이 콜트 사가 만든 자동피스톨이라는 것 정도는 알고 있었다. 내게도 콜트 우즈맨 스포츠 모델이 있기 때문이다. 옛날에 아버지가 유물로 물려준 것이지만. 너무나 오래된 모델이라 한 번도 꺼내본 적은 없었다.

나는 침대에서 일어나 벽장으로 갔다. 마치 짙은 안개 속을 걷는 것처럼 발걸음이 무거웠다. 나는 위치를 확인하기라도 하듯 한 손을 벽에 대고 다시 여닫이문을 짚었다. 나무 박스는 원래의 자리에 놓여 있었다. 나는 두 손으로 박스를 끌어내린 다음 침실로 가지고 갔다.

박스를 내려놓고, 청동격자를 풀고, 뚜껑을 열고, 마지막으로 기름천 커버까지 걷어냈다.

총이 없었다.

2부

진실 없는 세상

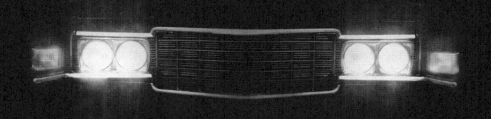

27 독수독과의 법칙

5월 23일 월요일

루이스의 계산이 끝났다. 재판 첫날 내 통장에는 평생 가져본 것보다 더 많은 돈이 들어와 있었다. 마음만 먹는다면 버스 좌석이 아니라 아예 도시 중심에 광고판을 세울 수도 있고, 지금 하고 있는 옐로페이지의 내지 반면 광고가 아니라 뒤표지를 도배할 수도 있었다. 얼마든지 가능했다. 결국 난 대박 사건을 물었고 대가도 받았다. 돈 문제라면 그건 사실이다. 하지만 라울 레빈의 죽음까지 계산한다면 이 대박은 손해 본 장사일 수밖에 없었다.

우리는 사흘간 배심원 선정을 마치고 바야흐로 무대에 등장할 준비를 하고 있었다. 재판은 최대 사흘 동안 진행되는데 이틀은 검찰의 몫이고 변호를 위해서는 하루가 주어진다. 나는 판사한테 배심원들을 설득하는 데 하루가 필요할 거라고 말했지만, 사실 내 일은 검찰 측 논고가 진행되는 동안 거의 다 끝날 것이다.

재판이 시작될 때면 언제나 전율이 느껴졌다. 폐부 깊숙이 찔러드는 짜릿함. 여기에 너무나 많은 것이 걸려 있다. 명예, 신체적 자유, 그리고 헌

298

법 체계 자체의 안녕까지…. 열두 명의 이방인들이 당신의 인생에 판결을 내리는 기분을 아는가? 내면에서부터 치고 나오는 이 치열한 싸움을? 지금 나는 내 자신에 대해 말하고 있다. 형사법 변호사. 피고에 대한 판단은 완전히 별개의 문제이다. 난 한 번도 의뢰인의 유무죄를 따져본 적이 없다. 솔직히, 그리고 싶지도 않았다. 나는 재판을 결혼식 날 목사 앞에 설 때의 불안과 긴장에 비교할 수 있다고 생각한다. 이미 두 번이나 경험한 예식이건만, 나는 지금도 판사가 실내의 정숙을 명할 때마다 그때를 떠올리고 만다.

재판 경험이야 상대보다 월등히 많지만 그렇다고 본질을 외면할 수는 없다. 나는 기껏 법이라는 거대한 발톱 아래 서 있는 미물에 지나지 않았다. 그렇다, 나는 미물에 지나지 않았다. 상대가 생애 최초로 중범 재판을 맡은 초짜이기는 해도, 내가 가진 이점은 결국 거대 조직의 권력과 체계로 인해 십분 반감될 수밖에 없었다. 검사의 논고에는 전 사법체계의 힘이 실려 있기 때문이다. 그리고 그와 대항하기 위해 내가 가지고 있는 건 내 자신과 죄를 지은 의뢰인뿐이었다.

나는 피고석의 루이스 옆에 앉았다. 단둘뿐이었다. 보조도 없고 조사원도 없었다. 라울에 대한 묘한 의무감 때문에 나는 대타를 고용하지 않았다. 아니, 솔직히 필요하지도 않았다고 해야겠다. 라울이 필요한 모든 것을 주고 떠났기 때문이다. 이제 재판이 어떻게 풀려나가느냐에 따라 수사관으로서의 그의 마지막 능력이 빛을 발하게 될 것이다.

방청석 첫째 줄에 세실 돕스와 메리 앨리스 윈저가 앉아 있었다. 사전 합의에 따라 판사는 루이스의 모친을 모두진술 동안에만 참석할 수 있도록 허락했다. 이미 변호인 측 증인으로 등재된 이상 그 후의 증언을 듣는 건 불가능했다. 내가 증인석으로 불러들일 때까지 메리 윈저는 충견 돕스를 거느린 채 복도에서 기다려야 할 것이다.

그리고 그 앞줄에는 비서이자 내 전처인 로나 테일러가 앉아 있었다. 로나는 남색 정장과 흰 블라우스를 단정하게 차려입었다. 매일 아침 법원을 오가는 여변호사들의 대오에도 전혀 꿀릴 것이 없을 정도로, 로나는 아름다운 여자이다. 그런 로나가 나를 위해 이곳에 와 있고, 그 때문에 더욱 사랑스러웠다.

방청석에는 사람들이 여기저기 앉아 있었다. 모두진술에서 인용할 거리를 찾는 신문기자 몇 명과 변호사 몇, 그리고 나머지는 일반 방청객들이었다. TV는 나타나지 않았다. 재판이 아직 대중의 관심을 끌지 못한 덕이었다. 나쁘지 않았다. 우리의 보도억제 전략이 맞아떨어졌다는 뜻이기 때문이다.

루이스와 나는, 재판이 개정될 때를 기다리는 동안에도 서로 아무 말도 하지 않았다. 나는 마음을 가라앉히며 배심원들에게 해야 할 말을 연습했고 루이스는 판사석에 부착된 캘리포니아 주정부 문장만 뚫어져라 노려보았다.

법원 서기가 전화를 들더니 몇 마디 중얼거리다 끊었다.

"2분 전입니다. 2분 전." 그가 큰 소리로 외쳤다.

판사가 법정에 전화한다는 것은, 사람들이 자리에 앉아 재판에 대비해야 한다는 것을 뜻했다. 우린 준비가 되어 있었다. 나는 검사석의 테드 민튼을 보았다. 그도 나와 마찬가지의 전투 태세를 다듬고 있었다. 민튼은 조용히 앉아 논고를 외우고 있었다. 나는 상체를 숙여 앞에 놓인 노트를 살폈다. 그때 루이스가 상체를 숙였다. 그는 속삭이듯 말했지만 아직 그렇게까지 할 필요는 없었다.

"시작이에요, 믹."

"알고 있네."

라울의 죽음 이후 루이스와의 관계는 끝없는 인내의 연속이었다. 의무이기 때문에 참는 것이다. 재판이 있기 전까지 만나는 횟수를 최대한 줄였고 만나서도 가급적 대화를 피했다. 내 작전의 약점은 바로 내 자신이었다. 루이스와의 관계가 자칫 분노를 자극해, 친구의 죽음에 대해 개인적이고 물리적인 복수를 하겠다고 달려들게 될까 봐 겁이 났던 것이다. 배심원을 선정하는 사흘간은 고문이었다. 날마다 옆에 앉아 가능성 있는 배심원에 대해 그의 논평들을 들어야 했기 때문이다. 그 고문을 이겨내기 위해 그가 자리에 없는 것처럼 생각하기도 했다.

"준비된 거죠?" 그가 물었다.

"노력 중이야. 자넨?"

"예, 문제없어요. 하지만 시작하기 전에 할 말이 있어요."

나는 그를 보았다. 너무 가까웠다. 증오하는 게 아니라 사랑한다 해도 부담스러울 정도의 거리였다. 나는 상체를 세웠다.

"뭐지?"

그도 따라서 몸을 세우더니 다시 내 쪽으로 기댔다.

"내 변호사 맞죠, 예?"

나도 몸을 굽혔다. 하지만 어떻게든 떨어지고 싶었다.

"루이스, 그게 무슨 소리야? 우린 벌써 두 달 이상 이 일에 매달렸어. 그리고 함께 앉아서 배심원들을 뽑았고 재판 준비를 했다고. 게다가 15만 달러 이상을 지불해놓고 이제 와서 내가 자네 변호사냐고? 물론 자네 변호사지. 왜 그래? 뭐가 잘못된 건가?"

"잘못된 건 없습니다."

그는 다시 상체를 굽혀 다시 말을 이어나갔다.

"내 말은, 제 변호사라면, 내가 이런저런 얘기를 해도 비밀을 지켜줘야 한다는 겁니다. 그게 아무리 범죄라도 말이죠. 어떤 범죄사실을 고백하든 변호사-의뢰인 간의 윤리규약으로 덮어지는 것 맞겠죠?"

나는 속에서 부글부글 끓어오르는 소리를 들을 수 있었다.

"그래, 루이스, 맞는 말이야. 현재 계획 중인 범죄를 고백하지 않는 한은 그래. 하지만 그 경우엔 윤리강령과 상관없이 경찰에 신고해야 해. 범죄 예방 차원이지. 사실 그건 내 임무이기도 하고. 변호사 또한 사법제도의 녹을 먹고 있으니까. 그래, 하려는 얘기가 뭐지? 방금 2분 남았다는 소리 들었잖아. 이제 시작해야 한다고."

"사람을 죽였어요, 믹, 그것도 여럿."

나는 잠시 그를 바라보았다.

"뭐라고?"

"들었잖습니까?"

그렇다. 분명히 듣기는 했다. 사실 놀랄 필요도 없었다. 그가 사람들을 죽였다는 건 이미 알고 있었다. 라울도 그중의 하나였고, 그것도 내 총에 당했다(여전히 모르겠는 건, 도대체 놈이 어떻게 GPS 발찌를 속였느냐는 것이다). 내가 놀란 이유는 재판이 시작되기 2분 전에 너무나도 당연하다는 말투로 고백했다는 점 때문이었다.

"왜 그런 얘기를 하지? 이제 막 한 사건의 변호를 시작하려는 참이야. 그런데 자넨…."

"이미 알고 있으니까요. 게다가 난 믹의 다음 계획까지도 알고 있거든요."

"내 계획? 무슨 계획?"

그가 교활한 웃음을 지어 보였다.

"이봐요, 믹. 간단하잖아요. 당신은 이 사건을 변호해요. 최선을 다하고 큰돈을 벌죠. 그리고 난 승소를 하고 걸어 나갑니다. 하지만 그다음은요? 일이 끝나고 은행엔 돈도 두둑하겠죠? 그리고 난 더는 의뢰인이 아니니까 등을 돌릴 겁니다. 그런 다음엔? 나를 경찰에 던져주고 지저스 메넨데즈를 풀어주고. 그런 식으로 혼자만 구원받을 겁니까?"

나는 대답하지 않았다.

"이런, 그렇게 할 수는 없죠. 이제 난 영원히 당신 겁니다, 믹. 지금 사람들을 죽였다고 말했어요. 이유를 아세요? 마사 렌테리아도 그중 하나죠. 죽어 마땅한 년이었어요. 하지만 내 증언을 이용해서 자기 의뢰인을 고발한다면, 당신도 오랫동안 변호사 일은 할 수 없을 겁니다. 예, 지저스를 죽음의 수렁에서 건져낼 수는 있겠죠. 그렇다고 내가 기소되지는 않아요. 당신이 윤리강령을 어긴 덕분이죠. 그걸 독수독과의 법칙(불법적인 수사를 통해 얻어진 결과는 증거로 채택될 수 없다는 이론 – 옮긴이)이라 그러던가요? 당신이 바로 독수예요, 믹."

난 아무 대답도 할 수가 없었다. 루이스는 상황을 정확히 꿰뚫고 있었고 난 인정할 수밖에 없었다. 도대체 세실 돕스로부터 얼마나 많은 도움을 받고 있는 거지? 분명히 누군가 법에 대해 코치를 해주고 있는 것만은 분명했다.

나는 그에게 얼굴을 들이대고 이렇게 속삭였다.

"따라와."

나는 일어서서 재빨리 법정 뒷문을 향해 걷기 시작했다. 등 뒤에서 서기의 다급한 목소리가 들렸다.

"할러 변호사님? 이제 시작해야 합니다. 재판장님께서…."

"1분만." 나는 돌아보지도 않고 외쳤다.

나는 그 말과 함께 손가락 하나를 들어 보이고는, 문을 밀치고 어둑어둑한 전실로 들어갔다. 홀의 소음이 법정에까지 미치지 못하도록 고안된 버퍼 같은 공간이었다. 반대쪽에도 두 개의 미닫이문이 복도와 이어져 있었다. 나는 한쪽으로 물러나 루이스가 그 좁은 공간으로 들어오길 기다렸다.

그가 문을 통과하자마자 나는 그를 벽으로 밀어붙인 다음 두 손으로 가습을 눌러 꼼짝 못하게 만들었다.

"도대체 지금 나하고 뭘 하자는 거야?"

"진정해요, 믹. 단지 서로를 잘 알아야 한다고 생각했을 뿐이에요. 어차피…."

"이런 개자식. 넌 라울을 죽였어. 널 위해 일하고, 널 도우려 한 사람을 말이다."

나는 그 자리에서 두 손으로 놈의 목을 졸라버리고 싶었다.

"하나는 맞았군요. 맞아요, 난 개자식입니다. 하지만 다른 건 모두 틀렸어요, 믹. 라울은 도우려는 게 아니었죠. 날 매장하려고 했고 게다가 너무 많이 치고 들어왔어요. 그래서 할 수 없었답니다."

나는 집 전화에 녹음된 라울의 마지막 메시지를 떠올려보았다. "지저스를 교도소에서 빼내는 티켓을 구했어." 찾아낸 것이 무엇인지는 몰라도 결국 그것 때문에 죽은 것이다. 나한테 보를 넘기기도 전에 말이다.

"어떻게 한 거지? 모든 걸 실토했잖아. 그러니까 어떻게 했는지도 말해줘. GPS를 어떻게 깬 거야? 발찌에 의하면 넌 글렌데일 근처에도 가지 않았어."

그가 미소 지었다. 그건 모든 걸 혼자 차지하겠다는 악동의 미소였다.

"그냥 독점 정보라고 해두죠. 모르실 거예요. 모르죠, 어쩌면 후디니(탈출묘기의 일인자 ─ 옮긴이)의 마술이 부활했는지도."

나는 그의 말투에서 협박을 느꼈고, 라울이 보았다던 바로 그 악마의 미소를 보았다.

"쓸데없는 생각 말아요, 믹. 잘 아시겠지만 난 이미 보험에 들어둔 셈이니까요." 그가 말했다.

나는 그를 더욱 세게 누르고 얼굴을 들이댔다.

"잘 들어, 이 개자식아. 내 총 돌려줘. 이 일로 날 잡았다고 생각하는 모양인데, 네놈은 개뿔도 없어. 덫을 놓은 건 바로 나라고. 만일 총을 돌려주지 않는다면 네놈을 일주일 안에 끝내주겠다. 알았나?"

루이스는 천천히 두 손을 올려 내 팔목을 잡아 가슴에서 떼어내고는 여유 있는 표정으로 셔츠와 타이를 매만지기 시작했다.

"제안 하나 하죠. 이 재판이 끝나면 난 자유의 몸으로 여기서 나갈 겁니다. 난 그 자유를 지속하고 싶어요. 그것만 가능하다면 그 총이 나쁜 사람들 손에 넘어가는 일은 절대 없을 겁니다."

랭크포드와 소벨을 말하는 것이다.

"정말 그렇게 하고 싶지 않답니다, 믹. 많은 사람들이 당신한테 의지하고 있어요. 의뢰인들도 많잖아요. 그들하고 같은 방에 처박히고 싶지는 않을 테죠?"

나는 한 걸음 물러섰다. 주먹으로 한 방 먹이고 싶은 욕망을 간신히 참아내는 중이었다. 나는 목소리를 낮추고 분노와 증오를 가라앉혔다.

"맹세하마. 날 엿 먹이면 네놈도 자유롭지 못할 거다. 알겠나?"

루이스가 미소를 지어 보였다. 하지만 대답하기 전에 법정 쪽의 문이 열리고 정리인 미한이 들여다보았다.

"재판장님이 나오셨어요. 당장 들어오시랍니다." 그가 퉁명스럽게 내뱉었다.

나는 루이스를 돌아보았다.

"알았냐고 물었다."

"예, 믹. 분명히 알아들었습니다." 그가 편안한 목소리로 대답했다.

나는 그에게서 물러나 법정 안으로 들어갔고, 그리고 성큼성큼 주랑을 걸어 내려갔다. 콘스탄스 풀브라이트 판사가 내 걸음 하나하나를 노려보고 있었다.

"그래, 오늘 아침을 함께해주서서 영광이군요, 할러 변호인."

저 말을 전에 어디에서 들었더라?

"죄송합니다, 재판장님. 의뢰인에게 긴급한 문제가 생겨 잠시 상의가 필요했습니다." 나는 게이트를 통과하며 이렇게 말했다.

"의뢰인과의 상담은 피고석에서 충분히 가능할 텐데요." 폴브라이트 판사가 따져 물었다.

"물론입니다. 재판장님."

"오늘 출발이 별로 산뜻하지 못해 드리는 말씀입니다, 할러 변호인. 서기가 2분 후에 개정한다고 선언할 때에는 변호인과 의뢰인을 포함한 모두가 준비를 마치고 제 자리에 앉아 있기를 기대하는 거예요."

"죄송합니다, 재판장님."

"그 정도론 부족해요, 할러 변호인. 오늘 공판 일정이 끝나면 수표책을 들고 서기를 찾아가세요. 지금 막 법정모독죄로 5백 달러의 벌금형에 처했으니까요. 이 법정을 책임진 사람은 변호사가 아니라 판사인 나예요."

"재판장님…."

"자, 이제 배심원단을 들게 하세요." 폴브라이트 판사가 내 항변을 물리치고는 열두 명의 배심원과 두 명의 대기자를 불러 배심원석을 채우도록 했다. 나는 얌전히 앉아 있는 루이스에게 이렇게 속삭였다.

"나중에 5백 달러 내놔."

28 첫 번째 모두진술

테드 민튼의 모두진술은 전형적인 과잉살상의 표본이었다. 배심원들에게 어떤 증거를 제시할 것이고 어떤 것을 증명할 것인지 설파하는 대신, 사건의 의미만을 뻥튀기하려 애썼다. 그가 노리는 것은 거대한 그림이지만 그건 백이면 백 잘못된 선택이다. 큰 그림은 추측과 암시로 가득하고 가설을 혐의 수준까지 끌어올리고 만다. 중범 재판을 10여 회 다뤄본 베테랑 검사라면 오히려 그림을 작게 그리라고 주문할 것이다. 필요한 것은 유죄를 입증하는 것이다. 그 일을 위해 설득까지 필요한 것은 아니다.

"이 사건은 한 약탈자에 대한 것입니다. 루이스 로스 룰레는 3월 6일 밤 먹잇감을 스토킹하고 있었습니다. 만일 한 여인의 필사적인 생존 노력이 없었다면 우리는 지금 살인사건을 다루고 있을 것입니다." 그의 말은 이렇게 시작되었다.

테디가 점수 기록원을 포섭했다는 사실은 일찍부터 감지하고 있었다. 소위 공판 중에 끊임없이 기록을 하는 배심원이다. 모두진술은 증거 제시가 아니기 때문에, 풀브라이트 판사가 이미 배심원단에게 훈계를 주었지만, 앞 열 첫 자리에 앉은 여자는 검사의 진술이 시작할 때부터 계속 뭔가를 적고 있었다. 나쁘지 않다. 난 점수 기록원이 좋다. 왜냐하면 그들은 검찰과 변호사가 제시하고 증명하는 진술을 기록하고, 공판이 끝나면 돌아가 복기를 해볼 것이기 때문이다. 말 그대로 득점을 기록하는 것이다.

지난주에 채워 넣은 배심원 차트를 보니, 기록원의 이름은 린다 트룰럭이고 레제다 출신의 주부이며, 총 세 명의 여자 배심원 중 하나였다. 민튼은 여자 배심원을 최소화하려고 무던히 애를 썼다. 레지나 캄포가 돈을 받고 섹스를 제공하는 여자임이 밝혀지면, 여자들의 동정표가 떨어져 나가고 그로 인해 평결이 불리하게 나올까 봐 불안했던 것이다. 나도 그의 가정이 옳다는 판단하에 가급적 여성 멤버를 유지하려고 노력했다. 그 결과 우리 둘 다 20명의 후보를 모두 써버렸고 배심원단을 구성하는 데 사흘이나 걸렸다. 결국 세 명의 여성패널을 유지했지만 사실 유죄를 막는 데에는 단 한 사람이면 충분했다.

"이제, 여러분들은 피해자 본인의 증언을 통해 캄포 양의 생활방식이 우리에게 용서받지 못할 것이라는 사실을 알게 될 것입니다. 단도직입적으로 말씀드린다면 캄포 양은 남자들을 초대해 성을 파는 여인입니다. 하지만 지금 피해자의 생계수단이 이 재판의 목적이 아님을 상기하시기 바랍니다. 누구나 폭력의 피해자가 될 수 있습니다. 누구나. 누가 어떻게 살아가든, 법은 그들이 두들겨 맞고, 칼로 위협받고, 생명의 위험을 느껴서는 안 된다고 믿고 있으니까요. 돈을 벌기 위해 무슨 일을 하느냐는 문제가 되지 않습니다. 분명한 건 그들도 우리처럼 동등한 법의 보호를 받아야 한다는 사실뿐입니다."

민튼은 창녀나 매춘 같은 단어도 애써 피하고 있었다. 그 역시 재판에 악영향을 미칠까 염려되어서이다. 나는 메모지에 그 단어들을 적고 변론 때 써먹어야겠다고 작심했다. 검사가 빠뜨린 부분이니 나라도 돌려놓아야 하지 않겠는가.

민튼은 대충 증거를 설명하기 시작했다. 피고의 이니셜이 새겨진 칼에 대해서도 말했고 그의 왼손에 묻은 혈흔도 들먹였으며, 거기에다 배심원단을 향해 증거를 흐트리거나 희석하려는 변호인의 농간에 넘어가지 말라는 말까지 덧붙였다.

"이건 너무나 명명백백한 사건입니다. 여러분은 개인 주택에 침입하여 주인 여성을 폭행한 남자를 보고 계십니다. 그는 캄포 양을 강간하고 결국 죽일 생각이었습니다. 캄포 양이 이 자리에 나와 그 이야기를 들려주게 된 것은 오직 하느님의 은총 덕분이었음을 기억하시기 바랍니다."

그 말을 끝으로 그는 배심원단에 들어주어 고맙다는 인사를 하고 검사석으로 돌아가 앉았다. 풀브라이트 판사는 시계를 보고 다시 나를 보았다. 11시 40분. 휴정에 들어갈 것인지, 아니면 내 변론을 진행할 것인지를 재는 중이었다. 공판 시 판사의 주요 역할 하나가 배심원단의 관리이다. 판사는 배심원들이 편안하게 재판에 몰두할 수 있도록 관리해야 하며, 이따금 짧거나 긴 휴정이 해답이 될 때가 있다.

코니 풀브라이트와 알고 지낸 것도 족히 12년, 코니가 판사가 되기 훨씬 전부터였다. 풀브라이트 판사는 과거 검사와 형사법 변호사를 두루 거쳐 양쪽 모두에 정통하다. 법정 모독에 대해 지나치게 유난 떠는 점을 제외한다면, 올곧고 공평한 판사라고 할 수 있다. 단 평결을 내릴 때는 예외다. 풀브라이트의 법정에 들어갈 때에는 변호사도 검사와 동등한 자격이라고 생각해도 좋다. 하지만 배심원단이 의뢰인의 유죄를 인정했다면 그 후부터는 최악의 악몽을 각오해야 한다. 풀브라이트는 카운티에서 가장 엄한 판사에 속했다. 마치 재판거리를 만들어 자기 시간을 빼앗은 데 대해 보복하는 것으로 보일 정도였다. 또한 평결의 기준에 조금이라도 융통성이 있다면 징역이든 집행유예든 가장 중형을 때리는 판사로 유명했다. 그 덕분에 반 누이스 법정에 출입하는 변호사들은 풀브라이트를 다른 이름으로 불렀다. 풀바이트(풀바이트에는 통째로 씹는다는 의미가 있다-옮긴이) 판사.

"할러 변호인, 변론을 휴정 후에 하겠어요?" 판사가 물었다.

"아닙니다, 재판장님, 대신 아주 짧게 하겠습니다."

"좋습니다. 그럼 먼저 듣고 점심 시간을 갖도록 하죠."

사실 얼마나 나갈 건지는 나도 모르고 있었다. 테디가 40분 정도였으니 나도 그 정도는 될 것이다. 판사에게 빨리 끝내겠다고 말한 이유는, 배심 원들이 검사의 이야기만 듣고 점심 식사를 한다는 게 맘에 들지 않아서였 다. 햄버거와 참치 샐러드를 먹으면서 오직 검사 쪽 주장만 되새김질할 것이 아니겠는가?

나는 자리에서 일어나 검사석과 변호인석 중앙에 있는 연단으로 향했 다. 법정은 구법원 중에서도 최근에 리모델링된 공간이었다. 판사석 양쪽 에 배심원석이 있고 판사석 뒤쪽 벽까지 포함해 모두 황색 목재로 마감질 되어 있었다. 판사 집무실로 이어진 문은 거의 벽 속에 감춰져 있는 데다 나이테와 결로 교묘하게 위장되어 있었다. 문고리만 아니라면 언뜻 벽으 로 오해할 수도 있었다.

풀브라이트는 마치 연방판사처럼 재판을 지휘했다. 변호사와 검찰은 허락 없이 증인에게 다가갈 수도 없고 배심원단에게 접근하는 것도 불허 했다. 변론이나 논고 역시 연단에서만 하도록 되어 있다.

연단에서 보면 배심원단은 오른쪽에 있었고 변호인석보다는 검사석 쪽에 조금 더 가까웠다. 문제 될 건 없었다. 배심원단이 루이스를 꼼꼼히 봐야 좋을 게 하나도 없다. 차라리 어느 정도 신비감을 주는 편이 유리할 것이다.

"배심원 여러분. 제 이름은 마이클 할러이고 이 사건에서 룰레 씨를 변 호하기 위해 이 자리에 섰습니다. 우선 이 재판이 빠르게 끝날 것임을 감히 말씀드리겠습니다. 여러분께 불과 며칠 정도만 누를 끼치겠습니다. 아마 나중에는 양측의 주장을 듣는 시간보다 배심원 여러분을 선정하는 데 걸린 시간이 더 많았음을 아시게 될 겁니다. 민튼 검사께서 말씀하신 내용은 주로 증거의 의미와, 그리고 룰레 씨의 정체에 대한 것으로 사료됩니다. 저는 대신 여러분께 잠깐 느긋하게 앉아 증거를 경청하시고 그 의미와 룰레 씨의 됨됨이를 상식적으로 살펴보라고 권하고 싶습니다."

나는 배심원들과 하나하나 눈을 맞추었다. 연단에 내려놓은 메모지는 거의 내려다보지도 않았다. 즉흥적인 연설을 통해 그들을 편안하게 생각하고 있다는 인상을 주고 싶어서였다.

"대개의 경우 전 모두변론을 유보하는 편입니다. 형사재판에서라면 지금 민튼 검사께서 하신 것처럼, 피고 측이 먼저 모두연설의 선택권을 갖거나, 아니면 피고 측 신문 바로 직전에 합니다. 전 주로 두 번째 옵션을 선호하는 편입니다. 충분히 기다렸다가 피고인 측의 증언과 증거를 제시하기 전에 모두변론을 하는 겁니다. 하지만 이번만은 다르다고 생각했습니다. 그건 검찰의 증언이 피고인 측의 증언과 다를 바 없기 때문입니다. 앞으로 여러분께서 물론 피고인 측 증언을 들으시겠지만, 그 진술의 본질과 핵심은 모두 검찰의 증거와 증언에 달려 있고, 또 여러분께서 그 증언을 어떻게 해석하실 것이냐에 달려 있습니다. 약속드리죠. 방금 민튼 검사가 말씀해주신 것과 전혀 다른 해석이 이 법정에서 나오게 될 것이며, 피고 측 진술이 나올 때쯤이면 최초의 해석은 완전히 무의미하게 될 것임을 말입니다."

나는 점수 기록원을 보았다. 그 여자의 손이 노트 위를 바쁘게 움직이고 있었다.

"여러분은 이번 주에 이 사건 전체가 한 사람의 행동과 동기에 의해 이루어졌음을 아시게 될 겁니다. 돈이 있어 보이는 한 남자를 목표로 정한 창녀 때문이죠. 이제 증거는 그 점을 분명히 보여드릴 것이며, 물론 검찰 측 증언에 의해서도 밝혀질 것입니다."

민튼이 일어나 이의를 제기했다. 중요한 검찰 증인을 부당한 비난으로 매도하고 있다는 것이다. 하지만 그의 반대에는 어떠한 법적 기반도 없었다. 그저 변호인단에게 메시지를 전하려는 아마추어다운 시도에 불과했다. 판사는 우리를 즉시 불러냈다.

우리는 판사석 옆으로 갔다. 판사는 음향 중화장치를 켜서 배심원단에 백색소음을 내보냈다. 그들이 사이드바(sidebar, 배심원을 제외한 판사와 검사와 변호사 사이의 협의–옮긴이)를 듣지 못하도록 하는 것이었다. 판사는 마치 암살자라도 다루듯 민튼을 몰아붙였다.

"민튼 검사, 중죄 법정이 처음이라는 건 알고 있어요. 재판을 진행하면서 이것저것 지침을 내려야 할 거라는 생각도 했고요. 하지만 내 법정에선 절대 모두진술에 이의를 제기하지 말아요, 절대. 변호인이 증거를 제시하는 시간도 아니잖아요. 난 말이에요, 당신 어머니가 피고의 알리바이 증인이라고 말해도 눈 하나 깜짝 안 해요. 배심원단 앞에서 이런 식의 시비는 더 이상 용납 못 합니다."

"재판장님…."

"됐어요, 가봐요."

판사는 의자를 판사석 가운데로 옮기고는 백색소음을 껐다. 민튼과 나는 아무 말 없이 각자의 위치로 돌아갔다.

"이의는 기각합니다. 계속하세요, 할러 변호인. 하지만 빨리 끝내겠다고 한 약속은 지켜주시기 바랍니다."

"감사합니다, 재판장님. 약속은 지키죠."

나는 노트를 본 다음 다시 배심원단을 향해 시선을 보냈다. 민튼이 판사에 의해 한풀 꺾인 이상, 강도를 한 단계 높일 필요가 있었다. 노트가 아니라 곧바로 핵심으로 들어가는 것이다.

"배심원 여러분, 본질적으로 여러분께서 결정하실 일은 누가 정말로 사건의 가해자이냐는 점입니다. 전과기록도 없는 성공한 사업가 룰레 씨와, 섹스를 거래하는 데 이골이 난 공인된 창녀 중에서 말입니다. 여러분들은 이 자리에서 추정상의 피해자가 추정상의 폭행이 있기 바로 직전에, 다른 남자와 한창 성행위에 열중했다는 증언을 듣게 될 것입니다. 그리고 소위 그 치명적인 폭행이 있고 난 후에도 캄포 양이 다시 직업전선으로 돌아가 섹스와 돈을 맞교환하고 있다는 증언도 들으실 것입니다."

나는 민튼을 보았다. 그는 서서히 불타오르고 있었다. 눈앞의 테이블만 노려다 보며 천천히 고개를 젓고 있는 폼이 우습기 짝이 없었다. 나는 판사를 보았다.

"재판장님, 죄송하지만 검사님께 배심원 앞에서의 시위를 자제토록 해주시겠습니까? 전 검찰의 모두진술 동안 이의를 제기하거나 배심원의 관심을 분산시키려는 노력을 일체 하지 않았습니다."

"민튼 검사. 제발 가만히 변호사의 진술을 경청해주시겠어요? 검사한테도 중요한 얘기 아닌가요?"

"예, 재판장님." 민튼이 공손히 대답했다.

배심원단은 이제 검사가 두 번이나 엿 먹는 것을 보았다. 모두진술도 채 끝나지 않았는데 말이다. 난 이를 좋은 징후로 받아들이고 그 탄력을 조금 더 만끽하기로 했다. 배심원석을 보니 점수 기록원도 열심히 뭔가를 적고 있었다.

"마지막으로, 검찰 측 증인 대부분이 이 사건의 물리적 증거에 대해 설명하려 할 겁니다. 요컨대 민튼 검사께서 언급하신 피와 나이프에 대한 얘기입니다. 하지만 개별적으로든 전체적으로든, 검사의 진술 자체가 피고의 유죄를 증명하기보다, 오히려 합리적 의혹을 유발할 것임을 확신합니다. 제 말은 얼마든지 기록하셔도 됩니다. 재판이 끝날 때쯤 여러분은 어차피 한 가지 선택만이 남았다는 사실을 아시게 될 테니까요. 그리고 그건 룰레 씨가 모든 기소로부터 자유롭다는 사실입니다. 감사합니다."

나는 자리로 돌아가며 로나 테일러에게 윙크했다. 로나도 고갯짓으로 내가 잘 했음을 확인해주었다. 그리고 나는 그 뒤쪽에 앉아 있는 두 인물을 알아보았다. 랭크포드와 소벨. 아마도 내가 방청객을 훑어본 다음에 몰래 들어온 모양이었다.

나는 자리에 앉았다. 루이스가 엄지를 치켜올리는 건 무시해버렸다. 신경이 온통 글렌데일의 두 형사에게 쏠렸다. 저 인간들이 법정엔 도대체 왜 온 거지? 나를 감시하는 건가? 내게 볼일이 있는 걸까?

판사가 점심 휴정을 명하자 사람들이 모두 일어나 배심원단의 퇴장에 경의를 표해주었다. 그들이 모두 나간 후 민튼은 판사에게 다시 한 번 사이드바를 요청했다. 그는 자신의 이의제기에 대해 설명하고 손해를 보상받고 싶어했다. 물론 그렇다고 법정에서 공개적으로 거론할 수는 없는 노릇이었으리라. 하지만 판사는 끝내 그의 요청을 거부했다.

"민튼 검사, 난 배고파요. 그리고 다 끝났잖아요? 식사나 하러 가세요."

풀브라이트 판사가 자리를 뜨자, 이제껏 침묵을 지켰던 방청객들과 법원 직원들이 한꺼번에 떠들기 시작했다. 나는 메모지를 가방 안에 집어넣었다.

"정말 멋졌어요. 첫 게임부터 확실히 기선을 잡은 것 같네요."

냉담한 시선으로 루이스를 보았다.

"이건 게임이 아니야."

"알아요, 그냥 말이 그렇다는 거죠. 이봐요, 세실하고 어머니와 점심을 하기로 했어요. 다들 미키도 함께했으면 하시던데요."

나는 고개를 저었다.

"네놈 변호는 할 거야, 루이스. 하지만 밥까지 같이 먹고 싶은 생각은 없어."

나는 서류가방에서 수표책을 꺼내 서기 자리로 다가갔다. 5백 달러짜리 수표를 끊어주기 위해서였다. 사실 돈은 별문제가 안 되었다. 그것보다는 오히려 법정모독죄에 대한 변협 리뷰가 더 걱정이었다.

내가 일을 끝내고 돌아섰을 때 로나가 게이트에서 기다리고 있었다. 우리는 함께 점심식사를 할 생각이었고, 그다음에 로나는 콘도로 돌아가 전화 상담을 해야 할 것이다. 사흘 후면 나도 본업으로 돌아가기 때문에 고객이 필요했다. 그리고 내 일정표를 채우는 데 로나의 역할은 그 무엇보다 중요했다.

"오늘은 내가 점심을 사야겠는데요." 로나가 미소 띤 얼굴로 말했다.

나는 가방 안에 수표책을 던져 넣고 가방을 닫은 다음, 게이트 쪽으로 향했다.

"그거 듣던 중 고마운 소리군."

나는 게이트를 밀치며 방청석을 돌아보았다. 랭크포드와 소벨은 보이지 않았다.

29 검사 논고

검찰의 오후 심문이 시작되는 순간 테드 민튼의 전략은 너무나도 확연하게 드러났다. 최초의 증인 넷은 911 전화접수원, 레지나 캄포의 구조 요청을 받고 달려온 순찰대원들, 그리고 레지나가 병원에 실려가기 전 치료를 담당한 응급요원이었다. 민튼은 캄포가 끔찍하게 당했으며, 따라서 사건의 피해자가 분명함을 각인시키려는 것이다. 변호사의 행보를 예상한 결과였고 나쁘다고 할 수만은 없는 전략이다. 게다가 대개의 경우 맞아떨어지는 작전이기도 했다.

접수요원은 근본적으로 캄포의 911 구조 요청을 효과적으로 알리기 위한 쇼맨십이었다. 민튼은 전화 내용을 인쇄해 배심원들에게 제공하고도 지글거리는 오디오 자료까지 틀어주었다. 나는 문서로 충분한데 오디오까지 트는 것은 형평에 어긋난다는 이유로 이의를 제기했지만 판사는 민튼이 대꾸하기도 전에 재빨리 이의를 기각해버렸다. 녹음기가 작동되고 그 덕분에 민튼이 출발 하나는 산뜻하게 딛고 넘어간 셈이었다. 비명을 지르며 도움을 요청하는 레기 캄포의 목소리를 배심원들은 열심히 경청했다. 캄포는 진짜로 겁에 질렸고 고통스러워했다. 당연히 민튼이 배심원

316

들에게 들려주고 싶었을 것이다. 그리고 그의 의도는 멋지게 성공했다. 나는 접수원에 대한 반대신문을 포기했다. 그래봐야 민튼에게 그 녹음을 다시 틀게 할 명분밖에 줄 것이 없기 때문이다.

다음의 순찰대원 둘은 각기 다른 상황을 증언했다. 911 요청에 따라 타자나의 아파트 단지에 도착한 후 서로 맡은 일이 달랐던 것이다. 한 사람은 피해자를 돌보았고 다른 대원은 캄포의 이웃이 깔고 앉아 있는 남자, 즉 루이스 로스 룰레에게 수갑을 채웠다.

비비안 맥스웰 경찰은, 캄포의 상태에 대해, 잔뜩 헝클어지고, 겁에 질리고, 고통받는 여자로 묘사하고 난 다음, 캄포가 자신이 무사한지, 범인이 잡혔는지 따위를 연신 물었다고 증언했다. 경찰이 두 질문 모두에 그렇다고 답했는데도, 레기 캄포는 여전히 겁먹고 당혹해했으며, 혹시 범인이 빠져나올지도 모르니 제발 무기를 꺼내 대비해달라고 애원까지 했다고 덧붙였다. 민튼이 증인신문을 마친 후 나도 최초의 반대신문을 진행했다.

"맥스웰 경관, 혹시 캄포 양에게 사건 상황에 대해 물은 적이 있습니까?"

"예, 있습니다."

"정확히 어떤 질문을 했죠?"

"무슨 일이 있었는지, 그리고 누가 그랬는지 물었죠. 캄포 양을 때린 사람 말입니다."

"뭐라고 답하던가요?"

"한 남자가 문을 노크해서 열어주었는데, 다짜고짜 두들겨 패기 시작했다고 했습니다. 그렇게 몇 차례 구타를 하고는 나이프를 꺼내 들었다고 했죠."

"구타를 한 후에 나이프를 빼들었다고 했습니까?"

"예, 그렇게 말했습니다. 캄포 양은 무척이나 당황해하고 고통스러워했습니다."

"알겠습니다. 남자와 어떤 관계인지도 말했나요?"

"아니요. 모르는 남자라고 했습니다."

"경관이 직접 아는 남자냐고 물은 건가요?"

"예. 그랬는데 모른다고 하더군요."

"그런데 모르는 사람에게 밤 10시에 문을 열어주었다?"

"캄포 양은 그런 식으로 말하지 않았습니다."

"하지만 모르는 남자라고 하지 않았나요?"

"그건 사실입니다. 정확히 그렇게 말했죠. '모르는 남자예요'라고."

"경관은 보고서에도 그렇게 적었겠죠?"

"예, 그렇습니다."

나는 순찰대원의 보고서를 피고인 측 증거로 소개하고 맥스웰에게 그
일부를 읽게 했다. 자신은 피습을 유발한 적이 없으며, 이방인이 이유 없
이 달려들었다는 캄포의 증언 부분이었다.

"피해자는 자신을 폭행한 남자를 알지 못하며 공격을 받은 이유에 대
해서도 이해하지 못했다.'" 맥스웰은 자신의 보고서를 읽어나갔다.

맥스웰의 파트너 존 산토스가 다음 증인이었다. 그는 캄포에게 위치를
듣고 방 안으로 진입했으며, 그 안에서 쓰러져 있는 남자를 보았다고 말
했다. 남자는 반쯤 의식불명 상태였고 두 명의 이웃 에드워드 터너와 로
널드 앳킨스에 의해 제압되어 바닥에 엎어져 있었다. 남자들은 각각 범인
의 가슴과 두 다리를 타고 앉아 있었다.

산토스는 바닥에 제압되어 있던 남자가 피고 루이스 룰레와 일치한다
고 증언했다. 당시 피고인의 옷과 왼손엔 피가 묻어 있었고 뇌진탕 때문
인지 처음에는 그의 명령에 반응하지 못했다고 말했다. 산토스는 그를 뒤
집어 등 뒤로 수갑을 채운 다음, 벨트의 휴대지갑에 들어 있는 비닐 증거
팩으로 루이스의 피 묻은 손을 감쌌다.

산토스는 루이스를 붙들고 있는 이웃에게서 접이식 나이프를 건네받았는데, 칼날이 노출된 채였고 손잡이와 칼날에 피가 묻어 있었다고 했다. 그리고 이 증거 역시 포장하여 후에 현장에 도착한 마틴 부커 형사에게 전달했다.

반대신문을 통해 나는 산토스에게 두 가지 질문만을 했다.

"경관, 피고의 오른손에도 피가 묻어 있었나요?"

"아뇨, 없었습니다. 그랬다면 오른손도 증거보전을 했을 겁니다."

"알겠습니다. 그래서 왼손과 나이프의 혈흔만을 채취했군요. 만일 피고인이 나이프를 쥐고 있었다면 당연히 왼손이었을 거라고 생각했나?"

민튼이 이의를 제기했다. 산토스는 순찰대원이며, 때문에 질문이 업무영역을 초월했다는 것이었다. 나는 전문적인 대답이 아니라 상식적인 대답을 원한다고 대꾸해주었다. 판사는 이의를 기각했고 법원 서기가 증인에게 다시 질문을 읽어주었다.

"그렇게 생각했습니다."

다음 증인은 의료원 아더 메츠였다. 그는 피습 후 30분도 채 안 돼 현장에 도착했다고 전제한 다음, 배심원단에 레기 캄포의 행동과 부상 정도에 대해 설명했다. 얼굴에 최소한 세 차례 이상의 강한 충격을 받은 것으로 보였으며, 목에서 작은 자창이 발견되었다고 말했다. 상처들이 깊지는 않았지만 고통스러웠을 것이라는 진단도 덧붙였다. 그리고 레기 캄포의 얼굴 확대사진이 걸린 이젤이 배심원석 앞에 전시되었다. 나는 이에도 이의를 제기했다. 사진이 실제보다 크게 확대되어 판단을 왜곡할 우려가 있다는 불만이었으나, 풀브라이트 판사는 이번에도 이의를 기각했다.

그리고 반대신문 차례가 왔을 때 나는 이의를 제기한 그 사진을 이용하기로 했다.

"얼굴에 최소 세 차례의 충격을 받았다고 했는데, '충격'이 정확히 어떤 겁니까?"

"무언가에 얻어맞았더군요. 주먹이나 둔기 같은 겁니다."

"그러니까, 기본적으로 누군가 캄포 양을 세 번 쳤다는 뜻이군요. 미안하지만 레이저포인터로 충격이 가해진 부분을 지적해줄 수 있겠습니까?"

나는 셔츠 주머니에서 레이저포인터를 꺼내 판사가 볼 수 있도록 치켜들었다. 레지나는 포인터를 메츠에게 주어도 좋다고 허락했다. 나는 포인터를 켠 다음 그에게 건넸고 그는 붉은 레이저빔을 캄포의 망가진 얼굴로 가져가 충격이 가해진 것으로 보이는 위치에 원을 그려 보였다. 오른쪽 눈, 오른쪽 뺨, 그리고 입과 코의 오른편에 해당하는 부분이었다.

"감사합니다. 부상이 모두 오른쪽에 집중되어 있다면 충격은 공격자의 왼쪽에서 가해졌다고 판단되는데, 맞습니까?"

나는 포인터를 돌려받은 다음 다시 연단으로 돌아와 있었다.

민튼이 이의를 제기했다. 질문이 또 증인의 전문 영역을 벗어난다는 이유였다. 나는 다시 한 번 상식선을 주장했고 판사도 이의를 기각했다.

"공격자가 피해자와 마주하고 있다면 물론 왼쪽이겠죠. 가해자가 손등으로 공격한 것이 아니라면 그렇게 생각할 수 있을 겁니다." 메츠가 대답했다.

메츠는 고개까지 끄덕였는데 스스로도 답변이 만족스런 모양이었다. 검사를 돕고 있다고 생각한 모양이지만 그의 대답이 너무 표리부동한 탓에 상황은 오히려 피고 측에 유리하게 흘러들고 있었다.

"지금 손등만으로 저 정도의 부상을 입혔다고 말하는 건가요?"

나는 이젤 위의 사진을 가리켰다. 메츠가 어깻짓을 해보였다. 마침내 검사 편에 별 도움이 못 되었음을 깨달은 모양이었다.

"뭐든 가능하겠죠."

"뭐든 가능하다고요? 그렇다면 왼손의 정타가 아닌 다른 방법으로도 이 정도의 부상을 야기할 수 있다는 말인가요?"

메츠가 다시 어깨를 으쓱했다. 그는 그다지 영리한 증인은 못 되었다. 먼저 증언한 두 명의 경찰과 접수원과는 완전히 대조적이었다.

"캄포 양이 자기 주먹으로 자기 얼굴을 때릴 경우는 어떤가요? 캄포 양이 오른손을 사용했다면…."

민튼이 벌떡 일어서서 "이의 있습니다"를 외쳐댔다.

"재판장님, 이건 말도 안 됩니다! 피해자가 자해를 했다는 주장은 이 법정뿐 아니라 이 세상의 모든 폭력피해자들에 대한 모독입니다. 변호인은 지금…."

"증인은 뭐든 가능하다고 말했습니다. 난 다만 무엇이 가능하고 가능하지 않은…."

나는 테드 민튼의 모두연설을 박살내고 싶었지만 판사의 도움을 따내지는 못했다.

"인정합니다. 할러 변호인, 그 가능성을 증명하지 못할 거라면 그 정도에서 그만두세요."

"예, 재판장님. 더 이상 질문 없습니다." 내가 말했다.

나는 자리에 앉으며 배심원들을 훑어보았다. 그들의 표정은 내가 실수했음을 말해주고 있었다. 긍정의 흐름은 이미 부정의 흐름으로 바뀌어 있었다. 왼손잡이 공격자의 가능성을 지적해 얻은 점수를 피해자의 부상이 자해일 수도 있다는 가정으로 모두 까먹고 만 것이다. 특히 배심원 중 여자 셋이 화가 난 듯 보였다.

그래도 나는 긍정적인 측면을 보려 했다. 요컨대 캄포가 증인석에 나타나면 똑같은 질문을 해야 하는데, 이 시점에서 미리 배심원단의 감정을 파악한 것은 그다지 손해 보는 장사가 아니었다.

루이스가 내게 기대며 속삭였다.

"도대체 뭐 하는 겁니까?"

나는 대답도 않고 방청석을 돌아보았다. 법정은 거의 비어 있었다. 랭크포드와 소벨도 돌아오지 않았고 기자들도 나타나지 않았다. 기껏해야 구경꾼 몇이 고작이었는데 아마도 퇴직자들과 법대생들, 그리고 청문회가 시작될 때까지 갈 곳을 못 찾은 변호사들 정도였다. 하지만 구경꾼들 중 하나는 분명 검사실에서 나온 감시자일 것이다. 테드 민튼이 원맨쇼를 하고 있는 것처럼 보이지만 그의 보스는 어떻게든 그와 소송을 감시할 수단을 마련했을 것이다. 나는 배심원단뿐 아니라 그 감시자까지도 요리할 생각이었다. 재판이 끝날 때쯤엔 긴급 메모가 2층으로 건네지고 다시 그 여파가 민튼에게 미치도록 만들 생각인 것이다. 애송이 검사가 절박한 선택을 하도록 밀어붙일 필요가 있었다.

오후 시간이 흘러갔다. 민튼은 여전히 페이스 조절과 배심원 관리에 대한 미숙함을 드러냈다. 그런 건 법원 경험이 있어야 터득이 가능한 지식들이다. 나는 배심원석(그들이야말로 진짜 재판관들이다)에서 눈을 떼지 않았다. 3월 6일의 사건에 대한 검사의 평이한 신문과 자잘한 증인, 증언들이 이어지면서 배심원들도 서서히 지루해하기 시작했다. 나는 반대신문을 최대한 자제하면서 배심원석에 앉은 진짜 재판관들의 눈에 비친 내 모습을 꼼꼼히 챙겨나갔다.

민튼는 아무래도 내일이나 되어야 강력한 무기들을 내놓을 모양이었다. 세부사항을 종합해줄 수석 수사관 마틴 부커 형사가 있고, 배심원단의 주위를 일시에 환기시켜줄 피해자 레지나 캄포도 있었다. 그건 가장 안전한 공식이고 사건의 90퍼센트를 장악하는 이벤트가 분명하지만, 그 바람에 첫날은 빙하처럼 지루하게 흘러갈 수밖에 없었다.

상황은 그날의 마지막 증인과 함께 다시 불붙기 시작했다. 민튼은 찰스 탤벗, 그러니까 6일 밤 모건스에서 캄포를 만나 함께 집으로 갔던 남자를 증인으로 불렀다. 검찰 쪽에서 볼 때 탤벗의 역할은 지극히 미미했다. 그가 불려나온 것은, 그날 밤 그가 떠났을 때 캄포가 건강했고 부상도 없었다는 점을 증언하기 위해서일 뿐이었다. 하지만 그의 등장은 법정을 지루한 구덩이에서 구해주었다. 그 이유는 탤벗이 하느님께 순종하는 보통의 인간 유형과 거리가 멀었기 때문이다. 다른 세상의 다른 종족을 만나는 것은 배심원들에게도 역시 흥밋거리였다.

탤벗은 55세의 나이에 머리를 노랗게 물들였지만 그렇다고 더 젊어 보이거나 하지는 않았다. 양팔에는 해군 문신까지 박았다. 그는 20년 전에 이혼하고 지금은 '퀵퀵'이라는 이름의 24시간 편의점을 운영하고 있으며, 그 사업 덕분에 살림도 넉넉했고 삶도 풍요로웠다. 그는 워너 센터에 아파트 한 채 갖고 있고 최신형 코르벳도 몰고 다녔다. 그리고 밤이면 전문 포주를 통해 여자를 공급받으며 지내는 것이다.

민튼은 직접신문 초반에 이런 사실들을 모두 확인시켜주었다. 그리고 배심원들이 탤벗에게 관심을 기울이기 시작하면서, 법정의 공기도 차분하게 정리되어 갔다. 검사는 그를 재빨리 3월 6일 밤으로 데려갔다. 탤벗은 모건스에서 레기 캄포와 만난 일을 설명했다.

"그날 밤 바에서 만나기 전에도 캄포 양을 알았나요?"

"아니, 알긴 개뿔을 알겠소?"

"그런데 어떻게 만날 수 있었죠?"

"불러냈죠. 놀고 싶다고 했더니 여자가 모건스에서 만나자더라고. 거긴 알거든요. 그래서 그러자고 했죠, 뭐."

"그런데 어떻게 불러냈죠?"

"전화로."

배심원 몇이 웃었다.

"죄송합니다. 전화로 불러낸 건 이해합니다. 제 말은 캄포 양과 접촉하는 방법을 어떻게 알았느냐는 겁니다."

"웹사이트에서 봤어. 맘에 들어서 불러냈고 즐긴 거라고. 아주 간단하잖아요? 웹사이트 광고에 전화번호까지 나와 있으니까."

"그래서 모건스에서 만났군요."

"그렇지. 거기서 상대를 물색한다 그러더라고요. 거기에 가서 두 잔 정도 같이 술도 마셨어요. 대화해보니까 서로 잘 맞더라고. 다 그런 거 아니겠소? 난 여자를 따라 집에 갔고."

"집에 가서 성관계를 가졌습니까?"

"당근. 안 그러면 뭐 하러 거기 가겠어요?"

"돈을 지불했나요?"

"4백 달러. 여자가 값은 충분히 하더라고요."

나는 한 남성 배심원의 얼굴이 붉어지는 것을 놓치지 않았다. 지난주 배심원 선정 때 정성을 들여 심어놓은 남자였다. 그를 고집한 이유는 다른 배심원 후보들이 인터뷰하는 동안에도 열심히 성경책을 읽었기 때문이었다. 민튼은 이 점을 놓쳤다. 오직 후보자들과의 면담에만 집중했던 것이다. 하지만 이미 성경을 보았기 때문에 그의 차례가 되었을 때도 나는 거의 질문조차 하지 않았다. 민튼은 그를 배심원으로 받아들였고 나도 동의했다. 레지나의 직업 때문에라도 쉽게 등을 돌릴 사람으로 생각했는데, 오늘 붉어진 얼굴을 보니 제대로 먹힌 게 분명했다.

"집을 떠난 건 언제였죠?" 민튼이 물었다.

"10시 5분 전쯤." 탤벗이 대답했다.

"캄포 양이 다른 손님이 올 거라고 말해서입니까?"

"아냐, 그런 얘기는 없었어요. 나한텐 더 이상 일을 안 할 것처럼 굴던데요?"

나는 자리에서 일어나 이의를 제기했다.

"캄포 양이 어떤 생각을 하고 어떤 의도를 지녔는지, 탤벗 씨가 판단할 문제는 아니라고 봅니다."

"인정합니다." 민튼이 반발하기 전에 판사가 말했다.

검사는 다시 신문을 시작했다.

"탤벗 씨, 3월 6일 밤 10시쯤 집을 떠날 때 캄포 양의 몸 상태가 어땠는지 설명해주시겠습니까?"

"기가 막혔죠."

법정에 박장대소가 터져 나왔고 탤벗도 자랑스러운 듯 활짝 웃어 보였다. '성경책 남자'를 바라보니 입을 꼭 다물고 있었다.

"탤벗 씨, 캄포 양의 건강상태를 물은 겁니다. 떠날 때 다치거나 피를 흘렸나요?"

"아니, 괜찮았어요. 아주 좋았다니까. 그땐 정말로 바이올린 줄처럼 탱탱했지. 내가 막 연주해봤기 때문에 장담할 수 있어요."

그가 미소 지었다. 자신의 언어감각에 만족한 모양이다. 이번에는 웃음도 없었고 판사도 결국 저급한 용어에 대해 제동을 걸었다. 풀브라이트 판사는 좀 더 분명한 언어로 대답할 것을 주문했다.

"이런, 죄송스럽게 되었습니다요."

"탤벗 씨, 캄포 양이 부상을 당하거나 한 것은 아니었다는 뜻이죠?" 민튼이 물었다.

"예, 절대로."

"피를 흘리지도 않았고요?"

"예."

"어떤 식으로든 캄포 양을 때리거나 물리적 학대를 가한 적은 없으시죠?"

"내가 무슨. 서로 만족스럽게 재미를 봤구먼. 고통은 무슨 고통."

"감사합니다, 탤벗 씨."

나는 잠시 노트를 살펴본 다음에야 자리에서 일어섰다. 직접신문과 반대신문 사이에 분명한 선을 긋고 싶어서였다.

"할러 변호인? 반대신문할 겁니까?" 판사가 물었다.

"예, 재판장님, 하겠습니다."

나는 패드를 내려놓고 탤벗을 노려보았다. 그도 즐거운 듯 웃어 보였다. 그래, 얼마든지 웃어라, 잠시 후엔 나를 증오하게 될 테니까.

"탤벗 씨. 오른손잡이인가요? 아니면 왼손잡이인가요?"

"좌완이요."

"왼손잡이로군요. 6일 날 밤, 그러니까 레지나 캄포의 집을 떠나기 전, 캄포 양이 얼굴을 때려달라는 부탁 같은 걸 하지는 않았나요?"

민튼이 일어섰다.

"재판장님, 이런 식의 신문을 할 이유가 없습니다. 변호인은 터무니없는 질문으로 물을 흐리려 하고 있습니다."

판사가 나를 보며 대답을 기다렸다.

"재판장님, 이건 변호 전략입니다. 앞서 모두진술에서도 설명한 바 있습니다."

"허용하죠. 하지만 짧게 하세요, 할러 변호인."

다시 질문이 읽히자 탤벗은 인상을 쓰며 고개를 저었다.

"그건 말도 안 돼. 난 평생 여자를 때려본 적이 없어요."

"여자를 주먹으로 세 번 때리지 않았나요, 탤벗 씨?"

"아니, 안 했어. 안 했다고 했잖아요."

"지금껏 여자를 때린 적이 없다고 했습니까?"

"그래. 한 번도 없어."

"혹시 섀킬라 바턴이라는 창녀를 아십니까?"

탤벗은 한참을 생각한 다음에 대답했다.

"모르겠는데요?"

"웹사이트에서는 섀킬라 샤클스라는 이름으로 광고를 하고 있죠. 이제 기억이 납니까, 탤벗 씨?"

"어, 그래요, 기억이 나는군."

"바턴 양과 관계를 가진 적이 있죠?"

"딱 한 번."

"언제였죠?"

"적어도 1년은 되었을 거요. 어쩌면 더 이전일 수도 있고."

"그때도 폭행을 사용하지 않았습니까?"

"아뇨."

"바턴 양이 법정에 와서 당신의 왼손에 부상을 입었다고 증언하면 위증이 되겠군요?"

"그럼, 당연하고말고. 여자하고 노는 건 좋아하지만 폭력은 딱 질색이라오. 이래 봬도 난 독실한 사람이오. 여잔 안 건드려."

"건드리지 않았다고요?"

"때린 적도 없고 다치게 한 적도 없다니까 그러네."

"감사합니다, 탤벗 씨."

난 자리에 앉았다. 민튼은 재신문을 하지 않았다. 탤벗은 풀려났고 민튼은 판사에게 남은 증인이 둘이지만 신문이 길어질 수도 있다고 했다. 풀브라이트 판사는 시간을 본 다음 폐정을 선언했다.

두 증인은 물론 부커 형사와 레기 캄포이다. 아무래도 카운티-USC의 재활프로그램에 처박아둔 쥐새끼는 포기한 모양이었다. 드웨인 코를리스라는 이름은 증인 리스트에도 없고 검찰이 내민 어떠한 자료에도 들어 있지 않았다. 어쩌면 라울이 코를리스를 조사했다는 사실이 어떤 식으로든 그쪽으로 흘러들어갔는지도 모를 일이다. 어느 쪽이든, 검찰은 코를리스를 포기한 것이다. 하지만 난 기어이 상황을 뒤집고 말 것이다.

나는 서류와 자료들을 가방 속에 집어넣으며 부득이 루이스와 얘기할 수밖에 없다는 사실을 깨달았다. 그는 자리에 앉아 명령을 기다리고 있었다.

"그래, 어떻게 생각해?" 내가 물었다.

"아주 잘하셨어요. 합리적 의혹을 아주 잘 잡아내시던걸요."

나는 서류가방의 걸쇠를 딸깍 하고 걸었다.

"오늘은 그냥 덫만 심어둔 거다. 내일이면 그 덫이 싹을 틔우고 수요일엔 활짝 꽃을 피우게 되지. 네놈은 아직 아무것도 몰라."

나는 자리에서 일어나 가방을 들었다. 가방은 사건자료들에 노트북 컴퓨터까지 들어 있는 터라 상당히 무거웠다.

"내일 보지."

나는 게이트를 빠져나갔다. 세실 돕스와 메리 윈저가 복도 문 앞에서 루이스를 기다리고 있었다. 내가 나가자 나한테 말을 걸려 했지만 난 그냥 지나쳐버렸다.

"내일 뵙죠." 내가 말했다.

"잠깐만, 잠깐만 기다려요." 돕스가 내 등 뒤에 대고 불렀다.

내가 돌아섰다.

"우린 여기서 꼼짝 않고 기다렸소. 지금 상황은 어떤 겁니까?" 그가 물었다. 윈저도 내 쪽으로 걸어오고 있었다.

내가 어깻짓을 했다.

"지금은 검사의 논고밖에 없습니다. 내가 한 일이라고는 뒤집고 흔들고 막는 것뿐이었죠. 내일은 우리 분위기가 될 것이고 수요일엔 완전히 날려버릴 겁니다. 지금은 준비 때문에 가야 합니다."

엘리베이터로 가려고 했지만 배심원들이 먼저 와서 엘리베이터를 기다리고 있었다. 점수 기록원도 그 속에 있었다. 나는 엘리베이터 옆의 화장실로 들어갔다. 그들과 같이 타고 내려갈 생각은 없었다. 나는 세면대 사이에 가방을 내려놓고 얼굴과 손을 씻은 후 거울 속에서 스트레스의 기미를 찾아보았다. 당면한 사건과 관련된 여러 가지 문제로 골치가 아팠다. 하지만 의뢰인과 검사를 동시에 상대해야 하는 불운의 변호사치고는 상당히 정상적이고 냉정하게 보였다.

물의 차가운 느낌이 좋았다. 그래서인지 화장실에서 나올 때에는 기분까지 상쾌했다. 이제 배심원들도 모두 내려갔을 것이다.

배심원들은 보이지 않았다. 하지만 엘리베이터 옆에 랭크포드와 소벨이 서 있는 것이 보였다. 랭크포드는 한 손에 서류뭉치를 들고 있었다.

"거기 있었군. 당신을 찾고 있었소." 그가 말했다.

30 수색영장

랭크포드가 건넨 서류는 수색영장이었다. 시리얼넘버 656300081-52
의 22구경 콜트 우즈맨 스포츠 모델 피스톨 수배를 위해 집과 사무실과
자동차를 수색한다는 내용이었다. 서류에는 피스톨이 4월 12일 라울 A.
레빈의 살해 무기로 추정된다고 적혀 있었다. 랭크포드는 영장을 전해주
면서 얼굴에 음흉한 미소까지 지어 보였다. 나는 일단 겉으로는 아무렇지
도 않다는 식으로 굴었다. 그러니까 형사법 변호사로 먹고 살면서 이런
일 어디 한두 번 당하느냐는 투였으나, 솔직히 말해서 다리가 후들거려
죽을 맛이었다.

"이걸 어떻게 얻어낸 거죠?" 내가 말했다.

정말 말도 안 되는 상황에 말도 안 되는 반응이었다.

"사인하고 밀봉하고 배달로 보냈더군. 그래, 어디부터 시작하겠소? 차
는 여기 있는 것 같던데. 상류층 뚱쟁이처럼 운전사까지 달고 다니는 링
컨 말이오."

나는 마지막 페이지에 있는 판사의 사인을 체크했다. 글렌데일 지법판
사였는데 들어본 이름이었다. 나는 조금씩 충격에서 벗어나기 시작했다.

어쩌면 수색은 쇼일 수도 있을 것이다.

"말도 안 돼요. 숫제 이건 근거도 없지 않습니까? 이런 건 10분 안에 날려버릴 수 있어요."

"풀브라이트 판사는 아무 문제 없다고 생각한 모양이던데?"

"풀브라이트? 그 여자가 무슨 상관이죠?"

"이런, 우린 당신이 재판 중인 걸 알고 있소. 그래서 먼저 영장 제시를 해도 되는지 판사에게 물어야 한다고 생각했지. 그런 여장부를 화나게 하고 싶진 않으니까. 공판이 끝나면 얼마든지 가능하다고 하더군. 타당한 근거 따위에 대해서는 아무 소리도 하지 않았다오."

아마도 점심 시간에 풀브라이트를 찾은 모양이었다. 법정에서 두 사람을 본 직후였다. 랭크포드는 나를 법정에서 끌어내려 재판을 엉망으로 만들고 싶어 몸서리를 칠 그런 인간이었다.

나는 머리를 재빨리 굴려다가 소벨에게 사정했다. 둘 중에 그래도 동정심이 있을 것 같아서였다.

"난 지금 재판 중이오. 사흘짜리니까 목요일까지만 미룰 수는 없겠습니까?"

"꿈 깨쇼. 수색이 끝날 때까지 당신을 놓아줄 생각이 눈곱만치도 없으니까. 그동안 총을 다른 곳에다 처박아버리면 우린 뭐, 닭 쫓던 개 지붕이나 쳐다보라고? 자, 당신 차가 어느 거요? 링컨 변호사 나리."

나는 영장의 위력에 대해 가늠해보았다. 영장의 내용은 구체적이었는데 그 점에서 난 운이 좋다고 할 수 있었다. 그건 NT GLTY의 캘리포니아 번호판이 달린 링컨의 수색을 명기하고 있었다. 다저스 시합에서 라울의 집으로 호출되어 갈 때 누군가 그 번호를 적어둔 모양이었다. 그날 운전했던 차는 옛날 링컨이었다.

"이 차는 집에 있습니다. 재판이 있을 때에는 운전사를 쓰지 않아요. 오

늘 아침에는 의뢰인의 차를 타고 왔고 갈 때도 그럴 생각이었죠. 지금쯤
저 아래서 기다릴 겁니다."

나는 거짓말을 했다. 지금 운전하는 링컨은 법원 주차장에 있었다. 경
찰이 그 차를 수색하게 할 수는 없었다. 뒷좌석의 팔걸이 콘솔박스에 권
총이 하나 들어 있기 때문이다. 그들이 찾는 총은 아니었지만 그래도 총
은 총이다. 라울이 살해당한 후 체크했을 때 우즈맨 피스톨 상자는 비어
있었고 나는 얼에게 호신용 권총을 하나 구해달라고 부탁했다. 얼이라면
열흘씩 기다릴 필요가 없다고 생각했던 것이다. 그 총의 이력이나 등록
여부에 대해서는 모르지만 그렇다고 글렌데일 경찰을 통해 알아내고 싶
은 생각은 추호도 없었다.

어쨌든 총이 든 링컨이 영장에 기록된 차가 아니라는 사실은 다행이었
다. 그 차는 리무진 서비스를 하는 구매자를 기다리며 차고에서 쉬고 있
었다. 그들이 수색하려는 차는 바로 그 링컨이었다.

랭크포드는 내 손에서 영장을 낚아채고는 얼른 코트 안주머니에 집어
넣었다.

"차는 걱정할 필요 없소. 우리가 태워주면 되니까. 갑시다."

법원에서 나가는 길에 루이스나 그의 식술들과 마주치지는 않았다. 나
는 그랜드 마르키스의 뒷좌석에 올라탔다. 이 차보다는 링컨이 더 넓었고
승차감도 좋았다. 링컨을 선택한 것이 자랑스러웠다.

랭크포드가 운전했다. 창문이 닫혀 있는 탓에 그가 껌 씹는 소리까지
들렸다.

"영장 좀 다시 봅시다." 내가 말했다.

랭크포드는 꿈쩍도 않았다.

"영장을 살펴볼 기회까지 박탈하면 내 집에 한 발짝도 들이지 못할 거
요. 게다가 가는 길에 보면 당신들도 시간을 절약할 수 있고, 또…."

랭크포드가 재킷 안쪽에서 영장을 끄집어내어 어깨 너머로 건넸다. 그가 망설이는 이유는 알고도 남았다. 대개의 경우 경찰들은 판사를 설득하기 위해 영장 청구에 조사내용 전부를 기록한다. 때문에 수사대상에게 영장 내용을 노출하는 것이 맘에 들 리가 없었다. 밑천을 드러내는 꼴이기 때문이다.

창밖을 내다보니 차는 반 누이스 거리의 자동차 대리점을 지나고 있었다. 링컨 특약점의 입구에 신형 타운카가 전시되어 있었다. 나는 영장을 넘겨 요약 부분부터 읽어나갔다.

랭크포드와 소벨은 생각 외로 대단한 능력 발휘를 하고 있었다. 감탄사가 절로 나올 정도였다. 두 사람 중 하나(아마도 소벨일 것이다)가 내 이름을 주정부의 자동화기 시스템에 넣고 돌린 모양이었다. 결과는 대박이었다. 자동화기 데이터베이스가 내가 살인 무기와 같은 제조사, 같은 모델 총기류의 주인이라고 실토한 것이다.

기분 좋은 출발이긴 했지만 합당한 근거를 만들기에는 역부족이었다. 콜트는 60년 이상 우즈맨을 제조했다. 이미 백만 개 이상의 우즈맨이 있고 백만 명 이상의 용의자가 있다는 뜻이다.

하지만 그들은 연기를 피워내는 데 성공하자, 그다음엔 막대 두 개를 문질러 필요한 불까지 만들어냈다. 영장을 요약해보면 이렇다. 그들은 내가 문제의 총을 소지하고 있다는 사실을 숨겼다고 했고, 현장에서의 첫 인터뷰를 할 때, 라울 레빈의 사망 추정 시간대 알리바이를 조작했으며, 또한 헥터 아란데 모야라는 거짓 정보를 흘림으로써 수사의 혼선을 유도했다는 것까지 지적했다.

수색영장을 얻어내기 위해 살해 동기까지 거론할 필요는 없음에도 불구하고, 그들은 합당한 근거의 요약에 그 내용까지 포함시켰다. 피해자 라울 레빈이 수사 지시를 왜곡했고 그에 따라 내가 업무 이행에 따른 수

고비를 지불하지 않았다는 것이다.

그런 식의 터무니없는 주장은 차치하고라도, 합당한 근거의 초점이 기껏 알리바이 조작이라는 데에는 나도 혀를 내두르고 말았다. 내가 사망 추정 시간에 집에 있었다고 주장하고 있지만, 집 전화에 해당 시간대의 미수신 메시지가 있는 것으로 보아 내 주장을 믿기 어렵다는 분석이 제시되어 있었다. 그로써 알리바이는 붕괴되고 나는 거짓말쟁이로 낙인찍히고 만 것이다.

나는 합당한 근거를 천천히 두 번이나 읽었지만 화를 가라앉히기가 어려웠다. 나는 홧김에 영장을 옆자리로 내던져버렸다.

"내가 살인자가 아니어서 정말로 안됐군요." 내가 말했다.

"그 이유는?" 랭크포드가 되물었다.

"이 영장은 쓰레기고 당신 둘 다 그걸 알아요. 반박할 가치조차 없단 말입니다. 분명히 전화를 받을 때 메시지가 왔고 그건 쉽게 확인할 수 있다고 했잖소. 게으른 겁니까, 아니면 일부러 체크하지 않은 겁니까? 솔직히, 영장받는 데 지장을 줄까 봐 일부러 뺀 거겠죠? 당신들은 글렌데일의 얼간이 판사에게도 누락과 위조의 죄를 범한 거요. 이건 쓰레기 영장이란 말이오."

내가 앉은 자리는 랭크포드의 바로 뒤였기 때문에 오히려 조수석의 소벨이 더 잘 보였다. 나는 말하는 동안에도 소벨의 표정 변화를 살폈다.

"게다가 라울이 위협하고 내가 돈을 주지 않았다는 설정은 또 뭡니까? 완전히 코미디군요. 나를 뭘로 위협하고 또 지불하지 않은 게 뭐죠? 난 청구서를 받을 때마다 한 푼도 깎지 않고 모두 지불했어요. 이봐요, 하나만 충고하죠. 이게 당신들이 수사하는 방식이라면 나도 글렌데일에 사무실 하나 차려야겠어요. 이 영장을 당신들 서장 엉덩이에 쑤셔 박아버리게 말이에요."

"총에 대해서는 거짓말했잖소. 그리고 라울에게 주지 않은 돈이 있는 것도 사실이고. 그의 회계장부에 있더군, 4천 달러." 랭크포드가 말했다.

"난 거짓말한 적 없어요. 총이 있냐고 묻지도 않았잖습니까."

"누락의 거짓말이지. 당신이 한 말이요."

"개소리."

"4천 달러는?"

"오, 그 4천 달러요? 그래요, 고작 4천 달러 주기 싫어서 친구를 죽였습니다. 이런, 외통수네요, 형사. 정말 끝내주는 살인 동기예요. 도대체 그 친구가 그놈의 4천 달러를 아직 청구하지 못했다는 생각은 해봤나요? 아니, 그 친구가 살해당하기 전에 매주 6천 달러의 청구서에 돈을 지불했다는 사실은 확인해봤소?"

랭크포드는 꿈쩍도 하지 않았다. 하지만 소벨의 얼굴에는 의심의 그림자가 깔리기 시작했다.

"언제, 얼마나 지불했는지는 내 알 바 아니오. 공갈범들이야 원래 만족을 모르는 법이니까. 당신은 돈을 빼앗기는데 지쳐서 돌아오지 못할 강을 건넌 게야. 그래, 이 사건의 핵심은 그거요. 돌아오지 못할 강."

나는 고개를 저었다.

"그래, 정확히 그게 뭔데요? 내게서 일거리를 빼앗고, 내 돈을 있는 대로 긁어내기 위해 그 친구가 잡아낸 약점 말입니다. 내가 돌아오지 못할 강을 건너게 한 이유가 뭐냐고 묻는 겁니다."

랭크포드와 소벨은 시선을 교환했고 그가 고개를 끄덕였다. 소벨이 바닥에 있는 가방에서 파일 하나를 끄집어내 건넸다.

"보슈. 당신이 그의 집을 수색할 때 놓친 거니까. 서랍장에 감춰졌더군." 랭크포드가 말했다.

파일에는 8×10 컬러 사진 몇 장이 들어 있었다. 롱샷으로 찍은 사진인데 모두 내가 들어 있었다. 사진은 며칠 동안 몇 킬로미터씩 링컨을 쫓아 다녔고, 그때마다 나는 다른 사람들과 만나고 있었다. 모두 잘 알고 있는 고객들이었다. 창녀, 마약 딜러, 로드세인트까지. 사진들은 어느 한 순간 만을 담고 있기 때문에 누가 보아도 오해를 불러일으킬 소지가 있어 보였다. 링컨 뒷좌석에서 내리는 미니스커트 차림의 남창. 뒤창을 통해 두꺼운 현금 다발을 건네는 테디 보겔. 나는 파일을 덮은 다음 시트 위에 던져버렸다.

"지금 장난하는 겁니까, 예? 라울이 이걸로 협박했다고요? 이 사람들은 다 내 의뢰인들이외다. 이게 도대체 어느 나라 농담입니까? 아니, 내가 머저리라 이해를 못 하는 거요?"

"캘리포니아 변협은 농담으로 생각지 않을 거요. 당신이 변협을 상대로 장난을 치고 있다고 들었소. 라울은 그 사실을 알고 작업을 한 거고."

나는 고개를 저었다.

"기가 막혀서." 내가 투덜댔다.

말을 그만 해야 한다는 정도는 알고 있었다. 하지만 이자들과 만나면 하나에서 열까지 꼬이고 만다. 그냥 아가리 닥치고 돌아가는 꼴을 지켜보려 해도 이상하게도 이들을 설득시켜야 할 강박관념에 굴복하고 마는 것이다. 경찰서 취조실에서 그렇게 많은 사건들이 만들어지는 이유를 이제 알 것도 같았다. 바로 주둥이를 놀리기 때문이다.

나는 사진의 장소들을 살펴보았다. 뚱땡이 테디가 현금 뭉치를 전달한 곳은 세풀베다에 있는 세인트 소유의 스트립 바 외부 주차장이다. 그건 해럴드 케이시의 소송이 끝나고 상소건 수임료를 지불하는 광경이었다. 창녀는 테리 존스라는 이름이며 4월 첫 주에 그의 호객행위를 다룬 적이 있었다. 청문회 전날 밤 산타모니카 골목에서 만나 출두할 것인지 확인하는 중이었다.

사진을 찍은 시간은 모두 루이스의 사건을 맡은 날 아침에서 라울이 살해된 날 사이였다. 요컨대 살인자가 범죄 현장에 심어놓은 사진들인 것이다. 물론 나를 엮고 위협하기 위한 루이스의 계략이 분명했다. 무기를 제외한다면, 경찰은 이런 식으로 나를 라울 살해범으로 만드는 데 필요한 증거를 갖추게 될 것이다. 게다가 루이스가 총을 갖고 있는 한, 그의 노예가 될 수밖에 없었다.

솔직히 놈의 천재적인 계략에 감탄하지 않을 수 없었다. 갑자기 절망감이 밀려들었다. 창문을 내리려 했지만 버튼도 말을 듣지 않았다. 소벨에게 부탁하자 대신 창문을 열어주었다. 시원한 공기가 차 안에 밀려들었다.

잠시 후 랭크포드가 백미러를 통해 다시 대화를 시도해왔다.

"당신 우즈맨의 역사를 훑어보았소. 옛날에 누가 소지한 총인지는 알고 있는 거요?"

"미키 코헨." 나는 담담하게 대답했다. 창밖으로 로렐 캐넌의 가파른 언덕들이 보였다.

"미키 코헨의 총이 어떻게 당신한테 들어온 거지?"

나는 창밖을 내다본 채로 대답했다.

"부친이 변호사였습니다. 미키 코헨은 의뢰인이고."

랭크포드가 휘파람을 불었다. 코헨은 로스앤젤레스를 무대로 한 갱스터 중 가장 유명한 자였다. 은막의 스타들과 함께 갱단이 가십을 점령했던 시절의 인물이다.

"그리고? 그가 부친한테 그냥 총을 넘겼다고?"

"코헨이 총격사건으로 기소되었을 때 아버지가 변호를 맡았어요. 그는 정당방위를 주장했죠. 아버지는 무죄 판결을 얻어냈고 미키는 무기를 돌려받자마자 아버지한테 줬다더군요. 기념품 같은 거겠죠."

"미키가 그 총으로 얼마나 많은 사람을 황천으로 보냈는지 부친께서 알고는 있었답디까?"

"그건 나도 모릅니다. 사실 아버지도 잘 모르니까요."

"코헨에 대해서는? 그를 만난 적이 있소?"

"아버지가 그를 변호한 건 내가 태어나기도 전이에요. 총은 아버지의 유언으로 내게 온 거고. 왜 나한테 줬는지도 모릅니다. 그분이 돌아가실 때 난 다섯 살이었어요."

"그래서 존경하옵는 부친을 따라 변호사가 된 거요? 착한 변호사가 되려고 총을 등록한 거고?"

"만일 잃어버릴 경우 돌려받을 수 있을 거라고 생각한 거죠. 저기 페어 홈에서 돌리세요."

랭크포드는 내가 알려준 대로 했다. 우리는 언덕으로 오르기 시작했다. 그리고 그제야 나는 그들에게 나쁜 소식을 던져주었다.

"태워주셔서 고맙습니다. 집이든 사무실이든 차든 얼마든지 수색해도 좋습니다. 하지만 장담하건대 시간 낭비가 될 겁니다. 나를 사건의 용의자로 지목했다면 잘못 와도 한참 잘못 온 거고, 또 그 총을 찾아내지도 못할 테니까요."

랭크포드가 고개를 갸웃하더니 백미러로 다시 나를 바라보았다.

"이유는? 변호사 양반, 벌써 버린 거요?"

"누가 훔쳐갔습니다. 나도 어디 있는지 몰라요."

랭크포드가 웃기 시작했다. 그의 눈이 즐거워 죽겠다고 말하고 있었다.

"으흠, 훔쳐갔다고? 정말 편리하군. 그래, 그게 언제요?"

"나도 모릅니다. 몇 년 동안 체크해본 적이 없으니까."

"경찰에 신고하거나 보험료를 청구한 적은 있소?"

"아뇨."

"그러니까 누군가 들어와 그 잘난 미키 코헨 총을 훔쳐갔는데 신고조차 하지 않았다? 이런 일이 일어날까 봐 보험까지 들어놓고 말이오? 당신은 변호사잖소? 도대체 이게 말이 된다고 생각하는 거요?"

"말이 안 되겠죠. 문제는 누가 훔쳐갔는지 안다는 겁니다. 의뢰인이에요. 나한테 훔쳐갔다고 말하더군요. 그렇다고 내 신고로 체포된다면 나는 의뢰인 보호 원칙을 깨는 게 됩니다. 일종의 진퇴양난이죠, 이해가 갑니까, 형사."

소벨이 돌아서서 나를 보았다. 아마도 내가 상황을 조작하고 있다고 생각하는 모양이었다. 하지만 그건 사실이다.

"난해한 법률서를 읽는 기분이군. 게다가 온통 개소리요, 할러."

"하지만 사실입니다. 다 왔어요. 저 차고 앞에 세워요."

랭크포드가 차고 앞 공간에 차를 세우고 엔진을 껐다. 그는 밖으로 나가기 전에 나를 돌아보았다.

"그래, 총을 훔친 게 누구요?"

"말했잖아요, 말할 수 없다고."

"이런, 지금 의뢰인이라 해봐야 루이스밖에 더 있소? 그 친굽니까?"

"의뢰인이 어디 한둘입니까? 아무튼 밝힐 수는 없습니다."

"아무래도 그의 발찌 기록을 훑어서 최근에 당신 집에 왔었는지 봐야겠군."

"원하실 대로. 사실 여기에 왔었죠. 한 번 미팅을 한 적이 있습니다. 서재에서였죠."

"그럼 그때 훔쳐간 모양이로군."

"그가 훔쳐갔다고 한 적 없어요, 형사."

"이런, 이런, 그 발찌는 라울 건에 대해 루이스에게 면죄부를 주었소. GPS를 조사해봤지. 아무래도 당신도 그렇게 될 것 같은데, 안 그렇소, 변호사?"

"두 사람의 시간낭비가 더 빠르겠죠."

그때 문득 루이스의 발찌에 대해 한 가지 사실을 깨달았다. 물론 표정에 드러내지는 않았다. 어쩌면 후디니 마술에 대한 신비가 벗겨질지도 모르겠다. 나는 두 명의 형사를 보았다.

"총이 담긴 상자를 보겠습니까? 그게 비어 있는 것을 확인하면 떠나시는 게 어때요? 피차 시간도 절약하고."

"그럴 수는 없소, 변호사 나리. 우린 이 집을 샅샅이 뒤질 거요. 나는 차를 살피고 소벨 형사가 집을 수색하지."

내가 고개를 저었다.

"그건 곤란해요. 당신들을 믿을 수 없으니까. 영장도 사기고 당신들도 사기요. 그러니 내가 볼 수 있도록 함께 움직여요. 아니면 제2의 감시자가 올 때까지 기다리든지. 10분이면 내 사건 매니저가 올 수 있소. 소벨 형사에게 감시도 맡기고, 또 라울이 죽던 날 아침 전화했는지의 여부도 확인할 수 있을 거요."

랭크포드의 얼굴이 분노로 일그러졌다. 자기 성질을 못 이기는 타입인 모양이었다. 나는 좀 더 밀어보기로 하고 휴대폰 플립을 열었다.

"당신 판사한테 전화해보시죠. 혹시…."

"좋소. 차부터 시작합시다. 그러고 나서 집을 보기로 하지." 랭크포드가 말했다.

나는 전화를 닫고 주머니에 집어넣었다.

"좋을 대로."

나는 차고의 외벽에 부착된 키패드 쪽으로 갔다. 숫자의 조합을 누르자 차고 문이 올라가며 청색과 검은색이 어우러진 링컨의 모습이 드러나기 시작했다. 번호판에 NT GLTY라는 기호가 박혀 나왔다. 랭크포드가 차를 보더니 고개를 저었다.

"그래, 저거군."

그는 차고 안으로 들어갔는데 여전히 화난 얼굴이었다. 아무래도 조금 풀어줄 필요가 있을 것 같았다.

"이봐요, 형사. 구더기와 형사법 변호사의 차이가 뭔지 압니까?"

그는 대답하지 않았다. 그저 화난 얼굴로 링컨의 번호판을 노려볼 뿐이었다.

"둘 다 벌레이긴 하지만 전자는 똥벌레고 후자는 돈벌레라는 겁니다."

순간 그의 표정이 움찔하더니 점차 얼굴 가득 미소가 번져나갔다. 그리고 결국 길고도 고통스러운 웃음을 터뜨리기 시작했다. 소벨은 차고 안에 미리 들어가는 바람에 농담을 듣지 못했다.

"뭐죠?" 소벨이 물었다.

"나중에 말해줄게." 랭크포드의 대답이었다.

31 뜻밖의 증거

링컨을 수색하고 집 안으로 들어가는 데 30분이 걸렸다. 형사들은 사무실부터 뒤졌다. 나는 전 과정을 지켜보았고 그들이 뭔가에 대해 설명을 요구할 때만 대꾸했다. 그들도 서로 거의 말이 없었다. 나는 그 이유가 랭크포드의 수사 방식에 대한 서로의 의견 차이 때문이라 받아들였다.

랭크포드는 어딘가 전화를 걸더니 현관 밖으로 나갔다. 나는 차양을 올린 후 밖에 있는 그를 감시하고, 한편으로는 서재에 있는 소벨을 지켜보았다.

"이런 식의 수사가 맘에 안 들죠?" 나는 파트너가 듣지 못한다는 것을 확인하고는 소벨을 슬쩍 건드려보았다.

"내 기분은 중요하지 않아요. 우린 사건을 수사 중이고 그게 임무니까요."

"당신 파트너는 늘 이런 식이오? 아니면 변호사한테만 저렇소?"

"작년에 변호사한테 5천 달러를 날린 적이 있어요. 양육권 문제였는데 결국 실패했거든요. 그전에도 교활한 변호사에게 큰 건을 빼앗긴 적도 있었대요. 살인사건이었는데."

내가 끄덕였다.

"그래서 변호사를 원망하는 거군. 그런데 그때 법을 어긴 게 어느 쪽입니까?"

소벨은 대답하지 않았다. 그건 헛발을 내지른 게 랭크포드 본인이었음을 확인해준 것과 진배없었다.

"알 만하군." 내가 말했다.

나는 다시 현관 밖의 랭크포드를 살폈다. 그는 열심히 뭔가를 설명하고 있었는데 마치 세상 최고의 얼간이와 대화를 시도하는 사람 같았다. 아무래도 양육권 변호사인 모양이었다. 나는 우선 소벨과의 주제를 바꾸기로 했다.

"조종당하고 있다는 생각은 안 듭니까?"

"그게 무슨 말씀이시죠?"

"별 뜻은 없소. 그저 당신 파트너가 재미없어 할 농담을 하는 거로 해둡시다."

나는 다시 랭크포드를 체크했다. 휴대폰 번호를 누르는 것으로 보아 다른 곳에 전화를 하는 모양이었다. 나는 돌아서서 서재로 들어갔다. 소벨은 서랍의 파일들을 뒤지는 중이었다. 총을 찾지 못하자 서랍을 닫고 책상 쪽으로 향했다. 난 낮은 목소리로 물었다.

"내게 보낸 라울의 메시지는 어떻소? 지저스 메넨데즈의 티켓을 찾아냈다는 게 무슨 뜻이라고 생각하는 거요?"

"아직 알아내지 못했어요."

"안됐군. 중요한 테마인 것 같은데."

"밝혀지기 전에는 모든 게 중요해요."

나는 고개를 끄덕였다. 하지만 소벨이 정말로 그렇게 생각한다고 여기지는 않았다.

"이봐요, 내가 현재 다루는 소송은 아주 재미있는 거요. 와서 참관해보면 뭔가 배울 수도 있을걸?"

소벨이 눈을 들어 나를 바라보았다. 나도 그의 시선을 가만히 받아주었다. 그러자 소벨이 의심스럽다는 듯 사팔눈을 했다. 살인 용의자가 담당 형사에게 수작을 걸고 있다고 생각하는 모양이었다.

"진담이세요?"

"그래요, 왜 아니겠소?"

"그건 어때요? 변호사님이 잡히면 법원에도 갈 수 없지 않나요?"

"이런, 총이 없으면 사건도 없어요. 그래서 여기 온 것 아니오?"

소벨은 대답하지 않았다.

"게다가 이건 당신 파트너 일이잖소? 보니까 두 사람 의견도 다른 것 같던데."

"전형적인 변호사시군요. 세상에 모르는 게 없다고 생각하시는 건가요?"

"아니, 그렇지 않소. 요즘엔 오히려 아는 게 하나도 없다는 걸 배우는 참이라오."

소벨이 화제를 바꾸었다.

"따님이신가 봐요."

소벨은 탁자 위의 액자를 가리켰다.

"그래요, 헤일리."

"운율이 잘 맞네요. 헤일리 할러. 혜성 이름인가요?"

"비슷해요. 철자만 다르지. 전처가 지은 이름이오."

그때 랭크포드가 들어와 소벨에게 방금 받은 전화 내용에 대해 큰 소리로 투덜거렸다. 반장 전화인데 본서로 돌아와, 라울 사건과 별도로 글렌데일 살인사건 하나를 더 맡으라고 했다는 것이다. 그가 건 전화에 대해서는 한 마디도 하지 않았다.

소벨은 서재 수색을 마쳤지만 총은 찾지 못했다고 보고했다.

"말했잖아요, 여기 없다고. 그쪽이나 이쪽이나 시간 낭비요. 내일 공판에 있을 증인 신문도 준비해야 한단 말입니다."

"이제 침실을 보도록 하지." 랭크포드는 아예 내 말은 들은 척도 하지 않았다.

나는 복도로 물러나와 그들이 옆방으로 갈 수 있도록 통로를 내주었다. 그들은 쌍둥이 나이트 테이블이 있는 침대로 걸어갔다. 랭크포드가 탁자의 맨 위 서랍을 열더니 CD 하나를 꺼냈다.

"'릴 데몬의 파산 공화국'? 도대체 갈피를 잡을 수가 없군그래."

나는 대답하지 않았다. 소벨이 탁자 서랍 두 개를 열었다. 그곳엔 콘돔 박스 외에는 아무것도 없었다. 나는 다른 곳으로 시선을 돌렸다.

"벽장은 내가 볼게." 랭크포드가 침대 옆 탁자를 수색한 후 이렇게 말했다. 서랍을 닫을 생각은 하지도 않았는데 그건 형사들의 전형적인 습관이었다. 그가 벽장에 들어가더니 이내 안쪽에서 목소리가 들렸다.

"여기 있군."

그는 목재로 된 권총 케이스를 들고 벽장에서 나왔다.

"빙고. 드디어 텅 빈 상자를 찾아내셨군요. 역시 대단한 형사라니까." 내가 빈정거렸다.

랭크포드는 두 손으로 흔들어보고는 상자를 침대에 내려놓았다. 장난을 치자는 게 아니라면 박스 안에 묵직한 물체라도 들어 있는 것이다. 순간 목덜미가 묵직해졌다. 루이스라면 얼마든지 총을 원래 자리에 돌려놓을 수 있을 것이다. 총이 없는 벽장을 다시 뒤질 리도 없으니, 총을 숨기기 위한 장소로 여기보다 더 완벽한 곳이 또 어디 있겠는가. 총을 돌려 달라고 말했을 때 놈의 얼굴에 번진 기이한 미소가 떠올랐다. 그 미소의 뜻이 내가 이미 총을 되돌려 받았다는 것이었나?

랭크포드가 박스의 걸쇠를 올리고 뚜껑을 열었다. 오일천 커버까지 벗겨냈지만 과거 미키 코헨의 총을 품었던 코르크 프레임은 여전히 빈 채였다. 나는 간신히 숨을 내쉬었다. 숨소리가 마치 한숨 소리처럼 들렸다.

"봐요, 내 말이 맞죠?" 내가 황급히 말을 했다. 실수를 만회하려는 것이었다.

"그래, 좋겠수다. 하이디, 자네 가방 있나? 이 상자를 가져가야겠어."

소벨을 보았지만 별로 하이디 같아 보이지는 않았다. 그 팀에서 부르는 별명이거나, 아니면 이름이 우스꽝스러워 명함에 넣지 않은 것이리라. 어느 쪽이든 강력계 형사 이름과는 거리가 멀었다.

"차에 있습니다." 소벨이 대답했다.

"가서 가져와." 랭크포드가 지시했다.

"빈 박스를 가져가시게? 뭐 하시려고?" 내가 물었다.

"증거가 될 만한 건 뭐든. 몰라서 묻소? 어쨌든 곧 돌려주리다. 아무래도 총을 찾아내기는 틀린 것 같으니까."

나는 고개를 저었다.

"꿈에서나 돌려주면 다행이겠군. 상자가 무슨 증거라도 된답니까?"

"당신이 미키 코헨의 총을 소지했었다는 증거. 누가 했는지는 모르겠지만 여기 작은 청동판에 그렇게 적혀 있구먼."

"젠장, 그게 어때서요?"

"현관 밖에 있을 때 전화를 한 군데 걸었소. 옛날에 누군가 미키 코헨의 정당방위 건에 대해 조사한 적이 있소. 그걸 LA경찰국 증거보관소에 넘겼는데, 거기엔 아직 그 사건과 관련된 탄도 자료들이 남아 있다더군. 우리에겐 천행이라고나 할까? 그 사건이 아마 50년은 됐을걸?"

나는 즉시 상황을 인지했다. 그들은 코헨 사건의 탄피와 카트리지 등을 라울 사건에서 채집된 증거들과 비교하려는 것이다. 그렇게 된다면 라울 사건과 미키 코헨의 총을 연결시킬 수 있을 것이고 물론 권총 상자와 검찰의 AFS 컴퓨터(법의학 및 과학수사용 소프트웨어를 주로 개발하는 컴퓨터 회사─옮긴이)를 이용해 나를 엮는 것도 어렵지 않을 것이다. 루이스 놈이 수작을 부렸을 때 경찰이 총 없이 어디까지 밝혀낼 것인지에 대해선 생각도 못했으리라.

나는 조용히 일어났다. 소벨은 아무 말 없이 방을 떠났고, 랭크포드는 나를 올려다보며 악마의 미소를 지었다.

"왜 그러시오, 변호사 양반? 증거 때문에 말문이라도 막힌 게요?" 그가 물었다.

나는 간신히 입을 열었다.

"탄도 비교가 얼마나 걸릴까요?"

"이런, 특별히 당신이니까 빨리 해드리리다. 그때까지는 얼마든지 즐기쇼. 물론 마을을 떠나면 안 되겠지?"

그가 웃었다. 거의 키득거리는 수준의 웃음소리였다.

"이봐요, 난 그런 말이 영화에서나 가능할 줄 알았는데. 내가 지금 그 말을 한 거라고! 이럴 때 소벨이 있어야 했는데!"

소벨이 커다란 갈색 페이퍼백과 붉은 증거테이프 롤을 들고 돌아왔다. 나는 소벨이 권총 박스를 백에 넣고 테이프로 봉하는 것을 지켜보았다. 내가 일구어놓은 왕국의 기초가 모조리 허물어질 때까지 시간이 얼마나 남은 걸까? 문득 인생이 페이퍼백에 던져진 권총 박스만큼이나 공허하다는 생각이 들었다.

32 혼돈의 변호사

페르난도 발렌수엘라가 사는 곳은 발레시아이다. 러시아워의 마지막 혼잡을 뚫고 그의 집이 있는 북쪽으로 가는 데 족히 한 시간은 걸렸다. 몇 년 전 그가 반 누이스를 떠난 이유는 고등학교에 들어갈 세 딸의 안전과 교육이 걱정되어서였다. 그는 비슷한 이유로 도시를 탈출한 사람들이 모여 사는 마을로 이사했고, 때문에 통근시간은 5분에서 45분으로 늘어났다. 하지만 그는 흡족해했다. 집도 더 좋고 딸들도 더 안전해졌기 때문이다. 그가 사는 집은 붉은 타일 지붕의 스페인 스타일이었고, 동네는 이런 지붕의 스페인식 집들로 가득한 주택 계획 단지였다. 사실 보석 보증인이 꿈꿀 만한 생활 수준 이상이었다. 물론 그 덕분에 매달 엄청난 액수의 집세를 내야 했다.

내가 도착했을 때는 거의 9시였다. 나는 열려 있는 차고에 그대로 차를 세워놓았다. 내 차 말고도, 양쪽 귀퉁이로 미니밴과 픽업이 자리 잡고 있었다. 장비로 어지러운 작업대와 픽업의 사이에는 SONY라고 적힌 커다란 마분지 상자가 놓여 있었다. 길고 얇은 박스였는데 자세히 보니 50인치 플라스마 TV 박스였다. 난 밖으로 나와 현관문을 두드렸다. 한참 후에 페르난도가 나왔다.

"믹, 여긴 웬일인가?"

"차고 문이 열려 있는 건 알아?"

"젠장! 지금 막 플라스마가 배달 왔는데."

그는 내 옆을 지나쳐 차고 쪽으로 달려갔다. 나도 현관문을 닫고 그를 따라갔다. 내가 도착했을 때 그는 웃는 얼굴로 텔레비전 옆에 서 있었다.

"오, 이봐, 이런 건 반 누이스에서는 어림도 없었을 거야. 오, 지긋지긋 했던 옛날이여. 이리 와, 여기로도 통하는 길이 있으니까."

그는 그렇게 말하면서 먼저 문이 있는 쪽으로 걸어갔다. 그가 스위치를 누르자 차고 문이 내려오기 시작했다.

"이봐, 여기에서 잠깐만 얘기하지. 안전해 보이는데."

"하지만 집사람이 보고 싶어할 텐데."

"나중에."

그가 내게 돌아왔을 때는 두 눈에 근심이 가득 담겨 있었다.

"무슨 일이야, 대장."

"오늘 라울의 살인을 담당한 형사들과 지냈어. 그들 말로는 발찌 때문에 루이스를 용의선상에서 제외시켰다더군."

페르난도가 고개를 끄덕였다.

"그래, 그래. 사건이 있고 며칠 후에 찾아왔었어. 그래서 시스템을 보여주고, 그게 어떻게 작동하는지, 그날 루이스의 경로가 어땠는지 따위를 보여주었지. 그 친구는 사무실에서 일하고 있는 것 같더군. 그리고 남은 발찌 중에서 질량감지 센서가 부착된 걸 보여주면서 조작이 불가능한 이유도 설명해줬어. 요컨대 벗길 수 없다는 거야. 그러면 기계가 알게 되고 나도 알게 될 테니까."

나는 픽업트럭에 기대며 팔짱을 꼈다.

"경찰이 자네가 토요일에 어디 있었는지도 묻던가?"

페르난도가 망치에라도 얻어맞은 듯 찔끔했다.

"뭐라고 했지, 믹?"

나는 플라스마 TV 박스를 보고 다시 그의 눈을 보았다.

"방법은 모르겠지만, 라울을 죽인 건 분명 그놈이야. 게다가 난 지금 똥구멍이 달아 있거든. 놈이 어떻게 했는지 알아야겠어."

"믹, 내 말 들어봐. 그 친구는 깨끗해. 발찌가 벗겨진 적도 없잖아. 기계는 거짓말하지….'"

그리고 한참 말이 없다가 그가 이렇게 되물었다.

"믹, 그게 무슨 말이지?"

그가 내 앞으로 다가왔다. 당장에라도 달려들 듯 그의 온몸에 팽팽한 긴장이 흘렀다. 나는 트럭에서 몸을 떼어내고는 두 손을 양옆으로 늘어뜨렸다.

"질문한 거야, 페르난도. 화요일 아침엔 어디 있었나?"

"이런, 개자식, 어떻게 나한테 그런 걸 물어?"

그가 싸울 채비를 차렸다. 나는 순간적으로 방심했는데, 그날 일찍 그가 내게 전화했다는 생각이 떠올라서였다. 페르난도는 그때 내가 루이스에게 전화로 말한 내용을 알고 있는 것처럼 보였다.

페르난도가 달려들어 나를 트럭 쪽으로 강하게 밀어붙였다. 나는 등을 세게 부딪치는 동시에 그를 TV 박스 쪽으로 밀어냈다. 박스가 넘어지며 퍽 하고 둔탁한 소리를 뱉어냈고 그가 TV를 깔고 앉았는데 박스 안에서 뭔가 깨지는 소리가 들렸다.

"오, 제기랄! 빌어먹을! 네놈이 화면을 깨뜨렸어!" 그가 외쳤다.

"달려든 건 너야. 난 뒤로 물러났을 뿐이라고."

"이런, 개 같은."

그는 옆으로 돌아가 박스를 세우려 했지만 TV는 너무나 크고 무거웠다. 나는 다른 쪽으로 돌아가 그를 도와주었다. 박스가 똑바로 서면서 안쪽에서 작은 조각들이 떨어져 내리는 소리가 들렸다. 유리 소리였다.

"씨발!" 페르난도가 고함을 질렀다.

그리고 집과 이어진 문이 열리며 그의 아내 마리아가 내다보았다.

"미키예요? 여보, 이게 무슨 소리죠?"

"안으로 들어가." 남편이 명령했다.

"하지만, 그 소리는….'

"입 닥치고 들어가란 말이야!"

마리아는 잠시 우리를 쳐다보더니 곧 문을 닫아버렸다. 그러고는 아예 문까지 잠가버렸다. 아무래도 페르난도는 오늘 밤 깨진 텔레비전을 끌어안고 자야 할 팔자가 된 모양이다. 나는 그를 돌아보았다. 그의 입이 다물어질 줄을 몰랐다.

"8천 달러짜리야." 그가 투덜댔다.

"세상에, 이젠 8천 달러짜리 TV도 만드나?"

나는 아연했다. 도대체 세상이 어떻게 되려는지.

"그것도 깎아서라고."

"이봐, 도대체 8천 달러나 하는 돈은 어디서 난 거야?"

그는 나를 쳐다보더니 다시 열이 받는 모양이었다.

"도대체, 씨발, 무슨 생각을 하는 거야? 사업이지, 물론. 루이스 덕분에 1년 장사를 했어. 하지만 젠장, 믹, 그렇다고 발찌를 풀어줘서 라울을 죽이게 하는 따위의 일은 안 해. 네놈만큼은 아니더라도 라울은 나도 잘 알아. 망할 놈의 자식. 루이스가 라울을 죽이러 가는 동안 발찌를 대신 차고 돌아다닌 적도 없고, 저 좆같은 텔레비전이 탐나 라울을 죽일 생각을 한 적도 없단 말이야! 못 믿겠으면 당장 꺼져버려! 꼴도 보기 싫으니까."

그는 마치 상처받은 동물처럼 울부짖었다. 문득 지저스 메넨데즈가 생각났다. 난 그의 항변에도 불구하고 그의 무고를 보지 못했다. 다시 그런 일을 반복할 수는 없다.

"알았네, 페르난도." 내가 말했다.

나는 문이 있는 곳으로 걸어가 차고 버튼을 눌렀다. 내가 돌아보았을 때 그는 작업대에서 칼을 꺼내 테이프를 자르고 있었다. 어떤 소리를 들었든, 자신의 TV에는 아무 이상이 없을 거라고 믿는 철부지 같았다.

"반은 내가 지불하겠네. 로나에게 말해서 아침에 수표를 보낼게."

"신경 쓰지 마. 처음부터 이렇게 배달되었다고 말할 테니까."

나는 차 문으로 가서 다시 돌아보았다.

"그럼, 사기죄로 체포된 다음에 전화해. 자네 보석으로 풀려나게 되면 말이야."

나는 링컨을 타고 진입로를 빠져나왔다. 차고를 돌아보니 페르난도는 박스를 자르다 말고 멍하니 서서 나를 바라보았다.

시내로 들어오는 교통은 한결 여유가 있었다. 내가 막 현관을 통과하는데 집 전화가 울리기 시작했다. 나는 부엌으로 달려가 전화를 집어 들었다. 어쩌면 페르난도일 것이다. 이제 나와는 거래하지 않겠다는 선언일 수도 있겠다. 아무튼 상관은 없었다.

전화 건 사람은 매기였다.

"무슨 일 있어?" 내가 물었다. 이렇게 늦은 시간에 전화하는 건 좀체 없는 일이다.

"그냥 건 거야."

"헤일리는 어디 있지?"

"자. 지금 잠든 걸 보고 나왔어."

"무슨 일인데 그래?"

"오늘 사무실 주변에서 당신 소문을 들었어."

"내가 라울의 살인자라는 소문?"

"할러, 심각한 거야?"

부엌은 너무 비좁아 테이블과 의자를 놓지 못했다. 게다가 전화선 때문에 멀리 갈 수도 없기에 나는 그냥 카운터에 걸터앉기로 했다. 싱크대 위의 창문을 통해 멀리 다운타운의 야경이 기지개를 켜고 있었고, 다저스 스타디움의 지붕은 환한 불빛으로 덮여 있었다.

"솔직히, 그래, 심각한 상황이야. 주요 용의자로 지목되어 있으니까."

"오, 세상에, 마이클, 어떻게 그럴 수가 있어?"

"여러 가지가 얽혀 있어. 사악한 의뢰인, 원한이 많은 형사, 멍청한 변호사, 어중이떠중이… 복잡해."

"루이스지? 그자가 맞지?"

"매기, 당신하고 의뢰인에 대해 얘기할 수는 없어."

"이제 어떻게 할 거야?"

"걱정하지 마, 대책은 있으니까. 괜찮을 거야."

"헤일리는 어떻게 하지?"

나는 매기의 말뜻을 알아들었다. 매기는 그 사실을 딸애가 모르게 하라고 경고하고 있었다. 학교 친구들이 아빠가 살인용의자라고 아이를 비난하는 것도, 신문 가득 채워진 아빠의 이름과 얼굴을 아이가 보는 것도 매기는 두려운 것이다.

"헤일리 걱정은 안 해도 돼. 아이는 모를 테니까. 잘만 처리하면 이 세상 누구도 모를 거야."

매기는 아무 말도 하지 않았다. 그렇다고 내가 매기를 안심시키기 위해 할 수 있는 일도 없었다. 나는 주제를 바꿨다. 일부러 자신 있고 밝은 목소리까지 연출했다.

"오늘 첫 재판을 끝낸 당신네 초짜 민튼은 어때?"

매기는 처음엔 대답하지 않았다. 주제를 바꾸기가 싫었던 것이다.

"잘 몰라. 괜찮아 보이던데. 어쨌든 스미손이 사람을 올려 보내긴 했더라고. 아무래도 첫 솔로니까."

나는 고개를 끄덕였다. 스미손, 반 누이스 검사실 짱이 민튼을 감시하기 위해 밀고자를 심었다는 건 안 봐도 뻔했다.

"그래서 감상은?"

"아니, 아직 없어. 내가 아는 한은. 이봐, 할러. 정말로 걱정돼서 그래. 수색영장까지 나왔다는 소문도 들리던데, 그것도 사실인 거야?"

"그래, 하지만 그것도 걱정 안 해도 돼. 말했잖아, 잘 처리하고 있다고. 결국 모든 게 잘될 거야, 약속하지."

그렇다고 매기의 불안이 가실 리는 만무했다. 매기는 딸 걱정을 했고 스캔들을 염려했다. 어쩌면 자기 자신에 대한 걱정도 있을 것이다. 살인죄로 변호사 자격을 상실한 전남편의 존재가 진급에 어떤 식으로든 영향을 미칠 테니 말이다.

"게다가, 최악의 상황으로 간다 해도 당신이 내 첫 고객이 될 거잖아, 안 그래?"

"그게 무슨 소리야?"

"링컨 변호사 리무진 서비스. 예약했잖아."

"할러, 지금 이런 상황에 농담이 나와?"

"농담 아냐, 매기. 나도 은퇴에 대해 생각해봤다고. 이 허무맹랑한 일이 터지기 전부터. 그날 밤 당신한테 말한 대로야. 이제 나도 힘들어졌어."

매기는 한참을 생각한 후에야 대답했다.

"당신이 어떤 일을 하든 나하고 헤일리의 마음은 변하지 않아."

내가 고개를 끄덕였다.

"내가 얼마나 고마워하는지 보여주고 싶어."

매기가 전화기에 대고 한숨을 내쉬었다.

"가끔 이해 안 될 때가 있어."

"뭐가?"

"두 명의 전처와 딸 하나가 있는 성질 더러운 변호사. 그런데도 우리 모두 당신을 사랑하잖아."

이번엔 내가 할 말이 없었다. 그저 웃기만 했다.

"고마워, 매기 맥피어스. 잘 자." 난 결국 이 말만 했다. 그리고 전화를 끊었다.

33 공판 이틀째

5월 24일 화요일

공판 이틀째는 민튼과 내가 판사 집무실로 호출되는 것으로부터 시작되었다. 풀브라이트 판사는 나와의 대화를 원했지만 재판 규칙상 나만 은밀히 만나고 검사를 배제하는 것은 불가능했다. 판사의 집무실은 넓었다. 책상이 하나 있고 삼면이 법전으로 가득 둘러싸인 응접 공간이 따로 있었다. 판사는 우리에게 책상 앞의 의자에 앉을 것을 권했다.

"민튼 검사. 당신한테 귀를 막고 있으라고는 할 수 없지만 내가 원하는 건 할러와의 면담이에요. 그러니 대화에 끼거나 방해할 생각은 말아요. 이건 내가 아는 한, 당신이나 룰레 씨 사건과는 아무 관계 없으니까."

민튼은 어떻게 반응해야 할지 난감한 표정이었다. 그는 그저 입을 다물지 못하고 멍하니 바라보기만 했다. 판사가 나를 향해 돌아앉고는 두 손을 소리 나게 부딪쳤다.

"할러, 나한테 할 이야기 없어요? 물론 검사가 동석해 있다는 걸 염두에 두셔야겠죠."

"아닙니다, 판사님. 아무 일 없습니다. 어제 일로 당황하셨다면 사과드리겠습니다."

나는 억지웃음이라도 짓고 싶었다. 할 수만 있다면 그놈의 수색영장이라는 것이 사소한 불편에 지나지 않다고 시위라도 했을 것이다.

"당황한 건 없어요, 할러. 문제는 우리 모두가 이 사건에 많은 시간을 쏟았다는 거예요. 배심원단, 검찰, 우리 모두 말이에요. 그 일로 모든 게 허사가 되지 않았으면 좋겠군요. 다시 처음부터 시작하고 싶진 않아요. 내 일정도 빡빡하니까."

"죄송합니다만, 풀브라이트 판사님. 제가 뭐 하나 여쭤…." 민튼이었다.

"아니, 안 돼요. 지금 얘기는 시간 조금 빼앗은 것 말고는 재판과 아무 상관이 없어요. 할러 변호사가 아무 문제 없다고 말하면 난 그의 의견을 존중할 거예요. 더 이상 설명할 필요도 없고."

판사는 그의 말을 끊고는 나를 노려보았다.

"믿어도 되겠어요, 할러?"

나는 조금 주저하다가 고개를 끄덕였다. 그녀는 지금, 만일 내가 거짓말을 하고 있고, 그래서 끝내 글렌데일 수사 때문에 룰레 재판에 혼란이 빚어지거나 무효심리(평결, 판결, 결정이 없이 끝나는 재판 - 옮긴이)를 야기한다면 엄청난 액수의 벌금이 따를 것임을 경고하는 것이었다.

"약속합니다." 내가 말했다.

풀브라이트 판사는 곧바로 일어나 모퉁이의 옷걸이로 걸어갔다. 그곳에 검은 법복이 매달려 있었다.

"좋아요, 그럼, 시작하죠. 배심원들이 기다리고 있어요."

민튼과 나는 방을 나왔다. 서기 앞을 지나며 보니 루이스는 피고석에 앉아 기다리고 있었다.

"도대체 무슨 일입니까?" 민튼이 속삭였다.

그는 모르는 척했다. 하지만 검사실에 있으면서 소문을 못 들을 리는 없었다. 매기도 들은 소문이 아닌가.

"아무것도. 그냥 다른 사건으로 엿 같은 일이 하나 생긴 거요. 아무튼 오늘 끝낼 생각인가?"

"그쪽한테 달렸죠. 당신이 물고 늘어질수록 흘린 오물을 닦아내는 데 시간이 걸릴 테니까요."

"개소리. 피를 철철 흘리면서 쓰러질 사람이 누군지 꼭 봐야 아나?"

그는 내게 자신 있는 미소를 지어 보였다.

"별말씀을 다 하시네요."

"그걸 난자라고 불러, 테드. 이제 누구랄 것도 없이 사방에서 면도날을 휘두르며 들어올 거야. 중범 재판에 오신 걸 진심으로 환영하네."

나는 그와 헤어져 피고석으로 갔다. 내가 앉자마자 루이스가 귀에 대고 물었다.

"판사하고 무슨 얘기를 한 거죠?"

"아무것도 아냐. 그냥 피해자에게 어떤 식으로 반대신문을 할 것인지 물었어."

"누구? 그 여자? 판사가 정말로 피해자라고 불렀어요?"

"루이스, 목소리부터 낮춰. 게다가 캄포는 분명 이 사건의 피해자야. 네놈이 뭐든 제멋대로 자신하는 재능이 있다는 건 알겠는데, 우린, 아니 나는 아직 배심원들을 설득시켜야 한단 말이야."

그는 내 비난을 그저 얼굴에 비눗방울 튀듯 받아들이곤 계속 말을 걸어 왔다.

"그래, 판사가 뭐랍디까?"

"반대신문할 때 조심하지 않으면 통제하겠대. 레지나 캄포가 피해자임을 상기시켜주더군."

"당신이 그년을 발기발기 벗겨줄 거라고 믿어요. 처음부터 그렇게 말했잖아요."

"이런, 우리가 처음 만났을 때하고 지금 상황이 같아? 게다가 네놈이 장난한 총이 지금 면전에서 터져 나올 판인데. 똑바로 들어. 나도 혼자 당할 생각은 없다. 내가 공항에 손님들을 태우러 가는 신세가 된다 해도 상관없어. 그 수밖에 없다면 기꺼이 그렇게 해주지. 루이스, 알아들었나?"

나는 그를 돌아보았다. 다행히 더 이상 말할 필요는 없었다. 정리가 장내를 조용히 시키고 풀브라이트가 자리로 올라왔던 것이다. 민튼의 첫 번째 증인은 LA 경찰국의 마틴 부커였다. 그는 철두철미 검찰 측 증인이었다. 대답은 명료하고 간결했으며 주저하는 기색도 없었다. 부커는 중요한 증거를 제시했는데, 바로 루이스의 이니셜이 박힌 나이프였다. 그는 민튼의 요구에 따라 레지나 캄포에 대한 수사 상황 전부를 배심원단에 설명해주었다.

그는 3월 6일 밤, 반 누이스의 밸리 지구에서 야근 중이었다고 증언했다. 레지나 캄포의 집에 간 것은 웨스트 밸리의 당직사령 호출을 받았기 때문이었다. 경찰의 보고를 받은 당직사령이 캄포의 피습을 형사사건이라고 판단한 것이다. 밸리에 있는 6개의 파출소에는 주간에만 인력이 상근하고, 야간 담당 형사는 5분 대기조 격이라고 부커는 설명했다. 그래서 종종 긴급사건에 호출된다는 것이었다.

"왜 이 사건이 긴급하다고 생각한 거죠, 형사?" 민튼이 물었다.

"피해자의 부상, 용의자의 체포, 더 심각한 범죄의 발생을 막았다는 판단 때문입니다." 부커가 대답했다.

"더 심각한 범죄가 무슨 뜻인가요?"

"살인입니다. 그 친구에게 그녀를 살해할 의도가 있었다고 본 겁니다."

이의를 제기할 수도 있었지만 난 반대신문에서 반전을 모색하기로 하고 내버려두었다.

"병원에 가기 전에, 맥스웰 경관과 산토스 순경으로부터 피해자에게 실제로 어떤 일이 일어났는지 보고를 받았나요?"

"예, 그 친구들한테서 대략적인 설명을 들었습니다."

"피해자가 생계를 위해 성매매를 한다는 말도 들었습니까?"

"아뇨, 못 들었습니다."

"그럼, 그 사실은 언제 알았죠?"

"어, 피해자의 집에 들어갔을 때 알았습니다. 몇몇 물건들 때문이죠."

"물건들이라뇨?"

"소위 섹스 보조기구들입니다. 그리고 침실 벽장 한 곳에는 란제리와 야한 옷들만 걸려 있더군요. 그 방엔 텔레비전도 있었는데 장식장 서랍마다 포르노테이프가 가득 있었습니다. 룸메이트가 없다고 들었는데 제가 보기엔 두 개의 침실이 모두 사용되고 있었습니다. 그래서 하나는 혼자 있을 때 잠자는 방이고, 다른 침실은 직업을 위해 사용한 것으로 생각했습니다."

"비밀 방인가요?"

"예, 그렇다고 볼 수 있습니다."

"그렇다고 캄포 양을 사건의 피해자가 아니라고 할 수 있나요?"

"아니, 그렇지 않습니다."

"그건 왜죠?"

"누구나 피해자가 될 수 있다고 생각합니다. 창녀이든 교황이든 피해자는 피해자입니다."

연습한 대로 잘도 떠드는군. 민튼은 노트에 체크하고는 다음으로 넘어갔다.

"자, 병원에 가셨을 때 캄포 양의 침실과 생활수단에 대해 얘기를 나눠봤습니까?"

"예, 했습니다."

"피해자가 뭐라고 하던가요?"

"솔직히 직업여성이라고 했습니다. 감추거나 하진 않았습니다."

"부커 형사, 피해자가 말한 내용이 현장에서 들은 설명과 다른 점이 있었나요?"

"아뇨, 그렇지 않았습니다. 문을 열어주자마자 피고인이 피해자의 얼굴을 때리고 방으로 밀고 들어갔다고 진술했습니다. 그리고 몇 차례 더 폭력을 가했고, 칼을 꺼내면서 피해자를 강간한 다음 죽이겠다는 말을 했다고 했습니다."

민튼이 너무 세밀하게 수사 상황을 증명하려는 바람에 배심원들은 다시 지루해하기 시작했다. 나는 반대신문의 내용들을 메모하는 대신 배심원들을 지켜보는 쪽을 택했다. 물밀듯 들어오는 정보의 물결에 그들의 호기심이 씻겨나가는 것이 보였다.

마침내 90분 동안의 직접신문이 끝나고 내 차례가 되었다. 내 전략은 치고 빠지기이다. 즉, 민튼이 사건 전부를 해부한 반면, 나는 양 무릎 연골만 꺾어놓고 얼른 빠져나올 참이었다.

"부커 형사. 레지나 캄포가 경찰에게 거짓말한 이유를 설명했습니까?"

"거짓말하지 않았습니다."

"당신은 아니지만 현장의 두 경찰에게는 했죠. 맥스웰과 산토스 말입니다. 용의자가 왜 아파트에 왔는지 모른다고 하지 않았던가요?"

"그 자리에 있지 않았기 때문에 제가 확인할 사항은 아니라고 봅니다. 피해자는 겁에 질려 있었습니다. 구타를 당한 직후였고, 강간 위협을 받기도 했으니까요."

"그런 상황이라면 경찰에 거짓말해도 된다는 말인가요?"

"아뇨, 그런 뜻이 아닙니다."

나는 노트를 체크하고 계속해나갔다. 끝까지 물고 늘어질 생각은 없었다. 요는 무차별 난사로 저자의 균형을 흔들어놓는 것이다.

　"아까 캄포 양이 창녀 일을 할 때 사용한 옷에 대해 말씀하셨죠? 의상 목록을 만드셨나요?"

　"아뇨, 하지 않았습니다. 그저 관찰만 했습니다. 사건과 관계가 없었으니까요."

　"벽장에서 본 의상 중에 가학-피가학 성행위에 적합한 옷이 있었나요?"

　"모르겠습니다. 그 분야는 제 전문이 아닙니다."

　"포르노테이프는 어때요? 제목을 적었나요?"

　"아뇨, 하지 않았습니다. 다시 말씀드리지만 누가 그 여인을 야만적으로 폭행했느냐와 관계 있다고 믿지 않습니다."

　"혹시 그 비디오 중, 가학-피가학이나 속박 같은 내용이 있었는지 기억합니까?"

　"아뇨, 기억 안 납니다."

　"혹시, 룰레 씨의 변호 팀이 실내를 확인하기 전, 캄포 양에게 그런 종류의 테이프나 의상을 벽장에서 치우라고 지시하신 적이 있나요?"

　"그런 적 없습니다."

　나는 그 문항을 체크하고 계속해나갔다.

　"그날 밤 캄포 양의 아파트에서 일어난 상황에 대해 룰레 씨를 심문해 보셨나요?"

　"아뇨, 제가 가기 전에 이미 변호사 선임이 되어 있었습니다."

　"그 말은 묵비권을 행사했다는 뜻인가요?"

　"예, 정확히 그랬습니다."

　"그럼, 형사가 아는 한 그가 사건과 관련되어 경찰의 심문을 받은 적은 없겠군요."

"그렇습니다."

"캄포 양이 커다란 완력에 당했다고 보시나요?"

"예, 그렇다고 봅니다. 얼굴이 심하게 찢기고 부었으니까요."

"그럼, 룰레 씨의 손에서 확인한 충돌상해에 대해 변호인단에 설명해주겠습니까?"

"헝겊으로 주먹을 감쌌습니다. 확인해본 결과 충돌상해는 없었습니다."

"그래서 무상해라고 기록했나요?"

부커는 이 질문에 혼란스런 표정을 지었다.

"아뇨." 그가 말했다.

"캄포 양의 부상은 사진으로 기록했으면서 룰레 씨의 무상해를 기록할 생각은 하지 않았다는 거군요, 맞습니까?"

"무상해를 사진 찍을 필요가 있다고는 생각지 않았습니다."

"주먹을 보호하기 위해 헝겊으로 감쌌다는 것은 어떻게 안 겁니까?"

"가격하기 전에 손을 감싸는 것을 봤다는 증언이 캄포 양에게서 나왔습니다."

"그의 손을 감싼 헝겊을 현장에서 발견하셨나요?"

"예, 방 안에 있었습니다. 테이블 냅킨이었고 레스토랑에서 쓰는 것이었습니다. 피도 묻어 있었습니다."

"거기에 묻은 피가 룰레 씨의 피였나요?"

"아뇨."

"그 천이 피고의 것이라고 믿을 만한 증거가 있습니까?"

"없습니다."

"그럼 캄포 양의 증언뿐이군요, 그렇죠?"

"그렇습니다."

나는 잠시 기다렸다가 노트에 적은 항목을 지웠다. 그리고 다시 형사를 신문하기 시작했다.

　　"루이스 룰레가 캄포 양을 피습하거나 협박했다는 사실을 부인하고, 적극적으로 자신을 변호하기로 했다는 사실을 안 것은 언제입니까?"

　　"제 생각엔 변호사님을 고용했을 때입니다."

　　장내에서 작게 웃음소리가 번져 나왔다.

　　"캄포 양의 부상에 대해 다른 각도로 수사해본 적은 있습니까?"

　　"아뇨, 전 피해자에게 상황을 들었고 또 믿었습니다. 그가 캄포 양을 구타했으며 또…."

　　"됐습니다, 부커 형사. 묻는 질문에만 답변해주세요."

　　"알겠습니다."

　　"캄포 양의 말을 믿었기 때문에 다른 해석을 찾지 않았다는 거죠? 그러면 이 사건 전체가 피해자의 진술에 달려 있다고 생각해도 되는 건가요?"

　　부커는 잠시 생각에 잠겼다. 그를 언어의 함정으로 끌고 가고 있음을 깨닫기 시작한 것이다. 자고로 자기가 만든 함정보다 무서운 덫은 없는 법이다.

　　"캄포 양의 진술뿐만은 아닙니다. 물리적인 증거도 있습니다. 나이프와 부상은 단순한 증언이 아니죠."

　　그는 드디어 빠져나갈 구멍을 찾았다고 생각했는지 고개까지 끄덕여 댔다.

　　"하지만 부상과 다른 증거들에 대한 보고서 역시 사건에 대한 캄포 양의 진술에 기초한 것 아닙니까?"

　　"그렇게 말할 수도 있겠죠." 그가 머뭇거리며 대답했다.

　　"요컨대, 캄포 양은 이 모든 열매를 열리게 한 나무로군요, 그렇죠?"

　　"그런 말은 하지 않았습니다."

"그럼 어떻게 말할 건가요, 형사?"

이제 놈을 잡은 것이다. 부커는 말 그대로 좌불안석이었다. 민튼이 일어나 이의를 제기했다. 내가 증인을 괴롭힌다는 것이다. 아마 TV나 영화에서 그런 장면을 본 모양이지만 판사는 가차 없이 민튼에게 앉으라고 지시했다.

"질문에 대답해요, 형사." 판사가 재촉했다.

"질문이 뭐였죠?" 부커가 되물었다. 시간을 벌려는 것이다.

"캄포 양을 사건의 증거가 열리는 나무에 비유했습니다. 이 말에 동의하지 못한다고 했는데, 그렇다면 형사는 사건과 캄포 양의 관계를 어떻게 표현할 것인지 물었습니다."

부커는 기가 막힌다는 듯 두 손을 들어 보였다.

"캄포 양은 피해자입니다! 물론 캄포 양이 중요한 이유는 사건을 설명했기 때문이고, 사건의 성립을 위해 상당 부분을 피해자에게 의존하고 있는 건 사실입니다.

"사건의 대부분을 캄포 양에게 의존하고 있는 거겠죠. 사건의 피해자이자 가장 중요한 증인으로 말입니다."

"그렇습니다."

"피고가 캄포 양을 공격한 걸 또 누가 목격했습니까?"

"없습니다."

나는 고개를 끄덕였다. 배심원들에게 대답을 강조하기 위한 고갯짓이다. 그러고 나서 나는 제일 앞줄의 사람들과 눈을 맞추었다.

"좋습니다, 형사. 이제 찰스 탤벗에 대해 질문하기로 하죠. 그 남자는 왜 찾아낼 생각을 했죠?"

"어, 민튼 검사님께서 찾으라고 말씀하셨습니다."

"민튼 검사가 그의 존재를 어떻게 알게 되었는지도 알고 있나요?"

"변호사님이 정보를 주셨다고 들었습니다. 피습이 있기 두 시간 전에 그와 피해자가 함께 있는 비디오테이프를 술집에서 찾아냈다고 하시더군요."

비디오를 소개하기 위한 적기이지만 난 좀 더 늦추기로 했다. 테이프를 배심원에게 보여주려면 캄포가 증인석에 있어야 했다.

"그럼 그때까지는 그를 찾아내는 게 중요하지 않다고 생각했겠군요."

"아뇨, 그에 대해 모르고 있었습니다."

"아무튼 탤벗을 찾아냈을 때 그의 왼손을 검사해보셨나요? 누군가를 반복적으로 가격할 때 생긴 손상이 있는지 확인해보셨냐는 뜻입니다."

"아니요, 하지 않았습니다."

"레지나 캄포를 가격한 사람으로 이미 루이스 씨를 선택했고 또 확신이 있었기 때문인가요?"

"그건 선택이 아닙니다. 수사의 결과였죠. 게다가 찰스 탤벗의 존재를 안 것은 범죄가 발생하고 2주 이상이 지난 후였습니다."

"그러니까 그에게 부상이 있었다 해도 그때쯤엔 다 치유되었을 거라는 뜻인가요? 그렇습니까?"

"전문가는 아니지만 그렇게 생각한 건 맞습니다."

"그래서 그의 손을 보지도 않았군요."

"특별히 관심 둔 적은 없습니다."

"탤벗 씨의 동료에게 물어본 적은 있나요? 사건이 있던 시기에 그의 손에 타박상이나 부상 같은 것이 있었는지 말입니다."

"아뇨, 하지 않았습니다."

"그러니까 형사는 룰레 씨 말고는 누구에게도 관심을 두지 않았군요. 그렇죠?"

"그건 말이 안 됩니다. 전 마음을 비우고 모든 가능성을 조사했습니다.

하지만 처음부터 룰레가 현장에 있었습니다. 피해자도 그를 범인으로 지목했기 때문에 당연히 초점이 맞춰진 거죠."

"부커 형사, 초점 중 하나입니까? 아니면 유일한 초점입니까?"

"둘 다였습니다. 처음에는 용의자였지만, 피해자의 목에 댄 무기에 그의 이니셜이 새겨진 것을 안 후엔 확실한 범인으로 지목된 거죠. 그런 겁니다."

"그 칼이 캄포 양의 목에 닿았다는 건 어떻게 알았나요?"

"피해자가 그렇게 말했고 또 목에 흔적이 있었기 때문입니다."

"그러니까 나이프와 목의 상처를 일치시키는 법의학적 증명이 가능하다는 겁니까?"

"아뇨, 그건 불가능합니다."

"그럼, 루이스 씨가 칼을 목에다 댔다는 것은 또다시 피해자의 진술뿐이군요."

"그땐 캄포 양을 의심할 이유가 없었습니다. 지금도 그렇지만요."

"그러니까 피고인의 이니셜이 새겨진 나이프가 매우 중요한 증거라고 판단하셨지만 설명은 못 하시겠다, 그런 건가요?"

"예. 하지만 설명을 못 하는 건 아닙니다. 그는 분명 목적을 품고 피해자의 집으로 칼을 가져왔으니까요."

"증인은 독심술사인가 보죠?"

"아뇨, 전 형사입니다. 그리고 지금 제 생각을 말씀드리는 겁니다."

"생각했다는 거군요."

"사건 증거로부터의 추론으로 정정하겠습니다."

"아무튼 그렇게 확신이 있다니 다행이군요. 지금은 이걸로 마치겠습니다. 대신 부커 형사를 피고의 증인으로 소환할 권리를 요청합니다."

사실 부커를 증인석으로 다시 부를 생각은 없었지만 그 협박이 배심원들에게 인상을 남길 거라고 생각했다.

나는 자리로 돌아왔다. 민튼은 재소환에 대해 부커를 재무장시킬 준비를 했다. 하지만 충격은 다분히 정서적이라 그가 할 수 있는 일은 많지 않았다. 사실 부커는 기껏 변호를 위한 포석에 지나지 않았다. 진짜 충격은 더 나중에 올 것이다.

부커가 내려온 다음 판사는 잠시 휴정을 명했다. 판사는 배심원단에게 15분 후에 돌아오라 했지만, 휴식은 더 길어질 것이다. 풀브라이트는 담배를 피우는 사람이다. 과거에도 집무실에서 몰래 담배를 피우다가 행정 처분을 받았고, 또 소문이 퍼지는 바람에 곤욕을 치른 적도 있었다. 풀브라이트가 흡연의 갈증과 스캔들의 가능성을 동시에 해소하려면, 결국 엘리베이터를 타고 건물 밖의 교도소 버스가 들어오는 입구까지 나가야 했다. 그건 적어도 30분은 걸리는 강행군이다.

나는 메리 윈저와 대화도 하고 전화도 걸기 위해 복도로 나갔다. 오후 개정에는 나도 증인을 내보낼 생각이었다.

먼저 다가온 것은 루이스였다. 부커의 반대신문에 대해 말하고 싶은 것이다.

"우리한테 유리하게 나가는 거 맞죠?" 그가 말했다.

"우리?"

"이런, 너무 그러지 마세요."

"그런 건 판결이나 받고 나서 나불대. 그리고 전화 걸어야 하니까 눈앞에서 꺼지라고. 아, 네 모친은 어디 있지? 오늘 오후엔 증언을 할 수도 있는데 오신다고 했나?"

"오늘 아침 약속이 있긴 했지만 올 거예요. 세실한테 전화하세요. 그럼 언제라도 모시고 올 테니까."

룰레가 떠나자 부커 형사가 그 자리를 떠맡았다. 그는 내게로 걸어오며 얼굴에 삿대질부터 해댔다.

"당신 마음대로는 안 될 거요, 할러."

"안 되다니?" 내가 물었다.

"그 좆같은 변호, 결국 쪽박을 차고 말걸?"

"두고 봅시다."

"그래, 두고 보겠시다. 그리고 이 건으로 탤벗을 엿 먹일 생각이라면 각오 단단히 하쇼. 까딱 잘못하면 그 알량한 일거리마저 홀랑 날릴 수가 있으니까."

"난 할 일을 하는 거요, 형사."

"하, 대단한 일이로군. 먹고 살기 위해 거짓말을 하고, 사람들이 진실을 못 보게 막고, 세상의 진리를 망가뜨리는 일? 하나만 묻겠수다. 구더기하고 변호사의 차이를 아쇼?"

"아니, 무슨 차이죠?"

"하나는 똥벌레고 다른 하나는 돈벌레라는 거요."

"좋은 농담이요, 형사."

그가 떠나고 난 미소를 지으며 그대로 서 있었다. 농담 때문이 아니라, 내게 들은 농담을 변호사들에게 분풀이할 속셈으로 퍼트린 자가 바로 랭크포드라는 사실을 알고 있기 때문이었다. 그 농담으로 인해 랭크포드와 부커가 서로 정보를 교환하고 있음이 확인되었다. 그들이 한 팀이라면 상황이 제대로 진행되고 있다는 뜻이고, 내 계획이 여전히 유효하다는 뜻이기도 했다. 그럼 내게도 아직 기회는 있다.

34 협상 제의

재판에는 메인 이벤트가 있게 마련이다. 어떤 식으로든 공판 전체를 뒤흔들 수 있는 증인이나 증거가 그것이다. 그리고 이 재판의 메인 이벤트는 당연히 피해자이며 원고인 레지나 캄포였고, 재판의 판도는 결국 캄포의 연기와 증언에 의해 결정될 것이다. 하지만 훌륭한 변호사라면 누구나 히든카드를 지니고 있고 그건 나도 마찬가지이다. 난 공판의 무게중심을 완전히 뒤바꿔줄 만한 증인을 감춰두고 있었다.

공판이 재개되고 민튼이 레지나 캄포를 증인석으로 불렀을 때, 사람들의 눈은 증인석으로 들어오는 레지나 캄포에게 집중되었다. 배심원단이 레지나를 직접 본 것은 그때가 처음이었다. 나도 놀랐으나 기분 좋은 의미는 아니었다. 레지나의 자그마한 체구와 수줍은 듯한 걸음걸이, 그리고 차분한 몸가짐은 지금껏 배심원의 집단의식 속에 애써 심어둔 교활한 용병의 이미지를 한순간에 무너뜨릴 정도였다.

민튼은 재판을 하면서 성장하고 있었다. 캄포를 다루는 솜씨를 보니 결국 차선이 최선이라는 진리마저 터득한 모양이었다. 그는 되도록 경제적으로 레지나의 증언을 이끌었다. 덕분에 레지나는 3월 6일 사건을 다루기 전에 먼저 성장 과정부터 읊어나갈 수 있었다.

레지나 캄포의 이야기는 참혹할 정도로 가식적이었는데, 그건 민튼이 의도한 바였다. 그녀의 이야기를 간추려보면, 10년 전 장밋빛 꿈을 안고 인디애나에서 할리우드로 상경한 한 젊고 매력적인 아가씨의 비극사라고 할 수 있었다. 당연히 희망과 좌절이 있었다. 여기저기 텔레비전 쇼에 등장하기도 했고, 참신한 얼굴 때문에 이것저것 의미 없는 배역을 맡기려는 남자들도 끊이지 않았다. 하지만 더는 참신한 얼굴 대접을 못 받게 되자 레지나는 소위 비디오 영화 일을 시작했다. 그쪽에서는 툭하면 누드를 강요했고 부족한 수입을 메우기 위해 자연스럽게 누드모델 일까지 했다. 레지나는 이런 식으로 섹스와 일감을 맞교환하는 세계에 발을 디디게 되었으며, 결국엔 아예 섹스와 돈을 교환하게 된 것이다. 루이스 룰레와 만난 것은 바로 이런 와중이었다.

사건에 대한 레지나 캄포의 버전은 지금까지의 증언들과 크게 다르지 않았지만, 화자가 바뀌었다는 사실만으로도 의미는 크게 달랐다. 검은 곱슬머리로 얼굴을 감싼 캄포는 정말로 상심한 소녀처럼 보였다. 증언 후반에는 겁먹은 표정에 눈물까지 보였고 손가락으로 루이스를 가리킬 때에는 아랫입술과 손끝을 떨기까지 했다. 루이스는 레지나의 시선을 맞받았지만 그의 얼굴엔 아무 표정도 나타나지 않았다.

"저 남자예요. 저런 놈은 도살장에 끌고 가서 죽여버려야 해요." 캄포가 단호한 목소리로 외쳤다.

나는 이의를 제기하지 않았다. 잠시 후면 충분히 기회가 주어질 것이다. 민튼은 신문을 이어가면서 캄포가 교묘히 빠져나갈 구멍을 마련해주고 있었다. 민튼은 그 남자가 누구이며, 왜 그곳에 왔는지 알고 있었다는 사실을 경찰에 말하지 않은 이유에 대해 물었다.

"겁이 났어요. 사실을 말해도 경찰들이 믿어줄지 자신도 없었고요. 그

때는 너무 무서워서 경찰이 그자를 잡아주었으면 하는 생각뿐이었어요."

"지금은 그 판단을 후회하시나요?"

"예, 후회합니다. 이젠 거짓말을 하면 오히려 범인이 풀려나고 또 다른 희생자를 낳을 수 있다는 사실을 알았거든요."

난 그 대답을 편파적이라고 이의를 제기했고 판사가 인정했다. 민튼은 증인에게 몇 가지 더 질문을 던졌지만 이미 신문은 절정을 넘어선 후였다. 게다가 손까지 바르르 떠는 캄포의 약발이 가시기 전에 끝내야 했다.

캄포의 직접신문에 걸린 시간은 한 시간이 채 못 되었다. 벌써 11시 30분이지만 예상과 달리 판사는 휴정을 선언하지 않았다. 풀브라이트 판사는 배심원단을 향해 오전 시간에 가급적 많은 증언을 청취하고 싶으니, 늦은 점심 식사를 각오하라고 말해두었다. 혹시 내가 모르는 일이라도 있는 것일까? 아까 휴정 시간에 글렌데일 형사들이 전화를 걸어 나를 체포하러 오겠다고 한 것은 아닐까?

"할러 변호인, 당신 차례예요." 판사가 내게 서두르라고 일렀다.

나는 메모지를 챙겨 연단으로 나갔다. 만일 내가 천 개의 면도날을 준비했다면 이 증인에게 최소한 그중 반을 휘둘러야 할 것이다. 난 준비가 되어 있었다.

"캄포 양, 혹시 3월 6일 사건으로 변호사의 도움을 요청한 적이 있나요? 루이스 씨를 고소할 생각으로 말입니다."

레지나 캄포도 그 질문을 예상했겠지만 이렇게 빠를지 몰랐을 것이다.

"아뇨, 그런 적 없습니다."

"이 사건과 관련해서 변호사의 조언을 받은 적이 있나요?"

"아무도 고용한 적 없습니다. 지금 관심은 오직 정의가…."

나는 얼른 캄포의 말을 막았다.

"캄포 양. 난 당신이 변호사를 고용했는지 묻지도 않았고 관심이 뭔지에도 관심 없습니다. 내 질문은 이 사건과 관련해서 변호사와 루이스 씨의 고소에 대해 얘기해본 적이 있었느냐는 겁니다."

캄포는 나를 읽으려는 듯 똑바로 바라보았다. 내 말투가 이미 다 알고 있고 또 얼마든지 증명할 수도 있으니 까불지 말라는, 형사식의 말투였던 것이다. 민튼도 캄포에게 증언할 때 주의해야 할 사항들에 대해 교육을 했을 것이고, 그중에는 뻥에 속지 말라는 주문도 들어 있었을 것이다.

"변호사와 상의는 했지만 그뿐이에요. 고용한 건 아니에요."

"이 사건과 관련해 변호사와 얘기한 내용이 뭐죠?"

캄포는 대답할 때마다 습관적으로 머뭇거렸는데 그건 좋은 징조였다. 망설이는 것은 거짓말 때문이라고 느끼는 것이 일반적인 통념이기 때문이다. 솔직한 대답은 쉽게 나온다.

"내 권리가 무엇이고, 또 어떤 식으로 보호받을 수 있는지 확인한 것뿐이에요."

"룰레 씨에게 손해배상을 청구할 수 있는지 물었나요?"

"변호사와의 상담은 사적인 거라고 생각하는데요?"

"배심원단에 상담 내용을 설명하는 것이 순전히 증인의 의지에 달려 있다는 건 사실입니다."

이건 최초의 면도날이었다. 캄포는 거부할 입장이 못 된다. 그리고 어떤 선택을 하든 좋은 모습이 될 수는 없을 것이다.

"죄송하지만 말하지 않겠어요." 마침내 캄포가 대답했다.

"좋습니다. 그럼 3월 6일로 돌아가기로 하죠. 하지만 난 민튼 검사님보다 좀 더 앞선 시간부터 묻고 싶군요. 모건스로 바로 가보죠. 피고인 룰레 씨와 처음 얘기한 게 그곳이었죠?"

"예."

"그날 밤 모건스에서 뭘 하고 계셨죠?"

"사람을 만나고 있었습니다."

"찰스 탤벗?"

"예."

"그를 피고의 집으로 데려가 대가를 받고 섹스를 제공할 것인가의 여부를 확인하자는 것이었죠, 맞습니까?"

캄포는 망설이다가 결국 고개를 끄덕였다.

"이왕이면 대답으로 해줘요." 판사가 주의를 주었다.

"예."

"그러니까 사전 점검 같은 건가요?"

"예."

"일종의 안전한 섹스를 위한?"

"그런 것 같아요."

"직업상 이방인들을 만나야 하기 때문에 스스로를 보호해야 하는 거군요, 그렇죠?"

"예, 맞습니다."

"그쪽 계통에서는 그걸 '폭탄 제거'라고 한다던데 맞나요?"

"한 번도 그렇게 부른 적 없어요."

"하지만 고객들을 모건스 같은 공공 장소에서 만나는 건, 집으로 데려가기 전에 위험인물인지 아닌지를 가려내기 위한 것이 아닌가요?"

"그렇게 볼 수도 있겠죠. 하지만 그렇다고 100퍼센트 확신할 수는 없습니다."

"그렇겠죠. 아무튼 탤벗 씨와 만난 바에서 루이스 씨를 본 거죠?"

"예, 그곳에서 봤습니다."

"전에도 그를 본 적이 있던가요?"

"예, 그곳에서도 봤고 다른 데서도 봤습니다."

"직접 대화해본 적은?"

"아뇨, 한 번도 없습니다."

"그가 롤렉스 시계를 차고 있다는 걸 알았나요?"

"아뇨."

"그가 포르쉐나 레인지로버를 타고 술집을 떠나는 걸 본 적이 있습니까?"

"아뇨, 운전하는 건 한 번도 못 봤어요."

"어쨌든 술집에서 가끔 그를 보기는 한 거군요."

"예."

"얘기는 한 적 없고?"

"맞습니다."

"그러면 왜 그에게 접근한 겁니까?"

"그가 작업 중이라는 걸 알고 있었거든요, 그게 다예요."

"작업 중이라뇨?"

"그가 여자를 찾고 있다는 걸 알고 있었어요. 나하고 같은 일을 하는 여자하고 나가는 걸 봤으니까요."

"다른 창녀와 나가는 걸 봤다는 뜻인가요?"

"예."

"어디로 갔죠?"

"몰라요. 술집을 떠나 호텔이나 여자 집으로 갔겠죠. 자세한 것은 모릅니다."

"그들이 술집을 떠났는지는 어떻게 알죠? 어쩌면 담배 피우러 나갔을 수도 있지 않나요?"

"남자 차를 타고 떠나는 것을 봤어요."

"캄포 양, 조금 전에는 루이스 씨의 차를 본 적이 없다고 증언했습니다.

그런데 지금은 그가 윤락여성과 차를 타는 걸 봤다고 말하는군요. 어떤 게 맞는 거죠?"

캄포는 자신의 실수를 깨닫고 잠시 고민하다가 이렇게 말했다.

"차에 타는 건 봤지만 어떤 차종인지는 몰랐어요."

"차종 같은 건 눈여겨보지 않는 모양이죠?"

"보통은요."

"포르쉐와 레인지로버의 차이는 압니까?"

"하나는 크고, 하나는 작은 거 아닌가요?"

"루이스 씨가 탄 차는 어느 쪽이었나요?"

"기억 안 나요."

나는 잠시 생각해보고는 이 정도면 충분히 말의 모순을 끌어냈다는 판단을 내렸다. 노트를 체크하고 다음 질문으로 넘어가기로 했다.

"루이스 씨와 함께 나간 여자들 말입니다. 다시 본 적이 있습니까?"

"무슨 말이죠?"

"사라지지 않았냐고 묻는 겁니다. 그들이 다시 나타났냐고요."

"아뇨, 그 후에도 봤어요."

"얻어맞거나 부상당했던가요?"

"그런 것 같지는 않았지만 물어본 적은 없어요."

"하지만 그 때문에 접근해도 안전하겠다고 판단한 것 아닙니까?"

"안전에 대해서는 몰라요. 난 그저 그가 여자를 찾고 있다는 걸 알고 있었고, 또 함께 있던 남자가 일 때문에 10시까지는 끝내야 한다고 했어요. 그래서…."

"아무튼 배심원단을 위해, 탤벗 씨와 달리, 루이스 씨가 폭탄 제거 사전 점검을 받지 않아도 되었는지 이유를 설명해주시겠습니까?"

캄포가 민튼 쪽을 바라보았다. 도와달라는 눈치였지만 도와줄 사람은 아무도 없었다.

"다들 알고 있는 사람이라고 생각했어요. 그뿐입니다."

"안전하다고 생각한 거죠?"

"그럴지도 모르죠. 모르겠어요. 난 돈이 급했고 그래서 사람을 잘못 본 거예요."

"그가 부자라서 피고의 돈 문제를 해결해줄 수 있다고 생각했나요?"

"아뇨, 그러지 않았어요. 다만 그가 이 바닥을 잘 알고 있고 그래서 단골손님이 될 수도 있겠다고 생각했어요. 그러니까 규칙을 아는 사람 말이에요."

"그렇게 판단한 것은 루이스 씨가 다른 여성들과 함께 있는 것을 봤기 때문이 아닌가요? 피고와 같은 일을 하는 아가씨들 말입니다."

"예."

"그들도 윤락여성이죠?"

"예."

"아는 사람들인가요?"

"안면은 있어요."

"그 여성들한테 고객에 대한 정보를 전하기도 하죠? 그러니까, 누가 위험하고 누가 화대를 지불하지 않는지 같은…."

"가끔요."

"그 여성들도 당연히 증인에게 정보를 제공하겠죠?"

"예."

"루이스 룰레에 대해 경고한 사람은 모두 몇 명입니까?"

"음, 아무도 없어요. 그랬다면 그자하고 나가지도 않았을 거예요."

나는 고개를 끄덕이고 메모를 확인한 다음 계속 신문을 이어나갔다. 먼저 모건스에서의 일을 좀 더 끌어내고 나서 마침내 술집 카메라로 찍은 감시 테이프를 소개했다. 민튼은 타당한 이유 없이 비디오를 방영하는 데 이의를 제기했지만 판사는 이를 묵살했다. 스탠드 위에 설치된 텔레비전이 배심원들 앞으로 나오고 테이프가 돌아갔다. 배심원들의 표정으로 보니, 창녀가 작업하는 장면을 실제로 보게 되었다는 사실과, 두 주요 인물의 사생활을 한꺼번에 엿볼 수 있다는 사실들로 인해 한껏 고무된 것이 분명했다.

"루이스 씨에게 준 메모엔 뭐라고 적었습니까?"

텔레비전이 법정 옆쪽으로 치워진 후 내가 처음 던진 질문이었다.

"아마 내 이름과 주소였을 거예요."

"증인이 제공하는 서비스의 가격을 적지는 않았나요?"

"그럴 수도 있지만 기억 안 나요."

"어느 정도의 화대를 청구하죠?"

"대개의 경우 4백 달러를 받아요."

"대개? 그럼 다른 가격도 있겠군요?"

"고객이 원하는 서비스 종류에 따라 조금씩 달라요."

배심원석을 보니 성경책 남자의 얼굴이 불쾌감으로 굳어지고 있었다.

"혹시 주인과 노예 놀이 같은 것도 하나요?"

"가끔요. 하지만 기껏 역할놀이 수준이에요. 단순한 놀이라 아무도 다치거나 하진 않아요."

"그러니까, 3월 6일 밤 이전에는 한 번도 폭행을 당한 적이 없다는 건가요?"

"예, 그래요. 저 남자는 나를 때리고 죽이려고…."

"제발 묻는 질문에만 답하세요, 캄포 양. 다시 모건스로 돌아가 보죠. 이번엔 그렇다 아니다로만 대답해주시기 바랍니다. 루이스 씨에게 주소와 가격이 적힌 냅킨을 주었을 때, 그가 위험인물도 아니고 당신이 요구한 4백 달러의 화대 정도는 충분히 갖고 다닐 사람으로 확신했죠?"

"예."

"그런데 경찰이 룰레 씨를 수색했을 때 왜 현찰이 하나도 나오지 않은 거죠?"

"몰라요. 난 가져가지 않았어요."

"누가 그랬는지 아십니까?"

"아뇨."

나는 잠시 호흡을 끊었다. 질문의 흐름을 바꿀 때 즐겨 사용하는 방식이었다.

"자, 아직 윤락 일을 하고 있죠? 맞습니까?" 내가 물었다.

캄포는 망설이다가 예, 라고 대답했다.

"윤락 일이 만족스럽나요?" 내가 물었다.

민튼이 일어섰다.

"재판장님, 도대체 이게 무슨 상관이…."

"인정합니다." 판사가 말했다.

"좋습니다. 그 일을 그만두는 것이 소원이라고 말하기도 했다던데 그 말이 사실인가요?"

"예, 사실입니다." 캄포가 주저 없이 대답한 것은 이번이 처음이었다.

"그럼, 이 사건의 금전적 가능성을 그 기회로 여겼을 수도 있겠군요, 그렇죠?"

"아뇨, 그렇지 않아요. 저 남자는 나를 공격했고 죽이려 했어요. 그게 이 사건의 본질이란 말이에요." 캄포는 이번에도 주저 없이 말했다.

나는 메모지에 표시를 하고 나서, 다시 침묵으로 신문의 흐름 변화를 예고했다.

"찰스 탤벗은 단골이었나요?" 내가 물었다.

"아뇨, 그날 밤 모건스에서 처음 만났어요."

"그리고 폭탄 제거 테스트를 통과했군요."

"예."

"3월 6일 피고의 얼굴을 때린 사람이 찰스 탤벗입니까?"

"아뇨, 아니에요." 캄포가 재빨리 말했다.

"혹시 룰레와의 소송에서 이기면 이익금을 나누자고 탤벗에게 제의한 적이 있나요?"

"아뇨, 없어요. 그런 거짓말을!"

나는 판사를 올려다보았다.

"재판장님, 제 의뢰인에게 자리에서 일어나라고 부탁해도 되겠습니까?"

"얼마든지요, 할러 변호인."

나는 루이스에게 일어서 보라고 손짓을 했고 그는 지시대로 했다. 그리고 레지나 캄포를 돌아보았다.

"자, 캄포 양, 3월 6일 밤 당신을 때린 사람이 이 사람인가요?"

"예, 그자예요."

"몸무게가 얼마나 되죠, 캄포 양?"

캄포는 마치 무례한 질문이라도 된다는 듯 마이크에서 떨어져 나갔다. 하지만 이제껏 성생활과 관련된 모욕적인 질문을 수도 없이 받은 터였다. 나는 루이스가 자리에 앉으려는 것을 보고 다시 계속 서 있으라는 신호를 보냈다.

"잘 모르겠어요." 캄포의 대답이었다.

"웹사이트의 광고를 보면 47킬로그램이라고 적혀 있던데, 정확한 건가요?" 내가 물었다.

"그럴 거예요."

"배심원들이 3월 6일에 대한 피고의 설명을 믿으려면, 피고가 룰레 씨를 힘으로 밀치고 빠져나왔다는 말도 믿어야 합니다."

나는 루이스를 가리켰다. 그는 182센티미터였고 캄포보다 적어도 35킬로그램은 더 나갔다.

"하지만, 그건 사실이에요."

"게다가 칼을 목에 대고 있다고 하지 않았나요?"

"난 살고 싶었어요. 목숨이 위태로운데 뭔들 못 하겠어요?"

캄포는 드디어 최후의 자기 변론을 선택했다. 요컨대 울기 시작한 것인데, 그건 내 질문이 목숨이 경각에 달렸던 당시의 악몽을 떠올리게 했다는 시위의 표현이다.

"앉아도 좋습니다, 룰레 씨. 재판장님, 지금은 캄포 양에 대해 더 이상 질문이 없습니다."

나는 루이스 옆에 앉았다. 신문은 제대로 된 것 같았다. 내 면도날은 수없이 많은 상처를 만들었고 검사 쪽은 피를 흘리기 시작했다. 루이스가 상체를 기울여 속삭였다.

"기가 막혔어요!"

민튼이 재신문을 시도했지만 결국 상처 주위를 겉도는 각다귀 신세로 끝나고 말았다. 그의 스타 증인이 흘린 대답들을 되돌릴 방법도 없었고 내가 배심원들의 마음속에 심어놓은 이미지들을 바꿀 도리도 없었다.

10분 후 그는 신문을 끝냈고 나는 재신문을 포기했다. 민튼이 두 번째 시도에서 얻은 것이 거의 없기 때문에 굳이 나설 필요가 없다고 판단한 것이다. 판사가 민튼에게 더 이상의 증인이 있는지 묻자, 그는 점심 시간에 생각해보고 결정하겠다고 대답했다.

정상적이라면 난 이의를 제기했을 것이다. 식사 후 피고 측 증인을 세울 수 있는지의 여부를 결정할 수 없기 때문이다. 하지만 난 그냥 내버려두었다. 민튼은 초조감으로 흔들리고 있었다. 나는 그에게 고민할 시간이 필요하다고 판단했다. 물론 점심 시간이 그의 선택에 도움이 될 것이다.

판사는 배심원단에 점심 휴정을 명했지만 평소처럼 90분이 아니라 60분뿐이었다. 어떻게든 공판을 계속 진행시키고 싶었던 것이다. 풀브라이트 판사는 1시 30분에 공판이 재개될 것이라고 말하고는 부랴부랴 자리를 떠났다. 담배 생각이 간절했으리라.

나는 점심시간에 모친과 증언에 대해 상의하고 싶다는 뜻을 루이스에게 전했다. 증언은 점심 시간 직후가 아니더라도 오후 시간 언제든 가능할 것이다. 그는 알아보겠다고 말하고 벤추라 거리에 있는 프랑스 식당에서 만나는 게 어떻겠느냐고 제안했다. 나는 시간이 한 시간도 채 안 된다고 말하고 포그린필드에서 만나겠다고 했다. 그 인간들을 성역에 데려가고 싶지는 않았지만 그곳이라면 빨리 식사를 하고 시간 안에 법정으로 돌아갈 수 있을 것 같아서였다. 음식이 벤추라의 프랑스 식당에 비할 바는 못 되겠지만 개의치 않았다.

피고석에서 일어나 보니 방청석은 모두 텅 비어 있었다. 다들 서둘러 식당으로 빠져나간 것이다. 하지만 민튼은 난간 옆에서 나를 기다리고 있었다.

"잠시 시간 있습니까?" 그가 물었다.

"물론."

우리는 루이스가 게이트를 빠져나갈 때까지 기다렸다가 함께 법정을 나섰다. 서로 아무 말도 하지 않았지만 무슨 얘기가 나올지는 알고 있었다. 검사가 장벽에 부딪칠 경우 협상을 제의하는 것은 관례이다. 민튼은 자신이 곤경에 처했음을 알고 있었다. 마지막 패가 악수였던 것이다.

"무슨 일이지?" 내가 물었다.

"전에 말씀하신 수천 개의 면도날에 대해 생각해봤습니다."

"그래서?"

"어, 그래서, 제안 하나 하려고요."

"당신한테는 첫 공판이오. 형량 협상을 하려면 누군가 다른 사람이 필요한 것 아닌가?"

"나도 권한은 있습니다."

"좋습니다. 그럼 어느 정도의 권한이 있는지나 들어보자고."

"폭력 및 중상해로 감해드리죠."

"그리고?"

"4년."

물론 적지 않은 양보였지만 루이스가 받아들일 경우 4년을 교도소에서 썩어야 한다. 가장 중요한 양보는 사건을 성범죄에서 빼냈다는 사실이다. 그건 루이스가 출소 이후 지방 정부에 등록할 필요가 없다는 뜻이었다.

나는 그가 내 어머니라도 모욕한 것처럼 노려보았다.

"테드, 당신 에이스가 증인석에서 헤맨 것을 감안하면 아직 부족한 것 같군그래. 성경을 품고 다니는 배심원 봤나? 캄포가 증언할 때는 아예 그 책을 찢어발길 것 같은 표정이던데?"

민튼은 대답하지 않았다. 성경책 배심원을 아직 눈치채지도 못한 것이다.

"좋아요, 그래, 원하는 게 뭡니까?"

"이런 사건은, 단 하나의 판결밖엔 없소, 테드. 난 의뢰인에게 끝까지 가자고 할 참이야. 결과는 뻔한 거니까. 식사나 잘 하게."

나는 게이트를 떠났다. 방청석 중앙통로를 지나며 그가 다른 제안을 던지기를 기대했지만 민튼은 고집을 굽히지 않았다.

"이 제안은 1시 30분까지 유효합니다, 할러." 그가 등 뒤에서 소리쳤는데 목소리 톤이 묘했다.

나는 돌아보지도 않고 한 손을 흔들어 보였다. 법정 문을 나서면서 그의 목소리에서 들은 것이 바로 절망감이었다고 나는 확신했다.

35 법정의 지뢰밭

포그린필드에서 돌아온 후에도 일부러 민튼을 외면했다. 가능한 한 골머리를 싸매게 할 필요가 있었다. 내가 원하는 방향으로 몰아가기 위해 좀 더 몰아붙여야 했고, 그건 내 전략의 중요한 부분이었다. 탁자에 앉아 공판 준비를 하다가 나는 적절한 시기를 골라 그에게 고개를 저어 보였다. 협상 결렬. 그도 고개를 끄덕였다. 그 역시 이 사건에 대한 확신이 있음을 보여주고 내 의뢰인의 결심을 이해할 수 없다는 뜻을 전한 것이다. 1분 후 판사가 좌정했고 배심원들이 나왔고, 민튼은 처음부터 꽁무니를 뺐다.

"민튼 검사, 증인이 있습니까?" 판사가 물었다.

"재판장님, 이번엔 없습니다."

풀브라이트는 곧바로 민튼을 노려보았다. 판사는 평소보다 오랫동안 노려보는 것으로 배심원단에 놀랍다는 메시지를 전달하려 했다. 그리고 나를 건너다보았다.

"변호인은 진행할 준비가 되었나요?"

원칙을 따르자면 이 경우 검사의 논고가 끝나고 판사에게 지시평결(더 이상의 재판 진행이 불필요하다고 느낄 경우 당사자의 신청에 의해 판사가 직접 내리는 판결 – 옮긴이)을 요청해야 했지만 난 그러지 않았다. 솔직히 그 요청이 받아들여질까봐서였다. 아직은 끝낼 때가 아니었다. 난 판사에게 피고 측 증언을 시작하겠다고 했다.

첫 번째 증인은 메리 앨리스 윈저였다. 윈저는 세실 돕스의 에스코트를 받고 입장해 방청석 맨 앞줄에 앉아 있었다. 옅은 청색 정장에 시폰 블라우스 차림의 윈저는 당당해 보였다. 판사석 앞으로 나가 증인석에 앉은 윈저가 점심으로 셰퍼드파이(다진 고기를 으깬 감자에 싸서 구운 파이 – 옮긴이)를 먹었다는 사실은 아무도 상상 못 할 것이다. 나는 일상적이고 간단한 질문들로 윈저가 혈연 및 직업으로 루이스와 연결되어 있음을 밝혔다. 그리고 판사에게 검찰이 증거로 제시한 나이프를 증인에게 보여줄 것을 요청했다.

요청은 받아들여졌다. 나는 법원 서기에게 가서 무기를 받아왔다. 여전히 깨끗한 비닐팩 안에 들어 있었다. 나는 칼날의 이니셜이 보이도록 팩을 접은 다음 증인 앞에 내려놓았다.

"윈저 부인, 이 칼을 아십니까?"

윈저는 비닐팩을 집어 들고는 비닐을 평평하게 펼쳐 아들의 이니셜을 확인했다.

"예, 알아요. 아들 칼입니다."

"어떻게 아드님의 칼임을 알아보셨나요?"

"나한테 여러 번 보여줬으니까요. 아들은 항상 칼을 들고 다녔습니다. 가끔은 사무실에서 쓰기도 했죠. 팸플릿 포장 끈을 끊어야 할 때인데 아주 잘 들었어요."

"나이프를 소지한 게 얼마나 되었죠?"

"4년."

"확신하십니까?"

"예."

"어떻게 그렇게 확신하시죠?"

"4년 전부터 신변 안전을 걱정했으니까요."

"신변 안전이라뇨? 정확히 무슨 뜻입니까, 윈저 부인?"

"직업상 낯선 사람들에게 집을 보여줘야 할 때가 많아요. 때때로 이방인과 단둘이 빈집을 찾아야 할 때도 있죠. 그래서 부동산업자들이 강도를 당하거나 부상당하는 예가 자주 발생합니다…. 살해되거나 강간당하는 경우도 있고요."

"루이스도 그런 범죄의 희생자인가요?"

"직접적인 희생자는 아니에요. 하지만 빈집에 들어갔다가 당한 사람을 알고 있답니다."

"무슨 일이 있었습니까?"

"강간을 당하고 돈을 빼앗겼어요. 칼을 든 남자였죠. 루이스는 사건 직후 그녀를 발견한 장본인이에요. 그 후 그가 제일 먼저 한 일이 호신용 칼을 사는 것이었죠."

"왜 칼이죠? 총이 아니고?"

"처음에는 총을 사겠다고 말했지만, 결국 남의 눈에 안 띄고 늘 지참할 수 있는 쪽을 선택한 겁니다. 그래서 칼을 샀고 나한테도 하나 선물했답니다. 그게 4년 전의 사건이니 기억이 정확할 수밖에 없겠죠."

윈저가 단검이 담긴 비닐 팩을 들어 보였다.

"내 것도 똑같아요. 이니셜만 다르죠. 그 일 이후로 우린 둘 다 그 칼을 갖고 다녀요."

"3월 6일 밤 아드님이 칼을 소지했다 해도 부인은 전혀 이상하게 생각하지 않겠군요."

민튼이 이의를 제기했다. 내가 윈저에게 질문의 대답을 미리 알려주고 있다는 것이었고 판사가 인정한다고 말했다. 형사법을 모르는 메리 윈저는 판사가 대답해도 좋다고 인정하는 줄 알았다.

"아들은 매일 갖고 다녔어요. 3월 6일도 다른 날과 마찬가지였을….."

"윈저 부인. 내가 인정한 건 검사의 이의입니다. 즉, 대답해선 안 된다는 뜻이에요. 배심원단은 윈저 부인의 답변을 무시하세요."

"죄송합니다." 윈저가 약한 목소리로 답했다.

"다음 질문 하세요, 변호인." 판사가 지시했다.

"이것으로 마치겠습니다, 재판장님. 감사합니다, 윈저 부인."

메리 윈저가 일어설 준비를 했지만 판사가 그냥 앉아 있으라고 말했다. 나는 민튼이 자리에서 일어서는 것을 보며 자리로 돌아갔다. 방청석을 둘러보니 세실 돕스 외에는 아무도 아는 얼굴이 없었다. 그가 격려의 미소를 지어 보였지만 난 무시해버렸다.

메리 윈저의 직접증언은 점심 시간 때 작업했던 안무에 따라 완벽하게 이루어졌다. 윈저는 간결한 솜씨로 배심원들에게 칼에 대한 얘기를 들려주면서 민튼이 밟게 될 지뢰밭을 교묘하게 심어놓았다. 사실 그녀의 직접증언은 검찰에 자료로 제시된 것 이상을 넘어서지 못했다. 하지만 까딱하다간 발밑에서 딸깍 하고 지뢰 밟는 소리를 듣고 말 것이다.

"아드님께서 13센티미터짜리 접이식 나이프를 들고 다니기 시작했다는 사건 말입니다. 그게 정확히 언제였습니까?"

"2001년 6월 9일입니다."

"확신하십니까?"

"확실합니다."

나는 민튼의 표정을 살피기 보기 위해 그쪽으로 돌아앉았다. 뭔가를 잡았다고 생각한 것이 분명해보였다. 요컨대 날짜에 대한 윈저의 정확한 기억을 학습된 증언으로 판단한 것이리라. 민튼은 흥분했고 그 흥분은 나한테까지 전해질 정도였다.

"그 부동산 업자에 대한 피습이 신문에 났었나요?"

"아뇨, 없었습니다."

"경찰 조사는 있었습니까?"

"아뇨, 그것도 없었어요."

"그런데도 정확한 날짜를 아신다고요? 어떻게 그럴 수 있죠, 윈저 부인? 증인석에 올라오기 전에 누군가한테 날짜를 들었던 건 아닌가요?"

"아뇨, 그날을 기억하는 건, 내가 당한 날을 잊을 수 없기 때문이에요."

윈저는 잠시 호흡을 가다듬었다. 최소한 배심원 셋이 가만히 입을 벌리는 것이 보였다. 민튼도 마찬가지였다. 기어이 지뢰를 밟은 것이다.

"아들도 잊지 못할 겁니다. 나를 찾으러 왔을 때 난 벌거벗은 채 묶여 있었죠. 피도 흘렸고요. 그 추한 꼴은 아들에게도 지울 수 없는 상처였을 거예요. 아들이 칼을 들고 다니는 것은 그래서입니다. 조금만 더 일찍 와서 나를 구하지 못한 데 대한 보상심리 같은 거겠죠."

"그렇군요." 민튼은 이렇게 중얼거리며 노트를 내려다보았다.

그는 어떻게 해야 할지 갈피를 잡지 못하고 있었다. 지뢰가 폭발해 모든 것을 날려버릴까 봐 발을 들 수도 없었다.

"민튼 검사, 끝났습니까?" 판사는 아예 목소리에 담긴 조롱을 감추려들지도 않았다.

"잠깐만요, 재판장님."

민튼은 정신을 차리고 노트를 훑으며 뭔가를 끌어내려 안간힘을 썼다.

"윈저 부인, 아드님이 발견한 후 경찰에 신고하셨나요?"

"아뇨, 안 했어요. 루이스가 그러자고 했지만 내가 반대했죠. 그래봐야 상처만 더 깊어질 테니까요."

"그러니까 이 사건에 대한 공식적인 기록은 없는 셈이군요, 그렇죠?"

"그렇습니다."

민튼은 더 나아가 피습 이후 병원 치료를 받은 적이 있는지 묻고 싶었을 것이다. 하지만 그 순간 또 다른 함정을 직감했는지 얼른 발을 빼고 말았다.

"그러니까 그 사건을 증명하는 건 오직 증인의 말뿐이군요."

"사실이에요. 난 그 악몽과 함께 매일매일을 살아가고 있답니다."

"그런데 증명할 수가 없군요."

윈저는 색깔 없는 눈으로 검사를 응시했다.

"지금 질문하신 건가요?"

"윈저 부인, 부인은 지금 아드님을 돕기 위해 오신 거죠?"

"할 수만 있다면요. 착한 아들이에요. 그런 더러운 범죄를 저지를 아이가 아니란 말입니다."

"아들이 교도소에 가지 않게 하려면 무슨 일이든지 하시겠군요, 안 그렇습니까?"

"그렇다고 이런 것까지 지어서 말하진 않아요. 서약을 했든 안 했든, 안 해요."

"하지만 아드님은 구하고 싶겠죠?"

"그래요."

"아드님을 구할 수만 있다면 그깟 거짓말쯤 무슨 문제가 되겠습니까?"

"아니, 그렇지 않아요."

"감사합니다, 윈저 부인."

민튼은 재빨리 자기 자리로 돌아갔다. 난 재신문으로 질문 하나만 던지기로 했다.

"윈저 부인, 피습 당하셨을 때 연세가 어떻게 되셨나요?"

"54세였어요."

나도 자리에 앉았다. 민튼도 더 할 말이 없어 윈저는 풀려났다. 나는 증언이 끝났으니 메리 윈저가 방청석에서 나머지 과정을 방청할 수 있도록 해달라고 판사에게 요청했다. 민튼의 반대가 없었던 덕에 요구는 받아들여졌다.

다음 증인은 데이비드 램킨이라는 LA 경찰 소속 형사였다. 그는 성범죄 전문가이며 부동산 강간사건을 수사한 장본인이었다. 나는 짧은 질문을 통해 사건의 실체와 수사대상이 된 다섯 건의 사건을 확인해주었다. 그리고 메리 윈저의 증언을 보강해줄 질문 다섯 개를 빠른 속도로 묻기 시작했다.

"램킨 형사님, 그 사건의 알려진 피해자들 연령대가 어떻게 되죠?"

"모두 성공한 전문 사업가들이었습니다. 일반적인 강간피해자들보다 높은 연령대였죠. 가장 젊은 피해자가 29세였고 최고 연장자는 59세였습니다."

"그러니까 54세의 여성도 강간범의 타깃에 들어갈 수 있었겠군요, 그렇죠?"

"예."

"최초의 범행과 마지막 사건이 신고된 것이 각각 언제였는지 배심원단에 말씀해주시겠습니까?"

"예, 첫 번째는 2000년 10월 1일이고, 마지막 건은 2001년 7월 30일이었습니다."

"그러니까 2001년 6월 9일은 범인이 여성 부동산 중개업자들을 공격한 기간 안에 들어가겠군요."

"예, 그렇습니다."

"사건을 조사하던 중에 그자의 범행이 다섯 건보다 많을 거라는 생각을 한 적이 있으신가요?"

민튼은 추측성 질문이라며 이의를 제기했다. 판사도 이의를 인정했지만 상관없었다. 중요한 건 질문이었고 검사로 하여금 배심원단이 대답을 들을 권리를 훼손하도록 유도하는 것이었기 때문이다.

민튼의 반대신문은 솔직히 의외였다. 그는 램킨에게 세 개의 질문을 던져 검찰 측에 유리한 대답을 얻어냄으로써 원저에서의 손해를 어느 정도 회복했다.

"램킨 형사, 그 강간 건을 수사한 팀이 부동산 중개업을 하는 여성들에게 어떤 식으로든 경고를 했을 것 같은데, 아닌가요?"

"예, 그렇습니다. 우리는 두 가지 방법으로 전단지를 뿌렸죠. 첫 번째는 그 지역의 등록 부동산 업체에 보냈고, 두 번째는 부동산 중개업자들인데 우편을 이용했습니다."

"그 우편물엔 강간범에 대한 설명과 수법이 들어 있었겠죠?"

"예, 그렇습니다."

"그러니까 누군가 강간범 이야기를 조작하려면 필요한 정보는 홍보물을 통해 얼마든지 얻을 수 있었겠네요, 그렇죠?"

"가능합니다."

"더 질문 없습니다, 재판장님."

민튼은 자랑스럽게 자리에 앉았고 내가 질문이 없자 램킨도 풀려났다. 나는 의뢰인과 상의할 일이 있다며 재판장에게 시간을 요청한 다음 루이스에게 귀엣말을 했다.

"좋아, 이제 다 했다. 이제 우리한테 남은 건 네놈뿐이야. 네가 나한테 빠뜨린 말이 없다면 넌 무죄고 민튼이 걸고 넘어갈 일도 없을 거다. 저 인간한테 꼬투리만 잡히지 않는 한 풀려날 수 있다는 말이다. 맹세할 수 있겠나?"

루이스는 지금껏 내내 증언대에 나서서 직접 기소를 부인하겠다고 했고 오늘 점심에도 그 뜻을 피력한 바 있었다. 아니, 요구했다는 게 더 정확한 표현이겠다. 나는 의뢰인에게 진술 기회를 주는 것은 복불복이라고 생각하는 쪽이었다. 그의 진술을 검사 측에서 유리하게 이용한다면 오히려 부메랑이 되어 우리를 엿 먹일 수도 있기 때문이다. 하지만 배심원들은 달랐다. 피고의 진술거부권에 대해 입이 닳도록 설명해주어도, 그들은 죄가 없다는 말을 피고의 입으로 직접 듣고 싶어했다. 배심원들에게 그 욕구를 빼앗으면 종종 토라지기도 한다.

"하겠어요. 검사 정도는 충분히 다룰 수 있어요."

나는 의자를 뒤로 미루고 자리에서 일어섰다.

"루이스 로스 룰레를 증인으로 신청합니다, 재판장님."

36 최후의 증인

　루이스는 빠른 걸음으로 증인석으로 향했다. 마치 벤치를 지키던 야구 선수가 선수 교대를 신고하기 위해 기록실로 달려가는 것 같았다. 그는 스스로를 변호하고 싶어 안달난 사람처럼 보였는데, 이런 태도가 배심원단에게 좋은 인상을 줄 거라는 사실을 알고 있었다.

　예비지식을 대충 정리한 후 나는 곧바로 사건 얘기로 들어갔다. 루이스는 3월 6일 밤 모건스에 간 이유가 여자 때문임을 솔직히 시인했다. 특별히 창녀의 서비스를 기대한 것은 아니지만 그렇다고 거부할 생각도 없었다고 했다.

　"전에도 돈 주고 여자를 산 적이 있기 때문에 거부감 같은 건 없었습니다." 그가 한 말이었다.

　그는 캄포가 접근하기 전에 의식적으로 눈을 맞추거나 하지는 않았으며, 여자가 먼저 접근했을 때에도 특별히 감정이 상하거나 하지는 않았다고 했다. 거래는 두고 보자는 식으로 끝났다. 캄포는 10시쯤이면 괜찮다고 했고 그도 다른 약속이 정해지지 않으면 찾아가겠다고 약속했다.

　루이스는 모건스에서 한 시간 정도 더 노력을 했고 램프라이터로 건너가 다른 상대를 찾아보았지만 성공하지 못했다. 그래서 레지나 캄포가 준 주소로 차를 몰고 가 문을 노크한 것이었다.

"문을 열어준 사람이 누구죠?"

"캄포였어요. 문을 조금 열더니 나를 살펴보았죠."

"레지나 캄포? 오늘 아침 증언한 여성입니까?"

"예, 맞습니다."

"열린 문틈 사이로 얼굴 전체를 보았나요?"

"아뇨, 문을 조금밖에 열지 않아 볼 수가 없었어요. 왼쪽 눈과 왼쪽 얼굴 일부 정도였습니다."

"문이 어떤 식으로 열렸나요? 캄포 양을 본 게 오른쪽이었나요? 아니면 왼쪽이었나요?"

"제가 밖에서 보았을 때 오른쪽이었습니다."

"확실하게 짚어보기로 하죠. 문은 오른쪽에서 열렸다고 했죠?"

"예."

"그러니까 캄포 양이 안에서 내다보려면 왼쪽 눈으로 봐야 했겠군요."

"그럴 겁니다."

"캄포 양의 오른쪽 눈도 봤습니까?"

"아뇨."

"얼굴 오른쪽에 상처나 멍 같은 게 있었다 해도 볼 수 없었겠군요?"

"예, 그렇습니다."

"좋습니다. 그다음은요?"

"나를 확인하곤 들어오라고 하더군요. 문을 좀 더 열기는 했지만 그래도 문 뒤에 서 있었습니다."

"캄포 양을 볼 수 없었다는 말인가요?"

"일부만 봤습니다. 문을 방패처럼 사용했으니까요."

"그다음엔?"

"집 안은 무슨 통로 같았습니다. 캄포가 복도 끝의 거실을 가리키기에 난 그쪽으로 움직이기 시작했죠."

"캄포 양은 피고 뒤에 있었나요?"

"예, 제가 거실 쪽으로 갈 때 여자는 뒤에 있었습니다."

"캄포 양이 문을 닫았나요?"

"그럴 겁니다. 닫히는 소리를 들었으니까요."

"그러고는?"

"무언가가 뒤통수를 내리쳤어요. 난 쓰러졌고 의식을 잃었죠."

"얼마나 오랫동안 기절했는지 알고 있습니까?"

"아뇨, 꽤 된 것 같긴 한데 경찰이든 누구든 대꾸를 안 해주더군요."

"의식을 찾았을 때 기억나는 게 뭐가 있나요?"

"한참 동안 숨을 쉴 수가 없었어요. 눈을 떠보니 누군가 내 몸을 올라타고 있더군요. 전 누워 있었고요. 움직이려고 애를 써봤지만 그때 두 다리에도 누군가 있는 걸 알았습니다."

"그다음엔 어땠나요?"

"그 사람들이 번갈아가며 꼼짝 말라고 했어요. 그리고 그중 하나가 내 칼을 가지고 있으니 달아나려고 하면 무기를 쓰겠다고 협박했죠."

"그때가 경찰이 들어와 체포되었다고 할 때인가요?"

"예, 몇 분 후 경찰이 들어와 수갑을 채우고는 일어서라고 했습니다. 재킷에 피가 묻은 건 그때 봤습니다."

"손은 어땠나요?"

"등 뒤로 수갑이 채워 있었기 때문에 보지 못했습니다. 하지만 남자 하나가 경찰에게 내 손에 피가 묻었다고 말했고, 그다음엔 경찰이 비닐팩으로 손을 감쌌습니다. 그건 느낌으로 알았어요."

"손과 재킷엔 왜 피가 묻은 거죠?"

"누군가 묻혔겠죠. 난 안 했으니까요."

"피고인은 왼손잡이인가요?"

"아뇨, 아닙니다."

"캄포 양을 왼손으로 때렸습니까?"

"아뇨, 안 했습니다."

"겁탈하겠다고 협박했나요?"

"아닙니다."

"순순히 따르지 않으면 죽이겠다고 했나요?"

"아뇨, 하지 않았습니다."

난 첫날 돕스의 사무실에서 본 그런 불꽃을 기대했지만 루이스는 시종 냉정했고 잘 절제되어 있었다. 그래서 난 신문을 끝내기 전에 조금 더 밀어붙여야겠다는 생각을 했다. 점심때도 감정을 터뜨려보라고 주문했건만 이 인간이 도대체 무슨 꿍꿍이인지 알 수가 없었다.

"캄포 양의 피습 죄로 기소당한 것이 억울한가요?"

"물론이죠."

"왜죠?"

그는 입을 열었지만 말은 하지 않았다. 그런 질문을 받는 것 자체가 황당하다는 표정이었다. 마침내 그가 말했다.

"왜라니 그게 무슨 뜻입니까? 하지도 않은 일로 고발당하고, 병신처럼 아무것도 못하고 마냥 기다리는 게 어떤 기분인지 아십니까? 몇 주일이고 몇 달이고 기다린 후에야, 겨우 법정에 끌려나와, 난 죄 없어요, 함정이에요, 라고 말할 기회가 주어진다는 게 어떤 건지 아시냐고요? 아니, 여기와서도 그래요. 저 검사가 말도 안 되는 사기꾼들을 잔뜩 불러들여도 나는 그냥 앉아서 그 거짓말들을 다 듣고 있어야 했단 말입니다. 그런데 억울하냐고요? 난 무죄예요! 하지 않았단 말입니다!"

완벽했다. 지금껏 허위로 기소된 어느 피고도 저렇게까지 완벽한 연기를 펼치지는 못했을 것이다. 더 묻고 싶은 것이 있었지만 일단은 룰에 충실하기로 했다. 치고 빠지기. 차선이 최선. 나는 자리에 앉았다. 만일 부족한 것이 있다면 재신문에서 보충하면 될 것이다.

나는 판사를 보았다.

"더는 질문 없습니다, 재판장님."

내가 자리에 앉기도 전에 민튼이 앞으로 나섰다. 그는 루이스에게서 특유의 면도날 같은 시선을 박은 채로 연단 쪽으로 걸어갔다. 자신이 이 남자를 어떻게 생각하고 있는지 배심원단에 보여주려는 것이다. 그는 면도날 눈빛을 사방으로 쏘아 보내며 연단의 가장자리를 단단히 움켜쥐었다. 손가락 관절이 하얗게 질릴 정도의 힘이었는데 그것 역시 배심원단을 향한 쇼였다.

"캄포 양을 건드리지 않았다고 했죠?" 그가 물었다.

"그렇습니다." 루이스가 투덜거렸다.

"피고 말에 따르면, 캄포 양이 직접 자신을 때리거나, 그날 밤 처음 만난 남자에게 죽기 바로 전까지 때려달라고 했다는 말인데⋯ 함정을 만들려고 말입니다, 그런가요?"

"누가 했는지는 모릅니다. 분명한 건 내가 하지 않았다는 것뿐입니다."

"하지만 당신 말대로라면, 이 여인 레지나 캄포는 거짓말쟁이가 됩니다. 캄포 양이 법정에 들어와 재판장님과 배심원단과 이 세상 모두를 향해 새빨간 거짓말을 했다는 건가요?"

민튼은 혐오스럽다는 듯 고개를 젓는 것으로 질문을 마감했다.

"여자가 주장한 일들을 한 적이 없습니다. 요컨대 우리 둘 중 하나가 거짓말을 했다는 건데, 적어도 난 아닙니다."

"그건 배심원단에서 결정할 문제 아닌가요?"

"그렇겠죠."

"그리고 호신용으로 들고 다니던 단검 말입니다. 지금 사건 피해자가 당신에게 칼이 있다는 사실을 알고 그걸 함정에 이용했다고 말하는 건가요?"

"그 여자가 뭘 어떻게 아는지는 나도 모릅니다. 그 여자를 만난 술집에서도 칼을 보여주지 않았으니까요. 여자가 칼에 대해 어떻게 알게 되었는지는 나도 당연히 모릅니다. 주머니에서 돈을 털 때 칼을 찾아냈는지도 모르죠. 돈과 칼을 항상 같은 주머니에 두고 다녔으니까."

"오, 게다가 이젠 피해자가 주머니까지 털었다고 말하는 겁니까? 도대체 어디까지 갈 생각입니까, 루이스 씨?"

"나한테 4백 달러가 있었어요. 체포되었을 때 보니 없더군요. 누군가 가져간 겁니다."

루이스의 돈에 대해 추궁할 수도 있었지만 민튼은 바보가 아니었다. 아무리 잘 다뤄야 그건 본전조차 건지기 힘든 건수였다. 루이스에게 돈이 없었고, 그 때문에 캄포를 폭행해 공짜로 재미를 보려 했다는 결론을 끌어내려면, 내가 옳거니 하고 루이스의 세금 영수증을 내밀 것이라는 정도는 민튼도 알았다. 그렇게 될 경우 루이스가 창녀에게 화대조차 지불할 능력이 없었다는 전제 자체가 황당한 생각으로 비치고 말 것이다. 그건 변호사들이 '돌림빵'이라고 부르는 함정이고 때문에 그는 한 발짝 물러설 수밖에 없었다. 그는 마지막 질문을 하기로 했다. 그는 먼저 레지나 캄포의 깨지고 멍든 얼굴 사진을 들어보였다. 아주 드라마틱한 포즈였다.

"그러니까 이 레지나 캄포가 거짓말쟁이다?" 그가 물었다.

"그래요."

"스스로 이런 부상을 유도했거나 아니면 자해를 했다?"

"누가 했는지는 모릅니다."

"하지만 피고는 아니라는 거죠?"

"예, 아닙니다. 여자한테 그런 짓은 안 해요. 한 번도 여자를 때린 적이 없습니다."

그리고 루이스는 민튼이 들고 있는 사진을 가리키며 카운터펀치를 날렸다.

"저렇게 당해도 싼 여자는 없으니까요."

나는 상체를 구부리고는 상황을 주시했다. '저렇게 당해도 싼 여자는 없다'라는 증언을 집어넣으라고 지시한 것은 나였다. 루이스는 그 지시를 기막힌 시점에 처리한 것이다. 미끼를 무느냐 물지 않느냐의 여부는 이제 민튼에게 달렸다. 그는 똑똑한 친구이다. 루이스가 지금 막 포문을 열어 주었다는 사실을 알아챘을 것이다.

"당해도 싼 여자라니요? 폭력범죄가 그럼 당해도 싸다 아니다의 문제라도 된다는 말입니까?"

"아뇨, 그런 뜻으로 말하지 않았습니다. 내 말은 여자가 무슨 일을 하든 저런 식으로 두들겨 맞아서는 안 된다는 뜻입니다. 누구도 저런 학대를 받아서는 안 되죠."

결국 민튼은 사진을 들고 있던 팔을 떨어뜨리고 말았다. 그는 잠시 사진을 보다가 다시 루이스를 바라보았다.

"루이스 씨, 더는 질문 없습니다."

37 거래 결렬

나는 이 면도날 싸움에서 확실한 승기를 잡았음을 확신했다. 민튼을 몰아치기 위해 가능한 한 모든 수단을 동원했고, 이제 그에게는 단 하나의 선택밖에 남지 않았다. 시기가 무르익기를 기다리는 일만 남은 것이다. 나는 의뢰인에게 더 이상 질문하지 않기로 했다. 그는 민튼의 예봉을 잘 막아냈고 덕택에 순풍이 불기 시작했다. 나는 자리에서 일어나 법정 뒷벽에 붙은 시계를 돌아보았다. 겨우 3시 30분이었다. 나는 다시 판사를 바라보았다.

"재판장님, 질문 없습니다."

판사는 고개를 끄덕이고는 내 등 뒤의 시계를 보았다. 풀브라이트는 배심원단에게 휴식을 명했고, 배심원들이 모두 밖으로 나가자 검사석을 보았다. 그곳엔 민튼이 고개를 숙인 채 뭔가를 적고 있었다.

"민튼 검사?"

검사가 고개를 들었다.

"아직 개정 중이니 집중하셔야죠. 검찰 측 반론이 있습니까?"

민튼이 일어섰다.

"재판장님, 오늘은 폐정을 요청하고 싶습니다. 반론증인들에 대해 좀 더 숙고할 시간이 필요합니다."

"민튼 검사, 아직 90분이나 남았어요. 오늘은 뭔가 결론을 냈으면 좋겠다고 말하지 않았나요? 증인들은 어디 있죠?"

"재판장님, 솔직히 말씀드리면, 변호석이 단지 세 명의 증인을 내고 물러설 줄은 몰랐습니다. 그래서 전⋯."

"모두진술에서 변호인이 충분히 얘기한 걸로 아는데요?"

"예, 하지만 공판이 생각보다 빠르게 진행되었습니다. 아직 반나절이 남았으니 재판장님의 관용을 부탁드립니다. 최대한 서둘러도 원하는 증인을 저녁 6시까지 확보하는 데에는 아무래도 무리가 있을 것 같습니다."

나는 루이스를 돌아보았다. 그도 나를 돌아보았다. 나는 고개를 끄덕여주고는 판사가 보지 못하도록 왼쪽 눈으로 윙크까지 해주었다. 드디어 민튼이 미끼를 문 것이다. 이제 판사를 부추겨 그가 미끼를 꼭 물고 있도록 하는 일만 남았다. 나는 자리에서 일어났다.

"재판장님, 우리는 재판 연기에 대해 이의 없습니다. 그동안 최후변론과 배심원 설시(배심원들에게 배심원의 의무나 법률 이론 등을 설명하는 법률절차―옮긴이)를 준비할 수도 있으니까요."

판사는 나를 보더니 당혹스런 표정을 짓고 말했다. 변호인 측이 검찰의 지체에 대해 반대하지 않는 경우는 거의 없다. 하지만 지금은 심어놓은 씨앗이 막 꽃을 피우기 시작한 시점이다. 결코 놓칠 수는 없었다.

"뭔가 생각이 있는 모양이군요, 할러 변호인. 좋아요, 오늘 일찍이 정회를 할 경우, 내일은 반론 후 곧바로 최후진술로 들어갈 거라고 생각하겠습니다. 배심원 설시를 고려하는 것 외에는 어떤 지체도 불허합니다. 알겠죠, 민튼 검사?"

"예, 재판장님. 명심하겠습니다."

"할러 변호인?"

"마찬가지입니다, 재판장님. 저도 준비하겠습니다."

"그럼, 좋습니다. 이렇게 하기로 하죠. 배심원들이 돌아오는 대로 폐정하는 것으로 하겠습니다. 덕분에 배심원들이 교통체증에 시달리지는 않겠군요. 그리고 내일은 모든 게 순조롭게 이뤄져 오후 개정쯤에는 배심원단의 협의가 있길 빌겠어요."

판사는 민튼을 보고 다시 나를 보았다. 누가 감히 내 말에 항의할 것이냐는 시위였다. 우리가 아무 말도 없자 일어나 자리를 떴다. 물론 담배가 급한 것이었으리라.

20분 후 배심원들은 집으로 향했고 나는 변호인석의 자료들을 정리하고 있었다. 민튼이 내게 건너왔다.

"얘기 좀 하죠?"

나는 루이스에게 어머니와 돕스와 함께 가라고 말하고, 무슨 일이 있으면 전화하겠다고 덧붙였다.

"하지만 저도 할 얘기가 있는데요?" 루이스가 말했다.

"무슨 얘기?"

"이것저것. 오늘 저 위에서 내가 잘한 건가요?"

"잘했어. 다 잘 되어가고 있고. 내 생각엔 아주 유리한 고지에 와 있는 것 같군."

나는 민튼이 돌아가 있는 검사석을 향해 고개를 끄덕인 다음, 속삭이는 수준으로 목소리를 낮추었다.

"저자도 그걸 알고 있다. 지금 또 다른 제안을 하려는 거야."

"나도 들으면 안 되겠습니까?"

나는 고개를 저었다.

"안 돼. 제안은 아무 의미도 없어. 우리에겐 오직 한 가지 평결뿐이니까,

안 그래?"

"그래요."

그는 일어나면서 내 어깨를 두드렸다. 나는 하마터면 온몸을 부르르 떨 뻔했다.

"루이스, 내 몸에 손대지 마. 네놈이 뭔가를 해주고 싶다면 그건 그 빌 어먹을 총을 돌려주는 것뿐이야, 이 개자식아."

그는 대답 없이 미소만 짓고는 게이트 쪽으로 걸어갔다. 그가 떠난 후 나는 민튼을 돌아보았다. 그의 눈에선 좌절감까지 배어나왔다. 이제 완전 히 확신을 잃은 것이다.

"무슨 일이오?"

"제안을 하려고요."

"그래, 어떤 제안?"

"더 양보할 생각입니다. 단순폭행에 카운티 내에서 6개월. 매월 말에 유 치장을 비우는 조건으로요. 실제로는 엿새도 있지 않는 셈이죠."

나는 고개를 끄덕였다. 그는 카운티 유치장의 범람을 막기 위한 연방의 명령에 대해 언급하고 있었다. 법원에서 어떤 판결을 받는지에 상관없이, 카운티 유치장에서는 필요에 따라 형량이 극적으로 감면되었다. 기가 막 힌 제안이었지만 난 반응을 보이지 않았다. 그 제안은 물론 2층에서 올라 온 것이었다. 민튼에게는 그렇게까지 감할 능력이 없었다.

"그걸 받으면 여자는 민사로 엿을 먹이려 들겠지. 글쎄, 의뢰인은 아마 안 하려 들 텐데?" 내가 말했다.

"이건 획기적인 제안이에요." 민튼이 투덜거렸다.

거의 분노에 찬 목소리였다. 감시자의 보고가 최악인 탓에, 유죄판결만 얻어낼 수 있다면 모든 것을 양보해도 좋다는 명령을 받은 모양이다. 재 판은 포기하라. 판사와 배심원들의 시간은 얼마든지 빼앗아도 좋으니 무조선 유죄판결만 얻어내라. 반 누이스 사무실은 패소를 원치 않았다. 게다가 이 사건은 로버트 블레이크의 참패로부터 불과 두 달밖에 되지 않았다. 진행이 삼천포로 빠지기 시작하자 완전히 똥구멍이 닳은 것이다. 민튼은 코끼리 비스킷이라도 얻을 수만 있으면 뭐든지 내줄 태세였다. 단루이스를 포기할 수는 없다. 불과 6일의 실형 수준으로 물러난다 해도 말이다.

"그쪽에서 본다면 획기적인 제안일 수도 있겠지. 하지만 그건 여전히 하지도 않은 일에 유죄를 인정하라는 거야. 게다가 그 제안에는 민사소송의 가능성이 열려 있지. 카운티 교도소에서 엉덩이를 보호하려고 애쓰는 동안, 레기 캄포와 변호사는 느긋하게 앉아 그를 빈털터리로 만들 꿍꿍이를 짜고 있겠지? 그의 관점에서 생각해보라고. 그게 좋을 리가 있겠나. 나라도 끝까지 가려 할 걸세. 테드, 이건 우리가 이긴 게임이야. 우리한테는 성경책 남자가 있네. 최소한 비빌 곳이 있다는 뜻이지만 누가 알겠나? 그 열둘을 모두 따낼 수 있을지."

민튼은 큰 소리를 내며 손뼉을 부딪쳤다.

"젠장, 지금 제정신입니까? 그자가 했다는 걸 알잖아요, 할러. 그자가 그 여인한테 한 짓에 비하면 6일은 고사하고 6개월도 황송하다고요. 억울해서 잠도 못 잘 판이지만 위에서는 당신이 배심원을 잡고 있다고 생각한 겁니다. 누군 지금 좋아서 이러는 줄 압니까?"

나는 단호하게 가방을 닫고 자리에서 일어섰다.

"아무튼 반론 준비에 만전을 기하기를 빌겠네, 테드. 배심원 평결에 한 가닥 희망을 걸고 있는 모양인데, 이 말 한 마디만 하지. 당신이 지금 어떤 꼴인지 아직도 모르겠나? 자넨 지금 맨몸으로 면도날에 달려들고 있어. 좋아, 어차피 이렇게 된 것, 개폼은 걷어치우고 정말 제대로 한번 싸워보든지."

나는 게이트를 향해 걷기 시작했다. 그리고 통로 가운데쯤 멈춰 서서 다시 그를 돌아보았다.

"만일 이 사건 때문에 잠을 못 잘 것 같으면 아예 다른 직업을 찾아보는 게 좋을 거야. 그러다가 평생 불면증으로 고생할지도 모르니까."

민튼은 자리에 앉아 텅 빈 판사석만 노려보았다. 내가 한 말도 의식하지 못하는 것 같았다. 그는 제대로 한 방을 먹었다. 그리고 그 결과는 내일 아침에 나타날 것이다.

나는 최후변론을 준비하기 위해 포그린필드로 돌아갔다. 내일은 사실 판사가 허락한 두 시간도 필요 없을 것이다. 나는 바에서 기네스를 주문한 다음 잔을 들고 탁자로 돌아가 앉았다. 테이블 서비스는 6시나 되어야 시작하기 때문이다. 나는 기본적인 내용들을 스케치해 나갔지만 결국은 검사의 진술에 반박하는 정도가 될 거라는 건 본능적으로 알고 있었다. 민튼은 공판 전 미팅을 통해, 파워포인트를 이용해 프레젠테이션 할 것을 요청했고, 이미 허가를 받아놓은 참이었다. 스크린을 설치해 컴퓨터 그래픽으로 치장하는 것은 젊은 검사들에겐 유행이자 특권이다시피 했다. 배심원들이 스스로 생각하고 연상할 수 있다는 사실 자체를 믿지 못하겠다는 식이다. 그건 배심원들에게 텔레비전을 틀어주는 것과 하등 차이가 없는 짓거리들이었다.

내 의뢰인들은 수임료를 내는 것만도 허리가 휘어질 판이니 파워포인트 프레젠테이션은 꿈일 수밖에 없다. 물론 루이스는 예외이다. 어머니 돈으로 프란시스 포드 코폴라 감독을 영입해 블록버스터급 파워포인트를 만들어낼 수도 있을 것이다. 하지만 그걸 권유할 생각은 없었다. 난 철두철미 구닥다리 쪽이라 혼자 힘으로 링 안에 들어가는 편을 선호했다. 민튼은 커다란 청스크린 위에 원하는 건 뭐든지 투사해낼 것이다. 하지만 나는 배심원들이 모두 나만을 바라보기를 원했다. 내가 직접 설득할 수 없다면 컴퓨터로도 불가능하다.

5시 30분, 매기 맥퍼슨의 사무실로 전화를 걸었다.

"끝날 시간이야." 내가 말했다.

"거물급 변호사는 그렇겠지. 미국 공무원은 어두워진 후에도 일해야 해."

"잠깐 쉬면서 기네스 한 잔 하는 게 어때? 셰퍼드파이도 있는데. 그다음에 일해도 늦지 않잖아."

"안 돼, 할러. 내가 당신 꿍꿍이를 모를 줄 알아?"

나는 웃었다. 매기가 내 꿍꿍이를 모르겠다고 한 적은 한 번도 없었다. 대개는 맞았지만 이번만은 아니었다.

"그래? 내 꿍꿍이가 뭔데?"

"이번에도 나를 매수해서 민튼의 정보를 캐낼 생각이잖아."

"틀렸어, 매기. 민튼은 아예 오픈북이더군. 결국 스미손의 첩자가 낙제점을 매겼고 아예 기지를 철수하기로 결정한 것 같아. 아무거나 얻어서 달아나라. 민튼은 지금 파워포인트 최후논고를 만들어 최후의 발악을 모색하는 중이고, 끝까지 가보자는 거겠지. 그 친구 엄청 다혈질인가 봐. 이대로 접어야 하는 상황 자체를 인정하기 못하고 있던데?"

"나도 그런 편이야. 스미손이야 원래 패배를 싫어하지만 블레이크 후에는 더 난리야. 그 때문에 툭 하면 헐값에 넘기려고 한다고. 그런 식으로 당신을 이길 수는 없을 텐데."

"블레이크 사건에서 당신을 뺀 순간 이미 진 거라고 내가 그랬잖아. 그 친구들한테도 그렇게 말해줘."

"기회가 된다면."

"곧 올 거야."

매기는 자신의 정체된 지위에 대해 생각하는 걸 싫어했다. 전처가 얼른 화제를 바꿨다.

"오늘은 목소리가 밝네. 어제의 살인용의자가 오늘은 지방검사의 머리채를 휘어잡다니, 말 그대로 새옹지마 인생이지 뭐야? 도대체 어떻게 된 거야?"

"변한 건 없어. 폭풍전야라고 생각하면 돼. 이봐, 하나만 물어볼게. 탄도 조사하면 얼마나 걸려?"

"어떤 종류인데?"

"탄피와 탄피, 파편과 파편을 일치시키는 것."

"누가 하느냐, 어느 부서가 맡느냐에 따라 달라. 정말로 밀어붙인다면 24시간 안에도 결과를 낼 수 있고."

배 속에서 무거운 납덩어리가 쿵 하고 떨어지는 기분이었다. 겨우 루스 타임 정도밖에 남지 않은 것이다.

"하지만 대갠 더 걸려. 일반적으론 2, 3일 잡거든. 더욱이 대대적인 검사라면, 어, 그러니까 탄피와 파편 검사 모두 손대려고 하면 더 오래 걸리지. 탄피가 깨져서 판독이 쉽지 않거든. 꽤 진땀 나는 작업이더라고."

나는 고개를 끄덕였다. 어느 것 하나 도움 되지 않는 얘기다. 그들은 이미 탄피를 수거했다. 랭크포드와 소벨이 그 탄피와 50년 전 미키 코헨의 탄피를 일치시키기만 한다면 언제라도 잡으러 올 것이다. 탄피 대조야 아무려면 어떤가.

"여보세요?" 매기가 불렀다.

"응, 잠깐 무슨 생각 좀 하느라."

"갑자기 목소리가 어두워졌네. 그 문제로 얘기하고 싶은 거야, 할러?"

"아니, 나중에. 하지만 변호사가 필요하다면 내가 누굴 원할지는 알지?"

"설마 그럴 리가."

"설마가 사람 잡을지도 모르지."

그리고 침묵이 끼어들었지만 나는 개의치 않았다. 전화 저쪽에 매기가 있다는 것만으로도 커다란 위안이었다. 기분이 좋아졌다.

　　"할러, 나 이제 일해야 해."

　　"그래, 매기. 나쁜 놈들을 교도소에 처넣어버려."

　　"그럴게."

　　"안녕."

　　전화를 끊은 후, 잠시 내가 처한 상황을 정리해보았다. 그리고 다시 전화기를 열어 쉐라톤 유니버설 호텔에 전화해 방이 있는지 체크했다. 만약의 경우에 대비해 오늘 밤엔 집에 돌아가지 않을 작정이다. 어쩌면 글렌데일의 두 형사가 기다리고 있을지도 모를 일이다.

38 구닥다리 대 첨단병기

5월 25일 수요일

싸구려 호텔 침대에서 불면의 잠을 지새운 나는 수요일 아침 일찍 법원으로 향했다. 환영 인파는 물론 없었고, 미소와 체포영장을 동시에 소지한 글렌데일 형사들도 보이지 않았다. 금속 탐지기를 통과하면서 천금 같은 체증이 떨어져 나가는 기분이었다. 어제와 똑같은 정장이었지만 그래도 셔츠와 타이는 새것으로 바꿔 입었다. 사막 도시에서 일하거나 에어컨도 소용없을 폭염에 대비해 여름이면 링컨 트렁크에 여벌의 옷을 넣고 다닌 덕분이었다. 아무튼 아무도 눈치채지 않기만을 빌 수밖에.

풀브라이트의 법정에 들어섰을 때 나는 깜짝 놀라고 말았다. 내가 첫 선수가 아니었던 것이다. 민튼이 벌써 방청객에 앉아 파워포인트용 프레젠테이션 스크린을 세팅하고 있었다. 법정이라는 게 컴퓨터 프레젠테이션 이전에 디자인된 것이라, 배심원, 판사, 변호사들이 여유롭게 3.5미터짜리 스크린을 감상할 공간이 있을 리가 없었다. 결국 방청객 공간의 대부분이 스크린에 가리게 되고 그 뒤의 방청객이 쇼를 보는 건 불가능하게 됐다.

"일찍도 왔군그래." 내가 민튼에게 인사를 건넸다.

그가 일하다가 돌아보았는데 내가 일찍 등장한 데 대해 조금 놀란 표정을 지었다. "병참에서 물건을 빼와야 했거든요. 귀찮은 일이죠."

"나처럼 낡은 방식이 낫지 않나? 그냥 배심원만 바라보며 말하면 끝인데 말이야."

"사양하겠습니다. 이게 더 좋아요. 제안에 대해 의뢰인과 얘기해봤나요?"

"그래, 씨도 안 먹히더군. 아무래도 끝까지 갈 모양이야."

나는 피고석에 가방을 내려놓으며, 민튼의 지금 행동을 가늠해보았다. 최후논고를 준비하는 건 반론증인을 포기한다는 뜻인가? 거기에 생각이 미치자 소름이 전신을 훑고 지나갔다. 검사석을 보았지만 민튼의 꿍꿍이를 알 만한 낌새는 보이지 않았다. 솔직히 물어볼 수도 있겠으나 지금까지 유지해온 무관심 전략을 포기하고 싶지는 않았다.

대신 나는 정리석으로 가서 빌 미한에게 인사를 건넸다. 그의 책상엔 갖가지 서류가 놓여 있었다. 법정의 일정표뿐 아니라 그날 아침 버스로 운반된 수감자 리스트도 분명 있을 것이다.

"빌, 커피 한 잔 뽑아 마실까 하는데 자네도 갖다 줄까?"

"아닙니다. 고맙지만 카페인을 줄여야 해요. 적어도 당분간은요."

나는 미소를 지으며 고개를 끄덕였다.

"이런, 이게 호송인 목록인가? 내 의뢰인이 들어 있는지 확인해봐도 되겠지?"

"예, 보세요."

미한은 내게 스테이플로 찍은 서류 몇 장을 내주었다. 그건 교도소 유치장에 와 있는 대기자들의 명단이었다. 이름 옆으로는 각 죄수들이 들어가야 할 법정이 기록되어 있었다. 나는 아무 일도 아니라는 듯이 재빨리

리스트를 훑어 내려갔다. 드웨인 제프리 코를리스의 이름이 있었다. 민튼의 쥐새끼는 이 건물에 와 있고 게다가 풀브라이트의 법정이 목적지로 되어 있었다. 하마터면 안도의 한숨을 내쉴 뻔했다. 민튼은 결국 내가 계획한 방식대로 움직이기로 한 것이다. 꼭두각시 같은 놈.

"뭐가 잘못되었나요?" 미한이 물었다.

나는 그를 보며 리스트를 넘겨주었다.

"아니, 왜?"

"글쎄요, 그냥 무슨 일이 있는 것처럼 보여서요."

"아직은 아니지만 곧 무슨 일이 일어날 걸세."

나는 법정을 떠나 2층 식당으로 내려갔다. 커피 값을 지불하려고 줄을 서 있는데 매기가 들어오더니 곧바로 커피 기구로 향했다. 나는 커피 값을 지불한 후 뒤를 쫓았다. 매기는 분홍빛 크림봉지를 뜯어 커피에 털어 넣고 있었다.

"무설탕에 저지방. 내 전처도 항상 그렇게 마셨지." 내가 말을 걸었다.

매기가 몸을 돌려 나를 보았다.

"그만해, 할러."

하지만 매기는 미소를 지어 보였다.

"그만해, 할러, 아니면 소리 지를 테야. 그래, 그렇게도 말했어, 그것도 아주 많이." 내가 말했다.

"여기서 뭐 해? 6시까지는 출근해서 민튼의 파워포인트 플러그라도 뽑아야 하는 거 아냐?"

"걱정 안 해. 솔직히 당신도 와서 구경하라고 하고 싶을 정도니까. 구닥다리 대 첨단 병기. 시대의 결투, 탕탕!"

"큰소리는. 그런데 그거 어제 입었던 정장 아닌가?"

"그래, 행운의 정장이지. 그런데 어제 정장이라는 건 어떻게 알았어?"

"에, 어제 1~2분 정도 풀브라이트 법정에 머리를 내밀었었어. 당신은 의뢰인에게 질문을 던지느라 눈치도 못 채던데?"

나는 매기가 정장에 신경을 써준 것이 사뭇 기뻤다. 그건 중요한 의미였다.

"그래? 그럼, 오늘도 잠깐 들러보지 않겠어?"

"오늘은 안 돼. 너무 바빠."

"무슨 일인데?"

"앤디 세빌 대신 살인 건을 맡았어. 그 인간이 결국 단독을 포기하고 사건을 분배했거든. 아주 큰 건이야."

"잘됐어. 피고인이 변호사 필요하지 않대?"

"꿈 깨, 할러. 또 당신한테 뺏길 생각 없으니까."

"그냥 농담이야. 나도 더는 못 맡아."

매기는 뚜껑을 닫고 냅킨으로 감싼 다음 커피 잔을 집어 들었다.

"나도 그래. 행운이야 빌어주겠지만 갈 시간은 없어."

"그래, 알아. 회사 방침에 따라야지. 아무튼 민튼이 모자를 비틀면서 내려오면 위로나 잘 해주라고."

"노력해볼게."

매기는 식당을 떠났고 난 빈자리를 찾았다. 공판이 재개되기까지는 아직 15분 정도가 남아 있었다. 나는 두 번째 전처에게 전화를 걸었다.

"로나, 나야. 아직 코를리스하고 놀고 있는 거지? 다 된 거야?"

"다 끝났어요."

"오케이, 그냥 확인해보는 거야. 다시 전화할게."

"행운을 빌어요, 미키."

"고마워, 마침 행운이 필요할 참이었는데. 이따 보자고."

전화기를 닫고 막 일어서려는 데 LA 경찰국의 하워드 컬린 형사가 탁자를 헤치며 다가오는 것이 보였다. 지저스 메넨데즈를 교도소로 보낸 베테랑 형사가 땅콩버터와 정어리 샌드위치를 먹기 위해 식당을 찾은 게 아니라는 정도는 알고 있었다. 그는 내 테이블에 오자마자 아무렇게나 구겨들고 있던 서류를 내동댕이쳤다.

"이게 도대체 뭐야?" 그가 물었다.

나는 서류를 펼쳐보았지만 물론 그게 뭔지 모를 리는 없었다.

"소환장처럼 보이네요, 형사. 설마 몰라서 묻는 건 아니실 테고."

"능청 떨지 말고. 도대체 뭐 하자는 수작이오? 나는 저 위에서 벌어지는 사건하고 아무 상관도 없고, 당신 개지랄에 끼어들고 싶은 생각도 없단 말이야."

"그건 수작도 아니고 개지랄도 아니오. 당신은 반론 증인으로 소환된 것뿐이고."

"뭘 반론해? 그 사건하고 내가 무슨 상관이라고! 그건 마틴 부커가 한 일이고 난 그 친구하고 얘기만 했을 뿐이오. 그 친구도 착오일 거라고 하더군."

나는 이해한다는 듯이 고개를 끄덕였다.

"이렇게 합시다. 법정에 올라가 자리에 앉아 있어요. 만일 착오라면 시작하자마자 바로잡아줄 테니까. 한 시간도 안 걸릴 거요. 그것만 참아주면 다시 나쁜 작자들을 잡으러 다닐 수 있다 이겁니다."

"이건 어쩌고? 난 지금 나갈 테니까 당신이 알아서 처리하쇼."

"그건 안 되죠. 그건 정당하고 합법적인 소환장이에요. 면소되지 않는 한 법정에 출두해야 한다고요. 약속해요. 최대한 빨리 끝내겠다고. 검찰도 증인이 한 명뿐이고 그다음이 바로 내 차례인데, 그때 문제를 해결해주리다."

"이런 개 같은 경우가 다 있나."

그는 돌아서서 터벅터벅 식당 밖으로 나가버렸다. 다행히 소환장은 두고 떠났는데, 그건 가짜였다. 법원서기한테 등록한 적도 없고 아래쪽에 갈겨쓴 사인도 내 것이었다.

개수작이든 아니든, 컬린이 법정을 떠날 가능성은 없을 것이다. 그는 의무와 법을 이해하고 또 칼같이 따르는 사람이다. 그리고 난 그 점을 이용하기로 했다. 그는 다른 지시가 있을 때까지 법정에 남아 있을 것이다. 적어도 내가 끌어들인 이유를 알아챌 때까지만이라도.

39 반론 증인

9시 30분. 판사가 배심원단을 들게 하고 곧바로 그날의 일과를 진행시켰다. 방청객을 돌아보니 뒷줄에 컬린이 보였다. 화난 표정까지는 아니지만 기분이 언짢은 것만은 분명해 보였다. 문 가까이에 붙어 있는 탓에 그가 얼마나 버틸지도 판단이 서지 않았다. 적어도 내가 말한 시간만큼은 있을 것이다.

안을 더 살펴보니 랭크포드와 소벨도 정리 데스크 옆 벤치에 앉아 있었다. 경찰 참관인을 위해 마련된 자리였다. 그들의 표정에서는 아무것도 읽어낼 수 없었으나, 그래도 마음이 불편한 것은 어쩔 수 없었다. 최소한 필요한 시간만큼은 아무 일이 없어야 할 텐데.

"민튼 검사. 검찰 측에서는 반론 증인이 있나요?"

나는 고개를 돌려 민튼을 보았다. 민튼이 자리에서 일어나 재킷을 매만지더니 잠시 머뭇거리다가 질문에 답했다.

"예, 재판장님. 드웨인 제프리 코를리스를 증인으로 신청합니다."

나도 자리에서 일어섰다. 동시에 정리 미한도 일어섰다. 코를리스를 데리러 법정 유치장으로 가려는 것이다,

내가 먼저 말을 했다.

"재판장님? 드웨인 제프리 코를리스가 누굽니까? 왜 전 아무 보고도 받지 못했죠?"

"미한 보안관, 잠시 기다려요." 폴브라이트가 말했다.

민튼은 유치장 열쇠를 손에 든 채 그 자리에 멈춰 섰다. 판사는 배심원단에게 양해를 구하고 두 사람에게 회의실에 들어가 대기하라고 주문했다. 배심원단이 뒷문으로 빠져나가자 판사는 곧바로 민튼을 노려보았다.

"민튼 검사, 당신의 증인에 대해 할 말이 있나요?"

"드웨인 코를리스는 협조를 약속한 증인입니다. 루이스 씨가 체포된 후 유치장에서 얘기를 나눈 인물이죠."

"개소리, 난 아무하고도…." 루이스가 울부짖었다.

"조용히 하세요, 루이스 씨. 할러 변호인, 내 법정에서 소란을 일으키면 어떻게 되는지 의뢰인에게 알려주겠어요?"

"알겠습니다, 재판장님."

나는 여전히 선 자세로 상체를 기울여 루이스의 귀에 속삭였다.

"잘했어. 하지만 진정해. 지금부턴 내가 알아서 할 테니까." 내가 말했다.

그는 고개를 끄덕이더니 상체를 기대며 팔짱을 꼈다. 짐짓 화난 표정이었다.

"죄송합니다, 재판장님. 하지만 검사 측의 억지에 대해 저도 의뢰인에게 공감하는 바입니다. 코를리스 씨에 대해서 한 번도 들은 바가 없습니다. 지금 검찰이 언급한 증인이 언제 등장했는지부터 듣고 싶군요."

민튼은 멍하니 자리에 서 있었다. 개정 이후 판사 앞에 나란히 서서 논쟁을 벌인 건 이번이 처음이었다.

"코를리스 씨는 피고의 첫 출두를 다룬 검사를 통해 본부와 접촉했습니다. 하지만 그 사실이 저한테 전달된 것은 어제였죠. 위원회에서 그 정보를 활용하지 않았다는 질책을 받은 덕분입니다."

물론 거짓말이었지만 굳이 따질 필요는 없었다. 그렇게 하면 전처의 말 실수를 노출시켜야 할 뿐만 아니라 내 계획도 망칠 우려가 있기 때문이다. 신중해야 했다. 코클리스가 증인대에 섰을 때 몰아붙이는 것도 중요하지만 동시에 논쟁을 양보하는 전술도 간과할 수는 없다.

나는 최대한 화가 난 표정을 지어 보였다.

"도대체가 말이 안 됩니다, 재판장님. 검사실에 의사소통의 문제가 있다는 건 그쪽 사정입니다. 이유야 어떻든, 검사가 반론 증인이 있다는 사실조차 몰랐다는 책임까지 제 의뢰인이 떠맡아야 한다는 겁니까? 이 증인의 증언은 거부되어야 합니다. 그를 끌어들이기에는 이미 늦었다고 봅니다."

민튼이 재빨리 뛰어들었다.

"재판장님, 전 아직 증인과 인터뷰는커녕 신문도 해보지 못했습니다. 최후논고 준비 때문에 그가 오늘 출두하도록 조치를 취한 게 전부입니다. 하지만 그의 증언은 공소 유지에 매우 중요합니다. 룰레 씨의 직접증언에 대한 반론이 될 것이기 때문입니다. 그의 증언을 불허한다면 검찰 측엔 엄청난 손해가 초래되고 말 겁니다."

나는 고개를 저으며 참담한 미소를 지었다. 이 마지막 언급으로, 민튼은 향후 선거에서 지방검찰의 지지는 기대하지도 말라고 판사를 압박하고 있는 것이다.

"할러, 내가 결정하기 전에 할 말이 있나요?" 판사가 물었다.

"어쩔 수 없다면, 제 이의를 기록으로 남겨주시길 바랄 뿐입니다."

"그렇게 하죠. 변호인한테 코클리스 씨를 조사하고 인터뷰할 여유를 준다면 시간이 얼마나 필요한 거죠?"

"일주일입니다."

민튼은 기가 막힌다는 표정을 지으며 고개 저었다.

"말도 안 됩니다, 재판장님."

"그 사람하고 얘기해보시겠어요? 그건 허락할 수 있습니다." 판사가 다시 물었다.

"싫습니다, 재판장님. 내가 아는 한 교도소 밀고자들은 모두 거짓말쟁이입니다. 어차피 다그쳐봐야 거짓말밖에 얻을 게 없는데 신문이 무슨 소용이 있겠습니까? 사양하겠습니다. 게다가 중요한 것은 그자의 증언이 아니라 그자에 대한 주변의 평가일 것입니다. 그래서 시간이 필요하다고 말씀드린 거죠."

"그러면 증언을 허락해도 되겠죠?"

"재판장님, 기어이 그자가 법정에 들어오는 것을 허용하시겠다면 변호인 측을 위해 한 가지만 허락해주실 수 있겠습니까?"

"그게 뭐죠, 할러 변호인?"

"잠시 복도에 나가 제 수사관한테 전화 한 통 하고 오겠습니다. 1분도 걸리지 않을 것입니다.

판사는 잠시 생각하더니 고개를 끄덕였다.

"그러시죠. 그동안 난 배심원단을 들이겠어요."

"감사합니다."

나는 게이트를 지나 중간통로를 지나갔다. 하워드 컬린에게 눈길을 주자 그는 최대한 인상을 써보였다.

복도에서 나는 로나 테일러의 휴대폰 단축번호를 눌렀다. 로나가 곧바로 전화를 받았다.

"오케이, 지금 얼마나 왔어?"

"15분이면 도착해요."

"복사물과 테이프는 가져왔지?"

"여기 온전히 있답니다."

시계를 보니 10시 15분 전이었다.

"좋아, 우린 그동안 안에서 놀고 있을게. 늦지 않아야겠지만 도착해도 법정 밖 홀에서 기다리고 있으라고. 그리고 10시 15분이 되면 안으로 들어와서 나한테 넘겨주면 돼. 내가 반대신문 중이면 우선 첫 번째 줄에 앉아 있어. 내가 당신을 찾을 테니까."

"알았어요."

나는 전화기를 닫고 법정 안으로 돌아갔다. 배심원들은 자리에 앉아 있었고 정리는 유치장 문을 통해 회색 수의복 차림의 남자를 끌어내고 있었다. 드웨인 코를리스는 비쩍 마른 체구였다. 카운티-USC의 마약프로그램의 보건관리가 엉망인지 머리가 잔뜩 엉클어진 모습이었다. 오랫동안 감지도 않은 게 분명했다. 그는 팔목에 비닐로 된 파란색 병원표찰을 차고 있었는데, 나도 아는 놈이었다. 사건 첫날 대기소에서 루이스를 인터뷰할 때 명함을 달라고 했던 자이다.

미한은 코를리스를 증인석으로 데려가 선서를 시켰다. 그리고 그때부터 민튼이 쇼를 넘겨받았다.

"코를리스 씨, 당신이 체포된 것은 올해 3월 5일이죠?"

"예, 절도와 마약소지로 경찰에 붙잡혔어요."

"지금은 투옥 상태입니까?"

코를리스가 주변을 둘러보았다.

"아니, 저, 아닌 것 같은데요? 여긴 법원 아닌가요?"

등 뒤에서 컬린이 키득거리는 소리가 들렸지만 아무도 같이 웃어주지는 않았다.

"아니, 내 말은 현재 교도소에 갇혀 있느냐는 말이오. 여기 법원에 오기 전에."

420

"지금은 로스앤젤레스 카운티-USC 메디컬센터의 교도 병동에서 마약 치료 프로그램을 받고 있어요."

"마약중독자인가요?"

"예, 헤로인에 중독되었는데 지금은 말짱해요. 체포된 다음엔 한 번도 못 했거든요."

"60일 이상 된 거죠?"

"맞아요."

"이 사건의 피고를 알아볼 수 있나요?"

코를리스가 루이스를 보고는 고개를 끄덕였다.

"예, 알아요."

"어떻게 알죠?"

"체포되고 저 남자랑 같이 갇혀 있었는걸요."

"그러니까 체포되고 피고 루이스 룰레와 접촉할 기회가 있었다는 뜻인가요?"

"예, 그 다음 날부터요."

"어떻게 그렇게 됐죠?"

"에, 둘 다 반 누이스 교도소에 있었지만 감방은 달랐어요. 그러다가 법원으로 오는 버스에 타면서부터 같이 있게 된 거죠. 처음엔 버스에서, 그 다음엔 유치장에서, 첫 출두 때 법원에도 함께 들어왔어요. 내내 함께 있었던 거라고요."

"'내내 함께'라는 말이 정확히 무슨 뜻인가요?"

"에, 그러니까 다 깜둥이고 우리만 백인이라 꼭 붙어 지냈다는 뜻이죠."

"그럼, 함께 있는 동안 대화를 나눈 적이 있나요?"

코를리스가 고개를 끄덕인 것과 동시에 루이스는 고개를 저었다. 나는 그의 팔을 건드려 반응을 보이지 말라고 경고했다.

"예, 당근, 얘기했죠."

"무슨 얘기였나요?"

"대개 담배 얘기였어요. 둘 다 담배를 피웠는데 감방에선 못 피우게 하니까요."

코를리스는 두 손으로 도대체 무슨 짓들인지 모르겠다는 식의 제스처를 해보였다. 그러자 흡연자로 보이는 배심원 몇이 미소와 함께 고개를 끄덕였다.

"대화 중에 룰레 씨에게 왜 들어왔는지 물은 적이 있나요?" 민튼이 물었다.

"예, 그래요."

"그가 뭐라고 했죠?"

나는 재빨리 일어나 이의를 제기했지만 곧바로 묵살되었다.

"먼저 저 친구가 나한테 왜 잡혔냐고 물어서 대답해줬죠. 그래서 나도 물었더니, '창녀 년한테 본때를 보여줬기 때문'이라고 하더라고요."

"정확히 그 말이었습니까?"

"예."

"그 말에 대해 덧붙이거나 한 얘기가 있었나요?"

"아뇨, 아니에요. 없었어요."

나는 이 시점에서 민튼이 추가 질문을 던지기를 기다렸으나 예상과 달리 그는 다른 질문으로 넘어가 버렸다.

"자, 코를리스 씨, 당신은 증언의 대가로 지방검사실이나 본 검사에게서 어떤 식으로든 보상을 약속받은 적이 있나요?"

"아뇨. 전 지금 당연히 해야 할 일을 하고 있다고요."

"지금 당신 사건은 어떤 상태죠?"

"아직 기소 상태이지만 프로그램이 끝나면 풀려날 수 있을 것 같아요.

적어도 마약 건은요. 절도는 아직 모르겠지만."

"하지만 그 점에 관해 난 아무런 약속도 한 적이 없습니다. 맞죠?"

"예, 검사님, 그렇습니다."

"검사실로부터 모종의 언질을 받은 적이 있나요?"

"아뇨, 없습니다."

"더는 질문 없습니다."

나는 꼼짝없이 앉아 코를리스를 노려보았다. 그건 화가 났지만 어떻게 풀어야 할지 모르는 사람의 자세였다. 결국 판사가 나를 재촉했다.

"변호인, 반대신문 하시겠어요?"

"예, 재판장님."

나는 자리에서 일어나 문을 돌아보았다. 문을 통해 기적이라도 들어오기를 바라는 사람의 태도를 연출한 것이다. 그리고 뒷문의 커다란 시계도 보았다. 10시 5분이었다. 나는 증인을 돌아보기 전에 컬린이 여전히 그 자리에 있음을 확인했다. 여전히 똥 씹은 표정이었다. 문득 어쩌면 원래 표정이 저럴지도 모른다는 생각이 들었다.

나는 증인에게 돌아섰다.

"코를리스 씨, 몇 살입니까?"

"마흔셋."

"드웨인으로 불리나요?"

"그래요, 네."

"다른 별명은?"

"DJ로 통했어요. 자라면서는 계속 그렇게 불렸죠."

"그래, 자란 곳은 어딥니까?"

"애리조나 주 메사."

"코를리스 씨, 전에 체포된 적이 몇 번이나 되죠?"

민튼이 이의를 제기했지만 기각되었다. 판사는 내가 양보한 점을 고려해 이 증인에게만은 내게 최대한의 자유를 허용해줄 모양이었다.

"오늘 이전에 체포된 적이 얼마나 됩니까, 코를리스 씨." 내가 다시 물었다.

"7번 정도일걸요?"

"그러니까 상당히 오랜 세월을 교도소에서 보냈겠군요?"

"그렇다고 볼 수 있죠."

"모두 로스앤젤레스 카운티였나요?"

"대개는요. 하지만 피닉스에서 체포된 적도 있어요."

"그 정도면 이 바닥의 생리는 잘 알겠군요, 그렇죠?"

"저도 살아야 하니까요."

"그 살아야 한다는 말에는 당신의 동료죄수들을 넘기는 것도 포함되는 거겠죠?"

"재판장님?" 민튼이 이의를 제기하며 일어섰다.

"앉으세요, 민튼 검사. 검찰 측에 증언을 허락해준 건 특혜에 가까워요. 변호인도 누릴 거리가 있어야죠. 증인은 대답하세요."

속기사가 코를리스에게 질문을 읽어주었다.

"그렇다고 볼 수 있겠죠."

"다른 죄수들을 넘긴 것이 몇 번이나 되죠?"

"잘 몰라요, 몇 번 정도."

"그럼, 검찰 측 증인으로 법정에서 증언한 것이 몇 번입니까?"

"내 재판까지 합해서 말인가요?"

"아니, 검찰 측 증인 말입니다. 검찰 측 증인으로 동료 죄수들의 반대 증언을 한 것이 몇 번이냐고 물었습니다."

"이번이 네 번째인 것 같네요."

나는 일부러 질린 듯한 표정을 지었다. 사실은 아무렇지도 않았다.

"그럼 완전히 프로군요, 그렇죠? 직업이 마약중독 교도소 밀고자라고 해도 될 정도로."

"그래도 사실만 말해요. 사람들이 나쁜 일을 말하면 그걸 보고해야 할 의무가 있다고 생각합니다."

"하지만 사람들에게 말을 하도록 부추기는 것도 사실이겠죠, 그렇죠?"

"아니, 그건 아니에요. 그냥 친절하게 대해줄 뿐이라고요."

"친절하다고 했습니까? 그러니까 당신은 전혀 모르는 남자가 생면부지인 당신한테 뜬금없이 창녀한테 본때를 보여줬다고 한 말을 배심원단이 믿을 거라고 생각하는 건가요?"

"저 친구가 그렇게 말했어요."

"그리고 그 말을 내뱉고는 곧바로 담배 얘기로 돌아갔군요, 그렇죠?"

"꼭 그런 건 아닙니다."

"꼭 그런 거? 그게 정확히 무슨 뜻이죠?"

"저 친구, 전에도 그랬다고 했어요. 전에도 빠져나왔으니까 이번에도 빠져나갈 수 있다고 말이에요. 그걸 자랑스럽게 얘기하더라고요. 전에도 창녀를 죽였는데 안 걸렸다는 거예요."

나는 그 자리에 얼어붙고 말았다. 그리고 루이스를 보았다. 그는 한참 동안 놀란 동상 같은 표정을 짓다가 다시 증인을 노려보았다.

"당신은⋯."

나는 말을 하려다가 멈췄다. 이제 내 발밑에서 딸깍 하는 지뢰 소리가 들렸다. 곁눈으로 보니 민튼의 자세는 아주 느긋한 표정이었다.

"할러 변호인?" 판사가 재촉했다.

나는 코를리스에게서 시선을 거두고 판사를 바라보았다.

"재판장님, 더 이상 질문이 없습니다."

40 타이밍

민튼이 앞으로 나섰다. 공이 올리자마자 그로기 상태의 상대를 향해 뛰쳐나가는 복서 같았다.

"재신문 있나요, 민튼 검사?" 풀브라이트가 물었다.

"물론입니다, 재판장님."

그는 다음 질문의 중요성을 각인시키려는 듯 먼저 배심원단을 둘러본 다음 다시 코를리스를 향했다.

"피고가 자랑했다고 했죠, 코를리스 씨? 어떻게 하던가요?"

"에, 저 사람은 진짜로 여자를 죽이고 빠져나온 얘기를 해줬어요."

내가 일어났다.

"재판장님, 그건 당면한 사건과 아무 상관이 없습니다. 게다가 그건 피고인 측에 의해 제공된 근거 없는 정보일 뿐입니다. 증인은 절대로…."

"재판장님, 변호인 질문으로 도출된 정보입니다. 검사는 이를 추궁할 권리가 있다고 봅니다." 민튼이 재빨리 치고 들어왔다.

"허락하겠습니다." 풀브라이트 판사가 말했다.

나는 자리에 앉아 쓸개 씹은 표정을 지었다. 민튼은 신이 났다. 이제 내가 가리키는 방향으로 질주하게 될 것이다.

"코를리스 씨, 룰레 씨가 과거 사건에 대해 상세하게 설명했나요? 여자를 죽인 얘기 말입니다."

"뱀 춤을 추는 여자라고 했어요. 스트립 바인데, 여자가 뱀 굴에 빠진 것 같다고 하더라고요."

루이스가 내 이두근을 잡고 비틀었다. 그의 뜨거운 입김이 내 귀를 간질였다.

"젠장, 이게 어떻게 된 일이죠?" 그가 속삭였다.

내가 그를 돌아보았다.

"나도 몰라. 도대체 저 새끼한테 뭐라고 주절댄 거야?"

그는 이를 부드득 갈며 내게 속삭였다.

"아무 말도 안 했어. 이건 함정이야. 당신이 덫을 놓은 거지?"

"내가? 지금 제정신이야? 저자가 병동에 들어가 만날 수도 없다고 했잖아! 네놈이 아니면 누군가 다른 자가 있을 거다. 생각 좀 해봐. 도대체 누구야?"

나는 고개를 돌려 민튼을 보았다. 그는 연단에 서서 코를리스를 계속 구슬리고 있었다.

"자신이 살해했다는 무용수에 대해 룰레 씨가 다른 말도 했나요?"

"아뇨, 그가 말한 건 그게 다예요."

민튼은 노트를 보며 남은 게 있는지 살핀 다음 고개를 끄덕였다.

"끝났습니다, 재판장님."

판사가 나를 보았다. 그의 표정은 동정심까지 묻어날 정도였다.

"이 증인에 대한 재신문이 있나요?"

내가 대답하기 전에 뒤쪽에서 시끄러운 소리가 들렸다. 로나 테일러였다. 로나는 통로를 따라 황급히 게이트를 향해 내려오고 있었다.

"재판장님, 잠시 제 직원과 얘기 좀 해도 되겠습니까?"

"서두르세요, 할러 변호인."

나는 게이트에서 로나를 만나 고무 밴드로 묶은 비디오테이프와 종이 한 장을 넘겨받았다. 로나는 지시받은 대로 내 귀에 이렇게 속삭였다.

"지금이 무척 대단한 정보라도 주는 것처럼 속삭일 때가 맞는 거죠? 잘 돼가고 있는 거예요?" 로나가 물었다.

나는 고개를 끄덕이고 테이프에서 고무 밴드를 풀어서 종이를 보았다.

"기가 막힌 타이밍이었어. 이제 가도 돼."

"나도 구경하면 안 돼요?"

"안 돼. 당신은 나가 있어. 일이 끝난 다음에 사람들이 당신한테 달려들 까 봐 그래."

내가 고개를 끄덕이자, 로나도 고갯짓을 한 다음 방을 나섰다. 나는 연 단으로 돌아왔다.

"재신문 없습니다, 재판장님."

나는 자리에 앉아 기다렸다. 루이스가 내 팔을 잡아당겼다.

"무슨 짓이에요?"

나는 그를 밀쳐냈다.

"내 몸에 손대지 말라고 했다. 이 정보는 이번 신문엔 쓸 수 없어."

나는 판사에게 집중했다.

"다른 증인이 있나요, 민튼 검사?" 판사가 물었다.

"아닙니다, 재판장님, 더 이상 증인은 없습니다."

판사가 고개를 끄덕였다.

"증인은 내려가도 좋습니다."

미한이 법원을 가로질러 코를리스에게 다가갔다. 판사가 나를 보았고 나는 자리에서 일어났다.

"재반론이 있나요, 할러 변호인?"

"예, 재판장님, 피고인 측에서는 재반론 증인으로 DJ 코를리스 씨를 다시 증인석에 부르고 싶습니다."

미한이 가다가 멈춰 서서 내 쪽을 돌아보았다. 나는 로나가 건네준 테이프와 종이를 들어 보였다.

"코를리스 씨에 대한 새로운 정보가 있습니다. 재신문을 통해 이를 제기하고 싶습니다."

"좋아요, 진행하세요."

"잠시 시간 좀 주시겠습니까, 재판장님?"

"잠시만입니다."

나는 루이스에게 귓속말을 했다.

"이봐, 어떻게 된 건지는 모르지만 이제 상관없어." 내가 속삭였다.

"상관없다니 그게 무슨 뜻이에요? 지금⋯."

"잘 들어. 상관없다는 말은 저놈을 처치할 수 있다는 뜻이다. 네놈이 여자 스무 명을 죽였다고 해도 상관없어. 그 말이 거짓말이든 아니든, 저 놈만 무너뜨리면 아무래도 상관없으니까, 알겠나?"

루이스가 고개를 끄덕였다. 그는 심각한 표정으로 내 말뜻을 따져보는 듯 보였다.

"그럼, 저놈부터 잡아요."

"그러지. 하지만 먼저 알고 싶은 게 있다. 저 친구가 뱉어낼 게 더 있나? 내가 아는 것 말고 말이야."

루이스가 아이에게 뭔가를 타이르는 사람처럼 천천히 속삭였다.

"나도 몰라요. 저자하고 얘기해본 적도 없으니까. 씨발, 좆도 모르는 개자식하고 미쳤다고 담배와 살인에 대해 노가리를 깝니까!"

"할러 변호인." 판사가 재촉했다.

나는 판사를 올려다보았다.

테이프와 종이를 집어 들고 연단으로 가는 길에 둘러보니 컬린은 보이지 않았다. 그가 얼마나 오래 있었고 어디까지 들었는지도 짐작이 가지 않았다. 랭크포드도 보이지 않았다. 소벨은 자리에 앉아 있었지만, 의도적으로 내 눈을 피했다. 마침내 나는 코를리스를 보았다.

"코를리스 씨, 룰레 씨가 살인과 폭력에 대해 고해성사를 한 곳이 어디인지 배심원단에 정확히 설명해주시겠습니까?"

"함께 있을 때죠."

"함께 어디에 있었나요, 코를리스 씨."

"버스에 있을 땐 아니에요. 서로 다른 좌석에 있었거든요. 하지만 법원에 도착했을 땐 같은 대기실에 있었어요. 다른 사람도 여섯이 있었는데 거기서 함께 앉아 얘기를 나눈 겁니다."

"그러면 여섯 명 모두 당신과 룰레 씨의 대화 사실을 증언해주겠군요, 그렇죠?"

"그렇겠죠. 거기 있었으니까."

"그러니까 당신 말은 그 사람들을 하나씩 데려와 두 사람이 대화했는지 묻는다면 그 사실을 증언해줄 거라는 뜻이겠죠?"

"에, 그래야겠죠. 하지만…."

"하지만 뭐죠, 코를리스 씨?"

"얘기하지 않을지도 모르죠."

"밀고자를 좋아하지 않기 때문인가요, 코를리스 씨?"

코를리스가 어깻짓을 했다.

"그럴 수도."

"좋아요, 우리 까놓고 얘기합시다. 버스에서는 룰레 씨와 대화하지 않았다고 했고, 대기실에서는 했다고 했습니다. 다른 곳이 더 있나요?"

"예, 법정에서도 얘기했어요. 이 유리칸에 처박혀 순서를 기다릴 때 말이에요. 제일 먼저 그 친구가 불려갈 때까지 잠깐 얘기를 나눴어요."

"기소인부절차를 위해 첫 출두한 법원이 여기 맞죠?"

"그렇습니다."

"그래서 두 사람은 이 법원에서 대화를 했으니까, 룰레 씨가 범죄를 저질렀다고 고백한 것도 당연히 이곳이겠군요?"

"맞습니다."

"법정에 있을 때 그가 무슨 말을 했는지 정확하게 기억하나요?"

"아뇨, 그렇게 자세히는 아니에요. 무슨 뱀 춤 추는 여자 얘기였던 것 같긴 한데."

"좋습니다, 코를리스 씨."

나는 비디오테이프를 들어 보이며 루이스 룰레의 첫 출두 비디오라고 설명한 다음, 그걸 변호인 측 증거로 받아줄 것을 요청했다. 보고되지 않은 자료라며 민튼이 막으려고 했으나 판사는 내 항변도 들어보지 않고 그의 이의를 묵살했다. 그러자 그는 테이프의 신빙성에 대해 의문을 제기하며 대들었다.

"법정의 시간을 절약하려는 겁니다. 필요하다면 한 시간 전쯤 필름을 가져온 남자를 불러다 인증해줄 수 있습니다. 하지만 재판장님께서 직접 보셔도 충분히 신빙성을 판단하실 수 있으리라 믿습니다만."

"허락하겠어요. 일단 보고 그 후에도 검찰 측에서 원한다면 그때 이의를 제기할 수 있습니다."

전에 사용했던 텔레비전과 비디오가 다시 법정 안으로 들어와, 코를리스, 배심원 그리고 판사가 볼 수 있는 각도에 놓였다. 민튼은 화면을 보기 위해 배심원단의 옆 좌석으로 옮겨 앉아야 했다. 테이프가 돌아가기 시작했다. 약 20분 정도 법정 안을 찍은 것으로 법정 대기지역으로 들어온 순간부터 보석 청문회가 끝나 퇴정할 때까지 룰레의 모습을 발췌한 것이다. 루이스는 그동안 나 외에 누구와도 얘기하지 않았다. 테이프가 끝나자 나는 다시 필요할 경우에 대비해 텔레비전을 그대로 두게 했다. 그리고 노한 목소리로 코를리스에게 퍼부어댔다.

"코를리스 씨, 당신과 루이스 씨가 대화하는 장면이 테이프 어디에 있던가요?"

"어, 아뇨, 난…."

"당신은 서약을 하고 증언했소. 따라서 이 법정에서 그가 죄를 고백했다고 증언한 건 위증죄에 해당합니다."

"그렇긴 해도 착각을 했을 수도 있잖아요. 대기실에 있을 땐 분명히 얘기했단 말입니다."

"당신은 배심원단을 향해 거짓말을 했습니다, 그렇죠?"

"그러려고 한 게 아니에요. 아마도 착각한 모양이에요. 그날 아침에 약에 취한 상태였거든요. 그래서 혼동했나 봐요."

"그건 말이 되는군요. 하나만 물어보겠소. 1989년 프레드릭 밴틀리의 반대증인으로 나섰을 때도 착각을 한 것이었나요?"

코를리스가 양미간을 잔뜩 찌푸렸지만 대답은 하지 못했다.

"프레드릭 벤틀리는 기억하죠?"

민튼이 일어났다.

"이의 있습니다. 1989년? 도대체 무슨 얘기를 하는 겁니까?"

"재판장님, 증인의 정직성과 관련된 사건입니다. 분명 관계가 있습니다."

"그럼 증명해보세요. 그리고 짧게 해주세요." 판사가 지시했다.

"예, 재판장님."

나는 종이를 집어 코를리스에 대한 마지막 질문 자료로 삼았다.

"1989년 프레드릭 벤틀리가 피닉스에서 기소되었습니다. 물론 당신의 도움이었고 죄명은 열여섯 살 소녀를 강간했다는 것이었소. 기억납니까?"

"글쎄요. 그 후로 약을 워낙 많이 해서요." 코를리스가 얼버무렸다.

"당신은 그때 유치장에 함께 있을 때 그가 죄를 고백했다고 증언했소."

"말했잖아요. 잘 기억이 나지 않는다고."

"경찰은 당신을 일부러 유치장에 넣었소. 밀고를 잘한다는 사실을 알고 있기 때문이었지. 문제는 당신이 조작도 잘한다는 것이지만 말이오, 안 그래요?"

내 목소리는 질문 때마다 조금씩 높아졌다.

"기억나지 않아요. 조작한 적도 없고요." 코를리스가 항변했다.

"그리고 8년 후, 당신의 증언으로 교도소에 들어간 남자가 풀려납니다. DNA 검사 결과 소녀를 공격한 사람의 정액이 다른 남자의 것으로 판명되었기 때문이오. 맞나요?"

"나는… 그러니까… 워낙에 오래전 일이라…."

"그럼 프레드릭 벤틀리가 풀려난 다음 날 〈애리조나 스타〉 신문사 기자가 질문한 건 기억합니까?"

"어렴풋이요. 누군가 전화했는데 난 아무 말도 안 했어요."

"그는 DNA 검사로 벤틀리가 풀려났다고 말해줬고 당신한테 벤틀리의 고백을 조작했는지 물었소, 아닌가요?"

"몰라요."

나는 벤치를 향해 서류를 흔들어 보였다.

"재판장님, 제가 들고 있는 건 〈애리조나 스타〉 신문사의 보관문서입니다. 1997년 2월 9일 날짜죠. 우리 직원이 인터넷에서 DJ 코를리스라는 이름을 검색해보다가 우연히 건진 자료입니다. 전 이것이 변호인 측 증거로 접수되기를 원하며, 암묵적 자백을 뒷받침하는 사실 자료로 받아들여지기를 간청합니다."

내 요청은 증거의 신빙성과 타당한 근거를 주장하는 민튼의 반발에 부딪쳤다. 그리고 결국 판사는 내 손을 들어주었다. 판사 역시 나만큼의 분노를 표출했고 그 바람에 민튼은 찍소리도 제대로 내지 못했다.

정리가 컴퓨터 복사물을 코를리스에게 가져갔고 판사가 그에게 읽으라고 지시했다.

"전 잘 읽지 못합니다, 판사님." 그가 말했다.

"해봐요, 코를리스 씨."

코를리스는 자료에 코를 처박다시피 하고 읽어 내려갔다.

"큰 소리로 읽으세요." 풀브라이트가 윽박질렀다.

코를리스는 목청을 가다듬은 다음 머뭇거리며 읽어 내려갔다.

"강간 누명을 쓴 한 남성이 지난 토요일 애리조나 교도소에서 출소했다. 그는 인터뷰 요청에 먼저 똑같이 누명을 쓴 다른 수감자들을 위해 헌신하겠다는 소망부터 피력했다. 올해 34세의 프레드릭 벤틀리는 템페 출신의 16세 소녀를 겁탈한 죄로 8년 가까이를 복역했다. 피해자는 이웃인 벤틀리를 지목했고, 피해자에게서 채취한 정액도 그의 혈액형과 일치했다. 사건은 한 정보원의 법정 증언으로 일단락되었는데, 그는 유치장에 있을 때 함께 있던 벤틀리가 자신의 죄를 고백했다고 증언했다. 벤틀리는 공판 중은 물론 판결이 끝난 후에도 내내 자신의 무고를 주장했다. 그 후 DNA 검사가 법원에 의해 타당한 증거로 인정되자, 벤틀리는 변호사들을 고용해 피해자에게서 채취한 정액의 검사를 재요청했고 판사는 올해 초 재검사를 명령했다. 그리고 그 분석결과가 벤틀리가 범인이 아니었음을 확인해준 것이다. 어제 애리조나 빌트모어에서 있었던 기자회견에서 자유의 몸이 된 벤틀리는 당시의 교도소 정보원을 맹비난하며 그들을 정보원으로 이용하는 경찰과 검찰을 주 형법으로 엄정히 다스릴 것을 요구하기도 했다. 벤틀리가 강간을 고백했다고 증언한 정보원은, 마약범죄로 체포된 메사 출신의 DJ 코를리스로 밝혀졌다. 토요일, 기자가 그에게 전화를 걸어 벤틀리의 석방을 알리고 증언을 조작했는지의 여부를 묻자, 코를리스는 대답을 회피했다. 기자회견에서 벤틀리는 코를리스가 밀고자로 잘 알려진 인물이며, 용의자들에게 접근하기 위해 여러 번 이용된 바 있다고 주장했다. 그리고 만일 용의자에게서 고백을 끌어내지 못할 경우, 코를리스의 임무는 고백을 조작해내는 것까지 포함되어 있다고 덧붙이기까지 했다. 벤틀리 사건은….'"

"됐습니다, 코를리스 씨. 그 정도면 충분한 것 같군요." 내가 말했다.

코를리스는 복사물을 내려놓고 나를 바라보았는데, 그 모습이 마치 물건으로 가득한 벽장을 열어놓고 물건이 머리 위로 떨어질까 봐 무서워하는 어린아이 같았다.

"코를리스 씨, 벤틀리 사건에 대해 위증죄로 기소된 적이 있습니까?" 내가 물었다.

"아뇨, 없어요." 그가 자신 있게 대답했다. 그 대답으로 모든 잘못을 용서받을 수 있다고 생각하는 듯했다.

"벤틀리 씨를 함정에 빠뜨리는 데 경찰과 공모했기 때문인가요?"

민튼이 이의를 제기하고 나섰다.

"코를리스 씨는 그가 위증죄로 기소되었는지의 여부에 대해 아무것도 모르고 있다고 사료됩니다."

풀브라이트가 인정했지만 상관없었다. 이미 올 때까지 온 터라 되돌릴 방법은 없었다. 나는 다음 질문으로 넘어갔다.

"검찰이나 경찰이 룰레 씨에게 접근해 정보를 얻어내라고 한 적이 있나요?"

"없어요, 그건 순전히 우연이었어요."

"룰레 씨에게 실토를 끌어내라고 요청받은 적이 없다는 건가요?"

"예, 없습니다."

나는 가증스럽다는 눈빛으로 그를 한참 동안 노려보았다.

"질문 마칩니다."

나는 자리에 앉을 때까지 화가 난 표정을 지었고 자리에 앉을 때에도 테이프 박스를 신경질적으로 내려놓았다.

"민튼 검사?" 판사가 물었다.

"질문 없습니다." 그는 기어들어가는 목소리로 답했다.

"좋습니다. 조금 일찍 점심 휴정을 하기로 하죠. 배심원단은 정각 1시까지 돌아와 주시기를 부탁드립니다." 풀브라이트가 빠른 속도로 말했다.

판사는 어색한 웃음으로 배심원들을 물린 후, 그들이 법정을 빠져나갈 때까지 그 표정을 유지했다. 그리고 문이 닫히는 순간 판사의 표정은 180도로 바뀌었다.

"두 사람 모두 집무실로 와요. 당장!"

판사는 대답도 기다리지 않았다. 어찌나 빠르게 걷던지 법복이 사신의 검은 가운처럼 등 뒤에서 펄럭거렸다.

41 극적 반전

민튼과 내가 들어갔을 때 풀브라이트 판사는 벌써 담뱃불을 붙이고 있었다. 판사는 길게 한 모금 빨아들이고 유리 문진에 비벼 끈 다음 지갑에서 지프 록을 꺼내 꽁초를 집어넣었다. 그리고 다시 지프를 잠그고는 접어서 지갑 안에 넣었다. 야간 청소부에게든 누구든 빌미를 남기지 않으려는 것이었다. 풀브라이트는 천장의 환기구멍을 향해 연기를 내뿜고 나서야 민튼을 쏘아보았다. 그 눈빛으로 보건대 내가 민튼이 아닌 게 천행이라는 생각이 들었다.

"민튼 검사, 도대체 내 법정에 무슨 짓을 한 거죠?"

"재판…."

"입 닥치고 앉아요. 둘 다!"

우리는 시키는 대로 했다. 판사는 간신히 마음을 가라앉히고는 책상 위로 상체를 기울였다. 여전히 민튼을 노려본 채였다.

"당신 증인들을 조사한 게 누구죠? 배경 조사를 도대체 어떤 개자식이한 거냐고요?"

"어, 아마도… 어, 솔직히 LA 카운티의 행적만 조사했습니다. 경고도 주의도 없었습니다. 컴퓨터로 이름을 검색하긴 했지만 이니셜을 사용하지는 못했죠."

"오늘 이전에 우리 카운티에서 그자를 이용한 게 얼마나 되나요?"

"법정에서는 한 번뿐이었습니다. 그 밖에도 세 건의 정보 제공을 확인하기는 했습니다만, 애리조나 건은 맹세코 금시초문입니다."

"그자가 다른 곳에 있을 때 살짝 이름을 바꿨을지도 모른다는 생각을 아무도 못 했다는 말입니까?"

"그런 것 같습니다. 이 사건은 원래 담당 검사가 따로 있었는데 전 그분이 확인했을 거라고 생각했습니다."

"개소리." 내가 투덜거렸다.

판사가 나를 돌아보았다. 그냥 느긋하게 앉아서 민튼이 당하는 꼴을 구경하려 했지만 그렇다고 매기를 걸고넘어지는 것까지 참아줄 생각은 없었다.

"그 검사는 매기 맥퍼슨이고 사건을 담당한 건 단 세 시간뿐이었소. 불행히도 내 전처인 탓에, 첫 출두에서 날 보자마자 끝났다는 걸 알았지. 그리고 그날 바로 당신이 사건을 떠맡은 거요, 민튼. 도대체 맥퍼슨이 증인 뒷조사를 했을 거라는 망상이 어디서 나온 거지? 첫 출두가 있기 전엔 교도소에만 틀어박혀 있던 인간을 말이오. 맥퍼슨은 그를 당신한테 넘겨준 것뿐이오."

민튼이 입을 열어 뭔가 말하려 했으나 판사가 막아버렸다.

"누가 해야 했는지를 따지자는 게 아니에요. 문제는 제대로 처리도 못 했고 게다가 어느 쪽이든, 그자를 증언대에 세운 것부터가 검찰 측 실수였단 말입니다."

"판사님, 저는…." 민튼이 깽깽거렸다.

"변명은 당신 상관한테 듣겠어요. 당신이 설득해야 할 사람은 바로 그 사람이니까. 검찰이 룰레 씨에게 한 마지막 제안이 뭐였죠?"

민튼은 바짝 얼어서 대답도 할 수가 없었다. 내가 대신 대답해주었다.

"단순 폭행에 카운티 6개월입니다."

판사가 눈썹을 치켜뜨고는 나를 보았다.

"그런데 안 받았어요?"

나는 고개를 저었다.

"의뢰인은 유죄를 인정하지 않습니다. 그러면 그의 인생이 끝나니까요. 그는 평결에 걸겠다고 했습니다."

"설마 심리무효(절차 등의 잘못으로 평결 없이 끝나는 재판. 통상 새로운 배심 원단을 구성하여 다시 재판을 열게 된다-옮긴이)를 기대한다는 건 아니겠죠?" 풀브라이트가 물었다.

나는 웃으며 고개를 저었다.

"아뇨, 무효심리라니요. 이제 검사 측에 시간을 줘서, 혼란을 수습하고 잘못을 바로잡고 회개하게 하는 일밖에 남지 않은걸요."

"그럼 원하는 게 뭐죠?"

"뭘 원하느냐고요? 당연히 지시평결을 원합니다. 검찰로부터 어떤 재 심청구도 없는 판결. 그렇지 않으면 우린 끝까지 갈 겁니다."

판사가 고개를 끄덕이고는 책상 위에서 손뼉을 힘껏 부딪쳤다.

"지시평결은 말이 안 됩니다, 재판장님. 어쨌든 재판도 막바지이니 평 결로 가는 것이 좋을 겁니다. 배심원들도 그럴 자격이 있습니다. 검찰에 서 단 한 번 실수를 했다는 이유로 전 과정을 뒤집을 이유는 없지 않습니 까?" 민튼은 어느새 제 목소리를 되찾고 있었다.

하지만 판사는 차갑게 그의 말을 받았다.

"바보 같은 소리 말아요, 민튼 검사. 지금 배심원들의 권리 얘기나 할 때가 아니에요. 내가 아는 한, 당신의 실수 하나면 충분하고도 남아요. 난

이 사건이 제2법원에 의해 돌아오는 걸 원치 않아요. 게다가 이 사건은 그렇게 될 게 뻔하다는 말입니다. 그러면 난 당신 잘못 때문에 쪽박을 차게 될 거란…."

"전 코를리스의 배경에 대해 몰랐단 말입니다! 맹세코 몰랐어요!" 민튼이 절규하듯 말했다.

그의 강렬한 목소리에 집무실은 잠시 침묵에 싸였다. 하지만 내가 곧 그 침묵 속으로 비집고 들어갔다.

"당신은 그 단검에 대해서도 몰랐소, 테드."

폴브라이트가 민튼과 나를 번갈아보다가 다시 민튼을 보았다.

"무슨 단검?" 판사가 물었다.

민튼은 아무 말도 못 했다.

"말하지그래." 내가 재촉했다.

민튼이 고개를 저었다.

"무슨 말인지 모르겠군요." 그가 말했다.

"그럼 할러가 말해요." 판사가 말했다.

"판사님, 검찰의 개시절차에 의존하고만 있으면 결국 아무것도 못 하고 말 겁니다. 증거는 사라지고 이야기는 바뀌고 결국 앉아서 기다리다가 패소하고 말겠죠." 내가 말했다.

"그건 좋아요. 칼 얘기는 뭐죠?"

"저도 따로 조사가 필요했다는 뜻입니다. 그래서 수사관에게 뒷구멍으로 들어가 보고서를 가져다달라고 했죠. 그건 정당한 게임입니다. 하지만 그들은 아예 그를 기다리고 있다가 위조된 무기 보고서를 제공했습니다. 그 바람에 전 이니셜을 보지도 못했고요. 공식적인 자료 제출 때가 돼서야 알았던 겁니다."

판사가 입술을 굳게 다물었다.

"그건 경찰이 한 겁니다. 검사실이 아니라." 민튼이 황급히 말했다.

"바로 30초 전에 당신은 무슨 말인지 모른다고 했어요. 그런데 갑자기 기억난 겁니까? 난 누가 했는지는 상관없어요. 아무튼 이게 실제로 일어난 일이라고 말하고 있는 거죠?" 풀브라이트가 물었다.

민튼이 망설이다 고개를 끄덕였다.

"예, 판사님, 하지만 맹세코 전⋯."

하지만 판사는 그의 변명조차 허락지 않았다.

"이게 무슨 뜻인지나 압니까? 처음부터 끝까지 검찰 측에서 반칙을 했다는 뜻이에요. 누가 뭘 했는지, 할러 변호사의 수사관이 부적절한 행동을 했는지 아닌지는 문제가 아니에요. 검사 진영은 그보단 윤리적이어야 하지 않나요? 오늘 내 법정에서 보여준 바로는 그것과는 거리가 멀어 보이는군요."

"판사님, 결코 그런 것이⋯."

"시끄러워요, 민튼 검사. 나도 들을 만큼 들었어요. 그러니 둘 다 나가보도록 하세요. 30분 후에 공판을 재개해서 이 일을 어떻게 처리할지 발표할 겁니다. 아직 어떤 결정을 내린 건 아니지만, 그것이 무엇이든 간에, 민튼 검사, 당신이 듣기 좋아할 만한 내용은 못 될 거예요. 그리고 당신 상관, 스미손 검사도 함께 나와서 얘기를 듣도록 하세요, 알았죠?"

나는 자리에서 일어났지만 민튼은 움직이지 않았다. 마치 자리에 못 박힌 허수아비 같았다.

"어서 나가요!" 판사가 소리 질렀다.

42 또 다른 제안

나는 민튼을 쫓아 법원 서기의 책상을 지나 법정으로 돌아갔다. 정리 데스크의 미한을 제외하면 장내에는 아무도 없었다. 나는 피고석에서 서류가방을 집어 들고 게이트 쪽으로 향했다.

"이봐요, 할러. 잠깐만요." 민튼이 자료들을 정리하며 나를 불렀다.

나는 게이트에 서서 그를 돌아보았다.

"날 불렀나?"

민튼이 게이트로 다가와 법정 뒷문을 가리켰다.

"여기서 나가요."

"의뢰인이 밖에서 기다리고 있을 텐데."

"잠깐이면 돼요."

그가 문으로 향했고 나도 따라갔다. 이틀 전 루이스를 불러낸 바로 그 선실이었다. 다른 점이 있다면 지금은 내가 불려갔다는 것이다. 그는 한참 동안 아무 말도 하지 않았는데 아무래도 말을 꺼내기가 쉽지 않을 것이다. 난 조금 더 몰아붙이기로 했다.

"자네가 스미손을 데리러 가면 난 2층의 〈타임스〉에 가서 기자들을 부를 생각이야. 30분 후면 불꽃놀이가 있을 테니 구경하러 오라고 말이야."

"이봐요, 우리끼리 해결하자고요." 민튼이 씩씩거렸다.

"우리?"

"〈타임스〉는 잠시만 연기해요, 예? 대신 휴대폰 번호를 가르쳐주고 10분만 기다려줘요."

"무엇 때문에?"

"사무실에 돌아가서 고민 좀 해볼게요."

"난 당신을 믿지 않아, 민튼."

"원하는 게 싸구려 헤드라인이 아니라 당신 의뢰인에게 줄 최고의 선물이라면 적어도 10분 정도는 믿는 게 좋을 겁니다."

나는 손가락 두 개로 턱을 감싸고 제안을 생각해보는 척하다가 다시 그를 보았다. 그의 얼굴은 나와 불과 60센티미터 거리였다.

"그거 아나, 민튼? 당신의 수작 정도는 얼마든지 참을 수 있었어. 나이프도 그 오만함도, 뭐든 말이야. 난 프로이고 평생 검사들한테 수모를 당하지 않은 날이 없었으니까. 하지만 코를리스의 책임을 매기 맥퍼슨에게 넘기려고 했을 때 난 더 이상 자네한테 자비를 베풀지 않기로 결심했네."

"이봐요, 그건 의도적으로 그런 것이…."

"민튼, 주위를 둘러보라고. 여기엔 우리밖에 없어. 카메라도, 테이프도, 목격자도 없단 말이야. 그런데도 거기 서서 위원회가 있기 전까지 코를리스에 대해 아무것도 몰랐다고 발뺌만 하고 있을 건가?"

그는 기가 막힌다는 듯 손가락으로 내 얼굴을 가리켰다.

"그러는 변호사님도 오늘 아침까지 그자에 대해 들어보지 못했다고 하셨잖습니까?"

우리는 한참 동안 서로를 노려보았다.

"내가 초짜라는 건 깨달았지만 그래도 바보는 아닙니다. 지금까지 변호사님 전략은 날 밀어붙여 코를리스를 끌어내도록 하는 것이었어요. 그를 어떻게 써먹어야 할지 처음부터 알고 있었던 겁니다. 필경 옛날 마나님께 얻어냈겠죠."

"증명할 수 있으면 해봐." 내가 말했다.

"오, 그러죠. 못 할 것 같습니까? 문제는… 시간이 30분도 안 남았다는 거겠죠."

나는 팔을 들어 시계를 체크했다.

"26분."

"전화번호 주세요."

내가 번호를 알려주자 그는 떠났다. 난 15초 정도 더 기다렸다가 문을 열고 나갔다. 루이스는 유리벽에 바짝 서서 아래층 광장을 내려다보고 있었다. 그의 모친과 세실 돕스는 맞은편 벽에 붙어 있는 벤치에 앉아 있었다. 복도 아래쪽으로 소벨이 어슬렁거리는 모습도 보였다.

루이스가 나를 보고 재빨리 다가왔다. 윈저와 돕스도 곧 뒤를 따랐다.

"어떻게 됐습니까?" 루이스가 먼저 물었다.

나는 모두 모일 때까지 기다렸다가 그의 질문에 대답했다.

"이제 곧 폭발할 거야."

"그게 무슨 말이요?"

"판사가 지시평결을 고려 중입니다. 곧 알게 되겠죠."

"지시평결이라니, 그게 뭔데요?" 메리 윈저였다.

"판사가 배심원에게서 판결권을 빼앗아 무조건 석방을 명하는 겁니다. 민튼이 코를리스를 비롯해 몇 가지 장난을 친 것 때문에 크게 화가 나 있어요."

"그게 가능해요? 그냥 풀어주는 게?"

"재판장입니다. 원한다면 얼마든지."

"오, 세상에."

윈저가 한 손으로 입을 가렸는데 언제라도 눈물을 터뜨릴 준비를 하고 있는 것 같았다.

"고려 중이라고 했습니다. 결정된 게 아니에요. 하지만 판사는 이미 심리무효를 언급했고 전 그걸 일언지하에 거절했습니다."

"거절했다고? 세상에 그건 또 왜 그런 거요?"

"의미가 없어요. 검찰이 다시 조서를 꾸려 루이스를 재기소할 겁니다. 이번엔 우리 전략을 알기 때문에 쉽게 당하지 않겠죠. 무효심리는 잊으세요. 검사를 교육시키자는 게 아니니까요. 재심청구가 불가능한 판결이 아니면 오늘 배심원 판결까지 갈 겁니다. 설사 우리한테 불리하게 나온다 해도 상소의 근거를 충분히 확보했으니까요."

"그건 루이스가 결정할 사항 아니오? 결국 그가…."

"세실, 그만둬요. 입 닥치고 이분이 하시는 대로 둬요. 그가 옳아요. 다시는 이런 끔찍한 일을 겪고 싶지 않으니까."

돕스는 윈저에게 뺨이라도 맞은 사람처럼 보였다. 그러니까 허들에 막혀 주저앉은 뜀뛰기 선수 같다고 할까? 메리 윈저의 표정은 완전히 달랐다. 그건 무일푼으로 사업을 일구어 최고의 위치까지 올라선 여장부의 얼굴이었다. 이제 돕스를 다른 각도에서 볼 수 있을 것 같았다. 지금껏 내 험담을 그럴듯하게 포장해 윈저의 귓속에 밀어 넣고 있었던 것이다.

나는 '네 멋대로 하세요'라고 입속으로 되뇌고는 일단 당면한 문제부터 해결하기로 했다.

"지방검찰이 재판에서 지는 것보다 더 두려워하는 게 하나 있습니다. 바로 판사의 지시평결로 엿 먹는 거죠. 거기에 원인이 검찰 측 반칙 때문이라면 말 그대로 금상첨화예요. 민튼이 보스와 얘기하기 위해 내려갔습니다. 보스란 인간도 철저히 정치적이라 늘 바람 냄새를 맡고 다니니까 몇 분 안에 무슨 얘기가 나올 겁니다."

　루이스가 바로 내 앞에 서 있었는데, 난 그의 어깨 너머로 복도에 서 있는 소벨을 지켜보았다. 소벨은 휴대폰 통화를 하는 중이었다.

　"절 믿고 가만히 앉아 계세요. 만일 검사한테서 연락이 없으면 우린 20분 후 판사의 결정을 듣게 될 겁니다. 걱정할 것 없습니다. 그리고 괜찮다면 전 화장실에 좀 다녀오겠습니다."

　나는 그들에게서 빠져나와 소벨에게 다가갔다. 하지만 먼저 루이스가 빠져나와 나를 따라잡았다. 그가 내 팔을 잡았다.

　"코를리스가 그 개소리를 어디서 들었는지 알아야겠어요."

　"무슨 상관이지? 우리한테 유리하게 됐잖아. 그럼 된 거야."

　루이스가 얼굴을 바짝 들이댔다.

　"그자가 날 살인자라고 불렀어요. 어떻게 그게 우리한테 유리합니까?"

　"아무도 그를 안 믿으니까. 판사가 열 받은 것도 그 때문이다. 검찰에서 전문 노가리꾼을 증인석에 세워서 네놈의 욕을 해댔기 때문이라고. 난 그 사실을 배심원에게 알리고, 그자가 거짓말쟁이임을 폭로하고, 모든 것이 조작임을 밝힌 거야. 모르겠나? 난 처음부터 최고의 난이도를 연출해왔어. 검찰을 압박해 들어가기 위해선 그 수밖에 없었으니까 말이다. 루이스, 네놈을 빼내주겠다."

　나는 그가 곰곰이 생각하는 모습을 지켜보았다.

　"그러니 잊어버리고 자리로 돌아가. 화장실에 가야 하니까."

　그가 고개를 저었다.

　"아니, 못 잊어요, 믹."

　그가 손가락으로 내 가슴을 찔렀다.

　"지금 뭔가 다른 게 있는 게 분명해요, 믹. 난 그게 싫다 이겁니다. 나한테 총이 있다는 사실을 잊지 않는 게 좋을 겁니다. 그리고 딸도 있죠? 자칫…."

나는 그의 손가락을 가슴에서 밀어냈다.

"내 가족 갖고 협박하지 마. 날 어쩌겠다고? 좋아. 그럼 날 잡아봐. 하지만 또다시 내 딸을 가지고 협박하면, 네놈을 아무도 찾을 수 없는 지옥에 빠뜨려버릴 테다. 알아먹었나, 루이스?"

그는 천천히 고개를 끄덕였지만 느끼한 미소는 거두지 않았다.

"물론입니다, 믹. 우리가 서로를 제대로 이해하고 있다면 문제 될 게 없겠죠."

나는 그의 손을 놓고 복도 끝을 향해 걷기 시작했다. 화장실이 있고 또 소벨이 전화를 하고 있는 곳이다. 머리가 텅 비어 있었다. 헤일리에 대한 걱정으로 아무 생각도 할 수가 없었다. 하지만 나는 소벨에게 다가가며 억지로 그 생각을 떨쳐버렸다. 내가 도착했을 때 소벨의 전화도 끝났다.

"소벨 형사." 내가 먼저 아는 체를 했다.

"할러 변호사님." 그녀도 인사했다.

"왜 여기 있는 거요? 날 체포하려고?"

"초대하셨잖아요. 잊으셨어요?"

"어, 아니, 모르겠는데."

소벨이 양미간을 좁혔다

"공판을 지켜보라고 하셨죠."

나는 문득 월요일 밤 서재 수색 중에 나눴던 대화를 떠올렸다.

"오, 맞다. 깜빡 잊었군. 에, 아무튼 부탁 들어줘서 고맙소. 아까 파트너 양반도 계시던데, 어디 가신 건가?"

"아뇨, 근방에 계세요."

나는 뭔가를 더 읽어내려 애썼다. 소벨은 체포하러 온 것인지에 대한 내 질문에는 대답하지 않았다. 나는 법원 쪽의 복도를 가리키며 함께 걷기를 청했다.

"그래, 어떻습디까?"

"재밌더군요. 파리로 변신해서 판사 집무실에 붙어 있고 싶은 심정이었어요."

"어디 가지 말아요. 아직 안 끝났으니까."

"그럴 거예요."

내 휴대폰이 울렸다. 나는 재킷 안에 손을 넣어 엉덩이에 매달아놓은 전화기를 꺼냈다. 발신번호는 지방검사실로 되어 있었다.

"이건 받아야 하는 전화요." 내가 말했다.

"그러세요." 소벨이 말했다.

나는 전화를 열고 루이스가 어슬렁거리고 있는 곳으로 돌아가기 시작했다.

"여보세요?"

"미키 할러, 나 검사사무실의 잭 스미손이요. 잘 지냈습니까?"

"그저 그렇죠, 뭐."

"내 제안을 들어보면 기분이 좋아질 거외다."

"말씀하시죠."

43 달갑지 않은 승리

판사는 약속한 30분에서 15분이 더 지나도 방에서 나오지 않았다. 우리는 모두 기다렸다. 루이스와 나는 피고석에, 메리 윈저와 돕스는 바로 우리 뒤에 앉아 있었다. 이제 검사석에는 민튼 혼자가 아니라 잭 스미손도 나와 버티고 있었다. 모르긴 몰라도 그가 법정 안에 들어온 것은 올해 처음일 것이다.

민튼은 잔뜩 풀이 죽어 있었다. 더군다나 스미손과 함께 있으니 변호사 옆의 죄지은 피고라고 해도 믿을 판이었다. 유죄판결을 기다리는 죄인.

부커 형사는 보이지 않았다. 지금 일을 하느라 바쁜 건지, 아니면 아직 이 최악의 뉴스를 전해 듣지 못해서 그런 건지 궁금했다.

나는 고개를 돌려 뒷벽의 대형 시계를 확인한 다음 방청석을 둘러보았다. 민튼의 파워포인트 스크린은 걷힌 채였는데 마치 앞으로의 비극을 예고하는 듯 황량하게만 느껴졌다. 소벨은 뒷자리에 앉아 있었지만 소벨의 파트너와 컬린은 여전히 보이지 않았다. 그 밖엔 돕스와 윈저였는데 두 사람은 이제 아무 의미도 없었다. 뉴스매체를 위한 뒷좌석도 텅 비어 있었다. 나는 스미손과의 약속을 지켰다.

미한 정리가 실내 정숙을 명하자 풀브라이트 판사가 화려한 동작으로 자리에 앉으며 방청석을 향해 라일락 향을 뿜어댔다. 방에서 담배를 피우고는 그걸 감추기 위해 향수를 너무 많이 뿌린 것이었다.

"검찰과 루이스 로스 룰레 건에 대해 합의가 있었다는 말을 들었습니다만."

민튼이 일어섰다.

"예, 재판장님."

그리고 그는 아무 말도 하지 않았다. 마치 말할 자격조차 빼앗긴 검사 같았다.

"그래, 민튼 검사, 지금 나한테 텔레파시라도 보내는 중인가요?"

"아닙니다, 재판장님."

민튼이 스미손을 보고 진행하라는 고갯짓을 얻어냈다.

"검사 측은 루이스 로스 룰레에 대한 모든 기소를 각하하고자 합니다."

판사는 그럴 줄 알았다는 듯이 고개를 끄덕였다. 뒤쪽에서 숨을 깊이 들이마시는 소리가 들렸는데, 물론 메리 윈저였다. 무슨 일이 벌어지고 있는지는 짐작하고 있었지만 실제로 그 말을 들을 때까지 감정을 자제하고 있었던 것이다.

"재심 여부는요?"

"소제기 포기 각하입니다."

"분명합니까, 민튼 검사? 그건 검찰에서 더 이상 청구를 하지 않겠다는 뜻입니다."

"예, 재판장님, 알고 있습니다."

판사가 법을 설명하려들자 민튼은 노골적인 불쾌감을 담은 목소리로 말했다.

풀브라이트 판사가 무언가를 적더니 다시 민튼을 보았다.

"기록을 위해 이 합의에 대한 설명을 제공할 필요가 있을 거예요. 우리는 배심원단을 구성해 이틀 이상의 증언을 듣게 했습니다. 검사 측은 왜 이 단계에서 이런 결정을 내린 겁니까, 민튼 검사?"

스미손이 자리에서 일어났다. 그는 키가 크고 날씬한 체구에 창백한 인상이었다. 전형적인 검사. 뚱뚱한 지방검사를 원하는 사람은 없지만 그는 오히려 자신의 마른 체구를 답답해했다. 그는 트레이드마크 격인 진회색 정장 차림이고, 정장 주머니에서 삐쭉 나온 밤색 손수건과 보타이도 같은 색으로 맞추었다. 변호사들 사이에서 떠도는 소문에 따르면, 한 정치가가 그에게 방송 이미지를 확실하게 구축해두라고 조언했다고 한다. 때가 왔을 때 유권자들이 그를 알고 있다는 인상을 심어주어야 한다는 것이었다. 물론 지금이야 유권자들에게 이미지를 실어다 줄 매체가 필요치 않을 때이다.

"기록은 반 누이스 지방검사실 존 스미손 부장판사의 참석을 사실로 남겨주세요. 오신 걸 환영해요, 잭. 시작하시죠."

"풀브라이트 재판장님. 정의의 이름으로 룰레트 씨에 대한 기소를 각하한다는 것이 제 입장입니다."

그는 일부러 루이스의 이름을 잘못 발음했다.

"그쪽에서 제공할 수 있는 설명이 그게 다인가요, 잭?" 판사가 물었다.

스미손은 잠시 생각에 잠겼다. 비록 기자는 없지만 심리기록은 공표될 것이고 그의 말도 누구나 열람이 가능하게 될 것이다.

"판사님, 저는 금번 사건의 수사와 그 후의 기소절차에 있어서 약간의 편법이 있었다는 사실을 알게 되었습니다. 검찰은 사법제도의 존엄성을 신봉하고 있으며, 제 개인적으로도 반 누이스 검사실을 통해 그 신념을 수호하려 애써왔음을 우선 밝힙니다. 따라서 이번 사태를 매우 심각하게 받아들이는 바입니다. 그로 인하여 본 검사실은 어설프게 정의와 타협하느니 사건을 포기하는 것이 올바르다는 판단을 내렸습니다."

"고맙습니다, 스미슨 검사님. 그 말을 들으니 기쁘군요."

판사는 또다시 무언가를 적고는 이번엔 우리 쪽을 보았다.

"검찰 측 신청을 받아들이겠습니다. 루이스 룰레에 대한 모든 기소는 소제기 포기 형식으로 기각합니다. 룰레 씨, 이제 피고는 면소되었으니 가도 좋아요."

"감사합니다, 재판장님." 내가 말했다.

"1시에 배심원단이 돌아올 것입니다. 그 사람들이 모이면 내가 공판이 종결되었음을 설명하기로 하죠. 만일 두 사람 중 누구든 참석하기를 원한다면 그때 배심원단의 질문을 받게 될 것입니다. 하지만 강제조항은 아닙니다."

나는 고개를 끄덕였지만 참석하겠다는 대답은 하지 않았다. 이곳에 다시 올 생각은 없었다. 지난 한 주 동안 그렇게나 중요했던 12명의 재판관들은 이미 레이더 밖으로 날아가 버린 것이다. 그들은 이제 고속도로의 반대쪽을 질주하는 차량들만큼이나 의미가 없다. 그들은 떠나갔고 나도 내 갈 길을 가면 되는 것이다.

판사가 법정을 나서자 제일 먼저 스미슨이 밖으로 빠져나갔다. 그는 민튼이나 내게 아무 말도 하지 않았다. 그의 최우선 관심사는 이 끔찍한 재앙으로부터 가능한 한 멀리 달아나버리는 것뿐이었다. 민튼의 얼굴은 완전히 사색이 되어 있었다. 머지않아 옐로페이지에서 이름을 보게 되겠군. 지방검찰에서 쫓겨날 것은 거의 확실하니 결국 변호사 대열에 합류하게 될 것이다. 첫 중죄 재판 수업에서 너무 비싼 수업료를 문 셈이다.

루이스는 난간에 기댄 채 자기 어머니부터 끌어안았다. 돕스는 축하의 제스처로 루이스의 어깨에 손을 댔지만 복도에서 받은 윈저의 비난에서 아직 벗어나오지 못한 분위기였다.

포옹이 끝나고 루이스가 나를 돌아보았다. 그러고 잠시 머뭇거리다가 악수를 청했다.

"사람 하나는 잘 봤네요. 처음부터 당신이 해낼 줄 알았어요." 그가 말했다.

"총을 돌려줘." 나는 무표정한 얼굴로 말했다. 전천후 대승리에도 불구하고 내 얼굴은 어둡기만 했다.

"그 심정 이해합니다."

그러고 나서 그는 제 어머니에게로 돌아섰다. 나는 잠시 머뭇거리다 피고석으로 돌아갔고 가방에 파일들을 집어넣기 시작했다.

"마이클?"

돌아보았더니 돕스가 난간 너머로 손을 내밀고 있었다. 나는 그와 악수를 하고 고개를 끄덕여주었다.

"잘했소. 우리 모두 이번 재판에 감사하고 있어요." 돕스가 말했다. 마치 내가 치하를 받고 싶어할 거라는 투였다.

"칭찬 고맙습니다. 처음에 저를 믿지 못하신 점, 이해합니다."

복도에서 내 뒤통수를 치는 것을 목격한 참이었다. 윈저의 비난을 거론하지 않은 것만으로도 난 충분히 예의를 지키고 있는 중이다.

"당신을 몰랐기 때문이오. 이제 알겠소. 내 의뢰인들에게 누구를 추천할지 말이오." 돕스가 말했다.

"감사합니다. 하지만 당신들 같은 부류는 더 이상 맡고 싶지 않군요."

그가 웃었다.

"그건 나도 마찬가지라오."

이제 메리 윈저의 차례였다. 그가 바 너머로 손을 내밀었다.

"할러 변호사님, 아들을 구해주셔서 너무 고마워요."

"천만에요. 아드님 잘 지켜보세요." 난 아무렇게나 내뱉었다.

"항상 그러고 있어요."

나는 고개를 끄덕였다.

"먼저 복도로 나가 계세요. 곧 뒤따라갈 테니까. 우선 서기와 민튼 검사하고 마무리 지어야 할 일이 조금 남았습니다."

나는 돌아선 다음 탁자를 돌아 서기에게로 갔다.

"판사 명령서 사본은 언제 받을 수 있지?"

"오늘 오후에 입력할 겁니다. 오후에 오지 않으시면 우편으로 보내 드릴게요."

"그러면 고맙고. 그리고 팩스로도 하나 보내주면 좋겠는데."

서기는 알겠다고 대답했고 나는 로나 테일러의 콘도 팩스 번호를 적어주었다. 아직 어떤 식으로 쓸지는 모르지만 각하명령서가 어떤 식으로든 대박 의뢰인을 물어다 줄 거라고 믿고 싶었다.

다시 돌아와 서류가방을 챙기며 보니 소벨 형사도 보이지 않았다. 이젠 민튼뿐이었다. 그도 일어선 채로 자료를 챙기는 중이었다.

"파워포인트를 보지 못해 유감이군." 내가 말했다.

그가 끄덕였다.

"예, 기가 막히게 만들었는데요. 배심원들도 뿅 가고 남았을 겁니다."

이번엔 내가 고개를 끄덕였다.

"이제, 뭘 할 생각이지?"

"모릅니다. 우선 이 일부터 마무리 짓고 계속 버틸 수 있는지 봐야죠."

그는 파일들을 겨드랑이에 꼈다. 가방은 보이지 않았다. 기껏해야 한 층 아래로 내려가면 되기 때문이다. 그가 돌아서더니 나를 노려보았다.

"그래도 선을 넘고 싶은 생각은 없습니다. 할러, 난 당신처럼 되고 싶지 않아요. 적어도 밤에 팔다리 쭉 펴고 잠들고 싶으니까요."

그 말을 끝으로 민튼은 게이트를 지나 법정을 빠져나갔다. 나는 서기가 그의 말을 들었는지 돌아보았지만 그는 못 들은 척했다.

나는 민튼이 나간 후에도 일부러 뭉그적거렸다. 그리고 천천히 가방을 집어 든 다음 뒤로 돌아서서 게이트를 밀었다. 나는 비어 있는 판사석을 보고 정면에 박힌 스테이트 실(지방정부를 상징하는 문장—옮긴이)을 보았다. 그리고 괜스레 고개를 끄덕인 다음 밖으로 걸어 나갔다.

44 흐트러진 계획

　　룰레의 패거리는 복도에서 기다리고 있었다. 복도 양쪽을 훑어보니 소벨은 엘리베이터 옆에 서 있었다. 역시 휴대폰을 든 채였다. 엘리베이터를 기다리는 모양이긴 한데 그렇다고 내려가는 것 같아 보이지는 않았다.

　　"마이클, 같이 점심 식사 할 수 있겠소? 자축연이라도 해야겠는데." 돕스가 나를 보자마자 말했다.

　　나는 그제야 그가 이름을 부르고 있다는 사실을 깨달았다. 승리가 모든 이를 친구로 만드나니.

　　"어… 아니, 안 되겠습니다." 나는 여전히 소벨을 보며 대답했다.

　　"왜, 오후엔 공판도 없는 줄 아는데?"

　　나는 마침내 돕스를 바라보았다. 당신도, 메리 윈저도, 루이스 룰레 개자식도 다시는 만나고 싶지 않은 판에 무슨 개소리를 하는 거냐고 쏘아붙이고 싶었다.

　　"배심원들이 돌아오면 물어볼 게 있습니다."

　　"뭘요?" 루이스가 물었다.

　　"그 사람들이 어떤 생각을 하고 있었고, 우리가 어떤 입지였는지 알면

456

사업에 도움이 되지."

돕스가 내 이두박근을 때렸다.

"언제나 배우고, 다음 단계를 준비한다. 멋진 자세요."

내가 합석하지 않을 거라는 사실에 그는 오히려 기뻐했는데 충분히 이해할 만했다. 나를 어떻게든 떼어내고 메리 윈저와의 관계를 회복하고 싶을 것이다. 대박의 계좌를 다시 돌려놓고 싶은 것이다.

그때 엘리베이터가 멈춰 서는 소리가 들렸다. 복도를 내려다보니 소벨은 여전히 그 앞에 있었다. 이제 올라타려는 모양이었다.

하지만 그때 랭크포드, 컬린, 그리고 부커가 엘리베이터 밖으로 나와 소벨과 접선했다. 그리고 그들이 돌아서더니 우리 쪽으로 걸어오기 시작했다.

"그럼 할 수 없지. 우린 오르소에 예약이 되어 있소. 힐스로 돌아가야 하니까 이만 가봐야겠군." 돕스는 이렇게 말하며 다가오는 형사들에게 등을 돌렸다.

"그러시죠." 나는 홀을 내려다보며 건성으로 대답했다.

돕스와 윈저, 루이스가 떠나려 하는데 네 명의 형사가 우리에게 다다랐다.

"루이스 룰레!"

컬린이었다.

"넌 체포되었다. 뒤로 돌아서서 두 손을 등 뒤로 돌려."

"세상에, 이건 말도 안돼…."

"도대체 무슨 짓이오?" 돕스가 외쳤다.

컬린은 대답하지도 않았고 루이스가 복종할 때까지 기다리지도 않았다. 그는 앞으로 달려와 루이스를 거칠게 돌려세웠다. 루이스가 돌아서면서 나와 눈이 마주쳤다.

"무슨 일입니까, 믹? 어떻게 이럴 수가 있죠?" 그는 여전히 차분한 목소리였다.

메리 윈저가 자신의 아들에게 다가갔다.

"내 아들한테 손대지 마!"

메리가 컬린을 뒤에서 끌어안았지만 부커와 랭크포드가 잽싸게 달려와 떼어냈다. 조심스러웠지만 단호한 조치였다.

"부인, 물러나세요. 아니면 당신도 감옥에 집어넣겠소." 부커가 으르렁거렸다.

컬린이 루이스에게 미란다 원칙을 읊기 시작했다. 윈저는 물러섰지만 입을 다물지 못했다.

"어떻게 감히! 이건 절대 용서 못해!"

메리 윈저는 그 자리에서 마구 손발을 휘둘러댔는데 마치 보이지 않는 손이 컬린에게 달려들지 못하도록 붙잡고 있는 것 같았다.

"어머니." 루이스가 윈저를 불렀다. 형사들보다도 위엄 있고 절제된 목소리였다.

윈저의 발악이 멈추었다. 결국 체념한 것이다. 하지만 돕스는 아니었다.

"그를 체포하는 이유가 뭐요?" 그가 물었다.

"살인죄. 마사 렌테리아의 살인입니다." 컬린이 말했다

"말도 안 돼. 코를리스라는 증인이 말한 건 모두 거짓으로 판명되었소. 당신들 제정신이야? 판사가 그 거짓말 때문에 사건을 기각했단 말이야."

컬린은 루이스의 권리를 다 불러준 다음 돕스를 보았다.

"그게 다 거짓말이라면, 당신은 그 친구가 말한 여자가 마사 렌테리아라는 걸 어떻게 알았습니까?"

돕스는 자신의 실수를 깨닫고 한 발짝 뒤로 물러섰다. 컬린이 미소를 지었다.

"아무래도 이상하죠?"

그는 루이스의 팔꿈치를 잡고 돌려세웠다.

"가지." 컬린이 말했다.

"믹?" 루이스가 나를 불렀다.

"컬린 형사, 의뢰인과 잠시 얘기해도 될까요?" 내가 물었다.

컬린이 돌아보았다. 그는 내 뜻을 가늠해보는 듯하더니 고개를 끄덕였다.

"1분. 그 친구한테 얌전히 굴면 우리도 친절하게 대해줄 거라고 말해주시오."

그는 루이스를 내 쪽으로 밀었다. 난 그의 팔을 잡고 사람들에게서 몇 발짝 떨어져 나왔다. 목소리만 낮추면 다른 사람들이 들을 염려는 없을 정도의 거리였다. 내가 먼저 입을 열었다.

"끝났어, 루이스. 이건 작별 인사야. 내 일은 끝났으니까 다음부턴 자네가 알아서 해. 변호사도 새로 구하고."

순간 그의 두 눈이 충격에 휩싸이더니 잔뜩 응어리진 분노가 그의 얼굴을 뒤덮기 시작했다. 그건 분노 그 자체였다. 레지나 캄포와 마사 렌테리아가 본 것도 바로 그 분노였으리라.

"변호사 따윈 필요 없어. 당신이 방금 거짓말쟁이 밀고자를 엿 먹인 사건이야. 어차피 기소 자체가 불가능하다고. 당신 바보야?"

"이젠 밀고자도 필요 없을 거야, 루이스. 그들이 더 많은 것을 찾아낼 테니까. 아니, 이미 갖고 있는지도 모르지."

"그럼, 믹, 당신은? 깜빡 잊은 거 아냐? 나한텐…."

"알고 있어. 하지만 이제 아무 소용 없어. 총도 필요 없고. 그 사람들, 필요한 건 이미 다 갖고 있어. 그리고 나한테 어떤 일이 닥치든 난 네놈부터 끝장내고 말 거다. 결국 재판이 끝나고 상소도 끝나고, 마침내 저들이 네

팔에 쇠고랑을 채우게 되겠지. 그때가 되면 날 기억하라고, 루이스. 다 내가 한 거니까. 알았지?"

나는 차가운 미소를 흘리며 조금 더 가까이 다가갔다.

"이건 라울 레빈을 위한 거야. 행여 네놈이 벗어난다 해도 정신 똑바로 차려야 할 게다. 어차피 넌 끝난 인생이니까."

나는 그 말이 각인되도록 잠시 기다렸다가 뒤로 물러나면서 컬린에게 고갯짓을 했다. 그와 부커가 양쪽에서 다가와 루이스의 팔을 나누어 잡았다.

"날 속이다니. 네놈은 변호사도 아냐. 비겁한 경찰 끄나풀 같은 놈." 루이스가 투덜댔다. 그래도 아직까지는 평정을 유지하고 있는 듯 보였다.

그들이 끌고 가려 하자 그는 다시 그들을 뿌리치더니, 예의 분노의 눈으로 잠시 나를 노려보았다.

"아직 끝나지 않았다, 믹. 난 내일 아침이면 나올 거야. 그럼 어떻게 하지? 생각해보라고, 네놈이 뭘 할 수 있는지. 결국 모든 사람을 다 보호할 수는 없잖아?"

두 형사가 그를 더욱 단단히 옥죄고는 엘리베이터 쪽으로 돌려세웠다. 이번에는 루이스도 반항하지 않았다. 엘리베이터 쪽으로 반쯤 갔을 때 윈저와 돕스가 뒤쫓기 시작했고, 그는 다시 어깨 너머로 나를 돌아보았다. 그가 미소 지었다. 소름이 전신을 훑고 지나갔다.

모든 사람을 다 보호할 수는 없잖아?

날카로운 비수가 가슴을 비집고 들어왔다.

누군가 엘리베이터에 대기하고 있었는지 무리가 도착하자마자 문이 열렸다. 랭크포드가 남자에게 뒤로 물러나라고 손짓을 하고 엘리베이터를 세웠다. 루이스가 끌려 들어갔다. 돕스와 윈저도 따라가려 했으나 랭크포드가 손으로 정지 신호를 보냈다. 엘리베이터 문이 닫히기 시작할 때 돕스가 버튼을 마구 누르기 시작했다. 그건 말 그대로 분노와 무기력의 표현이었다.

루이스 룰레를 보는 것이 마지막이기를 바라기는 했지만 가슴의 멍울은 가라앉지 않았다. 아니, 오히려 등잔불에 빠진 나방처럼 더욱더 버둥거리기만 했다. 나는 돌아서다가 하마터면 소벨과 마주칠 뻔했다. 소벨이 남아 있다는 사실을 잊고 있었던 것이다.

"충분한 거겠지? 놈을 잡기에 부족하다면 제발 서두르지 말아요. 제발." 내가 말했다.

소벨은 나를 한참 동안 바라본 후에야 입을 열었다.

"그 결정은 우리가 아니라 검사들이 해요. 아마도 심문을 통해 뭘 알아내느냐에 따라 다르겠죠. 문제는 지금껏 그자한테 기막힌 변호사가 있었다는 점이에요. 우리에게 한 마디도 하지 않아야 된다는 사실 정도는 알고 있을 겁니다."

"그럼, 왜 기다리지 않은 거요?"

"제 소관이 아니에요."

나는 고개를 저었다. 그들에게 너무 빨리 움직였다고 말하고 싶었다. 이건 계획에도 없던 일이었다. 나는 씨앗을 심어두고 싶었을 뿐이다. 단지 그뿐이었다. 그들이 천천히, 그리고 실수 없이 움직이기를 바랐다.

가슴속의 나방이 다시 퍼덕이는 바람에 나는 애써 복도 쪽으로 시선을 돌렸다. 계획이 모두 어긋났다는 생각을 떨칠 수가 없었다. 기껏해야 나와 내 가족을 살인자의 냉혹한 표적으로 만들어놓았을 뿐 아닌가? 모든 사람을 다 보호할 수는 없잖아?

소벨이 내 두려움을 읽은 모양이었다.

"놓치지 않을게요. 우리에겐 밀고자의 증언이 있고 티켓도 있어요. 증인과 법의학 증거들도 있고요."

나는 소벨의 눈을 보았다.

"티켓이라니?"

"알고 계신 줄 알았는데요? 밀고자가 뱀 춤을 언급하는 순간 우리도 상황을 파악했거든요."

"그래, 마사 렌테리아. 그건 알겠는데, 티켓이라니? 그게 도대체 무슨 말이오?"

내가 너무 가까이 다가가는 바람에 오히려 소벨이 한 걸음 뒤로 물러났다. 내 입김 때문이 아니라 내게서 전해지는 절박함 때문이었다.

"말해도 되는지 모르겠네요, 할러. 당신은 변호사잖아요. 그것도 그자의 변호사예요."

"이젠 아니야. 그만뒀으니까."

"그건 문제가 안 돼요. 그자는…."

"이봐, 당신들이 그자를 잡은 건 내 덕분이오. 그 때문에 난 자격 상실이 될지도 모른단 말이오. 아니, 저지르지도 않은 살인죄로 교도소에 갈지도 모르겠군. 도대체 티켓이라니 그게 무슨 말이지?"

소벨은 주저했고, 난 기다렸다. 결국 소벨이 지고야 말았다.

"라울 레빈의 마지막 말이에요. 지저스의 티켓을 찾아냈다는."

"그게 무슨 뜻이오?"

"정말로 모르겠어요?"

"이봐요, 그냥 말해요, 제발."

소벨은 알았다는 표정을 지었다.

"우린 라울의 가장 최근 행적을 추적했어요. 살해되기 전에 루이스의 주차 티켓에 대해 조사했더군요. 하나하나 복사를 떠놨더라고요. 우린 그의 사무실 물건들을 가져와 컴퓨터 기록과 대조했어요. 티켓 하나가 없더군요. 복사한 건데, 그날 살인자가 가져갔는지, 아니면 복사를 하지 못했는지 알 수가 없었죠. 그래서 직접 찾아가 다시 복사를 떠온 겁니다. 2년 전 4월 8일 밤, 파노라마 시티 블라이스 거리, 6300블록 소화전 앞 주차권 이었어요."

모든 것이 분명해졌다. 모래시계의 정수를 뚫고 마지막 모래가 떨어지는 기분이었다. 라울은 정말로 지저스 멘데즈의 탈출 티켓을 찾아냈던 것이다.

"마사 렌테리아는 2년 전 4월 8일에 살해되었지. 파노라마 시티 블라이스에 살았고." 내가 중얼거렸다.

"예, 하지만 우린 몰랐어요. 그래서 연결고리를 못 본 거죠. 라울이 변호사님의 사건을 또 하나 맡고 있다고 하셨죠? 지저스 메넨데즈와 루이스 룰레가 그 두 개의 사건이었어요. 라울도 두 사건을 그런 식으로 분류해 놓고 있었던 거고요."

"그건 증거제출과 관련된 문제였소. 사건을 따로 분류한 건 메넨데즈와 관련된 건을, 루이스 건으로 넘겨야 하는 불상사를 피하기 위해서였어."

"변호사들의 편법이군요. 아무튼 그 때문에 애를 먹었어요. 그러던 중에 밀고자가 뱀 춤 댄서를 들먹였고 그 바람에 모든 게 분명해진 거죠."

내가 고개를 끄덕였다.

"그래서 라울 레빈을 죽인 자가 복사를 가져갔다?"

"우리 생각에는요."

"라울의 전화기 도청은 확인해봤소? 그 친구가 티켓을 찾아냈다는 사실을 누군가 엿들었을 텐데."

"했어요. 깨끗하더군요. 살해하면서 장치들을 모두 제거한 모양이에요. 아니면 도청된 게 다른 사람 전화였는지도 모르고."

내 전화라는 뜻이다. 루이스가 내 행적을 그렇게 소상히 알고 있던 것도, 심지어 지저스 메넨데즈를 만나고 오는 날 내 집에서 느긋하게 기다리고 있었던 것도, 겨우 설명이 되었다.

"내 전화기들은 모두 체크해보겠소. 아무튼 내가 라울의 살인과 무관하다는 건 증명된 거요?" 내가 물었다.

"꼭 그런 건 아니에요. 아직 탄도 분석 결과가 남았으니까요. 오늘쯤 뭔가가 나오겠죠."

나는 고개를 끄덕였다. 어떻게 말해야 할지 판단이 서지 않았다. 소벨도 미적거리는 폼이 뭔가 할 말이 있거나 질문이 있는 듯 보였다.

"뭐가 남았나요?" 내가 물었다.

"아뇨. 전 변호사님이 제게 할 말이 있는 줄 알았는데요?"

"아니, 할 말 없소."

"정말이세요? 법정에 계실 땐 우리한테 상당히 많은 얘기를 하는 것처럼 보였어요."

나는 잠시 소벨의 행간을 헤아려보았다.

"나한테 원하는 게 뭐요, 소벨 형사?"

"아시잖아요. 우린 라울 레빈의 살인자를 원해요."

"뭐, 마찬가지요. 하지만 그렇다 해도 루이스를 라울 건으로 넘길 순 없소. 그가 어떻게 했는지도 모르고. 물론 이것도 오프 더 레코드로 합시다."

"그러면 변호사님도 사정권에서 못 벗어나요."

소벨은 복도 아래의 엘리베이터를 돌아보았다. 옳은 말이다. 만일 탄도가 일치한다면 난 여전히 라울의 살해용의자가 되고 그들은 그걸로 나를 찔러댈 것이다. 루이스가 어떻게 했는지 알고 싶다면 직접 파헤칠 수밖에 없었다. 나는 화제를 바꾸었다.

"지저스 메넨데즈가 나오려면 얼마나 걸리겠소?"

소벨이 어깻짓을 했다.

"글쎄요. 루이스를 어떻게 기소하느냐에 따라 다르겠죠. 기소를 한다면 말이에요. 하지만 분명한 건, 동일죄목으로 교도소에 갇힌 사람이 있는 한 루이스를 기소하는 건 불가능해요."

나는 유리벽 쪽으로 돌아서서 한 손으로 난간을 잡았다. 자신감과 두려움이 마구 뒤섞인 기분이었다. 가슴에서는 여전히 나방이 퍼덕거렸다.

"내 관심은 둘뿐이오. 그를 빼내는 것. 그리고 라울."

소벨이 다가와 내 옆에 섰다.

"변호사님이 무슨 생각을 하시는지는 모르겠어요. 하지만 나머지는 우리에게 맡겨두세요."

"그러면 당신 파트너가 날 살인죄로 감옥에 처넣고 말 거요."

"그건 위험한 게임이에요. 그만두세요."

나는 소벨을 바라보고 다시 광장을 내려다보았다.

"그러지. 지금은 뾰족한 수도 없으니까."

그녀는 원하는 말을 얻어냈다고 생각했는지 자리를 뜨려고 했다.

"행운을 빌게요."

나는 그녀를 바라보았다.

"소벨도."

소벨은 떠났고 나는 머물렀다. 나는 창 쪽으로 돌아서서 광장을 내려다보았다. 돕스와 윈저가 콘크리트 광장을 지나 차고 쪽으로 향하고 있었다. 변호사가 메리 윈저를 부축하는 모습을 보니 아무래도 오르소에서의 자축연은 힘들 것 같았다.

45 넘지 말아야 할 선

그날 밤부터 소문이 퍼지기 시작했다. 물론 세부적인 비밀 이야기는 빠지고 이미 드러난 사실들뿐이었다. 내가 승소하고 검사의 신청을 재심포기로 만들어놓았지만, 풀려난 의뢰인이 법정을 빠져나오자마자 또다시 살인죄로 체포되었다는 얘기다. 안면이 있는 변호사들이 앞다투어 전화를 걸어왔고, 그 바람에 휴대폰 배터리가 바닥나고 말았다. 모두들 나를 축하해주었다. 그들의 눈에는 한없이 부러울 것이다. 루이스는 최고 수준의 대박이다. 그런데 A형 수임료를 챙긴 재판이 끝나자마자 또다시 A형 수임료 사건이 생긴 격이다. 그건 어느 변호사도 감히 꿈조차 꿔보지 못한 케이스였다. 그리고 물론, 내가 새 사건의 변호를 맡지 않겠다고 하자, 다들 루이스를 자기한테 넘기라고 난리였다.

내가 가장 원하는 전화는 집에 있는 유선전화로 걸려왔다. 매기였다.

"지금까지 당신 전화를 기다렸어." 내가 말했다.

나는 부엌을 어슬렁거리며 전화선을 훑어보았다. 도착하자마자 집에 있는 전화를 모두 살폈지만 도청장치의 흔적은 보이지 않았었다.

"미안해, 회의실에 있었어." 매기가 대답했다.

"당신이 루이스 건을 맡았다고 들었어."

"응, 그래서 전화한 거야. 아무래도 그를 풀어줄 생각인가 봐."

"그게 무슨 소리지? 그자를 놓아준다고?"

"응. 아홉 시간이나 심문했는데 묵묵부답이야. 당신이 교육을 너무 잘 시킨 탓에 완전히 바윗덩어리라더군. 얻어낸 게 없어서 붙잡고 있을 수가 없대."

"틀렸어. 근거는 충분하다고. 주차 티켓도 있고, 코브라 룸에서 룰레를 본 증인도 있을 거야. 게다가 메넨데즈도 그를 알아보았다고."

"메넨데즈가 공수표라는 건 나도 알고 당신도 알잖아. 빠져나오기 위해 누구든 못 걸까? 코브라 룸에서 다른 증인들이 나온다 해도 찾아내려면 한 세월 걸릴 거고, 주차 티켓이 그 주변에 왔었다는 사실이야 증명해주 겠지만 여자 집에 들어갔다는 사실까지 말해주지는 않아."

"칼은 어때?"

"조사야 하고 있지. 하지만 그걸로 잡을 수는 없을 거야. 이봐, 나도 제대로 하고 싶어. 이건 스미손의 요청인데, 잘 알잖아? 그가 이자를 얼마나 잡고 싶어하는지. 오늘 당신이 벌인 장난으로 그렇잖아도 잔뜩 몸이 달아 있는 판이라고. 하지만 그런다고 누가 잡혀주나? 아직은 아니야. 우선 그자를 풀어준 다음에, 수사를 하고 증인을 수배해야 할 거야. 루이스가 범인이 분명하다면, 기어이 그를 잡고 당신의 죄 없는 의뢰인을 풀어줄게. 그러니 너무 걱정 말아. 어쨌든 제대로 해낼 테니까."

나는 무기력하게 허공을 주먹질해댔다.

"빌어먹을, 그쪽에서 총을 간과했어. 오늘 하지 말았어야 했다고."

"아홉 시간의 심문이면 효과가 있을 줄 알았나 봐."

"바보 같은 인간들."

"완벽한 사람은 없답니다."

나는 매기의 태도에 화가 났지만 드러내지는 않았다. 정보를 얻기 위해서라도 매기가 필요했다.

"정확히 언제 풀어줄 거지?" 내가 물었다.

"몰라. 지금 막 결정된 거라서. 컬린과 부커가 올라와서 보고했고 스미손은 그들을 서로 돌려보냈어. 그 사람들이 돌아오는 대로 바로 내보낼 것 같아."

"잘 들어, 매기. 루이스가 헤일리를 언급했어."

그러자 끔찍하게 긴 침묵이 이어졌고 매기가 간신히 입을 열었다.

"그게 무슨 말이야, 할러? 당신이 우리 딸을…."

"난 아무짓도 하지 않았어. 놈이 집으로 쳐들어와서 아이 사진을 본 거라고. 헤일리가 어디에 살고, 이름이 뭔지까지 아는지는 모르겠지만, 아무튼 놈은 무슨 수를 써서라도 날 잡으려 들 거야. 당신이 당장 집으로 돌아가서 헤일리를 지켜줘. 아이를 데리고 아파트에서 빠져나오란 말이야. 조심해서."

아직은 얘기를 깡그리 털어놓을 때가 아니었다. 루이스는 분명히 내 가족을 협박했다. 모두를 다 지킬 수는 없잖아? 매기가 내 말대로 헤일리를 보호할 생각이라면 그것까지 털어놓을 필요는 없을 것이다.

"지금 나갈게. 헤일리 데리고 당신한테 가야겠지?"

매기가 그렇게 말할 줄 알았다.

"안 돼, 나한테 오면."

"왜?"

"그자가 나한테 올지도 몰라."

"그럴 리가. 당신은 어떻게 할 건데?"

"아직 모르겠어. 그냥 헤일리를 데리고 어디 안전한 데 가 있어. 그리고 당신 휴대폰으로 전화해줘. 어디 있는지는 말하면 안 돼. 나도 모르는 게 좋아."

"할러, 경찰에 신고해. 경찰이…."

"뭐라고 신고해?"

"글쎄, 협박을 받고 있다고 말하면 되잖아."

"경찰에게 형사법 변호사가 협박받았다고 한다고? 하, 아마 떼거리로 몰려올걸? 아니, 스왓 팀(미국의 특수 기동 부대 – 옮긴이)을 보내줄지도 모르지."

"아무튼 뭐든 해야 하잖아."

"하기야 했지. 놈이 평생 교도소에 갇힐 줄 알았는데 그쪽 멍청이들이 너무 빨리 움직이는 바람에 공염불이 된 거란 말이야!"

"말했잖아. 그거로는 안 된다고. 헤일리를 노리고 있다는 사실을 안다 해도 별 도움이 안 돼."

"그럼 어서 헤일리에게 가봐. 나머지는 내게 맡기고."

"알았어, 지금 갈게."

하지만 매기는 전화를 끊지 않았다. 내게 뭔가 더 말할 기회를 주려는 것이다.

"사랑해, 매기. 둘 다. 부디 조심해."

나는 매기가 대답하기도 전에 얼른 전화를 접었다. 그리고 즉시 폴더를 열어 페르난도 발렌수엘라의 휴대폰 번호를 호출했다. 다섯 번의 벨소리 후에 그가 받았다.

"이봐, 나야, 믹."

"젠장, 네놈인 줄 알았다면 받지 않는 건데."

"이봐, 자네 도움이 필요해."

"내 도움? 그날 밤 그 난리를 쳐놓고 내 도움이 뭐 어째? 날 아예 살인자로 몰아놓고?"

"비상사태야. 그날 일은 판단 착오였어. 사과하겠네. 텔레비전 값도 물어주고 뭐든지 원하는 대로 할게. 그러니 지금은 날 좀 도와줘."

나는 기다렸다. 잠시 침묵이 있고 그가 입을 열었다.

"원하는 게 뭐야?"

"루이스가 아직 발찌를 차고 있겠지?"

"그래. 법원에서 무슨 일이 있었는지는 들었지만 그 친구한테선 아무 연락이 없어. 아는 사람한테 물어봤더니 경찰이 다시 잡아갔다고 하더군. 도대체 어떻게 된 거야?"

"잡아가긴 했는데 오늘 다시 풀려날 거야. 자네한테 전화해서 발찌를 벗겨 달라고 할 걸세."

"이봐, 여긴 집이야. 아침에나 연락이 닿을 거라고."

"내 부탁이 그거야. 놈을 기다리게 만들어줘."

"이런, 그럼, 부탁할 것도 없잖아."

"또 있어. 랩톱 컴퓨터로 놈을 감시해야 해. 경찰서를 나서는 순간부터 놈이 어디로 가는지 알아야 되니까. 도와줄 수 있지?"

"지금 당장?"

"그래, 당장. 왜, 문제 있어?"

"약간."

나는 한바탕 말싸움을 준비했지만 그의 대답은 완전히 의외였다.

"발찌의 배터리 알람에 대해 말한 적이 있지?" 페르난도가 물었다.

"그래, 기억해."

"에, 한 시간 전에 20퍼센트 알람이 터졌어."

"그럼, 배터리가 죽을 때까지 얼마나 더 추적이 가능한 거지?"

"대충 여섯에서 여덟 시간 후에 저주파로 떨어지고 그 후 다섯 시간은 매 15분마다 신호가 잡힐 거야."

나는 시간을 계산해보았다. 내가 필요한 것은 오늘 밤뿐이었다. 매기와 헤일리가 오늘 밤만 안전하면 끝나는 것이다.

"문제는, 저주파로 떨어지면 삐 소리가 난다는 거야. 그렇게 되면 다가오는 소리가 들리겠지. 소음이 듣기 싫다면 충전을 해야 하고."

아니면 또다시 후디니 마법을 쓰든지. 난 속으로 중얼거렸다.

"좋아, 자네가 전에 추적 프로그램에 다른 알람을 심을 수 있다고 말했었지?"

"그래."

"그가 특정한 목표물에 다가갈 때 알람이 울리도록 세팅해줄 수 있겠나?"

"그래, 유아성추행범의 경우 학교에 가까이 가면 알람이 울리게 하는 것과 같은 거야. 아무튼 고정된 타깃이면 돼."

"오케이."

나는 셔먼 오크스의 디킨스에 있는 아파트 주소를 불러주었다. 매기와 딸이 살고 있는 곳이다.

"만일 그자가 10블록 이내로 접근하면 전화해주게. 시간 구애받지 말고. 은혜는 잊지 않겠네."

"여기가 어디야?"

"내 딸이 사는 데야."

페르난도는 한참동안 말이 없다가 내게 되물었다.

"매기하고? 이자가 거기 갈 거라고 생각하는 거야?"

"모르겠어. 그자에게 발찌가 있으니까 어리석은 짓이야 안 할 거라고 믿고 싶군."

"좋아, 믹, 그렇게 하지."

"고맙네, 연락은 집 전화로 해. 휴대폰 배터리가 나갔어."

나는 전화번호를 알려주고는 잠시 망설였다. 이틀 전 내 오해에 대해 아무 말이라도 해야 할 것 같았다. 하지만 그만두기로 했다. 우선은 당면한 문제부터 해결하고 보자.

나는 부엌과 통로를 빠져나가 서재로 들어가, 명함철을 뒤져 번호 하나를 찾아냈다. 그리고 곧바로 책상 위의 전화를 집어 들었다.

벨 소리가 울렸다. 나는 응답을 기다리며 왼쪽 창문을 내다보았다. 비가 내리고 있었다. 꽤나 줄기차게 내리는 비였다. 기후 때문에 루이스의 위성추적에 장애가 발생하지나 않을까 하는 걱정부터 들었다. 마침 로드 세인트의 리더인, 테디 보겔이 전화를 받는 바람에 난 그 생각에서 빠져나와야 했다.

"말씀하세요."

"테드, 미키 할러야."

"이런, 변호사 양반, 잘 지내요?"

"오늘 밤은 잘 못 지내."

"그럼 전화 잘한 겁니다. 뭘 도와드릴까?"

나는 대답하기 전에 창밖을 내다보았다. 이대로 가다간 평생 얽히고 싶지 않은 위인들에게 빚을 지게 된다. 하지만 선택의 여지가 없었다.

"이쪽에 오늘 밤 사람이 있나?" 내가 물었다.

보겔은 잠시 머뭇거렸다. 변호사가 도움을 청한다는 사실에 흥미가 없을 리 없다. 게다가 난 주먹과 총이 필요한 그런 종류의 지원을 원하고 있는 것이다.

"클럽을 지키는 애가 몇 있어요, 무슨 일인데요?"

세풀베다의 스트립 바였다. 셔먼 오크스에서는 그리 멀지 않은 곳이다. 난 거기에 매달리기로 했다.

"누군가 내 가족을 협박했어, 테드. 집을 지켜야 해. 필요하다면 힘을 쓸 수 있는 사람이 몇 있었으면 좋겠어."

"무기와 무데뽀?"

나는 망설였으나 곧 마음을 정했다.

"그래, 무기와 무데뽀."

"딱 우리 스타일이네요. 언제 쓰실 거유?"

그는 즉시 움직일 태세를 취했다. 변호가 아니라 도움을 주는 관계로 나를 붙드는 것이 얼마나 가치가 있는지 너무나도 잘 알고 있는 인간이었다. 나는 디킨스의 주소를 주고 루이스의 인상과 오늘 법정에서 어떤 옷을 입고 있었는지 등에 대해 설명했다.

"그자가 아파트에 나타나면 막아줘. 지금 당장 움직여."

"염려 묶어 매라고요."

"고맙군, 테드."

"천만에요. 우리가 남입니까? 그동안 우리를 도와준 게 어딘데."

그래, 너 똑똑하다. 나는 전화를 끊었다. 밟는 건 고사하고 쳐다보기도 싫은 선 하나를 막 넘어서고 만 것이다. 나는 다시 창밖을 내다보았다. 이젠 처마 밑으로 빗줄기가 흐르고 있었다. 뒤쪽에 홈통이 없는 탓에 비는 아예 반투명막을 만들어 바깥 불빛을 어른거리게 만들었다. 올해엔 비가 많이 내리는군. 그래, 비가 많이 내리는 해야.

나는 서재를 떠나 집 앞쪽으로 걸어갔다. 다이닝알코브 테이블(부엌이나 거실 모퉁이에 간단히 식사할 수 있도록 만든 고정식탁─옮긴이) 위에 얼 브리그스가 준 총이 놓여 있었다. 나는 총을 바라보며 지금까지의 내 행적을 하나하나 되새겨보았다. 분명한 건, 난 지금껏 맹목적으로 움직였고, 덕분에 가족 모두를 위험에 빠뜨리고 말았다.

나는 전신을 부르르 떨었다. 난 부엌 벽의 전화기를 발작적으로 집어들고 매기의 휴대폰 번호를 눌렀다. 매기는 곧바로 전화를 받았다. 차 안이었다.

"어디?"

"지금 집에 가는 길이야. 몇 가지 물건을 싼 다음에 얼른 빠져나올게."

"그래?"

"헤일리한테는 뭐라고 할까? 아빠가 너를 위험에 빠뜨렸다고?"

"그런 게 아냐, 매기. 그놈이야. 루이스 때문이라고. 막을 수도 없었어. 어느 날 집에 와보니 안에서 기다리고 있었단 말이야. 놈은 대형 부동산 주인이야. 집 찾는 건 문제도 안 되는 놈이잖아. 그때 내 책상에서 아이 사진을 본 거라고. 난들 도대체⋯."

"그 얘긴 나중에 해. 지금은 우선 내 딸을 데리고 나와야 하니까."

내 딸? 우리 딸이 아니고?

"알았어. 다른 장소에 도착하면 전화해."

매기는 아무 말 없이 전화를 끊었다. 나는 천천히 수화기를 걸고 그 자세로 벽에 이마를 기댔다. 할 일은 다 했다. 루이스가 다음 수를 취할 때까지 기다리면 되는 것이다.

나는 전화벨 소리에 깜짝 놀랐다. 내가 펄쩍 뛰는 바람에 전화기가 바닥으로 떨어지고 말았다. 나는 줄을 잡고 전화기를 끌어올렸다. 페르난도 였다.

"내 메시지 받았어? 방금 전화했는데."

"아니, 지금껏 전화를 걸고 있었네. 무슨 일이 있어?"

"다시 전화한 게 다행이군. 놈이 움직이고 있어."

"어디로?"

내 목소리가 너무 크게 나왔다. 흥분한 것이다.

"반 누이스 남쪽이야. 나한테 전화해서 발찌를 벗고 싶다고 하더군. 난 퇴근했으니까 내일 다시 전화하라고 했네. 그리고 충전 얘기도 했고. 안 그러면 한밤중에 빽빽 울어댈 거라고 말이야."

"잘했어. 지금 있는 곳은?"

"아직 반 누이스야."

나는 루이스가 운전하는 장면을 그려보았다. 반 누이스에서 남쪽이라면 그건 매기와 헤일리가 살고 있는 셔먼 오크스 쪽이었다. 하지만 곧바로 셔먼 오크스를 통과해 언덕 너머의 자기 집으로 갈 수도 있었다. 어차피 기다리는 수밖엔 없다.

"GPS가 감지한 때가 언제야?" 내가 물었다.

"이봐, 이건 실시간이야. 그자가 지금 거기 있는 거라고. 지금 막 101국도 밑을 지났어. 어쩌면 자기 집에 가는 중일지도 몰라, 믹."

"알아, 나도. 놈이 벤추라를 지날 때까지만 기다려보자고. 다음 거리가 디킨스야. 거기서 핸들을 꺾으면 놈은 집으로 돌아가는 게 아니겠지."

나는 자리에서 일어났지만 어찌할 줄을 몰랐다. 그저 전화기를 귀에 바짝 붙인 채 앞뒤로 왔다 갔다 할 수밖에. 테디 보겔이 곧바로 사람을 풀었다 해도 아직 몇 분은 더 있어야 한다. 지금은 그들도 믿을 게 못 되는 상황이었다.

"비는 어때? GPS에 영향이 없나?"

"있으면 큰일 나지."

"다행이군."

"놈이 멈췄어."

"어디?"

"신호등일 거야. 무어파크의 도로쯤이고."

벤추라에서 한 블록, 디킨스에서 두 블록 앞이었다. 전화기에서 삐 하는 음이 들렸다.

"무슨 소리지?"

"10블록 알람. 해달라고 했잖아."

삐 소리가 멈췄다.

"지금은 꺼놨어."

"곧 전화할게."

나는 대답도 기다리지 않고 전화를 끈 다음 매기를 불러냈다. 매기가
바로 전화를 받았다.

"어디야?"

"말하지 말라고 했잖아."

"아파트에선 나왔어?"

"아니, 아직. 헤일리가 크레용과 색칠공부 책을 싸고 있어. 꼭 가져가야
하겠대."

"이런 빌어먹을. 빨리 나와, 지금 당장!"

"서두르고 있…."

"그냥 나오란 말이야! 다시 전화할 테니까 빨리 받고!"

나는 전화를 끊고 다시 페르난도를 불렀다.

"어디지?"

"지금은 벤추라야. 다시 신호등에 걸렸나 봐. 움직이지 않아."

"도로가 분명해? 주차한 게 아니고?"

"아니, 확신은 못 해. 얼마든지… 아냐, 움직이기 시작했어. 젠장, 벤추
라에서 꺾었어."

"어느 쪽?"

나는 좌불안석이었다. 전화기를 어찌나 세게 눌렀던지 귀가 얼얼할 지
경이었다.

"오른쪽. 그러니까, 서쪽이야. 서쪽으로 가고 있어."

그렇다면 디킨스와 평행으로 달리는 중이다. 한 블록 거리. 바로 딸이

있는 아파트 방향이다.

"다시 멈췄어. 교차로가 아닌데? 블록 한가운데니까 아무래도 주차한 것 같아."페르난도가 계속 중계해주었다.

"젠장, 가야겠어. 휴대폰이 죽었으니까 자네가 매기한테 전화해서 그자가 가고 있다고 전해줘. 어서 차를 타고 빠져나오라고 말이야!"

나는 큰 소리로 매기의 번호를 불러주고 전화기를 던져버린 다음 부엌을 빠져나왔다. 디킨스까지 최소 20분은 걸릴 것이다. 시속 100킬로미터짜리 링컨을 타고 멀홀랜드의 곡선 길을 달려야 하지만, 가족의 목숨이 위태로운데 전화에 대고 소리만 질러댈 수도 없는 노릇이었다. 나는 테이블의 권총을 집어 들고 문으로 향하면서 재킷 안주머니에 총을 밀어 넣었다.

문을 열자 메리 윈저가 서 있었다. 비에 흠뻑 젖은 머리로….

"메리, 무슨…."

메리 윈저가 한 손을 들었다. 그리고 방아쇠를 당겼다. 그 순간 총구에서 불꽃이 터지는 것을 보았다.

46 악마의 표시

총소리는 컸고 불빛은 카메라 플래시만큼이나 밝았다. 탄알이 배를 찢는 고통이 그대로 전해졌다. 글쎄, 말 뒷발에 차이면 기분이 이럴까? 나는 그대로 뒤쪽으로 날아가 나무 바닥을 때리고 다시 거실 화로 옆의 벽에 부딪쳤다. 배에 난 구멍을 두 손으로 막고 싶었지만 오른손이 재킷 주머니에 걸려 빠져나오지 않았다. 나는 왼손으로 중심을 잡은 다음 일어나 앉으려 했다.

메리 원저가 집 안으로 들어왔다. 나는 원저를 올려다보았다. 열린 문으로 비가 쏟아지고 있었다. 원저는 무기를 들어 내 이마를 겨누었다. 그 순간 헤일리의 얼굴이 떠올랐고, 난 딸아이와 헤어질 수 없다는 생각을 했다.

"내 아들을 빼앗아가려 하다니! 네놈이 그런 짓을 하고도 무사할 줄 알았나?" 원저가 소리쳤다.

그때 난 알 수 있었다. 모든 것이 분명해졌다. 라울을 죽이기 전에도 원저는 이와 비슷한 내용의 말을 했던 것 같다. 그리고 벨에어의 빈집 강간 사건 따위는 처음부터 없었다. 메리 원저는 엄마로서 해야 할 일을 한 것뿐이었다. 문득 루이스의 말이 생각났다. 하나는 맞았군요. 맞아요, 난 개자식입니다.

알 수 있는 사실이 하나 더 있었다. 라울 레빈의 손 모양은 악마의 표시를 그린 것이 아니라, M 또는 W를 그렸던 것이다. 물론 어디에서 보느냐에 따라 다르겠지만.

윈저가 내게 한 발짝 다가섰다. "지옥에나 가버려."

메리 윈저가 총을 겨누었다. 나는 재킷에 갇힌 오른손을 들어 올렸다. 윈저는 그게 살려 달라는 손짓으로 알았는지 서두르지 않았다. 그 순간을 만끽하고 있는 것이 분명했다. 그리고 내가 방아쇠를 당겼다.

그 충격으로 메리 윈저의 몸이 공중으로 날아갔다. 윈저는 등 뒤의 문지방 위에 떨어졌고 총은 딸깍거리며 바닥을 굴렀다. 메리 윈저의 입에서 강아지가 우는 듯한 가는 신음소리가 흘러나왔다. 그리고 그때 황급히 계단을 올라오는 발소리가 들렸다.

"경찰이다. 무기 내려놔!" 여자의 목소리였다.

문을 바라보았지만 아무도 없었다.

"무기 버려! 그리고 두 손 들고 밖으로 나와!"

이번에는 남자의 고함소리였다. 아는 목소리였다.

나는 재킷에서 권총을 꺼내 바닥에 놓은 다음 바닥으로 밀어버렸다.

"무긴 버렸소. 하지만 일어설 수가 없어. 이봐요, 우리 둘 다 총에 맞았소." 나는 있는 힘껏 외쳤지만 배에 난 구멍 때문에 목소리가 기어들어가는 듯했다.

제일 먼저 보인 건 총신이었다. 그리고 손, 젖은 레인코트, 랭크포드의 몸 순이었다. 그가 집 안으로 들어오고 곧이어 소벨 형사도 들어왔다. 랭크포드는 안으로 들어오면서 윈저의 총을 걷어차버렸다. 그리고 자기 총으로 나를 겨누었다.

"집에 다른 사람 있소?" 그가 큰 소리로 물었다.

"아뇨. 이봐요, 그보다 할 말이 있어요." 내가 말했다.

나는 일어나 앉으려 했지만 고통이 배를 찢어놓았다. 랭크포드가 소리쳤다.

"움직이지 마! 그냥 있으라니까!"

"이봐요, 지금 내 가족이⋯."

소벨이 소형 무전기에 대고 소리를 지르기 시작했다. 총상 환자가 둘이나 있으니 앰뷸런스에 의료반과 들것 두 개를 실어 빨리 보내라는 내용이었다.

"들것은 하나면 돼. 여잔 죽었어." 랭크포트가 수정해주었다.

그는 총으로 윈저를 가리켰다.

소벨이 무전기를 레인코트 주머니에 넣고는 내게 다가와 무릎을 꿇었다. 그리고 상처에서 내 손을 떼어낸 다음 바지에서 셔츠를 빼내 상처를 들여다보았다. 그러고 나서 다시 내 손을 총구멍에 대주었다.

"있는 힘껏 누르세요. 출혈이 심하니까. 알았죠? 꾹 눌러야 해요."

"이봐요, 내 가족이 위험해요. 어서⋯."

"잠깐만요."

소벨이 레인코트의 벨트에서 휴대폰을 꺼내 단축키를 눌렀다. 누군가 곧바로 전화를 받았다.

"소벨이야. 그자를 데려와야겠어. 그 친구 어미가 변호사를 죽이려 했어. 다행히 그가 선수를 쳤지만."

소벨이 잠시 듣더니 물었다.

"그래서, 그자는 어디 있지?"

소벨은 좀 더 귀를 기울이더니 작별인사를 했다. 나는 소벨이 전화를 끊는 모습을 지켜보았다.

"그자는 잡을 거예요. 따님은 무사해요."

"그자를 감시한 거요?"

소벨은 고개를 끄덕였다.

"우린 당신 계획을 이용했어요, 할러. 그자에 대해 가진 건 많지만 더 많은 것을 원했거든요. 말했잖아요, 라울 건을 깨끗이 해결하고 싶다고. 만일 그자를 풀어주면 더 많은 걸 토해낼 거라고 생각한 거예요. 라울에게 어떻게 접근했는지 같은 거요. 아무튼 그 어미가 대신 수수께끼를 풀어주었네요."

이제 이해가 되었다. 총구멍을 통해서 피와 생명이 빠져나가고 있기는 했지만 그림을 꿰어 맞출 수는 있었다. 루이스를 풀어준 건 쇼였다. 놈이 날 잡기 위해 움직이면 라울을 살해했을 때 GPS 발찌를 어떻게 해결했는지 알 수 있으리라 판단했던 것이다. 라울을 죽인 건 그가 아니었다. 그의 어미였다.

"매기는?" 나는 힘없이 물었다.

소벨이 고개를 저었다.

"그분도 무사해요. 루이스가 변호사님 전화선을 땄는지 판단이 서지 않아 검사님도 작전에 포함시켰어요. 때문에 따님과 검사님이 안전하다는 사실을 말씀드리지 못한 겁니다."

나는 두 눈을 감았다. 두 사람이 무사하다는 사실에 감사해야 할지, 아니면 자기 딸의 아비를 살인자의 미끼로 내주었다는 사실에 분개해야 할지 판단이 서지 않았다.

나는 일어나 앉으려 했다.

"매기한테 전화해야겠소. 그녀는…."

"움직이지 말고 얌전히 누워 계세요."

나는 바닥에 머리를 기댔다. 오한 때문에 온몸이 떨리기 시작했고 땀까지 비 오듯 쏟아지는 것 같았다. 무전기에서 의료진이 6분 후 도착할 거라고 빽빽거렸다.

"가만히 있으세요. 괜찮으실 겁니다. 치명적인 총상은 아니니까 걱정 안 하셔도 돼요." 소벨이 말했다.

"그걸 말…."

그걸 말이라고 하냐고 비난하고 싶었지만 기운이 하나도 없었다.

랭크포드가 소벨 옆으로 다가와 나를 내려다보았다. 장갑 낀 손에는 메리 윈저의 권총이 들려 있었다. 나는 진주 손잡이를 알아보았다. 미키 코헨. 내 우즈맨. 라울을 죽인 총.

그가 고개를 끄덕였다. 난 그것을 일종의 사인으로 해석했다. 어쩌면 살인자를 끌어들인 덕분에 일을 해낼 수 있었다는 데에 대한 인사일 수도 있고, 오늘부터 변호사들을 너무 미워하지는 않겠다는 타협안을 제시한 것일 수도 있겠다.

물론 아닐 수도 있다. 하지만 나는 고갯짓으로 응대를 해주었다. 그리고 그 작은 움직임만으로도 난 기침을 해야 했다. 입 안에 시큼한 맛이 가득했는데 당연히 피일 것이다.

"우리한테 많은 걸 기대하진 마쇼. 변호사 살리려고 인공호흡을 해야 한다면 그 자리에서 쪽팔려 죽고 말 거요." 랭크포드가 농을 걸어왔다.

나는 미소 지었고 그도 미소 지었다. 아니, 어쩌면 생각뿐이었을 것이다. 갑자기 주변이 깜깜해졌고 이내 난 어둠 속으로 떨어져 내려갔다.

3부

쿠바에서 온 엽서

47 낙오자를 찾는 변호사

10월 4일 화요일

마지막 재판이 있은 후 다섯 달이 흘렀다. 그리고 그동안 난 세 번의 수술을 받았고, 두 번의 민사소송을 당했으며, 로스앤젤레스 경찰국과 캘리포니아 변협 두 곳으로부터 수사를 받았다. 은행 잔고는 의료비와 생활비, 양육비, 그리고 동료 변호사에 의해 고갈되어버렸다.

하지만 난 그 모든 것을 이겨냈다. 오늘은 메리 윈저의 총에 맞은 후 처음으로 지팡이와 진통제 없이 산책을 하는 날이었다. 내게는 그러니까 복귀를 위한 첫걸음인 셈이다. 지팡이는 나약함의 상징이다. 그리고 나약한 변호사를 찾는 의뢰인은 없다. 나는 똑바로 일어나서, 총알을 빼내기 위해 끊어놓은 근육을 움직이고 당당히 걸을 수 있어야 한다. 그래야 다시 법정에 설 자신감을 회복하게 될 것이다.

법정에 서지 않았다고 했지만 그렇다고 사법체제와 완전히 인연을 끊지는 못했다. 지저스 메넨데즈와 루이스 룰레 모두 나를 고소했는데, 아무래도 두 사건은 앞으로 몇 년 동안 나를 쫓아다닐 것이다. 서로 다른 소송이었지만 둘 다 내 의뢰인이었고 두 사람 모두 배임과 변호사 윤리 위반으로 고소했다. 그 모든 소송에도 불구하고, 내가 어떤 방법으로 카운티-USC의 드웨인 제프리 코를리스에게 접근해 면책 특권의 정보를 제공했는지 루이스는 여전히 짐작조차 못하고 있었다. 물론 앞으로도 모를 것이다. 글로리아 데이튼은 떠났다. 데이튼은 프로그램을 마친 다음 내가 준 2만 5천 달러를 받아들고 하와이로 건너가 새 삶을 시작했다. 그리고 코를리스가 있다. 하지만 입을 함부로 놀리는 대가가 얼마나 끔찍한지를 깨달은 후인지라, 그 역시 필요한 증언 외에는 입을 꼭 닫아버렸다. 그는 지금도 법정 대기실에서 루이스가 뱀 춤 댄서의 살해에 대해 떠벌렸다고 주장하고 있었다. 하지만 그렇다고 위증죄로 고발되지는 않았다. 위증을 드러내봐야 루이스 건만 망칠 터인데 검사실이 쓸데없이 자학을 하려 들 이유가 어디 있겠는가? 내 변호사는 루이스의 고소가 부질없는 면피용에 불과하기 때문에 흐지부지 끝나고 말 거라고 했다. 하지만 그때쯤이면 변호사에게 수임료 줄 돈도 남아 있지 않을 것이다.

불행히도 지저스는 끝나지 않을 것이다. 그는 어느 날 밤 내가 현관 앞에 앉아 있을 때 찾아와 백만 달러짜리 저당에 잡힌 내 집의 백만 달러짜리 경관을 감상하기도 했다. 룰레가 마사 렌테리아의 살인으로 기소되고 이틀 후, 지저스는 주지사의 명으로 샌쿠엔틴에서 풀려났다. 하지만 그는 이미 다른 차원의 실형에 처해진 후였다. 교도소에서 에이즈에 걸렸는데 아무리 주지사라 해도 그것까지 원점으로 돌릴 수는 없었을 것이다. 그건 누구도 할 수 없는 일이다. 지저스 메넨데즈에게 일어난 일은 고스란히 내 몫으로 떨어졌다. 난 그 사실을 받아들였고 매일매일을 그 고통과 함께 살아가게 될 것이다. 아버지 말이 옳았다. 가장 무서운 의뢰인은 무고한 사람이다. 가장 마음 아픈 의뢰인도 이와 동.

지저스는 내게 침을 뱉고, 내가 하고 하지 않은 일에 대한 대가로 내 돈을 빼앗고 싶어했다. 물론 그는 충분히 자격이 있다. 하지만 내 판단착오와 윤리적 오류가 무엇이든 간에, 결국 난 옳은 일을 하기 위해 잘못을 저지른 것이다. 그리고 악마와 거래한 것도 그의 무고를 증명하기 위해서였다. 루이스가 들어간 것도 나 때문이고 메넨데즈가 나온 것도 내 덕분이다. 새로운 변호사들의 노력에도 불구하고(지금은 내 대신에 댄 데일리와 로저 밀스가 공조체제를 이루고 있다) 룰레가 자유를 되찾을 가능성은 없었다. 매기에게 들은 바로는 검찰은 이미 렌테리아 살인에 대해 난공불락의 옹벽을 구축해놓았다. 그들은 동시에 라울 레빈의 행적을 추적해 룰레를 또 다른 사건과 연결시켜놓기도 했다. 할리우드 클럽의 바를 관리하는 여자의 집에 쫓아가 강간하고 칼로 살해한 것이다. 법의학팀은 그의 단검이 제2의 여인의 사인과 일치한다는 사실을 밝혀냈다. 룰레에게는 과학이 때늦은 빙산이 된 셈이지만 어쨌든 이제 그의 배는 뒤집어지고 침몰해버릴 것이다. 그의 싸움은 결국 단순한 생존의 문제로 전락해버렸다. 변호사들은 그를 사형에서 구해내기 위한 유죄협상에 매진했다. 사형을 피하는 조건으로 다른 살인과 강간 전력을 털어놓을 의향이 있다는 말까지 심심찮게 흘러나왔다. 사형이든 무기든, 룰레는 완전히 이 세계와 끝이 났고 그 속에서 난 구원받을 수 있었다. 그리고 그 사실은 어느 수술보다도 커다란 치유력이 되어주었다.

매기와 나도 서로의 상처를 봉합하기 위해 노력 중이다. 매기는 헤일리가 주말마다 나를 방문하도록 했고, 가끔은 하루 종일 나를 보살펴주기도 한다. 우리는 데크에 앉아 대화도 하지만, 결국 딸아이가 두 사람을 구해주리라고 믿고 있다. 살인자에게 미끼로 던져진 사실에 대해서는 벌써 잊은 지 오래이다. 매기 역시 내가 내린 잘못된 선택들에 대해 용서하고 있다고 난 생각한다.

캘리포니아 변협은 내 조치를 모두 검토한 후 나를 쿠바로 유배시켜버렸다. 변호사의 부적절한 행위에 대한 징계인 셈이다. 쿠바(C.U.B.A. :

Suspended for Conduct UnBecoming an Attorney, 변호사 직무 유기를 뜻하며 작가의 일종의 말장난임 – 옮긴이). 나는 90일 동안 업무정지 처분을 받았는데 그건 터무니없는 중형이었다. 그들은 코를리스 건에 대해 내가 윤리강령을 어겼는지조차 증명해내지 못했다. 얼 브리그스에게 빌린 총을 치고 들어오기도 했지만 그마저 행운의 여신은 내 손을 들어주었다. 그 총은 훔친 것도 아니었고 등록도 마친 것이었다. 게다가 주인이 얼의 아버지였기 때문에 내 윤리적 책임은 미미할 수밖에 없었다. 그렇다고 변협의 징계에 반박하거나 유배에 항의할 생각은 없었다. 배에 총구멍이 난 마당에 90일간의 휴양이 그렇게 나쁜 것만은 아니었다. 나는 그 기간을 회복에 이용했고 대개는 실내복 차림으로 법정 TV를 시청하면서 보냈다.

매리 앨리스 윈저의 살해에 대해서는, 변협도 경찰도 내게 어떠한(도덕적이든 법적이든) 책임도 묻지 않았다. 메리 윈저는 훔친 총을 들고 내 집에 침입했으며 먼저 총을 쏜 장본인이었다. 랭크포드와 소벨은 한 블록 떨어진 곳에서 메리 윈저가 현관을 향해 총 쏘는 것을 목격했다. 정당방위. 너무나도 명쾌한 결론이었다. 하지만 그렇게 명쾌할 수만은 없는 것이 그 결과에 대한 내 기분이었다. 나는 라울 레빈의 복수를 원했지만 이런 식의 유혈 낭자한 결말을 원한 것은 아니었다. 결국 난 살인자가 된 것이다. 비록 법적 제재를 받고는 있지만 그렇다고 그 기분까지 떨쳐낼 수는 없었다.

수사 과정과 공식적인 증거들이 어떻든 간에, 메넨데즈와 룰레의 사건 모두에서 나답지 않은 행동을 했음을 시인해야겠다. 그리고 그 대가는 검찰이나 변협이 내릴 수 있는 어떤 징계보다도 가혹했다. 나는 어떤 식으로든 그 짐을 모두 지고 업무에 복귀해야 할 것이다. 내 천직. 나는 이 세계에서 내가 속한 위치를 잘 알고 있다. 따라서 내년 법원에 처음 출두하는 날부터, 나는 차고에서 링컨을 끌어내 다시 거리의 낙오자들을 찾기 시작할 것이다. 어디로 향하고 어떤 사건을 맡게 될지는 모르겠지만. 난

결국 치유된 몸과 마음으로 다시 한 번 기꺼이 이 진실 없는 세상에 설 것
이다.

〈끝〉

　5~6년 전, 나는 친구의 초청으로 LA 다저스의 개막전에 간 적이 있었다. 다른 친구들과 함께였지만, 우연히 모르는 사람 옆에 앉게 되었다. 그와 인사를 하고 이런저런 잡담을 하다 보니 그는 형사법 전문 변호사였다. 몇 해 전 신문기자로 일할 때 잠깐 동안 LA 카운티의 법원들을 들락거린 덕에 형사법 변호사들은 몇 명 알고 있었다. 카운티의 규모도 컸고 법원도 적지 않은 탓에 형사법 변호사들은 보통 특정 지역에 전념했다. 법원을 왔다 갔다 하면서 시간을 낭비하지 않기 위한 자구책이었다.

　나는 그에게 어떤 법원에서 일하는지 물었고, 그는 자신이 일하는 법원을 다 열거하면서, "사건을 맡으면 움직여야 한다"고 말해주었다. 사무실의 위치를 묻자, 그는 "대개는 차 안입니다"라고 대답하며 그 이유에 대해서도 설명해주었다. 장소에 구애받지 않고 사건 수임을 하기 때문에 차를 움직이는 사무실로 만들었다는 것이다. 수임료를 내지 못한 의뢰인을 운전사로 쓰고 자신은 뒷좌석에 앉아 일을 본다고 했다. 차에는 접이식 책상, 컴퓨터, 프린터, 무선 팩스 등이 구비되어 있으며 당연히 휴대폰을 사용했다. 법정을 왔다 갔다 하면서 전화를 걸고, 보고서와 탄원서 따위를 작성하는 식으로 이동시간을 근무시간으로 전환한다는 것이었다. 나는 시합을 관람하는 것보다 그와 대화를 나누는 데 더 많은 시간을 보냈고, 그날 집에 돌아온 다음 새로운 캐릭터의 윤곽을 잡았다.

하지만 그 윤곽을 구체화시키기 위해서는 엄청난 조사가 필요했을 것이고, 변호사들과도 많은 시간을 보내야만 했을 것이다. 더 큰 문제는 2001년 LA에서 플로리다로 이사하는 바람에(로스앤젤레스에 자주 다녀오기는 해도), 변호사들과 노닥거릴 시간을 많이 낼 수 없다는 데 있었다. 결국 나는 소설 구상을 미루기로 했다.

그리고 다시 작업에 착수한 것은 신문에서 어떤 재판에 대한 얘기를 읽고부터였다. 나는 그 변호사의 이름을 알고 있었다. 대학 졸업 후, 첫 직장인 데이토너 비치 뉴스 저널에 다닐 때 룸메이트로 지내던 친구였다. 나는 그 친구에게 연락을 취했고 그 후 2년간 그와 많은 시간을 보냈다. 그가 일하는 모습도 보고, 일이 끝난 후에는 그의 LA 법조계 친구들과 어울리기도 했다. 그리고 그 결과가 《링컨 차를 타는 변호사》다. 이 소설을 쓰면서 플로리다 친구와 그의 파트너의 경험을 살렸고, 최초에 모티프가 된 LA 변호사에게도 원고를 보내, 내가 캘리포니아 법과 법 절차를 잘못 이해하고 있지는 않은지 봐달라고 부탁했다. 또한 LA 형사 재판소에 판사로 재직 중인 친구도 있는데 그녀는 고맙게도 자신의 법정을 언제든 관람할 수 있도록 허락해주었다. 덕분에 재판 절차와 관례를 충분히 이해할 수 있었다.

요컨대 이 모든 과정을 거쳐 소설이 나오기까지 5~6년의 세월이 걸린 것이다. 내게는 아주 특별한 경우였는데, 대개 첫 구상에서 완성까지 2년 정도면 충분했기 때문이다. 시간만으로 따진다면 이 소설이 최고의 작품인 셈이다.

2005년 8월
마이클 코넬리

역자 후기

2008년 여름 남양주

　드디어《링컨 차를 타는 변호사》를 출간한다고 한다. 그렇게나 못살게 굴더니 이번엔 정말로 나오는 모양이다. 첫 작업을 마친 후 2년. 작업을 마친 후에도 재번역에 가까운 작업을 해야 했고, 후기를 다시 쓰겠다고 한 것만도 벌써 세 번째다. 세월이 어느 정도 흐른 지금은 당시에 내가 겪었던 고통을, 스릴러 소설의 최고봉에 오른 마이클 코넬리라는 거대 장인과 당시 스릴러 소설 번역의 초보 번역쟁이의 넘을 수 없는 괴리와 슬픔 정도로 이해하고 있다. 그때는 이 한 권의 소설 덕분에 많이 아파했었다. 하지만 그 덕분에 장르소설 전문번역자의 한계를 한 꺼풀 벗겨낼 수 있었으니, 나한텐 그 어느 소설보다 채찍 같고 보석 같은 책이다.

　마이클 코넬리의 소설은 1996년경 해리 보슈 시리즈가 일부 번역, 출간된 적이 있었다고 한다. 하지만 안타깝게도 거의 빛을 보지 못하고 말았고, 때문에《링컨 차를 타는 변호사》는 마이클 코넬리라는 대작가를 우리나라 독자들에게 본격적으로 소개하는 시금석이자 처녀작인 셈이다(알에이치코리아를 통해 앞으로도 그의 주옥같은 작품들이 계속 소개될 예정이다). 물론 최초의 소개자 역할을 떠맡은 나로서도 불안하고 조심스럽기가 장난이 아니다. 1년 반 전에 넘긴 후기를 다시 쓰겠다고 제안한 것도 그만큼

부담스럽기 때문이다.

하지만 막상 그때 보냈던 후기를 다시 읽고는 맘이 바뀌고 말았다. 번역쟁이 인생의 전환점을 만들어준 이 책, 그리고 그에 대한 고마움을 절절하게 표현한 그때의 후기 – 비록 지금 읽어보면 낯 뜨거운 경험이고 후기지만, 그래도 그 글보다 내 마음을 잘 표현해낼 자신이 없었다. 그래서, 난 이렇게 약간의 서론을 내세운 다음, 그때의 후기를 덧붙이는 식으로 대신하기로 마음을 정했다. 지금의 내 입장과 조금 차이가 있을지언정, 그 글은 마이클 코넬리와《링컨 차를 타는 변호사》에게 보낼 수 있는 내 최고의 찬사였음에는 분명하니까 말이다.

2007년 봄 남양주

낯선 세계와의 만남. 장르소설 번역의 매력을 한 마디로 줄인다면 그렇게 말할 수 있을 것 같다. 작가의 지식과 경험과 상상력이 빚어놓은 미지의 세계, 바로 그 세계에 세상 어느 누구보다도 먼저 들어가, 나중에 올 사람들을 위해 탄탄한 길을 닦아놓는 일, 그게 우리 번역쟁이들이 할 일이겠다. 그래서 우리들은 새 책을 펼쳐 들 때마다 그 낯선 세계에 대한 기대감과 불안감으로 늘 이렇듯 짜릿한 흥분을 맛본다. 이번엔 과연 어떤 세계일까? 내가 이 세계를 제대로 탐험하고, 또 올바른 길을 닦아놓을 수 있을까? 혹시 내 부족한 경험으로 헤쳐 나가기엔 너무나 이질적이고 거대한 세계는 아닐까?

외국소설, 특히 호러, 스릴러 소설은 모든 것이 낯설다. 언어가 낯설고, 문화가 낯설고, 작가의 상상력이 낯설다. 때로는 엄청난 범죄현장에 들어가 상상도 못 할 폭력과 욕설과 은어를 만나고, 때로는 좀비와 흡혈귀가 가득한 무인도에 던져지기도 한다. 그리고 이 소설《링컨 차를 타는 변호사》처럼, 법조계나 의료계 같은 전문집단의 한가운데에 던져져 정신없이 헤매야 할 때도 있다. 게다가 그 낯선 세계를 이해하는 데 끝나는 것이 아니라, 우리에게는 그 낯선 세계를 우리 언어와 문화에 익숙한 독자들에게 낯설지 않은 세계로 탈바꿈시켜놓아야 하는 의무까지 걸머지고 있다. 우리한테조차 낯설기 그지없는 미지의 세계를 말이다.

이 작품을 하면서, 번역과 번역가의 의미와 의무에 대해 고민할 기회를 갖게 되었다. 그동안 적지 않은 소설을 우리말로 옮기면서, 지금껏 한 번도 (그저 막연한 생각만 갖고 있었지) 그런 문제에 대해 심각하게 고민해본 적이 없다는 게 신기했다. 너무나도 당연하고 지당한 고민이었건만, 세상에 나라는 인간은 도무지 무딘 건지 무지한 건지….

각설하고, 며칠간의 방황과 고민을 통해 얻은 결론은 번역쟁이로 나선 이상, 번역과 번역가가 지향하는 가장 기본적이고 가장 이상적인 책임을 떠맡아야 한다는 것이었다. 국내 출판 현실이 어떻든, 번역가의 생계와 한계가 어떻든, 그런 건 그것대로 따로 고민할 일이다. 적어도 어느 경우에든 낯선 세계의 이해와 철저한 재현이라는 번역의 근본만큼은 훼손될 수 없는 일이 아니겠는가? 무엇보다도 그건 출판사와 독자, 그리고 내 자신에 대한 약속일 수밖에 없다. 무슨 대단한 결심이라도 한 것 같지만 사실이 그랬다. 요는,《링컨 차를 타는 변호사》가 앞에 언급한 낯선 세계 중, "내 부족한 경험으로 헤쳐 나가기엔 너무나 이질적이고 거대한 세계"에 해당했기 때문이다.

번역 의뢰를 받을 때만 해도 몰랐으나, 이 소설은 지금까지 해왔던 내 번역 패턴으로 덤벼들 만한 소설이 아니었다. 그동안 해리 보슈 시리즈를 포함해 10여 권의 베스트셀러로 이미 법과 범죄에 대해 많은 경험을 쌓은 작가가, 5년도 넘는 세월을 법조계 주변을 어슬렁거리며 배우고 고민해온 결실이다. 소위 전문 스릴러 소설 중에서도 하이레벨에 속하는 작품인 것이다. 그렇다면 나는?

내게 《링컨 차를 타는 변호사》는 낯설어도 너무나 낯선 세상이었다. 우선 용어에서 막혔고 우리나라와는 다른 개념의 법체계에 치였다. 아니, 무엇보다도 지금까지의 내 번역 습관에 낯설었다. 그러니, 아무리 열심히 옮겨본들, 뉴욕 타임스 베스트셀러 1위의 느낌을 기가 막히게 재현해내기는커녕, 한없이 낯설기만 한 세계에서 한 발짝도 빠져나갈 수가 없었던 것이다. 며칠 동안의 현실적인 고민 끝에, 나는 작업을 중지하고 출판사에도 납기일 연기를 요청한 다음 뒤늦게나마 법 관련 자료들을 검색하고, 그리샴 등의 법정 스릴러들을 찾아 읽기 시작했다.

그리고 소설을 처음부터 다시 번역해나갔다.

이제 나는 편한 마음으로 역자 후기를 쓰고 있다. 거장의 작품을 완벽하게 재현했다고 자신해서가 아니라, 길잡이로서의 번역 원칙을 새삼 깨닫고 또 그 원칙을 지키기 위해 이만큼 노력했다는 안도감 때문이다. 비록 많은 시간과 노력을 빼앗고 고통을 준 소설이긴 하지만, 앞으로 번역쟁이로서의 가져야 할 마음가짐을 이 거장의 소설 덕분에 새삼 다질 수 있었기 때문이다.

《링컨 차를 타는 변호사》는 너무나도 재미있고 충분히 감동적인 소설이다(세상에, 후반부에 융단폭격처럼 퍼부어대는 반전의 반전이라니). 늘 안고 살아가는 불안감이기는 하지만, 만일 독자들에게 나만큼의 재미와 흥분을 그대로 전달하는 데 실패한다면, 그 역시 내가 끌어안아야 할 몫이리라. 물론 바람이야 그 반대이지만 말이다.

무엇보다도 출판기일까지 미루며 기다려준 알에이치코리아 편집부 여러분께 머리 조아려 사과드리고 또 감사드리고 싶다.

역자 조영학

링컨 차를 타는 변호사_미키 할러 시리즈 Vol.1

1판 1쇄 발행 2008년 9월 5일
1판 13쇄 발행 2013년 8월 19일
2판 1쇄 발행 2015년 4월 27일
2판 2쇄 발행 2024년 3월 27일

지은이 마이클 코넬리
옮긴이 조영학

발행인 양원석
편집장 김건희
영업마케팅 조아라, 정다은, 이지원, 한혜원

펴낸 곳 ㈜알에이치코리아
주소 서울시 금천구 가산디지털2로 53, 20층 (가산동, 한라시그마밸리)
편집문의 02-6443-8902   **도서문의** 02-6443-8800
홈페이지 http://rhk.co.kr
등록 2004년 1월 15일 제2-3726호

ISBN 978-89-255-5593-5 (04840)
      978-89-255-5591-1 (set)